KB117850

마른 가지에
바람처럼 3

마른 가지에
바람처럼 3

달새울 장편소설

arte

CONTENTS

12

수확제

❧

농업을 중심으로 하는 도시가 아니어도 대체로 가을에는 성대한 수확제가 열리기 마련이고 악시아스 역시 예외가 아니었다. 악시아스의 수확제는 다른 도시들의 수확제보다 조금 늦게 시작되었다.

가을의 마수 사냥철을 즈음하여 용병들이 몰려들고 악시아스에 집중적으로 돈이 도는 호황기를 거쳐 한창 영지가 시끌시끌해질 때, 겨울의 혹한기를 목전에 둔 시월 말과 십일월 초 사이에 악시아스의 수확제가 열렸다.

농민이나 공예가, 용병이나 사냥꾼들까지도 저마다 한 해 수확을 마치고 악시아스의 긴 혹한기를 준비하며, 늦가을의 대목에 휴식과 재충전을 겸한 마지막 축제의 기간을 가졌다.

가혹한 북방의 겨울나기를 준비하며 영지민들은 저마다 창고를 그득그득 채우고, 넘치는 인심으로 서로 베풀고 즐기며 쌓인 정을 돈독히 했다.

더욱이 올해는 여름내 영지민들을 공포에 떨게 만들었던 역병을 모두가 힘을 합쳐 무사히 이겨 낸 후인지라 평소보다 수확제의 분위기가 화기애애했다.

신성 능력자가 귀한 땅에서 백여 명의 사제들이 봉사를 하고 있었으며, 사원이 생긴다는 소식도 알음알음 퍼지고 있었으니 분위기가 좋지 않을 수 없었다.

마수 사냥이 최고의 호황을 맞은 덕택에 악시아스에는 평소보다도 많은 사람들이 몰려들었고, 그만큼 많은 돈이 돌고 있었으니 인심도 더욱 훈훈했다.

본래 영지의 축제에 크게 관여하지 않았던 악시아스 성에서도 역병 사건으로 인해 침체되었던 분위기를 반전시킬 기회를 놓치지 않으려는 듯 예년보다 수확제에 많은 지원을 쏟아부었다.

이런저런 일들이 겹쳐, 악시아스의 이번 수확제는 근 십 년의 축제 가운데 가장 성대하고 활기찬 분위기로 들썩이고 있었다. 악시아스 본성 안에도 흥겨운 공기가 퍼져 나가고 있었다.

거울 앞에서 한참을 망설이던 리에타는 바닥에 놓인 낯선 물건을 물끄러미 내려다보았다. 그녀의 발 앞에는 드레스룸과 함께 선물받은 후 한 번도 신은 적 없는 고운 유리 구두가 놓여 있었다.

리에타는 신성 능력자인 자신이 킬리언의 곁을 지키는 것이 역병 사건으로 위축된 악시아스 사람들의 마음을 안심시킨다는 것을 알고 있었다.

어떤 일이든 성실히 임할 생각이었다. 그러나 악시아스 대공이 아끼는 애첩으로서 부족함 없이 품위를 유지하는 것은 악시아스 성의 녹봉을 받는 그녀가 충실히 이행해야 마땅한 임무인데도, 리에타는 쉽게 옷을 고르지 못하고 망설이고 있었다.

축제를 즐기는 대공 전하와 그분의 곁을 지키는 애첩. 많은 사람들에게 보여 줄 데이트. 대외적으로 그의 애첩으로 분하고 있으니까 단 하루, 특별한 날에.

평소엔 과분하다 생각했던 옷 한번 입어 보고, 장신구 몇 개…… 대공 전하의 품격에 걸맞게 갖추고 나가는 것이 큰 일탈은 아닐 텐데. 알고 있는데도 선뜻 손이 가지 않았다.

'좋은 사람 있을 때 잡아. 자기는 아직 젊잖아. 스스로 행복하면 안 된다거나 그게 죄스럽다는 생각은 하지 마. 그건 스스로를 해치는 생각이니까.'

리에타는 작게 한숨을 내쉬었다. 알고 있다. 언제까지고 이렇게 살 수는 없다는 것……. 꼭 누굴 만나고 만나지 않고의 문제가 아니더라도, 리에타도 어딘가에 못 박혀 나아가지 못하고 있는 자신을 알고 있었다. 제이드도 언제까지고 내가 자기 무덤 앞에 하염없이 주저앉아 있는 걸 바라지는 않을 텐데.

그렇다 해도 영주님은 제가 붙잡고 어쩌고 할 사람이 아니었다. 고민한다는 것조차 웃기는 일이 아닌가. 언감생심 감히 그분을 염두에 둔다는 것이 가당키나 한가. 그런 의미로 쳐다볼 수 있는 사람이 아니었다.

그분의 곁에 서실 분이 나타나시면……. 아니, 그 전에라도 더 이상 그분께 대외적으로 활동하는 애첩의 존재가 필요하지 않아진다면, 나는 언제고 그분의 충실한 신하로 기쁘게 물러날 것이다. 그분의 옆자리를 채울 사람은 애초부터 내가 아니니까. 나는 처음부터 그의 곁이 아니라, 그의 뒤에 설 사람이었다.

깜박…… 리에타는 눈을 감았다가 떴다. ……그러니까 한 번만, 오늘 하루만.

'가끔은 마음이 시키는 대로 해도 돼.'

리에타는 처음으로 그가 선물해 주었던 목걸이를 제 손으로 목에 걸었다. 그리고 딸아이의 반지가 걸린 목걸이는 조심스레 손목에 감았다. 선물

받았던 옷들 가운데서도 내심 가장 예쁘다고 생각하여 과분함에 함부로 입지 못하고 아껴 두었던 드레스를 꺼내 입었다. 마지막으로 리에타는 낯선 구두에 발을 집어넣었다.

어색한 걸음으로 몇 걸음 걸어 보았다. 평소보다 조금 높아진 눈높이에 기분이 이상했다. 전신 거울에 스스로의 모습을 비추어 보니 그녀의 눈동자를 닮은 물방울 모양의 하늘색 보석이 가슴 위에서 아롱아롱 반짝였다. 그게 눈물 모양처럼 보일 것 같아서, 리에타는 거울 속의 자신을 향해 생긋 웃어 보았다.

킬리언과 약속한 축제날이었다.

문을 열고 복도로 나온 리에타를 마주한 킬리언의 눈이 그녀가 입고 있는 드레스와 목에 걸린 목걸이와, 치마 밑단 아래로 조금 비치는 유리 구두로 향했다. 킬리언이 쓱 입꼬리를 올리고 레이디를 에스코트하듯 손을 내밀었다.

"예쁘네."

이런 에스코트를 받아 본 일이 없어 어색했다. 리에타는 그가 내민 손에 제 손을 얹는 대신, 잠깐 머뭇거리다가 손에 들고 있던 것을 불쑥 내밀었다. 킬리언이 조금 놀란 얼굴로 눈을 깜박였다.

"……나 주는 건가?"

리에타가 내민 것은 킬리언이 매일 매일 보내 오는 꽃을 말려 만든 꽃다발이었다. 꾸준히 축성을 하며 말린 꽃송이들은 예쁜 모양을 유지한 채 곱게 말라 있었다. 두 손으로 꽃다발을 내민 리에타가 황급히 변명했다.

"그냥…… 축성한 물건일 뿐이에요. 별다른 의미는 없어요."

어쨌든 꽃은 영주님이 해 주신 선물인데, 허락해 주셨더라도 다른 사람들에게 먼저 선물하는 건 예의가 아닌 것 같아서, 그래서 가장 먼저 킬리언에게 주는 것뿐이라고, 리에타는 당황한 얼굴로 묻지도 않은 설명을 주섬주섬 덧붙였다.

그러더니 리에타는 괜히 말했다고 후회하는 표정으로 입을 다물었다. 뒤늦게 타이밍이 좋지 않았다는 생각이 들었다. 축제에 다녀오고 나서 꽃다발을 드리는 것도 영 좋지 않은 의미가 될 것 같다는 생각에 차라리 빨리 드려야지 싶었던 거였는데. 데이트하기로 한 여자가 예쁘게 꾸미고 나와서 꽃다발을 내미는 것이 무슨 의미로 보일지 미처 생각하지 못했다.

……괜한 짓을 한 것 같아. 그가 꽃다발을 받아 들기까지의 민망한 시간이 너무나도 길게 느껴졌다. 그리 오래 걸리지 않아 리에타의 손에서 무겁지도 않은 꽃다발이 슥 사라졌다.

리에타는 저도 모르게 안도의 한숨을 내쉬었다. 킬리언은 코를 묻고 향기를 맡아 본 뒤 웃었다. 청량한 웃음이었다.

"고마워."

굉장히 무거운 걸 들고 있다가 내려놓은 양 부담감이 사르륵 녹아 사라졌다. 다른 사람이 했다면 이토록 낯설게 느껴졌을 리 없는 흔해 빠진 인사에 리에타는 새삼 생소한 기분을 느끼며 "……아뇨" 하고 어색하게 시선을 피했다.

별것도 아닌 인사인데, 그의 입에서 나오니 어째서인지 전혀 다른 의미의 말처럼 들렸다. 손끝이 간질간질해서 자기도 모르게 만지작거렸다.

리에타가 문득 멈칫하며 그에게 떠넘긴 꽃다발을 쳐다보았다. 어차피 축성된 물건이란 소모품이고, 언제까지고 간직해 주시길 바라는 건 아니지만 마른 꽃다발이라는 건 근본적으로 바깥에서 들고 다닐 만한 것이 아니었다.

"그, 그러고 보니 들고 나가면 짐이 될 텐데……. 제가 생각이 짧았네요. 제가 방에다가……."

리에타가 주춤, 손을 내밀자 킬리언이 살짝 웃으며 꽃다발을 들어 그녀의 손을 피했다.

"줬다 뺏는 게 어디 있어."

"그…… 그게 아니라."

"잠깐 아이언 경에게 맡겨 두면 돼."

아이언 경? 그런 분이 계셨나? 리에타가 낯선 이름에 어리둥절하게 그를 바라보았다.

킬리언은 복도에 세워져 있는 갑옷 장식 앞으로 다가갔다. 그리고는 벽 앞에 선 채 검을 짚고 있는 갑옷 장식의 건틀릿 사이에 꽃다발을 예쁘게 꽂아 두었다. 근엄하게 검을 짚고 서 있던 오래된 갑옷은 다소곳이 두 손으로 꽃다발을 든 청년 기사 같은 모습이 되었다. 그가 갑옷의 어깨를 두드리며 미소 지었다.

"과묵하고 믿을 만한 기사지. 잘 보관해 줄 거야."

산뜻하게 몸을 돌린 킬리언이 리에타에게 다시 손을 내밀었다. 평소의 영주님 같지 않아서, 홀린 듯 쳐다보고 있다가 리에타가 조심스럽게 그 위에 제 손을 얹으며 그를 마주 보았다.

"너무 예쁘게 하고 와서 아쉽지만……."

"……?"

"그 모습은 다음에 다시 보여 주기로 하고."

킬리언이 싱긋 웃더니 잡은 손을 살짝 당기며 말했다.

"갈아입으러 가자."

리에타의 눈이 휘둥그레졌다.

킬리언은 그녀를 일전에 들렀던 내성의 드레스숍 라트리아로 데려갔다. 라트리아 숍은 임시 휴무를 걸어 놓고 닫혀 있었다. 그들이 도착하자마자 숍 밖에 서 있던 종업원들이 다가와 맞이하며 공손히 인사했다.

종업원들은 닫혀 있는 정문을 지나 안쪽으로 두 사람을 안내했다. 오직 그들만을 위해 열려 있는 고급스러운 비밀 문이 모습을 드러냈다.

느릿하게 문이 열리자 완벽하게 세팅된 널찍한 드레스룸이 나타났다. 정면에는 십여 개의 마네킹 위에 베일이 드리워진 채 그들에게 선보이길 기다리고 있었고, 양옆에 선 디자이너들이 그들을 향하여 일렬로 서서 허리를 숙이고 있었다.

리에타는 갑자기 숨이 막히는 기분이었다. 지금 입고 있는 옷도 그녀에겐 버거울 정도로 과분했다.

"……저, 영주님. 지금 입고 있는 옷도 충분히……."

킬리언이 검지를 입술 앞에 세우더니 쉿, 했다. 그러곤 디자이너들에게 눈짓했다.

"……?"

리에타는 그제야 디자이너들의 기색이 묘하게 편치 않아 보인다는 것을 깨달았다. 수석 디자이너가 푹 한숨을 내쉬며 자신 없는 소리를 했다.

"정말 이것으로 괜찮으실는지……."

"열어 봐."

킬리언의 명령에 따라 종업원들이 일제히 마네킹에 씌워져 있던 베일들을 거두었다. 리에타의 눈이 동그래졌다. 마네킹에 입혀져 있는 옷들은 드레스가 아니었다. 그곳에 걸쳐진 것들은 모두 이런 고급 부띠끄에선 취급하지 않는 디자인의 수수한 평상복들이었다.

분명 조금 더 깔끔하게 윤기가 흐르고, 재질도 도톰하니 좋아 보이고, 리에타가 예전에 입던 것은 비교도 할 수 없을 만큼 마감이 잘된 정갈하고 고급스러운 디자인들이었지만 자세히 보지 않는다면 알아채기 어려울 정도로 개성이 희미한, 평민들이 일상적으로 입는 복식이었다.

킬리언이 옷들을 쭉 훑어보더니 만족한 듯 "괜찮네" 하고 웃었다. 긍정적인 평가에도 디자이너들은 온통 죽상이었다. 악시아스 최고의 드레스숍이 가진 드높은 자존심에 이런 몰개성한 옷을 내놓아야 한다는 것이 용납이 되지 않는 것 같았다. 킬리언이 싱긋 웃으며 리에타의 등을 부드럽게 밀어 주었다.

"마음에 드는 옷으로 갈아입고 와."

개성 없는 평상복을 주문한 것은 킬리언이었고 그는 만족스럽다 표현했음에도 디자이너들은 차마 리에타를 그들의 영주님 앞에 내어놓지 못하고 전전긍긍했다. 더없이 예쁘고 잘 어울리는 옷인데도 드레스를 입은 리에타의 모습을 알고 있는 디자이너들의 눈에는 만족스러울 수가 없었다.

디자이너들은 리에타를 놓아주지 않은 채 계속해서 그녀의 옷을 갈아입히고 있었다. 참다못한 킬리언이 갈 길이 바쁘니 당장 리에타를 내놓으라 명령한 후에야 리에타는 디자이너들의 손에서 겨우 해방되어 베일 뒤에서 나올 수 있었다.

오랜만에 입는 익숙한 평상복을 낯설어하며 리에타가 베일 뒤에서 걸어 나왔다. 한참을 기다리느라 지루해하던 킬리언과 눈이 마주쳤다.

킬리언 역시 옷을 갈아입은 후였다. 그는 언제나 입고 있던 가장 높은 귀족의 복식을 벗고 끈으로 조이는 셔츠와 조끼를 걸치고 있었다. 평민들이 흔하게 입는 일상복이었다.

리에타가 멍한 얼굴로 그를 마주 보았다. 악시아스 대공이라고는 상상할 수 없을 정도로 수수하고 평범하게 보이는 복장이었지만, 그의 독보적인 체격과 수려한 외모는 가릴 수가 없었다.

그의 곁에 달라붙은 디자이너들이 그의 얼굴에 모자를 씌워 보았다가, 두건을 씌워 보았다가 하며 바쁘게 옷매무새를 가다듬고 있었다. 리에타를 발견한 킬리언은 그대로 그녀를 향해 걸어갔다.

무언가 본능적으로 직감한 듯, 리에타에게 붙어 있던 디자이너들의 손이 점점 부산스러워지고 있었다. 디자이너들이 바쁘게 뛰어다니며 장갑이나 신발 따위를 가져왔지만 킬리언은 귀찮게 구는 디자이너들을 버려두고 다가가 리에타의 손을 잡았다. 그리고 그대로 디자이너들 틈에서 리에타만 훌쩍 당겨 빼내었다.

"가지."

디자이너들이 기겁했다. "자, 잠깐만요. 대공 전하!"

그러나 킬리언은 기다리지 않고 몸을 돌렸다. 디자이너들이 만족할 때까지 기다렸다간 늙어 죽을 판이었다.

"조금만 더 시간을 주세요! 이 모자 한 번만……! 율리아! 아가씨 숄 가져와!"

킬리언은 한 번도 뒤를 돌아보지 않은 채 리에타의 손을 잡아끌었다. 에스코트하는 손이 아닌, 그냥 평범하게 평민 친구들끼리 하듯이 잡은 손이었다. 그는 순식간에 디자이너들과 재단사들의 사이를 헤치고 빠져나왔다.

"아, 안 돼요! 전하! 조금만 더, 제발 이거라도……!"

디자이너들이 시간을 달라고 애원하며 옷가지와 소품을 가지고 달려오고 있었지만 킬리언은 들은 척도 하지 않았다.

부드럽게 이끄는 손, 날 듯이 가벼운 발걸음. 눈이 동그래진 채 그의 손을 잡고 따라나서는 리에타의 머리카락이 바람결에 흩날렸다. 현실을 받아들인 몇몇 디자이너들이 어쩔 수 없다는 듯 웃으며 마지막 환송 인사를 외쳤다.

"즐거운 시간 보내십시오!"

디자이너들과 그들의 명령을 받은 재단사와 종업원 들이 달려오고 있었지만 그들이 애걸하건 말건 킬리언은 리에타의 손을 잡은 채 그대로 자리를 박차고 탈주했다. 들어왔을 때와는 전혀 다른 모습으로 변복한 킬리언과 리에타가 부띠끄의 유리문을 빠져나갔다.

"왜 평복을……."

킬리언이 어깨를 으쓱했다.

"마음에 안 들어? 좀 더 우아한 데이트를 기대했나?"

리에타가 웃으며 고개를 저었다.

"아뇨."

그럴 거라고 생각했다. 킬리언이 익숙한 태도로 손을 들어 거리 마차를 잡아 세웠다. 마차가 완전히 멈추자 그가 문을 열고 리에타를 향해 손짓했다.

"타지, 아가씨."

리에타의 손을 잡아 마차 안에 올려 주고는 킬리언도 올라타서 문을 닫았다. 평복으로 옷을 갈아입은 것뿐인데, 리에타는 생각지도 못하게 들뜨고 즐거워졌다.

불편하다고 느끼지 못했는데 너무 오랫동안 어울리지 않는 옷 안에 갇혀 있었던 것인지도 모르겠다는 생각이 새삼 들었다.

"자주 이렇게 나오세요?"

킬리언이 웃었다.

"여기선 날 알아보는 사람이 많으니까. 가끔 눈에 띄고 싶지 않을 땐 이러고 다니지."

리에타는 뒤늦게 그가 나름의 변장을 한 것이라는 것을 깨달았다. 하지만 리에타가 보기엔 그냥 평민복을 입은 악시아스 대공이었다. 그저 재미 삼아 평복을 입으신 것이 아니었나? 리에타가 조심스럽게 물었다.

"……사람들이 영주님을 알아보지 못할까요?"

"내성에서야 날 알아보는 사람들이 많지만."

킬리언이 웃었다.

"외성에서 내 얼굴을 가까이서 자세히 본 사람이 몇이나 되겠어? 기사들을 끌고 다니는 것도 아니고 레아가 없으면 의외로 알아보지 못해. 시험해 볼래?"

리에타의 눈이 동그래졌다.

"외성으로 가나요?"

"자유롭게 움직이려면 그쪽이 낫지. 그대, 계속 성에만 묶여 있는 게 답답하지 않아?"

……영주님은 그런 게 답답하다는 걸 어떻게 짐작하시는 걸까. 내가 그런 내색을 드러낸 일이 있었을까? 미묘한 얼굴로 고민하는 리에타를 보고 킬리언이 어깨를 으쓱하며 웃었다.

"나는 답답해."

리에타가 눈을 깜박이며 그를 쳐다보았다. 킬리언은 마차 벽을 두드리고는 마부에게 외성 지역으로 가겠다고 말했다.

영주님은 언제나 성과 한 몸인 듯 녹아들어 계신 분이고, 성을 답답해하는 것은 내가 분수에 맞지 않는 옷을 입고 있기 때문이라고만 생각했는데. 마차 의자가 그의 체격에 비해 버거워 보이는 데도, 익숙하게 자세를 잡고 싱긋 웃는 모습이 편안하게 보였다.

외성으로 나온 그들은 유명한 대장간 거리에 왔다.

"대장간 거리라······."

킬리언이 표정 없이 말을 이었다.

"지금 이게 적절한 데이트라고 생각해?"

"하, 하지만 뭐든 갖고 싶은 거나 어디든 가 보고 싶은 곳을 이야기하라고 하셨잖아요······."

리에타가 웅얼대듯 작게 항변했다. 악시아스 하면 공예품이니 다른 영지에서 온 사람들에겐 대장간 거리도 상당한 볼거리였다. 하지만 그 동네에 매일 머무는 사람에게는 평범한 대장간 거리일 뿐이었다. 킬리언이 한숨을 쉬곤 맘대로 하라는 듯 손을 들었다.

리에타는 사제나 신성 능력자가 쓸 수 있는 물건들을 볼 수 있는 곳을 묻고는 대장장이와 상인 들이 가리키는 방향을 향해 움직였다. 보기 드문 미남 미녀였지만 상인들이나 대장장이들은 그저 한 번 흘긋 보고 말 뿐, 정말로 킬리언을 알아보지 못하는 듯 심드렁했다. 거리에 오가는 사람들도 대개 마찬가지였다.

"정말로 알아보지 못하네요."

"그렇다니까."

"영주님 정도의 체격은 흔치 않으니 누구나 쉽게 알아볼 거라고 생각했는데요."

"악시아스에 들어올 정도의 용병 중엔 나만 한 사람도 곧잘 있어. 본성 안에 들어오는 사람들을 주로 접하는 그대는 볼 기회가 많지 않았겠지만."

킬리언이 고개를 기울이며 웃었다.

"나보다 그대를 알아보는 사람이 있을 가능성이 높을걸. 외성 지역에 축성 일을 다니지 않았어?"

"아…… 네. 하지만 이쪽은 의뢰가 없어서 와 본 일이 없어요."

"아예 처음 와 봐?"

"네. 하사해 주신 집에 필요한 물건들이 처음부터 거의 갖춰져 있기도 했고…… 그간 제가 무기를 볼 일은 없었으니까……."

리에타가 민망한 듯 웃었다. 킬리언이 눈을 찡그리며 웃었다.

"지금 무기 보러 온 거야?"

리에타가 머쓱한 태도로 목을 쓸었다. 대답은 없었지만 뻔했다. 리에타가 그의 눈치를 보았다.

"……화나셨어요?"

킬리언은 짧게 한숨을 쉬었다. 뭘 그런 걸로 화까지 나겠나.

"……그대에게 무기를 들어야 할 정도의 일을 시킬 생각은 없지만."

킬리언이 산뜻하게 어깨를 펴며 말했다.

"그대가 갖고 싶은 게 신성 무기라면 뭐 이런 것도 나름대로 재미겠지. 무기 보는 안목이라면 맡겨 둬."

킬리언이 앞장섰다. 그는 고급 마법 세공품과 무기를 전문적으로 취급하는 곳으로 리에타를 데리고 들어갔다. 대장간 거리와 공예 거리 사이에 있는 큰 모험가 상점이었다. 신성 능력자용으로 가공된 지팡이나 장신구를 취급하는 곳만 떼어 놓고 보아도 내성에 있는 고급 대장간은 우스운 규모였다.

킬리언은 다짜고짜 가까운 곳에 있던 상인에게 여기에서 가장 좋은 신성 무기들을 보여 달라고 말했다. 리에타는 조금 놀라서 슬그머니 상인과 킬리언의 눈치를 보았다.

킬리언을 알아보는 상인들이 없다는 것을 납득하고 나자 오히려 걱정이 되었다. 킬리언은 오만하고 거침없었다. 상인이 건방진 젊은이라며 화를 내거나 돈은 있냐고 무시하는 소릴 해도 하나도 이상할 것이 없어 보였다.

하지만 패기 넘치는 주문을 던지는 평민을 보고도 상인은 느리지도 빠르지도 않은 몸짓으로 태연하게 몸을 일으킬 뿐이었다.

"아저씨가 들 거요? 아니면 거기 아가씨?"

"아가씨."

그는 몸을 돌리더니 조수들과 대장장이들에게 다가가 무어라 이야기를 한 뒤 무기 진열을 위한 빈 걸쇠를 끌어왔다. 이내 그들의 앞에 무기 걸쇠가 놓이고 수많은 지팡이들이 차곡차곡 진열되었다.

상인이 "마음에 드는 것이 있으면 들어 봐도 되오" 하는 말을 덧붙였다. 들어 봐도 된다는 소리에 리에타가 반짝이는 눈빛으로 무기들을 살펴보았다.

푸른 보석을 일정한 간격으로 박아 넣은 은제 로드, 주먹만 한 붉은 보석이 달리고 섬세한 세공으로 고대어가 새겨진 검은 나무 지팡이, 날개를 펼친 채 기도하는 여신의 형상이 세공된 화려한 스태프, 번개 맞은 나무로 만든 듯 검게 탄 목재에 깃털 모양 은세공이 박힌 퇴마 스태프…… 그 외에도 여러 개의 고급스러운 무기들이 차례로 걸렸다.

"뭐 이 정도네. 이 중에 바로 가져가실 수 있는 건 이것, 이것, 이것."

상인이 지팡이들 중 몇 개를 짚었다.

"나머지 것들은 예약이 걸려 있거나 마법 처치가 미완성이라서 시간이 좀 걸리는 것들이오. 그밖에 원하는 형태가 있으면 따로 주문 제작 넣으실 수 있고."

애초에 모험가 길드도 아닌데 주문한 사람도 없는 완성품을 만들어 놓고 파는 곳은 독보적으로 공예가 발달한 악시아스 공예 거리뿐이었다.

악시아스의 공예품은 만들어 둔 것이 팔리지 않을 걱정이 없기에 공예 거리에서는 항상 재료값을 걱정하지 않고 공들인 최상등품이 꾸준히 생산되었다.

그렇기에 좋은 물건을 빨리 구하려는 사람들이 악시아스에 몰리는 선순환이 일어났다. 근래 역병이 돌아 교역의 문이 좁아지긴 했지만 악시아스 물건에 대한 수요는 꾸준했다.

"이것, 이것, 이것은 빼."

킬리언이 이유도 붙이지 않고 지팡이 몇 개를 제외하도록 지시했다. 상인의 눈빛에 이채가 감돌았다. 그는 군말 없이 걸쇠에서 지정된 무기들을 빼냈다.

남겨진 신성 무기들을 훑던 리에타의 시선이 그중 하나의 지팡이에 조금 오래 머물렀다. 상인이 힐끗 보고 설명을 덧붙였다.

"아가씨도 안목이 괜찮으시군. 그거 탐내는 분들이 많은 물건이오. 이미 주문 예약이 셋이나 걸려 있는 석장인데 오닉스*의 눈이 들어가기 때문에, 재료가 언제 들어올지 몰라서 제작엔 시간이 많이 걸릴 수도 있소."

"한번 써 봐도 되나요?"

"물론이오."

상인이 무기를 건네주었다. 리에타는 지팡이를 들고 신성력을 일으켜 보았다. 우웅…… 눈부신 신성력이 일어나며 지팡이의 보주에 범상치 않은 유백색 빛이 밝게 휘돌았다. 곁에 있던 상인뿐만 아니라 여러 곳에서 탄성 같은 감탄사가 흘러나왔다.

"오……. 황실 사제님이셨소?"

상인의 표정이 좀 더 우호적인 빛으로 변하며 적극적인 자세가 되었다.

"잘 찾아오셨구먼. 사제님들이 요즘 자주 오시지. 아마 듣고 오셨겠지만

◇◇◇◇
* 마수의 한 종류

봉사단 사제님들께는 우리가 아주 좋은 가격으로 해드리고 있소."

상인은 써 보신 분들은 다 아주 괜찮다고 만족하시는 물건이라며 리에타가 고른 지팡이에 대해 자신했지만, 리에타는 좋은 물건이라며 긍정하면서도 미묘한 얼굴이었다. 킬리언이 리에타의 얼굴을 보고 툭 던졌다.

"별론가 본데."

그리 큰 소린 아니었지만 당황한 리에타가 황급히 그의 입을 막으며 목소리를 낮추어 속삭였다.

"그런 거 아니에요."

기분이 나쁠 법도 한데, 상인은 그다지 개의치 않는 태도로 웃을 뿐이었다.

"선택권은 안목 있는 손님의 특권이지. 더 둘러보고 오시오."

리에타는 민망해하며 상인에게 무기를 돌려주었다.

"감사해요. 잘 봤어요."

……라나의 솜씨가 정말로 좋은 모양이었다. 악시아스 공예 거리의 가장 좋은 물건이라는데도, 라나가 선물한 양산보다 신성 무기로써 완벽하게 느껴지는 것이 없었다.

다음 행선지는 킬리언이 골랐다. 그가 고른 곳은 외성 시장의 먹자골목이었다. 길 양옆에 노점상과 길거리 음식을 파는 곳들이 즐비했다. 세비타스에도 시장에 노점 음식점이 있었지만 이렇게 넓은 길 양쪽을 가득 메울 정도로 규모가 크고 사람들이 많은 것은 처음 보았다. 리에타는 휘둥그레진 눈으로 그를 쳐다보았다.

"이런 곳도 와 보셨어요?"

"……시장이 그렇게 감탄할 정도로 놀랄 곳은 아닌 것 같은데."

킬리언이 덤덤하게 웃으며 답했다. 언제 역병이 돌았냐는 듯 여전히 활기가 넘치는 시장을 돌아보니 기분이 좋았다.

"시장에 자주 오세요?"

"글쎄, 가끔?"

오가는 사람들의 코를 사로잡는 맛있는 냄새가 사방에서 밀려들었다. 악시아스 성에서 별의별 고급스러운 산해진미를 다 맛보았지만 이런 시장의 길거리 음식은 또 달라서 구미가 당겼다. 리에타는 홀린 듯한 눈으로 좌우를 둘러보다가 퍼뜩 눈치를 살피듯 킬리언을 올려다보았다.

"길거리 음식 같은 것도 드세요?"

킬리언이 눈썹을 찡그리며 웃었다. 대체 날 뭘로 보는 거야.

"까탈스러운 도련님 취급 마."

리에타가 입을 가리고 작게 웃었다.

"저도 악시아스에서 몇 달을 살았지만 외성에 이런 큰 장이 서는지는 몰랐어요."

뭐, 리에타의 집은 내성이니까.

"외성은 잘 안 돌아다니나 보군."

"네. 일하러는 와 봤지만 여기저기 놀러 다니지는 않아서……."

말을 흐리는 리에타의 시선이 한 꼬치 요리 노점상에 꽂혔다. 두 사람의 발이 멈추었다. 파와 파프리카, 양파 따위를 소고기 사이사이에 끼운 꼬치 요리를 파는 노점상이었다.

매콤한 소스를 바른 소고기가 고소한 냄새를 내며 화로 위에서 이글이글 익어 가고 있었다. 노점 상인이 익어 가는 꼬치를 철판 위에서 뒤집고 그 위에 다시 붉은 소스를 발랐다. 끄트머리가 살짝 탄 고기에서 고소한 냄새가 풍겼다.

놀라워하다 못해 충격 받은 얼굴을 한 리에타의 시선이 꼬치 요리에 꽂혔다. 꿀꺽, 넋을 잃고 침까지 삼키는 게 뻔히 보였다.

"……꼬치 처음 봐?"

킬리언의 물음에 리에타가 멍하니 대답했다.

"닭꼬치는 있었는데……. 파프리카를 끼운 건 처음 봐요. 세비타스엔 이런 게……."

그녀가 어딘지 억울하기까지 한 얼굴로 킬리언을 올려다보았다.

"왜 없었죠?"

내가 어떻게 알아. 킬리언이 리에타를 쳐다보았다. 상인이 붙임성 좋게 그들에게 웃으며 손짓했다.

"맛보고 가세요!"

홀린 듯 리에타가 노점상으로 다가갔다. 붉은 소스와 적당한 기름기로 꼬치에서 반짝반짝 먹음직스런 윤기가 흘렀다.

"보답이라기엔 뭣하지만, 이건 제가 사 드릴게요!"

제게 음식을 사 주겠다는 리에타가 어이가 없어 킬리언은 말도 안 되는 소릴 들었다는 듯 눈을 찌푸렸다.

"데이트 신청에 응한 여자가 돈을 내는 법은 없어."

그가 거절하기 전에 리에타가 얼른 말했다.

"이건 제가 먹고 싶은 거니까 제가 낼 거예요. 그리고 영주님께서 사 준다고 하시면 제가 어떻게 먹고 싶은 만큼 먹겠어요."

더 기가 막혔다.

"몇 개를 먹어도 상관없어. 내가 내."

"이 정도는 제가 하게 해 주세요."

리에타는 재빨리 노점 상인에게 값을 치러 버렸다. 그리고 꼬치구이 두 개를 양손에 들고 그를 쳐다보며 웃었다. 리에타가 방긋 웃더니 그에게 하나를 내밀었다. 초롱초롱한 눈으로 꼬치구이를 쳐다보다가 그를 올려다본다. 기대로 가득한 싱글벙글한 표정이 예뻐서 못마땅하게 찌푸렸던 얼굴이 풀리고 말았다. 킬리언이 미묘한 얼굴로 꼬치구이를 받아들었다. 음식은 더 좋은 것을 먹일 생각이었는데, 뭘 대령해도 저것보다 좋아할 리가 없을 것 같아 킬리언은 빠르게 체념했다.

그냥 하는 소리라고 생각했는데. 리에타는 놀랍게도 그 자리에서 꼬치 구이를 네 개나 해치웠다. 킬리언이 놀란 눈으로 그녀를 쳐다보았다. 배고 팠나?

"아가씨가 참 복스럽게 잘 먹네. 더 먹을 수 있어요?"

노점상인 아주머니도 놀란 눈으로 다섯 번째 꼬치는 서비스라며 그냥 주었다. 리에타는 민망해하면서도 눈을 반짝이며 "감사해요!" 하고 받아들 었다.

정말 복스럽게도 먹고 있었다. 의외로 곧잘 먹는다고는 전부터 생각했 는데 이 정도로 잘 먹는 사람이었는지 몰랐다. 많이 매운지 입술과 뺨이 발개져 후후거리는 게 묘하게 그의 식욕까지 자극했다. 리에타가 먹는 모 습을 보고 사람들이 노점상 앞에 몰려들고 있었다.

"맵지 않아?"

"딱 좋아요."

……정말로 잘 먹는다. 리에타는 빨개진 입술 사이로 손부채질을 하면 서도 맛있게 마지막 꼬치구이를 해치우고 있었다. 후후 짧게 숨을 내쉬며 입가에 묻은 것을 핥는 혀가 위험하게 보인다.

킬리언은 그녀의 입술과 그 입속으로 사라지는 꼬치를 쳐다보고 있다 가, 저도 제 몫의 꼬치를 하나 더 입으로 가져가고 말았다.

"영주님도 꼬치구이 좋아하시는구나……. 그렇게 많이 드시는 거 처음 봤어요."

누가 할 소릴……. 킬리언이 헛웃음을 지었다.

"그대, 성의 식사가 딱히 입에 맞지 않았나 봐?"

"아, 그런 건 아니에요. 주방장님 솜씨는 완벽하고 훌륭하시지요. 그냥 원래 제가 꼬치구이를 좋아해서……."

당황해 손을 내저으며 웃는 리에타를 보고 킬리언이 피식 웃었다.

"주방장에게 말해 두어야겠군."

그때, 위에서 크게 투두둑 하는 소리와 함께 짧은 비명 소리가 들렸다. 리에타가 깜짝 놀라 위를 보는데, 킬리언은 별로 놀란 기색도 없이 앞으로 두어 걸음 빠르게 움직이더니 팔을 들어 턱 하고 떨어지는 뭔가를 받아 냈다.

"히끅!"

킬리언이 받아 안은 것은 자그마한 남자아이였다. 아이는 떨어진 것에 깜짝 놀랐는지 그의 팔에 안긴 채 딸꾹질을 시작했다. 이게 어찌 된 일인가 위를 올려다보니 창문의 덧문인지 난간인지가 뜯겨 덜렁이고 있었다.

"라일!"

아이 엄마가 비명처럼 아이 이름을 부르며 위층 창문에서 머리를 내밀었다. 곧 그녀가 창문에서 사라지더니 다급하게 건물 밖으로 뛰쳐나왔다. 뛰어오다 한쪽 신발이 벗겨지는 줄도 모르고 얼굴은 창백하게 질려 있었다. 킬리언은 엄마가 달려올 때까지 아이를 안아 들고 있다가 잠자코 그녀에게 아이를 넘겨 주었다.

"거길 왜 올라가! 거길 왜! 큰일 나면 어쩌려고!"

창백해진 아이 엄마는 감사 인사를 하는 것도 잊은 채 사색이 되어 아이를 부둥켜안고 아이의 엉덩이를 마구 때렸다.

"으애앵!"

비로소 제 어머니의 품에 안긴 아이가 뒤늦은 울음을 터뜨렸다. 리에타도 그제야 놀란 가슴을 쓸어내리고 미소 지었다. 아이 엄마는 아이를 품에 꽉 틀어 안은 채 눈물이 글썽해져서 킬리언에게 허리를 숙였다.

"감사합니다, 정말 감사합니다."

리에타가 경황없이 나동그라진 아이 엄마의 신발을 주워다 주었다. 아이 엄마가 거듭 감사하다며 사례를 하려 했으나 킬리언은 아이가 놀랐으니 가서 꼬치구이라도 사 먹이라며 오히려 돈을 쥐여 주고 떠밀어 보냈다. 놀라서 우는 아이를 품에 안고 도닥이며 달래는 소리와 칭얼거리는 소리가 인파 속으로 멀어져 갔다.

킬리언이 리에타를 향해 돌아서다가 멈칫했다. 우두커니 꽂힌 시선. 모자가 떠난 후에도 그녀는 아직 멀어지는 이들의 뒷모습을 바라보고 있었다.

"네 살…… 정도 되었겠네요."

리에타가 조용히 웃으며 말을 이었다.

"한창 사고 치기 시작할 때죠."

더 이상 그들의 모습이 보이지 않는데도 감정을 감춘 하늘색 눈은 여전히 그쪽을 향해 있었다.

"너무 혼나지 않아야 할 텐데요."

이내 리에타가 시선을 물리며 킬리언을 향해 웃었다. 그리고 그가 딱히 재촉하지도 않았는데, 몸을 돌려 먼저 걷기 시작했다.

그들의 외출은 데이트라기보단 소풍에 가까운 느낌이었다. 마음이 차분하고 편안했다. 조금 즐거운 것도 같았다. 내리쬐는 햇살 위에 선선한 바람이 불었다.

처음 들렀던 공예 거리에서와 달리 킬리언이 데려간 시장에서는 정말로 즐거운 시간을 보냈기 때문에, 리에타는 심사숙고해 두 번째 장소를 골랐다. 리에타가 고른 장소는 서점이었다.

"……대장간보다는 나은데."

리에타는 그 말이 칭찬이라 생각했는지 쑥스럽게 웃었다. 평민들은 보

통 대장간 구경이나 서점 구경도 데이트라고 하나? 킬리언도 딱히 데이트
랄 것을 해 본 적 없으니 모를 노릇이었다.

평민인 리에타에게야 책이 구경만 해도 재미있는 사치품일지 몰라도
킬리언에겐 아니었다. 그의 집인 악시아스 성 안에 거대한 도서관을 두고
있는 킬리언에게 외성의 평범한 대형 서점은 데이트하기 썩 훌륭한 장소
일 수가 없었다.

하지만 저 웃는 얼굴에 냉정한 진실로 실망을 끼얹을 생각은 추호도 없
었다. 리에타는 책을 보고 나는 리에타를 보면 되지. 즐거워하는 얼굴이니
되었다.

리에타는 세비타스와는 다른 악시아스의 서점을 둘러보며 새삼스런 감
회에 젖어 들고 있었다. 책은 비싼 물건이었고 리에타는 돈이 있을 리 없
는 수도원의 고아였다. 수도원에서 자랐고 학업에 재능이 있었던 리에타
에게 서점은 항상 선망하던 곳이었다.

생활력이 있는 제이드는 금방 마을에서 자리를 잡아 정착했고 리에타에
게 종종 책을 선물해 주곤 했다. 내색을 하지 않는데도 제이드는 리에타가
보고 싶어 하는 책을 귀신같이 알았다. 리에타는 비싼 책을 자꾸 사 온다
며 그를 타박하고, 그는 그리 비싸지 않다며 웃었다. 불과 오 년 남짓…….
길지 않았던 행복한 시간이었다.

"……『하비스턴 악마학』이네."

킬리언의 목소리가 추억에 젖어 있던 리에타를 현실로 데려왔다. 킬리
언이 책을 들어 뒷면을 살펴보며 말했다.

"꽤 두껍군. 대사원에서 인증까지 하는 책이었나?"

리에타가 무의식적으로 킬리언 쪽을 바라보았다. 또 다른 추억. 한때 그
녀가 닳도록 보았던 생애 가장 무거웠던 책이 그의 손에 들려 있었다.

"선물받았다고 하지 않았어?"

"네? 아, 네."

리에타가 조금 놀라 눈을 깜박였다. 페르디안 도련님의 이야기를 그에게 털어놓았을 때 그런 세세한 이야기까지는 하지 않았는데. 잠시 당황하던 리에타는 간신히 이전의 기억을 떠올렸다. 설핏 타니아 성녀님께서 뭐라 물으셨던 것에 대답한 기억이 나는 듯했다. 책을 선물받았다는 말을 했던가, 내가?

리에타는 기억조차 가물가물한데 영주님의 기억력은 어떻게 저렇게 좋으신 건지 도무지 알 수가 없었다. 잠깐 훑어본 것만으로도 킬리언은 그 책이 여간 비싼 것이 아니리라고 짐작했다. 사원이 인가한 데다 그림까지 들어 있는 책이 비싸지 않을 리 없다. 평민이 살 수 없는 책이었다.

"누가 선물해 준 거지?"

리에타는 누구라고 대답하지 못하고 머뭇거리다가 대답했다.

"……친구가."

리에타가 졸업하며 수도원에 기증했다는 책. 리에타가 눈으로 악마를 보는 재능을 가진 신성 능력자라는 것을 알고 있는 사람. 대사원에서 인증한 고가의 서적을 살 수 있을 정도의 재력을 가진 사람. 아마도 귀족, 그중에 리에타가 친구라 말할 만한 사람.

'……한때 신세 진 분이에요. 그분은 한때 제 친구였고, 제 남편의 친구이기도 했어요.'

리에타가 확답하지 못하고 우물쭈물하는 것을 본 킬리언은 그냥 대답을 듣길 관뒀다.

"사 가지. 한 권쯤 그대도 가지고 있는 게 좋을 것 같군."

리에타가 깜짝 놀랐다.

"그거 굉장히 비싼 책이에요."

킬리언이 고개를 기울였다. "그럴 리가."

그 말 앞에는 '나한테?'가 생략되어 있었다. 물론 그의 재력에 비싼 책이라는 건 존재하지 않는다. 킬리언은 신성 능력자의 필수 서적이라는 『하비스턴 악마학』이 그놈이 사 주었던 책이라는 것이 상당히 불쾌하고 마음에 들지 않았다. 저 정도 수준이 될 때까지 아주 오랫동안 시간과 노력을 들여 정성껏 보았을 테니까.

서점 주인이 힐긋 킬리언과 리에타를 쳐다보았다. 저 책에 관심을 가질 만한 사람이면 신성 능력자인데, 여자 쪽이 신성 능력자인 모양이었다. 구경하러 오는 사람은 많아도 원체 가격이 비싸서 사 가는 경우는 드문 책인데, 왠지 이들은 사 갈 것 같다는 직감이 들었다.

평귀족 출신으로 꽤나 높은 귀족의 가정교사로 오래 일한 적 있는 서점 주인은 킬리언이 사용하는 귀족 특유의 독특한 말투와 억양을 알아들었다. 역시나, 평범한 복식을 하고 있지만 꽤나 고급스러운 재질로 만들어진 옷이었다. 황제의 사제들 가운데는 귀족 출신도 적잖이 있었으니 이상할 일도 아니었다.

"신성 사제이십니까?"

킬리언은 굳이 정정하지 않고 대답했다.

"그래."

서점 주인이 그러려니 하고 끄덕였다. 이곳에 『하비스턴 악마학』이 있다는 소릴 듣고 사제들이 찾아오는 일도 이미 몇 번 겪은 차였다. 근래 봉사를 벌이고 있는 사제들은 거리에 나서면 항상 인파에 둘러싸이곤 해서 가끔 사적인 용무를 보는 날에는 평복 차림으로 돌아다니기도 했다.

"사제시라면 아시겠지만 『하비스턴 악마학』은 모든 사원 도서관에 구비되어 있는 필수 장서입니다. 없어서 못 보는 책이죠. 아직 가지고 계시지 않다면 좋은 선물이 될 겁니다."

황제의 전투 사제는 과반수가 눈으로 악마를 볼 수 있는 사람들이니

『하비스턴 악마학』을 추천하는 서점 주인의 말이 근거 없는 상술은 아니었다.

『하비스턴 악마학』은 학구열이 있는 사제라면 누구나 욕심내는 책이었다. 특히 악마를 볼 수 있는 신성 능력자가 제대로 실력 발휘를 하기 위해선 이 책을 독파하는 것이 필수였다.

그러나 제법 경력이 오래된 고위 사제나 사원에서 밀어주며 키우는 구마 사제가 아니라면 그 비싼 가격 때문에 개인적으로 소장하기는 쉽지 않은 책이었다. 리에타가 당황해서 킬리언을 말렸다.

"괜찮아요. 악시아스 성 도서관에도 있으니 빌려 볼 수 있어요."

"갖고 있는 편이 좋아 보이는데. 그대, 수도원에 책을 기증했다며."

그런 얘기까지 했나? 그가 독심술을 하는 건지 그의 기억력이 좋은 건지 알 수가 없었다. 결국 리에타는 오만하게 들릴까 봐 꺼렸던 말로 거절했다.

"저는 그 책을 다 보았어요. 더 이상 보지 않아도 돼요."

"한 번 봤다고 끝나?"

"다 머릿속에 있어요."

킬리언이 갸웃 고개를 기울였다. "그래?"

그럴 리 없다고 생각한 서점 주인이 어리둥절한 얼굴이 되었다. 아무리 황제의 전투 사제라 해도, 저렇게 젊은 아가씨가 하비스턴을 다 외워? 악마학 교수나 고위 사제들마저 하비스턴은 펼쳐 놓고 보는 것이 흠이 되지 않는 책이었다. 킬리언은 획 책을 넘기더니 페이지 한구석에 그려진 악마의 이름을 손으로 덮어 가렸다.

"이놈 이름은?"

갑자기 시작된 시험에 리에타가 얼떨떨한 얼굴로 답했다.

"하급 악마라 이름은 없고 헬리오스 분류로 엘티 오 퀴트넘이라고 불리는 종……. 모르비두스나 디리타스가 즐겨 부렸던 것으로 알려진 복속 악마입니다."

덮은 손을 치우고 확인하니 과연 정확했다.

"호오."

킬리언이 다시 페이지를 휙 휙 넘기더니, 이번에는 이름 대신 빽빽한 설명이 붙어 있는 부분을 가린 채 리에타에게 시선을 들어 올렸다.

"여기 들어가는 내용은?"

"화마 엑시티우스. 십오 년 전 재앙의 땅에서 대악마 디리타스와 함께 인간에게 고통을 주었던 고위 악마로, 칠 차 악마 토벌 당시 소멸한 화마 엑스키시오의 형제입니다. 엑스키시오의 소멸로 인간에게 원한을 가지고 있어 적개심이 대단하고……."

몇 번 비슷한 질문이 반복되었지만 리에타의 대답은 한순간도 지체 없이 튀어나왔다. 서점 주인은 정말로 놀란 얼굴이 되어 버렸고 악마학을 잘 모르는 킬리언의 눈에도 흥미가 어렸다. 책의 두께만 염두에 두고 생각하더라도 대단한 일이었다.

"……진짜 다 외웠군?"

"네."

"그래도 사지."

"네?"

상인이 눈치껏 덧붙였다. "최신 개정판입니다."

"그렇다는군."

킬리언은 순식간에 책의 대금을 치르고 웃돈까지 얹어 그것을 악시아스 성으로 보내 달라 말했다. 서점 주인이 "예" 하고 책을 배달용 상자에 담으러 가다가 문득 이상한 얼굴을 하고 뒤를 보았다.

……악시아스 성? 이내 검은 머리카락과 오만하고 서늘한 눈매 속에 존

재감을 감추고 있는 붉은 눈을 알아본 서점 주인의 눈이 휘둥그레졌다.

"여자를 묻어라!"

"살려 주세요!"

비탄에 잠긴 여배우의 목소리가 애처롭게 울렸다. 그때, 저편에서 칼을 든 엑스트라들이 "으아악!" 하고 과장된 비명과 함께 쓰러졌다.

"악독한 놈들! 무슨 짓을 하려는 것이냐! 죄 없는 여자에게 손대지 마라!"

엑스트라들이 일제히 바라본 곳을 향해 관객들의 시선이 돌아갔다.

"웬 놈이냐!"

무대를 벗어나, 관객석 구석의 조금 높은 곳에 놓인 커다란 술통 위에 가면 쓴 남자 배우가 올라가 망토를 휘날리고 있었다. 그 뒤에서 멋지게 망토가 나부끼도록 열심히 부채질을 하고 있는 무대 스태프가 보였다. 자기들 뒤편에서 나타난 배우를 발견한 근방의 관객들 몇몇이 꺄르륵 웃음을 터뜨렸다.

"정의롭지 못한 자들에게 알려 줄 이름 따윈 없다!"

여배우가 간절하게 외쳤다.

"도와주세요! 가면 자객님! 구해 주세요!"

검은 가면을 쓴 배우가 술통에서 풀쩍 뛰어 내려오며 목검을 뽑아 들었다.

"네 이놈들! 단 하나도 살려 보내지 않겠다!"

가면을 쓴 남자가 목검을 휘둘렀다. 배우는, 화려하기만 하지 쓸데없는 몸짓과 함께 목검으로 엑스트라들을 스쳐 지나며 칼춤을 추기 시작했다.

"으아악!"

"끄아악!"

빙글빙글 돌며 허공에 대고 칼을 휘젓는 전위적인 춤사위가 무대를 둘러싼 관객들을 한 바퀴 훑었다. 과하게 멋을 부리느라 어설프고 우스꽝스러웠지만 무대 위에서의 위력만은 절대적이었다. 스치지도 않은 칼에 추풍낙엽처럼 흩어진 악역들이 사방으로 쓰러졌다.

여배우의 앞을 지키고 있던 마지막 한 놈이 험악한 표정을 지으며 가면을 쓴 배우와 대치했다. 무대 뒤편의 악단이 긴장감 넘치는 음악을 연주하며 둥둥 북을 울렸다.

악당과 남자 주인공이 대치한 채 옆으로 한 걸음 한 걸음 원을 그리며 돌았다. 악역 배우가 목검을 쳐들며 소리쳤다.

"누구도 남작님의 신부를 빼앗을 수 없다!"

이에 질세라, 남자 주인공이 뜬금없이 화려하게 가면을 벗어던졌다.

"누구든 그 여자의 머리카락 끝 하나라도 상하게 하는 자는 나, 흑태자의 이름으로 용서치 않을 것이다!"

맥락 없는 고백에 관객들이 좋다고 환호하며 웃었다. 두 배우가 허! 허! 목검을 맞부딪치며 칼싸움을 시작했다.

서점 주인의 추천으로 거리 연극을 보러 온 리에타와 킬리언은 연극의 전개에 할 말을 잃었다. 이게 근래 거리에서 가장 유행하는 연극이란 말인가? 킬리언은 높이 세워져 있는 판자에 적힌 「미망인과 가면 자객」이라는 제목을 멍하니 올려다보았다. 사방에 쓰러져 있던 엑스트라 배우들이 기겁한 시늉을 하며 물러섰다.

"아니, 저 분은?"

"으아아! 피의 흑태자 전하시다!"

주인공에게 밀리기 시작한 악당이 마침내 허공에 검을 던져 버리고 요란한 소리를 내며 바닥에 쓰러졌다.

"크윽! 흑…… 태자……!"

비통한 마지막 대사를 남기는 것도 잊지 않았다. 서툴고 촌스러운 B급 연기에도 관객들은 와자하게 환호하며 손뼉을 쳤다. 악마들조차 혀를 내두르고 갈 만큼 가공할 만한 항마력이었다. 남자 주인공이 멋들어지게 앞머리를 쓸어 넘겼다.

"훗! 하찮은 놈들."

킬리언마저 그 대목에서 헛웃음을 터뜨려 버렸다. 과장되게 폼을 잡는 모습에 관객들이 와하하 웃음을 터뜨렸다. 멋지게 돌아선 배우가 관객의 환호를 받으며 여배우가 묶여 있는 말뚝으로 다가갔다.

"당신께서……! 피의 흑태자님……?"

아련하기 짝이 없는 여배우의 대사에 리에타는 사색이 되어 돌아섰다.

"이, 이만 가요."

"왜, 재밌는데."

킬리언이 몸을 무대로 향한 채 눈으로만 리에타를 쳐다보며 웃었다. 리에타는 기절할 것 같았다. 아무리 외면하려 해도 뒤에서 이어지는 배우들의 대사는 리에타의 귀에 선명히 꽂히며 손발을 오그라들게 만들고 있었다.

"이럴 수가! 그날 밤 처음으로 만난 이후 한순간도 잊지 못했던 가면 자객님께서 피의 흑태자님이셨다니!"

신이시여. 대사 하나하나가 미치고 환장할 노릇이었다. 흑태자 역의 배우가 다가가 여배우를 풀어 주었다. 밧줄은 거의 저절로 떨어졌지만 아무도 신경 쓰지 않았다.

"다친 곳은 없소?"

"흑태자님……!"

리에타는 차마 볼 수가 없어 거의 울 것 같은 얼굴로 고개를 숙이며 킬리언의 팔을 잡아끌었다.

"제발 가요, 영주님. 제발요."

킬리언은 폭소가 터지려는 것을 간신히 참고 굳게 섰다.

"조금만 더 보고 가지. 어차피 막바지인 것 같은데."

가면 자객이 열정적으로 소리치며 여주인공 앞에 한쪽 무릎을 꿇었다.

"더 빨리 밝히지 못해 미안하오! 그러나 나, 흑태자는 더 이상 그대에게 거짓말을 하고 싶지 않았소! 부디 나를 용서해 주시오. 그리고 나와 함께 갑시다!"

"······흑태자님!"

여자 주인공이 남자 주인공을 일으켜 세웠다. 두 배우가 불타는 눈빛으로 서로를 마주 보았다. 설마? 설마? 설마 아니지? 관객들이 휘파람을 불며 기대 어린 환호와 야유를 보냈다. 얼굴이 새하얘진 리에타가 급기야 두 손으로 킬리언의 팔을 덥석 붙잡고 죽어라 잡아당겼다.

결국 두 배우가 뜨거운 키스를 나누기 직전 킬리언이 져 주었다. 그는 웃음을 터뜨리며 못 이긴 척 끌려 나갔다. 기가 다 빨린 리에타는 붉어지다 못해 하얘진 얼굴로 막사 밖에 주저앉아 버렸다. 킬리언이 큭큭거리며 그녀의 위에 대고 물었다.

"저거 우리 얘기지?"

리에타가 미친 듯이 고개를 저었다.

"대체 어딜 봐서요! 저희 얘기일 리 없어요!"

"너무 각색하긴 했더군."

"각색이라뇨. 완전히 창작이죠. 사실과 전혀 다르잖아요!"

킬리언이 웃었다.

"뭐, 난 마음에 드는데. 제목만 빼고."

정신이 아득해지는 연극 내용에 경황이 없어 판자에 쓰여 있던 제목을 보지 못했던 리에타가 물었다.

"제목이 뭐였는데요?"

"별거 아니었어. 무례한 제목이니 몰라도 돼."

킬리언이 다리에 힘이 풀린 리에타를 일으켜 세워 주었다.

"뭐 마시러 갈래?"

리에타가 멍하니 끄덕였다. 킬리언이 인파를 헤치며 리에타의 손을 이끌었다. 연극의 클라이맥스에 환호하는 사람들 틈으로 두 사람이 조용히 빠져나갔다.

그때, 리에타의 눈에 극장에서 쓰다가 망가져 버린 듯 부서진 판자 조각이 들어왔다. 판자 조각에는 그가 말해 주지 않았던 연극의 제목이 쓰여 있었다.

「미망인과 흑태자.」

리에타는 퍼뜩 그의 뒷모습을 바라보았다. 무례한 제목. 킬리언이 언짢아한 단어는 '흑태자' 쪽이 아니었으나 리에타는 뒤늦게 그게 위험한 단어였다는 걸 깨닫고 그의 눈치를 살폈다.

그러고 보니 대사들 상당히 아슬아슬했잖아. 그냥 흑태자도 아니고 '피의 흑태자'라니……. 분명 킬리언을 겨냥한 단어였고 충분히 모욕으로 느낄 수 있는 말이었다. 괜찮으신 걸까?

리에타는 그가 한때 황자였던 사람으로서 피의 흑태자라는 단어를 얼마나 불쾌해했을지 짐작할 수가 없어 그의 뒷모습만 쳐다보았다. 그러나 그는 그저 연극이 웃겨 죽겠다는 듯이 웃어넘길 뿐이었다.

킬리언은 리에타를 식사를 할 수 있는 큰 펍으로 데리고 갔다. 그들이 자리에 앉은 것은 해가 떨어지고 저녁이 다 되었을 무렵이었다. 어느새 어둑해져 촛불을 밝힌 식당의 넓은 홀. 테이블들은 가장자리에 늘어서 있었고, 중앙에선 나름 구색을 갖춘 소규모 악단이 연주를 하고 있었다.

사람들은 저마다 식사를 하거나 술을 마시며 왁자지껄 떠들고 있었다. 흥겨운 악단의 연주는 손님들이 활기차게 떠드는 목소리와 뒤섞이며 한껏 분위기를 띄우고 있었다.

악시아스 성의 주방장이 만드는 훌륭한 음식들과는 또 다른 이국적인 향신료가 가미된 요리들은 모두 독특하고 훌륭했으며 맛있었다.

요새는 기사들이 끼어 왁자지껄한 식사를 하는 일들이 드물어 대개는 둘이서 조용한 식사를 했으므로 리에타는 이런 들뜬 분위기의 식사가 오랜만이었다.

용병으로 보이는 사람들, 일을 마치고 온 듯한 공예가들이나 농부들, 때이른 주정뱅이들, 귓가에 다정하게 속삭이는 연인들이 저마다의 이야기로 왁자지껄 떠들며 웃음꽃을 피우고 있었다.

리에타는 사람 구경에 넋을 놓았다. 온갖 종류의 사람들이 모인 펍의 모습은 자유분방하고 개성이 넘치는 기사들과의 식사와도 상당히 달랐다. 어떻게 이런 곳을 아실까. 영주님의 땅이니 모르시는 것이 없는 게 당연한 걸까?

"이렇게…… 종종 변복하고 오세요? 기사님들이랑?"

"그럴 때도 있고."

혼자 올 때도 있고. 덧붙이며 킬리언은 메뉴판을 훑어보며 물었다. "맥주나 한잔 할까?"

재미있는 말도 아니었는데, 맥주 마시겠냐는 소리에 리에타가 사르륵 눈매를 휘며 웃었다.

"영주님은 와인이나 독한 스피릿만 드시는 줄 알았어요."

킬리언이 피식 웃었다. "서운한 소릴."

킬리언은 이 펍은 유명한 맥주집이라며 메뉴판을 보여 주었다. 리에타는 생전 처음 보는 다양한 종류의 맥주 메뉴판을 보고 눈이 휘둥그레졌다. 맥주 종류가 이렇게 많다니. 킬리언이 리에타의 취향을 묻고 적당히 좋아할 만한 맥주를 추천해 주었다.

"여긴 악시아스에서 가장 제대로 된 맥주를 다루는 곳이지."

"술을 잘 아시나요?"

"아마 그대보다는?"

리에타는 당연한 소리에 또 뭐가 재밌는지 웃었다. 처음 만났을 땐 웃는 얼굴을 보는 것이 정말 힘들었는데 사실은 웃음이 많았던 여자였을 거라는 생각이 들었다.

킬리언은 한쪽 팔을 괴고 앉은 채 잠시 쉬었다가 돌아와 착석하는 연주자들을 바라보았다. 연주자들의 앞에 놓인 악보대 위에서 악보가 팔랑, 팔랑 넘어가며 악기들이 자리를 잡았다. 텅 빈 홀에 촛불 빛이 은은하게 어리었다. 킬리언의 붉은 눈동자가 리에타를 향해 움직였다.

"……영주님은 주량이 어떻게 되세요?"

실없는 질문에 그의 눈이 가만히 녹아들 듯 휘었다. 이어진 말에 리에타는 자신이 방금 무슨 이야기를 했는지 잊어버렸다.

"춤출래?"

"네?"

디리링딩…… 곡을 여는 피리와 바이올린의 하모니가 울려 퍼지며 악단의 연주자들이 빠른 리듬의 경쾌한 무곡을 연주하기 시작했다. 사람들이 환호하며 홀로 뛰어나와 춤을 추기 시작했다.

킬리언이 대답을 기다리지 않은 채 일어서서 손을 내밀었다. 리에타가 당황한 얼굴로 고개를 저으며 거절했다.

"저, 저…… 발이 아파서."

드레스는 갈아입었지만 신발은 미처 갈아 신지 못해 오래 걸은 발이 불편하다는 것이 거짓은 아니었다. 킬리언이 그녀의 앞에 한쪽 무릎을 꿇었다. 리에타의 눈이 커졌다.

그는 리에타의 발에 신겨진 구두를 하나하나 벗겨 주었다. 그러더니 제 발에 신은 신발도 벗어 테이블 밑에 밀어 버리고 일어섰다.

"뭐, 뭐하세요?"

킬리언이 웃었다. 한쪽 입꼬리만 쓱 올리는 서늘한 웃음이 아닌, 세상 근심 따위 모르는 것 같은 근사한 청년 같은 미소를 지으며 다시 손을 내밀었다.

누가 이런 미소를 지으며 내민 손을 거절할 수 있을까. 리에타는 저도 모르게 그의 손을 마주 잡았다. 손이 잡히자 저절로 몸이 일으켜졌다. 아무 말도 없이, 춤추는 군중들 틈으로 맨발의 남녀가 뛰어들었다.

축제의 밤이 깊어 가고 있었다. 유리잔 안의 촛불은 따뜻하게 빛나고 테이블 위의 맥주잔엔 차가운 물방울이 맺혀 흘러내리고 있었다.

어느새 적지 않은 사람들이 홀로 나와 맨발로 춤을 추고 있었고, 킬리언과 리에타는 자신들의 테이블로 돌아갔다. 킬리언은 킥킥 웃고 있고, 리에타는 얼굴이 발그레해져서 숨이 턱까지 찼다.

"몸치군."

"……죄송해요."

킬리언이 웃으며 민망해하는 리에타의 머리를 살짝 헝클었다.

"죄송하다 하지 마."

밟아 봤자 맨발이라 아프지도 않다. 구두였으면 꽤나 위협적이었겠지
만 리에타 쪽도 맨발인 상태라 오히려 좀 더 밟아 줘도 좋겠다 싶을 정도
였다.

큰 쟁반을 들고 돌아다니던 종업원이 그들의 테이블을 보곤 아무 말 없
이 빙그레 웃고는 차가운 새 맥주로 바꿔 주었다. 킬리언이 테이블 위에
새로 놓인 맥주잔을 내밀었다.

리에타도 조용히 웃으며 맥주잔을 들어 그의 잔에 마주치며 건배를 했
다. 챙, 맑은 소리가 나고 각자의 잔이 입가로 갔다.

꿀꺽 꿀꺽 단숨에 몇 모금을 들이켜고 기분 좋은 한숨을 내쉰 리에타는
의자 등받이에 등을 기대었다. 킬리언이 허리를 굽히더니 그녀의 발 앞에
신발을 놔 주곤 자신도 몸의 긴장을 풀었다.

맨발인 것이 편해서 그냥 앉아 있던 건데, 그렇게까지 해 주신 것이 황
송해서 엉거주춤 몸을 일으키려 했지만 킬리언은 무슨 일이 있었냐는 듯,
반 정도 남은 맥주잔을 내리며 소란이 잦아든 홀 쪽을 쳐다보고 있었다.

경쾌한 춤곡 하나를 마치고 막간에 접어든 홀에서는 흥분을 가라앉히
는 잔잔한 음악이 흐르고 있었다. 리에타가 맥주잔을 쥔 손을 만지작거렸
다. 그들을 향해 옆 테이블의 중년 부부가 웃으며 물어 왔다.

"부부요?"

리에타는 조금 당황하여 웃으며 손을 저었다.

"아니에요."

부인 쪽이 웃으며 남편을 쿡 찌르고는 손바닥을 내밀었다.

"쳇……."

남자가 부인에게 은화 하나를 뜯기며 투덜거렸다.

"여태 결혼 안 하고 뭐한 거요? 덕분에 내기에서 졌잖소."

부인 쪽에서 웃으며 물었다.

"그런데 이런 거 물어봐도 되나? 만난 지 얼마나 됐어요?"

목소리가 닿는 위치에 있던 몇몇 사람들이 은근히 저희들도 궁금하다는 듯 쳐다보았다. 펍의 사람들 대부분을 맨발로 춤추게 한 아름다운 외모의 젊은 남녀는 아까부터 적지 않은 사람들의 시선을 모으고 있었다. 여행자도 아닌 것 같고 상당히 눈에 띄는 사람들인데도 근방에서 본 적이 없는 젊은이들이었기 때문이었다.

"일 년 조금 안되었지."

"저희는 그런 사이가……."

동시에 상반된 대답을 내놓은 킬리언과 리에타가 서로 멀뚱히 마주 보았다. 만난다는 말을 서로 다르게 해석한 결과였다는 걸 네 사람이 모두 알았다. 남자가 의외라는 듯 물었다.

"서로 안 지는 일 년이 안 되었고, 그냥 친구 사이라는 거요?"

킬리언은 피식 웃으며 맥주잔을 향해 시선을 내렸다. 리에타가 난처한 미소를 지으며 고개를 저었다.

"아뇨, 제가 모시는……."

"이 여자가 받아 주지 않아서."

킬리언이 리에타의 말을 끊으며 맥주잔을 들어 올렸다.

"내가 매달리고 있는 중인데."

어머나? 하며 중년 부인이 흥미롭게 입을 가렸다. 눈이 동그래졌던 리에타의 얼굴이 발갛게 달아올랐다.

"……취하셨어요?"

그녀의 말을 있는 그대로 해석한 킬리언이 의아하다는 듯 손에 든 잔을 비스듬히 까닥였다.

"……이 정도로 취할 리가?"

둘 다 딱 맥주 한 잔씩 마시기 시작했을 뿐이었다. 조금 떨어진 다른 테이블에서 리에타를 향한 짓궂은 질문들이 날아들었다.

"아가씨, 그 사람 별로야? 생긴 건 번지르르하고 패기도 있어 보이는데, 왜 안 받아 주는데?"

"바람둥이인가?"

"안 보이는 데가 시원치 않아?"

"그 사람이 별로면 나는 어때!"

홀의 사람들 사이에서 야유와 환호 비슷한 휘파람 소리가 튀어나왔다. 와하하 사람들이 웃어 젖혔다. 번화가의 펍은 처음인지라 이런 분위기에 익숙하지 않은 리에타의 얼굴이 빨개지고 있었다. 급기야 사람들이 킬리언을 향해 이것저것 훈수를 두기 시작했다.

"이봐, 이봐. 사나이가 확 밀어붙일 줄도 알아야지, 아가씨가 밀당한다고 가만히 기다리고만 있으면 안 돼! 저렇게 미인이니 다른 놈이 벌써 눈독 들이잖아?"

당황한 리에타가 킬리언 대신 변명하려고 했다.

"그, 그런 게 아니⋯⋯."

킬리언이 짧게 웃더니 끼어들어 저지했다. "쉿, 그만."

그는 팔을 들어 리에타에게로 향하는 시선을 차단하곤 제게 집중하고 있는 사람들을 향해 쓱 입꼬리를 올리며 말했다.

"부족한 내가 좋은 조언을 해 준 여러분들에게 한잔 사지."

킬리언이 금화 몇 개를 카운터로 튕겼다. 얼떨결에 치마폭에 그것을 받아 든 여주인이 날아든 거금에 깜짝 놀랐다. '한잔'이 아니라 홀의 모두에게 풀코스 안주까지 제공하고도 남는 금액이었다.

"거스름돈은 필요 없어."

눈이 댕그래진 사람들이 숨을 들이켜더니 일제히 환호하며 휘파람을 불었다.

"악시아스 사나이가 이 정도는 돼야지! 합격!"

"아가씨, 그 남자 잡아!"

"고백해! 고백해!"

킬리언이 피식 웃고는 선을 그었다.

"그건 내 알아서 할 테니 부디 즐겨 주길."

겨우 서른이나 되었을까 싶은 새파란 젊은이가 말하는 태도가 제법 오만했지만 누구도 이상한 점을 눈치채지 못했다. 당연하고 당당하게 구는 그의 태도를 보니 작위가 있는 귀족이나 기사이겠거니 하는 모양이었다.

과한 관심이 쏠린 사태를 간단히 정리한 킬리언이 의자에 기대어 앉으며 다시 맥주잔을 들었다. 리에타는 상기된 얼굴로 맥주잔을 뚫어져라 내려다보며 잔을 감싼 손끝을 다른 쪽 손으로 만지작거렸다.

그는 완전히 잊어버릴 정도로 편하게 대해 주다가도 불쑥불쑥 이렇게 훅 들어오곤 했다. 습관처럼 손톱을 뜯고 있던 손가락이 살짝 튕기듯 미끄러졌다. 물끄러미 리에타를 쳐다보던 킬리언이 손을 뻗었다. 그대로 리에타의 손을 그러쥐고 당기더니 살폈다. 리에타가 얼떨떨한 얼굴로 그를 올려다보았다.

"전부터 생각했는데."

그가 엄지로 그녀의 손톱 끝을 쓸었다.

"그대, 난처할 때나 무슨 말을 해야 할지 모를 땐 곧잘 여길 뜯더군."

대수롭지 않게 날아온 말에 심장이 쿵 내려앉았다.

"손톱이 상하니 하지 않는 편이 좋겠는데."

리에타가 멍하니 제 손을 쳐다보았다. 마음에 고요한 파문이 일었다.

'그렇게 뜯지 마. 손톱이 상하잖아. 이 습관 고칠 때까지 내가 잡고 있을 거야.'

불쑥 튀어나온 기억으로 리에타는 추억에 젖었다. 물거품처럼 흩어진 허망한 약속들, 거짓말이 된 노래들.

　단 한 번도 그녀를 실망시킨 적 없던 남자가 했던 수많은 약속들은 그가 사라져 버리며 모두 거짓말이 되었다. 손끝을 잡아 주던 다정한 손의 온기가 아득했다. ……너무도 아득해, 그가 떠난 지 일 년도 되지 않았다는 게 믿기지 않았다.

　종업원이 빈 잔을 가져가고 새 잔을 건네고 있었다. 채 잔을 비우지 못한 리에타의 앞에도 두 번째 잔이 놓였다. 잔을 받은 리에타가 고개를 떨어뜨리며 자신의 손을 내려다보았다.

　손톱을 뜯는 버릇은 그대로 있는데, 이 버릇이 사라질 때까지 손 잡아 주겠다던 사람은 곁에 없었다. 피부에 남아 있는 손의 감촉은 다른 사람의 온기였다.

　목에 무언가 걸린 듯해서 막힌 것을 삼키며 쓸쓸하게 웃었다. 그래도 걸린 것이 사라지지 않아서, 리에타는 두 번째 맥주잔에 입을 가져다 대었다.

　"가지 마세요. 조금만 더 있어요."

　"아무렴 취한 여자를 길에 두고 가겠어?"

　"여기 있어요. 가지 말아요."

　"그대는 집에 가야 해."

　킬리언이 주점 여주인의 도움으로 리에타를 들쳐 업었다. 술을 마시고 정신을 놓은 리에타 덕분에 그들의 데이트는 다소 급작스럽게 끝났다.

　"아이고…… 어떡한대. 집 멀어요? 마차도 다 끊겼을 텐데."

　"안 멀어."

　여주인이 리에타의 어깨 위에 도톰한 숄을 걸쳐 주었다. 킬리언이 숄로 감싼 리에타를 등에 추어올렸다. 주사는 딱히 없다더니 그런 것도 아니었다. 그보단.

"……어떻게 겨우 맥주 두 잔에 이렇게 될 수가 있지?"

솔직히 억울했다. 겨우 맥주 두 잔이었고 그 정도로 취할 거라곤 생각지도 않아서 말리지 않았는데, 리에타는 저 혼자 맥주 두 잔을 채 비우지도 못하고 그 어떤 전조도 없이 완전히 취해 뻗어 버렸다. 어쩐지 중간에 이야기할 때부터 상태가 이상하더라니. 이렇게 된 걸 보니 그때부터 이미 취한 상태였던 모양이다.

리에타가 헤실헤실 중얼거렸다.

"죄송해요……. 제가 오늘…… 너무 기분이 좋아서……."

좋기도 하겠지. 킬리언이 눈썹을 찡그리며 웃고는 등에 업은 리에타를 추켜올렸다.

"술을 잘 못하면 말을 하지 그랬나."

리에타는 웃는 것 같았다. 무방비하기 짝이 없는 여자 같으니. 좋은 사람은 술이 들어가도 좋은 사람이라고 했던가. 참 무서운 신뢰다. 내가 무슨 그런 대단한 신뢰를 주었다고 이렇게 무방비하게 풀어지는 건지. 아무나 이런 식으로 믿지 말아야 할 텐데.

"영주니임……."

"어, 왜."

"저야 아직 남편을 못 잊은 불쌍한 미망인이니 괜찮다지만…… 아무 아가씨에게나 이런 행동을 하시면 정말 벌 받으십니다……."

"어떤 행동?"

리에타가 웅얼거렸다. 별로 중요한 말은 아닌 듯했다. 킬리언은 한숨을 내쉬었다. 뭐 파렴치한 짓을 한 것도 아니고, 할 것도 아니고. 양심에 거리낄 것은 하나도 없었기에 킬리언은 그냥 술주정으로 넘겼다.

밤이 되자 늦가을의 공기가 제법 쌀쌀했다. 주점 여주인이 내준 숄은 바람을 제법 잘 막아 주었지만 리에타는 추운 듯 웅크리며 그의 등에 파고들고 있었다. 킬리언이 혼잣말처럼 중얼거렸다.

"그대는 그런 일까지 당한 사람이 본인 입으로 미망인이란 소리가 아무렇지도 않게 나오는군."

리에타가 뒤척였다.

"산 사람은 살아야지."

대답이 없었다. 별로 기대하지도 않았다. 킬리언은 피식 조금 씁쓸하게 웃고는 발을 옮겼다.

처음 만났을 때부터 죽음 앞에 서 있던 여자였다. 그까짓 것 무슨 대단한 은혜라고 몇 번이고 위험에 제 몸을 내던지는 여자였다. 분명 그 위험에서 건져 놓았다고 생각했는데, 아직도 온전히 구하지 못한 것만 같고 가끔씩 그녀는 계속해서 떠내려가고 있는 것만 같다.

"……오래 섬겨. 비싼 은혜를 입은 목숨이잖아."

킬리언은 본심이 아니면서도 그녀가 집착하는 은혜를 언급했다. 그렇게 말했을 때 가장 열심히 따르는 사람이라는 것을 알아서.

"네……. 오래……."

잠들지 않았는지, 리에타가 고개를 주억거렸다.

"오래 사세요……."

겨우 서른이 넘은 사람에게 만수무강을 비는 여자의 주사를 듣고 킬리언이 픽 실소했다.

"눈이나 붙여. 자장가 불러 줄까?"

그 누구에게도 해 준 적 없는 친절을 베풀었건만 그의 등에 기댄 여자는 작게 웃는 듯하더니 고개를 저으며 거절했다.

"아니요……."

어차피 피차 그런 대답은 듣지 않는 사이였다. 킬리언은 흥얼거리기 시작했다. 리에타가 멈칫하며 살짝 몸을 굳혔다. 낯익은 목소리, 낯익은 음률. 그러나 그 목소리에 그 선율이라는 조합은 낯선 것이었다. 그의 허밍은 짧게 이어지다 끊어졌다.

잠시 후 리에타가 살짝 고개를 들어 올리며 물었다.

"……그 노래 어떻게 아세요?"

"잘 몰라. 여기까지밖에."

언젠가 그녀의 침실 문 앞에서, 열린 문 틈새로 흘러나오던 선율이었다. 그녀와 관련된 일이라면 킬리언은 어떤 사소한 것이라도 모두 기억하고 있었다.

리에타가 작게 웃으며 스스로 조그맣게 흥얼거리기 시작했다. 전처럼 음률만 흥얼거리는 허밍이 아닌, 제대로 노랫말이 얹힌 노래였다.

"고되었나요. 오늘도 밤이 길겠지만……."

킬리언은 조용히 귀를 기울였다.

"두려워 말아요. 별이 예쁘잖아요. 당신이 잠시 쉬어 갈 수 있도록 내가 항상 여기 있을게요."

짧은 노래를 마친 리에타가 조금 쑥스러운 듯 꿈지럭거리며 변명했다.

"제가 노래를 잘 살리질 못하지만…… 잘하는 사람이 부르면 훨씬 듣기 좋거든요."

저도 제 노래 솜씨가 좋지 못한 줄 안다는 듯 웃는다. 노래를 잘한다 하긴 어려운 어설픈 솜씨였지만 목소리가 예쁘니 듣기는 좋았다.

킬리언이 가만히 그녀를 따라 노래하기 시작했다. 리에타가 부르는 것을 한 번 들었을 뿐이지만 이미 기억하고 있던 음률이었다. 그는 어렵지 않게 따라 불렀다.

"두려워 말아요. 별이 예쁘잖아요. 당신이 잠시 쉬어 갈 수 있도록 내가 항상 여기 있을게요."

잠시 낯설어하던 리에타의 몸이 이내 그의 노래에 귀 기울이듯 가만히 뒤척였다. 짧은 노래가 끝나고, 잠긴 목소리가 속삭였다.

"노래…… 잘 부르시네요."

"난 못하는 게 없어."

리에타가 웃었다. 킬리언이 물었다. "무슨 노래야?"

리에타가 잠깐 틈을 두고 대답했다.

"제이드가…… 저를 위해 만들어 준 노래예요."

생각지 못한 대답에 킬리언이 입을 다물었다. 리에타가 조그만 목소리로 이어서 물었다.

"자장가인 줄 어떻게 아셨어요?"

"……몰랐어."

"정말요……?"

또 웃는다. "한 번만 더 불러 주세요."

"……뒷부분 알려 줘."

리에타가 다시 노래를 흥얼거렸다.

"힘들었나요. 오늘도 밤이 차겠지만 두려워 말아요. 별이 예쁘잖아요. 당신이 춥지 않도록 내가 안아 줄게요."

킬리언이 곧바로 노래를 이어 갔다.

"당신이 잠시 쉬어 갈 수 있도록 내가 항상 여기 있을게요. 내가 곁에 있을게요. 내가 여기 있을게요."

등 뒤에 얹힌, 사람이라기엔 가벼운 온기, 여린 숨결. 문득 그의 목덜미에 뜨거운 것이 투둑 떨어져 흘렀다. 킬리언은 잠시 멈추어 섰다. 리에타가 그의 어깨에 고개를 묻은 채 웅얼거렸다.

"침 아니에요……."

"그래."

"눈에서 술이 나오네……."

"자라."

어림도 없는 헛소리를 받아 주며, 킬리언이 담담히 답했다. 발소리가 타박타박, 그리고 선선한 밤바람에 낙엽이 굴렀다. 등에 기대어져 있던 머리가 묵직하게 어깨에 내려와 닿았다. 색색 가느다란 숨소리에 귀 기울이며 발걸음을 맞추었다. 이내 새근거리는 숨소리와 함께 등에 업힌 여자의 몸이 노곤하게 내려앉는 것이 느껴졌다.

문득 리에타가 조그맣게 속삭였다.

"……지 마."

킬리언은 발소리를 죽이며 귀 기울였지만, 더 이상은 아무 말도 이어지지 않았다. 킬리언은 가만히 그녀의 숨소리를 듣고 있다가, 다만 그녀의 어깨 위에 여민 솔을 추슬러 올렸다.

리에타는 띄엄띄엄, 잠꼬대인지 헛소리인지 모를 소리들을 몽롱하게 중얼거렸다. 가끔은 다른 이를 향한 소리 같기도 했고, 가끔은 그를 향한 소리 같기도 했다. 킬리언은 가끔은 듣고 넘기고, 가끔은 대답해 주었다.

"……저 두고 가지 마세요."

"그래. 같이 가고 있잖아."

"……너무 오지도 마세요."

잠시 말을 멈추었다가 킬리언이 대답했다.

"그래. 그대가 있으라고 하는 곳에 있을게."

누구의 대신이어도 상관없다. 아니, 대신이 될 수 있었으면 좋겠다는 생각이 들었다. 그가 그녀의 인생에 얼마나 큰 버팀목이었는지 안다.

"……죄송해요."

"죄송하다고 하지 마."

킬리언이 담담하게 말했다.

"아직 그대 마음이 아니면 그냥 아니라고 하면 돼."

리에타는 대답하지 않았다. 킬리언은 묵묵히 걸었다. 한적한 밤길을 리에타를 업고 걸어가며, 킬리언은 바닥에 걸리는 마른 모래와 돌멩이들을 바라보았다.

그는 새삼 악시아스가 척박하다는 생각을 했다. 이 땅이 조금만 더 비옥했더라면……. 지난 십삼 년간 꾸준히 해 왔던 생각이었지만. 그는 다시 한번 생각하고 있었다.

이곳이 그녀가 뿌리내리기에 부족함이 없는 곳이기를, 자신이 일군 악시아스가 세비타스보다는 조금이라도 더 좋은 곳이기를, 그녀가 이 메마른 땅에 제대로 뿌리내려 주기를 바랐다.

외성의 펍에서 본성까지는 걸어서 가기엔 제법 먼 거리였지만 잠든 리에타에게는, 그리고 킬리언에게 또한 그리 먼 길이 아니었다.

한밤중에 여자를 들쳐 업고 태연하게 성으로 들어가려는 남자를 문지기와 경비병들이 기가 막히다는 듯 창으로 가로막았다.

"웬 놈이냐. 이 시간엔 본성에 들어갈 수 없다는 걸 모르나?"

킬리언이 빤히 그들을 쳐다보다가 코웃음 치며 툭 뱉었다.

"군기가 잘 들어 있군."

모를 수가 없는 낯익은 목소리에 문지기들의 턱이 떡 벌어졌다. 황급히 경비병이 위로 쳐든 어슴푸레한 횃불 아래로 눈이 부신 듯 살짝 미간을 찡그리는 악시아스 대공의 모습이 드러났다. 횃불을 들이댔던 경비병이 황급히 허둥지둥하며 뒤로 물러섰다.

"대공 각하!"

가끔 단출하게 입고 나가시긴 했어도 여자를 업고 들어오시는 일은 처음이었기에 이런 상황은 처음이었다. 생경하기 짝이 없는 광경이었다. 자신을 알아본 듯하지만 여전히 얼이 빠져 있는 양옆의 문지기들을 향해 킬리언이 덤덤히 해야 할 일을 알려 주었다.

"치워."

화들짝 놀라며 문지기들이 창을 물렸다. 당장에 걷어차였어도 할 말이 없을 상황이었다. 다른 때도 아니고 늦가을 즈음의 악시아스 대공은 결코 봐주는 법이라는 게 없는 인물이었다. 그러나 짜증스런 발길질도 정신 못 차리냐는 핀잔도 날아오지 않았다.

킬리언은 그냥 짧게 한숨을 쉬며 발을 옮겼다. 경비병 하나가 재빨리 따라붙으며 물었다.

"도와드릴 사람을 부를까요?"

"문이나 열어."

다행히 말을 타고 오지 않았기에 도르래를 내려 요란하게 성문을 열 필요 없이 쪽문이 열렸다. 어찌할 바를 모르고 겁에 질린 채 전전긍긍하는 문지기들을 뒤에 두고 킬리언은 슥 스쳐 지나가며 말했다.

"수고해라. 축제도 좀 즐기고."

경비병들은 넋을 놓고 그 뒷모습을 쳐다보고 있다가 서로 마주 보곤 자기들의 얼빠진 표정을 확인했다.

병사들의 보고를 듣고 달려온 레너드와 지젤은 술에 취해 잠든 리에타와 그녀를 업고 있는 킬리언을 보고 경악한 얼굴이 되었다. 병사들의 지레 짐작 섞인 보고에 지옥 끝까지 다녀온 레너드가 숨죽인 비명을 질렀다.

"뭘 저지르신 겁니까!"

킬리언이 눈썹을 구겼다.

"저지르긴 뭘?"

창백해진 얼굴을 한 손으로 가린 지젤이 빽 소리쳤다.

"수, 술을 먹이신 거예요? 리에타에게?"

"자기가 스스로 마신 거거든?"

"말리셨어야죠! 정신을 잃을 때까지 마시게 두시면 어떡해요!"

맥주 한 잔 반에 이렇게 될 줄 나라고 알았겠어? 킬리언이 짜증스레 항변하려다 입을 다물었다. 갑작스런 소란에 리에타가 깨어난 듯 그의 등 뒤에서 부스럭거리고 있었다.

그녀의 움직임을 가장 먼저 알아챈 킬리언이 뒤를 향해 반쯤 고갤 돌리고 차분한 목소리로 물었다.

"속은 괜찮아?"

"으응……."

아직 정신이 없는 모양이었다. 킬리언이 눈짓했다. 눈이 휘둥그레져 쳐다보던 지젤과 레너드가 퍼뜩 정신을 차리고 움직였다.

자연스럽게 킬리언의 침실과 리에타의 드레스룸이 있는 쪽으로 향하던 레너드를 지젤이 잡아끌어 리에타의 침실로 향했다. 레너드와 지젤이 얼른 등잔불을 밝히고 재빨리 하녀들이 따라붙어 리에타의 잠자리를 보았다.

킬리언은 잠든 리에타를 내려다보며, 침대 맡의 의자에 기대어 앉았다. 언제부터 취해 있었던 걸까. 어디까지 기억할지도 불분명해졌다. 나름대론 꽤 중요한 이야기를 나눴다고 생각했는데 이미 인사불성이었다니.

물을 찾을 것 같아 머리맡 협탁에 물을 채운 컵을 놓아두고 리에타의 얼굴 위에 흐트러진 머리카락을 정리해 주며 킬리언은 생각에 잠겼다.

"생각해 보고 있어?"

"……무엇을요?"

"나에 대해."

리에타가 물끄러미 그를 쳐다보다가 보글보글 잔 기포가 올라오고 있는 맥주잔으로 시선을 내렸다.

"아뇨."

킬리언이 작게 웃었다. "가차 없네."

리에타가 발밑을 내려다보았다. 무심결에 발끝으로 건드린 구두가 옆으로 툭 넘어졌다. 리에타가 가만히 눈을 깜박였다.

"……저한테 무슨 선택권이 있어서 생각 같은 걸 하겠어요."

"선택권이 왜 없어. 여태 내 말을 귓등으로 들었나?"

킬리언이 발을 움직여 구두를 도로 세워 주었다. 리에타가 살짝 입꼬리만 올리며 약하게 웃었다.

"그냥……."

말을 잇지 못하기에 킬리언은 받아서 물었다.

"그냥?"

리에타는 맥주잔만 내려다보고 있었다.

"……저랑 뭘 하고 싶으신 건지 모르겠어요."

묻는 바가 무엇인지 정확히 이해할 수 없어서, 킬리언은 말없이 그녀를 바라보았다.

"평민이랑 연애하는 기분이라도 느끼고 싶으신 건지……."

리에타가 잔에 맺힌 물방울을 엄지로 쓸며 손에 차가운 물기를 묻혔다.

"……잠자리를 원하시면 그냥 명령하시면 될 텐데요."

킬리언의 표정이 굳어졌다. 그녀의 발언은 그의 마음을 폄하하고 진심을 시험하는 말이었다. 하지만 그는 이내 담담한 얼굴로 표정을 정리했다.

킬리언이 그녀를 바라보며 테이블을 살짝 쳐서 툭 소리를 냈다.

"리에타, 내 얼굴 봐."

리에타가 그를 바라보았다.

"아직 나 혼자 앞서가서 부담 주긴 이르다고 생각하고 있지만, 빨리 말해 두는 게 맞을지도 모르겠다는 생각이 들어서 지금 말해 두는데."

"……."

"그대만 바라 준다면 나는 그대를 대공비로 들일 생각이야."

상상하지도 못한 말에 리에타는 그만 헛웃음을 흘렸다. 킬리언이 슥 입꼬리를 올리며 고개를 기울였다.

"안 믿나 본데."

"말도 안 되는 말씀을 하시니까……."

"왜 말이 안 되지?"

"……저 그렇게 순진하지 않아요. 어리석지도 않고요."

킬리언은 자신의 이야기가 조금도 진지하게 받아들여지지 않는 것 같아 가만히 그녀를 보고 있다가, 팔짱을 끼며 턱을 괴었다.

"순진? 그럼 내가 그대를 대충 갖고 놀다 버릴 거라고 생각하는 게 지혜로운 건가?"

리에타가 피식 웃으며 시선을 내렸다.

"솔직히 그렇죠."

킬리언은 물끄러미 리에타를 쳐다보았다. 그녀가 저런 식으로도 말할 줄 아는지 몰랐다. 뜻밖의 모습이었다. 진지한 이야기를 저런 태도로 받아

내니 비웃음이나 조롱을 받기라도 한 기분이라 묘했지만, 화를 내기보단 곰곰이 생각하게 되었다.

그런가. 보통은 그렇게 생각하는 건가. 그래도 평소라면 듣기 힘들었을 진심을 듣게 된 것이, 보이지 않았던 모습을 보게 된 것이 나쁘지 않다는 생각이 들었다. 말은 아니라 해도 그녀가 자신의 고백에 대해 어떻게든 생각해 봤다는 뜻일 테니까.

킬리언이 어깨를 으쓱했다. 어차피 이런 건 말로 주장하는 게 아니다.

"증명하려면 시간이 많이 필요하겠네."

리에타가 가만히 눈을 들어 그를 쳐다보다가 말했다.

"저는 평민이에요."

"그래서?"

리에타가 조금은 자조적인 미소를 지었다.

"침실로 오라고 명령하시면, 바로 취하실 수 있으세요."

"알아."

그의 대답은 '그게 뭐?'라는 질문에 가까웠다. 리에타가 물끄러미 그를 쳐다보았다. 킬리언이 짧게 한숨을 쉬며 말했다.

"새삼 그런 걸 짚고 있는 이유가 뭐지? 그대 말이 사실일지언정 내가 원하는 것 하곤 상관없는 이야긴데."

"……."

"내가 원하는 게 그대 마음이라는 설명 같은 거, 해야 해? 충분히 그대도 알고 있을 것 같은데."

리에타가 입을 다물었다. 킬리언은 이만큼 긴 말을 했으면 이제는 네 차례라는 듯이 침묵으로 대답을 요구했다. 한참 만에 그녀가 다시 입을 열어 말했다.

"저는, 평민이에요."

"내가 모를 것 같아서 몇 번씩 말해 주는 건가?"

"……작위도 돈도 권력도 없어요."

"괜찮아. 다 내가 가지고 있으니까."

"귀족은, 귀족들은 격이 맞는 사람하고 정략 결혼을 해야 하잖아요. 그러지 않으면…….."

킬리언이 고개를 갸웃했다.

"내게 여자의 신분이나 재력 같은 게 필요할 거라고 생각하는 건가?"

리에타가 꾹 입술을 물었다.

"……그런 게 필요하지 않은 귀족이 어디 있어요?"

"여기."

킬리언이 '나 있는데?'라는 듯이 손을 들었다.

"난 그냥 귀족이 아니야. 황적에서는 파였지만 준황족이지."

"그러니까, 더더욱 격에 맞는…….."

"난 여자의 배경이나 지참금 같은 거 조금도 필요하지 않은데. 반려자 정돈 그런 거에 구애받지 않고 고를 수 있어."

리에타가 빤히 그를 쳐다보았다. 어린아이 투정이라도 보는 것 같은 눈이다. 킬리언이 슥 입꼬리를 올려 웃었다.

"무슨 생각해."

"……여인의 환심을 사려 하는 사내는 못 하는 소리가 없다더니 정말 그렇다는 생각이요."

"호오."

"영주님도 그러실 줄 몰랐어요. 언제부터 절 좋아하셨다고 그런 이야기까지 하세요."

킬리언이 피식 웃었다.

"이제 드디어 그대의 환심을 사려는 사내로 격상인가. 언제쯤 그대 안에서 지고하신 영주님에서 벗어나 사내가 되나 했는데. 기쁘네."

킬리언이 소리 없이 웃으며 의자 등받이에 몸을 기대었다.

"암튼, 그게 문제였던 거라면 차라리 기쁜데? 나한테 여자가 가진 배경
은 전혀 안 중요해. 결혼쯤은 내 마음대로 할 수 있어. 내 곁에 있을 여인
을 내가 정하겠다는데, 감히 누가 토를 달 거지?"

리에타가 입술을 비죽였다.

"그야 당연히 세상 모두가요."

킬리언이 싱긋 웃었다.

"평민들? 아니면 일개 귀족 나부랭이들? 뭐 이러쿵저러쿵 떠들어 대기
야 하겠지. 하지만 내가 누구랑 결혼한들 떠들어 대는 건 똑같을 테니 그
건 그대에게 문제가 있는 게 아니라 내가 미안할 일일 테고."

"……."

"그런 건 내가 내리는 결정에는 조금도 영향을 미치지 못해. 뒤에서야
무슨 소리를 한들 알 바 아니지. 앞에서 무례한 소릴 하는 겁 없는 놈이 있
으면 내가 가만두지 않을 거고. 그대 곁에는 항상 내가 있을 테니까. ……
물론 그대가 내게 그대 옆자리를 허락한다면 말이지만."

반쯤 장난처럼 대답하던 킬리언이 리에타를 직시하며 진지한 어조로
말하기 시작했다.

"난 사교 활동도 전혀 안 하니 그대가 신경 쓸 일은 없어. 혹시 그대가
하고 싶어 한다면 하게 해 줄 수는 있지만. 너무 앞서나가서 얘기하는 감
이 없지 않은데, 그대가 나를 남자로 고려해 보는 데에 걸림돌이 될 수 있
는 신경 쓸 만한 일에 대해 미리 정리한다고 생각해."

골똘히 생각하는 양, 킬리언이 자기 이마에 손등을 가져다 대며 말했다.

"그밖에 누가 토를 달 수 있을까……. 나를 호적에서 파 버린 황제 폐하
가? 친모도 아닌 데다 본인도 재혼이신 황비마마가? 황제도 황비도 참견

할 명목이 없는데, 귀족원이? 신도 믿지 않는 내게 교단이? 생각할수록 정말 아무도 터치할 사람이 없군. 좋은 조건 아닌가, 나."

그저 놀림당하는 듯한 기분으로 일차원적으로 반박하던 리에타는 말문이 막힌 얼굴이 되었다. 비스듬히 고개를 기울인 킬리언이 매혹적으로 웃었다.

"자, 이런 좋은 조건까지 포함해서 심사숙고해 줘. 나 소문보단 괜찮은 사람이야. 사람 고기도 안 먹어. 여자한테도 아마…… 잘할걸? 그대에게 라면."

"……"

"연애는 잘 몰라. 부족한 것 알아. 하지만 노력하고 있거든. 주문해. 내가 맞출게. 난 뭐든 금방 잘해."

리에타가 고개를 저으며 시선을 내렸다.

"……좋은 분인 거 알아요. 하지만 제가."

"그대가?"

리에타가 한 템포 늦게, 가슴에 꽉 맺힌 매듭처럼 답했다.

"저는 과부예요."

"과부인 게 뭐? 유부녀라면 문제가 되겠지만 과부인 게 뭐 어때서. 아베르사티 황비와 내가 지금은 돌이킬 수 없는 강을 건넜지만, 황제 폐하가 그녀에게 첫 번째가 아니었다는 이유로 그녀가 황비가 되는 데에 문제가 있다고 생각한 적은 없어. 우리 사이도 나쁘지 않았지. 그 일이 있기 전엔."

리에타는 아무렇지도 않게 언급된 금기에 멈칫 굳어 버렸다. 킬리언은 자연스럽게 불편한 이야기를 건너뛰어 원래 화제를 이었다.

"내가 원하는 것이 그대라는데, 감히 누가 나의 레이디 될 사람에게 자격을 논할 거지? 그대가 아직 나를 남자로 생각해 주지 않으니 나는 그대의 마음을 바라 노력할 뿐이야. 다른 사람은 신경 쓸 필요 없어. 그대의 마음만이 문제지."

두 사람의 눈이 마주쳤다. 킬리언이 도전적인 태도로 싱긋 웃었다.

"그리고 이렇게까지 말한 이상 나는 최선을 다해 그대 마음을 얻을 수 있도록 노력해 볼 생각이야."

킬리언이 일어서서 그녀 쪽으로 다가갔다. 리에타는 의자에 앉아 맥주 잔을 든 채, 주춤 몸을 뒤로 물렸다. 킬리언은 리에타의 앞에 멈춰 서더니 손을 뻗어 그녀의 뒤쪽에 열려 있던 창을 닫았다. 탁 소리가 나며 서늘한 밤공기가 들어오던 창문이 닫혔다.

리에타가 눈을 깜박였다. 벽에 손을 짚은 채 상체를 숙인 그의 얼굴이 바로 위에 있었다.

"키스해도 되나?"

기겁해서 물러날 거라는 생각과는 다르게, 리에타는 가만히 그를 쳐다 보기만 했다.

"안 된다고 말해."

리에타가 그렇게 했다.

"안 돼요."

"그럼 축복만."

킬리언은 훌쩍 다가와 그녀의 이마에 입 맞추었다. 이젠 사뭇 낯설지만 은 않은 다정한 입맞춤이 정중하고 담백하게 닿았다가 떨어졌다.

"선택권은 그대에게 있다는 걸 잊지 마, 다만."

킬리언이 입을 열었다.

"재력, 권력, 무력, 잘생긴 얼굴, 영주로서의 유능함, 간섭할 사람 없는 배경, 그대에게 베푼 은혜, 그대를 좋아하는 마음, 그대를 기다리는 정성."

"……."

"어느 하나 빼놓지 말고 고려해."

킬리언이 싱긋 웃었다. 그리고는 자못 겸손한 어조로 나지막이 속삭였다. "그중 어느 하나라도 그대 마음을 움직일 만한 게 있었으면 좋겠네."

잠결에 가슴께를 더듬거리던 리에타가 항상 그곳에 있던 것이 만져지지 않자 불편하게 눈썹을 찡그리며 끙끙거리는 소리를 내었다. 킬리언이 그 손을 잡아서, 그녀의 왼쪽 손목으로 옮겨 놓아 주며 가만히 달래듯 토닥였다.

여기 있어. 손목에 감겨 있는 가죽 끈과 거기에 걸린 반지가 만져졌다. 리에타가 편안하게 표정을 풀며 반지를 쥔 손을 가슴으로 끌어당기고 이불 속에서 뒤척였다. 킬리언이 작게 미소 지었다.

그녀가 소중한 물건을 욕심내는 것이 예쁘다. 사람다운 마음을 보이는 것이 보기 좋았다. 취해서 인사불성이 되어서만이 아니라, 맨정신으로도 그녀가 언제나 그렇게 할 수 있도록 만들고 싶었다. 킬리언이 잠든 그녀의 얼굴 위에 고개를 드리우며 조용히 물었다.

"키스해도 되나?"

리에타가 눈을 감은 채 꿈결인 듯 웃으며 웅얼거렸다.

"아니요……."

킬리언도 웃었다. "그래. 그럼 축복만."

킬리언이 허리를 숙여 그녀의 이마에 살짝 입술을 가져다 대었다. 간지러운 듯 작게 웃은 리에타가 뭐라 웅얼거리며 이마를 문지르고 뒤척인다.

……이깟 게 뭐라고. 제법 행복한 기분이 들었다. 킬리언은 리에타의 얼굴을 가만히 내려다보았다.

지금은 풀어져 있고, 참 달콤하지만, 잠깐 무너져 있는 이 모습에 들뜨지 않도록 노력해야 한다. 그를 밀어내는 리에타도 진심이었을 테니까.

그가 사랑하게 된 사람은 아픔이 많은 사람이었다. 밀어내는 리에타도,

흔들리는 리에타도 있는 그대로 끌어안는 것. 그가 선택한 것은 그런 사랑
이었다.

"……잘 자."

그가 그녀를 축복했다.

13

용의 계곡

❖

짹짹짹…… 짹짹짹!

눈을 뜬 리에타는 멍하니 천장을 올려다보았다. 익숙한 침실의 천장이 눈에 들어왔다. 창문으로 평화롭게 아침의 뽀얀 햇살이 들어오고 있었다. 아침이었다.

"……!"

리에타는 깜짝 놀라 벌떡 침대에서 일어났다. 악시아스에 발 디딘 역사 이래 그녀에게 단 한 번도 없었던 일, 완벽한 늦잠이었다.

"어떡해……. 어떡해!"

자기도 모르게 입에서 중얼중얼 소리가 나왔다. 어젯밤 펍에서 맥주를 마시며 대화를 나누던 때부터 기억이 없었다.

미쳤나 봐. 어떻게 된 거야. 성까진 어떻게 돌아온 거지? 차라리 아무

기억도 나지 않았으면 나았을까. 정신없이 찬물로 얼굴을 씻는 사이 불행하게도 몇 가지 기억이 듬성듬성 떠오르기 시작했다.

편안하고 너른 등에 업혀 있던 것이 기억났다. 추운 밤공기를 피해 온기를 더듬고 그 등에 들러붙었던 것이 기억났다. 상대가 누군 줄도 모르고 칭얼거렸던 것이 기억났다. 달래 주던 목소리가 기억났다. 맙소사, 킬리언의 목소리였다.

리에타는 황망해져 얼굴을 닦던 손을 놓았다. 그녀는 영주님 등에 업혀 술주정을 부렸던 것이다!

"미쳤어. 미쳤어."

울상으로 옷을 막 갈아입는데, 똑똑. 짤막한 노크 소리가 울렸다.

"네!"

막 옷을 여민 리에타가 지각한 저를 깨우러 온 하녀를 예상하고 벌컥 문을 열었다. 있어야 할 위치에 얼굴이 없어서, 시선이 주춤주춤 위로 올라갔다. 편안한 차림새의 킬리언이 문 앞에 서 있었다. 리에타는 마땅히 올려야 할 아침 인사조차 건네지 못하고 숨을 멈추고 말았다.

표정 없는 낯으로 선 킬리언이 살짝 상체를 숙이더니 슥 손을 뻗어서 그녀의 이마를 짚었다. 리에타가 눈을 깜박였다. 서늘한 손이 잠시 머물고 있더니 머리카락 몇 가닥을 건드리며 슥 멀어졌다.

"열이 나던데."

달그락, 리에타를 스쳐 지나가 방 안으로 들어선 그가 침대 옆의 협탁에 쟁반을 내려놓으며 말했다.

"좀 더 누워 있지 않고."

리에타는 아무 말도 하지 못하고 멍하니 그의 뒷모습을 쳐다보고 섰다. 다만 혼란스러운 얼굴로 자기 이마를 만졌다.

제가 열이……? 아니 그걸 어떻게 아시는, 혹시 제가 깨어나기 전에 여기

계셨던……. 그러면 깨워 주시지……. 아니, 아니, 어제는 제가 실수를…….

무슨 말을 먼저 해야 하나 알 수가 없었다. 리에타는 아무 말도 하지 않았는데도, 마치 속내를 빤히 들여다보는 것처럼 킬리언이 살짝 웃었다.

"괜찮아."

달칵, 킬리언이 들고 온 쟁반에서 받침 접시 위에 엎어져 있던 찻잔을 바로 세워 놓으며 주전자로 손을 가져갔다.

"나갈 거야?"

"예?"

기울어진 주전자에서 투명한 찻물이 내려와 찻잔을 채웠다. 맑은 물소리를 내며 찻잔에 찻물이 차올랐다.

"오늘 주말이잖아."

"……아."

그제야 리에타는 정신이 들었다. 킬리언은 리에타가 멍해지는 걸 보고 눈을 깜박이다가 곧 사태를 파악하고 웃었다.

"잊고 있었군?"

"……."

"나한테 오려고 그렇게 급히 준비하던 건가?"

리에타가 머쓱하게 목덜미를 만지며 슬그머니 고개를 숙였다. 긍정이나 다름없는 침묵이었다. 킬리언이 작게 웃었다.

"기쁘네."

리에타는 괜히 창피한 기분이 들어 얼굴을 붉혔다. 오늘은 쉬는 날이었다. 이렇게 급히 준비할 이유가 없었다. 늦잠을 잤다고 해 봤자 아직 쨍한 아침이었다. 그리고 킬리언은 주말에 일을 시키는 사람이 아니었다.

식사 때가 되면 리에타를 찾긴 했지만 주말엔 아침 식사를 하지 않고 느지막이 정오쯤이 되어서야 늦은 아침 겸 점심이나 먹으러 오곤 했다.

주말에는 한가로운 오전을 보내도록 리에타를 내버려 두어 그녀는 거기에 길들여져 있었다. 해야 할 일이 없다는 걸 깨달은 리에타는 다급했던 움직임의 목적을 잊어버리고 멍청하니 섰다.

"악시아스 술은 다른 지역 것보다 독하지. 내 미처 신경 쓰지 못해 미안하다."

리에타가 확 얼굴을 붉히며 황급히 고개를 저었다.

"아, 아뇨. 제가……."

어린애도 아니고. 그게 어떻게 영주님이 미안하실 일이란 말인가. 제가 알아서 했어야 하는 일인걸…….

"그대는 술은 조심해야겠어. 셀린느도 그렇게 말하고."

"예, 예……."

……잠든 새 셀린느까지 다녀간 걸까? 리에타는 민망해하며 얼굴도 보지 못하고 보낸 자신의 주치의를 떠올렸다.

"처음보단 많이 나아졌지만 아직 그리 건강한 상태가 아니라 금방 해독이 되지 않으니 무리하지 말라더군. 술이 받는 체질도 아니라고 하고."

킬리언이 모락모락 따스한 김이 오르는 찻잔을 건네주었다. 마시라는 말 대신 찻잔만 내밀고 고개를 살짝 위아래로 까딱였다.

푸른빛이 돌고 톡 쏘는 향이 나는 것이 술 깨는 약차라는 걸 리에타도 알 수 있었다. 리에타가 황급히 두 손으로 받아 들며 어쩔 줄 몰라 했다.

킬리언이 쩔쩔매는 리에타를 물끄러미 쳐다보다 피식 웃었다. 그리고 그녀의 머리를 살짝 헝클어뜨렸다. 애정이 담긴 장난에 리에타가 살짝 어깨를 움츠리며 눈을 감았다가 떴다.

늦잠을 잔 건 물론이거니와 업혀 들어온 것도, 기억이 끊어진 것도 이미 돌이킬 수 없는 대참사인데, 술병 수발까지 드시게 하다니. 이게 무슨 추태란 말인가. 리에타는 얼굴이 빨개져서 고개를 숙이며 중얼거렸다.

"……이, 이런 일까지 직접 하지 않으셔도 되는데요."

그냥 죄송합니다, 아니면 감사합니다라면 됐을 텐데. 나 왜 이런 식으로 말하고 있지? 주제넘게 그의 친절을 나무라는 말에도 킬리언은 그냥 싱긋 웃었다.

"이런 걸 '일'이라고 하는 남자는 없을걸?"

리에타의 얼굴이 조금 전과 다른 의미로 새빨개졌다. 그녀는 찻잔에 입을 가져다 대며 슬며시 고개를 숙였다. 청량하고 달큼한 향이 코끝을 간지럽혔다.

"……저, 제가 어떻게 성으로 돌아왔나요?"

리에타가 물었다. 꽤 먼 거리였으니까, 업혀 있던 건 잠깐이고 마차 같은 걸 불러서 타고 왔을지도 모르고……. 착각일지도 모른다. 그러나 킬리언은 피식 웃으며 반문했다.

"어떻게 왔을 것 같아?"

괜히 물어봤다. 꿀 먹은 벙어리가 되어 버린 발간 얼굴이 대답이 되어 킬리언이 작게 웃었다.

"전혀 모르진 않나 보군."

킬리언이 벽 쪽으로 다가가 창문을 열었다. 창문을 통해 새하얀 아침 햇살이 들어오며, 화라락 하고 창가의 커튼이 바람에 흩날렸다. 깨끗한 공기가 기분 좋게 방 안을 휘돌았다.

뿌옇던 머리가 조금 맑아지는 듯해 리에타는 눈을 깜박이며 숨을 들이마셨다. 킬리언은 창틀을 짚은 채 잠깐 창밖을 쳐다보고 있다가 말을 이었다.

"어디까지 기억해? 어제 중요한 얘기를 많이 했는데."

중요한 얘기? 저도 모르게 긴장한 리에타가 손안의 잔을 꽈악 감싸 쥐었다. 중요한 이야기라 할 만한 것이 있었나? 부디 머릿속에 남아 있길 바라며 맹렬히 기억을 더듬었다. 킬리언이 피식 웃더니 상체를 틀며 리에타를 돌아보았다.

"나랑 결혼해 준다고 했잖아."

픕, 리에타가 마시던 차를 그대로 기침으로 뱉어 냈다. 킬리언이 친절하고도 태연하게 손수건을 건네었다. 리에타는 제 귀를 의심하는 얼굴로 킬리언을 쳐다보았다. 그가 달콤하게 미소 지으며 고개를 기울였다.

"오늘부터 사귀기로 했는데, 우리."

리에타가 비명처럼 소리쳤다.

"네?"

미, 미, 미쳤어! 이, 이, 이걸 어떻게 수습하면 좋아!

"주, 주, 중요한 얘기가…… 그, 그, 그러니까……."

리에타가 완전히 공황 상태에 빠지기 직전, 킬리언이 빙긋 웃었다.

"농담이야."

리에타는 황망히 입술을 뻐끔거리며 그를 올려다보았다. 킬리언이 웃음을 터뜨리며 다가와 찻물을 죄다 흘려 엉망이 된 리에타의 손과 입을 닦아 주었다.

"진짜 아무것도 기억 안 나나 보군?"

이, 사, 사기꾼, 거짓말쟁이! 차마 입 밖으로 무엄한 비난을 내뱉지 못한 채, 리에타의 얼굴은 새빨개지고 말았다.

"하나도 재미없어요!"

그가 닦아 주던 손수건을 빼앗으며 킬리언을 밀어낸 리에타가 항변했다.

"아, 아, 아무것도 기억 안 나는 건 아니거든요! 적어도 그런 이야기를 하지 않았다는 건 기억하고 있어요!"

순순히 밀려난 킬리언이 웃음기 남은 얼굴 그대로 잠깐 틈을 두고 말했다.

"……그래?"

그 잠시간의 틈이 의미심장했다. 그러나 리에타는 알아채지 못한 채 붉어진 얼굴로 찻잔과 손을 닦아 내고 있었다.

"결혼 얘기했던 건 정말인데……. 기억 안 나?"

리에타가 불퉁해진 표정으로 그를 외면한 채 중얼거렸다.

"이제 안 속아요!"

킬리언이 물끄러미 그녀를 쳐다보다 조금 후, 시선을 살짝 빗기듯 내리며 방구석을 보고 웃었다. 눈조차 마주하지 않고 혼자 웃는 것뿐인데 어딘지 분위기가 묘해서, 절로 쳐다보게 되는 미소였다. 리에타는 저도 모르게 멈칫하며 그를 쳐다보았다. 그가 혼잣말처럼 중얼거렸다.

"……여자한테 결혼 얘기한 거 태어나서 처음인데."

킬리언이 그녀와 눈을 맞추지 않은 채 시선을 내리며 리에타의 손에서 찻잔을 거두었다.

"잊어버렸단 말이지."

리에타의 눈이 급속도로 흔들렸다. 킬리언은 잠시 찻잔을 만지작거리고 있더니 그것을 협탁 위에 내려놓았다. 그리고는 짐짓 실망 섞인 웃음을 지어 보였다.

"남자의 순정을 시궁창에 처박는군."

리에타는 완전히 동요해 버렸다. 리에타는 황망히 떨리는 빈손을 내려다보았다. 그, 그럴 리가 없다. 기억나지 않는다. 결혼…… 얘기라니.

설령 술이 떡이 되었어도 제가 그런 이야길 영주님과 진지하게 나누었을 리 없다고 믿고 싶었다. 상상도 가지 않았다. 하지만 기억나는 것이 없으니 킬리언의 표정과 태도에 흔들릴 수밖에 없었다.

"……노, 놀리지 마세요."

부정해 봤지만, 목소리는 사정없이 떨렸다. 킬리언은 리에타와 비로소 시선을 맞추며 원망하듯 잠깐 바라보다 다시 시선을 피했다.

"……내가 그대를 대충 갖고 놀다 버릴 거라는 둥 말하더니."

킬리언이 피식 쓸쓸하게 미소 지었다.

"지금 누가 누굴 농락하고 있는지……."

담담하게 갈무리한 냉소적인 태도가 더욱 쓸쓸하고 외롭게 느껴졌다. 생전 처음 보는 남자의 눈빛에 리에타는 그만 말문이 막혀 버렸다.

도저히 장난치는 것 아니냐고 물을 수가 없었다. 제가 굉장히 나쁜 짓을 하고 있는 것 같았다. 더 이상 그를 모욕하고 실망시킬 수가 없었다. 거절한다 해도, 이런 방식으로 해선 안 되었다.

우수에 젖은 붉은 눈이 리에타에게로 향했다. 원망하고 갈구하는 눈빛이 절절하기 짝이 없었다. 못하는 게 없는 남자의 표정과 연출에 리에타는 급기야 사색이 되어 버렸다.

"제, 제가…… 뭐라고…… 했나요."

리에타의 눈동자가 격한 지진을 일으켰다. 사실상의 패배 선언이었지만, 킬리언은 상처 받은 남자처럼 리에타를 외면했다.

"걱정 마라. 실수한 것 없으니."

리에타는 마법에라도 걸린 것처럼 얼어붙은 채 킬리언의 얼굴을 바라보았다.

"키스해도 되냐고 물었더니,"

킬리언이 잠깐 틈을 두고 피식 웃었다. "안 된다고 했다."

그 찰나의 공백이 엄청나게 의미심장하게 들려서 리에타는 어쩔 줄을 모르고 패닉 상태에 빠졌다.

킬리언이 했던 말에 연출은 있었을망정 거짓말은 하나도 없었지만, 그는 너무 오래 그녀를 놀리지 않고 놓아주었다.

"나는 내 농담이 재밌는데……. 그대는 재미없나?"

"……."

"뭘 그렇게 당황하고 그래. 내가 이러는 거 하루 이틀도 아니고."

킬리언이 웃음을 참는 목소리로 속삭였다.

"내 장난에 이 정도로 넘어가 주는 건 그대뿐인 거 알아?"

리에타는 말없이 그를 떠밀어 방 밖으로 쫓아내 버렸다. 킬리언은 웃으며 순순히 쫓겨났다. 언제 그랬냐는 듯 산뜻한 태도였다.

"밖에 있을게. 준비하고 나와."

리에타는 닫힌 문을 등지고 주저앉아 새빨갛게 달아오른 얼굴을 감쌌다. 그는 그녀에게 미안할 틈을 주지 않았다.

'이렇게까지 말한 이상 나는 최선을 다해 그대를 유혹해 볼 생각이야.'

들었던 말인 것 같기도 하고, 아닌 것 같기도 했다.

'그대만 바라 준다면 나는 그대를⋯⋯.'

확신할 수 없는 기억이 리에타를 농락하기 시작했다.

'그대가 있으라고 하는 곳에 있을게.'

다정하게 겹쳐 오는 목소리에, 리에타는 그만 무릎 위에 얹은 손바닥 위에 얼굴을 파묻어 버렸다.

"⋯⋯이 새끼 재밌네."

킬리언이 한쪽 입꼬리를 올리며 고개를 기울였다.

"얼굴 한번 봐야겠군."

킬리언이 보고 있던 보고서를 덮어 책상 위에 올려놓고 몸을 일으켰다. 보고서의 맨 앞 페이지에는 릴페이엄 딤펠 제국 정예사제단 소속의 악마학자 '페르디안 칼리고'라는 이름이 표기되어 있었다. 킬리언이 에른을 향해 말했다.

"알현 신청 받아들여."

"찾으셨습니까, 대공 각하."

킬리언은 레너드와의 사이에 있는 테이블 위로 보고서를 밀어 놓았다. 레너드의 시선이 그가 건넨 보고서로 향했다.

"그놈 기억하고 있나?"

레너드가 그것을 받아 들어 페이지를 넘겼다. 보고서는 평범한 귀족 관리의 신분 증명 서류로 시작하고 있었다.

[성명] 페르디안 칼리고

[작위] 칼리고 백작

[학력] 왕립 릴페이엄 아카데미 악마학 전공 수석 졸업

[소속] 왕립 릴페이엄 아카데미 악마학 부교수

르나하 아카데미 악마학 명예 교수

황실 악마학 수석 연구원

릴페이엄 딤펠 제국 정예 사제단 역병 연구원

황실 사제단의 학자······. 칼리고 백작? 기억을 더듬어 봤지만 걸리는 것이 없어, 레너드는 솔직하게 별다른 감이 오지 않는다는 의아한 표정을 지었다. 킬리언이 이렇게 써늘한 기세로 찾을 만한 사람이 그의 기억엔 있는 것 같지 않았다.

"······누구죠?"

킬리언이 답했다. "그놈, 페르디안 세비타스다."

의외의 이름에 잠깐 얼어붙었던 레너드의 눈이 한발 늦게 부릅떠졌다. 레너드는 황급히 페이지의 첫 장으로 돌아갔다가 이름을 확인하고, 다시

빠르게 처음부터 서류를 살폈다.

킬리언은 가만히 의자 등받이에 몸을 기대었다. '페르디안'은 평범한 이름이다. 다른 성을 붙여 놓았는데도 곧바로 찾아낼 수 있을 만한 이름이 아니었다.

자신이야 카사리우스가 데리고 와서 소개하여 몇 번 본 일이 있다지만 레너드는 그놈을 올봄 장례식에서 처음 봤다. 페르디안 세비타스의 은발은 눈에 띄는 편이지만 장례식 당시 그놈은 챙이 깊은 검은색 장례식 모자를 눌러 쓰고 있었기에 그다지 튀어 보이지 않았다.

킬리언과 레너드 일행이 세비타스에 머물 때, 페르디안은 인사를 올리거나 얼굴을 비추지도 않았다. 세비타스의 전 영주이자 페르디안의 아버지인 카사리우스의 장례가 끝난 후 모든 일은 영주인 프레데릭과 안주인 세그니티아가 처리했다.

차기 영주인 프레데릭도 아닌 차남 페르디안. 존재감 없는 인물이었다. 이제 와서 생각해 보면 사생아였던 탓에 프레데릭이나 세그니티아가 그를 소외시킨 것도 없지 않았겠지만,

어쨌든 페르디안은 카사리우스의 장례식에서 논외였다. 그를 알아보지 못한 레너드를 탓할 수는 없는 일이었다. 레너드는 이내 상황을 파악하고 굳은 얼굴이 되어 자신의 불찰을 사죄했다.

"……죄송합니다. 대공 각하. 알아보지 못했습니다."

악시아스 영지에 들어오는 사람들의 인명 리스트는 레너드가 최종 관리하고 있었다. 그들이 성문을 통과할 때 얼굴도 봤을 것이다.

그리고 킬리언은 리에타를 보호하며 리에타를 노릴 만한 사람이나 '세비타스'와 관련이 있을 가능성이 있는 모든 사람들에 대해 철저히 관리할 것을 지시해 두고 있었다.

그런데 등잔 밑이 어둡다고, 바로 그 '세비타스' 성을 가진 작자가 버젓

이 성 안에 들어와 있었던 것이었다.

"악시아스에 들어오도록 두다니 저의 불찰입니다."

'페르디안 세비타스'였다면, 아무리 황실 파견인단 소속의 인물이라 할지라도 레너드의 눈을 피할 수 있었을 리 없다. 그랬다면 킬리언에게 보고가 올랐을 것이었다.

"됐어. 탓하려고 부른 것이 아니다. 작정하고 속이는 데는 장사 없지."

킬리언은 다른 서류를 집어 들며 말했다.

"처음 들어왔을 때부터 이름과 신분을 속였더군."

레너드는 그의 말의 뉘앙스가 묘하다는 것을 알아챘다.

'처음 들어왔을 때?'

킬리언이 레너드에게 다른 서류를 건넸다. 자청색 가죽 끈으로 묶인 서류였다.

"그 자식 언제 들어왔나 봐."

서류를 받아드는 레너드의 눈에 긴장한 기색이 어렸다. 자청색 가죽 끈의 서류에 적혀 있다는 것은, 킬리언이 관리하는 길드 정보망에 걸렸다는 표시였다.

슈펠만 백작 영애 아이린과 연루된 흑마법사의 추적을 위해 일시적으로 확대해 집중 운영했던, 수상한 점이 있는 인물을 추적하는 악시아스의 길드 정보망. 신원 보증이 확실하지 않은 외부인에 대한 은밀한 물밑 감시가 철저히 이루어지고 있었던 데에 덜미가 잡힌 것이었다. 레너드가 서류를 넘겼다.

'페레그랑 헤젠'이라는 이름으로 적힌 서류 속 인물의 첫 번째 악시아스 방문 시점은 팔월 말, 여름의 끝자락이었다. 페르디안 세비타스도, 칼리고도 아닌 낯선 이름이었지만, 적혀 있는 이름의 주인이 페르디안이라는 것을 유추하는 것은 어려운 일이 아니었다.

황제의 사제들이 악시아스에 들어온 것이 시월. 가명을 쓰고, 자신의 이름을 숨긴 채 페르디안은 황제의 사제들이 악시아스에 도달하기 최소 한 달 전부터 악시아스에 들어와 있었던 것이었다.

　뭔가를 직감한 레너드가 가늘게 눈을 찌푸리며 '페르디안 칼리고'의 신상 보고서를 맨 뒷장까지 넘겼다. 어디에도 '페르디안 칼리고'가 언제부터 '칼리고'였는지, 그가 언제부터 '사제단' 소속이 되었는지 적혀 있지 않았다.

　합당한 의심에 도달한 레너드의 표정이 차가워졌다.

　"황실 악마학 연구원 쪽이 본 소속이었다면 라지오넬 추기경 세력입니다. 황제 폐하보단 황비 쪽에 가까운 사람이라고 봐야 합니다. 황실에서 구호대 파견이 결정된 이후 사제단에 위장 편입됐을 가능성이 높습니다."

　킬리언이 명령했다. "알아봐."

　"예."

　레너드는 빠르게 해야 할 일을 판단했다.

　"체포해 조사할까요?"

　킬리언이 저지했다.

　"선불리 행동하지 마라. 라지오넬 추기경의 개든 황비의 개든, 사절단 명부에 이름을 올렸다는 것만으로 황제 폐하의 호의를 상징하는 자다. 믿는 구석이 어딘지부터 파헤쳐."

　킬리언의 명령에 레너드는 자세를 바로하고 경례했다.

　"알겠습니다."

　"어째서 '칼리고'인지, 사제단 내에서의 평판은 어떤지. 배후에 있는 게 누군지. 공식적 기록과 비공식적 이야기까지 싹 훑어 와."

　"예."

　그때, 에른이 기척을 하고 손님의 방문을 알려 왔다.

　"주인님. 길리우스 대사제님의 대리로 오신 칼리고 백작이 알현실에 도착해 기다리고 계십니다."

레너드의 안색이 묘하게 변했다. 킬리언이 한쪽 입꼬리를 올리며 자리에서 일어났다. 재미있는 놈이야. 제 발로 걸어 들어오다니. 킬리언이 비죽입매를 끌어올리며 싸한 냉소를 그렸다.

"나는 얼굴이나 한번 보고 오지."

카사리우스에게 돈을 빌려주었던 건 수년 전 가을, 킬리언이 혼자서 훌쩍 악시아스를 떠나 다른 영지를 쏘다니던 때의 일이었다. 재력을 과시한다는 목적을 두고 킬리언은 겸사겸사 스트레스를 풀던 중이었고, 충동적이었다.

이래저래 생각하는 것이 귀찮은 상태가 된 킬리언에게 카사리우스는 운 좋게 얻어걸렸다. 카사리우스는 사치와 환락, 유흥의 도시 오트낭에서 우연히 마주친 악시아스 대공의 비위를 거스르지 않게 적당히 잘 굽실거렸고, 타이밍이 맞아 그는 꽤나 거금을 쉽게 빌렸다.

큰돈을 빌린 것으로 자신이 대공과 제법 친분을 쌓았다고 여긴 카사리우스는 킬리언의 또래라는 이유로 몇 번 두 아들을 사적인 자리에 데려와 인사시켰다. 이내 카사리우스의 그런 수작이 귀찮아진 킬리언은 한동안 카사리우스를 무시했다.

대공이 그를 무시하고 딱히 빚 독촉을 하지 않자 카사리우스는 슬금슬금 눈치를 보더니 연락을 끊어 버렸다. 한동안 공손하게 꼬박꼬박 들어오던 상환금이 끊긴 것은 조금 더 후의 일이었다.

그리고 몇 년 후 어느 봄. 측근 기사 몇몇을 대동하고 악시아스를 떠나 잠시 외유 중이던 킬리언은 세비타스 근처를 지나다 그곳이 카사리우스의 땅이라는 것을 기억해 낸다.

그가 죽었다는 소식은커녕 역병에 걸렸다는 이야기도 듣지 못했으므로, 순전히 빚이나 독촉해 볼까 하는 마음으로 쳐들어갔던 거였다. 그리고 죽어 버린 카사리우스 대신, 그와 함께 순장 당할 뻔한 여자 하나를 만나게 된…… 그런 이야기였다.

알현실로 들어서자 자리에서 일어서 기다리고 있던 페르디안이 정중하게 예를 표하며 그를 맞았다.

"악시아스 대공 전하를 뵙습니다. 만나 주셔서 영광입니다."

그가 검신으로 후려쳐 만들어 주었던 뺨의 상처는 멀끔하게 사라져 있었다. 하긴 사제단 소속이니 사제들이 치유해 주었겠지. 킬리언이 무미건조하게 응답했다.

"그래, 또 보는구나. 리에타에겐 얘기 들었다."

킬리언은 그대로 페르디안을 스쳐 지나가 자신의 자리에 앉으며 말했다.

"리에타가 신세를 졌다지."

페르디안이 미세하게 표정을 굳히고 고개를 숙였다.

"……신세는요. 당치 않습니다."

킬리언이 피식 코웃음 쳤다.

"나도 그렇게 생각한다."

킬리언이 상좌에 앉아 비스듬히 기댄 채 한쪽 턱을 괴고 그를 내려다보았다.

"하지만 순진한 여자라, 원수의 아들이어도 한때 친구였다고 나중에 마음에 걸릴 험한 꼴을 겪진 않았으면 하더군."

페르디안은 아무 말도 하지 못했다. 킬리언은 날씨 얘기라도 하듯 여상한 태도로 소매의 커프스를 고쳐 만지며 말했다.

"리에타에게 감사해라."

킬리언이 눈동자만 움직여 그를 바라보았다.

"그리고 알아 둬라. 널 살려 두는 건 리에타가 널 중히 여겨서가 아니라 리에타의 마음에 너 따위가 짐으로 남길 바라지 않기 때문이다."

한 마디 한 마디 뼈가 담긴 말에 페르디안이 고개를 숙였다.

"송구합니다."

킬리언의 눈이 가늘어졌다. 순간 몹시 불쾌해졌다. 흔해 빠진 귀족 화법이지만……. 어딘지 리에타와 말투가 비슷했다. 어조와 태도가 묘하게 닮아 있었다. 십년지기……. 영향을 많이 받은 티가 났다. 모를 수가 없었다. 그게 상당히 불쾌했다.

"그깟 알량한 호의에 그 착해 빠진 여자를 사무치게 만든 너희 지독한 동네에도 감사해야 할 거다. 아, 그 동네 이제 없던가?"

싸늘한 말이 서리처럼 내려앉았다. 킬리언이 페르디안에게 까딱, 손짓해 자리를 가리켰다.

"앉아라. 리에타를 위해 베풀었던 호의는 내 나중에 섭섭지 않게 보상하지."

보상이란 소리에 페르디안의 안색이 창백해졌다. 명령받은 대로 앉아야 하는 타이밍이건만, 페르디안은 자리에 앉는 대신 두려움을 담아 깊이 허리를 숙여 청했다.

"말씀 거두어 주십시오. 보상을 받을 만한 일을 한 적 없습니다."

킬리언이 가만히 그를 보았다. 페르디안은 허리를 숙인 채 미세하게 떨리는 목소리로 말을 이었다.

"가장 필요할 때 돕지 못했던 사람으로서 그분을 구해 주신 대공 전하께 감사드릴 뿐입니다."

"감사?"

킬리언이 입술을 삐죽 올리며 차갑게 비웃었다.

"굉장히 생각해 주는 척하는데. 뭐 떨어지리라 기대하고 위선 떠는 거라면 잘못 짚었다는 거 알아 두고 입조심해라."

평소와 다를 바 없는 목소리였지만 내용은 묵직하고 위협적이었다. 그는 똑같은 목소리로 다시 명령했다.

"앉아라."

페르디안이 다시 정중하게 인사하고 자리에 앉았다. 킬리언은 상석에 기대어 앉아 조용히 그를 쳐다보다가 서늘하게 웃었다.

"길리우스 대사제는 무슨 속셈으로 널 대리로 보냈지?"

격이 떨어지는 것을 지적하는 말이었다. 사절단을 대표하는 대사제가 백여 명의 최고위 사제를 제쳐 두고 말단 학자를 대리로 삼아 보냈다.

"믿는 구석이 어디냐. 설마 그게 리에타뿐이라면 난 아주 실망스러울 거야."

리에타가 아니었으면 내가 너 따위를 독대해 주지 않는다는 멸시가 선명하게 느껴졌다. 페르디안은 감히 자존심 상해 하지 않고 공손히 고개를 숙였다.

"부족함 많은 자가 감히 대공 전하를 독대하는 영광을 얻게 되어 송구합니다. 감히 제가 청하기도 하였고, 길리우스 대사제께서도 이번 이야기에 제가 도움이 되리라 여기셨기 때문에 제가 이 자리에 올 수 있게 되었습니다. 대사제님과 대공 전하께 저의 부족함이 누가 되지 않기만을 바랄 뿐입니다."

페르디안이 마른침을 삼키며 고개를 숙였다.

"드릴 말씀은……."

페르디안이 용무를 꺼내려 하였으나, 킬리언은 그딴 용무 관심 없다는 듯 무심하게 말을 잘랐다.

"리에타를 봐서 변명할 기회를 주마."

일견 딴소리로 들리는 이야기였다. 페르디안의 몸이 멈칫했다. 냉엄한 목소리가 이어졌다.

"숨김없이 고하라. 너를 용서할지 말지는 듣고 나서 결정하겠다."

페르디안은 처음엔 당황한 듯 굳은 얼굴을 보였지만, 이내 침착한 태도로 고개를 숙였다. 언젠가 그가 물을 것을 예상하고 있었다는 듯한 태도였다. 페르디안은 거두절미하고 답하기 시작했다.

"……세비타스와는 의절하였습니다. 그리고 그간 악마학자로서 수행한 연구가 긍정적으로 받아들여져 황실에서 작위를 받아 이름을 바꾸게 되었습니다. 감히 전하의 앞에 이전의 이름으로 나서지 못한 것, 송구합니다."

다행히 그는 무슨 말씀을 하시는지, 따위의 말로 시작하여 킬리언의 화를 돋우지 않았다. 마치 이 말을 하기를 오래도록 기다려 온 사람 같았다. 킬리언이 말을 잇는 것을 용인해 주는 가운데 페르디안이 말을 이어 갔다.

"대공 전하의 앞에 감히 세비타스의 이름으로 나서는 것도, 새로운 이름으로 나서는 것도 기만이었을 줄을 압니다. 두렵고 부끄러운 마음에 이전의 이름을 고하여 전하의 심기를 어지럽히는 것을 저어하였습니다. 죄송합니다. 벌하신다면 달게 받겠습니다."

페르디안은 모든 것을 감내하는 태도였다. 잠자코 듣고 있던 킬리언이 싸늘하게 냉소했다.

"이전의 이름이든 새로운 이름이든, 네가 카사리우스의 아들이라는 것이 변치 않는 이상 너는 리에타 앞에 다시 나타나서는 안 되는 자다."

페르디안은 술술 이어 가던 말을 멈춘 채 입을 다물었다.

"너는 리에타를 도울 수 있는 유일한 사람이었지만 그녀에게 가장 필요한 순간에 리에타를 돕지 않았어."

킬리언이 가소롭다는 듯 코웃음 쳤다.

"'친구'였다지?"

그가 처음으로 페르디안의 얼굴을 직시했다.

"네가 기만하지 말아야 했던 것은 내가 아니라 리에타다. 네가 심기를 어지럽힐 것을 저어해야 할 사람도, 부끄러워해야 할 사람도, 두려워해야 할 사람도 그녀다."

킬리언이 참으로 이상하다는 듯이 표정 없는 얼굴로 고개를 기울였다.

"그런데 내게서는 이름을 감추며 숨었고, 리에타에게는 그 뻔뻔한 낯짝을 잘도 들이밀었구나."

킬리언이 감정 한 점 없는 목소리로 나직이 을렀다.

"내 인내심을 시험하지 않는 편이 좋을 거라고. 세드릭 카발람이 알려주지 않더냐."

페르디안이 눈을 내리감으며 꽈악, 손을 틀어쥐었다.

"더. 말해야 할 것이 있을 것이다."

킬리언이 무겁게 압박했다. "고하라."

킬리언이 고요히 내려다보는 가운데, 페르디안의 이야기가 시작되었다.

"제가…… 사제단의 소속이 되기 전, 신분을 숨기고 악시아스에 들어왔던 것과, 축성술사님을 찾아갔던 일에 대해 말씀하시는 것이겠지요. 그 경위에 대해…… 먼저 말씀드리겠습니다."

페르디안의 목소리가 군데군데 끊기듯 이어졌다.

"황실 악마학 연구소에서는…… 진행 중이던 악마학 연구와 관련하여 긴급히 악시아스에 파견할 학자를 찾고 있었습니다. 연구소에서는 자원자를 받았지만…… 하비투스 대사원에서 그런 일이 있었고 악시아스에 역병 소식까지 돌고 있었기 때문에, 자원하는 이는 저밖에 없었습니다."

이전처럼 기다렸다는 듯이 말해 오는 태도는 아니었다. 다소 두서없는 이야기의 나열.

"……감히 고백하건대 순수한 목적의 자원은 아니었습니다. 대공 전하와 그분을 만나뵈어야 한다고 생각하고 있었고…… 어쩌면 기회라 생각하였습니다. 그래서 악시아스 파견에 자원하였고, 상부에서 제 뜻을 받아들여 주셔서 이곳에 오게 되었습니다."

미처 준비하지 못했던 말들이 조금의 두려움을 담고 천천히, 때론 머뭇거리며 그의 입에서 흘러나왔다.

"……처음부터 이렇게 숨어서 들어올 생각은 아니었습니다. 대공 전하를 뵙고, 말씀드릴 수 있을 줄 알았습니다."

킬리언이 싸늘하게 그를 바라보았다. 페르디안은 고개를 숙인 채 말을 이어갔다.

"그러나 그렇게 연구소로부터 임무를 받고 악시아스 근방의 작은 마을에 도착했을 때…… 그 근처에서 치료받고 있던 세드릭 카발람을 우연히 만났습니다."

아래로 내리깐 새하얀 속눈썹이 그의 암회색 눈동자 위에 흐린 차양을 드리웠다.

"프레데릭이 리에타에게 그를 보냈다는 것을…… 그때 알았습니다."

'……세드릭?'

'도…… 도련님.'

'아니……, 어쩌다 이런 꼴이……. 세비타스에 있는 것이 아니었나? 자네가 어째서 여기에?'

'……'

'……프레데릭인가?'

'……'

'……프레데릭이 너를 이곳으로…… 리에타에게로 보낸 거야?'

"……그리고 세드릭으로부터 대공 전하와 축성술사님의 이야기를 전해 듣게 되었습니다. 그는 리에타 트리스티가 역병으로 죽었다고 하더군요."

킬리언이 조용히 그를 내려다보았다. 페르디안의 목소리가 이어졌다.

"……돌아가라. 그리고 다신 리에타 트리스티를 찾지 마라. 건강하지 않은 여자를 비싸게 팔아 대공 전하께서 크게 화가 나셨으니…… 앞으로 세비타스는 절대 그분의 눈에 띄지 말아야 하리라……."

페르디안이 가만히 눈을 내리뜨며 입술을 축였다.

"……그는 일관되게 말하였습니다. 리에타는 죽었다고……. 하지만 저는 그분이 돌아가셨다는 것을 믿을 수가 없었습니다. 전 세비타스에서 소식을 전해 들은 것이 아니라…… 악시아스 근방에 와 있었고, 여기서 그분은 상당한 유명인이었으니까요."

킬리언은 그 어떠한 감흥도 표현하지 않은 채, 서늘한 눈으로 그를 바라보았다. 페르디안의 이야기가 이어졌다.

"어디서나 그분의 소식을 들을 수 있었습니다. ……하지만 세드릭 말고는 그 누구도…… 악시아스 대공 전하의 축성술사께서 돌아가셨다고 말하는 사람을 보지 못했습니다. ……그리고 저는 오래 지나지 않아 축성술사님이 죽지 않았다는 것을 알았습니다."

페르디안이 미세하게 긴장한 투로 시선을 내렸다.

"……세드릭 카발람을 통해 전달하도록 하신 대공 전하의 말씀이, 세비타스는 그저 리에타를 죽은 사람으로 여기라는 경고라는 점을…… 이해하지 못한 바는 아니었습니다. 다만……."

그가 마른 침을 삼키고 재차 입술을 축였다.

"……대공 전하를 뵙겠다는 개인적인 목적과는 별개로, 저는 학자로서 연구소에서 맡은 바 임무를 다해야 했고…… 저는 악시아스에 들어가야 했습니다."

페르디안이 조심스럽게 말을 골랐다.

"……그러나 세드릭의 이야기를 듣고…… 저는…….."

그가 고개를 떨구고 말을 이었다.

"제가 본명으로 들어간다면 결코…… 악시아스에 받아들여지지 않을 것임을, 무사하지 못할 것임을 알게 되었습니다."

페르디안이 초조하게 입술을 물었다.

"……그것이 제가…… 가명을 쓰고 악시아스에 들어왔던 이유였습니다."

킬리언은 말없이 페르디안을 바라보았다. 그의 말은 킬리언의 머릿속에서 '임무를 다해야 한다는 핑계로 리에타를 만나고 싶다는 개인적인 욕심을 정당화하고 있습니다.' 쯤으로 번역되어 들렸다.

페르디안이 잠시 말을 멈추었지만, 킬리언은 아무 말도 하지 않고 빤히 그를 쳐다보고만 있었다. 킬리언이 침묵으로 용인하는 가운데, 페르디안이 조심스러운 태도로 말을 이었다.

페르디안은 황실 연구소에 소식을 보내며, 일단 급한 대로 임무를 수행 중이긴 하나 악시아스에 합법적이지 못한 방법으로 들어와 있음을 알렸고 상부의 답신이 오길 기다렸다. 그리고 이후엔 모두 페르디안의 의지가 개입되지 않은 상부의 소행이었다.

당장 돌아오라는 불호령이 떨어지는 것이 조금도 이상하지 않은 일이었으나, 대체할 수 있는 인물이 없었는지, 아니면 어지간히 급했는지. 상부에선 그를 소환하는 대신 악시아스로의 사절단 파견이 예정된 전투 사제단 소속 학자로 페르디안을 편입시켰다. 그를 대신할 다른 학자를 보내는 것이 아니라, 불법적인 방문을 강제로 합법적인 방문으로 바꾸는 조치였다.

그렇게 칼리고 백작은 황제 폐하의 명을 받드는 구호 사절단의 일원이 되어 악시아스에 합법적이고 공식적으로 방문한 신분이 되었다. 결과적으로 황제의 사절단이 갖는 면책 특권과 교묘하게 얼버무려져 사소한 것으론 공박할 수 없게 되었다.

결국 페르디안 칼리고가 정식으로 편성된 사절단의 일원인 것은 맞았고, 그는 애초에 임무라는 이름하에 처벌을 시도하기도 애매한 정도의 죄만 지었기 때문이었다.

헛소리 같지만 합법이었다. 사절단의 일원이 명받은 인원을 도중에 합류시켜 최종 목적지로 향하는 일은 충분히 있는 일이었다. 매끄러웠다. 상부의 인간들이 벌일 만한 짓이었다. 정황과 맞아 떨어지고 황당하게 끼워 맞춰지는 데가 있어 오히려 거짓말이 아닌 것 같은 해명이었다.

그러나 킬리언은 묘한 위화감을 느끼고 있었다. 뭔가 부자연스럽다. 여러 가지가 거슬렸다. 학자에게 드문 갑작스러운 벼락 출세. 사절단의 비호. 긴급한 연구……. 일개 학자인 페르디안의 행동은 지나치게 대담하고, 그가 저지른 일에 대한 사제단의 움직임은 기민하고 협조적이다. 한낱 학자의 처우가 지나치게 관대하지 않은가. 황실 사제단이 악시아스 대공과 우호적인 관계이며 학자들과는 사이가 썩 좋지 않다는 걸 생각하면 더 이상한 일이었다. 게다가 페르디안이 하사받았다는 '칼리고'가 어떤 영지인지 생각하면…….

킬리언의 눈이 가늘어졌다. "하고 싶었던 말을 해봐라."

페르디안이 입을 다물었다. 킬리언이 팔꿈치를 괴고 고개를 기울였다.

"'만나 뵈어야 한다' 생각했던 이유가 있을 것이 아니냐."

그러나 페르디안은 막상 기회를 주자 어떻게 말을 꺼내야 할지 모르겠다는 듯 얼굴을 굳힌 채 입을 열지 못했다. 킬리언의 붉은 눈동자가 싸늘하게 가라앉았다.

"고하라. 무슨 생각으로 왔느냐."

생각할 여유를 주지 않는 압박에 결국 페르디안은 입술 안쪽을 물며 두서없이 말문을 열었다.

"당시에 저는…… 리에타를, 그분을 만나 속죄를 하고 싶었고…… 주제넘게도 제가, 그분을 도울 수 있으리라 생각하였습니다."

킬리언이 빤히 쳐다보았다. 페르디안이 머뭇거리며 말을 이었다.

"……그때 저는 그분이…… 대공 전하께 가는 것이 좋은 일이리라 생각하지 못하여……."

호오. 킬리언이 나직이 웃었다.

"나 같은 놈에게 노리개로 팔려 가느니 죽는 것이 낫다?"

페르디안이 당황해 고개를 들었다.

"아, 아닙니다. 결코. 그런 의미가 아닙니다."

웃는 얼굴과 함께 싸늘하게 날카로워지는 공기가 그의 심기를 대변하고 있었다. 낯빛이 창백해진 페르디안이 칼날 위를 걷는 심정으로 말을 이어갔다.

"고지식한 아이라. 대공 전하께 흡족하지 않으리라 생각하였습니다. 리에타가 곧 내쳐질 거라고 생각하였기에……. 대공 전하께도…… 나쁘지만은 않은 제안일 거라고…… 저는 그저……."

페르디안이 고개를 떨어뜨렸다.

"아무것도 몰랐던 때에 했던 생각이었습니다. 무엇보다, 리에타가 저의 도움을 원치 않는다고……."

킬리언이 웃는 얼굴 그대로 잘라 들어왔다.

"리에타에게 '도와주겠다'는 말을 지껄였느냐."

페르디안도 가만히 앉아 있을 뿐인 킬리언의 기세가 심상치 않다는 걸 느꼈다. 그러나 그대로 말을 멈출 순 없었다.

"……지금은…… 대공 전하께서 세간에 알려진 것과 다른 분이라는 것도, 리에타를 정말로 귀하게 대해 주신다는 것도…… 잘 알고 있습니다. 그러나, 당시 저는."

새하얀 은빛 머리카락이 당황한 학자의 죄책감 어린 얼굴 위에 흐린 그림자를 만들며 드리워졌다.

"세비타스의 폭압으로 원치 않게 일어난 일이니…… 리에타가…… 벗어나고 싶어 할 것이라……. 이곳에 있길 원치 않으리라 여겼습니다."

킬리언의 눈빛이 싸늘한 미소로 가라앉았다. 페르디안이 잠시 틈을 두고 말했다.

"부디…… 헤아려 주십시오. 리에타는 자신의 의지와 관계없이, 세비타스의 빚에 팔려 간 몸이었다는 것을 헤아려 주십시오……."

킬리언은 다리를 꼬고 상좌에 몸을 기대었다. 그리고 느리게 입꼬리를 올리며 삐딱하게 턱을 괴었다. 그래. 어디까지 하나 한번 들어나 보자.

"그래서, 리에타를 만나 어쩔 생각이었지?"

킬리언이 싸늘하게 말했다.

"한번 팔아넘긴 여자를 도로 납치라도 할 셈이었나?"

페르디안의 안색에서 핏기가 사라졌다.

"다, 당치 않습니다. 처음에는…… 탕감받은 빚을 돌려드리고 리에타를 돌려주십사 청하려 하였습니다."

킬리언의 입매가 비틀렸다.

"'돌려 달라'?"

이쯤 되자 화가 나다 못해 그냥 기가 차서 그는 오히려 아주 여유로워졌다. 킬리언이 냉랭하게 그를 내려다보았다. 리에타를 두고 그 '구매'와 '금액'을 언급하고 싶지 않았지만, 그를 짓밟고 싶다는 폭력적인 충동이 들어 킬리언은 차갑게 내뱉었다.

"내가 리에타를 얼마에 데려왔는지 네가 모르지 않을 텐데."

……이천만 골드. 페르디안이 나직이 읊조렸다. 무인이 아닌 페르디안에게는 견뎌내기 버거울 살기가 그의 등줄기를 긁어내리고 있었으나, 그

는 눈을 내리깔고 킬리언의 앞에 나아가 바닥에 무릎을 꿇었다. 그가 깊이 고개를 숙였다.

"……리에타가 세비타스에서 겪은 모든 일을 참담하게 생각하고 있습니다. 그 애의 목숨을 빌미로 아버지의 빚을 탕감받은 것도 부끄럽게 여기고 있습니다."

페르디안이 가만히 말을 이었다.

"세비타스와는 의절하였으나, 제가 카사리우스 세비타스의 아들인 이상 그 일 자체에도, 그 금액에도 책임감을 느끼고 있습니다."

킬리언은 꼼짝도 하지 않은 채 입만 움직여 반문했다.

"그래서?"

페르디안은 단단해진 목소리로 답했다.

"그때 저는 힘이 없었지만, 지금은 조금 더 할 수 있는 일들이 생겼습니다. 기회를 주신다면 과거의 잘못을 수습하고 싶습니다."

킬리언이 한쪽 입꼬리를 올렸다.

"무슨 수로?"

"……제가 갚겠습니다."

페르디안이 꿇어앉은 채 몸을 깊이 숙여 고개를 떨구었다. 킬리언은 무감하게 그를 내려다보았다.

"아무것도 바라지 않습니다. 리에타의 거취와 상관없이 그저 리에타의 몸값으로 지불된 빚을 제가 갚게 해 주십시오."

이윽고 킬리언의 입이 열리고 서늘한 목소리가 그를 비웃었다.

"내가 정녕 갚으라 한다면 어쩌려고 그런 말을 뱉느냐."

"갚을 수 있습니다."

스멀스멀 불쾌한 짜증이 치밀어 올랐다. 저 말투, 정말로 거슬린다.

"너에게 그런 돈이 어디 있지?"

킬리언은 뱉자마자 곧바로 말을 거두었다.

"아니, 대답할 필요 없다. 왜 이제 와서?"

페르디안이 꾹 눈을 내리감았다.

"……말씀하신 대로 감히 이제 와 나타날 염치가 없는 인물임을 압니다. 하지만 그때와 지금은 상황이 달라……."

킬리언이 서릿발처럼 읊조렸다.

"순장은 괜찮지만 나 같은 놈에게 팔려 가는 것은 안 될 것 같던가?"

"그런 뜻이 아닙니다."

킬리언이 싸늘하게 호령했다.

"헛소리 집어치워라. 페르디안 세비타스. 내가 리에타를 어찌할까 전전긍긍하여 이렇게 눈이 뒤집혀 달려와 밀입국을 시도할 정도로 다급하고 간절했으면, 너는 카사리우스의 장례식에서 리에타의 뒷모습을 보며 그렇게 서 있을 수 없었다."

무언가를 삼키는 듯 페르디안의 목울대가 일렁인다. 아무 말도 하지 못하리라 생각한 것과 달리, 그는 다시 입을 열었다.

"……이제는 무의미한 과거의 계획이 되었습니다만. 변명을 허락하신다면."

페르디안이 참담한 낯을 감추며 떨리는 눈을 내리감았다.

"리에타는…… 제가 구명하려 하였었습니다."

킬리언의 눈이 꿈틀했다. 페르디안이 자조적인 목소리로 조용히 말했다.

"미련한 방법이라 비웃으시겠지만…… 그녀가 들어갈 관에 마법적 장치를 해 두었었고, 그날 밤 도굴된 것으로 위장하여 빼내려 했었습니다."

유약한 학자의 목소리가 알현실에 조용히 울렸다.

"리에타는 알루치노에 취해 잠든 채 단 하룻밤만 버티면 되었습니다. 마법이 그녀의 구명을 도울 것이었습니다."

페르디안이 먼발치를 보며 고개를 떨어뜨렸다.

"하지만 저에게는 줄곧 감시받고 있던 리에타에게 접촉할 기회가 없었고, 그런 계획을 하고 있다는 걸 그녀에게 전하지 못했습니다. ……아무것도 모른 채 자신이 죽을 줄 알고 관에 누워 땅속에 들어가는 건 끔찍한 기억이었겠죠. ……잘되었을지도 알 수 없었고요."

페르디안이 가라앉은 목소리로 중얼거렸다.

"……그러나 당시의 제겐 그것이 한계였습니다."

페르디안은 애써 비참함을 감춘 얼굴로 미소 지었다. 단정한 얼굴로, 평정을 유지하려 애쓰며…….

"……더 좋은 방법으로 구해 주시고……." 그러나 끝내 목소리 끝이 떨렸다. "아껴 주셔서 감사합니다."

~∾✦∾~

어둠 속에 잠긴 텅 빈 회랑 한가운데. 길게 늘어진 새하얀 드레스 자락을 움켜쥔 채 걷고 있던 리에타는 어디선가 들려오는 소리에 멈추어 서서 뒤를 돌아보았다.

위대한…… 유산…….

희미한 목소리가 다른 방향에서 속삭여 왔다. 흠칫한 리에타가 소리가 들리는 쪽을 향해 몸을 돌렸다.

'……?'

그러나 방향을 가늠할 수가 없어 리에타는 마냥 두리번거렸다. 소리는 바로 곁에서 들리는 듯도 하였고, 아주 멀리서 들려오는 듯도 하였다. 그러나 어둠 속에선 아무것도 보이지 않았다.

당신이…… 가진 힘은…….

잠시 후 가늘게 속삭이는 듯한 목소리가 또 다른 방향에서 들려왔다.

…… 숭고한 의무입니다…….

사람의 음성이라기보단 종이 위에 찍힌 활자처럼 높낮이가 없는 목소리였다. 리에타가 주춤 소리가 들려오는 방향으로 다시 몸을 틀었다.

'지금…… 뭐라고……?'

대답은 돌아오지 않았다. 다만 군중에 둘러싸여 있기라도 한 듯 수군대는 소리가 점차 리에타를 에워싸기 시작했다. 사방을 가득 채운 웅성이는 소리가 아득하게 울렸다.

……만이…… 할 수 있는 일…….

알 수 없는 목소리가 유리 위에 새기듯 속삭였다.

……의 약속을 저버리지 마십시오

리에타는 멍하니 눈을 깜박였다. 다시 주변을 둘러보았다. 그러나 온통 암흑뿐, 어둠 속에서는 아무것도 느껴지지 않는다.

'……거기 누구예요?'

리에타의 목소리는 이방인의 것처럼 이질적이어서 군중들의 소음에 뒤섞이지 않고 있었다. 구경꾼처럼 그녀를 둘러싼 알 수 없는 목소리들은 그녀를 관찰하고 있기라도 하는 것처럼 느껴졌다.

서늘한 느낌에 리에타는 자신의 팔을 감싸 안았다. 리에타는 조금 망설이다 다시 목소리를 내었다.

'……지금 저에게 말하고 있는 건가요?'

역시 대답은 돌아오지 않았다. 리에타는 우두커니 어둠을 향해 서 있었다. 망설이던 리에타가 조심스레 치맛자락을 움켜쥐고 어둠을 향해 한 발을 내디디려는 순간.

턱, 무언가 시커먼 것이 그녀의 발목을 잡았다.

리에타는 흠칫 눈을 떴다. 스르르…… 뭔가가 다리 위에서 미끄러지는 느낌이 나더니 털썩, 손안에 있던 무언가가 아래로 떨어지며 둔탁한 소리를 내었다.

리에타는 칠흑 같은 고요 속에서 들려온 소리에 조금 놀라 눈을 깜박였다. 한발 늦게 정신이 들었다. 리에타는 곧 소리를 낸 것이 무엇인지 깨달았다. 잠들기 조금 전까지 읽고 있던…… 책이었다. 용의 계곡에 대한…….

어느새 초는 다 꺼졌고 바깥은 새카만 밤이 되어 있었다. ……졸리다고 느끼지 못했는데, 언제 잠든 거지? 리에타는 컴컴한 어둠 속에 잠겨 들어 있는 자신의 침실을 바라보았다.

책상에 앉아 내내 책을 읽다가 잠깐 자세를 바꿀 겸 다른 의자로 옮겼던 사이 깜박 잠이 들고 만 모양이었다. 리에타는 의자에서 바깥으로 몸을 기울이고 떨어진 책을 줍기 위해 손을 뻗어 바닥을 더듬었다.

어둠 속이라 책이 어디 있는지 바로 손에 잡히지 않았다. 리에타는 잠깐 초에 불을 다시 붙일까 하다가 그냥 신성력을 일으켰다. 신성력을 발산할 때 감도는 은은한 유백색 빛을 이용하려는 심사였다. 우우웅……! 그러나 가볍게 끌어올리려던 신성력은 리에타의 통제를 벗어나며 벼락이라도 내리친 듯 선명한 섬광을 일으켰다.

"윽……!"

순간적으로 눈이 부시고 숨이 막힌 리에타는 헛숨을 삼키며 균형을 잃고 의자 밑으로 쿠당탕 떨어졌다. 휘저은 팔에 걸린 책이 죽 밀려갔다. 치유 능력을 얻게 된 이후 신성력이 급격히 늘어나며 가끔 이렇게 제어되지 않은 신성력이 둑 터지듯 왈칵 쏟아지는 경우가 있었다. 리에타는 작게 한숨을 내쉬곤 시린 눈을 찌푸린 채 갑자기 통제를 벗어나 몸에서 제멋대로 솟구치는 강한 신성력을 억누르려 애썼다. 생각처럼 잘되지 않았다.

급기야 시간이 길게 늘어지기 시작했다. 막대한 신성력으로 인한 감각의 확장. 대축성 의식 때 느꼈던 것과 비슷한 감각이었다. 숨을 들이쉬고 내뱉느라 공기가 들어왔다 빠져나가는 것이 눈에 보이는 듯했다.

몸에 달라붙은 침의의 주름 하나하나, 저만치 밀려간 책의 페이지 한 장 한 장, 그 모든 것이 피부의 감각에 선명하게 달라붙었다. 예민해진 리에타는 침착하게 그것을 제어하려고 노력하며 본능적으로 주변을 살폈다.

리에타의 눈에 그녀에게 도움이 될 만한 물건이 들어왔다. 그것은 멀지 않은 곳, 서랍장 위에 놓여 있었다. 리에타는 느릿느릿 벽을 짚고 다가가 손을 뻗었다. 그녀가 원하는 것이 오래 지나지 않아 손에 들어왔다.

그것을 움켜쥐는 순간, 날뛰던 신성력이 손에 닿은 부분을 통해 분출되듯 확 뻗쳐 나갔다. 리에타는 그 순간을 놓치지 않고 손에 잡힌 것을 꽉 틀어쥐며 소용돌이치는 신성력을 강하게 휘어잡았다. 화악! 사방으로 빛 가루 같은 것이 흩뿌려지며 웅웅대던 소리가 순식간에 잦아들었다. 늘어지던 시간이 원래대로 돌아왔다.

"……휴우."

리에타는 미약한 현기증에 비틀거리며 짧게 한숨을 내쉬곤 손에 단단히 그러쥔 것을 내려다보았다. 라나가 선물해 주었던 양산이 리에타의 손 안에서 새하얗게 빛나고 있었다.

공기 중에는 은은한 빛의 잔상만이 남아 어둑한 침실을 밝히고 있었다. 제멋대로 날뛰던 신성력은 양산의 모양을 따라 일정한 형태로 압축되며 거짓말처럼 잠잠해졌다.

리에타는 하비투스 대사원에서 석장을 쥐었을 때를 떠올렸다. 그리고 손안의 양산을 내려다보았다.

신성력을 담을 수 있도록 가공된 신성 무기는 신성력을 증폭하거나 제어하기 쉽게 만들어 준다. 일상적으로 하는 간단한 축성이나 정화, 사소한 치유 마법 등을 시전할 때는 없어도 크게 상관없지만, 대축성 의식을 벌이거나 악마를 상대할 때와 같이 제어하기 어려울 정도로 큰 신성력을 다룰 때는 원하는 형태로 힘을 다루는 일이 쉽지 않다. 그래서 의식의 대제사장이나 순례자들은 신성력을 담을 수 있는 지팡이나 무기를 사용하곤 한다.

……솔직히 신성 능력자의 무기로 쓸 수도 있다는 말을 들었을 때는 라나가 농담한 것으로 생각했는데, 이렇게 유용하게 쓰일 줄이야. 양산을 쥐고 있는 것만으로도 불안한 신성력이 안정되는 것이 느껴졌다. 조금 전의 일도 덕분에 수월하게 해결되었다.

치유 능력이 개방된 이후 리에타의 몸에선 감당하기 어려울 정도로 부쩍부쩍 신성력이 늘어나고 있었다. 하비투스 대사원에서 대제사장으로 섰던 경험 때문인가. 몸 안에 꾹꾹 눌러 담고 제어하기가 어려울 정도의 힘이었다. 이래저래 하비투스 대사원에서의 경험은 리에타에게 많은 것을 남긴 모양이었다.

신성력이 많은 것이야 좋은 일이지만 원하는 형태의 힘으로 제어하지 못해서야 소용이 없다. 과도한 신성력은 감각을 왜곡하기도 하고 몸을 망치기도 한다.

리에타가 두 손으로 양산의 손잡이를 들고 그것을 멀뚱히 바라보았다. 실체화된 신성력이 그녀를 마주 보는 듯했다.

"……여신이여. 제 잔이 넘치나이다."

중얼거린 말에 양산도 여신도 대답이 없었다. 리에타는 작게 웃고는 신성력을 마저 진정시켜 갈무리했다. 하얗게 빛나는 양산을 중심으로 요동치던 신성력이 그녀가 다스리는 대로 잠잠해졌다. 확실히 무기가 있으니 신성력을 다루는 난이도가 다르다.

들고 다니는 편이 좋으려나? 요즘 들어 부쩍 신성력이 예고 없이 통제를 벗어나는 일이 많았다. 리에타는 양산을 침대 근처, 조금 더 손 닿기 쉬운 위치에 옮겨다 놓았다.

대사원의 석장은 대륙에서 손꼽힐 정도로 유명하고 강력한 축성 성물이었다. 이 양산은 그에 밀리지 않을 정도로 손에 착 감기고 신성력을 쉬이 다루어 내는 느낌이었다. 혹시나 하고 양산을 들어 신성력으로 탐색해 보았지만, 성물은 아니었다.

아직 따뜻하게 남은 신성력의 기운이 두근거리고 있지만 양산 자체는 미약한 마력만이 느껴지는 평범한 신성 무기였다. 친숙하게 느껴지는 마력은 아마도 라나의 도난 방지 마법일 것이고…….

리에타는 떨어진 책을 집어 들며 고개를 갸웃했다. 그나저나 방금…….무슨 꿈을 꾼 것 같았는데. 잊어버렸다. 누군가 무얼 자꾸만 이야기해 주려는 것 같았는데…….

목소리나 내용이 기억나기는커녕 꿈을 꾼 게 맞는지 아닌지도 아득하니 불분명했다. 리에타는 잠깐 의아한 듯한 표정으로 목덜미를 만지작거리다가 곧 꿈에 대해 잊어버리고 촛불을 켠 뒤 책을 다시 펼쳤다.

탁, 들고 있던 책을 덮은 킬리언의 붉은 눈동자가 싸늘하게 가라앉았다.……페르디안 세비타스. '칼리고 백작'이라.

만만치 않은 작위다. 칼리고 영지가 워낙 좋은 땅이기 때문이다. 레나투스 서방 사원이 있던 땅. 오래전, 고위 역마의 습격으로 한때 영주 일가를 포함한 영지 전체가 몰살을 당했으나 워낙 입지가 좋고 풍요로운 땅이라 빠르게 사람들이 모여들고 이미 영지의 기능도 상당수 회복된 곳이었다.

황실의 손에 반환된 후로 많은 이들이 탐내던 작위인데, 그것이 '페르디안'의 손에 떨어졌다고? 고작 '학자'로서의 업적으로?

손가락 끝으로 팔걸이를 두드리던 킬리언이 감정 없는 붉은 눈을 감았다 떴다. 모든 변명이 잘 준비되어 있었다. 예상은 했다. 그렇지 않으면 그토록 두려움 없이 나설 수 있었을 리 없겠지. 믿는 구석이 있으리라는 것도 예측 가능한 일이었다.

페르디안이 늘어놓은 말들의 진위 여부야 그가 천천히 판단할 것이지만, 애석하게도 일단은 트집 잡을 곳이 없었다.

그러나 페르디안 세비타스가 악시아스에 와 있던 이유. 그것은 상상 이상으로 그를 불쾌하게 했다. 피도 눈물도 없다는 냉혈한 폭군에게 노리개로 팔려 간 가련한 리에타를 어떻게든 구해 보기 위해서…… 였단 말이지. 킬리언은 책을 쥔 손을 늘어뜨린 채 딱딱한 의자에 몸을 기댔다.

그녀를 위해 주고 위안이 되었던 사람이 있었다는 걸 불쾌하게 여긴 적 없다. 그녀가 자신이 과부라는 이유로, 이전의 사람을 잊지 못했다는 이유로 그를 그토록 밀어내도, 단 한 번도 그녀의 마음속에 남아 있는 제이드의 존재를 불편하게 여긴 적 없었다.

그녀의 집 앞에서 페르디안을 만나고 나선 화가 나 돌아 버릴 뻔했었지만, 그들 사이에 있었던 역사를 들은 후, 리에타가 원하는 만큼은 용인해 주려 생각했었다. 리에타의 과거에 누군가 있어서 그녀의 힘들었던 과거가 조금이라도 덜 고통스러웠다면, 그랬다면 그녀의 과거에 누가 있었어도 괜찮다. 싫을 리 없다.

하지만 이 이야기는 또 느낌이 달랐다.

'허락하신다면 빚을 갚겠습니다. 탕감해 주신 빚을 제가 갚을 테니…… 리에타를 놓아주지 않으셔도 되니 부디, 리에타를 불쌍히 여겨 주십시오. 그리고 간청하건대, 혹시라도…… 나중에라도, 그 아이가 앞으로 대공 전하의 심기를 거스르거나, 더 이상 보고 싶지 않다는 생각이 드시거든……. 부디 죽이지 마시고…… 자비를 베풀어 너그러이 놓아주십사……. 제가 바라는 것은 그것뿐입니다. 이 말씀을 올리기 위해 왔습니다.'

애써 침착한 얼굴을 가장하고 있지만, 이미 평정을 잃은 페르디안은 그분, 혹은 축성술사님이라 호칭하는 것마저 잊은 채 미세하게 떨리는 목소리로 '리에타'의 이름을 부르고 있었다.

막역한 우정과 선한 의지의 발로냐, 아니면……. 킬리언은 책상 끝을 내려다보며 턱을 괴었다. 페르디안. 제법 제 사람을 챙기는 놈이긴 한 모양이지. 당장 내 앞에서 제 코가 석 자인 상황에 웃기지도 않게 세드릭 카발람을 변호하던 꼴이 떠올랐다.

그놈이 내 명령을 충실히 이행하였노라고 대신 해명이라도 해 주려는 듯이, 세드릭은 리에타가 죽었노라 일관되게 말하였다느니, 자신이 알게 된 것은 세드릭 카발람이 말해 주어서가 아니라 소문 때문이었다느니…… 페르디안은 몇 번이나 쓸데없는 변명을 덧붙였다.

세드릭의 꼴을 봤다면 그가 겁박을 당하여 거짓말을 하고 있으리라는 가능성도 짐작하였겠지만, 그랬다고 말하지 않았다. 세드릭 카발람을 감싸다니 솔직히 웃기지도 않는다. 제 처우가 세드릭 카발람보다야 나을 거라고 생각했나. 황제의 사절단인 저를 함부로 하지 않을 거라 믿었다기엔 상대가 킬리언인데. 첫 만남에 그는 칼로 페르디안의 뺨을 쳤다.

그리고 여기엔, 리에타를 퍽이나 위하는 듯 지껄이는 페르디안의 말 한 마디 한 마디를 수상하다 곱씹으며 트집 잡으려는 그가 있다. 그럴 리 없다. 저 말이 진심일 리 없다. 페르디안이 진심으로 그녀를 위할 리 없다며, 한 점이라도 거짓을 찾아내고 허점을 찾아내려 하는 그가 있다.

졸렬한 악당이 따로 없다. 알고 있었다. 밖에서 보면 뭇사람들에게 그와 리에타의 관계가 어떻게 보일지 뻔한 일이다. 목숨 대신 노리개로 팔려 간 여자와, 빚 대신 데려간 남자. 형제를 둘이나 살해한 고귀한 혈통의 폭군이 세상 사람들에게 어떻게 보일지만큼이나 뻔하다.

그 모든 사실들이 새삼스럽게 불쾌했다. 생각지도 않은 곳에서 싸늘한 물벼락을 맞은 것 같다. 『대공과 축성술사』는 어쩌면 성에 갇힌 무고한 미녀와 그녀를 속박하는 저주받은 악당 이야기로 보일지도…… 이렇게 보니 그녀를 구하겠다는 용사가 하나쯤 튀어나와도 이상하지 않을 이야기네.

보통 형제의 머리를 잘라 부모 발밑에 던지는 미치광이가 용사는 아니니까. 물론 그렇다고 허여멀건 학자 나부랭이가 용사가 될 수는 없겠지만…….

아무렇게나 생각하던 킬리언이 헛웃음을 지으며 테이블 위에 책을 던져 놓았다. 사춘기 소년도 아니고……. 이게 무슨 머저리 같은 청승이람. 가을밤이라는 게 이렇게나 해롭다. 킬리언은 불을 밝힌 촛대를 들고 몸을 일으키려다 멈칫했다.

낮익은 고요한 인기척. 곧 문이 열렸다. 달칵, 그리고 작은 비명.

"아, 깜짝이야……."

화들짝 놀라더니, 탁 숨을 내쉬며 눈을 감고 가슴 앞섶을 짚는다.

"……영주님."

그가 사랑하는 여자가 그를 부른다.

"토끼도 그대보단 담대하겠군. 어찌 그리 초식 동물처럼 쉽게 놀라나."

킬리언이 슬쩍 웃었다. 리에타가 긴장한 어깨를 내리며 마주 웃었다.

"계실 줄 몰랐어요. ……안 주무셨어요?"

"잠이 안 와서. 그대는 왜 여태 안 자고."

"저는 잤어요. 일찍 잠들었더니 일찍 깨어서…….'

킬리언이 피식 웃더니 자신이 앉은 책상 맞은편에 의자를 빼 주었다. 리에타가 어색하게 손으로 뒤쪽을 가리켰다.

"아니에요. 저…… 책만 가지고 올라가 볼게요."

"잠깐 앉았다 가. 모처럼 만났는데."

리에타가 작게 웃었다. '모처럼'이라니. 매일 얼굴 보는 사이에 하는 말이라기엔 썩 어울리지 않는다. 그러나 무어라 입을 열어 대답하려던 다음 순간, 책상 위에 놓인 책의 제목을 확인한 리에타의 표정이 살짝 굳어졌다.

『언데드: 삶과 죽음을 모독하는 마물』

리에타의 눈빛에 조금 당황한 기색이 스쳤다. 언데드. 자연히 킬리언의 생모, 아리아드네 황후의 생각이 났다. 킬리언도 리에타가 무엇을 발견했는지 알았다. 그의 시선이 담담히 책상 위의 책으로 향한다.

그리고 리에타는 그가 어딘지 평소보다 가라앉은 분위기라는 것을 알아챘다. 새삼 이곳이 그의 서고라는 걸 자각한 리에타는 저도 모르게 당황해 시선을 피했다.

본관 서고에서 리에타가 킬리언을 마주친 건 그날 이후 처음 있는 일이었다. 킬리언이 열쇠를 주었는데 자신이 노골적으로 서고를 그의 공간으로 남겨 두고 사용하지 않는 것도 실례가 될 것 같아, 리에타는 가끔 이 서고를 이용하고 있었다.

그가 서고에 있을 때는 조심스레 물러나고 방해하지 않았다. 그냥 그래야 할 것 같았다. 하지만 이 시간에 킬리언이 서고에 있으리라 생각하지 못해 이렇게 마주하게 되고 만 것이었다. 리에타는 당황스러운 내색을 하지 않기 위해 표정을 갈무리했다.

그날 이후 한 번도 내색한 적 없지만 그때의 킬리언은 리에타의 머릿속에 잊히지 않는 기억으로 남아 있었다. 무언가를 숨기고 싶어 하는 사람 특유의 날카롭고 방어적인 반응. 그에게서 한 번도 본 적 없던 모습⋯⋯.

그날의 킬리언은 평소 그가 울컥할 때 그러는 것처럼 화를 내지도, 소리치지도 않았다. 이상하게도 그것이 더 기억에 남았다.

킬리언은 무언가를 외면하기 위해 말을 돌리거나 자신의 저조한 기분을 감추는 사람이 아니다. 그래서 작은 이변이 더욱 크게 느껴졌다. 아마도 그건 킬리언의 유일하게 여린 부분, 아직 아물지 않은 상처이기 때문이 아닐까.

강력한 축성 속에 있어서 생전의 모습 그대로 부패하지 않는다는 황후의 시신. 어렸을 때 몇 번 이야기를 들은 적이 있다. 그러나 언제부턴가 그 시신의 목격담이 들려오지 않았다.

어떤 사람들은 황후의 시신이 여전히 황제의 비밀 장소에 잠들어 있다고도 하고, 어떤 이들은 황제가 킬리언을 살려 보낸 후 아베르사티 황비의 눈치를 보느라 황후의 시신을 숨기고 사람들의 눈앞에 내놓지 않게 되었다고도 하고, 또 누군가는 황비가 킬리언을 살려 보내는 대가로 황후의 시신을 요구했다고도 하고, 어디선가는 신성 여왕 에샤힐테의 저주로 기어이 축성이 무너져 내려 황후의 시신이 사라졌다고도 했다. 그러나 모두 뜬소문일 뿐. 진상은 알 수 없다.

아리아드네 황후는 황제의 절대적 사랑의 대상으로 유명하였지만 이미 제국이 성립하였을 때부터 그녀는 죽은 황후였다. 강렬한 존재감의 아베르사티 황비가 킬리언과의 반목으로 유명해지며 이미 옛날에 죽은 황후의 시신이야 어찌 되었든 사람들의 기억 속에서 인식 너머의 대상으로 잊혀 가고 있었다.

리에타도 아리아드네 황후에 대해선 '악시아스 대공의 친모'라는 점과 '썩지 않는 육신', '루비 티아라' 이야기밖에는 몰랐다. 그러나 리에타는 그날 밤 서고에서 킬리언을 만난 이후, 그분의 시신에 어떤 변고가 있었다는 것을 짐작하게 되었다. 언데드화……. 킬리언도 그녀가 눈치챘다는 것을 안다.

꼭 황실에 얽힌 저주가 곤혹스러워서가 아니더라도, 어머니의 시신이 언데드가 되었다는 건 큰 상처일 것이다. 누군들 드러내고 싶어 하지 않을 만한 일이다.

이른 새벽 사람이 오리라 생각하지 않을 만한 시각, 서고에서 다시 마주친 킬리언은 오늘도 언데드에 대한 책을 보고 있었다. ……괜히 와서 그의 시간을 방해하지 말아야 했다는 생각이 들었다. 리에타가 머뭇거리며 자기도 모르게 사과했다.

"……죄송해요."

킬리언이 고개를 기울이며 덤덤한 목소리로 물었다.

"뭐가?"

리에타가 손을 꿈지럭거리며 고개를 숙였다.

"……혼자 계시는 시간을 방해한 것 같아서요."

설령 킬리언이 정말로 혼자 있고 싶었더라도 그녀가 죄송할 이유는 없다. 열쇠를 준 것도, 어디든 언제든 자유롭게 다녀도 좋다 한 것도 킬리언이니까. 하지만 죄송하다 하지 말라 해도 습관적으로 죄송하다는 말을 하는 여자였다. 킬리언은 조용히 손을 뻗어 리에타가 시선을 두었던 책을 집어 들었다.

"……그렇게 신경 쓸 것 없어."

킬리언이 여상한 목소리로 책을 쳐다보며 말했다.

"딱히 어머니 때문에 보고 있던 건 아냐."

리에타는 멍하니 눈을 들어 그를 바라보았다. 킬리언이 직접 '어머니'와 '언데드'의 상관관계를 암시하는 발언을 할 거라고는 생각하지 못했다. 킬리언이 시선을 내리며 대수롭지 않게 말을 이었다.

"한때는 그랬는데…… 지금은 너무 옛날 일이고."

"……."

"이젠 궁금하지 않아."

리에타는 궁금하지 않다는 게 무슨 말인지 묻지 않았다. 킬리언은 책을 도로 책상 위에 내려놓고 다시 리에타를 바라보았다.

그는 리에타를 눈에 담으며 페르디안이 했던 이야기를 떠올리고 있었다. 그녀에게 이 이야기를 해야 할까, 말아야 할까. 조금 고민했지만 사실 처음부터 답은 정해져 있었다. 킬리언이 짧게 숨을 내쉬고 리에타에게 다시 의자를 권했다.

"잠깐 앉지. 그대가 들어야 할 얘기가 있어."

그녀가 눈을 두어 번 깜박인 후 그에게 가까이 다가갔다. 리에타가 그가 빼 준 의자 앞에 서자 킬리언은 그녀가 앉는 데에 맞추어 의자를 밀어 넣어 주었다.

앉으라 하시니 앉기는 앉았으나 리에타는 그가 무슨 말을 하려는지 몰라 약간 긴장하고 있었다. 킬리언은 물끄러미 리에타를 바라보았다. 리에타는 아직 그가 페르디안을 따로 접견했다는 것을 모른다. 그는 페르디안의 이름을 리에타의 귀에 들어가지 않게 하고 넘어갈 생각이었다.

굳이 철두철미하게 숨길 생각까지는 아니지만 구태여 들어 봐야 기분 좋을 것도 없을 이름이었기 때문이다. 더욱이 페르디안이 리에타를 구명하려 했다던 이야기 따윌 전해 줄 생각은 없었다. 그놈이 지껄인 소리가 모두 사실인지 아닌지도 알 수 없을 뿐더러, 설령 사실이어도 어쩌란 말인가. 그게 이제와 리에타의 마음에 딱히 위안이 될 것 같지도 않고 말해 줄 이유도 없다.

리에타는 이제 악시아스 사람이다. 세비타스와 관련된 기억은 그녀에게 혹독한 상처일 뿐이다. 그와 관련된 것을 리에타의 머릿속에 상기시켜 봐야 상처를 헤집는 일이 될 뿐.

세비타스엔 리에타가 관심 가질 만한 그 무엇도 남아 있지 않고, 그곳엔 더 이상 그녀가 신경 쓸 일이 없다고……. 그렇게 생각했었는데. 킬리언은 조용히 눈을 감았다 떴다.

제이드의 묘라니 미처 생각하지 못한 일이었다. 리에타가 하늘색 눈으로 그를 올려다보았다. 리에타에게는 사실 관계를 확실히 확인한 후 전하고 싶은 마음이 일었지만, 그런 핑계로 리에타가 알아야 할 정보를 지체할 권한이 자신에겐 없다는 생각이 들었다.

지금 말하는 것이 맞았다. 그러나 약간 남아 있는 저항감으로, 킬리언은 그 이야기를 시작하기 전에 먼저 입을 열어 물었다.

"……그대 생각에 페르디안 세비타스는 믿을 만한 인물인가?"

"……네?"

갑자기 튀어나온 의외의 이름에 리에타는 얼떨떨하게 반문했다. 킬리언은 짧게 한숨을 내쉬었다. 페르디안은 물러가기 전, 킬리언에게 차마 무시할 수 없는 이야기를 하나 더 남기고 떠났다.

리에타에게 '꼭 전해야 하는 이야기'라는 걸 킬리언으로서도 인정할 수밖에 없었던 이야기였고, 그가 결국 페르디안을 어쩌지 못하고 곱게 보낼 수밖에 없었던 이유이기도 했다. 킬리언은 가만히 말을 골랐다.

"놀라지 말고 들어."

"……?"

킬리언이 말을 이었다.

"그대 남편의 묘가 칼리고로 이장되었어."

리에타는 순간적으로 그 말을 있는 그대로 이해하지 못하고 멍한 표정이 되었다.

"……네?"

예상의 범위에조차 없던 뜻밖의 이야기였다. 이장이라니? 뭘…… 제이드를? 제이드의 묘를? 그녀는 당황한 얼굴로 킬리언을 쳐다보았다.

"그게…… 무슨 말씀…….'

이미 정식으로 장례식을 마친 묘를 옮긴다는 건 결국 묘를 파헤쳐 죽은 이를 다시 땅 위로 올리는 일이다. 망자의 안식을 방해하는 일이고, 불길하게 여겨지는 일이고, 사제의 축성이 필요한 일이기 이전에…… 최소한 하나뿐인 유가족 리에타의 허락이 필요한 일이었다.

비록 세비타스를 떠나왔으나 리에타는 제이드의 무덤에 권한이 있는 유일한 사람이었다. 제이드는 리에타와 마찬가지로 고아고, 가족은 리에타와 아델뿐이었다. 리에타도 모르게 그녀의 남편의 묘를 이장할 순 없었다. 킬리언의 목소리가 나직이 이어졌다.

"세비타스에 언데드가 발생했다더군."

머릿속에 벼락이 떨어졌다. 그 말을 듣자마자 리에타는 자기도 모르게 벌떡 일어섰다. 그 이상 이유를 설명할 필요는 없었다.

죽음과 악마들이 집결한 환경에서 자연 발생한 언데드는 쉽게 주변의 시신들에 전염된다. 리에타도 어렴풋이 소식을 전해 들어 알고 있었다. 세비타스는 역병으로 궤멸 상태에 이르러 있었다. 사태를 파악한 리에타의 안색이 순식간에 새하얘졌다.

설마 제이드의 묘에……. 킬리언이 리에타의 손을 잡았다. 창백하니 아득해져 있던 리에타가 흠칫하며 현실로 돌아와 그를 바라보았다. 킬리언이 작게 힘주어 말했다.

"남편 묘는 무사해."

넋이 나가 있던 리에타가 입을 벌리며 숨 막히는 얼굴로 더듬더듬 확인했다. "제, 제이드의…… 무덤이……."

죽은 사람을 상대로 하기는 웃긴 소리였지만 킬리언은 대답해 주었다.

"그래, 무사해. 언데드화는 일어나지 않았어."

하아, 리에타가 하얘진 얼굴로 간신히 숨을 뱉었다. 리에타는 거의 쓰러지듯 황망히 자리에 다시 앉았다.

"그대도 알겠지만 전염 위험이 있어서."

킬리언이 덧붙여 설명하는 말에 리에타는 간신히 고개를 끄덕였다. 킬리언의 말이 조용히 이어졌다.

"사실인지 여부는 확인하지 못했어. 아직은 페르디안의 주장일 뿐이야. 하지만 세비타스는 역병으로 출입이 완전히 통제된 상태고, 한동안은 알아보는 것도 여의치가 않을 것 같아서. ……일단 그렇게 알아 둬. 내가 정확한 사실을 알아보고 있어."

"네…… 네. 가, 감사합니다."

너무 놀라 두서없이 떠듬거리던 리에타는 문득 의아한 얼굴로 그를 올려다보며 물었다.

"그런데 어째서…… 칼리고인가요?"

그녀의 허락 없이 남편의 무덤이 이장된 일 자체는 납득하였지만, 왜 그 장소가 칼리고냐는 질문이었다. 칼리고는 악시아스나 세비타스와 연고가 있는 땅이 아니다. 딱히 중간 지점도 아니었다.

킬리언이 리에타를 바라보았다. 그녀는 페르디안과 칼리고의 상관관계는 짐작하지 못하는 눈치였다. 그들이 대화한 적이 있으니 혹 알고 있을지도 모른다고 생각했는데……. 킬리언은 최대한 감정을 배제한 채 페르디안의 이야기를 전해 주었다.

킬리언이 리에타를 데리고 떠난 후 세비타스에서 걷잡을 수 없이 역병이 번지고 사람들이 이탈하기 시작한 것. 페르디안 세비타스가 황실로부터 칼리고 백작의 작위를 받아 칼리고가 그의 영지가 된 것.

상태가 악화되던 세비타스에서 엎친 데 덮친 격으로 언데드가 발생해 묘지에 묻힌 시신들에 언데드화가 전염되기 시작한 것. 황실이 악마와 역병과 언데드의 소굴이 된 세비타스를 출입 통제 구역으로 정한 것. 그리고 세비타스의 문이 닫히기 직전 페르디안이 급히 자신의 영지로 제이드의 묘지를 이장한 것까지. 그대로 두었다간 언데드화가 제이드의 무덤에도 퍼질 가능성이 높은 상태였다는 것도. 리에타는 묵묵히 그가 전해 주는 이야기를 들었다.

"……아직 확실하지 않은 게 많지만, 일단 페르디안이 한 이야기는 이 정도야."

짧게 이야기를 마친 킬리언이 리에타를 바라보았다.

"더 궁금한 게 있으면 말해 봐. 내가 알아볼게."

그녀는 알 수 없는 표정을 하고 있었다. 킬리언은 문득 자신의 말이 좋지 않나 생각했다. 자신을 통하지 않으면 리에타가 무언가를 독자적으로 알 수는 없다는 말처럼 들릴지도 모르겠다는 생각이 들었다. 킬리언은 짧게 틈을 두고 조금은 내키지 않는 말을 덧붙였다.

"……그대가 원한다면 페르디안을 만날 수 있도록 자리를 마련하마."

리에타는 말없이 그를 바라보고 있었다. 킬리언은 무릎께에 깍지 낀 손을 늘어뜨린 채 그녀를 바라보다가, 무의식적으로 그녀의 눈과 마주친 시선을 내려 조그만 어깨 위에 흐드러진 달빛 머리카락을 바라보았다.

"……언데드에 대해서라면 나도 도움이 될 거야. 궁금한 게 있으면 물어봐. 뭐든 상관없으니."

킬리언은 눈을 내려 뜬 채 묵묵히 생각했다. 페르디안을 만나 보겠냐고 조금 더 권하는 것이 좋을까. 언데드 자체에 대한 질문보다 궁금한 것은 그쪽 사정일 것이다. 기실 리에타가 궁금해할 만한 이야기엔 페르디안이 대답해 줄 수 있는 부분이 더 많았다.

솔직히 탐탁지 않지만 자신이 페르디안을 못마땅하게 여긴다는 걸 리에타도 모르지 않는다. 그녀는 눈치가 빠르고 나에게 거역하지 않으려 하니, 내심 페르디안을 만나서 묻고 싶은 것이 있더라도 참으려 할 것이라는 생각이 들었다.

킬리언은 스스로를 돌아봤다. 나는 리에타를 보호하고 있는 것이지 구속해 곁에 두고 있는 것이 아니다. ……리에타도 그렇게 생각할까? 생전 처음 경험해 보는 자기 검열의 고뇌에 빠져 있던 킬리언은 리에타가 어떤 눈으로 그를 쳐다보고 있는지 알아채지 못했다. 리에타가 오랫동안 참고 참아 온 것을 둑 터지듯 이렇게 물어 올 때까지.

"……제가 영주님의 모후를 떠올리게 하나요?"

킬리언은 멈칫하고 눈을 들어 그녀를 바라보았다.

사랑했던 가족이 언데드가 된다는 건 어떤 기분일까. 사랑하는 이가 두 번 죽는 것을 눈으로 목도한다는 건.

리에타는 어느 순간부터 멍하니 킬리언만 쳐다보고 있었다. 페르디안의 이야기가 이어지고 있었지만 제이드가 무사하다는 것 외엔 하나도 머릿속에 들어오지 않았다.

세비타스에 언데드가 발생했다는 이야기를 듣고 그가 일러 주는 몇 가지 사실을 확인한 후, 싸늘하게 피가 식는 기분으로 손을 덜덜 떨던 리에타는 불현듯 깨달았다. 이것이 킬리언이 겪은 일이구나.

갑자기 그가 받았을 고통이 뼈저리게 실감되어 리에타는 멍하니 킬리언을 바라보았다. 제이드에게, 아델에게 그런 일이 벌어진다면……. 나는 견딜 수 있을까?

페르디안의 말과 세비타스의 상황을 전하는 짧은 설명에도 리에타는 킬리언이 얼마나 언데드에 대해 오랫동안 천착해 왔는지 느낄 수 있었다. 이 서고에서 보냈을 그의 가장 피폐했던 시간이 손에 잡힐 듯 가까워졌다.

……제이드의 무덤은 무사하다. 그 이야기를 킬리언이 전해 주고 있고, 그의 서고에 마주 앉아 그 말을 듣고 속없이 안심하고 있는 이 상황이 리에타는 못 견디게 죄스러워졌다.

아무렇지 않은 표정으로 언데드 이야기를 하고 있는 킬리언을 멈추고 싶다. 제이드의 일은 자신의 몫이다. 킬리언은 그로 인해 그 무엇도 감당할 필요가 없는데…….

'······미인이시지. 내 모후야.'

조그만 액자 속, 루비 티아라를 쓴 백금발의 여인의 초상이 떠올랐다. 그날 밤, 자신의 머리카락을 가만히 손가락으로 얽으며 쓸어내리던 손길. 그리고 그것을 움켜쥐고 가만히 내려다보다, 이내 마주치던 눈빛. 그때부터 얼마간은 짐작하고 있었지만 차마 무엄하여 입 밖에 내지 못했던 것.

킬리언이 시선을 내려 그녀의 머리카락을 물끄러미 쳐다보는 순간, 리에타는 멍하니 킬리언을 쳐다보며 자기도 모르게 중얼거렸다.

"······제가······ 영주님의 모후를 떠올리게 하나요?"

킬리언의 말이 딱 멎었다. 창밖에서 넘어오던 귀뚜라미 소리마저 멎어버린 정적. 붉은 눈이 멈추어 그녀를 쳐다보았다. 리에타는 퍼뜩 자신이 내뱉은 질문이 얼마나 무례한 것이었는지 깨닫고 안색이 변하며 자기 입을 가렸다. 리에타가 자신의 무례를 사죄하기 직전, 킬리언이 입을 열어 조용히 답했다.

"아니." 그가 조금 간격을 두고 덧붙였다. "······처음엔 그랬는데."

"······."

"지금은 아니야."

두 사람의 시선이 공중에서 맞부딪쳤다. 킬리언은 자신의 이마를 만지작거리며 등받이에 몸을 기댔다. 킬리언은 깍지 낀 손을 무릎 위에 얹은 채 잠깐 생각에 잠긴 듯 침묵하고 있다가, 진지하게 대답했다.

"······전혀 아니라고 하면 거짓말이겠지만."

그가 진실된 눈으로 가만히 리에타를 마주 보았다.

"······그대를 어머니와 겹쳐 보고 있진 않아."

그녀를 향한 마음이 피어나는 과정에는 그것이 있었을지 모른다. 그러나 그것이 부정할 수 없는 깊은 감정이 된 이후 그것은 어머니에 대한 감정과는 다른 것이 되었다. 묘하게 가라앉은 붉은 눈이 묵묵히 그녀를 바라보다 희미한 미소를 그렸다.

"그대가 그런 생각을 하고 있는 것을 보니, 내가 실수하였구나."

리에타는 아무 말도 하지 못한 채 그를 마주 보았다. 킬리언은 담담한 눈빛으로 물끄러미 리에타의 눈을 바라보았다. 아마 그런 뜻에서 한 말만은 아니었겠지. 짐작하면서도 그는 자신의 실수라는 말로 덮어 주었다.

킬리언은 리에타가 제이드나 그녀의 일이 아니라 자신의 일을 염려하고 있고, 그의 어머니의 일을 생각하고 있고, 그의 마음을 걱정하고 있다는 것을 알았다. 킬리언에겐 이미 끝난 일이고, 지금 리에타에게 일어나는 일은 현재진행형인데도.

지금 급한 것은 그녀의 일인데. 자기 일이나 챙길 것이지, 남 걱정하는 것이 우스웠다. ……하긴, 이런 여자였지. 킬리언은 피식 웃었다. 리에타도 은근히 충동적인 데가 있는 사람이다. 다만 때로 이성을 앞질러 가는 마음은 언제나 고마운 것이었다. 내가 오죽했으면 리에타의 입에서 그런 소리가 나왔을까 싶기도 했다.

……그 누구에게도 용납한 적 없는 이야기인데, 그런데 이상하게 그것이 불쾌하지 않았다. 오히려…….

킬리언은 리에타의 눈을 바라보다가 조금 전 그랬던 것처럼 그녀의 머리카락으로 가만히 시선을 내렸다.

"……색이 비슷하긴 해."

킬리언이 손을 뻗어 리에타의 머리를 살짝 헝클어뜨렸다.

"하지만 어머니한텐 이렇게 못 하지."

……어머니라. 자신의 입에서 나오는 단어의 울림이 낯설다.

그는 아홉 살에 어머니를 잃었다. 아니, 어쩌면 열여덟에 잃은 것일까. 어느 쪽이든 오래전에 잃었다는 것은 마찬가지다. 그의 입으로 '어머니'를 말할 일이 많지는 않았다. 퍽이나 가식적인 의미에서 의붓어머니인 황비를 어머니라 한 적은 있었던 것도 같지만.

그의 친어머니를 두고 누군가와 대화할 일이 그에게는 오랫동안 없었다. 황후 아리아드네의 이야기가 킬리언의 앞에서 금지된 화제라는 것은 오랫동안 불문율이었다. 킬리언은 잠깐 침묵하다 입을 열었다.

"미인이라는 건 비슷하지만 그대랑 내 모후는 많이 달라."

킬리언이 슬쩍 고갯짓해 리에타의 백금발을 가리켰다.

"어머니도 백금발이셨지만, 그대보다는 화려한 느낌이 드는 곱슬머리였지."

리에타는 아무 대답도 하지 못했다. 킬리언도 따라 침묵하다가, 고개를 떨구며 슬쩍 웃었다.

"……웃어 주면 안 되나? 그대가 내 어머니 이야기를…… 너무 무거운 화제라고 생각하지 않았으면 좋겠는데."

킬리언은 그렇게 말하며, 리에타가 자신의 마음속에 생각보다 더 많이 들어와 있음을 알았다. ……어머니의 이야기를 하고 싶다. 이런 기분이 드는 건 처음이었다.

"……잠깐 말 상대 해 줄래? 그대가 불편하지 않으면."

그가 빙긋 웃었다.

"아무도 나한테, 어머니 이야기를 물어봐 주지 않거든."

지난 십삼 년 동안 자신의 입에서 나오리라 상상도 못했던 말이, 마치 오래전부터 그녀를 만나길 기다려 왔다는 듯 흘러나오고 있었다.

"……나도 가끔은 어머니를 추억하고 싶어."

그리고 킬리언은, 말로 빚어낸 후에야 자신이 정말로 그러고 싶었다는 것을 깨달았다. 그는 그녀 앞에 소리 없이 열어 둔 문을 숨죽인 채 바라보았다. 리에타는 조금 머뭇거리다, 마침내 미소 지었다. 다행히 괴로워 보이는 억지 미소는 아니었다.

"……제 머리는 만져 주지 않으면 많이 구불거리진 않아요."

킬리언이 따라 웃었다. "그래. 그렇지."

"그대 눈은 하늘색이고, 내 모후의 눈은 연한 청록색이야."

"그건 비슷하네요. 둘 다 옅은 한색이니까……."

"다르다고."

"다른가요."

"많이 다르지."

킬리언이 턱을 괴고 자세를 편하게 늘어뜨린 채 웃었다.

"키도 그대보다는 이 정도 더 크셨어."

킬리언은 엄지와 검지로 한 뼘이 조금 못 되는 길이를 그려 보였다. 그러다 갸웃하며 미심쩍은 표정을 지었다.

"……내가 어릴 때라 이건 정확하지 않을 수도 있겠군. ……어쨌든 여자 치고는 키가 큰 편이셨거든."

"영주님이 키가 크신 게 어머니 덕인가 봐요."

"……그런가? 그렇게는 생각 안 해 봤는데. 그럴 수도 있겠네. 폐하도 크신 편이긴 해. 내가 더 크지만."

리에타가 조금 더 편해진 얼굴로 미소 지었다. 킬리언의 말이 이어졌다.

"어머니는 머리를 상당히 길게 길러서, 머리카락이 거의 무릎까지 닿았어. 나무 아래에 앉으면 머리카락이 레이스로 된 면사포처럼 잔디밭 위에 늘어졌지. 햇살이 들어오면 그 머리카락이 금색으로 반짝이면서 투명해지는데……."

킬리언이 말끝을 흐리다 피식 웃었다.

"그게 참 예뻤어."

무릎까지 오는 긴 백금발을 늘어뜨리고 잔디밭 위에 앉아 있는 황후. 면사포처럼 퍼져 있는 아름다운 긴 머리카락 사이로 점점이 나뭇잎 그늘

진 햇살이 나리고, 햇살 아래 투명해지는 머리카락이 바람에 흔들린다. 따스한 햇살 아래 파고드는 공기를 느끼며 눈을 감고 미소 짓고 있는……. 눈앞에 그려지는 듯한 평화로운 그림에 리에타가 진심으로 중얼거렸다.

"……아름다우셨을 것 같아요."

킬리언이 웃었다. "어머니는 귀찮다 하셨지만."

"……."

"긴 머리를 성가셔 하면서도 자기 머리카락이 예쁘다는 걸 너무 잘 아셔서 그걸 끝내 포기하진 못하셨지."

킬리언이 눈매에 웃음을 단 채 리에타를 쳐다보았다.

"어머니는 참지 않는 성격이셨어. 직설적이고. 이것도 그대랑은 다르지."

리에타가 마주 웃었다.

"……영주님께서 그분을 닮으셨나 보네요."

"뭐……."

킬리언은 슬쩍 웃으며 말꼬리를 흐리는 것으로 리에타의 말을 인정했다. 어머니의 이야기를 하는 그는 즐거워 보였다.

제국의 황후. 그 누구도 부정하지 못하는……. 그러나 그녀는 살아생전 단 한 번도 그 이름으로 불린 적이 없었다. 시황제의 첫 번째 반려 아리아드네는 제국이 통일되기 전에 세상을 떠났기 때문이었다. 킬리언이 채 열 살이 되지 못했을 때의 일이었다.

왕국 로드미뉴가 제국 릴페이엄 딤펠이 되었을 때는 이미 그녀가 세상을 뜬 지 삼 년이 지난 시점이었다. 황후 아리아드네는 이미 오래전 세상을 하직하였으되, 그녀의 영혼이 떠나간 빈 육신은 강력한 축성 마법진에 발목이 묶여 세상에 차마 작별을 고하지 못하고 남아 있었더랬다.

제국의 수도가 된 로드미뉴의 황제궁으로 돌아와 즉위식을 마친 황제는 아무 말 없이 아내의 몸이 잠들어 있는 제단 앞으로 나아가 그녀의 머리에 루비 티아라를 씌워 주었다. 그리고 즉위식에 참석한 모든 귀족들과 성직자들 앞에서 짧게 고하였다.

'제국의 황후에게 경배하라.'

이것이 살아 있지도 않은 사람인 '아리아드네 황후'를 제국의 첫 번째 황후로 세상 사람들에게 각인시킨 사건이었다. 그것이 바로 킬리언의 어머니였다.

그러나 킬리언은 비장한 추모나 침통한 얼굴로 자신의 어머니 이야기를 다루길 원치 않았다. 리에타는 책이나 이야기 속에 박제된 인물이 아닌 누군가의 사랑하던 어머니로 그녀를 받아들이고 이야기하기 시작했다.

아름다운 긴 머리를 좋아하고, 키가 크고, 조금은 직설적이고 거침없는 성격이었던 평범한 사람으로서의 아리아드네. 그러자 처음 생각했던 것처럼 그분의 이야기가 어렵고 불편하지 않았다.

리에타도 조금씩 그와의 대화에 녹아들어 갔다.

"내 어머니는 뼛속까지 귀족 태생이셨어. 로드미뉴의 유서 깊은 귀족 가문 출신이셨지. 귀족 영애의 소양이라 할 만한 건 다 잘하셨어."

"그건 많이 다르네요."

"그렇지. 어머니는 춤도 정말 잘 추셨거든."

"……정말 많이 다르네요."

두 번째는 좀 더 진심으로 인정하는 소리에 킬리언이 짧게 웃음을 터뜨렸다.

"그대는 몸으로 하는 건 하나도 못하는 것 같아."

"승마랑 춤은 어릴 때 배우지 않아서 익숙하지 않을 뿐이에요. 그리고 승마는 조금씩 늘고 있어요."

흐응, 킬리언이 믿지 않는 듯 콧소리를 내며 웃는다.

"춤을 배워 볼래?"

"아뇨."

"악시아스는 무도회 같은 걸 열지 않지만, 그대가 원한다면."

"원하지 않아요."

"내가 부탁해도?"

"……세상엔 저 말고도 춤을 잘 추시는 분이 많은걸요. 저까지 춤을 출 필요는 없는 것 같아요."

저 말고 다른 분이랑 추시라는 말을 참 완곡하게도 한다. 킬리언은 웃었다.

"나는 그대랑 추고 싶은데. 이왕이면 조금 덜 밟히면서……."

리에타가 뚱한 얼굴로 킬리언을 쳐다보았다. 킬리언은 놀려서 미안하다는 듯 손을 들고 웃으며 물러났다.

"밟아도 돼."

리에타는 쌩하니 외면하는 것으로 대답을 대신했다. 킬리언은 웃는 얼굴 그대로 창밖을 쳐다보았다.

"……내가 어머니보다 키가 커지면, 나랑 첫 춤을 춰 주겠다고 하셨는데."

"……."

"지키지 못하고 가셨지."

리에타가 가만히 그를 바라보았다. 킬리언은 별달리 대수롭지 않은 얼굴로 리에타를 쳐다보며 손바닥을 슬렁 저어 보였다.

"말 삼가지 않아도 돼. 어머니가 나를 낳고 구 년을 앓다가 돌아가셨다는 얘기나 썩지 않는 시신 얘기나, 전 국민이 다 아는 유명한 이야기라는 건 나도 알아."

리에타가 물었다.

"……상처가 되셨나요."

킬리언이 웃으며 고개를 저었다.

"어머니는 그러지 않도록 해 주셨어. 죽음이 뭔지 알려 주고 가셨지."

킬리언은 팔짱을 끼며 작게 끄덕이듯 고개를 꺾었다.

"상처가 된 건 오히려 황제 폐하 쪽이었던 것 같아."

킬리언은 조금 느리게 말을 이었다. 언제나 방법을 찾아내는 분이셨지. 실패라는 걸 해 본 적이 없는 분이신데. 제국까지 통일하고도 단 하나, 어머니의 죽음을 막지 못한 게 큰 충격이셨나 봐.

당시 어머니가 아프셨는데……. 대륙을 일통하면 어머니는 불멸이리라는 말도 안 되는 신탁을 받고 제국 통일을 시도하신 거 알아?

말도 안 되는 헛소리지. ……그걸 정말 해낼 줄은 아무도 몰랐을 거야. 하지만 해내기 전에 어머닌 돌아가셨고…….

"그대도 아는 얘기겠지만, 어머닌 돌아가신 후에도 꽤 오랫동안 축성 마법진으로 보호받고 계셨거든. 내가 열여덟이 될 때까지……. 아홉 살에 돌아가셨던 어머니의 시신은 구 년 동안 부패하지 않았지."

킬리언이 어디서도 한 적 없던 이야기를 시작하고 있다는 걸 직감한 리에타는 가만히 숨을 죽였다.

"찾아가면 언제나 어머니는 서른밖에 안 된 젊은 여자의 모습으로 누워 계시는데, 나는 계속 자라고 나이를 먹더군. ……상상이 돼?"

킬리언이 한쪽 입꼬리를 올리며 자조했다.

"썩지 않는 시신은 구 년 동안 어제 잠든 사람처럼 누워 있고, 나는 점점 돌아가셨던 당시 어머니의 나이를 따라잡아 가는 거야."

"……."

"……참 성스러운 일이지."

그 말은 신을 비아냥거리는 듯한 어조로 들렸다. 그러나 리에타로서도 그가 신 앞에 불경하다 비난할 맘이 들지 않았다. 오히려 신실한 어머니와 아버지 밑에서 자란 킬리언이 신을 믿지 않게 된 이유를 알 것 같았다.

"어머니는 여전히 서른둘인데. 나는 그 곁에서 아홉 살에서 열여덟까지 나이를 먹었어."

책에서, 혹은 수도원에서 리에타가 접했던 이야기는 이런 것이 아니었다. 그것을 곁에서 실제로 겪어 본 사람의 관점은 리에타가 상상한 것과는 전혀 다른 이야기처럼 들렸다. 킬리언은 담담한 목소리로 말을 이어 갔다.

"어느 날 누워 계신 어머니보다 내가 훨씬 커져 있다는 걸 새삼 깨달았는데……."

킬리언은 작게 웃었다. "……어머니랑 춤을 추고 싶더라."

약속 지키셔야죠, 어머니. 제가 어머니보다 커졌잖아요. 킬리언은 잠시 침묵했다. 목이 갈라지는 느낌이 들고 조금 메마른 목소리가 나왔다. 그것은 그의 아버지의 목소리와 조금 닮은 듯했다.

"그로테스크하다는 생각이 들 법도 한데. 그냥…… 그때는."

킬리언이 미소 지었다.

"춤을 추고 싶었어."

이상하지. 어머니는 영원한 잠에 들어서도 아름다운 사람이었지만, 십 년을 바라보며 그것이 정상이 아니라는 생각은 하고 있었다. 시간의 흐름 속에 박제된 죽은 자. ……그런데도 그날 든 생각은 그저 춤을 추고 싶다는 것뿐이었다. 시신을 보고 그런 생각을 한다는 것도 정상은 아니지. 어쩌면 나도 조금은 미쳐 있었는지도 모른다. 킬리언은 가만히 눈을 감았다가 떴다.

'오지 마, 킬리언!'

그래, 미쳐 있었을지도. 그건 전부 환상이었을지도. 마물이었을지도. 아버지는 꼭 어머니를 그런 방식으로 붙잡아 두어야만 했을까. 보내 주셨어도…… 좋았을 것을. ……그랬다면 그런 모습의 마지막을 보지는 않아도 되었을 것을.

"……같이 나이 들어 갈 수 있었다면 좋았을 텐데."

킬리언이 싱긋 웃었다.

"내가 언젠가 어머니보다 더 늙을 수도 있겠구나, 그런 생각도 했었는데. 결과적으로 그런 일은 벌어지지 않았지만……."

킬리언의 말끝이 흐릿하게 잦아들었다. 어느새 일어서 다가온 리에타가 그의 앞에서 손을 내밀고 있었다. 어색하게, 손바닥을 위로 한 채. 킬리언이 눈을 깜박이며 그녀를 올려다보았다.

"……춤추자고?"

리에타가 제법 뻔뻔한 얼굴로 담담하게 중얼거렸다.

"……제게 춤에 재능이 없고, 가르치실 가치가 없다는 걸 확인하실 시간 일 분 드릴게요."

"……."

킬리언이 상상하지도 못한 얼굴로 리에타를 올려다보았다.

"……예상하시겠지만……."

"……."

"어머님이랑은 많이 다를 거예요."

그는 멍하니 제게 건넨 그녀의 손을 쳐다보고 있다가, 다음 순간 큰 소리로 웃음을 터뜨렸다.

"하하하."

유쾌한 웃음이 한참을 이어졌다. 킬리언이 얼굴 가득 웃음을 매단 채 제게 손 내민 리에타의 얼굴을 올려다보았다. 그녀는 그때까지 내민 손을 거두지 않고 당당하게 서 있었지만, 제법 뻔뻔함을 가장하고 있던 얼굴은 이미 발갛게 물들어 있었다.

물러, 그대. 그대의 그런 면까지 포함해 좋아하지만. 그는 그녀와 눈을 맞춘 채, 건넨 손을 깍지 껴 잡고 천천히 일어섰다. 리에타가 그의 시선을 피하며 불만스레 꿍얼거렸다.

"……그렇게까지 웃으실 건 없잖아요."

킬리언은 이번엔 소리 내지 않고 눈으로만 웃었다.

"너무 좋아서."

음악도, 무엇도 없다. 공간은 책장과 테이블이 곳곳에 장애물처럼 널린 좁은 서고. 리에타는 뭘 어떻게 해야 하는지도 몰라 그냥 그에게 한 손만 맡긴 채 그를 바라보았다. 킬리언이 천천히 잡은 손을 끌어당기자 리에타는 저항하지 않고 느리게 두어 걸음 다가갔다.

한 걸음, 또 한 걸음. 좁혀지는 거리. 킬리언이 그녀가 걸어가던 중에 잡은 손을 천천히 위로 들어올렸다. 리에타의 눈높이보다 조금 높은 곳으로.

아……. 여자 혼자서 턴이다. 춤이라곤 쥐뿔도 모르는 리에타도 알 수 있을 정도로 전형적인 동작이었다. 디테일한 건 하나도 몰랐지만 움직여야 할 방향으로 리에타의 손을 이끄는 그의 느리고 간단한 리드는 구제불능의 몸치를 단번에 이해시킬 정도로 능숙했다. 가까이 가면서 안쪽으로 돌면 되는 건가? 리에타는 그의 손을 잡은 채 킬리언을 향해 걸어가면서 왼쪽으로 천천히 돌았다.

사박, 사박, 사박. 세 걸음 만에 한 바퀴 돌아 다시 그를 마주하니 반대쪽 팔 아래, 허리보다 조금 높은 곳에 그의 손이 들어와 등을 받쳤다. 자연스럽게 그의 팔 위에 리에타는 손을 얹고 있었다. 의식하지도 못한 사이 그럴싸한 자세가 만들어졌다.

킬리언이 씩 웃으며 나직이 속삭였다.

"잘하는데."

리에타는 말없이 킬리언을 올려다보았다. 킬리언이 천천히 움직이기 시작했다. 한 걸음, 또 한 걸음. 그녀는 그가 이끄는 대로 발을 옮겼다. 음악 없는 춤은 아주 느리게 이어졌다.

리에타의 스텝은 어색했다. 리에타는 그저 그를 따라 걸을 뿐 세련되게 무게 중심을 옮길 줄 몰랐다. 하지만 킬리언은 지적하지 않았다. 리에타는 그에게 자신을 맡긴 채 그를 따라 움직였다.

몇 걸음 느리게 함께 걷는 사이 점차 리에타는 그와 같은 보폭으로 걸음을 따라가기 시작했다. 자세도 자연스러워졌다. 어색하게 얹어만 놓았던 손이 편안해지며 그녀가 그를 의지하기 시작했다.

킬리언은 테이블과 책장 사이의 빈 공간으로 천천히 그녀를 이끌어 갔다. 춤을 추기보단 느릿느릿 발을 맞추어 좁은 서고 안을 산책하는 것 같은 움직임이었다. 그동안에도 서로를 마주 본 둘의 시선은 떨어지지 않았다.

킬리언은 그녀의 스텝을 바꾸려 하거나 가르치지 않았다. 다만 아주 천천히 이끌며 에스코트했다. 리에타는 그를 올려다보며 조심조심 발을 옮겼다. 테이블에 부딪히기 직전 킬리언은 슥 몸을 돌려 방향을 바꾸었다. 일렁이던 촛불 빛이 그의 뒤로 멀어지며 대신 창을 통해 내려온 은은한 달빛이 그의 옆얼굴을 비추었다.

잠깐 멈춰 선 킬리언이 눈을 맞추고 웃었다. 리에타는 그의 시선을 피해 그의 가슴 언저리로 눈을 내리며 마른 침을 삼켰다. 그에게 손 내밀 땐, 자신의 춤 솜씨를 실컷 놀림 받을 거라고만 생각했는데. 움직임은 아주 느렸지만, 마주 보는 시선 사이에선 묘하게 긴장된 기류가 흘렀다.

킬리언이 얕게 웃었다. 숨결이 느껴질 정도로 가까운 거리.

"날 봐야지."

리에타가 머뭇거리다 대답했다.

"……영주님 발을 밟고 싶지 않아요."

시선을 내려 봤자 그의 가슴께일 뿐, 발밑을 볼 수 있는 자세가 아닌데도 리에타는 그렇게 핑계를 댔다. 킬리언이 싱긋 웃고 제안했다.

"신발 벗고 할까."

킬리언은 리에타의 대답을 기다리지 않고 살짝 고개를 옆으로 내리더니 발만 움직여 툭, 신발을 벗어 차 버렸다. 그의 맨발이 차가운 돌바닥에 내리 닿았다.

자신의 긴장을 풀어 주려는 그의 의도를 깨달은 리에타는 작게 웃었다. 리에타도 그의 팔에 기댄 채 발꿈치를 들어 신발 안에서 발을 빼냈다. 킬리언은 뒷걸음으로 리에타를 끌어당겼다. 리에타가 맨 바닥에 발을 디뎠다.

"돌아 볼까." 킬리언이 웃으며 고개를 옆으로 까닥였다. "오른쪽부터."

그리고 그의 시선이 옆으로 움직였다. 리에타도 같은 방향을 바라보았다. 리에타가 보는 방향 기준으로 오른쪽, 그의 기준으론 왼쪽이다. 두 사람의 발이 동시에 움직였다.

한 걸음, 두 걸음, 세 걸음, 그리고 리드미컬하게 한 바퀴. 사라락, 턴을 하며 바람을 머금고 넓게 펼쳐진 치맛자락이 다리에 감겼다. 킬리언이 웃었다.

"테이블 때문에 이쪽은 좁으니."

"아."

휘릭, 킬리언이 리드하던 그대로 그녀의 허리를 잡고 훌쩍 들어 올려 몸을 돌리더니 반대쪽에 내려놓았다. 탁. 소리와 함께 하얀 치맛자락이 다시금 꽃잎처럼 펼쳐졌다.

"이쪽으로 갈까."

킬리언이 그녀의 등을 부드럽게 받쳐 들었다. 낮추었던 몸을 일으킨 리에타는 다시 허리를 펴고 그를 올려다보았다. 가볍게 돌며 방향을 바꾸기 위한 반 바퀴, 그녀는 그가 이끄는 손길을 따라 다가섰다. 그마저 춤의 일부가 되었다. 템포가 조금 빨라졌다.

"나를 축으로."

킬리언이 리에타가 턴하도록 리드하며 팔을 풀어 주었다. 하나, 둘, 셋,

그리고 다시 크게 턴. 치맛자락이 원심력에 의해 사르륵 펼쳐진다. 잡았던 손이 가볍게 풀리며 리에타는 책상과 테이블 사이의 빈 공간으로 멀어지듯 한 바퀴 돌았다.

몸이 멈추자 치맛자락은 다시 다리에 부드럽게 감기고 리에타는 날개를 펼치듯 팔을 벌린 채 빙글, 한 걸음 반 멀어졌다가, 축이 된 킬리언의 손을 잡고 다시 원래대로 감겨 오듯 한 바퀴 돌아 그의 품으로 돌아왔다.

리에타의 눈이 커졌다. 정말, 자신이 생각해도 방금 전엔 제법 괜찮았다.

"……영주님."

리에타가 놀란 얼굴로 그를 올려다보았다.

"……저한테 무슨 마법을 부리신 거예요?"

킬리언이 재미있는 이야기라도 들은 듯 싱긋 웃었다.

"가르칠 가치가 없는 것 같지 않은데."

킬리언이 미소하며 반대쪽 손으로 그녀의 손을 옮겨 잡았다. 리에타의 반대쪽 손은 홀린 듯 치맛자락을 잡아 올렸다. 스텝을 밟으며 그녀의 손을 부드럽게 잡아당기자 이번엔 반대편으로 빙글 돌며 멀어졌다가, 날개를 펼치듯 팔을 벌리고, 그가 끌어 주는 대로 다시 돌아와 안겼다. 그녀의 얼굴에 놀라움이 떠올랐다.

리에타의 움직임에 어느새 자신감이 붙었다. 다시 하나, 둘, 셋. 그리고 턴의 차례에서 킬리언은 그녀의 허리를 가볍게 잡고 휙 들어 올렸다. 몸이 공중에 붕 뜨는 느낌. 그리고 다시 치마가 부풀었다. 땅이 멀어지는 느낌에 놀란 리에타가 "아!" 조그만 비명을 올리며 두 손으로 그의 어깨를 짚었다.

탁, 반 바퀴 돌아 가볍게 땅에 착지한 리에타는 약간의 스릴을 동반한 즐거움에 자기도 모르게 소리 나게 숨을 뱉으며 웃어 버렸다. 고개를 든 그녀가 감탄하며 킬리언을 쳐다보았다.

"새가 된 것 같아요."

"날개는 아직 없는데."

리에타가 작게 웃음을 터뜨렸다.

"영주님 정말 잘하시네요."

"나는……."

"못하는 게 없으시죠."

리에타가 웃으며 그가 하려던 말을 받았다. 킬리언이 피식 웃었다. 두 사람은 굉장히 가까이 있었다. 그리고 그녀는 무방비하게 그의 팔 안에 있었다. 킬리언이 그녀를 너무 가까이 내려놓지 않기 위해 신경 썼다는 걸 알 리 없는 리에타는 그저 웃었다.

한순간 즐겁게 빨랐던 템포가 거짓말이었던 것처럼 그들은 가만히 마주 보았다. 시간이 멈추는 듯한 순간, 킬리언이 싱긋 웃었다.

"나, 잘하고 있나?"

리에타는 빙그레 웃으며 답했다. "그럼요."

킬리언이 한숨처럼 웃고는 바닥으로 시선을 내렸다.

"정말?"

리에타는 곧 그가 평소와 다르다는 걸 알아챘다. 가만히 바라보던 그녀가 그의 팔 위로 손을 조금 쓸어 움직였다. 그리고 나직이 말했다.

"정말요."

무슨 질문인지 알고나 대답하는 건지, 모르고 그저 대답하는 건지. 킬리언이 웃었다. 그가 천천히 그녀를 자기 품으로 끌어당겼다. 리에타는 춤출 때 그랬던 것처럼 저항하지 않고 딸려 왔다. 이내 작은 몸이 품 안으로 들어온다. 더 이상 춤을 위한 것이 아닌 접촉. 그는 리에타가 당황하거나 밀어내기를 기다렸지만, 그녀는 그러지 않았다. 킬리언이 피식 웃었다.

"……오늘 그대 나를 많이 봐주는데."

정적만 품던 바람이 그녀의 몸을 빌려 아름다운 목소리를 빚어낸다.

"······영주님께서 주제넘은 촌부를 너무 봐주시는 거죠."

그녀가 말할 때 품 속에서 전해지는 울림이, 리에타의 목소리가 귓가에 흘러들어 오는 것이 못 견디게 달콤하다. 킬리언이 조용히 속삭였다.

"고마워."

그의 팔 위에 얹은 채 늘어뜨렸던 그녀의 손이 조심조심 올라온다. 그리고 그녀가 그의 등을 살짝 끌어안았다. 킬리언이 탄식 같은 웃음을 뱉어냈다. 그녀의 손은 그를 끌어안기엔 너무 작다. 너무 작은데, 숨이 트이는 듯한, 벅찬 따스함이 몸을 감쌌다. 그 가녀린 팔의 온기가 이런 충만한 느낌을 줄 수 있다는 게 믿기지 않는다. 킬리언이 웃으며 물었다.

"······날 위로하고 싶어?"

묻는 말에 리에타는 잠깐 틈을 두고 가만히 중얼거렸다.

"감히 제가요."

킬리언이 작게 웃음 지었다.

"그대가 나를 좋아했으면 그 말이 얼마나 웃긴지 알 텐데."

어둑한 서고 안에 안온한 정적이 내려앉는다. 킬리언이 잠시 후 속삭여왔다.

"······이미 십 년도 더 지난 일이야."

마치 자기 자신에게 들려주기 위한 것인 듯한 말.

"이제 와 새삼 위로가 필요할 정도의 일이 아니야. 나는 어리지도 않고."

그의 등 뒤로 두른 손은 흔들리지 않는다. 그는 가만 가만 속삭였다.

"난 교활한 남자라고."

킬리언은 리에타를 좀 더 깊이 끌어당겼다.

"내가 그대 동정심을 이용하고 있다는 걸 모르겠어?"

리에타는 그저 그의 뒤에 올린 손으로 그의 등을 쓰다듬을 뿐이었다. 이것이 제 말마따나 기회라는 걸 알면서도 킬리언은 그 이상의 행동을 하지 못했다.

제 위험을 알아채는 초식 동물의 직감은 예민하다. 그녀는 그가 아무것도 하지 않으리라는 걸 안다. 그녀가 진심으로 원하지 않는 행동은 아무것도 하지 않으리라는 걸. 리에타는 그저 어떤 경계심도 없이 그를 안아 줄 뿐이었다.

"……그대를 치유해 준다고 해 놓고. 내가 위로를 받고 있군."

내가 얼마나 대단한 신뢰를 주었다고 나를 이렇게 믿나. 그러나 그 믿음은 킬리언을 멋대로 움직이지 못하게 하는 요인이기도 했다. 킬리언이 혼잣말처럼 읊조렸다.

"……오늘은 여기까지만."

그는 배수진처럼 중얼거렸다.

"……그대에게 어머니를 투영하고 있지 않다는 변명이 무색해지니까."

덧붙이는 말에 작은 웃음 소리가 이어진다. 킬리언이 덧붙였다.

"그대 마음이 고마우니까. ……오늘은 양심을 지킬게."

그가 그녀를 꽉 끌어안았다. 놓기 싫은 무언가를 음미하듯.

"……너무 방심하지 마."

킬리언이 그녀를 품에 안은 채 그녀의 목덜미에서 달콤한 숨을 들이쉬며 조용히 말했다.

"다음엔 안 봐줘."

그렇게 곧이라도 풀어 줄 듯 말하면서도 그는 그녀를 안은 팔을 오랫동안 놓지 않았다. 리에타도 그를 보듬어 안은 채 밀어내지 않았다. 멍하니 창밖으로 하늘을 바라보는 리에타의 청유리빛 눈동자에 밤을 굽어보는 달빛이 어렸다. 달은 반을 조금 넘어 보름을 향해 차오르고 있었다.

리에타는 눈을 깜박였다. 하늘에서 별이 쏟아질 것만 같아서. 무수히 많은 별, 별, 별. 인간사의 복잡함도, 고뇌도, 슬픔도, 기쁨도, 의무도, 도리도.

모두 하찮은 것으로 느껴지게 하는 먼 하늘.

이 땅 위의 모든 것이 하찮아서 애틋하게 느껴진다. 돌이킬 수 없는 상실과 시간 속에 스러져 가는 인간의 삶, 옳음, 그름, 진실, 거짓, 의무, 도리. 그녀가 고집해 왔던 그를 거절하는 이유. 그 모든 것이 그 순간 무용했다.

내가 누구이고, 당신이 누구이고……. 제이드라는 방패 뒤에 숨겨 왔던 진짜 이유 같은 것들마저도. 리에타는 가만히 그의 몸을 끌어안고 아픈 온기를 느꼈다. 사람은 의무나 도리로 살지 않는다.

죽음도 상실도, 고통도 슬픔도, 어차피 세상엔 사람의 힘으로 어쩌지 못하는 일들이 가득한데……. 나만 입 다물면…… 아무도 알지 못할 텐데.

리에타는 킬리언이 납득하지 못하는 이유로는 물러서지 않을 것임을 알았다. 그리고 자신은 그에게 모든 것을 말할 수 없다.

이대로 다 흘러가게 두어 버릴까. 결국 그가 부딪혀 오는 마음에 굴복해 버릴 때까지……. 어차피 모두가 자신이 알아야 하는 모든 일을 알고 살진 않으니까. 리에타는 눈을 내리감았다.

리에타가 진정으로 그를 거절하려 했다면, 그는 물러났을 것이다. 그가 물러나지 않는 것은 이미 그에게 흔들리고 있는 자신의 마음을 알기 때문에…….

그의 열정과 애정과 위로, 그가 내거는 모든 달콤한 조건들을 거절하면서도 리에타는 그의 단 한 번의 아픔에, 흔들림에 손 내밀게 되는 자신을 막을 수 없었다.

그는 그녀가 더 이상 희망조차 바랄 수 없는 절벽에 떨어졌을 때 그녀에게 손 내밀어 준 유일한 사람이었고……. 존경하는 사람이었고, 위로하고 싶은 사람이었고, 그녀를 이 자리에 있게 한 사람이었다. 그리고 이미…….

리에타는 가만히 눈을 떴다. 끌어안고 있어 그의 눈은 보이지 않는다. 자신의 얼굴 또한 그에게 보이지 않겠지. 다행스러운 일이다. 리에타는 조용히 속으로 물었다.

영주님, 시황제께서는, 어떤 분이셨어요? 영주님의 모후를 그토록 사랑하셨다는…… 시황제께서는.

영주님은, 아버지를 사랑하세요? 아니. 전 듣지 않는 편이 좋겠어요. 혹시 나중에 누군가 당신께 죄를 묻거든, 당신은 몰랐다고 하세요.

끌어안은 팔의 온기와, 저 먼 하늘 위의 별을 가만히 헤아려 보며 리에타는 조용히 눈을 감았다. 은은하게 빛이 감도는 몸. 리에타의 눈동자에 희미하게 연보랏빛이 스쳤다가 사라졌다는 것은 리에타도 킬리언도 알지 못했다.

사실 나도 비슷한 걸 묻고 싶은 게 있었는데.

네.

내가 그대 아픈 기억을 떠올리게 하나?

어떤 기억이요?

뭐, 이것저것.

……카사리우스라든가, 그대를 괴롭혔던 사람들이라든가.

'영주님' 생각은 안 나요. ……안 하려고 노력해요. 이미 죽은 사람 미워해 봤자…… 힘들기만 하고. 그런 사람보단 소중한 사람들을 더 많이 기억하고 싶어요.

그런가.

…….

……그놈이나 나나 영주님이라니 좀 억울한데. 내가 그보다는 좀 더 나은 호칭으로 불려야 하는 것 아냐?

하하하……. 그러게요. 그럼 ……대공 전하.

그거 말고.

대공 각하?

일부러 그러는 거지?

뭐가요?

뭘 말하는지 알잖아.

모르겠는데요…….

내 이름. 몰라?

……맙소사.

왜?

말도 안 돼요. 그게 어떻게 '영주님'보다 나은 호칭…….

역시 모르나?

예?

모르는 거 아냐? 내 이름. 알려 준 적이 없으니.

모를 리가 없잖아요.

모르는 것 같은데.

알아요.

증명해 봐.

…….

내 이름이 뭐야?

리에타가 결국 웃어 버렸다.

"킬리언."

그녀가 그의 이름을 불렀다.

구원해…… 주십시오…….

우리를…… 지켜 주십시오…….

……숭고한 전통은 이어져야 합니다.

축복받은 힘으로…… 우리를…….

성스러운 ……의 힘으로 우리를 지켜 주십시오…….

사방을 에워싸고 속삭이는 듯한 목소리가 가늘게 이어졌다.

구원해…… 주십시오……

……의 의무를 다하십시오…….

당신이 아니면…… 누구도 할 수 없습니다…….

우리에게…… 구원을…….

챙그랑! 무언가 산산이 부서지는 듯 날카로운 파열음과 함께, 귓가를 윙윙 울리는 군중들의 소음이 훅 멀어졌다. 사방에서 속삭이던 소리와 다른 이질적인 목소리가 그녀의 앞을 막아섰다.

'내가 마지막이다.'

리에타는 멍하니 어둠 속을 응시했다.

'더 이상 ……의 딸이 없을 것이다.'

타닥, 타닥, 와르르르……. 무언가 부러지고 무너지는 소리와 함께 웅성웅성하는 군중들의 소리가 뒤덮이듯 잦아들었다. 언젠가 보았던 꿈속의 회랑에 다시 선 리에타는 흐릿한 어둠 속에서 문득 벽에 걸린 액자들을 인식했다. 회랑의 벽에는 일정한 간격을 두고 커다란 액자들이 걸려 있었다. 초상화였다.

책상 앞에 앉은 채 졸고 있던 리에타는 퍼뜩 눈을 떴다. 리에타는 멍하니 방구석을 쳐다보고 있다가 눈을 깜박이며 고개를 들었다.

꿈……? 리에타는 살짝 미간을 찌푸리며 눈을 비비곤 고개를 갸웃했다. 또 잠들었어……?

기억 끝에 걸릴 듯 말 듯하던 꿈의 내용은 순식간에 사라졌다. 그녀는 작게 두통이 이는 이마를 문질렀다. 문득 몸에서 다시 신성력이 요동치는 느낌이 들었다. 리에타는 당황하지 않고 손 닿는 곳에 놓아둔 양산으로 팔을 뻗어 그것을 움켜쥐었다.

우웅, 양산이 하얗게 신성력에 감싸였다. 양산에 흐드러진 연보라색 꽃잎이 리에타가 알아채지 못하는 사이 피어오르듯 희미하게 빛났다.

"간밤에 본성에 무슨 일 없으셨습니까?"

길리우스 대사제의 물음에 킬리언이 한쪽 눈썹을 들어 올리며 반문했다.

"무슨 일?"

"축성 의식이나, 정화 의식 같은 것이······."

"······의식?"

금시초문이라는 반응에 대사제가 뒷머리를 긁적이다 고개를 저었다.

"아닙니다. 착각이었나 봅니다."

"뭔데?"

"별것 아니었습니다. 밀도 높은 신성력이 느껴져서······. 신경 쓰지 마십시오. 이곳의 축성은 워낙 거대하고 견고해서 가끔 신성력이 쏠려 뭉치기도 하는 모양입니다."

본래도 악시아스 성의 축성은 고대 마법의 수혜를 입은 곳이라 다른 곳들보다 수준이 높은 편이었다. 거기에 축성 마법을 전담하는 신성 능력자들의 체계적인 관리까지 더해지니 그 힘이 더욱 굉장해졌다. 킬리언이 무심히 서류로 눈을 내렸다.

"그런 걸 벌일 계획이 있었으면 그대들을 썼겠지."

길리우스 대사제가 허허 웃었다.

"그렇습니까? 저희가 대공 전하께 그 정도의 신임은 얻고 있었다니 다행이군요."

"그래, 그랬었지." 킬리언이 대꾸했다. "그런데 이런 식으로 보답하는군."

그가 페르디안의 이름이 적힌 서류 뭉치를 들어 보였다. 길리우스 대사제가 끙 앓는 소리를 내며 양손으로 관자놀이를 문질렀다.

"……죄송합니다. 언짢게 해드렸습니다."

그것은 악시아스 대공이 '페르디안 칼리고'에 대해 사절단에게 요구한 공식 문서였다.

"저도 높으신 양반들 그런 수작을 좋아하진 않습니다만…… 축성술사 리에타 님과 그런 사정이 있으셨는지는 몰랐습니다."

킬리언은 그가 이야기하게 내버려 둔 채 받아 든 서류를 무심히 넘겼다. 길리우스 대사제는 페르디안 칼리고의 일에 대해 해명했다.

"본래 칼리고 백작은 저와 함께 대공 전하를 알현할 예정이었습니다."

그러나 페르디안이 직접 대사제에게 자신 혼자 악시아스 대공을 독대하게 해 주기를 부탁했다 하였다. 마침 다른 일정에 치여 있던 길리우스 대사제는 그가 맡고 있는 악시아스에서의 연구와 관련하여 따로 긴히 고할 일이 있다는 말에 그를 자신의 대리인 자격으로 혼자 가도록 허락하였다.

그리고 악시아스 대공과의 독대가 성사된 후, 페르디안은 대사제를 찾아와 일전에 말하지 않았던 그간의 사정을 털어놓았다. 악시아스 대공 전하께서 조만간 자신의 이야기를 물으실 것이다, 빨리 말씀드리지 못해 죄송하다며.

"자신이 대공 전하의 노여움을 산 일이 있어 사죄를 해야 했는데, 다른 분이 함께 가서 전하를 말리기라도 하면 진정성을 의심받을 것이라고 여겼다더군요. 함께 있는 이에게 불똥이 튈 가능성도 높다고 생각했다 하고요."

혹여 대공이 용서하지 않아 문제가 될 경우 길리우스 대사제에게 피해가 되지 않도록 하기 위해 모든 것을 자신이 뒤집어쓸 생각으로 처음부터 모든 걸 말하지 않았다 하였다.

퍽도 사려 깊기도 하지. 킬리언은 표정 없는 낯으로 묵묵히 페르디안의 서류를 훑었다. 말없이 지켜보던 대사제가 물끄러미 그의 손에 들린 서류를 보다가 조심스레 이야기를 덧붙여 왔다.

"……칼리고 백작은 중요한 연구를 수행하고 있는 핵심 인물입니다. 아마도 보시면 아시겠지만……."

길리우스 대사제가 서류를 넘기는 킬리언의 표정을 살피며 말꼬리를 흐렸다. 그의 말대로 황실 문서에 익숙한 킬리언은 길리우스 대사제가 말하려는 바가 무엇인지 어렵지 않게 알 수 있었다.

"황실의 명령을 받았군."

페르디안 칼리고의 이력서엔 실제 임무나 신분, 소재를 세탁하는 과정에 남는 익숙한 솜씨의 위장의 흔적이 곳곳에서 느껴졌다. 일반인이라면 알 수 없었겠지만, 황실의 문서에 익숙하고 이전에도 그런 위장이 들어간 문서를 몇 번 본 적이 있는 킬리언은 쉽게 눈치챌 수 있었다.

페르디안의 소속이 변동된 패턴과 정황. 관련된 임무를 처리한 사람. 그가 소속되어 있던 기관, 부서. 그런 곳에서 느껴지는 깔끔한 흔적과 묘하게 남는 뒷맛. 황실로부터 극비 임무를 받은 사람에게서 느껴지는 서류의 위화감을 그는 쉽게 포착해 냈다.

그리고 그것은 그가 이 자료 이상으로 더 이상 무언가를 캐낼 수 없다는 의미였다. 이제 황족이 아닌 그는 그 이상의 정보를 공식적으로 요구하거나 열람할 권한을 가지고 있지 않다.

다만 황족이었을 때의 경험으로 미루어 이것이 황실이 보안을 명령한 극비 임무와 관련되어 있다는 것을 짐작할 수 있을 뿐이었다.

이거였나? 믿는 구석이.

"……그를 죽이시면 안 됩니다, 대공 전하. 칼리고 백작은 대체할 수 없는 인물입니다."

앞뒤 다 건너뛰고 그렇게 찔러 넣는 길리우스의 말에 킬리언이 비식 웃었다.

"페르디안이 내가 자기를 죽일 것 같다던가."

길리우스 대사제가 조금 미심쩍은 얼굴로 머뭇거리다 물었다.

"……아닙니까?"

킬리언은 대답 없이 손안의 서류를 내려다보았다. 적어도 당장은 아니라는 뜻이다. 대사제는 묘한 눈으로 그를 바라보다가 뒷머리를 긁적였다.

"……칼리고 백작을 못마땅하게 여기실 줄은 짐작합니다. 하지만 백작은 그런 말을 하는 사람이 아닙니다. 다만 저는 대공 전하께서 그러지 않으시길 바라고 있습니다."

황실 사제들이 그를 비호하리라는 암시인가. 킬리언은 팔걸이에 한쪽 팔꿈치를 댄 채 눈만 움직여 그를 바라보았다. 길리우스 대사제가 눈썹을 찌푸리며 말했다.

"대공 전하께서 신의 은총에는 냉담하시지만 그래도 이 노사제가 진심으로 대공 전하를 위한다는 것만은 믿어 주고 계신다는 걸 압니다."

킬리언은 콧방귀를 뀌었다.

"잘못 알고 있군."

길리우스 대사제는 조금도 타격을 입지 않고 웃으며 말했다.

"영주님께서도 사정을 모두 아신다면 그를 귀히 여기실 것입니다."

그거 참 알고 싶지 않군. 그가 사실은 숨겨져 있던 쌍둥이 동생쯤 된다 해도 내가 페르디안을 귀히 여길 것 같지 않다. 솔직한 얘기로, 심사가 뒤틀렸다.

그는 사실 페르디안에게 너그러워질 생각이었다. 그는 페르디안과 적당히 나쁘지 않은 관계를 유지하고 있다가 제이드의 무덤을 이장해 올 생각을 하고 있었다.

제삼자인 자기가 말 꺼낼 문제가 아니기도 하고 아직은 시기상조라 가만히 있긴 하지만, 제이드의 일이 연결고리 비슷한 느낌으로 페르디안과 리에타 사이에 남아 있길 원치도 않았고 언제까지고 리에타 남편의 무덤을 칼리고에 둘 생각은 없었다.

어쨌든 리에타가 남편 무덤을 악시아스로 이장해 오고 싶다고 하면 킬리언은 페르디안과 협상해야 한다. 제이드의 유해가 옮겨진 칼리고는 페르디안의 땅이다. 영주는 자기 땅에서 무소불위의 권력을 가지고 있으니 아무리 킬리언이라 해도 내전을 벌이거나 도굴이라도 할 각오가 아니라면 페르디안과 이야기할 수밖에 없다.

다른 것도 아니고 묘지인데, 리에타를 생각해서라도 큰 잡음 없이 예를 갖추어 이장해 오는 쪽이 보기 좋겠지. 어쩌면 한 번은 리에타와 함께 칼리고를 방문해야 할 수도 있다. 킬리언은 서류를 덮어 내려놓았다.

페르디안 세비타스. 다시 볼 일 없으리라 생각했는데, 적당히 떨어지지 않고 자꾸 엉겨 붙는 느낌이군. 자꾸 그의 이야기가 들려오고 그를 만날 일이 생기는 것이 거슬린다.

세비타스를 떠나오면서도 그를 다시 보리라곤 염두에도 두지 않았고, 리에타의 집 앞에서 만났을 때도 다시 볼 일은 없으리라 여겼고, 어제의 알현도 이것으로 마지막, 만나 주는 건 이번뿐이라 생각했는데. 자꾸 생각지 못한 일이 끼어들며 그를 다시 볼 일이 생긴다.

그를 불쾌해하는 것이 부당하다고 사방에서 설득하는 듯한 이 분위기가 수상쩍고 반발심이 드는 건 단순히 내 사감일까?

"그가 맡은 임무는 정말 중요한 것입니다."

대사제가 힘주어 말했다.

"아직은 말씀드릴 수 없지만, 부디 기쁘게 말씀드릴 수 있게 되길 바라고 있습니다."

성공적 결과가 도출되면 극비 임무가 아니게 되는 종류의 일이라는 의미겠지. 아마도 이 정도가 길리우스 대사제가 제공할 수 있는 정보의 한계일 것이다. 킬리언은 대답 없이 손을 휘저어 축객령을 내렸다.

어차피 공식적인 루트로 그를 캘 수 없을 뿐, 킬리언의 정보망엔 정공법만 있는 것이 아니었다. 그러나 길리우스 대사제는 바로 물러가지 않고 질척거렸다.

"……그런데 아직 생각은 변함없으십니까? 저희와 함께 가시지요. 이번 신년 축제……."

"수도엔 안 간다."

킬리언은 일축했다. 대사제는 물러나지 않았다.

"리에타 님도 함께 가시면 좋지 않겠습니까? 수도를 구경시켜드리시지요. 황제 폐하께서도 크게 기꺼워하실 겁니다. 저희가 좋게 말씀드리겠습니다. 황제 폐하는 물론 두 분께도 의미 있는 일이 될 겁니다."

"나가."

길리우스 대사제는 킬리언과 친한 사람이었다. 그의 말을 잘 안 듣는다는 뜻이다.

"앞으로도 계속 곁에 두실 거라면 고하고 인사드리셔야죠. 꼭 결혼까지 생각하지 않으시더라도 전하께서 진지하시다면, 한번은 폐하의 생전에 뵙고 인사를 드리는 게 그분께도……."

킬리언이 그의 말을 잘랐다.

"리에타 물고 늘어지지 마라. 안 간다고 했다."

"이런 부탁을 드리는 일은 앞으로 다시 없을 것입니다."

길리우스 대사제가 간곡히 청했다.

"이번이 마지막입니다. 폐하께선 일 년을 넘기지 못하실 겁니다."

킬리언은 시선조차 주지 않았다.

"오 년째 그 소릴 하는 자네도 민망하겠군."

황제는 오 년째 위독하다. 아버지 죽길 기다리는 건 아니지만 부고를 들을 마음의 준비도 그쯤 하고 있으니 무뎌진다.

"이번엔 정말입니다."

"딱히 그간도 믿지 않아서 가지 않은 건 아니야."

대사제는 무정하게 대꾸하는 킬리언을 쓸쓸하게 쳐다보았다. 그 말이 진심이라는 걸 알고 있어서 뭐라고 할 수도 없다. 남의 가정사에 제 속이 다 타는 것 같다.

"이제 폐하는 황궁 밖은커녕 침실 밖으로도 거동하지 못하십니다. 대공 전하께서 와 주지 않으시면, 정말로 돌아가실 때까지 뵐 수 없습니다. 그리고 그건 정말로 먼 일이 아닙니다."

킬리언은 담담하게, 하지만 가볍지 않게 대답했다.

"폐하께는 힐스테드 황태자가 있다. 길리우스 대사제, 그대도 그것을 모르지 않을 텐데."

대사제가 주름진 손등을 내려다보며 한숨지었다. 그렇게까지 말하는데 어찌 대답할 말이 있겠나. 이렇게 되리라는 걸 반쯤은 예상하고 있었다.

"가 봐."

무정한 축객령. 떠나오며 마지막으로 알현한 황제의 야윈 얼굴을 떠올린 대사제의 마음이 무거워졌다. 어쩌면 그것이 살아 있는 황제를 보는 마지막일지도 모른다는 생각을 한 것은 오히려 길리우스 대사제였다. 지금 당장 부고가 들려와도 놀랍지 않은 상태다.

악시아스 대공이 일신의 안녕만이 아니라 황태자의 입장을 생각해 수도에 발 들이지 않는다는 건 알지만. 한 번이라도 더, 만나게 하고 싶었다.

킬리언에겐 어쩌면 목숨을 걸어야 하는 일이라는 것도, 정치적인 문제가 얽혀 있어 쉬운 문제가 아니라는 것도 모르는 바가 아니지만…….

바로 곁에서 메말라 가는 황제를 지켜보는 사람의 마음은 그렇게 쉽게 단념이 되질 않았다. 킬리언을 황실로 송환할 수 있는 것은 아마도 황명뿐일 것이다. 그리고 황제는 그를 절대 강제로는 부르지 않을 것이다. 두 부자가 똑같이 매정하고 고집쟁이다.

길리우스 대사제는 끝내 미련을 버리지 못하고 한마디를 덧붙여 보았다.

"리에타 님은 북방의 겨울은 처음 아니십니까? 악시아스의 혹한기에 놀라실 수 있으니 이번 겨울이라도 수도로 함께 가셔서 느긋하게 보내게 하시면 어떻습니까."

킬리언이 대답했다.

"평생 살 텐데 적응해야지."

킬리언은 아침에 볼일이 있다 해 리에타는 조금 더 여유롭게 자신의 침실에서 늦장을 부리며 아침을 맞았다. 하녀들의 도움을 받는 대신 그녀는 직접 자신의 방을 정리하며 조용한 아침을 즐겼다. 가지런히 이불을 개어 놓고 옷을 갈아입었다. 창을 열어 맑은 햇살과 새로운 바람이 들게 하고 창가의 협탁 앞의 의자에 앉았다.

그리고 얼마 전부터 넬라와 마틴의 결혼 선물로 준비해 두었던 미르테 화환을 엮어서 축성했다. 사랑을 축복하는 상징성을 가진 나무로, 결혼식에 화관으로 쓰거나 벽이나 문에 장식하는 것이었다.

어느새 그들의 결혼식이 일주일 뒤로 다가와 있었다. 결혼식에 참석하려면 영주님께 휴가를 청해야지……. 슬슬 이쯤 말씀드려 두는 편이 나을 것 같다.

창가에 앉아 곁가지들을 정리하며 화환을 다듬던 리에타는 문득 창밖으로 들려오는 말발굽 소리에 창밖으로 고개를 내밀었다. 본관으로 막 돌아온 듯한 킬리언이 레아를 멈추어 세우고 있었다.

"⋯⋯정말 대축성 의식은 필요하지 않으십니까? 저희 중엔 준 성물을 무기로 가진 사람도 있습니다. 아무 대가도 받지 않고 해드리겠습니다."

"필요 없어. 내 축성술사와 사제들이 충분히 잘해 주고 있다."

"그야 그렇습니다만⋯⋯."

길리우스 대사제는 정말로 끈질겼다.

그는 거듭된 축객령을 모조리 쳐내고 온갖 핑계를 대며 본관 앞까지 킬리언을 따라왔다. 길리우스 대사제가 어깨를 늘어뜨리며 웃었다.

"황제의 최정예 전투 사제를 영지민들 결혼식 축복하고 주례하는 용도로밖에 안 쓰시다니. 아깝지도 않으십니까?"

그들이 영지에 머물기로 약조한 기간이 끝나가고 있었다. 킬리언이 무뚝뚝하게 핀잔했다.

"아까울 게 뭐 있어? 닳는 것도 아니고. 성실하게 임해라."

"아 물론 성실하게 임하지만요⋯⋯."

명색이 제국 최강의 사제들인데 악시아스에선 자신들이 쓸모없는 존재로 느껴져 길리우스 대사제가 투덜거렸다.

"헌데, 오늘은 아가씨께선 아니 나오십니까? 계신다면 인사나 드리려 하였는데⋯⋯ 아."

길리우스 대사제의 시선이, 킬리언의 눈을 따라 성 위쪽으로 올라갔다. 긴 백금발을 꾸밈없이 늘어뜨린 여인이 창가에 서서 창틀을 쥔 채 가만히 그들을 내려다보고 있었다.

킬리언은 고개를 들자마자 정확히 그녀가 선 창문을 올려다보았다. 리에타는 창문 뒤로 숨으려고 몸을 옆으로 움직이고 있었지만 킬리언과 불시에 시선이 마주치자 숨지 못하고 멈춰 서고 말았다.

리에타가 꾸벅 고개를 숙여 인사했다. 길리우스 대사제는 살짝 모자를 벗어 예를 표하곤 한동안 묘한 눈으로 리에타를 쳐다보았다.

"뭘 봐?"

옆에서 들려오는 목소리에 대사제가 퍼뜩 고개를 돌리며 웃었다.

"굉장히……."

킬리언이 미소 띤 얼굴로 리에타에게 시선을 고정한 채 길리우스에게만 들리게 중얼거렸다.

"미인이지. 알아. 쳐다보지 마라. 닳으니까."

길리우스 대사제의 입이 멍하니 벌어졌다. 킬리언이 말에서 뛰어내렸다. 시종들에게 레아를 맡기고 본관을 향해 빠른 걸음으로 걷다가 급기야 뛴다. 길리우스 대사제는 뒷머리를 긁적이며 본관 안으로 뛰어 들어가는 킬리언의 뒷모습을 바라보았다.

턱, 킬리언이 양손을 리에타의 어깨 위에 올리며 제 쪽으로 끌어당겼다. 그의 가슴에 등을 부딪친 리에타가 눈을 깜박이며 고개를 들어 그를 올려다보았다. 킬리언이 웃으며 물었다.

"왜 숨어."

"안 숨었어요."

"숨으려고 했잖아."

리에타가 살짝 움츠리며 웃었다.

"아닌데……."

킬리언이 다정하게 웃으며 물었다.

"뭐 하고 있었어?"

킬리언이 리에타가 테이블 위에 놓아둔 화환을 보고 물었다.

"미르테 화환?"

"네."

"괜찮네. 다음 주에 결혼한다는 친구들 선물이야?"

리에타가 목덜미를 누르며 물었다.

"네. 음……. 너무 약소할까요?"

제국은 넓고, 지역마다 문화가 다르다. 리에타는 악시아스에서 축하를 어떤 식으로 하는지 잘 모른다. 킬리언이 그녀의 고민을 이해하고 조언했다.

"글쎄. 내 보기엔 충분한데. 세비타스에선 이 정돈 약소하다고 하나?"

킬리언은 화환을 들어 살펴보며 말했다.

"재료의 의미도 좋고. 신성 능력자의 축복이 담긴 선물이라면 여기선 가장 높게 치니 더할 나위 없지. 축성하고 있는 거지?"

리에타가 "네" 대답하며 미소 지었다. 십삼 년차 현지인이 보증해 주자 걱정스럽던 마음이 한결 가벼워졌다.

"악시아스는 이주민이 많아서 딱히 전통이나 격식을 강요하지 않아. 중요한 건 마음이고."

"실용적인 선물을 하는 게 더 좋을까 싶기도 했는데요."

"결혼식 같은 행사에는 실용적인 것보단 의미가 있거나 신성 능력이 담긴 선물이 낫지. 이게 가장 좋아."

킬리언은 리에타가 준비한 선물을 살펴보았다. 관리가 잘된 나무였다. 이 계절에 악시아스에서 이 정도로 상태가 좋은 미르테 나무를 구하려면 꽤나 비싼 값을 치렀을 것이다.

다만 화환으로 엮어 놓은 부분에선 다소 아쉬운 면이 없지 않았다. 나름대로 소박하고 꾸밈없는 맛이 있긴 했지만 킬리언의 눈에는 좋은 재료를 충분히 활용하지 못하는 게 아쉬웠다.

"이거 내가 좀 만져 줘도 되나?"

"아, 네."

"혹시 리본이나 철사 있어?"

"리본은 있어요."

"줘 봐."

"아……. 여기 없고 드레스룸에 있는데요."

"그럼 같이 올라가지."

그들은 미르테 화환을 들고 드레스룸으로 함께 올라갔다. 드레스룸은 조용했다. 따스하게 햇살이 들어오고 벽난로에서 장작이 타는 소리만이 희미했다. 필요한 순간엔 종 줄을 당기면 금방 집사나 시녀들이 나타나지만 리에타와 킬리언이 들어서면 언제나 방에는 아무도 없었다.

하지만 환기를 한 지 얼마 되지 않는 듯 서늘한 공기와 벽난로에서 따스하게 타는 군불, 언제나처럼 먼지 한 톨 없이 청소된 깨끗한 카펫과 완벽하게 세팅된 탁자 위의 다기들이 세심한 사용인들의 존재를 느끼게 했다.

익숙하게 방을 가로지른 리에타가 함을 열고 리본을 꺼냈다. 그녀가 리본을 건넸을 때 킬리언은 이미 탁자 앞에 앉아 화환을 만지고 있었다.

화환은 킬리언의 손 안에서 세련된 모양으로 틀이 잡혀 가기 시작했다. 가지 끝이 나온 부분을 리본으로 감아 당겨 규칙적인 모양으로 엮이도록 장식하자 화환은 훨씬 고급스러워 보였다. 리에타는 신기한 눈으로 그의 손길 아래 환골탈태를 하는 화환을 쳐다보았다.

처음엔 별생각 없었지만 화환이 점점 애초의 모습과는 너무 다르게 멋진 모양이 되어 가자 리에타는 눈이 동그래졌다.

"와……."

평소 같으면 나는 못하는 게 없다느니 좋은 물건을 많이 접해 본 안목과 타고난 손재주라느니 자기 금칠을 늘어놨을 텐데, 킬리언은 웬일로 별 말이 없었다. 대신 훨씬 신중하게 공을 들였다.

오래 걸리지는 않았다. 킬리언은 리본으로 매듭을 지어 화환을 마무리해 장식하고 시험 삼아 살짝 리에타의 머리에 씌워 보았다가 건네주었다.

리에타는 두 손으로 받아들었다. 경탄하는 얼굴로 화환을 내려다보다가 그를 보았다가 다시 화환을 바라보았다. 그가 다듬어 준 화환은 정말 멋졌다. 정말 튼튼하고 세련되어졌다. 리에타는 그것을 요리조리 들어 살펴보며 감탄했다.

"……공예를 배우셨어요?"

매번 저렇게 놀라네. 이쯤 되면 난 못하는 게 없다는 걸 받아들일 때도 되었을 텐데. 킬리언은 슬쩍 한마디만 했다.

"악시아스 사람은 이 정도는 다 해."

악시아스 사람은 누구나 훌륭한 공예가란 소리가 있긴 하지만. 평소와 달리 자못 겸손한 자평에 리에타가 웃었다.

"전 악시아스 사람이 되려면 멀었네요."

"그대 솜씨도 나쁘진 않았어."

"저도 양심은 있어요."

킬리언이 피식 웃으며 시선을 돌렸다. 저 반짝이는 눈이 경외의 빛으로 쳐다보면 솔직히 조금 우쭐해졌다. 킬리언은 의자에 앉은 채 테이블 위에 떨어진 나무 조각들을 정리했다.

"어쨌든 축성은 그대만 할 수 있으니까."

리에타가 소리 없이 웃더니 신성력을 일으켰다. 그러더니 살짝 다가가 그의 머리를 쓰다듬어 축성했다. 킬리언이 멈칫 손을 멈추고 눈을 깜박이다 그녀를 쳐다보았다. 리에타가 좀 쑥스럽게 웃었다.

"……감사해요. 친구들이 영광스러워 할 거예요."

킬리언은 잠깐 말을 잊고 있다가 웃었다. 이건…… 내가 그 친구들한테 고마워 해야겠는데.

조금 더 기다리겠다는 결심이 무색하게 손이 나간다. 손가락 끝이 스치는 감각. 그에게 닿아 오는 하늘색 눈동자를 향해 킬리언이 불쑥 물었다.

"외출할래?"

리에타가 물끄러미 그를 보고 있다가 시선을 내렸다. 그의 엄지와 검지가 에스코트하듯 리에타의 검지와 중지 끝만 살짝 잡고 있었다. 리에타는 가만히 잡힌 곳을 내려다보다가 눈을 들어 그를 마주 보았다.

"오늘 승마 일정……."

"밖으로 가자."

"……이랑 마수 사냥꾼들과 회의도 잡아 두셨고요."

"……그건 어떻게 저녁 일정으로 미루면."

리에타의 말은 멈추지 않았다.

"북동쪽 정원, 면회도 오늘이 마지막이라 하셨어요."

킬리언이 앓는 소릴 내었다. 미룰 수 없는 일정이다. 도움 안 되는 짐승 같으니. 리에타가 엷게 웃었다.

"곧 겨울이니까…… 준비할 게 많잖아요."

킬리언이 잡고 있던 손가락 끝을 아쉽게 만지작거렸다. 맨 끝마디에만 머물고 있던 손가락을 조금 당겨 올려, 두 번째 마디까지 살짝 잡아 본다. 킬리언이 그녀를 올려다보았다.

"……그럼 일정 없을 때는 괜찮나?"

리에타는 바로 대답하지 않고 말없이 그를 바라보았다. 킬리언은 조용히 기다렸다. 그녀가 입술을 당겨 물며 살짝 고개를 숙인다. 그렇게 잠깐 침묵하고 있다가, 잠시 후 리에타가 잡히지 않은 손을 들어 올렸다.

킬리언은 그녀의 대답을 예감하며 실망하지 않을 준비를 했다. 고백했을 때도 그녀는 저 손으로 자기 손을 밀어냈었다. 그러나 그녀의 손은 킬리언에게 잡힌 손 대신, 자신의 목으로 향했다. 그 손으로 어색하게 자신의 목덜미를 감싸듯 누르며, "일정 없을 때…….."

마침내 그녀가 조그맣게 답을 주었다.

"……다시 물어봐 주시겠어요."

푸른 로브를 펄럭이며 마차에서 내린 사내가 외딴 저택을 올려다보았다. 한때는 평범한 가족이 살았으나 지금은 악시아스에서 마수를 거래하거나 잠시 머무는 사람들을 위한 공간을 제공하는 빈 저택.

정문 앞에서 그의 이름을 확인한 시동이 방문을 알리자, 곧 지배인으로 추정되는 노인이 나와 그를 기다리는 사람이 있는 방으로 안내했다. 그를 이 층 복도 끝의 외진 방 앞에 데려다 준 지배인은 고개를 숙이고 물러갔다.

문은 닫혀 있지 않았다. 사내는 문 앞에 선 채 손을 뻗었다.

끼익. 마수 박제를 올려다보며 벽을 향해 서 있던 은발의 사내가 문이 열리는 소리에 돌아서며 미소 지었다. 언제나처럼 온화해 보이는 모습이었다.

"딤쉘 자작."

딤쉘 자작이라 불린 사내는 잠시 호칭을 망설이다 새로 바뀐 그의 이름을 부르며 손을 내밀었다.

"칼리고 백작."

페르디안이 희미한 미소를 지었다. 두 사람이 악수를 나누었다. 딤쉘 자작의 눈이 칼리고 백작, 페르디안의 모습을 조심스레 위아래로 훑었다. 흠잡을 데 없이 단정한 모습이었다.

"……다행입니다. 몸은 괜찮아 보이시는군요."

페르디안이 예의 선량해 보이는 미소를 지었다.

"네. 감사합니다. 염려해 주신 덕분인 모양입니다."

페르디안이 방 한가운데에 세팅된 테이블 자리를 가리켰다.

"앉으시죠."

자작은 잠시 미묘한 표정을 지었지만 곧 아무렇지 않은 얼굴로 자리에 앉았다. 자작은 새삼스레 그를 살폈다. 그에게 어떤 변화가 있는지 알고 싶은 사람처럼. 이전에 알던 그와 지금의 그 사이에는 어떤 변화가 있을까.

"이곳으로 오시며 목적하신 일은, 잘되어 가십니까? 상정하셨던 설은 맞으시던가요?"

페르디안은 가만히 웃었다. 본인도 성급한 질문을 한 것이 민망하다는 듯 딤쉘 자작은 수염을 잡아당기며 낮게 헛기침하더니 표정을 가다듬었다.

"죄송합니다. 독촉하려는 것은 아닙니다만, 추기경 예하께서 정말 큰 기대를 걸고 계셔서요."

"네, 알고 있습니다."

페르디안은 느긋하게 차를 따라 건넸다.

"……당장 가시적 성과를 보여드리긴 어렵겠습니다만, 추측은 맞는 것 같습니다."

페르디안은 평온하게 말을 이었다.

"잘될지는 알 수 없지만 된다면 반드시 이곳에서입니다. 노력해 보겠습니다."

딱히 자신감을 내보이는 것도, 주눅 든 것도 아닌 담담한 태도. 흔들림 없이 차분한 어조에 과시하지 않는 여유가 배어났다. 그 모습에 오히려 초조해지는 것은 이쪽이다.

어디까지 숨기고 있는가. 이대로 그를 믿어도 좋은가. 이제 그들은 그를 마음대로 통제할 수 없다. 전적으로 그의 처분에 맡길 뿐.

딤쉘 자작은 불안한 마음을 누르며 답했다.

"……추기경 예하께 좋은 소식을 전해 드릴 수 있을 것 같아 다행이군요."

칼자루를 쥔 쪽은 저쪽이다. 모든 것은 그에게 달려 있다. 그저 아직 이쪽에서 그가 원하는 것을 줄 수 있다는 믿음 덕에 유지되는 관계. 이제 실험의 성패는 전적으로 그에게 의존하고 있었다.

그는 이론으로만 가능했던 미지의 영역에 발 디딘 최초의 인간이다. 가정으로만 공상했던 초월의 영역에 유일하게 가 닿은 자. 그에게 무엇이 가능한지 무엇이 불가능한지, 그가 하고 있는 말이 진실인지 거짓인지도 확신할 수 없다. 아쉬운 쪽에게는 어쨌든 선택권이 없다. 딤쉘 자작은 시선을 내리며 말을 이었다.

"……알고 계시겠지만 당신은 라자루스 연구의 마지막 희망입니다. 부디 몸조심하십시오. 악시아스 대공 전하의 심기를 거스르지 마시고요. 그분은 불같은 성정을 지니고 계시니까요."

페르디안이 찻잔을 들어 올리며 미소 지었다.

"좋은 분이시던데요."

자작은 탐탁지 않은 한숨을 내쉬며 깍지 긴 손을 두어 번 엇갈렸다 풀었다 했다.

"칼리고 백작께서 악시아스가 아니면 안 된다고 주장하지만 않으셨다면 저희로서도 백작을 이런 위험한 환경에 두지 않았을 텐데……. 아무튼 성과가 있으실 것 같다니 다행입니다. 모쪼록 저희 쪽 도움이 필요하시면 기탄없이 말씀해 주시고 너무 무모한 일은 말아 주십시오."

페르디안은 빙긋 웃었다.

"염려해 주셔서 감사합니다."

다음 순간 페르디안이 몸을 기울이며 등받이에 천천히 몸을 기대었다.

"하지만 걱정 마십시오. 제 몸은 제가 지킬 수 있습니다. 저도 그렇게 죽어선 곤란하다는 걸 알고 있습니다."

목소리는 온화하기 그지없었다. 그러나 순간적으로 소름이 끼쳐 딤쉘 자작은 흠칫 놀란 눈으로 눈앞의 학자를 바라보았다. 평온하게 미소 짓고 있는 백작의 뒤쪽 벽에 걸린 박제된 순록의 검은 눈이 그를 내려다보는 듯 섬뜩한 느낌을 주었다. 창밖에서 작은 새들이 파드드득 날개를 치고 날아올랐다.

잔뜩 어깨를 옹송그린 채 두 손으로 힘껏 고삐를 쥔 리에타가 물었다.

"……저 그래도 많이 늘지 않았나요?"

킬리언이 직언했다. "형편없어."

리에타의 얼굴이 시무룩해졌다. 킬리언이 피식 웃었다. 저편에서 마구간지기가 확인 사살을 해 왔다.

"용의 계곡에 가시는 일정이 바로 다다음 주 아닙니까? 험지까지 깊이 들어가지는 않으시겠지만, 그때까지 혼자 말을 달리시게 되는 건 아무래도 무리인데요."

리에타도 내심 동의하고 있었다. 어찌어찌 혼자 타고 움직일 수는 있게 되었지만 트롯*도 안정적으로 해내지 못하고 있었다. 단기간 안에 향상되리라고는 기대하기 어려웠다. 이런 상태라면 함께할 일행에게 폐를 끼치지 않을 수 없을 것이다. 킬리언이 대수롭지 않게 말했다.

"당장 다음 주까지는 무리겠지만 내년에는 같이 산책 정도는 가능할 것

◇◇◇◇
* trot, 속보, 빠른 걸음

같군."

썩 위안이 되진 않았다.

"이리 와."

킬리언이 손을 뻗었지만 리에타는 사양했다.

"저 혼자 내릴게요. 이제 혼자 할 수 있어요. 연습도 필요하고……."

그러나 킬리언은 내민 팔을 거두지 않았다.

"그냥 와. 불화설 돌아."

킬리언이 리에타를 잡고 땅에 내려주었다. 그새 어디서 꺾어 왔는지 리에타의 귓가에 하얀 들꽃을 꽂아 준다. 마구간지기와 승마 교관들이 웃는 소리가 들렸다.

"아니, 누가 두 분 사이에 불화를 의심한답니까."

킬리언 없이 홀로 리에타를 태우고 의기양양했던 백마 티그리스는 심술이 덕지덕지 붙은 발걸음으로 마구 발굽을 굴러 모래를 튀겨댔다.

이미 늦가을이었다. 루딘과 아디프를 방생하기로 예정한 날은 당장 두 주 후로 다가와 있었다. 그간 있었던 두 번의 보름으로 루딘의 부상은 거의 회복되었다. 루딘의 회복은 가히 놀랄 만한 속도였다. 지나치게 빠른 회복으로 계획했던 일정에 차질이 생길 지경이었다.

예정된 이별에 서운한 마음을 느낄 새도 없이 위기감이 엄습했다. 루딘은 딱히 문제를 일으키지 않고 얌전히 지내고 있었지만, 성 한복판에 구속되어 있는 아르젠 루프스의 존재는 그 자체로 위협적이었다.

기본적으로 악시아스 사람들은 마수의 위험성에 대해 잘 안다. 아디프를 귀여워하던 사람들도 은근히 긴장하고 그들과 거리를 두고 있었다. 루딘 자신도 그것을 알고 있기에, 몇 주 전부터 그는 더 몸을 사리고 사람들의 앞에 몸을 드러내지 않고 있었다.

마수 사냥꾼들과 기사들 앞에는 용의 계곡 지도가 놓여 있었다. 아르젠 루프스를 방생하기 적합한 장소와 경로를 논의하기 위한 것이었다.

"이렇게 회복이 빠를 줄 알았으면 지난주에 방생할 걸 그랬습니다. 보름이 가까우니 지금 당장 보내기도 어렵게 되었군요."

그리고 그들의 앞에는 악시아스 성 북동쪽 정원의 구조도도 놓여 있었다. 혹시나 모를 사고에 대비해 아르젠 루프스를 견제할 방법을 논의하기 위한 것이었다.

"보름이 지나면 성체가 완전히 기력을 차릴 겁니다. 저 마법 포박이 버틸 수 있을까요?"

"글쎄요. 사실 지금도 이미 충분히 뜯어 헤치고 나올 수 있을 것 같다는 생각이 듭니다. 일단 근처에 기사들과 사냥꾼들을 배치하고 비무장 상태의 일반인들은 보름이 오기 전까지 대피를 시켜 두는 편이 좋겠는데요."

리에타는 루딘이 사람들을 해치지 않으리라 믿고 싶었지만, 성엔 수천 명이 산다. 혹시 모를 안전에 대한 우려를 등한시할 수는 없었다. 자신의 개인적인 믿음이나 희망에만 기대어 순진한 주장을 펼 순 없다.

보름이 지난 후, 달의 힘이 사그라들면 바로 그들은 아르젠 루프스의 방생을 위해 용의 계곡으로 출발하기로 했다.

킬리언은 아르젠 루프스를 호송할 때 알루치노로 마취해야 한다는 사냥꾼들의 주장을 받아들였다. 그는 아르젠 루프스가, 혹은 루딘이 안전하다고 주장하지 않았다. 리에타도 거기에 반론을 제기하지 못했다.

폭, 킬리언이 그녀의 어깨에 망토를 둘러 주었다. 리에타는 그것이 무엇인지 알아보았다. 그녀를 위해 새로 제작된 마법 망토였다. 킬리언의 것과 마찬가지로 마법을 차단하는 물건으로, 모르긴 몰라도 마수 전리품이 들어간 물건이었다.

"이제 아르젠 루프스는 완전히 격리야. 더 이상은 면회가 불가능해."

리에타가 고개를 끄덕였다.

"네."

찰칵. 킬리언이 그녀의 목 앞에서 망토 고리를 잠가 주었다.

"방생하러 갈 때 다시 만나겠지만 그때는 알루치노로 마취되어 있을 거야. 대화하는 건 아마 오늘이 마지막이겠군."

리에타가 머뭇거리며 물었다.

"……루딘 님이 저희의 결정을 받아들일까요?"

킬리언이 그녀의 머리카락을 망토 밖으로 꺼내 주며 말했다.

"글쎄. 협조하겠다는 약속이 유효하길 바라야지. 받아들이지 않는다면 강제로라도 할 수밖에 없어."

리에타는 끄덕이듯 고개를 숙였다. 마지막 면회를 위해 북동쪽 정원으로 이동하며, 리에타는 말이 없어졌다.

"생각이 많아 보이는군."

리에타가 약하게 미소 지었다.

"그냥…… 오늘 할 얘기를 생각하고 있었어요. 어쩌면, 이게 마지막일 테니까……."

철커덩……. 전보다 엄중해진 감금 장치를 뚫고 그들이 북동쪽 정원에 들어섰다. 아디프는 햇살 내리쬐는 정원 한구석에서 언제나처럼 고양이 시나와 뒹굴고 있었다.

리에타가 들어오는 소릴 듣고 아디프는 벌떡 상체를 들었지만, 시나가 그 머리 위로 달려들자 한 덩어리가 되어 뒤로 나동그라지며 다시 엎치락 뒤치락하기 시작했다.

사람들이 가까이 오지 않게 되자 시나는 아디프에게 유일하게 남은 친구가 되었다. 평소라면 고양이 따위와 어울리지 말라며 루딘의 제지가 들어왔을 텐데, 그는 들어선 이들을 외면한 채 우울한 모습으로 물끄러미 시나와 아디프를 쳐다보고만 있었다.

"루딘 님."

언제나처럼 돌아보며 "리에타" 하고 부르지 않는다. 그의 시선은 아디프에게 고정되어 있었다. 리에타가 조금 망설이다 말을 걸었다.

"이제 곧 돌아가시네요."

루딘이 그들을 외면한 채 말했다.

"알루치노는 싫어. 난 아디프를 두고 무방비하게 정신을 잃고 싶지 않아."

수의사가 난처한 빛으로 킬리언과 리에타를 향해 눈인사했다. ……마취해야 한다는 것을 들으셨구나.

루딘이 느리게 몸을 일으켰다. 거대한 은빛 늑대가 다 일어서면 까마득하게 높은 곳에 머리가 있겠지만 그는 최대한 위협적이지 않도록 고개를 숙이며 킬리언과 리에타를 내려다보았다.

"얌전히 있겠다. 나와 아디프를 그냥 보내 줘."

"……."

"약속은 지킨다. 난 그동안 충분히 협조적이지 않았나."

리에타가 고개를 숙였다.

"죄송해요."

"……."

"안전하게 모셔다 드릴게요. 약속드려요. 그러기 위해 가장 좋은 장소를 물색해 두었어요."

"……."

리에타는 그를 안심시키기 위해 더 좋은 말을 하고 싶어서 머뭇거렸다.

"……금방 끝날 거예요. 잠깐만 참아 주시면 자유의 몸이 될 거예요."

거대한 짐승이 음울하게 공기를 울렸다.

"나를 믿지 못하나?"

리에타는 차마 대답을 하지 못했다. 킬리언이 입을 열었다.

"무리한 요구를 하지 마라. 너를 풀어 주기 위해 움직일 사람들은 너의 변덕에 목숨을 걸어야 한다."

"너의 변덕에 목숨을 걸고 있는 것은 나다."

루딘이 반박했지만, 킬리언이 차분하게 대답했다.

"약속은 지켜질 거고, 오늘은 마지막 면회가 될 거야. 우리가 받아들일 수 있는 선상에서 요구 사항을 말하는 편이 네게 이득일 텐데."

루딘은 냉소하며 그들을 외면했다.

"마지막 면회라. 그거 참 의미심장하게 들리는군."

달가워하지는 않으리라 예상했지만, 루딘은 생각보다 더 강한 거부감을 드러내고 있었다. 리에타가 한 발 앞으로 나섰다.

"……보내드릴 때, 제가 함께할 거예요."

리에타가 망토를 잠근 고리를 움켜쥐었다. 달칵, 소리가 났다.

"책임지고 안전하게 보내드릴게요. 약속드려요. 불안하시다면 확인시켜 드릴 수 있어요."

루딘이 쓰게 웃었다.

"순진하긴. 나와 아디프를 위협할 수 있는 건 너희만이 아니야."

루딘의 시선이 아디프에게로 향했다.

"아디프는 약하다. 내 새끼를 지킬 수 있는 건 나뿐이야. 다른 마수들도, 밀렵꾼들도, 너희가 아닌 사람들도 경계하지 않으면 안 된다."

리에타는 입을 다물었다. 루딘이 간절하게 청했다.

"그냥 우리를 놔줘. 해를 끼치지 않고 알아서 돌아가겠다. 너희도 굳이 위험하게 용의 계곡까지 들어오지 않아도 되잖아."

리에타는 멍하니 루딘을 올려다보다가 고개를 떨구었다. 루딘이 사람들을 믿는다면 마취를 받아들이지 못할 것도 없을 거라고만 생각했는데, 거꾸로 생각하면 사람들이 루딘을 믿는다면 마취는 필요 없다.

믿으면 되는데, 그 소리가 나오지 않는다. 결국 누가 먼저 믿어 주느냐 하는 문제. 서로 못 믿겠으니 상대방을 불편하게 해야겠다는 주장은 교착 상태에 빠질 수밖에 없다.

결국은 힘의 싸움이고, 결과는 정해져 있다. 원치 않더라도 루딘이 받아들여야만 할 것이다. 킬리언이 말했다.

"리에타를 시험에 들게 하지 마라. 어차피 그녀에겐 결정권이 없어."

루딘이 냉랭하게 그를 보고 웃었다.

"그리고 결정권이 있는 너는 받아들여 주지 않겠지. 악시아스의 첫 번째 마수 사냥꾼."

자신을 적으로 규정하는 이름에 킬리언이 한숨처럼 웃고 시선을 내려 대답했다.

"잘 알고 있군."

딱히 미안해하거나 비꼬지 않는, 그저 사실을 인정하는 담담한 대답이었다. 감정이 담기지 않은 사실 그대로의 확언은 그 나름의 배려였으나 루딘이 원하는 대답은 아니었다.

사람들 쪽이 명백하게 힘의 우위를 점하고 있었다면 굳이 알루치노를 쓸 필요도 없었을 것이다. 그러나 루딘의 힘이 강해지며 인간들은 그를 경계하지 않을 수 없게 되었다.

그를 완전히 무력화시킬 조치가 필요하다고 결정된 원인은 그가 인간이 감당할 수 없을 정도로 강하기 때문이었다. 자유를 되찾는 순간 아르젠 루프스는 그간 자신들을 괴로움에 처하게 한 인간을 눌러 죽일 수 있게 된다.

그는 마수다. 사람들은 아르젠 루프스를 두려워했다. 루딘이 인간에게

앙심을 품고 복수할 기회를 노리고 있지 않다고는 누구도 장담할 수 없었다. 자신들을 놓아준다는 이유로 이 거대한 마수가 사람들에게 호의적으로 굴어 줄까?

애초에 아디프를 포획해 그들이 이렇게 구속되어 있게 된 것도, 루딘이 다치게 된 것도 인간의 탓이었다. 어찌 보면 루딘이 인간들과 지금의 관계를 유지하고 있는 것 자체로도 기적이다.

사냥꾼들 대다수는 방생해 준다 하니 겉으로야 협조적인 체 굴지만 이 은늑대가 내심으론 전혀 다른 마음을 품고 있을 수 있다 주장했다. 반박하는 사람은 없었다.

어쨌든 루딘이 이해해 주길 바랄 수밖에 없다. 루딘은 인간의 진심을 꿰뚫어 볼 수 있지만 인간들에겐 루딘이 진실을 말하고 있는지 거짓을 말하고 있는지 판별할 능력이 없으니까.

게다가 사냥꾼들은 대부분 마수에게 속은 적이 있고, 동료를 잃은 적이 있고, 목숨의 위협을 받은 적이 있는 사람들이었다. 그들은 최소한의 안전장치도 없이 이 위험한 마수와 함께할 수 없다고 주장하고 있었고, 그들 중 상당수는 방생조차 탐탁지 않게 생각하고 있었다.

리에타로서도 아무런 대책도 없이 마수의 신의를 믿고 처분을 바란다는 것은 어불성설이라는 사냥꾼들의 주장을 이해하고 있었다. 루딘이 다시 음울하게 공기를 울렸다.

"나는 너희에게 내 반려를 잃었다. 그럼에도 나는 너희의 호의를 받아들이고 그에 응하여 협조하였다. 그런데 아직도, 먼저 믿음을 보여야 하는 건 나란 말이냐."

그 말은 하지 않는 편이 나았다. 루딘이 인간에게 원한을 가지고 있으리라는 추측에 근거만 더해 줄 뿐이었으므로.

그러나 그가 그렇게 말하는 것은 이미 협상을 포기했기 때문이었다. 그가 바라는 것은 하나뿐이었고, 루딘은 자신의 부탁이 받아들여지지 않을 것임을 알았다. 루딘이 조용히 읊조렸다.

"힘을 회복한 내가 변심해 너희를 해치지 않으리라는 걸 못 믿으면서, 나한텐 너희들이 변심해 우릴 해치지 않으리라는 걸 믿으라 하는구나. 너희는 우리를 사냥해 왔고, 사냥하고 있고, 앞으로도 사냥할 것이면서."

루딘의 말은 담담하고도 쓰렸다.

"나는 나와 내 새끼의 목숨을 걸어야 한다. 언제나 우리를 사냥하는 건 너희다. 나와 너희 중, 자비를 보여야 하는 것이 어느 쪽이냐."

루딘은 그들을 외면했다.

"돌아가라. 그동안은 고마웠다. 용의 계곡에 아디프와 함께 무사히 돌아가게 되면 마음으로 감사하도록 하겠다. 그 일이 실현되기 전까지 우정을 유보하는 것을 이해해라."

오랜 세월의 반목이 자아내는 메울 수 없는 불신이 그들 사이에 부표처럼 떠돌았다. 킬리언과 리에타는 굳이 그가 인간들을 충분히 짓밟아 버릴 수 있다는 가능성을 지적하여 설득하지 않았다. 다만 조용히 그의 토로를 들어 주었다.

마지막 면회는 대화다운 대화도 해 보지 못한 채 씁쓸하게 끝나고 말았다. 이제 그의 신의를 되찾는 건 루딘이 무사히 용의 계곡에 돌아가 온전히 이별한 후가 될 것이다.

리에타는 심란한 얼굴을 감추며 물러섰다. 그의 반려가 인간의 손에 죽었다는 말이 귓가에 아른거렸다. 마수를 재료로 만들어진 망토가 루딘의 앞에서 무겁게 느껴졌다.

킬리언은 정원을 떠나기 직전 루딘을 향해 리에타가 알 수 없는 한 마디를 남겼다.

"조언은 고마웠다."

루딘은 조용히 답했다.

"고마워할 필요 없다. 거짓말이었으니까."

집무실에 돌아와서야 킬리언은 입을 열었다.

"아르젠 루프스는 무사할 거야."

리에타가 킬리언을 바라보았다. 그는 책상에 반쯤 걸터앉으며 말을 잇고 있었다.

"악시아스에서 허가받지 않은 밀렵꾼들은 접근하기 힘든 곳에 방생할 거고, 우리가 떠나면 곧 늑대 무리가 접근해 그를 지키려 할 테니까."

킬리언은 잠깐 말을 골랐다.

"……루딘이 그렇게 말은 했지만 용의 계곡에서 아르젠 루프스를 함부로 적대할 수 있는 마수는 없어. ……너무 걱정하지 마. 아르젠 루프스는 최상위 포식자야."

리에타는 담담하게 미소 지었다.

"네, 알고 있어요."

그리고 그를 신경 쓰게 한 것이 미안하다는 듯 고개를 숙이며 눈을 내리깔았다.

"제 마음을 달래 주려 하지 않으셔도 돼요. 영주님이 나쁘게 하셨다고 생각하지 않아요. ……애초에 제가 떼를 쓴걸요."

수도원에서 리에타가 그렇게 끼어들지 않았으면, 루딘이나 아디프 중 최소 하나는 죽은 목숨이었을 것이다. 리에타에게로 발리스타가 향했기 때문이었지만, 킬리언은 결과적으로 루딘을 죽였을 가능성이 높은 발리스타 창을 막아 주었고, 그들을 매입해 살려 보낼 수 있도록 해 주었다.

리에타가 아니었으면 그렇게까지 하지 않았을 것이었다. 그러나 킬리언은 피식 웃으며 무심히 시선을 내리고 말했다.

"날 너무 좋은 사람으로 포장해 주는데."

리에타가 웃었다.

"……영주님은 좋은 분이세요."

킬리언이 물끄러미 제 앞에 서 있는 그녀를 바라보았다. 말하지 않아도 서로가 서로의 마음을 신경 쓰고 있다는 걸 안다. 서로, 그러지 않아도 된다는 걸 말해 준다.

걸터앉은 그의 무릎에 리에타의 드레스 자락이 스칠 듯하다. 그는 손을 뻗는 대신 다만 자신을 향한 호칭을 정정했다.

"킬리언."

그 순간, 주르륵! 헛디디는 소리와 함께 창밖에서 거칠게 미끄러지는 소리가 들렸다. 리에타가 화들짝 놀라며 뒤로 한 걸음 움직였다. 킬리언이 쓰게 웃으며 이마를 짚었다. 한 손으로 창틀을 잡고 위태롭게 매달린 레이첼이 난처한 미소와 함께 살랑 손을 흔들었다.

"안녕, 리에타. ……분위기 깨서 죄송해요, 영주님."

미안한 얼굴로 생긋 웃는다.

"보고드릴 게 있어요."

"……나하나스에 역병이?"

"네. 나하나스를 버리고 인접한 영지 오트낭으로 사람들이 도망쳐 오고 있다는데, 대피한 생존자들 가운데 역병에 걸린 사람들이 있다고 해요. 오트낭에서 받아 주지 않아 외성 밖에서 진을 치고 있는 모양이에요."

레이첼의 보고를 들은 킬리언이 팔짱을 끼고 잠시 생각에 잠겼다. 나하나스는 악시아스에서 삼 일 거리. 악시아스에서도 멀지 않은 영지였다.

악시아스가 역병을 한 번 성공적으로 해결한 이력이 있다고는 해도 가까운 지역의 역병 소식은 쉽게 방심할 수 없는 이야기였다. 더욱이 마을에서 도망친 역병 환자들이 이웃 영지에 닥쳐들고 있다면 그건 심각한 위험이었다.

산맥 틈으로 나 있는 길은 나하나스, 오트낭, 악시아스로 이어져 있다. 오트낭에서 받아 주지 않는다면 그곳을 우회해 악시아스로 오려는 사람들도 있을 수 있다. 오트낭이 산맥의 길목 한가운데를 꽉 막고 있는 구조이니 우회하는 것이 쉽지는 않겠지만…….

그런데…… 벌써 마을을 버리고 달아나고 있다고? 너무 빠른데. 사람들이 달아날 정도로 역병이 만연해지려면 적어도 네 달이 걸린다. 나하나스에 근래 딱히 역병이 돌았다는 소식은 들은 적이 없었다.

게다가 이 계절. 겨울이 코앞이다. 지금 터전을 두고 달아난다면 굶어 죽지 않아도 얼어 죽을 가능성이 높은데. 그런 위험을 감수하고 탈출해야 할 정도로 나하나스의 상태가 좋지 않아졌단 말인가.

리에타가 걱정스러운 낯빛으로 물었다.

"역병이 확실한가요? 지난달까지만 해도 그런 얘기는 없었는데……."

"진행이 빠르고 치사율이 높게 변종한 역병인 것 같아요. 역마가 확산된 것은 거의 확실해 보이고. 아직 접촉하기 어려워 정확한 정보는 알 수 없지만 고위 악마가 개입했을 가능성도 없지 않아 보인다는 소문이에요. 뭐, 괴담일 뿐이었으면 좋겠지만…….."

킬리언이 눈을 찌푸리며 짧은 한숨을 쉬었다.

"……검역을 더 엄하게 해야겠군. 신원 확인되지 않은 방문객 입성 전부 거절해. 마수 사냥과 필수품 교역으로 고정되어 있는 최소한의 인원 제외하고 전부, 외성에서 막아."

"네."

동정심을 전혀 느낄 줄 모르는 건 아니지만, 어쨌든 그는 악시아스를 지켜야 하는 사람이다. 레이첼이 문득 리에타를 바라보며 말했다.

"그런데 리에타. 혹시 잠깐 주방에 가 봐 줄 수 있을까요? 다친 사람이 있던데요."

리에타가 눈을 동그랗게 떴다.

"누가 많이 다쳤나요?"

리에타가 허락을 구하려 킬리언을 쳐다보기 직전, 레이첼이 그를 향해 눈을 깜박이며 시선을 보냈다. 킬리언은 레이첼에게 리에타가 없는 자리에서 해야 할 보고가 있다는 것을 깨달았다.

"그래, 가 봐."

킬리언의 허락을 받은 리에타가 자리를 떠난 후, 킬리언이 레이첼을 바라보며 물었다.

"뭔데?"

헤르메덴 사원 쪽에서 답신이 벌써 왔나? 아직 거기까지 닿을 수 있는 시간이 아닌데. 레이첼이 문서 뭉치를 꺼내 내밀었다.

"세비타스 수도원 쪽에 대해 조사하던 도중에 발견한 게 있어요."

킬리언이 서류를 받아들며 살짝 눈썹을 꺾었다.

"수도원 쪽은 그만해도 된다고 내가 말하지 않았나? 세비타스의 정보는 이제 더 알아보기 힘들 텐데."

레이첼이 답했다.

"말씀하셨어요. 그런데 마음에 걸리는 게 있어서요. 정말 수도원 조사를 그만둬도 괜찮을지 이걸 보고 판단해 주세요."

킬리언이 문서를 펼쳤다. 레이첼의 말이 이어졌다.

"리에타는 수도원 졸업 시험을 우수한 성적으로 통과했더라고요. 그런데 누군가 리에타를 사제 시험에서 고의로 떨어뜨린 정황이 있어요."

서류를 넘기던 킬리언의 손이 멈추었다.

리에타가 내려오자 주방의 사람들은 눈이 동그래져 그녀를 바라보았다. 리에타가 눈을 깜박이며 그들을 마주 보았다.

"다치신 분이……?"

"네?"

리에타의 물음에 주방 사람들이 서로를 쳐다보았다.

"다친 사람이 있었어?"

주방에선 다치는 사람이 자주 나온다. 그들은 다친 사람이 없다고 확언하지 않고 누가 또 다쳤나 보다 하고 기다리거나 서로 제 가까운 동료들을 살폈다.

하지만 나서는 사람이 없었다. 잠깐 시간이 흐르고, 모두가 어리둥절해지기 직전 비교적 젊은 수습 요리사 아가씨 하나가 손을 들었다.

"나…… 난가?"

얼떨떨하게 중얼거리는 그녀의 손에는 작은 화상 자국이 있었다.

화상 입은 손을 치유받은 수습 요리사가 민망해하며 감사 인사를 했다.

"죄송해요, 축성술사님. 별것도 아닌 상처인데……."

리에타는 덩달아 민망해하며 고개를 저었다.

"큰 도움이 못 되어서 미안해요. 화상에는 치유 마법이 효과가 좋지 않아서…… 시간이 좀 걸릴 거예요."

베이거나 찢어진 상처에는 치유 마법이 잘 들지만 화상은 그만큼 치유 마법이 잘 들지는 않는 편이다. 효과가 없는 것은 아니지만 다른 상처들보다 회복이 느리다. 자연 치유 능력 자체가 저하된 상처는 마법을 써도 회복 속도가 더디기 때문이다.

치유 마법이라도 눈먼 이를 개안하게 하거나 걷지 못하는 이를 일으켜 세우진 못하는 것과도 비슷하다. 드물게 그런 일이 일어나긴 하지만, 그건 기적으로 추앙받으며 역사서에 기록될 정도로 희귀한 일이다. 이곳 사람들은 그녀가 축성만 해도 그런 기적을 본 듯이 추켜올려 주지만…….

"도움이 안 되긴요! 훨씬 덜 아픈데요. 벌써 다 나은 것 같아요."

생글생글 웃는 상냥한 수습 요리사의 감사에 리에타가 마주 웃었다.

"다행이에요. 많이 다친 게 아니어서."

손에 화상을 입은 아가씨를 보니 문득 라나가 예전에 손을 다쳤던 것이 생각났다. 마법사라 안 된다고 해서 치유 마법을 써 주지도 못했는데…….

라나가 손에 입었던 화상은 저것보다 훨씬 심했었다. 다행히 그후에 만났을 때 보니 잘 회복되었던 것 같긴 했지만.

어쩌다 손에 화상을 입었던 걸까? 뜨거운 걸 만졌다고 했던가. 하긴, 마법사니까 그런 위험이 요리사들만큼이나 많을 것 같긴 하다. 마법사들은 연구하는 사람들이고, 그들은 실험을 많이 하니까.

다른 사람이 슬쩍 수습 요리사에게 눈치를 주었다.

"이 정도는 조금 기다렸다가 저녁에 오시는 콜브린 사제님께 부탁드려도 됐잖아. 아가씨가 직접 달려오시게 해야겠어?"

수습 요리사가 억울하다는 듯 대답했다.

"안 그래도 그럴 생각이었어요! 아무한테도 말하지 않았는걸요. 그런데 제가 다친 줄 어떻게 아셨어요?"

리에타는 입을 다물었다. 레이첼은 어떻게 알았지? 혹시 벽이나 창문 근처를 오가다가 우연히 알게 된 건가? 그럼 레이첼에게 들었다고 말하면 안 될 것 같은데.

사실 레이첼은 주방엔 항상 다치는 사람이 있다는 걸 염두에 두고 적당히 둘러댄 것이었지만, 리에타는 대충 얼버무릴 생각을 하지 못한 채 순간적으로 숨겨야 한다고 생각하며 변명을 떠올리기 위해 머뭇거렸다. 다른 요리사 하나가 지레 넘겨짚으며 불쑥 끼어들었다.

"혹시 예지하신 거 아닙니까? 강한 능력을 가진 신성 능력자분들은 막 미래도 보고 예지몽 같은 것도 꾸고 그러신다던데."

수습 요리사가 손사래를 치며 웃었다.

"에이. 예지는 막 엄청난 큰일이 벌어지거나 그런 것만 할 수 있는 거 아니에요? 제가 뭐라고, 그것도 요런 조그만 상처에 무슨."

"아닐걸? 그런 예지만 널리 알려져서 그렇지 사소한 예지가 훨씬 많다던데?"

다른 요리사가 손뼉을 치며 끼어들었다.

"아! 저도 들었어요. 오히려 그런 굵직한 일들은 천기라 아무나 볼 수 없다던데요? 그래서 그런 예지는 '계시'라고 한다고."

요리사들과 주방 보조들이 와글와글 모여들어 저마다 자신들이 들은 이야기를 늘어놓기 시작했다.

"맞아, 맞아. 봉사단 사제님께 들었는데, 정작 예지는 닭이 달걀을 몇 개 낳을지 이런 사소한 일에 관련된 경우가 훨씬 많다더라고요. 이왕이면 좀 유용한 게 보이면 좋을 텐데 쓸모없는 내용일 때가 대다수라면서 막……."

"오……. 신기한데? 달걀이 몇 개인지는 나름대로 유용한 예지 아닌가?"

"어! 그럼 혹시 우리 애가 딸일지 아들일지 그런 건 예지몽으로 보신 분이 안 계시려나? 축성술사님. 그런 걸 보시게 되면 꼭 알려 주시겠습니다?"

어느새 화제는 완전히 그쪽으로 넘어가 버렸다. 사원이 없고 신성 능력자를 구경할 일이 많지 않은 악시아스 사람들에겐 근래 넘쳐 나는 사제들이나 그들이 발현시키는 능력이 신기하기 짝이 없는 이야깃거리였다. 그들은 금세 신성 능력에 대한 화제로 신나게 이야기꽃을 피웠다.

그리고 그 시간, 어떤 사제가 접한 예지 하나가 길리우스 대사제를 전령으로 하여 킬리언에게 당도했다.

"……사제 시험이요?"

그리고 전령은 자신의 용무를 전하기에 앞서 건네어진 질문에 의아하게 머리를 갸웃하고 있었다.

"글쎄요……. 평민 신성 능력자들의 사제 시험을 말씀하시는 겁니까? 아니면 귀족 자제들이 치는 시험을 물으시는 것입니까?"

"어느 쪽이든."

킬리언은 자신이 질문하는 의도에 대한 정보를 구체적으로 주지 않았다. 길리우스 대사제는 그러려니 하고 대답했다.

"뭐……. 암암리에 종종 있는 일이긴 합니다. 근절시키려 노력하고는 있습니다만……."

"자주 있는 일이라고?"

대사제가 고개를 저었다.

"자주까지는 아닙니다. 일단 귀족들은 시험까지 갈 것도 없이 누가 사제가 되면 안 된다, 누구는 사제가 돼야 한다, 명분론으로 거의 정리가 되는 편이라 그런 공작은 벌어지지 않고요. 어려운 시험도 아니기 때문에 떨어지는 일은 거의 없습니다. 어지간하면 망신당하지 않도록 붙여 주지요."

대사제의 말이 이어졌다.

"평민이어도 신성 능력자인 경우는 귀한 인재이기 때문에 영주나 귀족에게 밉보였다고 사제가 될 사람이 못 되지는 않도록 교단에서 관리하고 있습니다. 어지간히 권세가 있는 귀족이 아니라면 사제 시험의 결과엔 함부로 손댈 수 없습니다. 물론 대공 전하쯤 되는 분이시면 티 안 나게 처리가 되긴 할 것입니다만."

킬리언이 나이프를 꺼내며 물었다.

"수도원에 졸업 시험이 있는 경우는 어떻지?"

길리우스 대사제가 답했다.

"그런 경우는 대체로 수도원의 시험 결과를 존중해 사제 시험은 형식적으로 넘기는 편입니다. 합격이면 합격, 불합격이면 교단에선 존재를 모르게 되죠. 교단에서 수도원의 시험 결과에 대해 딱히 간섭하거나 캐묻지는 않아서요. ……거기서 부정이 있으려면 있을 수는 있겠네요."

킬리언이 까마귀 식사로 줄 고기를 토막 내며 짧게 끄덕였다.

"알았다. 함구해."

"예. 뭐 말씀 안 하셔도 그거야 항상."

길리우스 대사제는 킬리언을 바라보았다. 무심히 까마귀에게 고기 조각을 던져 주는 그의 표정에선 아무것도 드러나지 않는다.

"용무는."

"아."

질문을 듣고서야 그가 킬리언을 찾아온 이유가 있었다는 것이 생각났다. 대단치는 않은 용무라 질문에 대답하는 사이 잊을 뻔했다. 대사제가 소맷부리를 뒤적이며 무언가를 찾았다.

"저희 사제단 형제님 한 분께서 무언가 예지를 하신 것 같아서요."

킬리언이 흘끔 눈을 들어 그를 바라보았다.

"그런 건 안 믿는데. 대축성 의식은 필요 없다고 했잖아."

대사제가 끄응 소리를 내며 앓았다.

"잡상인 취급하지 말아 주십시오……. 상술 아닙니다. 의식해 달라 하셔도 대가는 안 받는다고 말씀드렸잖습니까."

킬리언이 피식 웃었다.

"뭔데."

대사제가 무언가 그려진 양피지를 건네었다.

"우리 구마 사제 중 한 분이 꿈에서 집채만 한 짐승 둘이 서로 물어뜯고 할퀴며 싸우는 장면을 보셨다고 합니다."

킬리언이 받아 들었다. 길리우스 대사제의 말이 이어졌다.

"하나는 하얀 놈이었고, 하나는 꼬리가 엄청나게 긴 시커먼 놈이었다고 하는데……."

킬리언이 그가 건넨 양피지를 묵묵히 쳐다보았다. 두 짐승이 서로 댕그 랗게 눈을 뜨고 입을 벌리고 혀를 내민 채 마주 보고 있는 그림이었다.

"개꿈인지 예지인지 형제님은 확신하지 못하겠다고 합니다만, 북동쪽 정원에 그런 친구가 있다 보니 아무래도 신경이 쓰여서요."

……뭐, 예지든 아니든 아르젠 루프스 꿈이라면 개꿈은 개꿈인데.

"이 파란 쪽이 아르젠 루프스랍시고 그린 거면 검은 쪽의 그림은 참고 하지 않는 게 낫겠는데."

"저도 그렇게 생각합니다."

그냥 넘길 수도 있는 내용이었지만, 킬리언은 톡, 톡, 팔을 두드리다가 책상 위에 올려 둔 다른 쪽지를 힐끔 내려다보았다.

"까악."

텁, 텁. 그 쪽지를 가져온 커다란 까마귀는 횃대 위에서 신나게 고기 조 각을 삼키고 있었다. 길리우스 대사제가 그 녀석을 보고 조금 신기해했다.

"……이게 악시아스 큰까마귀입니까? 진짜 크네요. 좀 그을린 독수리라 고 해도 믿겠습니다."

"더 줘!"

"어이쿠. 이거 말까지 하네."

킬리언이 힐끗 시선을 던졌다.

"의미도 없이 사람이 반응해 주는 말이나 몇 마디 따라하는 거야. 맥락도 없어."

"까악! 더 줘!"

"지금은 맥락이 있는 것 같은데요."

수습 전령조로 훈련 중인 까마귀 녹턴이 발목에 묶어 가져온 것은 이웃 영지, 나하나스의 소식이었다. 녹턴이 가져온 쪽지가 소식을 가지고 달려오고 있을 진짜 전령을 앞질러 온 것이었다.

킬리언은 까마귀가 가져온 쪽지 옆에 사제의 그림을 내려놓았다. 꼬리가 엄청난 시커먼 놈이라……. 하비투스 대사원에서 대주교의 몸을 빼앗았던 악마를 떠올린 킬리언이 눈썹을 찌푸렸다. 악마와 마수. 킬리언은 중얼거렸다.

"……여유를 부리지 않는 편이 낫겠군."

킬리언이 가만히 날짜를 가늠해 보고 몸을 일으켰다.

"용의 계곡으로 가기로 했던 사제들에게 지금 바로 준비하라고 전해. 해가 뜨는 즉시, 용의 계곡으로 가서 아르젠 루프스를 방생한다."

"예?"

갑작스런 결정을 접한 리에타의 눈이 커졌다.

"어째서 이렇게 갑자기……! 아무것도 준비되어 있지 않은데……!"

킬리언이 탁자 위에 촤르륵 지도를 펼치며 대답했다.

"괜찮아. 준비는 다 되어 있어. 보름이 지난 후 방생한다는 계획이 보름 이전에 방생하는 걸로 바뀌었을 뿐이야."

보름 이전 방생이라니? 보름은 당장 일주일도 남지 않았다. 아르젠 루프스를 호송하며 그들이 계획한 방생 장소까지 가는 데 걸릴 시간으로 잡은 것이 왕복 일주일인데.

킬리언은 X 표시가 적혀 있던 부분을 지워 버리고 편도로 하루 반이 걸리는 위치를 손끝으로 짚었다.

"방생 장소는 여기로 변경. 사냥꾼들과 용병들에게 전달해."

아르젠 루프스에겐 나쁘지 않지만 사람들에겐 조금 더 위험해진 위치였다. 곁에 서 있던 용병대장이 지도를 보고 위치를 확인한 후 빠르게 고개를 끄덕였다.

"알겠습니다. 다른 지시 사항은 없으십니까?"

킬리언이 말했다.

"아르젠 루프스에게 알루치노 처방해."

리에타가 움찔 떨었다. 알루치노를 처방한다는 소리에 갑자기 확 와닿았다. 정말로 가는구나, 그들이.

킬리언은 내색하지 않았지만 리에타의 미세한 동요를 알아챘다. 지시를 받은 사람들이 각자의 역할을 수행하기 위해 모두 물러간 후 둘만 남자, 킬리언이 리에타를 향해 물었다.

"괜찮아?"

리에타는 이미 평정을 되찾은 상태였다.

"네."

그녀는 지도로 눈을 내리며 물었다.

"방생 장소를 더 가까운 곳으로 변경하셨네요. 이곳은 마수가 많이 출몰하는 숲과 동굴이 인접해 있는데. 사람들에겐 이전의 장소가 더 안전하지 않았나요?"

킬리언은 말없이 리에타를 바라보았다. 그의 시선은 여느 때보다 조금 더 짙었지만, 리에타가 평소와 다른 무언가를 눈치챌 정도의 틈은 아니었다. 킬리언은 짧게 그녀에게 두었던 시선을 거두며 설명했다.

"보름이 가까우니까 최대한 빠르게 보내고 오는 편이 더 나아."

"그들을 빠르게 보내야 할 이유가 생긴 건가요?"

킬리언은 잠깐 틈을 두고 결론만 말했다.

"별일 없길 바라지만……. 최대한 빠른 시일 내에 성 안의 위험 요소를 모두 제거해 둘 필요가 있겠어."

장난 같은 예지보다 신경 쓰이는 것은 녹턴이 가져온 나하나스 쪽의 소식이었다. 악마라. 오트낭을 지켜볼 필요가 있겠는데. 리에타는 모든 사정을 알려 달라고 캐묻지 않았다. 다만 이렇게만 물었다.

"위험한 일이 생길까요?"

"괜찮을 거라고 생각해. 적어도 이 주 안에는."

킬리언은 대수롭지 않은 얼굴로 싱긋 웃었다.

"오래 속 태우지 않게 되었으니, 아르젠 루프스에게는 좋은 소식이 되겠군."

이럴 줄 알았으면 정말로 지난주에 보내는 게 나았을 뻔했다. 하지만 이미 지난 일. 어차피 모든 일이 계획대로 되지는 않는다.

리에타는 평소보다 굳은 얼굴로 입술을 다문 채 지도를 살폈다. 킬리언은 천천히 말했다.

"원치 않으면 굳이 그대는 가지 않아도 돼."

리에타가 멈칫하고 그를 바라보았다. 붉은 눈동자가 잠잠하게 가라앉은 채 리에타를 보고 있었다. ……데려가 주신다고 했었는데. 역시 더 위험한 여정이 되었기 때문에? 리에타가 머뭇거리며 물었다.

"제가, 짐이 될까요?"

전에도 했던 질문이었다. 킬리언이 짧은 한숨과 함께 옆으로 고개를 돌리더니 잠깐의 틈을 두고 말했다.

"왜 항상 그런 식으로 말해."

리에타가 눈을 깜박였다.

"……네?"

"그냥…… 걱정되니까 그러는 거잖아. 좋아하는 여자니까 위험한 곳에 데려가고 싶지 않을 뿐이라고."

킬리언이 그녀를 바라보았다. 그는 조금도 돌려 말하지 않았다. 너무 직설적인 말에 리에타는 오히려 제가 무슨 말을 들은 건지 이해하지 못한 얼굴로 멍하니 그를 올려다보았다.

킬리언이 살짝 찌푸린 눈으로 입술을 물고 그녀의 양어깨 위에 손을 올렸다. 그리고 당부하듯 힘주어 말했다.

"그런 식으로 말하지 마. 그대가 쓸모없다는 뜻이 아니니까."

그가 오히려 익숙하지 않다는 듯이 머뭇거리는 것은 그 다음이었다.

"쓸모없지도 않지만……. 하다못해 좀 쓸모없으면 어때."

민망할 것도 없는 말을 망설이며 무슨 복잡한 생각을 하는지, 킬리언은 눈을 찌푸렸다가 덧붙였다.

"그대는 가끔, 그대가 쓸모없으면 아무런 가치도 없다는 듯이 말하는데."

"……."

"그러지 마. 화나."

리에타는 아무 말도 하지 못했다. 생각지도 못한 소리를 들은 것 같은 얼굴이었다. 그는 나직이 한숨을 쉬고 그녀의 어깨를 쥔 손을 조금 단단히 했다. 그리고 자세를 낮추어 그녀와 눈높이를 맞추었다.

"가고 싶은 거지?"

그를 올려다보며 항상 바싹 눈꺼풀을 들어 올리고 있던 눈이, 속눈썹을 조금 내리며 평소와 약간 다른 모양으로 그를 마주본다.

"내가 꾸린 원정대가 치유술사의 가호를 받을 자격조차 없을 정도로 무능하진 않을 테니. 치유술사로 함께 가."

리에타의 손가락 끝이 깨어나듯, 작게 한 번 움찔했다. 킬리언이 단호한 목소리로 말했다.

"하고 싶은 거 다 해. 하지만."

"……."

"무모한 짓은 하지 마. 그럴 땐 솔직히 정말, 어떻게 해야 할지 모르겠다고."

시선이 교차했다. 한때 이 여자의 쓸모를 생각하며 계산했던 자신을 없었던 일로 하고 싶어서, 킬리언은 그것을 잇새에 넣고 꾹 씹어 버렸다.

"……대답은?"

리에타가 그를 직시한 채 응답했다.

"네."

킬리언의 표정이 비로소 조금 풀어졌다. 그를 똑바로 마주해 오는 하늘색 눈동자를 바라보며, 슬그머니 탓하듯 툭 뱉었다.

"몸 쓰는 건 하나도 못하는 사람이 멀쩡한 칼잡이들 두고 맨날 제일 먼저 몸 던지기나 하고."

괜히 불퉁한 목소리가 나왔다.

"다시는 그러지 마, 또 그러면."

리에타가 전보다 단단해진 눈빛으로 다시 한번 답했다.

"네."

리에타가 자신의 어깨를 잡은 그의 두 손 위에 가만히 자신의 손을 올렸다.

"……영주님이 지켜 주세요."

은빛 신성력이 은은하게 그들 사이를 감쌌다. 그대로 팔을 스치며 조심조심 올라간 손이 그의 어깨에 잠시 머물렀다. 그리고 그녀가 오른손을 들어 그의 이마에 슬며시 가져다 대었다.

"다치지 않으시길 바라지만,"

리에타가 웃었다.

"……혹시 다치시면 제가 치유해 드릴게요."

리에타가 조용히 그를 바라본다. 그들 사이에 무언가 따뜻한 것이 차올랐다.

……치유는 내가 해 준다고 했는데. 뭐, 아무래도 상관없나.

몇 시간 후, 깊이 잠든 루딘과 아디프를 실은 수레, 이십여 명의 사냥꾼과 용병, 사제 들로 구성된 아르젠 루프스 방생 팀이 용의 계곡으로 출발했다.

'용의 계곡'은 절반은 빙하, 나머지 절반은 빙하로 인해 생긴 골짜기와 산맥으로 이루어진 광활한 땅이다. 만년설이 뒤덮인 산들이 저 멀리 엇갈려 있고, 그를 향해 뻗어 있는 길 양옆으로 바위산, 호수, 절벽, 동굴, 빽빽한 숲 따위가 번갈아 나타나는 너른 산악 지대.

다른 숲이나 산과 다른 점은, 거기엔 마수들이 산다는 것이다.

용은 오래전 멸종했고, 너른 빙하 지대와 숲을 포괄하여 일컫는 말이기에 토 달기 좋아하는 사람들은 '용의 계곡'이라는 이름이 적절하지 않다하지만, 오랫동안 그렇게 불려 온 세월은 그 땅에 다른 이름이 붙는 것을 허락하지 않았다.

한때 용이 살았던 땅. 무엇이든 물어뜯을 틈을 노리며 흉악한 이빨을 숨긴 마수와 몬스터 들도 가득하지만, 어두컴컴한 숲 어딘가에는 인어와 요정이 사는 호수가 숨어 있고, 때때로 히포그리프나 페가수스가 창공을 가르기도 한다.

지금은 사라진 고대 마법의 흔적을 가장 많이 느낄 수 있는 곳. '용의 계곡'은 대륙에 마지막으로 남은 고대 마수들의 땅이었다.

용의 계곡은 오랫동안 마수들에게만 허락된 땅이었지만, 악시아스 성이 인간의 손에 들어간 후부터는 조금씩 사람들에게도 그 자리를 내주기 시작했다.

그곳은 마수들이 잘 보존되어 있는 대자연의 보고였고, 인간들에게는 위험하지만 좋은 사냥터였다. 악시아스를 길목으로 사냥꾼들이 들어오기 시작하고, 악시아스 성과 모험가 길드가 마수 사냥을 체계적으로 관리하기 시작하며 용의 계곡에는 사람들이 다닐 수 있는 길이 났다.

많은 마수들이 피를 흘리며 내려갔을 그 길을, 아르젠 루프스는 깊이 잠든 채 거꾸로 거슬러 올라가고 있었다.

"마수가 사냥꾼들의 보호를 받으며 이 길을 지나가다니……. 팔자 좋은 친구네요."

한 사냥꾼이 모자를 고쳐 쓰며 가벼운 농담조로 말했다. 악의는 없었지만, 리에타는 지금 루딘이 잠들어 있어 그 말을 듣지 못하는 것이 다행이라고 생각했다.

리에타는 일부러 루딘과 아디프가 있는 수레 쪽으로 시선을 주지 않았다. 킬리언은 이 일이 법의 테두리를 벗어나지 않도록 해 주었지만, 리에타는 이것이 여자에게 휘둘린 지도자가 벌인 일방적인 일탈로 보이지 않을까 신경 쓰고 있었다.

킬리언은 최근 지나치게 어린 마수나 그런 새끼를 데리고 있는 어미는 사냥하지 못하도록 법을 바꾸었다. 명백히 보호자로 보인다면 수컷도 같은 보호를 받게 했다.

'어미와 새끼를 한 번에 잡는 것'만 금지했던 이전의 법을 사냥의 도에 맞추어 조금 더 넓게 바꾼 것일 뿐이었지만, 최소한 킬리언이 여자 때문에

법을 바꾸었다는 말은 듣게 하고 싶지 않았다.

사냥이란 원래 잔인한 것이 아닌가. 어찌 보면 자연의 약육강식 논리와 다를 것도 없다. 탐탁지 않게 생각하는 사람도 있을 것이다.

그는 이상적이고 좋은 군주다. 리에타는 자신이 훌륭한 통치자의 균형을 망치는 감상적이고 어리석은 여자로 보이지 않기를 바랐다. 그의 오점이 되고 싶지 않았다.

아르젠 루프스의 감옥을 실은 큰 수레가 이동해야 했기에 그들은 거의 인간들만의 영역이 된 큰길을 따라서 이동했다. 본격적인 사냥도 아니니 안전한 곳으로만 다닐 거라고, 아마 별일은 없을 거라는 말을 듣긴 했지만 마수 한둘 정도는 몇 시간 안에 마주칠 거라고 생각했는데.

아무 일도 일어나지 않았다. 마수는 코빼기도 보이지 않았다. 바람은 평화롭고 숲은 아름다웠다. 평범하게 새소리가 들리고, 뾰족하고 파란 나뭇잎 사이로 햇살이 쏟아지고 있었다. 그저 다가오는 겨울을 경고하듯 날씨만 조금 쌀쌀했다. 불어오는 바람에 리에타는 약간 어깨를 움츠렸다.

"추워?"

"괜찮아요."

괜찮다고 말했는데도 킬리언은 그녀의 어깨 위에 숄을 둘러 주었다.

"올라갈수록 더 쌀쌀해질 테니 입고 있어."

새벽부터 줄곧 큰길을 따라서만 이동하던 일행은 해가 중천에 걸릴 즈음에야 깎아지르는 절벽 아래의 한 야영지에 멈추었다. 사냥꾼들이 머물며 야영지로 쓸 수 있도록 길드에서 군데군데 개척해 둔 캠프 중 하나였다.

막사를 세울 수 있게 정리된 너른 공터와 나무로 된 초소가 몇 개 절벽을 등지고 있었다. 높디높은 절벽 위의 빽빽한 나무 그림자가 길 맞은편 호수 위까지 드리워, 몇 줄기 금빛 햇살만이 부유하는 먼지와 호수 표면의 잔물결을 희미하게 비추었다.

용병들이 능숙한 솜씨로 막사를 설치하기 시작했다. 평평하게 정리된 공터와 튼튼하게 세워진 말뚝들이 있으니 모든 준비가 빠르게 진행되었다. 그들은 그곳에 멈추어서 식사를 하고 잠시 휴식을 취한 뒤 다시 출발하기로 했다.

용병대장과 킬리언, 베테랑 사냥꾼들 몇몇이 탁자 위에 지도를 펼치고 이동 경로를 점검했다. 리에타는 자리에서 일어나 사냥꾼들 몇 명과 함께 수의사 루딘에게 알루치노를 추가로 투여하는 것을 참관했다.

아디프가 불안해하는 듯 끙끙거리며 루딘의 얼굴을 핥고 있었다. 그러더니 리에타를 발견하고 다가와 안아 달라는 듯 두 발로 서며 보챘다.

정말로, 정말로 안아 주고 싶었지만, 곧 자연으로 돌아갈 마수가 사람의 손을 타는 것은 좋지 않다는 것을 알기에 리에타는 꾹 참고 외면했다. 끙…… 끙……. 아디프의 꼬리와 귀가 축 늘어졌다. 리에타는 입술을 꼭 깨물고 고개를 숙이며 물러났다.

미안해요, 아디프. 당신들이 보고 싶을 거예요. 하지만…….

우정을 담아서, 당신들이 행복하기를. 다시는 인간을 만나지 않기를 기도할게요.

……잘 가요. 조심히 가요.

"이대로 강을 따라 올라가면 자정이 되기 전에 파사인 폭포 캠프에 도착할 겁니다. 거기서 야영을 하면 될 것 같습니다."

"파사인 폭포 근처의 늪에서 뱀 계열 마수가 집단으로 나왔는데 개체 수가 도통 줄지 않고 있다고 하니 주의해야 합니다. 근래 라미아*가 출몰한 적이 있다던데 그 때문인 듯합니다."

"내일은 오전 중에 바르데인 캠프에 도착할 수 있을 것 같은데, 최근에는 목격된 적 없지만 이 년 전에는 늑대 마수 무리가 영역 싸움을 하던 곳이라 경계를 늦춰선 안 될 겁니다."

호숫가에 쪼그려 앉은 리에타의 어깨 너머로 킬리언에게 조언하는 사냥꾼들의 이야기가 들려왔다. 온갖 위험한 마수들과 몬스터들의 이름들이 스쳐 지나갔다. 나름대로 벼락치기로 공부해 둔 보람이 있어 간신히 상황을 알아듣기는 했지만 그녀가 당장 그들을 마주친다 해도 뭔가 할 수 있는 일이 없을 것 같았다.

물론 베테랑 사냥꾼들이 가득한 이 일행에서 아무도 그녀에게 뭔가 해야 한다고 요구하진 않았지만……. 리에타는 한숨을 쉬며 무릎을 껴안았다. 그래도 라미아…… 정도는 대처할 수 있으려나. 정신계 마수에 대해서는 조금 더 많이 공부했으니까. 리에타는 문득 눈을 깜박였다.

'그냥…… 걱정되니까 그러는 거잖아. 좋아하는 여자니까 위험한 곳에 데려가고 싶지 않을 뿐이라고.'

뒤늦게 얼굴이 달아올라 리에타는 소리 없이 무릎에 뺨을 묻었다.

'하고 싶은 거 다 해. 하지만, 무모한 짓은 하지 마,'

얼굴이 발갛게 된 채, 리에타는 괜히 손에 쥔 양산 끄트머리로 호수의 수면을 찰박거렸다.

'그대는 가끔, 그대가 쓸모없으면 아무런 가치도 없다는 듯이 말하는데. 그러지 마.'

◇◇◇◇

* 상반신은 인간, 하반신은 뱀 형태의 고등 마수

참방…… 맑은 물소리가 나며 작은 물보라가 일었다. 잔잔하게 햇살이 내린 호수 위에 파문이 퍼져 나갔다. 팔랑거리며 날아온 나비가, 양산에 그려진 꽃무더기 위에 앉을 듯 말 듯 맴돌았다.

'쓸모없으면 어때.'

아무것도 하지 않아도 된다는 말에 더 많은 일을 하고 싶어진다. 리에타가 눈을 깜박였다. ……쓸모없어도 괜찮아. 내가 할 수 있는 것만. 감당할 수 있는 일만.

털썩 누군가 그녀 옆에 와서 앉았다. 그리곤 고개를 돌리기도 전에 불쑥 하얀 냅킨에 싸인 샌드위치를 내밀었다. 리에타는 양산을 쥔 손을 아래로 늘어뜨리며 약간 상기된 얼굴로 미소 지었다.

"……영주님."

킬리언이 제 몫의 샌드위치를 한입 아삭 베어 물며 웃었다. 용의 계곡에서의 첫 번째 식사는 성에서 준비해 가져온 샌드위치였다. 쫀득한 밀빵 안에 얇게 저민 햄과 훈제 소시지, 싱싱한 양상추와 양파와 올리브, 고소한 달걀 샐러드가 들어간 호사스런 것으로, 성의 주방에서 준비해 준 것이었다.

탱글탱글한 소시지가 톡 하고 터지며 입안 가득 향긋한 훈연향이 퍼졌다. 산을 둘러싼 분지에 선선한 바람이 불어오자 어울리지 않게도 소풍이라도 나온 기분이 되었다.

"……책상머리에 앉아 생각했던 것과는 굉장히 다르네요."

"뭘 생각했는데?"

"마른 잡초, 모래, 개미 같은 게 들어간 팬케이크를 먹게 될 거라고 생각했던 것 같아요."

킬리언이 웃었다. "이상한 환상을 가지고 있네."

리에타도 머쓱하게 미소했다.

"그러게요. 왕복 이삼 일이면 끝날 여행인데 그럴 리가 없는 걸……."

오늘은 신선한 식사, 내일은 챙겨 온 빵, 모레는 비스킷이나 육포 같은 걸로 반나절만 버티면 끝날 거다. 사실상 번거롭게 요리를 할 필요도 없다.

"나중에 같이 가."

"네?"

"팬케이크 해 줄게."

"네에?"

리에타가 황당해하며 소매로 입을 가리고 웃었다.

"안 믿나 본데."

"하하하."

"정말인데. 나 요리 잘해."

지적할 것이 한 무더기였지만 리에타는 그냥 작은 소리로 웃음을 터뜨리며 말했다.

"아니……. 해도 제가 해야죠."

"왜? 잘하는 사람이 하면 되지. 해 주고 싶은 사람이 하면 되고."

"저도 요리 잘해요."

"해 주고 싶기도 한가?"

리에타가 대답 대신 작게 웃었다. 웃는 낯이 햇살 아래 조금 상기되어 있다. 킬리언도 굳이 대답을 듣겠다고 고집하지 않고 호수를 바라보며 물었다.

"여기, '용의 계곡' 자체에 대한 감상은 어때?"

리에타는 "음……" 하며 고개를 들어 하늘을 올려다보았다. 숲은 아름다웠다. 악시아스의 나무들에는 대부분 가을 물이 들어 있었지만 그보다 북쪽인 용의 계곡에는 상록수의 비율이 더 높아 서늘한 기후임에도 빛깔만은 여름처럼 푸르렀다.

생전 처음 보는 만년설 덮인 산은 신비로웠다. 멀리 있는 빙하는 하얗고 파랬다. 바람은 차갑지만, 햇살은 따사롭게 내리쬐었다. 조금은 어린 시절이 생각나기도 했다.

계절에 어울리지 않게 눈앞에 나비까지 팔랑거리니…… 묘한 기분이었다. 리에타는 가만히 나비를 눈으로 좇으며 중얼거렸다.

"……성급하게 말하지 않는 게 좋을 것 같아요."

"왜?"

리에타가 뺨을 감싸며 고개를 돌려 그를 쳐다보았다.

"모험 소설의 클리셰잖아요. 마수는 코빼기도 안 보이네요, 하면 마수가 나오고. 평화롭고 아름답네요, 하면 위험한 일이 생기고. 에이, 별일이 있겠어 하면 꼭 별일이 생기는 거……."

킬리언이 웃음을 터뜨렸다. 모험 소설? 지푸라기와 개미가 들어간 팬케이크 이야기가 어디서 튀어나온 건지 알 법했다. 은근히 엉뚱한 데가 있다.

"다른 건 모르겠고 마수라면 이미 나왔는데."

"예? 어디요?"

"그 나비, 마수야."

"예?"

리에타가 깜짝 놀라서 눈을 크게 뜨며 나비를 쳐다보았다. 몸을 리에타 쪽으로 향한 채 날갯짓하던 나비가 덩달아 놀란 척하듯 입을 쩌억 벌리며 날개를 크게 펼쳤다. 나비는 대롱이나 달렸지, 벌릴 수 있는 입을 가진 나비라는 건 듣도 보도 못했다.

그런데 나비라고 생각한 그것이 마치 도마뱀이라도 되는 듯 거대한 턱을 쩌억 벌렸다. 놀랍게도 겨우 손바닥만 한 나비의 입이 주먹 하나 정도는 한입에 삼킬 정도의 크기로 좌악 벌어졌다. 기이한 모습에 리에타가 기겁을 하며 손에 든 걸 다 집어던졌다.

킬리언이 손을 휘저어 나비를 쫓아 주었다. 나비는 조금 높은 곳으로 팔랑팔랑 날아올랐다.

"바, 방금 이 나비가 절 잡아먹으려고 한 건가요?"

"그냥 하품한 것 같은데."

리에타는 하품을 한 나비 마수를 멍하니 쳐다보았다. 나비가 성근 스웨터를 잡아 늘인 것처럼 한껏 날개를 펼쳤다. 휘젓는 날개 아래로 포슬포슬 빛 가루가 떨어졌다. 반짝이는 거미줄로 만든 듯 투명한 날개는 뒤쪽이 훤히 보일 정도로 성글었다.

물리적으로 떠 있을 수가 없는 형태인데도 나비는 구멍 숭숭 난 레이스 같은 날개를 팔랑팔랑 휘저으며 태연하게 날아다녔다. 마법이었다.

"정말…… 마수네요……."

리에타는 그것이 날아가는 것을 멍하니 눈으로 쫓았다.

"저런 건 책에서 본 적 없는데……."

킬리언이 어깨를 으쓱하며 웃었다.

"해롭지 않은 마수니까. 책에서는 마주쳤을 때 위험한 마수만 소개하고 있거든."

리에타가 집어던진 양산을 주워 주며 킬리언이 말을 이었다.

"보기에만 위협적이지 별거 아냐. 꽃에서 꿀이나 빼는 건 나비랑 똑같고."

팔랑팔랑 곱게 날아간 나비가 꽃 주변을 나풀나풀 돌다가 얌전히 꽃잎 위에 내려앉더니 앞다리로 더듬던 꽃송이를 통째로 집어삼켰다. 킬리언이 퍼뜩 상체를 일으켰다.

"그건 무는 놈이야. 손대지 마."

"네?"

킬리언이 그녀의 어깨를 감싸 확 자기 쪽으로 끌어당겼다.

리에타가 무심결에 눈앞에 있는 나무 덩굴을 손등으로 치워 내려 하자,

갑자기 꼬리를 말았다. 그녀가 화들짝 놀라며 앞에서 하늘거리던 덩굴을 쳐다보았다.

덩굴이 달려 있던 나무가 눈 달린 줄기를 도로록 굴려 그녀의 앞에서 깜박였다. 그러더니 나무껍질과 동화되어 있던 도마뱀이 몸의 색을 바꾸며 스르륵 모습을 드러내곤 꼬리를 흔들며 사라졌다.

리에타는 완전히 혼이 빠졌다. 사방에 있는 것이 다 마수였다.

용병 대장 로난이 힐끔 호숫가 쪽을 쳐다보았다. 나뭇잎 버석거리는 소리와 물소리 사이사이로 두런두런, 조그맣게 이야기 나누는 소리, 깜짝 놀라는 작은 비명 소리와 웃음소리 같은 것들이 서늘한 바람에 따스하게 섞여 들려왔다.

그들의 영주님은 애첩과의 시간에 푹 빠져 있는 모양이었다. 항상 킬리언을 감싸고 있던 날카롭고 살벌한 기운은 흔적조차 남아 있지 않다.

로난이 잠깐 그들을 쳐다보다가 콧잔등을 긁적였다. 그가 문득 고개를 돌려 눈앞에 보이는 사냥꾼에게 물었다.

"솔레이, 초소 점검은?"

"금방 끝나요."

로난이 주섬주섬 짐을 풀고 있는 사제들 쪽을 돌아보며 말했다.

"좀 천천히 출발해도 될 것 같아. 사제님들 식사 마치시면 초소 안내 도와드려."

"예이."

사냥꾼 솔레이가 가볍게 대답하며 몸을 일으켰다. 로난은 다시 킬리언 쪽을 쳐다보았다. 그는 웃고 있었다. ……놀랄 노 자로군.

연인과 근처 숲에 산책이라도 나온 듯 부드럽게 웃고 있는 그의 모습이 낯설다. 저 사람이 저렇게 무해해 보일 수가 있다니.

사실 마수 사냥철에 용의 계곡에서 가장 위험한 존재는 킬리언이었다. 그가 함께하면 위험한 마수를 걱정할 필요가 없다는 건 좋지만 그의 비위를 맞추는 일이 사냥보다 쉽지는 않았다.

용의 계곡에서 마수들을 상대하는 킬리언의 검은 사람을 상대할 때와는 비교할 수 없을 정도로 악랄했다. 더욱이 혹한기가 오기 전, 가을의 킬리언은 너무하다 싶을 정도로 무자비하고 날카로웠다. 그런데 지금의 킬리언은 그간의 모습은 상상도 할 수 없게 딴사람이 되어 있었다.

"……사람이 저렇게도 변하네."

그가 속으로 생각하던 걸 그대로 중얼거리며 다른 사냥꾼 옆을 지나갔다. 그는 로난과 눈이 마주치자 웃으며 어깨를 으쓱했다. 로난도 가볍게 웃고 몸을 돌렸다.

'악시아스의 첫 번째 마수 사냥꾼'이라 불리는 사람이지만 사실 킬리언은 용의 계곡을 좋아하지 않는다. 그와 오랫동안 함께한 사냥꾼들은 다 알고 있는 사실이었다.

필요할 땐 몸소 출정하는 것을 거절하지 않고 가끔씩 스트레스 풀러 제 발로 찾아가는 일도 있었다지만, 그를 알아온 십삼 년 동안 그가 용의 계곡에 있을 때 기분 좋은 상태였던 적은 한 번도 없었다. 도무지 이건 스트레스를 풀러 가는 건지 받으러 가는 건지.

'저분은 저렇게 마수들을 싫어하시면서 왜 자꾸 용의 계곡에 가시는 겁니까?'

그런 소리가 나올 만큼 그는 마수들을 지긋지긋해하고 있었다. 조금은 자학 같아서 그만두길 바라고 있었는데, 다행히 언제부턴가 킬리언은 전부 길드와 사냥꾼들에게 맡기고 용의 계곡에 발길을 끊었다. 잘됐다고 생각했다. 킬리언이 용의 계곡을 찾는 건 그에게 썩 바람직한 일로 보이지 않았으니까.

그런데 악시아스 대공이 아르젠 루프스를 생포하더니 방생한다더라는 소릴 들었을 때는 뭘 잘못 들었나 싶었다. 로난을 비롯해 킬리언과 오랫동안 함께한 사냥꾼들 중에는 그가 정신계 마수를 특히 싫어한다는 걸 모르는 사람이 없었다.

정신계 마수는 사냥꾼 집단을 분산시키고 이상한 길로 흩어 놓아 위험에 처하게 하니 빨리 제압해야 한다는 것이 상식이지만, 킬리언은 단지 필요성의 수준을 넘어서 정신계 마수에게 자비가 없었다.

어떤 마수든 킬리언은 잘 상대해 낸다. 하지만 유난히 정신계 마수만큼은 잔인하게 도륙해 놓을 때가 많았다. 그의 능력이면 고통 없이 깨끗하게 즉사시킬 수 있으면서도 그는 그렇게 하지 않았다. 정신계 마수는 그가 사냥꾼의 도를 지키지 않는 유일한 상대였다.

그런 그가 아르젠 루프스를 생포해 보호하고 몸소 방생까지 시켜 주러 나오다니. 축성술사 아가씨는 킬리언의 그런 과거는 모르는 모양이었다. 말간 햇살 아래, 그들의 평화로운 웃음소리가 들려왔다. ……뭐, 굳이 모든 걸 알 필요는 없긴 하지.

초소가 안전한지 점검하는 과정은 금방 끝이 났다. 한창 마수 사냥철인 가을이라 잘 관리된 상태였기 때문이다. 사람들이 뜸한 시기엔 마수들이 몰려와 야영지와 초소에 분탕질을 쳐 놓고 가기도 하지만 기본적으로 마수들은 사람들이 다니는 길 근처를 꺼린다.

특히 초소 근방은 마수들을 상대하는 방어 시설을 갖추고 있고 함정도

파여 있기에 대부분의 캠프와 초소는 마수들의 손길로부터 안전한 편이었다.

한편 사제들은 어찌할 바를 모르고 우왕좌왕하고 있었다. 그들과 함께 행동하는 사냥꾼들의 행동은 날쌔고 빠릿빠릿했다. 사제들이 간신히 캠프에 짐을 풀어 놓았을 때 이미 사냥꾼들은 막사들을 세운 뒤였다.

사제들이 막사에 축성을 마치고 돌아오자 사냥꾼들은 이미 식사를 마치고 각자 자신의 무기를 점검하고 있었다. 사냥꾼들은 딱히 서두르는 것 같지 않고 느긋해 보이는데도 정신 차려 보면 사태가 끝나 있었다.

이번에 동행하는 사제들은 전투 사제들 가운데서도 나름 젊고 야무진 이들이라고 뽑힌 사람들인데도 베테랑 사냥꾼들의 민첩함을 도저히 따라갈 수가 없었다. 일평생 어디 가서 게으르다거나 굼뜨다는 소리는 한 번도 들어 본 적 없었던 전투 사제들인데도 확연히 비교가 되었다.

사제들은 식사 때마저 허둥지둥했다. 특히 그들은 사냥꾼들이 자기들의 식사 준비까지 다 해 준 것을 보고 적잖이 당황했다.

기본적으로 사제들은 허드렛일까지도 수양으로 생각하고 자신의 일은 스스로 하는 것에 익숙한 사람들이었다. 귀족 출신으로 종자를 데리고 다니는 사람들도 있지만 이렇게 일상적인 수발을 받지는 않는다. 사제로서 흠 잡힐 일이었다.

그들은 사냥꾼들에게 감사를 표하곤 다급하게 식전 기도를 올리고 식사를 시작했다. 그런데 사제들이 식사를 마치고 일어나 뒷정리를 하려 하자 또 사냥꾼들이 선수를 쳐 일거리를 빼앗아 가기 시작했다.

"아, 아, 아닙니다, 주십시오. 이러지 마십시오."

"어허, 사제님들은 이런 거 하는 거 아닙니다. 앉아 계세요."

"아, 아니……. 저희가 할 수 있……."

"놔둬요, 놔둬. 사지 멀쩡한 꾼들 두고 신성하신 분들 일 시키면 우리가 천벌 받는다고요. 부정 탄다니까."

실랑이를 벌이는 사이 식사 후의 뒷정리 역시 반 이상 빼앗겨 버렸다. 너무 귀한 취급에 당황스러울 지경이었다.

대부분의 사냥꾼들은 그들의 안전을 기원해 주고, 축복해 주고, 다쳤을 때 치유해 주기도 하는 신성 능력자들에게 호의적이었다. 사냥의 도를 안다는 사냥꾼들은 대개 신성 능력자를 예우하는 습관이 몸에 배어 있고 심리적으로도 그들을 향한 신뢰와 존경심을 가지고 있었다.

숲에서의 생활이 습관이 된 사냥꾼들에겐 야영지의 잔일이야 어려울 것도 없어서, 그들은 대수롭지 않게 사제들이 해야 할 일을 대신 해치우고 있었다. 그저 사제들이 함께한다는 게 마냥 좋다는 듯 흐뭇해 보이는 사람들도 있었다. 사냥꾼 하나가 사제가 들려던 짐을 대신 들어 주며 말했다.

"사제님들 식사 다 하셨으면 저기 중앙 초소 쪽으로 가 보십시오. 솔레이라는 여자 사냥꾼이 기다리고 있을 겁니다. 가서 설명 들으십시오. 솔레이가 초소에 대해 자세히 알려드릴 겁니다."

상냥한 사냥꾼들이 사제들의 등을 떠밀었다.

"……그러니까 혹시라도 야영지에 있을 때 마수가 나타나면 당황하지 마시고 초소로 들어가 숨으시면 돼요. 그럼 그사이에 저희가 마수를 정리할 거예요."

사냥꾼 솔레이가 초소 내부 대피 공간의 문 여는 법을 보여 주며 설명했다.

"자 여기를 이렇게 젖히고, 이렇게. 열어 보시겠어요?"

사제가 멍하니 문을 열었다. 솔레이가 박수를 쳐 주었다.

"네, 그렇게요! 이쪽 이중문은 고등 마수가 아니면 열 수 없게 되어 있는 대피 공간이에요. 초소엔 거의 다 이런 이중 대피 공간이 있으니까, 밖에서 전투가 벌어지면 이렇게 들어가서 숨으시면 돼요. 여기가 가장 안전해요."

"아……."

대피 공간을 보여 주며 솔레이의 설명이 이어졌다.

"그리고 이 안에 들어가시면 마수의 피로 발동시킬 수 있는 마법 장치가 있거든요. 지금 장전된 건……."

옆에서 방어 장치에 소진된 마법 재료를 보충하고 있던 베테랑 사냥꾼이 답했다. "샐러맨더*의 피."

솔레이가 설명을 이어받았다.

"샐러맨더의 피니까 화염 마법이 발동될 거예요. 마수들이 많이 몰려들어 위험하면 이걸 이렇게……."

전투 사제들 중 하나가 멍하니 그녀를 바라보다가 어리둥절한 얼굴로 반문했다.

"그러니까…… 전투가 벌어지면 저희는 초소에 숨으라고요?"

솔레이가 악의 없이 방긋 웃었다.

"초소엔 대개 마수가 들어오지 못하게 하는 방어 마법이 설치돼 있거든요. 아무래도 초소에 들어가 계시면 저희로서도 지켜 드리기 좀 더 수월하기도 하고요."

사냥꾼의 말에 전투 사제들이 멍한 얼굴로 그녀를 쳐다보거나 머쓱하게 웃거나 했다. 지켜 준다니, 이런 취급은 처음이었다. 솔레이는 사제들의 반응을 오해하고 얼른 덧붙였다.

◇◇◇◇
* 화염계 마수

"아, 너무 걱정은 마세요. 개방된 장소에 계신다 해도 큰 어려움은 없으니까요. 그냥 근처에 있는 사냥꾼에게 달려가셔도 돼요. 그럼 안전하실 거예요. 싸움이 위험하다기보다 아무래도 저희가 험한 거 보여 드리게 될까 봐 신경을 쓰게 되는 것도 있고 해서 그런 거니까 걱정 마시고……."

사제는 신성하고 아름답게 뒤편에 서서 기도하고 축복해 주는 사람들인 줄로만 알지 전투 사제는 처음 보는 그녀는 썩 눈치 있게 대응하지 못했다.

리에타나 수의사처럼 전투 능력이 없는 사람들이라면 모르지만 이 사제들은 전부 몸을 단련하는 사람들이었다. 악마들을 상대로라면 대륙에서 따를 자가 없는 전투 능력을 가진 사람들이기도 했다. 그들은 싸움이 벌어지면 앞에 나서는 사람들이었다.

하지만 사냥꾼들은 사제들을 보호해야 할 어린아이라도 되는 듯이 대하고 있었다. 자기들을 깨지기 쉬운 유리잔처럼 소중히 대하는 악시아스 사냥꾼들을 보고 사제들이 머쓱하게 웃었다.

마수를 상대하는 것이야 아무래도 사냥꾼들에 비하면 익숙하지 않겠지만 지켜 드려야 하는 사람 취급을 받기는 영 쑥스러운 것이 사실이었다. 꽤나 체격이 있는 사제 하나가 뒷머리를 긁적이며 어색하게 웃었다.

"솔레이 님. 말씀 감사합니다만 저희는 '전투 사제'입니다. 사냥꾼들께서 보시기에 불안하실 수는 있겠지만, 저희도 싸울 수 있습니다."

사제는 사냥꾼 솔레이의 두 배는 되는 체격이었다. 솔레이가 제 실수를 깨달은 듯 얼른 입을 가리고 말을 고쳤다.

"아……! 알죠, 물론. 알죠. 다들 잘 싸우실 거라는 걸 의심하지 않아요! 하지만 여긴 용의 계곡이니까요."

차라리 그냥 못 미덥다고 하는 게 낫겠다. 작고 연약한 우리 사제님들 기분 상하지 말라고 황급히 달래 주는 것이 오히려 민망스러웠다.

성직자라 해도 전투 사제들은 결코 전투 경험이 적지 않은 베테랑 싸움꾼들이었다. 하지만 악시아스에서 잔뼈가 굵은 사냥꾼들과 용병들의 눈에는 싸울 수 있다는 사제들이 마냥 귀엽기만 한 것 같았다.

벽 근처에 서서 구경하거나 마법 재료들을 보충해 넣던 사냥꾼들이 한 번씩 고개를 들고 서로 쳐다보며 웃었다. 무시하는 것으로 느껴질 법도 했지만 속없이 헤벌쭉한 얼굴들을 보니 전의가 사라졌다. 이런 취급은 참 오랜만에 받아 보는 거지만, 다행히 기분 상한 사람은 없었다.

초소 한편에서 리에타와 킬리언도 그들을 바라보고 있었다. 말없이 솔레이와 사제들을 지켜보던 리에타가 입을 가리고 목소리를 낮추며 킬리언에게 물었다.

"……저도 야영지에선 초소에 들어가 있는 게 좋을까요?"

킬리언이 피식 웃으며 대수롭지 않게 말했다.

"내가 계속 옆에 있을 테니 신경 쓰지 마."

리에타가 눈을 깜박였다.

"아…… 네."

가만히 서 있던 리에타가 잠시 후 혼잣말처럼 반복했다.

"……계속요."

킬리언이 "……어?" 하며 그녀를 바라보았다. 뉘앙스가 수상했다.

"……아."

킬리언이 조금 이상해진 얼굴로 잠깐 말문이 막힌 듯 멈춰 있다가 말을 고쳤다.

"……밤에는 솔레이랑 같이 있어."

"네?"

리에타의 말간 하늘색 눈이 그를 올려다보았다. 킬리언이 덧붙였다.

"난 문밖에 있을게."

"예?"

그 순간, 삐이이이이익! 맹금류의 울음이 공기를 갈랐다. 절벽에 부딪힌 소리가 호수와 숲을 울리며 메아리를 만들어 냈다. 삐이이…… 삐이이…… 삐이이……. 사람들의 눈이 휘둥그레졌다. 매 소리? 아니, 매 소리라기엔…….

삐이이이이익! 절벽을 울리는 메아리가 채 잦아들기 전 다시 날카로운 소리가 공기를 찢었다. 소리는 더욱 가깝고 커져 있었다.

사냥꾼들 몇이 즉시 창가에 붙어 하늘로 고개를 돌렸다. 그리고 밖에서 누군가의 외침이 들려왔다.

"그리핀이다!"

독수리의 머리에 사자의 몸을 한 거대한 짐승이 날아오던 몸을 휘며 뒷발로 바닥을 내리찍었다. 쿠쿠쿠쿵! 땅 울리는 소리가 천지를 뒤흔들었다.

"다들 피해!"

삐이이이이익! 땅을 딛고 선 부리 달린 사자가 수리의 날개를 펼치며 울부짖었다. 쿠쿠쿠쿵! 포효 한 번에 딛고 있는 땅이 흔들리는 듯한 위압감에 사제들이 당황했다.

"으르르르……."

뒤이어 낮고 넓게 퍼지며 깊은 곳에서부터 쩌렁쩌렁 울려 퍼지는 소리.

"크아아아앙!"

살벌하게 근육이 잡힌 사자의 뒷다리가 기민하게 움츠러들더니 다음 순간 그리핀은 사람들을 향해 뛰어들었다. 타깃이 되었던 사냥꾼이 아슬아슬하게 구르며 옆으로 빠져나간 직후 새카만 발톱이 번득이는 맹금의 앞발이 콰곽! 빈 바닥을 내리찍었다.

사냥꾼은 한 손으로 땅을 짚고 빠르게 몸을 일으키며 징 박힌 발꿈치로 콰라락, 바닥을 긁어 그리핀을 향해 흙먼지를 끼얹었다. 시야가 가려진 그리핀이 냅다 먼지 틈으로 앞발을 휘두르는 사이, 다시 한번 사냥꾼이 몸을 굴려 간발의 차이로 그리핀의 다리 옆으로 빠져나갔다. 그 직후 그리핀을 조준한 사냥꾼 셋이 동시에 활시위를 놓았다.

핑! 핑! 핑!

세 개의 금속 화살이 서로 다른 방향에서 제각기 시위를 떠나 그리핀에게 쇄도했다. 그리핀이 사자의 꼬리를 감아올렸다가 확 날개를 쳐 돌풍을 일으켰다. 두 개의 화살은 그리핀의 날개에 부딪혀 튕겨 나가고 나머지 하나는 머리로 향했다. 그리핀이 머리를 확 휘젓자 그것마저 비껴 맞으며 땅에 떨어졌다.

초소 안에 있던 사냥꾼들은 발 빠르게 움직였다. 솔레이와 세 사냥꾼이 각각 초소에 설치된 방어 장치와 발리스타, 무기고로 달려갔다.

쾅! 또 다른 사냥꾼 대여섯은 순식간에 초소 밖으로 튀어 나가며 초소의 문을 던지듯 밀어 닫았다. 뒤늦게 정신을 차리고 따라 나가려던 사제들은 닫힌 문 앞에 멈춰 섰다.

"나가지 마세요!"

솔레이가 소리치는 소리가 들렸다. 키이잉! 그녀가 가동시킨 초소의 방어 장치가 작동되며 문이 열리지 않게 잠겼다. 다음 순간 위에서 쇠창살이 내려와 초소의 문과 창문 위에 감옥처럼 덧씌워졌다. 화르륵! 방어 시설이 가동되며 초소 주변으로 불길이 솟구쳤다.

"초소로 들어가세요!"

밖에서 다른 사냥꾼이 소리쳤다. 그들의 초소는 잠겨 버렸지만, 옆 초소의 문은 활짝 열린 채 바깥에 있던 사람들을 받아들이고 있었다. 수의사와 사제들 몇이 떠밀리듯 초소로 뛰어 들어가는 것이 보였다.

핑! 피핑! 사냥꾼들이 문 양옆에서 활과 석궁을 쏘며 그리핀이 접근하지 못하도록 엄호했다. 그사이 거대한 그리핀을 앞에 두고 둘러싼 사냥꾼들 몇이 육탄전으로 시간을 벌고 있었다.

그리핀이 휘두르는 발에 스치기라도 하면 즉사다. 지나치게 무모하고 위태로워 보여 사제들과 리에타는 하얗게 질렸다. 순간 발 옆으로 미끄러져 나간 사냥꾼을 따라가 부리로 내리찍으려던 그리핀이 신경질적으로 날개를 치며 공중으로 뛰어올랐다.

쐐애액! 용병대장 로난이 던진 육중한 자벨린*이 위협적으로 날아와 그리핀의 목 옆을 스치고 달아났다. 그리핀의 노란 눈이 희번덕거리며 로난에게로 향했다. 다음 순간 초소 안의 발리스타에 붙어 있던 사냥꾼이 큰 소리로 외쳤다.

"물러나!"

그리핀 근처에 붙어 있던 사람들이 빠르게 몸을 날리며 사방으로 흩어졌다. 순식간에 사람들이 사선射線에서 물러나며 초소와 그리핀 사이의 공간이 뻥 뚫렸다.

쐐애액! 그 사이로 거대한 발리스타 화살이 날았다. 위협적인 무기가 날아오는 것을 깨달은 그리핀이 빠르게 땅을 박차고 뛰어올랐다. 그때 발리스타 화살이 아슬아슬하게 그리핀의 몸통 옆을 스치고 지나가 건너편 절벽에 부딪혔다. 그리고 서로 다른 다섯 곳에서 시간차를 두고 화살이 쏟아졌다.

"카아아악!"

그리핀이 포효하며 거세게 날개를 쳐 아슬아슬하게 화살들을 피해 냈다. 그러나 시간차를 두고 날아온 한 개의 화살이 미처 피하지 못한 그리핀의 날개 한쪽에 적중했다.

그리핀이 비틀거렸다. 하지만 치명적인 위치는 아니었는지 비행 능력

◇◇◇◇
* 던지는 창

을 잃지는 않았다. 초소 안의 발리스타를 최대한 옆으로 꺾어 조준하던 사냥꾼이 욕설을 씹어뱉었다.

"젠장, 각도가 안 나와요!"

촤라라라락! 다음 순간 갈고리가 걸린 쇠사슬이 개조된 발리스타를 통해 쏘아졌다. 빗맞은 것처럼 갈고리는 그리핀의 어깻죽지 위 허공으로 날아갔지만, 갈고리의 무게를 이기지 못하고 포물선을 그리며 떨어지던 쇠사슬이 절묘하게 그리핀의 날개에 감기며 얽혀 들었다.

그리핀이 몸을 틀어 벗어나려는 찰나, 전투 사제 하나가 초소 안에서 던진 신성력의 창이 그리핀의 머리를 향해 날아가 폭발했다.

"키아아아아!"

그리핀이 고통으로 퍼덕거리는 사이 사슬이 두 바퀴 더 감겼다. 촤르르륵! 뒤이어 정신을 차린 사제들이 뽑아낸 신성력의 사슬이 사방에서 뻗어나왔다. 그리핀의 몸을 얽은 쇠사슬 위에 신성력의 사슬이 겹겹이 포박되었다. 그리핀이 부리를 벌리고 포효했다.

"크아아앙!"

키이이잉! 마력이 날카롭게 공명하는 기묘한 소리가 나며 신성력의 사슬이 죄 터져 나갔다. 카드드드득, 소름 끼치는 소리를 내며 쇠사슬 역시 위태롭게 당겨졌다. 굳게 다물려 있던 사슬이 엄청난 장력을 견디지 못하고 벌어지고 있었다. 끊어진다!

"캬아아악!"

그러나 사슬이 끊어지기 직전, 또 다른 빛의 사슬들이 땅바닥에서 솟구쳐 나왔다. 촤르르륵! 사슬이 그리핀의 반대쪽 날개를 꺾을 듯 얽어매자 그리핀이 크게 휘청거렸다.

날개를 속박하는 사슬들의 거센 반격에, 포악한 마수가 사슬을 물어뜯으며 몸부림쳤다. 그러다 급기야 그리핀은 초소 방향의 사냥꾼 하나를 노리고 몸통으로 밀어 버리려는 듯 달려들었다.

초소 안쪽의 사람들이 초소 정면으로 쇄도하는 그리핀을 보고 비명을 지르며 뒤로 물러났다. 리에타는 얼굴이 하얘진 채 얼어붙었다.

"솔레이." 익숙한 목소리가 귀를 파고들었다. "리에타 눈 가려."

시야가 컴컴해졌다. 눈이 가려지기 직전, 리에타는 어느 틈엔가 킬리언의 손에 쥐어진 거대한 철궁이 새파랗게 타오르는 것을 보았다.

바람을 가르는 소리와 함께 콰직, 뭔가가 뼈를 부수며 파고드는 소리가 들렸다.

⬥

초소에서 나온 사제들은 아연한 얼굴로 거대한 그리핀의 시체를 올려다보았다. 가까이서 보니 멀리서 가늠한 크기가 옳지 않았다는 걸 알 수 있었다. 그리핀은 아르젠 루프스 성체인 루딘에 버금가는 크기의 대형 마수였고, 날개까지 포함하면 루딘보다 훨씬 더 컸다.

독수리의 것을 닮은 앞발은 어지간한 송아지 한 마리는 우습게 쥐어짤 수 있을 것 같아 보였고, 사자의 것을 닮은 뒷발은 코끼리의 두개골도 능히 부술 수 있을 법한 크기였다.

사제들은 멍하니 사냥꾼들을 바라보았다. 이런 놈과 맨몸으로 대적한 사냥꾼들이 달리 보였다. 사냥꾼들은 아르젠 루프스를 방생하고 돌아가는 길에 이것을 수레에 싣고 가도 되냐고 묻고 있었다. 아르젠 루프스만큼은 아니지만 그리핀도 비싼 재료가 되는 마수였다. 킬리언은 너희들의 몫이니 원하는 대로 하라고 말했다.

초소 앞마당에 늘어진 거대한 그리핀의 시체를 사냥꾼들이 질질 끌어 구석으로 옮기기 시작했다. 예리한 부리와 섬뜩한 황색 눈동자는 광택을 잃고 피에 젖어 있었다.

아름드리나무를 방불케 하는 두꺼운 목을 꿰뚫은 거대한 철심……. 그 것을 뽑을지 말지 사냥꾼들이 의논하는 소리가 들린다. 지금 뽑으면 피의 손실이 있을 것이라며 화살을 짧게 잘라 그냥 두자는 결론이 난다. 사냥꾼들은 잠시만 시간을 달라고 일행들에게 양해를 구한 뒤 마수 전리품의 보존을 위한 최소한의 처치를 했다.

그리핀이 옮겨진 바닥에는 질질 끌린 긴 핏자국이 남아 있었다. 피가 엉긴 깃털이 바닥에 군데군데 굴러다녔다.

"아이고야……. 죽을 뻔했네."

상처를 입은 사냥꾼들 몇몇이 너스레를 떨며 리에타와 사제들에게 치유를 받았다. 입은 엄살을 주절거리고 있었지만 사냥꾼들은 모두 대수롭지 않은 얼굴로 싱글싱글 웃고 있었다. 걱정시키지 않으려 일부러 그러는 것이었다. 다행히 그들의 상처는 크고 작은 타박상과 피가 좀 흐르는 찰과상 정도뿐이었다.

충분히 준비하지 못한 상태에서 그렇게 격한 전투가 있었는데, 놀랍게도 크게 다친 사람이 하나도 없었다. 딱히 운이 좋았다거나 운이 나빴다거나 입을 놀리는 사람도 없다. 이 정도 결과는 모두가 예상한 범위이고 일상이라는 투였다.

저렇게 큰 마수와 그렇게 가까이서 육탄전을 벌였는데도 치명상은커녕 중상을 입은 사냥꾼이 한 명도 없다는 것이 그들의 우수한 능력을 증명했다. 이런 일을 하는 사람들은 어떤 돌발 상황에서도 다치지 않고 안정적으로 살아남는 것이 실력이기 때문이다.

화려한 검술이나 궁술을 가지고 있어 봤자 실전에서 생존하지 못하는 사람은 쓸모가 없다. 동료가 치명상을 입지 않고 피할 수 있도록 엄호해 주는 것이 실력이고 동료의 능력을 신뢰하고 앞에 나서는 것을 두려워하지 않는 것이 실력이다. 그들은 정말 실력자였고, 이런 일에 충분히 익숙한 사람들이었다.

반면 그리핀은 상대방의 전력을 파악하지 못한 무모한 공격의 결과 생존하지 못했다. 루딘처럼 그리핀도 사람의 말을 할 수 있었다면, 서로 공격하지 않아도 됐을까? 하는 생각을 잠깐 했지만 동정하지는 않는다.

사람들을 먼저 공격한 위험한 마수다. 그리고 이곳은 자연의 법칙이 지배하는 곳이었다. 그리핀은 죽었지만, 그들을 지키려 싸우다 몸을 다친 사냥꾼들에게 더 마음이 쓰인다. 팔은 안으로 굽는 것이었다. 내가 할 수 있는 일. 리에타는 치유 마법을 일으켜 그들을 위해 싸워 준 사냥꾼들을 돌보았다. 그것이 응당 그녀가 해야 하는 일이었다.

대형 마수를 상대하는 사냥꾼들의 방식을 코앞에서 목격한 전투 사제들은 충격으로 웃음을 잃었다. 그들도 거대한 악마를 상대해 보았지만, 큰악마는 근접전으로 상대하지 않는다. 그들의 앞을 가로막고 버티는 것은 풀 플레이트 메일을 착용하고 방패와 무기로 무장한 성기사들의 일이다. 사제들은 그들과 악마의 사이에 성기사라는 거대한 방패를 세워 두고 싸우는 셈이지만 그것도 결코 안전한 일이 아니었다.

그런데 사냥꾼들은 방패는커녕 갑옷도 제대로 착용하지 않았으면서 그렇게 싸웠다. 겁도 없이 마수를 도발하고 스스로를 미끼로 썼다. 서로를 엄호하며 빠르게 시간차 공격을 퍼붓는 서슬 퍼런 협공은 인상적이었지만 지나치게 무모해 보였다. 온전히 동료를 믿지 않으면 나올 수 없는 방식의 싸움이었다.

게다가 이곳은 고대 마법의 땅이다. 사제들의 공격은 생각보다도 효과가 좋지 않았다. 마수는 신성 마법을 쉽게 파쇄했다. 그들의 가장 강한 무기가 무력화되니 사제들은 할 수 있는 것이 많지 않았다. 그들의 침묵을 다르게 해석한 사냥꾼들이 머쓱하게 웃었다.

"하하하……. 시작부터 좀 센 게 나와 주네요. 사제님들께 초소의 방어 장치를 구경시켜 드리려고 그랬나……. 놀라셨어요?"

저희도 싸울 수 있다고 말했던 사제는 자신의 자만을 깨닫고 얼굴이 붉어졌다.

"……건방지게 말한 것 같습니다. 죄송합니다."

"예?"

사냥꾼들이 동그랗게 눈을 뜨고 멀뚱거렸다.

"죄송합니다, 솔레이 님. 섞여서 싸웠어도 저희는 걸리적거리기만 했을 것 같습니다. ……주제넘은 소리를 한 주제에 뒤에서 보호받기만 해서 면목이 없습니다."

사제들은 강하게 연마된 신성력에만 의존하지 기술적으로 이렇게 완벽한 협공은 해내지 못한다. 상상해 본 적도 없었다.

"무슨 말씀을……. 아, 아아."

솔레이는 뒤늦게 알아듣고 주먹으로 손바닥을 쳤다. 그리고 활짝 웃었다.

"아니에요! 뒤에서 해 주신 사제님들 엄호가 크게 도움이 되었는걸요. 그렇죠, 로난?"

로난과 도움 받은 사냥꾼들은 긴말 대신 모자를 벗고 사제들에게 예를 표하며 미소를 지었다. 솔레이가 머쓱하게 뒤통수를 긁었다.

"손발 맞춰 본 적도 없는데…… 성창을 던지신 것도, 사슬로 보조해 주신 것도……. 딱 필요한 걸 적재적소에 해 주셔서 솔직히 놀랐어요. 저희 야말로 사제님들의 전투 능력을 저평가한 감이 없지 않아요."

"혹시 비슷한 일이 또 있으면 앞으로는 초소 안에서 지원하겠습니다."

"하하하. 마수가 또 습격해 오지 않기를 바라지만요, 뭐."

솔레이가 싱긋 웃었다.

"도와주셔서 감사해요. 싸우실 수 있다는 말 이해했어요."

사제들이 미소 지었다. 사제들은 겸허히 사냥꾼들의 뒷자리로 물러났다. 그들은 초소에 숨어서 할 수 있는 보조 공격이나 지원을 확실히 하기로 했다. 이 용의 계곡에서 사냥꾼들의 힘을 인정하고 그들의 결정을 전적으로 따르기로 한 것이었다.

갑작스레 벌어진 전투와 그 뒤처리로 일정이 많이 지체되었다. 그들은 새벽이 되어서야 밤을 보낼 파사인 폭포 캠프에 도착했다. 비탈길 아래, 뽀얗게 포말이 오르는 거대한 폭포가 내려다보였다.

"와아."

여기저기서 탄성이 터져 나왔다. 보름이 가까워 꽉 찬 달빛에 물든 폭포는 실로 장관이었다. 하지만 순수하게 감탄만 할 순 없었다.

"……저기까지만 내려가면 쉴 수 있어요. 여러분, 조금만 더 힘내요."

사냥꾼들이 끙 앓았다. 도착하기까지 남아 있는 마지막 관문은 기나긴 절벽 앞의 내리막 비탈길이었다. 무지막지한 무게의 아르젠 루프스 수레를 지탱하며 내려가야 하는 최종 과제가 남아 있었다. 킬리언이 눈을 가늘게 떴다.

"로난, 저 아래 길 일부가 무너져 있는데."

"예?"

놀란 로난이 퍼뜩 앞으로 나서 킬리언이 바라보고 있는 방향을 바라보았다.

"사람은 지나갈 수 있어. 하지만 수레를 가지고는 못 간다."

허, 로난이 짧게 탄식 같은 한숨을 내뱉었다.

"……이걸 어쩌죠?"

리에타가 눈을 깜박였다. 루프스는 갈 수 없다고? 그럼…… 초소로 가지 못하고 여기서 야영을 해야 하는 건가? 하지만 초소에 가야 안전하게 쉴 수 있을 텐데……, 사냥꾼들과 수의사, 사제들이 각자 의견을 내었다.

"여기에 루프스를 놔두고 저희는 초소로 가면 안 됩니까?"

"무리예요. 여긴 너무 노출된 위치입니다. 당장 낮에 만난 그리핀 같은 것에 노출될 위험도 크고, 게다가 뱀 계열 마수가 나온다면 루프스는 목숨이 위험해요."

"그럼 알루치노를 중단하면……."

"루프스가 깨어나길 기다리기엔 저희의 위험 부담이 너무 큽니다. 초소를 덮치러 오면 어떡합니까."

킬리언이 잠깐 주변을 둘러보다 말했다.

"이 근처에 동굴이 있을 텐데 그쪽을 보고 오지. 다른 길이 있는지 거기서 볼 수 있을 거야."

킬리언이 동굴 앞에 늘어진 주머니 모양의 덩굴 식물에 손가락을 탁 튕겼다. 빵! 소리를 내며 주머니가 터지더니 여러 개의 무지갯빛 방울로 나뉘었다. 킬리언은 휘휘 손을 저어 방울들을 공기 중으로 흩어 버리며 그사이로 걸어갔다. 리에타는 멍하니 공기 중으로 흩어지는 거품 방울들을 바라보았다. ……마수인가? 스쳐도 되나?

문득 킬리언이 돌아보며 주춤주춤 발을 내딛고 있는 리에타를 향해 손을 뻗었다.

"손."

리에타는 잠깐 머뭇거리다 그를 올려다보고, 팔을 뻗어 그의 손을 잡았다. 킬리언이 말했다.

"여긴 놀라게 하는 것 이상으로 해를 끼칠 수 있는 건 거의 없어."

위험하지 않은 위장 마수를 보고 곧잘 놀라는 리에타를 신경 써 주는 배려였다.

"모르는 마수다 싶으면 걱정하지 않아도 돼."

"……네."

동굴 안은 컴컴했다. 킬리언이 횃불을 밝히려 하자 리에타가 양산을 들고 신성력으로 빛을 만들어 냈다. 뱀이라든가, 박쥐라든가……. 제법 흉한 걸 보게 될지도 모른다고 마음의 준비를 했는데, 어둑하던 동굴 안이 제법 환해지며 생각지도 못한 광경이 펼쳐졌다.

회갈색 종유석으로 뒤덮인 어둑한 동굴의 바닥과 천장과 벽 사이사이에 소금 결정처럼 크리스털이 우수수 박혀 있었다. 리에타의 눈이 커졌다. 수정 동굴이었다.

"와……!"

바위 틈새에 점점이 박힌 투명한 결정들이 밤하늘의 별처럼 신비롭게 반짝였다. 꼭 은하수가 보이는 밤하늘 같았다. 크고 작은 수정들의 표면에 은빛 신성력이 반사되자 푸른빛과 보랏빛으로 눈부시게 빛났다. 드래곤이 숨겨 둔 보석 창고 같았다.

졸졸졸 폭포를 향해 흘러가는 가느다란 개울물 주변으로 수정이 산란시키는 신성력의 빛이 신비로웠다. 리에타는 멍하니 중얼거렸다.

"……아름다워요."

킬리언이 문득 그녀를 바라보았다. 동굴 천장에 난 틈새로 달빛이 내려와 그녀를 비추고 있었다. 킬리언이 살짝 그녀의 손을 잡아당겼다. 서늘한 기운이 감도는 그의 손이 부드럽게 리에타의 목덜미를 감쌌다.

"……머리 숙여."

"네?"

"이런 데선 분위기 좋아지면 꼭 습격이 있거든."

콰앙! 동굴을 울리는 굉음과 함께 마수들의 두 번째 습격이 시작됐다. 수정 틈에 숨어 있던 박쥐들이 갑작스런 굉음에 놀라 요란한 소리를 내며 날아들었다.

"자세 낮춰요!"

사냥꾼들은 사제들을 재빠르게 뒤로 숨겨 보호하며 횃불과 근접 무기로 박쥐들을 쳐 냈다. 사냥꾼 몇몇이 목에 걸고 있던 호각을 입에 물었다.

"……!"

하피의 뼈로 만든 호각이 바람을 타고 공기를 울렸다. 사람의 귀에 들리지 않는 초음파에 박쥐들이 질겁하며 물러났다. 초음파로 직격당한 몇몇 박쥐는 귀에서 피를 흘리며 바닥으로 떨어지거나 벽으로 날아가 부딪혔다.

콰앙! 꽈르릉! 동굴이 크게 흔들리기 시작했다. 사냥꾼들이 박쥐를 쏘아 떨어뜨리며 자신만만하게 소리쳤다.

"그 정도로 무너지겠냐!"

쾅! 도발에 응하듯 땅이 흔들리며 동굴의 벽 한쪽에 크게 금이 갔다. 날카로운 소리와 함께 벽에 박힌 수정이 위에서 아래로 갈라지더니 거대한 낫을 닮은 반투명한 앞다리가 불쑥 들어왔다.

좁은 틈새로, 갈고리 같은 턱 위에 붙은 여덟 개의 보라색 눈이 인간들을 응시했다. 상아색 몸은 유리 파편처럼 반짝이는 날카로운 수정 조각으로 뒤덮여 있고 다른 다리보다 두꺼운 두 개의 앞다리는 깨어진 유리잔의 단면처럼 예리했다.

광물처럼 은회색으로 반짝이는 반투명한 몸 안에는 모래시계 모양의 영롱한 무지갯빛이 심장처럼 맥동하고 있었다. 오팔을 연상시키는 몸, 수정 거미의 여왕이었다.

"크기가 코끼리만 하다는 점만 아니라면 저것도 제국 칠 대 미색에 들어갔을 텐데."

한 사냥꾼이 중얼거렸다. 수정 틈새로 보이는 거미의 눈이 보랏빛으로 번뜩였다. 카드드득……! 앞다리로 부서진 동굴 틈새를 긁어 내리던 여왕 거미가 다시 은빛 앞다리를 들어 올리더니 거세게 벽을 내리찍었다.

쾅! 비스듬히 내리그은 앞다리에 수정 벽은 완전히 무너져 내렸다. 그 틈새로 여왕 거미의 절반 정도 되는 크기의 병정 거미들이 나타나더니 사람들을 향해 달려들었다.

"벌써 수정 거미가 나오네."

"조금 이르지만 나올 때가 되긴 했지."

사냥꾼들의 태평한 대화를 시작으로 난전이 벌어졌다. 사냥꾼들은 초음파를 만들어 내는 호각으로 박쥐들의 접근을 막는 동시에 빠르게 거미들을 처치해 갔다. 뒤편에 서게 된 사제들은 사냥꾼들을 방해하지 않을 정도로 물러나며 신성 마법으로 그들을 돕기 시작했다. 인간들과 마수들 사이로 화살과 초음파, 불과 거미줄, 독과 신성 마법이 뒤엉켰다.

거미가 내뿜는 독이 치이익 소리를 내며 동굴 바닥과 사냥꾼들의 장갑을 녹이는 것을 본 리에타가 침착하게 거미들을 응시하며 옆으로 손을 뻗었다. 리에타의 백금발이 화악 소리를 내며 사방으로 흩날렸다. 그녀의 몸을 중심으로 동굴을 환히 밝히는 광역 정화가 펼쳐졌다.

어둑한 동굴에 살던 박쥐들은 리에타가 펼친 정화의 빛이 눈부시게 사방을 밝히자 동요하며 시야를 확보하지 못하고 저희들끼리 부딪치며 헤매었다. 사냥꾼들은 밝아진 시야 덕에 빠르게 병정 거미들을 제거하기 시작했다.

거미줄이 끈덕지게 사람들의 발을 묶었지만, 강력하게 펼쳐지는 정화 앞에서 힘을 잃은 거미독은 사람들을 해하지 못했다. 리에타가 강력한 정화를 펼치는 동안 사제들은 공격 마법에 집중해 사냥꾼들을 보조했다.

박쥐들은 초음파에 속수무책으로 당하다가 동굴 바닥에 떨어지거나 달아났고, 사냥꾼들의 무기와 신성 마법 아래서 병정 거미들의 수는 빠르게 줄어들었다.

오래 지나지 않아 승기가 기울었다. 거미들은 독과 거미줄을 뿜어내며 분전했지만 공중과 바닥을 동시에 견제하는 사냥꾼과 사제 들의 협공을 당해 내지는 못했다.

사방으로 난사하는 거미줄과 거미의 체액이 끈적하게 달라붙으며 사냥꾼들의 움직임이 둔화되고 있었지만 병정 거미들이 줄어드는 속도가 압도적으로 빨랐다.

쐐애액! 새파란 검기가 병정 거미 서넛을 삼키며 여왕 거미를 향해 날아갔다. 까앙! 여왕 거미가 날카로운 앞다리를 휘둘러 검기를 쳐냈다. 단단한 표피의 곡면에 비스듬히 부딪친 검기가 방향을 틀며 동굴 바닥에 처박혔다.

여왕 거미가 두 개의 앞다리를 번갈아 내리찍으며 자신의 앞을 막아서는 킬리언에게 달려들었다. 여왕 거미가 집요하게 공격했지만 킬리언은 검의 각도만 바꿔 갖다 대며 전부 흘려 냈다. 그에게는 여왕 거미의 날카로운 낫도 이빨의 맹독도 닿지 않았다.

까앙! 비껴 맞기만 하던 검이 어느 순간 정면으로 격돌했다. 카드드드득! 중앙을 향해 내리찍은 여왕 거미의 앞다리와 빠르게 내려 벤 킬리언의 검이 교차해 힘겨루기를 하며 그 사이에서 불똥이 튀었다. 여왕 거미가 다른 앞다리를 쳐들어 킬리언을 찍어 베려 하는 순간, 거미의 옆에 큰 빈 틈이 생겼다.

쐐애액! 두 앞다리를 다 쳐든 여왕 거미의 빈틈을 향해 로난의 자벨린 이 날아들었다. 여왕 거미는 앞다리로 킬리언의 검을 밀어내며 물러나려 했으나 킬리언은 밀어붙이며 틈을 주지 않았다. 여왕 거미가 다리를 비틀 며 포효했다.

"쾌애애액!"

그 순간 다다다다닥 빠르게 달려든 병정 거미가 날아오는 자벨린을 정 면으로 받아 냈다. 턱부터 배 끝까지 완전히 몸이 관통당한 병정 거미는 즉사해 그 자리에 주저앉았다. 여왕 거미의 비명이 뚝 끊겼다.

쐐애액! 숨 쉴 틈도 없이 두 번째 자벨린이 날아왔다. 거의 동시에 두 개의 앞다리로 내려치며 강하게 밀어내는 괴물 같은 힘에 킬리언도 뒤로 밀려났다.

쾅! 자벨린이 빈 벽에 날아가 꽂혔다. 동굴 구석의 벽에 붙어 여덟 개의 다리로 빠르게 자세를 잡은 여왕 거미의 홑눈이 자벨린에 꿰인 병정 거미 에게로 향했다. 그 눈은 잠시 멈추었다가 슥, 동굴을 한 바퀴 훑더니 킬리 언에게로 돌아왔다.

보랏빛 안광이 번뜩이며 가만히 굳어 있던 여왕 거미가 앞다리를 넓게 벌린 채 동굴 바닥을 찍고 몸을 곤두세웠다.

"으르르르르……."

쩌적…… 쩌적……! 여왕 거미의 몸이 부르르 떨리며 몸속에 맥동하고 있던 모래시계 모양의 무지갯빛이 전신으로 퍼져 나갔다. 그러자 거미의 표피에 붙어 있던 수정들이 뾰족하게 곤두서기 시작했다. 마치 상처에 앉 은 딱지를 억지로 떼어 내는 것처럼, 수정이 일어난 자리에 상처가 나며 맹독성의 체액이 흘러내렸다.

여왕 거미의 몸이 호흡에 따라 크게 들썩이며 뿌연 연기를 뿜어냈다. 거미의 전신이 오팔 빛으로 물들었다.

"캬아아아아!"

사냥꾼 하나가 사제들과 리에타를 향해 낮게 말했다.

"조심하세요. 여왕 거미의 피는 정화가 거의 불가능한 맹독입니다. 저 독은 거미의 표피까지 녹입니다. 수정을 세웠다는 건 목숨 걸고 덤비겠다는 뜻입니다."

사제들이 눈을 휘둥그레 떴다. 거미의 표피를 녹인다고? 그럼 지금 자해 공격을 하겠다는 거야? 킬리언은 무표정하게 거미를 응시했다. 여왕 거미가 길게 포효했다.

"캬아아아아아앙!"

킬리언은 아무것도 달라질 것은 없다는 듯, 표정 변화 하나 없이 똑같은 자세로 검만 고쳐 쥐었다. 이미 병정 거미는 거의 남아 있지 않았다. 목숨을 건 여왕 거미의 마지막 수단으로도 이미 기울어진 싸움의 판도를 바꾸기는 어려워 보였다.

사람들은 몸을 긴장시키며 자신들이 지켜야 할 이들의 앞으로 나섰다. 무기를 거머쥐고 다시 전투를 준비하는 사람들 사이에 날선 긴장감이 흘렀다.

그러나, 다음 순간 벌어진 일은 뜻밖의 것이었다. 주춤거릴 망정 끝끝내 달아나지 않고 사람들을 공격하던 병정 거미들이 즉시 몸을 빼고 사방으로 도주하기 시작한 것이다.

거미들은 일사불란하게 달아났다. 사람들은 얼떨떨한 얼굴로 멀어지는 거미들을 쳐다보았다. 그들은 곧 여왕 거미가 패배를 예감하고 도주하라는 명령을 내렸음을 깨달았다.

여왕 거미는 온몸으로 피를 흘리며 금방이라도 달려들 듯 몸을 긴장시겼다. 그러나 가만히 자리를 지키고 서 있을 뿐, 인간들을 향한 공격을 감행하지는 않았다. 명백한 패색, 달아날 기회는 지금뿐이다. 여왕 거미는 그것을 알아챈 것이었다.

킬리언의 눈에 이채가 어렸다. 킬리언은 달아나는 거미들을 도륙하거나 여왕 거미를 공격하는 대신, 사람들과 여왕 거미의 사이에 가만히 서 있었다.

달아나던 병정 거미 몇이 도망치다 말고 여왕 거미 곁에 멈춰 서 더듬이다리를 바삐 움직이며 여왕 거미를 재촉했지만 여왕 거미는 달아나지 않고 그들이 들어왔던 동굴 틈새로 빠져나가는 병정 거미들의 뒤를 지켜섰다.

양측 우두머리 사이에 금방이라도 격돌할 듯 팽팽한 긴장감이 흘렀지만, 동굴 안의 절벽을 사이에 두고 마주한 채 그들은 침묵했다.

킬리언이 조용히 검을 쳐들었다. 그의 검에 새파란 검기가 어렸다. 킬리언이 검을 휘둘렀다.

쐐애액…… 콰앙! 강력한 검기가 동굴 벽에 벼락처럼 내리꽂혔다. 엄청난 소리가 나자 모두가 깜짝 놀라 쳐다보았다. 킬리언이 검을 휘두른 것은 여왕 거미가 있는 쪽이 아닌, 초소 방향을 향한 동굴의 아래쪽 벽면이었다. 킬리언은 망설임 없이 다시 같은 곳에 검을 휘둘렀다.

쐐애액…… 콰앙! 두 번째 검기가 동굴 벽을 부수며 관통했다. 큰 소리를 내며 동굴 바닥이 사선으로 길게 무너져 내렸다. 그 너머로 희미하게 깜박이는 불빛이 비쳤다.

킬리언이 검을 들더니 세 번째로 칼을 휘둘렀다. 이번에는 반대 방향으로.

쐐애액…… 콰앙! X자로 검기가 날아가 꽂히자 와르르륵 돌들이 무너져 내렸다. 사선으로 길게 나 있던 구멍이 단박에 사람이 드나들 수 있을 만한 크기로 뻥 뚫렸다.

그 덕에 폭포 옆에 자리한 초소가 확연히 시야에 들어왔다. 낮에 머물 렀던 초소의 두 배 이상 되는 규모에 든든하게 설치된 방어 겸 공격 시설 이 보였다. 모든 마수들과 인간들이 움직임을 멈추고 킬리언 쪽을 쳐다보 았다. 킬리언이 입을 열었다.

"로난은 여섯 명 추려서 남고 나머지는 초소로 가 야영을 준비해라. 이 이상 지체하면 루프스가 깨어나겠군."

뒤에 두고 온 아르젠 루프스의 존재를 잊고 있던 사냥꾼들이 퍼뜩 정신 을 차린 듯 로난이 즉시 사냥꾼들 틈새로 눈짓했다. 그의 지목을 받은 사 냥꾼들이 손을 들어 올리거나 모자를 살짝 벗었다 다시 쓰는 것으로 명령 을 받아들였음을 표했다.

"여, 영주님은요?"

리에타가 물었다. 킬리언이 답했다.

"난 여기 정리하고 따라가마."

사제들은 당황했지만, 사냥꾼들은 별다른 설명 없이도 상황을 이해한 듯 망설이지 않고 움직이기 시작했다. 뒤편에 남은 사냥꾼들은 다친 사람 들을 부축하고 거미줄에 발이 묶인 사람을 구출해 주며 빠르게 움직였다. 그들은 전투 능력이 낮은 사람들과 사제들을 먼저 챙겨 이동하기 시작했 다. 사제들은 영문을 모르는 얼굴로 명령을 따랐다.

여왕 거미도 움직이지 않고 조용히 그쪽을 응시했다. 마치 상대방을 기 다려 주기라도 하는 듯 킬리언과 여왕 거미는 마주 선 채 움직이지 않았 다. 묘한 광경이었다.

병정 거미들의 도주가 훨씬 먼저 끝이 났다. 여왕 거미는 마지막 살아 있는 병정 거미가 자신의 뒤로 물러서자 그 자신도 몸을 돌려 달아나기 시 작했다. 킬리언은 쫓지 않았다. 대신 그의 곁으로 여섯 명의 사냥꾼들이 모여들었다.

리에타와 사제들은 어렴풋이 상황을 이해했다. 킬리언과 여왕 거미는 그 짧은 순간, 서로 공격하지 않는 것을 잠정적으로 합의한 듯했다. 모호했지만, 알 것도 같았다.

그러나 그것이 모든 용서와 화해를 의미하는 것은 아니었다. 사람들이 빠져나가고 나면 킬리언은 저 사냥꾼들과 함께 이곳에 남아 여왕 거미를 추적해 죽일 것이다. 아마도, 병정 거미들과 죽은 거미의 뒤를 이을 여왕 거미까지는 섬멸하지 않고 살려 주겠지.

사제들은 달아나는 거미들의 뒷모습을 쳐다보았다. 여왕 거미도 그것을 알고 있을까?

킬리언은 가만히 서 있었다. 그는 자신의 사람들이 다 빠져나가는 걸 확인한 후에야 움직일 것이다. 그리고 아마도, 몸을 숨긴 여왕 거미는 병정 거미들을 떨쳐 내고 최후의 싸움을 준비하고 있겠지. 사람들의 이동은 조금 더 시간이 걸렸지만, 많이 지체되지는 않았다.

리에타는 멍하니 킬리언의 뒷모습을 바라보았다. 함께 남도록 지목받은 사냥꾼들이 횃불과 호각, 화살 따위를 챙기고 무거운 물건을 동료에게 넘기는 등 정비를 마치고 그의 옆에서 가볍게 몸을 풀고 있었다.

솔레이와 리에타를 포함해 마지막 사냥꾼들이 동굴 입구로 빠져나가기 직전까지 킬리언은 가만히 서서 움직이지 않고 있었다.

리에타는 멀거니 멈추어 섰다. 기분이 이상했다. 그가 가지 않았으면 좋겠다. 이상하게 불길했다. 거미들은 그리핀처럼 위협적인 마수도 되지 못하는 데다 사냥꾼들과의 전투에서 참패해 몇 마리 남지도 않았다. 여왕 거미도 그를 위협하지 못한다는 걸 조금 전의 전투로 확인했다.

이 동굴도 다른 위험이 숨어 있다기엔 깊이가 한정된 뻔한 구조였다. 거미들이 숨어 봤자……. 그녀 자신도 이 기분을 말로 설명할 수는 없었지만 걱정되었다.

사냥꾼들과 함께 동굴의 지도를 살피며 고개를 끄덕이고 막 어딘가로 움직이려던 킬리언이 문득 고개를 들었다. 그의 시선은 헤매지도 않고 곧바로 리에타에게로 향했다. 그는 불안한 표정을 하고 있는 리에타와 눈이 마주쳤다.

리에타는 무어라 말할 듯 입술을 달싹였다. 여왕 거미가 퇴각하고 있는데…… 꼭 추격해야 하나요? 어차피 많은 수의 병정 거미를 잃었고, 달아난 거미들이 다시 공격해 올 가능성은 낮은데. 그냥, 그냥 같이 초소로 가면……. 리에타는 단 한마디도 입 밖으로 내지 못했지만, 킬리언은 마치 들은 것 같았다. 그는 잠깐 미묘한 얼굴을 했다가, 거미가 달아난 동굴 틈새의 구멍을 한 번 힐긋, 쳐다보고는 훌쩍 뛰어내려 그녀의 앞으로 내려왔다.

그가 동굴을 빠져나갈 사람들 쪽으로 내려오자 몇몇 남은 사람들의 시선이 킬리언과 리에타에게로 향했다. 리에타는 멍하니 그를 올려다보았다. ……꼭 가셔야 하나요?

그녀의 표정에서 차마 입 밖으로 내지 못한 말을 읽은 킬리언이 곤란한 얼굴로 그녀를 바라보았다. 킬리언은 머리를 숙이며 리에타와 눈높이를 맞추고는, 그녀의 어깨 위에 손을 올려 한 번 두드려 주었다.

"괜찮아."

그녀의 걱정을 아는 듯, 가볍게 웃으며.

"오래 안 걸려."

리에타의 눈에 어두운 빛이 깃들었다. 걱정해 주는 것을 알았지만 그는 뒤에 위험을 남겨 둘 생각이 없었다. 수정 거미는 그들을 공격할 가능성이 높은 마수였다. 그리고 그는 그런 일을 부하에게 맡기고 뒤로 빠지는 성미가 못 되었다.

리에타도 알고 있었다. 그는 이 무리의 절대적인 지도자였고 자신이 내린 결정에 설명을 붙일 필요가 없는 사람이었다. 사냥꾼으로서 내리는 그의 결정에 토를 다는 사람은 없다.

이렇게 한마디라도 더 달래 주는 것도 놀랄 정도로 그녀에게 물러진 것인데. 그가 그렇게 하는 것이 낫다고 판단했다면 지금, 시간을 끌수록 그를 방해하는 것인데. 그러나 추슬러지지 않는 불안감에 입이 제멋대로 움직였다.

"계속 같이 있어 준다고 하셨잖아요……."

킬리언이 조금 놀란 얼굴이 되어 눈을 깜박였다. 킬리언 악시아스와 도저히 매치가 되지 않는 간질간질한 밀어에 모두가 입을 다물었다.

당황한 사냥꾼들은 크흠, 헛기침을 하며 저마다 동굴 사방에 붙어 있는 수정이나 돌멩이, 거미줄 따위를 쳐다보았다. 어쩔 줄 모르고 수줍은 분위기를 외면하려 애쓰는 동안 정적이 내려앉았다. 킬리언이 짧은 침묵을 깨며 웃음을 터뜨렸다. 그러지 않으려고 했지만, 참아지지가 않았다.

그는 리에타가 이렇게 종종 내뱉곤 하는 뜻밖의 말들이 너무 좋았다. 킬리언은 웃음기 남은 얼굴로 그녀를 바라보다가, 리에타의 머리를 끌어당겨 자기 어깨에 그녀의 이마를 기대게 했다.

리에타가 눈을 깜빡이며 숨을 멈추었다. 토닥. 그가 그녀의 등을 두드렸다. 작게 웃으며, 킬리언이 그녀의 귓가에 대고 귓속말을 속삭였다.

"밤이잖아."

킬리언이 웃음을 참으며 장난스럽게 덧붙였다.

"문단속 잘 하고 있어. 실수로 열어 주지 않게."

다른 사람들에게 들려주고 싶지 않아서, 그는 그녀를 품에 묻은 채 조그맣게 속삭였다.

"그대가 열어 주기 전까지만 문밖에 있을 거니까."

리에타는 멍하니 눈을 깜박이다 뒤늦게 '난 문 밖에 있을게.' 하던 소릴 떠올렸다. 아무 말도 하지 못했다. 킬리언이 리에타의 머리카락 위에 입 맞추었다.

"금방 올게."

리에타는 꽉 눈을 감았다. 킬리언이 웃음기 어린 목소리로 물었다.

"대답은?"

결국 리에타는 꾹 입술을 문 채 고개를 끄덕였다.

"……기다리고 있을게요."

킬리언이 그녀를 놓아주는 순간, 리에타는 망설임 없이 킬리언의 어깨를 끌어내리고 그의 이마에 입 맞추었다. 그를 잡아 두고 싶은 듯, 그 입맞춤은 평소보다 조금 더 길었다. 킬리언은 그녀의 입술이 닿아 있는 동안 눈을 감았다가, 그녀가 떠나가자 눈을 떴다. 리에타는 그의 어깨를 붙든 채, 많이 멀어지지 못하고 머물렀다. 그녀가 그에게 허용하는 거리. 킬리언이 그녀의 눈을 코앞에 두고 웃으며 다소 짓궂게 물었다.

"축성이야, 키스야?"

리에타가 꾹 입술을 물더니 툭, 그와 이마를 맞대고 눈을 내리깔며 속삭였다.

"오시면 알려 드릴게요."

리에타가 씩씩하게 웃으며 그와 눈을 마주했다. 그리고 나직이 답했다.

"그러니까 빨리 오세요."

킬리언은 저도 모르게 작게 탄식하듯 웃어 버렸다. 완전히 포로가 돼 버린다는 게 이런 건가. 그 어떤 전투에서보다 스스로를 재촉하게 될 것 같다는 생각이 들었다.

"……속으로 오십까지만 세."

그가 리에타의 살짝 흐트러진 머리를 정리해 주듯 쓸어내렸다. 그리고 그녀의 어깨를 짚고 솔레이 쪽으로 밀어 주었다.

"가."

리에타는 떨어지지 않는 발걸음을 떼며 물러났다. 마지막으로 솔레이의 손을 잡으며 몸을 돌리기 직전, 다시 한번 잠깐 머뭇거렸지만 더 이상 망설이며 명령을 거부하지는 않았다.

리에타를 마지막으로, 킬리언과 여섯 사냥꾼만 남겨 둔 채 모든 사람이 동굴 밖으로 빠져나갔다.

─◦◦◦◦○◦◦◦─

아르젠 루프스를 숨겨 둔 곳으로 돌아 나온 리에타 일행은 넋을 잃었다. 늑대가 잠들어 있어야 할 수레가 텅 비어 있었기 때문이다. 동굴 입구에 숨겨 둔 수레 안에는 루딘도, 아디프도 보이지 않았다. 사람들에게 손 인사라도 보내듯 활짝 열린 쇠창살 문이 바람결에 덜렁, 흔들렸다. 리에타를 포함해 모두가 말을 잃었다. 툭, 데구르르르. 빈 수레에 솔방울이 떨어져 굴러가는 순간, 모두가 동시에 말문이 터졌다.

"뭐야! 이거 어디 갔어!"

당황한 사람들이 서로를 마주 보고 빈 수레를 더듬으며 횡설수설했다.

"탈출한 건가?"

"그런가 본데요?"

"언제 탈출한 거지?"

가장 크게 당황한 사람 가운데 하나는 수의사였다. 그는 아르젠 루프스에게 알루치노를 투여한 책임자였기 때문이다.

"알루치노의 양이 부족했던 걸까요?"

한 사냥꾼이 던진 질문에 퍼뜩 정신을 차린 수의사가 답했다.

"겨, 결코 부족한 양은 아니었다고 생각하는데…….."

그는 자신의 말이 변명처럼 들린다는 걸 깨닫고 창백한 얼굴로 입을 다

물었다. 몇몇 사냥꾼들은 활을 움켜쥐며 주변을 경계했다. 주변의 은신한 마수를 감지하는 탐지기를 재빨리 꺼내 확인하는 사람들도 있었다. 그러나 탐지기에는 아무런 낌새도 포착되지 않았다.

한 사냥꾼이 철창 안에 들어가 손으로 온기를 재어 보았다.

"……싸늘해. 탈출하고 시간이 어느 정도는 지난 것 같아."

탐지기로 주변을 겨누어 보던 사냥꾼이 말했다.

"이 근처엔 없는 것 같아요."

주변을 경계하던 사냥꾼이 눈을 찌푸리며 말했다.

"깨어나서 달아난 건 맞는 거겠지?"

"그럼 그만한 걸 누가 물어 갔겠어요?"

리에타는 실감이 나지 않는 얼굴로 빈 철창 안을 바라보았다. 이렇게 끝인가? 떠나보내기 위해 시작한 여정이긴 하지만 헤어짐은 예상보다도 갑작스러웠다.

수의사도 빈 철창에 다가가 창살을 만져 보았지만, 할 수 있는 일은 없었다. 없는 늑대가 새삼 나타날 리 없었다.

"……달이 거의 차 있어서 아르젠 루프스의 힘이 강해진 상태였던 거 아닐까요? 평상시의 양보다 알루치노가 더 필요했던 것일 수도……."

"아……."

수의사가 초조하게 창살을 쥐었다 폈다 하다가 이내 고개를 떨어뜨렸다.

"……죄송합니다."

사냥꾼 하나가 끙, 소리를 내며 뒤통수를 긁었다.

"할 수 없죠. 이미 벌어진 일."

다행히 사냥꾼들은 수의사를 탓하지 않았다.

"우리가 시간을 지체하기도 했어. 전투 소리도 요란했을 테고."

그들 역시 루프스에게 알루치노를 투여하는 것을 참관했다. 투여에는 분명 문제가 없었다.

"다행히 공격해 오지는 않는 것 같네요. ······일단은."

탐탁지 않은 기색으로 입을 다문 채 주변을 경계하는 이들도 없지는 않았으나 대개는 수의사에게 잘못이 없다고 생각했다. 그만한 마수를 알루치노로 오랜 시간 마취해 본 경험은 사냥꾼들에게도 수의사에게도 전무했다. 어수선한 분위기를 정리한 것은 가장 단순한 한마디였다.

"······그럼 이제 어떡하죠?"

그들에게 당장 당면한 과제. 잠시 사람들 사이에 침묵이 내려앉았다. 사냥꾼들 중 하나가 멀뚱히 답했다.

"······어떡하긴. 방생했으니 가면 되지."

사냥꾼들은 멍하니 서로를 쳐다보았다. 그런가? 한 나이 많은 사냥꾼이 한숨을 푹 내쉬었다.

"······일단 초소로 가서 영주님 처분을 기다립시다. 혹시 모르니 방어 장치도 가동해야겠네요."

"웃싸쌰······!"

맨 앞에서 걸어가던 사냥꾼 하나가 쭉 팔을 뻗으며 유쾌하게 말했다.

"루프스가 탈출해 버렸으니 이제 우리 임무는 끝난 거 아닌가? 그럼 이대로 내일 늦잠이나 좀 자고 바로 악시아스로 돌아가면 되는 거 아냐?"

"아마도 그렇겠지?"

사냥꾼의 목소리에 숨겨지지 않는 즐거움이 묻어났다.

"와, 씨. 완전 꿀이군. 마수도 이 정도면 그냥 몸이나 좀 푼 정도고······."

녹초가 되어 그들의 뒤를 따르던 사제들이 떨떠름한 얼굴로 사냥꾼들을 쳐다보았다. 이 정도면 꿀인가? 그들의 앞에서 사냥꾼들이 두런거렸다.

"그러고 보니 대공 전하 따라간 녀석들은 수정 거미 배당도 받겠네. 여왕 거미라 그것도 꽤 비쌀 건데."

"그러게. 부럽다."

……지치지도 않는군. 저분들은 심장이 네 개쯤 되나. 사냥꾼들의 태평한 대화를 들은 사제들이 뒤에서 허허로이 너털웃음을 지었다. 어깨에 석궁을 걸친 다른 사냥꾼이 그들을 향해 핀잔했다.

"끝난 거 아니니 방심하지 마. 아르젠 루프스한텐 초소의 방어 장치 따위 우스울 거라고. 충분히 보복하러 올 수 있어."

처음 말을 꺼낸 사냥꾼이 어깨를 으쓱했다.

"글쎄, 과연 보복하러 올까요? 난 그 녀석들 이대로 안 돌아올 것 같은데."

다른 사냥꾼이 맞장구쳤다.

"사실 나도. 새끼도 데리고 무사히 돌아갔겠다, 뭐하러 위험을 무릅쓰고 우릴 공격하러 오겠어요? 그리고 말이야, 까놓고 말해 그놈은 우리한테 고마워해야 하는 거 아니에요? 명색이 고등 지능 생물이."

"이것들 빠져 가지고."

"킬킬킬. 형님도 솔직히 그렇게 생각하지 않아요?"

나이 든 사냥꾼이 핀잔하면서도 피식 웃었다. 사냥꾼들이 소탈하게 이야기를 이어 갔다.

"안 오겠지?"

"'안 온다'에 백 골드 건다."

"나도 '안 온다'에 백 골드."

"'온다'에 걸 놈 없나."

"없을 듯."

"그럼 내기가 안 되잖아."

사냥꾼이 으쓱하며 웃었다.

"아무튼 난 그놈들 잘 살았으면 좋겠네."

나이 든 사냥꾼이 혀를 찼다.

"쯧, 그런 소린 늑대한테 빚 있는 놈들 앞에선 말하지 마라."

"그 정도 눈치는 있수다."

한편으로는 어디선가 마수가 나타나지 않을까 경계해야 한다고 생각하고 있었지만, 대다수의 사냥꾼들과 사제들은 눈앞의 초소를 바라보며 드디어 쉴 수 있겠다는 기대감에 풀어져 있었다.

리에타도 조금이나마 표정이 풀어졌다. 사냥꾼들도 원칙을 따랐을 뿐, 모두 아르젠 루프스를 불신하고 루딘을 향해 적대감을 불태우고 있지만은 않다는 걸 알게 되니 마음이 조금은 편안해졌다.

그리고 그 누구도 동굴에 남은 사람들이 여왕 거미를 잡지 못할 거라거나, 무슨 일이 생길 거라고 걱정하지 않는 것을 보니 조금이나마 마음속 불안감이 누그러지는 것 같았다.

전투 사제들은 망연히 사냥꾼들과 리에타의 뒷모습을 쳐다보았다. 사냥꾼들이야 그렇다 치지만 리에타조차 조금도 지치지 않은 것처럼 보인다는 건 그들에게 다소 충격적이었다. 그녀가 전투 사제들만큼 격하게 움직이지는 않았다지만 광역 정화는 전투 마법 못지않게 신성력을 크게 소비하는 일인데 리에타는 너무도 멀쩡해 보였다. 안 힘든가?

"……한 달 동안 봉사 활동만 다니느라 좀…… 운동이 부족했던 것 같네요."

"……형제님도?"

전투 사제들은 애써 서로를 위로하며 지친 발을 옮겼다. 그러나 초소에 도착한 일행을 반기고 있는 것은 아르젠 루프스도, 달콤한 휴식도 아니었다. 맨 앞의 사냥꾼이 낭패한 얼굴로 뒤로 빠르게 물러나며 소리쳤다.

"조심해! 뱀이다!"

스스슷! 횃불 아래로 모습을 드러낸 뱀들이 빠르게 다가오며 머리를 쳐들었다.

"물러나, 물러나!"

사아아악! 뱀이 턱을 벌리며 사납게 독니를 드러냈다. 사냥꾼들은 재빨리 자세를 낮추며 검을 뽑아 들고 뱀들을 견제했다.

"……제기랄, 동면 직전에 한탕 하러 몰려나왔어? 왜 이렇게 많아?"

어둠 속에서 물결치듯 몰려드는 뱀의 수는 어림잡아도 백 마리가 넘어 보였다.

"마수인가요?"

"아니! 이건 그냥 독사, 윽, 젠장……!"

"머리, 머리를 눌러요!"

사제들이 어설픈 지식으로 지팡이 끝으로 뱀의 머리를 잡아 보려 애썼지만 아무도 성공하지 못했다. 뱀의 움직임에 익숙하지 못한 사람이 잽싸게 움직이는 사나운 야생 뱀의 머리를 지팡이 끝만으로 정확히 잡아 누르는 건 불가능했다.

샤아악! 뱀 하나가 튀어 오르며 리에타를 향해 달려들었다. 솔레이는 검을 뽑자마자 일격에 뱀의 머리를 날려 버렸다. 그녀가 리에타의 앞을 막아서며 목소리를 낮추어 외쳤다.

"지팡이 대 주지 말아요! 감고 올라오니까! 잡으려 하지 말고 가까이 못 오게 견제하면서 접근하는 놈들만 쳐 내요!"

몇 마리가 덤벼들다 몸통이나 머리를 잘리자, 뱀들은 섣불리 접근하는 대신 겹겹이 사람들을 포위하며 느릿하게 주변을 맴돌기 시작했다.

다문 입 사이로 갈라진 혀끝을 날름거렸다. 사람들은 뒤로 물러나 전열을 정비하려 했지만, 뱀들은 뒤쪽에서도 포위망을 좁혀 오며 그들을 몰아 넣고 있었다.

독니로 물어뜯는 것은 물리기 전엔 정화로도 예방할 수 없다. 게다가 뱀독은 악마와 무관한 자연적 질병에 속해 치유가 잘 되지 않는 경우도 있었다.

사냥꾼들은 더욱 신중하게 움직였다. 그들이 당장 선택할 수 있는 최선의 방책은 어떻게든 빨리 초소로 들어가 방어 장치를 작동시키는 것뿐이었다.

사냥꾼들은 접근하는 뱀들을 견제하며 최대한 초소를 향해 길을 냈다. 저마다 횃불을 낮추어 뱀들을 향해 겨냥하거나 칼을 겨누어 들고 조심스럽게 움직였다. 솔레이가 뱀들을 자극하지 않기 위해 낮춘 목소리로 조언했다.

"……누구든 초소로 들어가면 바로 방어 장치를 작동시켜요. 이 정도로 뱀이 모여들어 있다는 건 어딘가에 조종하는 마수가 있다는 거니까."

마침내 초소가 사정거리에 들어왔다. 사람들이 건물로 들어가려는 걸 알아챈 뱀들이 순간적으로 동시에 달려들었다. 준비하고 있던 사냥꾼들이 재빨리 칼을 휘둘러 제압하며 한순간 초소를 향한 길을 열었다.

철커덩! 잠겨 있던 초소의 문이 열렸다. 사냥꾼들이 가장 먼저 리에타와 사제들을 초소 안으로 밀어 넣으며 들어오려는 뱀들을 막아섰다.

"방어 장치 작동시켜요!"

킬리언 일행은 수정 거미가 사라진 동굴 안쪽으로 따라 들어가며 거미들이 남긴 흔적을 살피고 있었다. 사냥꾼이 눈에 붙여 조준하고 있던 석궁을 내리며 고개를 갸웃했다.

"······이쪽은 아닌 것 같습니다."

킬리언은 조용히 시선을 내려 바닥에 남은 흔적과 동굴에 흩어진 사냥꾼들을 바라보았다. 함께 온 사냥꾼들은 동굴 안에 거미가 남긴 흔적을 찾기 위해 여기저기 흩어져 있었다.

"병정 거미들이 여왕 거미의 흔적을 지우며 간 모양입니다."

로난은 어깨에 석궁을 걸치며 동굴 안쪽을 바라보다 말했다.

"······병정 거미의 개체 수가 그 정도라면 안에 아무래도 여왕 거미가 둥지를 틀었을 것 같은데요. 아예 둥지가 있을 만한 곳을 찾아볼까요?"

킬리언이 팔짱을 낀 채 조용히 로난의 뒷모습을 쳐다보았다. 로난이 고개를 돌리며 말을 이었다.

"동굴이 그리 깊지 않아 둥지를 찾는 데 오래 걸리지는 않을 것입니다. 둥지에 차세대 여왕 거미가 있을 텐데, 그건 추적해서 소탕하지 않으실 겁니까?"

킬리언이 가볍게 턱짓했다. "지도 가져와 봐."

로난이 품을 뒤적이더니 이내 지도를 꺼내 펼쳤다.

"이 동굴에서 둥지가 있을 만한 곳이라고 해 봐야······."

로난이 다가오며 고개를 들어 그의 눈을 마주하려 했다. 킬리언의 눈이 가늘어졌다. 다음 순간, 콱! 킬리언이 로난의 목을 틀어줘어 벽에 밀어붙였다. 쾅!

"큭!"

벽에 머리를 부딪친 로난이 킬리언의 손을 붙잡으며 숨 막히는 소리를 내었다. 사냥꾼들이 깜짝 놀라며 일제히 돌아보았다. 킬리언이 그들의 용병 대장을 향해 나직이 을렀다.

"너 누구야."

로난이 시뻘겋게 인상을 일그러뜨린 채 더듬거렸다.

"저, 전하. 왜, 왜 이러시······."

콱.

"커, 커헉······!"

더욱 강하게 틀어쥐는 킬리언의 손에 힘줄이 도드라졌다. 흔들리지 않는 서늘한 목소리가 공기를 울렸다.

"로난 어쨌어."

사제들과 함께 가장 먼저 초소로 뛰어 들어간 리에타는 재빨리 초소 안을 신성력으로 밝히며 이중문을 찾았다. 어디······ 어디에. 아! 저거다! 리에타는 얼른 이중문을 열고 들어가 방어 장치를 찾기 시작했다. 곧 검붉은 피가 장전된 방어 장치의 가동 스위치가 눈에 들어왔다. 얼른 그 앞으로 달려간 리에타는 스위치에 손을 대었다.

그러나 리에타는 그것을 작동시키기 직전, 본능적으로 손을 멈추었다.

"······?"

순간적으로 무엇인가가 그녀의 시선을 잡아끌었다. 초소의 벽에 그림 액자가 걸려 있었다. 물가에 앉아 있는 아름다운 붉은 머리 여자의 그림이었다.

"······."

······왜? 초소에 액자가 좀 걸려 있을 수도 있지. 머리 한구석에 그런 생각도 떠올랐으나 기묘한 위화감이 들었다. 이상한 물건이, 있을 리 없는 곳에 있다는 생각이 들었다.

그녀는 본능적으로 그것이 그곳에 있어서는 안 되는 물건이라는 걸 알아챘다. 굳어 있던 리에타가 주춤, 뒤로 물러났다. 그림 속 여자의 다리에는 무지갯빛으로 반짝이는 물결무늬 천이 감겨 있었다. 아니…… 물결무늬가 아니라…….

순간적으로 목 뒤가 선뜩했다. 등줄기를 타고 식은땀이 흘러내렸다. 리에타는 장치에서 손을 떼고 뒷걸음질 쳤다. 소름 끼치는 깨달음에 리에타가 홀린 듯 '그것'의 이름을 중얼거렸다.

"라미아."

히죽, 송곳니를 드러낸 그림 속 여자가 입꼬리를 올리며 웃었다. 여자의 동공이 세로로 조여들었다.

"눈치가 좋네, 스위티."

다음 순간 액자 안에서 새카만 손톱을 길게 기른 손목이 벼락같이 튀어나왔다.

"전하, 무…… 무슨……. 봐 주십……, 커헉!"

킬리언이 손아귀에 힘을 주며 그 목을 더욱 강하게 틀어쥐었다.

"아직 상황 파악이 안 되나 본데."

사냥꾼들의 안색이 변하며 모두가 무기를 꺼내 들었다. 킬리언이 나직이 속삭였다.

"피차 시간 낭비하지 않는 게 좋지 않겠나."

다섯 개의 활과 석궁이 빠르게 그들을 겨냥하며 들어 올려졌다. 사냥꾼의 얼굴에 암녹색 비늘이 돋아 오르며 그의 머리카락이 푸른색으로 바뀌었다. 사냥꾼의 하반신이 뱀의 것으로 변하며 킬리언의 팔을 휘감았다. 인간의 형상이 무너져 내린 거죽 틈새로 비늘로 뒤덮인 얼굴이 섬뜩하게 미소 지었다.

"……어떻게 벌써 알았지?"

킬리언이 검에 검기를 불어넣었다.

"로난 어쨌는지 말해."

뱀이 천진하게 웃었다. 끝이 두 갈래로 갈라진 기다란 혀가 매끄럽게 미끄러져 나와 입가를 핥았다.

"맛있었어."

그가 피식 웃으며 한쪽 눈썹을 들어올렸다.

"그래?"

킬리언이 뱀의 목을 향해 검을 내리쳤다.

새카만 손톱이 리에타의 목을 가르기 직전, 누군가가 리에타를 밀치며 그들 사이로 뛰어들었다. 카앙! 사방이 새카맣게 물들며 칠흑 같은 아공간이 펼쳐졌다. 은빛 폴암이 라미아의 손톱과 맞부딪치며 끼기기긱! 날카로운 소리를 내었다. 라미아가 거칠게 손을 거두며 크게 뒤로 물러섰다.

와당탕, 뒤로 쓰러진 리에타가 얼굴이 하얘진 채 고개를 들었다. 주저앉은 리에타 앞을 긴 머리카락의 남자가 막아서고 있었다. 그는 기다란 은빛 폴암을 빙글, 한 손으로 반 바퀴 돌리며 리에타를 공격한 보랏빛 라미아를 가로막았다. 그의 손에 들린 폴암의 끝이 라미아의 목을 향해 겨누어졌다. 라미아가 사납게 눈을 번뜩였다.

"참견하려는 것이냐. 늑대."

리에타의 눈이 커졌다. 늑대, 루딘은 아무 말 없이 폴암을 치켜들고 라미아를 향해 달려들었다.

'어머니, 저를 알아보시겠어요?', 내가 말하면 어머니는 '킬리언' 하고 불러 주실 것이다.

'제가 이만큼 컸어요' 하면 '그래 내가 작품을 낳았어' 하고 웃으실 것이다.

그러면 나는, '어머니는 하나도 안 늙으셨네요' 하고…… 어머니는 '많이 컸구나, 그런 소리도 할 줄 알고' 말씀해 주실 것이다.

'……아버지보다 이젠 제가 어머니랑 더 어울리겠는데요.'

킬리언이 고개를 숙이며 미소 지었다.

'아버지는 폭삭 늙으셨거든요.'

어머니가 웃어 주었다.

'어머, 싫어라.'

킬리언은 물끄러미 그녀를 바라보며 마주 웃었다. 어머니가 그리운 미소를 지으며 그의 얼굴을 향해 손을 뻗었다.

킬리언은 눈을 감았다.

"컥……."

녹색 비늘의 라미아가 배를 꿰뚫은 검을 다급하게 움켜쥐었다. 킬리언이 한쪽 입꼬리를 비틀어 올리며 서늘하게 웃었다. 그는 그대로 마수의 배에 꽂아 넣은 검을 잔인하게 비틀었다.

"아…… 악!"

관통당한 배가 헤집어지는 고통에 마수가 손톱으로 킬리언의 손을 틀어쥐며 덜덜 떨었다. 콰직, 킬리언이 그대로 라미아의 목을 틀어쥐고 벽에 밀어 처박았다. 시커먼 피가 동굴 벽에 흩뿌려졌다.

"……나한테 이걸 시도한 게 네가 처음일 거라고 생각하는 건 아니겠지."

라미아의 눈에 핏발이 섰다. 라미아가 고통으로 그의 팔과 어깨를 할퀴며 몸부림쳤지만 킬리언의 손은 꿈쩍도 하지 않았다. 상처가 벌어지며 검을 타고 흘러내린 피가 킬리언의 손을 시커멓게 적셨다.

'킬리언.'

'킬리언.'

'킬리언.'

'킬리언.'

'킬리언.'

사방을 에워싼 어머니의 환영이 비명처럼 그의 이름을 뇌까렸다. 킬리언은 그대로 라미아의 목을 틀어쥐고 나직이 속삭였다.

"이 장난질을 그만두면 고통 없이 보내 주마."

라미아가 비늘 덮인 하체를 버둥거리며 그의 손목을 틀어잡았다.

"컥, 커헉."

빠지직……. 자비를 요구하는 것인지, 더 이상 환영을 유지할 힘이 없는 것인지 사방에 펼쳐진 평화로운 환영 위에 검붉은 금이 갔다. 아름다운 미소가 깨진 거울에 비친 것처럼 일그러졌다.

후두둑……. 라미아의 머리 너머로 어둡게 점멸하는 아공간의 한가운데가 깨져 조각나 떨어졌다. 챙그랑! 이내 어머니의 환영이 어린 거울들은 산산이 부서져 내렸다.

킬리언은 눈길 한번 주지 않고 아무런 표정 변화 없이 라미아의 몸에서 검을 뽑아냈다. 배를 관통한 칼이 뽑혀 나가는 충격에 라미아의 몸이 크게 움찔했다. 상처를 막고 있던 검이 뽑혀 나가자 왈칵 피가 솟구쳤다. 라미아의 몸이 축 늘어졌다.

"헉…… 헉……."

라미아가 크게 숨을 몰아쉬며 자기 상처를 움켜쥐었다. 킬리언은 아무

감흥 없는 얼굴로 검을 쥔 손에 힘을 주었다. 검의 각도가 미세하게 비틀리며 화르륵, 파란빛이 검을 타고 흘렀다. 그대로 라미아의 머리를 거두기 위해 검을 든 손을 치켜드는 순간.

"영주님!"

벽 너머에서 들려오는 여자의 목소리에 킬리언이 얼어붙었다.

"오지 마세요!"

안색이 변한 킬리언이 멈춘 것은 정말 짧은 순간이었다.

그는 곧바로 깨달았다. 가짜다! 킬리언은 즉시 칼을 내리쳤다.

그러나 그 찰나의 동요로 충분했다. 라미아의 동공이 확 좁혀졌다.

콰직. 뜨거운 것이 배를 파고들었다.

"……!"

드드득……. 피부를 찢는 소리와 함께 암녹색 손이 더욱 깊이 밀고 들어왔다. 두 번째 충격에 울컥, 입에서 피가 터져 나왔다.

킬리언이 비명 한마디 없이 이를 악물었다. 라미아의 비늘 덮인 팔에 근육이 도드라지며 배를 뚫고 나온 손톱이 까드득, 비틀렸다. 붉은 피가 라미아의 손톱을 타고 팔로 흘러내렸다. 새파랗게 질린 얼굴의 라미아가 음산하게 입술을 핥으며 웃었다.

"……이걸 시도한 건 내가 처음이로군."

킬리언이 검을 틀어쥐었다. 라미아의 얼굴 위로 푸른 검광이 스쳤다.

퍽. 웃고 있던 라미아의 얼굴 절반이 그대로 날아갔다.

탱그랑……. 라미아의 머리를 내리그은 검이 바닥에 떨어졌다.

킬리언이 이를 악물고 자신의 복부에서 라미아의 손을 뽑아냈다.

털썩, 머리가 사라진 라미아의 시신이 벽에 핏자국을 남기며 미끄러지더니 둔탁한 소리를 내며 쓰러졌다.

"헉……."

킬리언이 입술을 짓씹은 채 피가 흘러내리는 복부를 내리눌렀다. 제기랄. 킬리언은 숨을 몰아쉬며 주변을 둘러보았다. 온통 어두웠다.

여기 어디야. 아직 동굴 안인가?

킬리언이 이를 악물고 상처를 누르며 고통을 씹어 삼켰다. 상처가 타들어 가는 것 같다. 차라리 타들어 가는 쪽이 낫겠군. 그럼 지혈이라도 될 텐데. 출혈이 멈추지 않는다. 빌어먹을 뱀독.

라미아가 언제부터 상황을 조종하고 있었는지 알 수 없었다.

분명 엉뚱한 위치로 흩어지도록 조종해 놨을 텐데. 길을 많이 꼬아 놨을까? 얼마나 오랫동안 잘못된 길로 온 거지? 너무 고립된 곳으로 나온 게 아니었으면 좋겠는데.

그는 힘겹게 주변을 살폈다. 어두워서 확인이 되지 않는다. 로난은, 다른 사냥꾼들은……. 지나치게 멀리 떨어진 게 아니어야 할 텐데.

"……."

로난을 먹었다는 건 거짓말일 거다. 시간상 불가능해. 그리고 라미아의 뱃속엔 그렇게 큰 걸 먹은 흔적이 없었다. 정신계 마수 놈들 쓰레기 같은 거짓말 하는 거야 새삼스러울 것도 없고. 다른 녀석들이 로난을 찾아냈을까?

핑, 순간적으로 균형 감각이 흔들리며 머리가 아찔했다. 킬리언이 비틀거리며 벽을 짚었다. 피로 축축해진 손에 차가운 냉기가 스며들었다.

"헉……."

숨이 가빠진다. 독이…… 괜찮아. 아직 괜찮다. 사제를…… 빨리. 자꾸만 생각이 아득하게 멀어졌다. 철퍽. 내딛는 발길에 자신의 피가 흥건했다. 제기랄, 피를 너무 많이 흘렸어. 이거 안 좋은데.

킬리언이 벽에 기댄 채 숨을 고르며 복부가 타들어 가는 고통을 삭였다. 움직일수록, 몸이 뜨거울수록 독은 빨리 퍼진다. 최대한, 최대한 몸을 식히고 나서…….

'오지 마세요!'

……빌어먹을. 마지막으로 들었던 리에타의 목소리가 귓속에서 메아리 쳤다. 가짜라는 걸 알아도 역시 저걸 당하고 나면 기분이 더럽다. 짜증나 는 마수들 같으니.

'오지 마세요!'

킬리언이 입술을 짓씹었다. 오지 말라고 할 리가 없잖아. 그런 말이 나 올 맥락도 아니었는데. 방심하다니, 멍청하게.

'오지 마세요!'

아니야. 리에타가 아니었다. 리에타는 괜찮아. 괜찮을 거야.

킬리언이 벽에 등을 기댄 채 꼭 눈을 감았다가 떴다. 눈앞이 캄캄하다. 혈관이 터질 듯 관자놀이가 쿵쿵 울린다.

'오지 마세요!'

내가 지켜 준다고 했는데. 내 뒤에 숨어 있기로 했는데. 그런 말을 할 리 가 없잖아. 빨리 오라고 했는데. 눈앞이 하얗게 점멸했다.

'오지 마세요!'

……제기랄, 지켜 준다고 했잖아. 오지 말라고 하지 마.

'오지 마, 킬리언!'

어머니, 난 그날의 당신이 마물이었던 것 같지 않아요.

벽을 짚고 일어서려던 킬리언의 손이, 흥건한 피로 인해 미끄러지며 아 래로 떨어졌다. 의식이 아득해지며, 그의 몸이 어둠 속으로 무너져 내렸다.

라미아가 신경질적으로 양손의 손톱을 교차시켜 루딘의 폴암을 막아냈다. 캉! 캉! 카드드득! 연이어 루딘의 공격을 받아낸 라미아의 손톱 중 하나가 깨져 나갔다. 뒤로 물러난 라미아가 이를 짓씹으며 신경질적으로 소리 질렀다.

"왜! 왜 방해하는 거냐!"

루딘은 대답하지 않았다. 그는 문답무용으로 폴암을 내리찍었다. 라미아가 몸을 비틀어 피하며 확 꼬리를 늘였다. 보랏빛으로 빛나는 뱀의 꼬리가 마법처럼 화악 길어지며 폴암을 받아쳤다.

카드득, 꼬리와 폴암이 맞닿은 채 미끄러지는 순간, 뱀이 홱 꼬리를 휘감아 폴암을 칭칭 얽어매었다. 그대로 라미아가 루딘의 왼쪽 어깨를 향해 손톱을 내리찍었다. 그러나 속박된 듯했던 폴암은 푸른 연기가 되어 흔적도 없이 사라졌다가 당연하다는 듯 루딘의 손안에 다시 나타나 라미아의 손톱을 맞받아쳤다.

까앙! 다시 라미아의 손톱 하나가 더 깨져 날아갔다. 격분한 라미아의 꼬리 끝이 송곳처럼 날카로워졌다. 바로 다음 순간 그것이 리에타를 향해 쏜살같이 쇄도했다.

루딘은 즉시 몸을 돌리더니 눈 깜짝할 새에 리에타를 안아 들고 뛰어올랐다. 리에타가 숨을 들이켜며 몸을 움츠렸다. 그녀가 있던 자리에서 송곳 같은 꼬리가 허공을 갈랐다.

이 모든 일이 단 몇 초 사이에 벌어졌다. 리에타는 무슨 일이 벌어지고 있는지 눈으로 따라가지도 못했다. 다만 그녀는 저를 품에 안은 남자를 알아보았다.

"루, 루딘 님."

처음으로 그녀와 눈을 마주친 루딘이 싱긋 웃으며 인사했다.

"리에타."

다음 순간 루딘의 몸이 눈부시게 빛나며 순식간에 하얀 늑대로 변했다. 엉겁결에 늑대의 등에 타게 된 리에타는 기겁하며 루딘의 목덜미의 은빛 털을 움켜쥐었다.

"크아아아앙!"

늑대의 입에서 서슬 퍼런 냉기가 뿜어져 나왔다.

"캬오오오오!"

라미아가 울부짖었다. 순간, 리에타는 몸이 공중으로 떠오르는 느낌을 받았다. 이윽고 리에타는 루딘의 등 위에서 사라지고, 다시 한번 뱀과 늑대가 격돌했다.

"잠겼어!"

"축성술사님이 안에 갇혔어요!"

리에타가 들어가자마자 잠긴 문 안에서 짐승 울부짖는 소리가 터져 나왔다. 사제들이 놀란 얼굴로 달려가 잠긴 이중문에 매달려 그것을 열려고 안간힘을 썼다. 그러나 금고처럼 꽉 닫힌 문은 꼼짝도 하지 않았다. 모두의 표정이 급변했다.

"리에타 님!"

"리에타 님, 대답해요!"

다급한 마음에 사제들이 달라붙어 저마다 힘을 썼다 신성력을 썼다 애를 썼지만 아무도 문을 열지 못했다. 새파랗게 질린 사제들이 미친 듯이 문을 두드리며 목이 터져라 그녀를 불렀지만 안에선 아무 대답도 돌아오지 않았다.

콰아앙! 불길한 파공음과 함께, 심상치 않은 마력의 기운이 폭발적으로 터져 나왔다. 뭔가 잘못돼 가고 있다. 사제들의 얼굴이 경악으로 파랗게 질렸다.

"리에타 님!"

키이이잉 콰앙! 우당탕탕. 뭔가 격렬하게 충돌하고 부서지고 무너지는 소리가 들렸다. 무슨 일이 벌어지고 있는 건 틀림이 없는데 안에서 대체 뭐가 벌어지고 있는 건지, 리에타가 무사하긴 한지 그 무엇도 알 수가 없었다. 사제들이 비명처럼 소리 질렀다.

"도와주세요! 리에타 님이!"

그때 문을 부수듯 열어젖히며 솔레이가 뛰어 들어왔다. 그녀는 초소 구석에 놓인 거대한 도끼를 집어 들고 달려왔다.

"비켜!"

그녀는 도끼를 들고 달려온 힘 그대로 그것을 크게 휘둘러 내리찍었다.

콰장창! 문의 절반이 작살났다. 다시 한번 솔레이가 도끼를 당겨 올리고 초승달 형태를 그리며 온몸으로 내리찍었다.

콰장창! 단 두 번의 일격에 문은 완전히 바스러졌다. 부서진 문으로 사제들과 사냥꾼들이 달려 들어갔다. 방으로 들어선 이들이 흠칫 멈춰 서며 창백하게 얼어붙었다.

빠져나갈 곳 없는 밀실. 엉망이 된 방 안은 아무도 없이 텅 비어 있었다.

와당탕탕! 리에타는 텅 빈 아공간에 내동댕이쳐졌다. 사방이 빙글빙글 돌았다. 정신이 하나도 없다. 리에타는 정신없이 고개를 들어 주변을 둘러보았다.

"……?"

고개를 들자 눈앞에 레몬색 눈의 흰 소년이 서 있었다. 반짝이는 은발을 가진 아름다운 소년이었다. 리에타는 황망히 소년을 올려다보았다. 소년이 손을 내밀었다. 리에타는 저를 일으켜 주려는 손을 잡을 생각도 하지 못한 채 망연히 소년을 바라보다 중얼거렸다.

"아…… 아디프?"

소년이 눈을 동그랗게 뜨더니, 하하, 맑게 웃고는 품에 안고 있던 조그만 것을 내밀었다.

"와앙!"

리에타는 깜짝 놀라 뒤로 나자빠지며 품으로 뛰어든 조그만 짐승을 내려다보았다. 흰 늑대가 헥헥 꼬리를 치며 마구 리에타의 얼굴을 핥았다. 분명히, 확실히, 의심할 여지없이 아디프였다. 리에타는 멍한 얼굴로 아디프를 끌어안은 채 눈앞의 소년을 바라보았다. 아디프를 안고 있다면 이 사람은…….

"……루딘 님?"

빙그레 웃으며, 언제나처럼 그녀의 이름으로 대신하는 인사가 돌아왔다.

"리에타."

틀림없는 루딘이었다. 리에타는 당황해서 입을 벙긋거렸다. 할 말이 너무 많아 무슨 말부터 해야 할지 알 수가 없었다. 대체 이게 어떻게 된 거지? 그 모습은? 라미아는? 다른 사람들은? 지금 여기는 어디……?

가장 먼저 나온 말은,

"……가, 가신 줄 알았어요."

리에타가 황망히 중얼거렸다. 소년 루딘이 빙그레 웃었다.

"우정을 회복한 친구에게 인사는 하고 갈 생각이었다. 헌데…….."

루딘이 살짝 고개를 꺾었다.

"여기에서 뱀 냄새가 나더군. 너희들, 이곳에 머물 생각이었던 것 같아서."

멀거니 루딘을 바라보던 리에타의 눈이 깜박였다. ……우릴 도와주려고? 소년 루딘은 말을 하다 멈추고 고개를 숙이며 손을 휘저었다.

"……그건 나중에. 한가롭게 이런 얘기나 할 때는 아니군."

루딘이 다가와 두 손으로 리에타의 어깨를 잡고 훌쩍 일으켰다. 리에타는 엉겁결에 그에게 붙들려 똑바로 섰다. 겨우 리에타의 허리쯤에나 올까 싶은 소년의 모습이었지만 그는 너무나 가볍게 리에타를 일으켜 바로 세웠다. 대롱대롱 리에타에게 매달려 있던 아디프를 소년 루딘이 안아 들었다.

"아우……! 우우!"

아디프가 신나는 얼굴로 리에타에게서 떨어지면서 제법 늑대 하울링 비슷한 소리를 내었다. 그런 직후 분홍 혓바닥으로 코를 핥는 건 영락없이 하룻강아지처럼 보였지만.

"이 모습의 '나'는 '루딘'의 일부로 이 공간을 유지하고 아디프를 보호하는 임무를 맡은 정신체다. 지금 '나'의 본체는 '밀레스'와 싸우고 있어서 움직일 수 없어. 그래서 널 도와줄 방법엔 한계가 있다."

"아우우……!"

루딘이 아디프를 안고 물러나며 허공에 딱, 손가락을 튕겼다. 그가 손을 움직인 자리에 몇 개의 어둡고 희미한 공간의 영상이 나타났다.

"……?"

아무것도 보이지 않는다. 이게 뭐지.

"정신계 마수끼리는 서로의 아공간을 감지할 수 있다. 다른 짐승의 영역을 알아보는 것 같은 개념인데. 지금 '내'가 싸우고 있는 라미아 '밀레스' 말고, 동굴 쪽에 다른 라미아가 있었다. 이름은 '벨가'. 방금 죽었으니 굳이 기억할 필요는 없다."

소년 루딘이 말을 이었다.

"그 '벨가'가 펼친 아공간 안에 너의 알파가 갇혀 있다. 마수가 죽었는데 아공간에 갇힌 사람이 빠져나오지 못하고 있다는 게 무슨 뜻인지 알고 있나?"

리에타는 멍하니 루딘을 바라보았다. 모르는군. 루딘이 말을 이었다.

"죽었거나 의식 불명이라는 뜻이다."

순간 리에타는 자신의 귀를 의심하며 반문했다.

"네?"

지금 내가 무슨 말을 들은 거지? 루딘의 목소리가 이어졌다.

"'밀레스'는 '벨가'가 방금 전 그를 죽였다고 말했다."

리에타의 얼굴에서 핏기가 가셨다. 지, 지금 누가……. 뭐?

"내 감각으로 느끼기에도 '벨가'가 죽었고, 그가 '벨가'의 아공간에서 빠져나오지 못하고 있다는 건 사실이야. '밀레스'도 그걸 느끼고 그리 말한 것 같고."

리에타의 얼굴이 새파랗게 굳었다. 피가 차게 식는 듯했다. 입술이 떨렸다.

"지…… 지금, 뭐……."

말을 하다 숨이 막힌 리에타가 헉 하고 헛숨을 들이켰다. 루딘의 말이 담고 있는 의미가 뒤늦게 머리를 강타했다.

"영주……님이 죽, 죽……."

……었다고. 더듬, 더듬, 뱉어 낸 몇 마디 말은 멀쩡한 단어 하나를 채 만들어내지 못했다. 심장이 멈추었다. 공기가 사라졌다. 딛고 있던 바닥이 무너져 없어진 기분이었다.

그럴 리가. 영주님이,

'그렇게, 쉽게…….'

죽을 리가 없어. 우뚝 멈춰 선 리에타의 안색이 새하얬졌다가, 새파래졌다가, 핏기 없이 굳어졌다. 아니, 아니, 알고 있다. 알고 있었다. 사람이 얼마나 쉽게 죽는지. 사람이 어느 날 갑자기 사라져 버릴 수 있다는 걸, 나는 알고 있었는데.

"……리에타?"

온몸이 덜덜 떨렸다.

"아……. 아."

루딘이 그녀를 불렀다. "리에타."

"아직, 아…… 아, 아직."

그에게 입은 은혜, 아직 하나도, 갚지 못했는데.

"나…… 나는."

그에게 받은 마음. 아직 하나도, 돌려주지 못했는데……!

귀가 쾅쾅 울리고 온몸이 떨리며 열이 올랐다. 제 몸에서 나오는 목소리가 자신의 것이 아닌 것 같다. 후두둑, 눈에서 인식하지도 못한 독한 눈물이 떨어지고 있었다.

문 앞에 있겠다고 했잖아. 오십, 오십만, 세면 온…… 다고. 오십만 세면 온다고 했잖아!

"리에타!"

의식 속으로 비집고 들어와 강제로 정신을 깨우는 목소리에 리에타가 퍼뜩 그를 바라보았다. 노란 눈이 패닉 상태에 빠지려는 그녀의 의식을 단호하게 잡아 세웠다.

"그 치는 쉽게 죽을 인간이 아니다."

빨려 들어갈 듯한 노란 눈동자가 리에타를 마주 보며 힘주어 말했다.

"내가 너를 그곳에 넣어 줄 수 있다. '그'를 끌고 나와라."

리에타는 눈물범벅이 된 얼굴로 멍하니 루딘을 쳐다보았다.

"이곳은 예지의 근원. 시간과 공간이 만나는 곳이고, 아공간과 현실 사이에 있는 틈새의 공간이다."

그의 목소리가 이어졌다.

"나는 이곳을 통해 라미아의 아공간에 개입할 수 있다. 내가 널 거기 밀어 넣어 주마."

리에타는 그가 무슨 말을 하고 있는 건지 거의 알아듣지 못했다. 다만, 루딘의 마지막 말만은 그녀의 뇌리에 선명하게 꽂혔다.

"네가 그에게 가거라."

"대장!"

마수의 덩굴에 사지가 묶인 채 벗어나려 애쓰고 있던 로난이 저를 향해 달려오는 사냥꾼들을 발견하고 몸에서 힘을 풀며 깊은 한숨을 내쉬었다.

"이런 젠장. 상황 종료냐?"

용병들이 다가가 그의 사지를 얽어맨 질긴 덩굴을 잘라 없애고 그를 내려주었다. 로난이 투덜거리며 분통을 터뜨렸다.

"망할. 대공 전하의 모습을 한 환영에 속았어. 끝나기 전에 돌아가서 나도 복수하려고 했는데. 뭐였어? 동굴 님프*냐?"

사냥꾼들은 초조하게 그가 갇혀 있던 암굴을 눈으로 살폈다. 로난은 몸에 붙은 풀들을 떼어내느라 사냥꾼들의 심상찮은 기색을 알아채지 못했다. 다만 그는 그들 사이에 킬리언의 모습이 보이지 않는다는 걸 이상하게 여기고 물었다.

"대공 전하는?"

◇◇◇◇
* 요정

사냥꾼이 반쯤 고개를 저으며 말했다.

"……대장이 그리 말하는 걸 보니 여기는 안 계시나 보네요."

로난이 피식 웃으며 눈을 찡그렸다.

"뭐야? 너희도 대공 전하랑 갈라진 거야?"

낙오자 그룹이네. 로난은 그들이 자기처럼 마수에게 속아서 다른 길로 빠진 녀석들이라고 생각했다. 그럼 대공 전하가 있는 다른 일행을 찾아 합류해야 한다. 그는 눈으로 없는 사람을 찾았다.

"합류 못한 사람은?"

사냥꾼이 답했다.

"대공 전하만 찾으면 됩니다."

'그럼 지금 위험한 사람은 없군.' 로난은 당연하다는 듯 안심했다.

"여왕 거미는?"

사냥꾼들의 얼굴이 미묘해졌다. 로난이 비로소 부자연스러운 공기를 느끼고 그들을 쳐다보았다. 그때, 그들이 있는 자리에 솔레이와 사제들이 들이닥쳤다. 솔레이가 로난을 발견하고 우뚝 섰다가, 나직이 그를 불렀다.

"대장."

그제야 로난은 뭔가 문제가 생겼다는 걸 직감했다. 처음 말한 사냥꾼이 그의 예감을 사실로 확인시켜 주었다.

"……일이 있었습니다. 지금은 정리됐습니다만 초소 쪽이 마수들 손아귀에 들어가 있었고, 축성술사님이 실종됐습니다."

로난이 눈을 부릅떴다. 누가 실종돼? 사냥꾼의 말이 이어졌다.

"대장을 길 잃게 한 건 동굴 님프 따위가 아니라 라미아였습니다. 대공 전하는 라미아와 함께 사라졌습니다. 동굴을 샅샅이 뒤졌는데, 어디에도 없어요. 지금 수색 범위를 확대해서 두 분을 찾고 있습니다."

로난의 표정이 굳어졌다.

라미아가 확 동공을 좁히며 아르젠 루프스에게 마력을 집중시켰다.

채앵! 그러나, 루딘이 들이받듯 튕겨내는 것으로 집중된 마력은 간단히 흩어져 찢겨 나갔다. 흰 늑대가 휙 고개를 저으며 공기 중에 남아 있는 마력의 잔상을 떨쳐냈다.

라미아 '밀레스'가 깨진 손톱을 움켜쥐며 이를 갈았다. 뱀의 몸 곳곳엔 이빨 자국과 날카로운 손톱자국이 나 있고, 상처에서 흘러나온 검은 피가 온몸을 적시고 있었다. 밀레스가 입을 열었다.

"뭐 하자는 거지? 루딘. 너와 내가 인간 하나를 사이에 두고 이런 싸움을 해야 하는 이유를 모르겠는데."

루딘이 처음으로 답했다.

"다른 식사를 알아봐라. 그 여자는 안 돼."

"왜?"

루딘은 잠깐 침묵했다. 그리고 답했다.

"그냥."

밀레스가 눈을 번뜩이며 새로 벼린 손톱을 날카롭게 세웠다. 루딘이 그녀를 바라보았다.

"계속할 셈이냐."

라미아는 개의치 않고 손톱을 세우며 자세를 낮추었다. 루딘이 담담하게 말했다.

"넌 날 못 이겨."

밀레스가 루딘을 노려보았다. 마법적 능력 면에서는 라미아가 근소하게 우위에 있긴 했으나 마법이나 힘 양쪽 모두 압도적인 아르젠 루프스 앞에서 무력의 차이는 명백했다. 그녀가 입을 열었다.

"너. 그 여자가 '첫 번째 사냥꾼'의 여자라는 걸 알면서도 감싸고 있구나."

키이이잉! 라미아의 눈이 노랗게 번뜩이며 뱀의 몸에서 검은 오라가 솟구쳤다.

"나는 그 여자의 피를 받아 벨가와 에키드, 코앙의 무덤에 뿌릴 것이다."

루딘은 그녀의 말에서 킬리언이 아직 살아 있다는 것을 직감했다. 그는 그것을 지적하는 대신, 조용히 푸른 오라를 피워 올렸다.

"네 뜻이 확고하다면 이제부터는 네 목숨을 취하기 위해 공격하겠다."

밀레스가 서늘하게 미소 지었다. "바라던 바다."

고오오오……. 그녀의 몸에서 피어오르던 검은 마력이 소용돌이치기 시작했다. 검은 오라가 휘몰아치며 밀레스의 몸을 새카맣게 뒤덮었다.

킬리언은 책장에서 뽑아 든 책을 눈앞에 가져왔다. 『죽은 자의 영혼은 어디로 가는가』. 그는 물끄러미 그 책 표지에 쓰인 제목을 바라보았다. 영혼이 있을까. 언데드가 되면…… 그 영혼이 신의 품으로 가지 못한다지. 그럼 어머니 영혼은, 돌아가시고 십 년이 넘도록 거기 있었던 걸까?

'황후…… 황후마마의 묘가.'

'쉿! 조용히!'

'그, 그럴 리가. 누가 감히 황궁에 있는 황후의 묘를 도굴한단 말입니까.'

'……사라진 도굴품은 없습니다.'

'아무래도…… 마물화의 가능성을 배제하진 못할…….'

'입조심하시오!'

'언데드가…….'

'언데드를……'

'사제들이 비밀리에 수색을……'

'아직도 발견하지 못한 것입니까?'

'아직도?'

'쉿.'

'쉿.'

'쉿.'

'황자 전하. 마음의 준비를 하십시오.'

'마물이 되었다면 더 이상 황후마마가 아닙니다.'

'우린…… 해야 할지도 모릅니다.'

길리우스 대사제. 내가, 어디까지 마음의 준비를 했어야 하나.

'신기하지? 말이 통해. 언데드인데 말이야.'

윌리엄이 킬킬대며 울부짖는 여자의 머리채를 잡아 젖힌다.

'킬리언! 나가!'

비명처럼 부르짖는 여자의 머리 위에 씌워져 있던 티아라가 바닥에 굴러떨어진다.

'하지만 언데드일 뿐이야.'

윌리엄이 검을 뽑아 들었다.

'지혜로운 네가 현혹되지 않도록, 우리가 도와줄게.'

리에타는 망연히 쳐다본다. 가녀린 몸뚱이 위에 칼이, 칼이, 다시 칼이 떨어진다. 그녀는 제가 죽는 줄도 모르는 듯 킬리언의 이름만 부르짖는다.

일방적인 유린. 피가, 살점이 사방에 뿌려진다. 마침내 비명마저 잦아드는 몸이 선혈이 낭자한 바닥 위에 힘없이 허물어진다.

리에타는 넋을 잃고 그 장면을 응시했다. 지금 무슨 일이 벌어지고 있는 거야. 그녀는 태어나서 그런 참혹한 살육을 처음 보았다. 저항하지도 않는 몸이 무자비하게 검 아래 짓밟힌다. 상상하지도 못한 장면에 공포와 거부감을 넘어서 넋이 나갔다.

언데드라고? 저것이? 그럴 리가. 그의 이름을 부르고 있는데? 기도실의 뽀얀 벽돌 위에 피가 흘러넘쳤다. 그 위에 떨어진 아름다운 티아라가 조롱하듯 붉은 자국을 남기며 데굴데굴 그의 발밑으로 굴러갔다. 한가운데 루비가 박힌 황금빛 티아라가 그의 발에 부딪혀 멈추었다. 리에타는 멍하니 그를 바라보았다.

'⋯⋯내가 앞으로 널 어떻게 도륙해 줄지 속삭여 줬더니 이 난리를 피우지 뭐야.'

윌리엄이 노래하듯 흥얼거렸다.

'그래 봤자 썩어 문드러질 시체 덩어리. 드디어 성불하게 해 줬으니 나한테 고마워해야 하는 거 아냐?'

그녀는 킬리언의 눈동자를 바라보았다. 그녀가 한 번도 본 적 없는 표정이 거기에 있었다.

'뭐야? 설마 지금 화내는 거야?'

윌리엄이 희열에 들떠 폭소했다.

'하하하하! 설마하니 이 마물이 정말로 지혜로운 황자를 현혹시킨 건가?'

윌리엄이 시체를 발로 걷어찼다.

'이 괴물이 달려들어 놀라는 바람에 황후마마인지 모르고 죽여 버린 걸 나더러 어쩌라고?'

윌리엄이 그의 앞으로 다가와 빈정거렸다.

'좀 봐주지 그래? 불쌍한 형제잖아? 나야 이름만 형제인 생판 남이라지

만 저쪽은 절반이나마 황제 폐하의 피가 섞인 이복동생이라고.'

킬리언, 당신에게 그날 대체 무슨 일이.

그가, 검을 뽑아 든다.

윌리엄, 나는 너를 오랫동안 참아 주었다. 그리고 그보다 오랫동안 후회했다. 너를 살려 두지 말았어야 했어. 그리고 아직까지도 후회한다. 그렇게 쉽게 죽여선 안 됐어.

다음 순간, 윌리엄의 머리가 황제와 황비의 발밑에 굴렀다.

황비 아베르사티. 그녀도 아는 얼굴이 새파랗게 질려 비명을 내질렀다.

'윌리엄!'

'정말 삶을 포기하기라도 하신 겁니까? 이러시면 저희도 도와드릴 수가 없습니다!'

킬리언은 침묵했다.

'무슨 말이든 하십시오, 무슨 말이든! 실수였다고 하십시오. 모르겠다고라도 하십시오! 무슨 말이든 믿어 드리겠습니다, 왜! 왜 아무 말도 안 하십니까!'

사제가 그의 발밑에 엎드려서 운다.

'전하. 제발……. 저희들이 황후마마 일이 슬프지 않아서 이러는 것이 아닙니다. 아시잖습니까. 언데드입니다……. 마물이라고요. 더 이상 전하의 어머니가 아니었습니다. 왜 그러십니까, 왜 그러셨습니까……. 전하께선 이러실 분이 아니시지 않습니까.'

리에타는 망연히 침묵하는 그를 바라본다.

왜…… 왜. 그들이 그분께 무슨 짓을 했는지, 왜 말하지 않아요?

아버지는 왜 그럴 수밖에 없었을까. 어머니의 시신을 시간 속에 박제한 채 내가 어머니의 나이를 따라잡도록.

산 사람은 살아야지. 떠난 사람은 보내 줘야지.

'힘들어 보이세요.'

별로.

'괴로워 보이세요.'

그다지.

'그리우세요?'

그게 언제 적 일인데. 어린애도 아니고.

'피곤하세요?'

아니.

'지치셨어요?'

아니.

'아프세요?'

아니, 나는 괜찮아. 나는 어머니의 죽음을 받아들였다.

어머니가 웃는 환영이 보인다. 끔찍한 환영은 보이지 않는다. '그게' 보이면 내가 화를 내고 환영을 깨 버리니까 대체로 달콤한 걸 먼저 보여 주거든. 그게 그렇게 생생할 수가 없다. 미소 짓고, 춤을 추고, 나이 들어가는 어머니가.

항상 이 달콤한 걸 잊지 못해서 깨어나고 나면 기분이 더럽다는 걸 알면서도 자꾸만 용의 계곡으로 발길이 갔었다. 그 순간만은, 정말 달콤하거든.

"영주님, 영주님……!"

리에타가 정신없이 무릎걸음으로 기어가 킬리언을 끌어안았다. 피에 젖은 몸은 시체처럼 차가웠다. 철퍽, 철퍽, 무릎을 적시던 바닥에 흥건한 것이 그가 흘린 피라는 걸 깨달은 리에타는 새파랗게 겁에 질렸다.

리에타는 허겁지겁 킬리언의 얼굴을, 목을, 가슴을 더듬었다. 간절하게 더듬어 봐도 호흡이, 맥박이 느껴지지 않는다. 굳게 닫힌 속눈썹, 드물게 눈을 감을 때면 부드러워지는 인상이, 그렇게 차갑게 느껴졌던 적이 없었다.

철렁 심장이 내려앉는다. 제발 숨 쉬어, 숨 쉬어요.

"안 돼요, 안 돼요……!"

울부짖는 리에타의 몸에서 신성력이 터져 나왔다. 리에타가 몸부림치듯 그를 끌어안으며 절박한 울음을 터뜨렸다.

"신이여, 신이시여. 뭐든 다 할게요. 무슨 짓이든 다 할게요, 제발."

이게 위험한 상태라는 걸 안다. 아무래도 좋고, 상관없을 것 같고. 그냥 다 놓아 버리고, 이 안온한 어둠 속에 녹아들고 싶은 기분. 킬리언은 눈을 감고 차가운 어둠에 기대었다. 좀…… 지치긴 하네. 리에타가 엷게 웃었다.

'곧 겨울이니까…… 준비할 게 많잖아요.'

가을에는 해야 할 일이 많다. 언제나 그랬다. 하지만 올해는 '하고 싶은' 일이 많았다. 실로 오랜만이었다. 킬리언이 그녀를 올려다보았다.

'그럼 일정 없을 때는 괜찮나?'

리에타는 바로 대답하지 않고 말없이 그를 바라보다가 살짝 고개를 숙였다.

'일정 없을 때…… 다시 물어봐 주시겠어요.'

킬리언이 웃었다. 모처럼 하고 싶은 게 생겼어. 그대와 하고 싶은 게 많아. 맛있는 걸 많이 먹고, 좋은 걸 많이 보러 다니자. 혹한기가 오기 전에 돌아다니려면 바쁠 거야. 시간이 얼마 없어. 옷도 보석도 예쁜 걸 많이 사 줄게. 보석이 싫으면 꽃도 좋겠지.

겨울이 오면, 악시아스의 겨울은 추우니까 샐러맨더 가죽으로 드레스를 만들어 줄까? 아. 그건 비늘로 덮여 있어서 취향을 타려나.

'어때? 비늘로 덮여 있는 가죽은 싫어?'

리에타가 눈을 동그랗게 뜨고 그를 올려다본다. 킬리언이 웃었다.

'그게 따뜻하긴 정말 따뜻하거든. 내가 용의 계곡에서 얼어 죽을 뻔했을 때, 난 그것 덕분에 살았어.'

리에타가 웃는다.

'많이 추우셨나요?'

킬리언이 작게 한숨을 내쉬었다.

'응. 북방의 겨울은 혹독하거든.'

리에타가 묻는다.

'많이 힘드셨어요?'

킬리언이 웃었다.

'응. 힘들었어.'

그대가 오기까지 오랫동안.

리에타가 우는 모습이 보인다. 젠장, 그동안 몰랐는데 산 사람의 환영은 기분이 몇 배는 더 더럽군. 킬리언이 그녀를 외면하고 고개를 돌렸다.

슬슬 돌아가야 하는데 늦지 않으려나. 너무 늦기 전에 일어나야 하는데. 며칠 후가 리에타 친구들의 결혼식이란 말이야. 이런 일로 늦으면 곤란해.

저벅……. 리에타의 환영이 그에게 다가왔다. 킬리언이 가만히 기대어 있다가 그에게 다가오는 환영을 쳐다본다. 킬리언이 손을 뻗어 리에타의 얼굴을 한번 톡, 건드려 본다.

"왜 울어."

그러자 리에타의 환영이 다가와 그를 안아 준다.

"……?"

킬리언이 눈을 깜박이다 본능처럼 그녀의 등을 안고 토닥였다.

뭔가 평소와 다르네. 산 사람의 환영이라 그런가. 그런데 왜 울고 있어?

"킬리언."

단호하게 부르는 목소리에, 킬리언이 얼떨떨하게 대답했다.

"응?"

리에타가 속삭였다.

"이제 그만 여기서 나와요."

"……?"

리에타가 그의 어깨에 얼굴을 묻으며 그를 꽉 끌어안았다. 그리고 그의 귓가에 속삭였다.

"오십이 한참 지났어요."

"쿨럭……."

킬리언은 피를 토해 내며 눈을 떴다.

"영주님, 영주님."

리에타가 그를 끌어안으며 울었다. 살아 있다. 다행이다. 살아 있다.

킬리언이 웃었다. 그러나 새어 나오려던 웃음은 신음이 되었다.

"……윽."

리에타가 퍼뜩 정신을 차리며 눈물범벅인 얼굴로 그의 상처를 눌렀다.

"어떡해……. 어떡해."

"괜찮아."

킬리언이 침착하게 제 손으로 상처를 누르며 말했다.

"괜찮아. 진정해."

그녀의 몸에서 눈부신 치유의 빛이 터져 나와 그를 감쌌다. 킬리언이 하아, 깊게 숨을 내쉬며 다른 손으로 리에타의 어깨를 밀듯이 짚었다.

"……무리하지 마. 괜찮아, 천천히."

리에타가 덜덜 떨며 다른 성질의 신성력을 끌어올렸다. 화악 청량한 기운이 몸을 감쌌다. 타들어 가는 듯하던 복부의 고통이 확연히 줄어들었다. 아, 정화. 그래, 목숨줄 붙여 놨으면 정화부터 해야지. 역시 똑똑한 여자야.

"하하."

킬리언이 작게 웃었다. 리에타가 젖은 눈으로 이를 악물었다.

"영주님, 웃지 마세요. 상처가 벌어져요."

목소리가 제법 엄격하다. 그녀에게 들은 중 가장 엄한 목소리인 듯하다.

킬리언은 여유롭게 웃었다.

"괜찮아, 천천히, 괜찮아."

그러나 생각과는 다르게 목소리가 잦아들고 있었다. 입이, 숨을 밀어내는 가슴이 잘 움직이지 않는다. 자꾸, 생각이 끊어진다.

눈앞이 어둡게 점멸한다. ……목말라.

킬리언은 눈을 감고 그녀의 팔 안에 툭…… 머리를 기댔다.

"……영주님?"

리에타의 얼굴이 창백해지며 다급하게 그의 어깨를 흔들었다.

"영주님. 영주님? 정신 놓으시면 안 돼요. 영주님?"

……알아. 괜찮다고, 걱정 말라고 말하고 싶은데 목소리가 나오지 않는

다. 그냥 잠깐만 이대로. 리에타가 다급하게 말했다.

"제게 주어졌던 루딘 님의 힘이 끝났어요. 이제 전 '그곳에' 못 들어가요. 이제 다시 잠드시면 깨어나지 못하실 수도 있어요."

어떻게 된 건진 모르겠지만 이제 그가 다시 환상에 빠져들면 리에타는 그를 돕지 못한다는 건 이해했다. 그렇구나, 루딘이 도와준 건가. 늑대 놈이……. 킬리언은 정신을 붙잡아 두려 애쓰며 중얼거렸다.

"……다른 사람들은."

"몰라요. 저 혼자예요."

킬리언이 가만히 눈을 떴다. ……정신이 번쩍 들게 해 주는군. 혼자라니. 위험하게……. 붙여 둔 사냥꾼들이랑 전투 사제들은 다 어쩌고…….

그는 눈으로 자기 무기를 찾으며 속삭였다.

"……어떻게 여기까지 왔어."

리에타가 떨리는 손으로 제 치맛자락에서 깨끗한 부분을 찢어 내며 말했다.

"저도 모르겠어요. 정신을 차려보니 여기였어요."

그녀가 찢은 천을 상처를 누르고 있던 그의 손 밑에 대어 주며 말을 이었다. "아공간을 넘어온 것 같아요. 루딘 님이 도와주신 것 같은데. 저도 잘 모르겠어요."

킬리언이 눈을 느리게 깜박였다. ……아공간을 넘어오다니. 악마도 정신체도 아닌 사람한테 그런 게 가능한가? 설령 되더라도 신성력을 쓰는 몸에는 엄청나게 무리가 갈 텐데…….

쿨럭. 복잡한 생각을 다 정리하지 못한 채 고통스러운 듯 잔기침을 했다. 복부의 부상에서 울컥 피가 솟는 게 느껴진다. 리에타의 얼굴이 확 굳었다가 정화를 멈추고 바로 치유 마법으로 바꾸어 다시 집중한다. 몸을 감싸는 기운에 몸이 따스해진다.

내쉬는 숨마다 하얀 입김이 보일 정도로 공기가 차갑다. 그런데도 리에타의 턱을 타고 주르륵 흥건한 물기가 흘러내리는 게 보였다. 킬리언이 리에타의 팔을 짚었다.

"……무리하지 마."

그의 상처에 완전히 정신을 빼앗긴 리에타는 듣지 못했는지 대답하지 않는다. 그의 목소리는 거의 속삭이듯 작아져 있고 신성력이 공기를 공명시키는 소리는 꽤 크다. 킬리언이 자신에게 신성력을 쏟아붓고 있는 리에타를 물끄러미 쳐다보았다.

입술이 새파란데. 킬리언이 손을 뻗어 그녀의 얼굴을 살펴보려다 멈칫했다. 이런, 손이……. 그는 피투성이 손을 거두며 갈라진 목소리로 물었다.

"……몸이 왜 이렇게 차."

리에타가 울 것 같은 얼굴로 그를 쳐다보며 웃는다.

"영주님이 훨씬 차거든요?"

"……그래?"

킬리언이 슬그머니 환자라는 핑계를 대며 중얼거렸다.

"……그럼 안아 줘."

리에타가 정화인지 치유 마법인지 모를 신성력을 퍼부으며 조금의 망설임도 없이 그를 끌어안았다. 하아, 킬리언이 그녀의 품에서 숨을 내쉬며 낮게 웃었다.

"……하나도 안 아프다."

"거짓말."

정말인데. 킬리언이 웃었다. 킬리언이 팔을 들어 리에타의 등을 감쌌다. 한동안 그러고 있다가, 나직이 중얼거렸다.

"……몸이 차."

둘 다 얼음장 같았지만, 큰 부상 때문에 열이 오르기 시작하는 킬리언에게는 리에타의 몸이 더 차가운 것으로 느껴졌다. 그걸 잘못 알아들었는지, 리에타는 허겁지겁 자기 망토와 겹옷을 벗더니 그의 몸에 살뜰히 둘러 주었다. 킬리언은 어이가 없어서 웃어 버렸다.

"……지금 뭐 해."

리에타는 그가 무어라 하든 신경 쓰지 않겠다는 듯 그를 한 번 쳐다보곤, 울음을 참는 얼굴로 꽉 입술을 앙다문 채 얼른 다시 치유 마법에 집중했다. 그건 그가 맞춰 준 옷이었다. 단순한 천 조각 하나가 아니라 마수 전리품이 들어간 물건이었다. 킬리언은 손을 어깨 뒤로 뻗어 그걸 도로 돌려주려다, 부상에 무리를 주지 않고는 불가능하다는 걸 깨달았다.

……잠깐이면 못할 건 없는데. 하지만 억장이 무너지는 듯한 얼굴을 보니 손이 선뜻 움직이질 않았다. 어깨 근처에서 멈춘 손을 꿈질대다, 그냥 리에타가 해준 대로 둔 채, 폭 한숨을 내쉬며 그녀를 품에 가까이 끌어당겨 안았다.

"……"

……내가 덮혀 주지 뭐. 리에타가 쏟아붓는 치유 마법이 서서히 그에게 스며들자 차게 식었던 체온이 돌아오기 시작했다. 몸의 온기를 되찾기 시작한 킬리언이 그녀를 끌어안고 따뜻하게 해 주었다. 얼음장처럼 차가워져 있던 리에타의 몸에도 서서히 온기가 옮아 왔다.

피투성이가 된 채 서로를 끌어안은 두 사람 사이에 은빛 신성력과 함께 미약하게 피어오르는 온기가 뒤섞였다.

"초소의 방어 장치에 치명적인 맹독이 장전돼 있었습니다. ……이 상태로 장치를 작동시켰으면 우린 지금 무사하지 못했을 겁니다."

사냥꾼의 손에 들린 플라스크 속의 검붉은 액체가 희미한 빛 아래에서 불길하게 찰랑였다. 사제들이 유리 벽 안에 찐득하게 흘러내리는 액체를 보고 믿을 수 없는 듯 반문했다.

"맹독이라고요?"

"네. 사제님들의 능력을 의심하는 것은 아닙니다만 사제님들의 정화 능력과 이 독이 대결할 필요가 없었던 것은 천만다행입니다. 몇 분 안에 사람을 죽음에 이르게 할 수 있는 마수의 혈독이거든요."

사제들이 아연한 얼굴로 침묵했다. 사냥꾼이 말을 이었다.

"방어 장치는 사람만 작동시킬 수 있으니 누구든 사람이 와서 그걸 작동시키도록 유인한 것 같은데, 작동되지 않은 걸 보니…… 리에타 님이 뭔가 이상하다는 걸 눈치채고 멈춘 듯합니다. 그 뒤 마수가 문을 잠그고 공격을 시작한 거겠죠."

사제들의 낯빛이 창백해졌다. 그 장치 앞에 선 게 나였다면 거기서 멈출 수 있었을까? 솔레이가 눈을 지그시 감았다 떴다. ……아무리 급해도 초소에 들어가기 전에 그곳이 안전한지 먼저 들어가 점검했어야 했는데. 나의 불찰이다. 한 사람의 실종이 아니라 집단 몰살로 이어질 수도 있었다.

그녀는 과거의 잘못을 곱씹는 대신 앞을 보았다. 지금 해야 할 일은 오직 하나, 최대한 빠르게 용의 계곡으로부터 그들을 무사히 돌려받는 것.

촤라락! 초소 앞의 간이테이블 위에 지도가 펼쳐졌다. 탁, 탁. 지도의 네 귀퉁이에 투명한 돌이 놓이고, 중앙에는 마법어가 쓰인 투명한 수정 피라미드가 놓였다. 지도 전체에 '화악' 하고 희미한 노란 빛이 퍼졌다. 사냥꾼들이 지도 주변으로 모여들었다. 솔레이가 입을 열었다.

"리에타 님이 사라진 방 안에 남은 흔적으로 미루어 봤을 때, 최소한 두 마리 이상의 고등 마수가 있었습니다. 그리고 그중 하나는 라미아인 것 같습니다."

"라미아요? 그건 대공 전하 쪽에 나타났던 마수 아닙니까?"

"처음부터 라미아가 둘이었던 거겠죠. 초소 인근에 나타났다가 사라진 독사 떼, 마력의 잔재, 부서진 벽에 남은 비늘 흔적과 독기. 라미아 외엔 생각할 수 없습니다."

다른 사냥꾼들도 이의를 제기하지 않았다. 사제들이 초조하게 입술을 축이며 물었다.

"둘 이상의 고등 마수라면, 다른 하나는요?"

"다른 하나는."

솔레이가 잠깐 입을 다물었다가 말을 이었다.

"아직 알 수 없습니다. 확실해지면 말씀드리겠습니다."

사제들이 더듬더듬 반문했다.

"그, 그럼 리에타 님은."

"라미아의 아공간으로 납치된 것 같습니다. 사람이 밀실에서 그렇게 사라진 걸 설명할 수 있는 방법은 지금으로선 그것밖엔 떠오르지 않네요."

사제들이 창백해진 얼굴로 이마를 짚었다.

"라미아가 둘이나 나타났다는 겁니까? 라미아가…… 그렇게 흔한 마수는 아니잖습니까."

"여긴 용의 계곡이니까요."

무거운 침묵이 내려앉았다.

"무사하실까요?"

"그러길 바라야죠."

지도 앞에 모여든 사냥꾼들이 지도를 훑으며 빠르게 말했다.

"리에타 님이 사라진 곳이 여기, 초소."

"대공 전하께서 사라지신 곳이 여기, 수정 동굴."

지도 위에 각각 상아색 돌과 검은색 돌이 놓였다. 킬리언과 함께 있던 다른 사냥꾼이 말을 받았다.

"라미아의 아공간 마법으로 사람이 물리적으로 이동할 수 있는 범위는 통상 이 정도."

사냥꾼의 손이 지도 위에 돌을 중심으로 두고 원을 그렸다.

"하지만 라미아가 둘 이상이라면, 그 범위는 급격히 넓어집니다."

사제들이 고개를 끄덕였다.

"거기까지 수색을 확대해야겠군요. 어디까지입니까?"

"……."

사냥꾼이 말없이 손으로 그려 보인 지역을 확인한 사제들이 눈을 크게 떴다. 사냥꾼이 두 손을 벌려 지정한 공간은 용의 계곡 전체의 삼 할에 달하는 공간이었다. 마수 사냥을 떠나는 사냥꾼들조차 사냥터로 거의 염두에 두지 않는 산맥 너머, 만년설이 뒤덮인 계곡과 산꼭대기, 절벽 너머 빙해 지역 일부까지 포함되어 있었다.

그들이 무사하든, 뭔가 잘못되었든, 지금의 이십여 명 남짓한 인원으로 이렇게 넓은 범위의 수색은 불가능하다. 사제들의 안색이 희게 질렸다.

저, 영주님. 악시아스에 돌아가면요. 일은 다 아랫사람들한테 미루고 저랑 놀아 주세요. 저 악시아스에 가 보고 싶은 데가 많아요. 시장에도 다시 가 봐요. 노점 요리도 다시 먹어 보고 싶어요. 연극도 다시 보고요. 영주님, 영주님.

"……."

킬리언은 말없이 그녀에게 몸을 기대고 있었다. 넘치도록 쏟아붓는 신성력이 더 이상 흡수되지 않고 겉돌자 리에타는 마법을 잠시 멈추고 그가 정신을 놓지 않도록 계속 말을 걸고 있었다.

"공예 거리에도 다시 가 보고 싶어요. 공방도 구경해 보고 싶고요."

"……."

"거기 말고도 제가 아직 모르는 곳도, 많이요."

불편한 자세를 조금 고쳐 앉으며, 리에타가 말을 이었다.

"저 악시아스를 아직 많이 돌아다녀 보지 못했잖아요. 벌써 악시아스에 온 지 반년이 넘었는데…… 너무 성이랑 집에만 있었던 것 같아요. 제가 아직 악시아스를 잘 모른다는 생각이 들어요. 더 잘 알고 싶어요."

"……."

킬리언이 아무런 말도 없이 움직이지 않자, 리에타가 불안해진 목소리로 그를 불렀다.

"……영주님?"

리에타가 퍼뜩 상체를 일으키며 그의 팔을 흔들었다.

"안 돼요, 잠드시면 안 돼요. 영주님, 영주님?"

킬리언이 리에타의 어깨에 이마를 묻은 채 갈라진 목소리로 중얼거렸다.

"응. ……듣고 있어."

리에타가 안심한 듯 작게 한숨을 내쉬었다. 그녀가 어둠 속에서 그의 손을 더듬어 쥐었다.

"꼭 말로 안 하셔도 되니까, 깨어 계신다는 표시로 그냥 가끔 움직여 주세요."

차가운 손을 거듭 감싸 쥐고 주물러 온기를 퍼지게 하며, 그녀가 말을 이었다.

"성에 놀러 왔던, 곧 결혼하는 제 친구들 기억하세요? 그 친구들이 내성에서 이 층짜리 잡화점을 하는데요. 제 집에 걸린 '축성술사의 집' 간판을 그 친구들이 선물해 줬거든요."

킬리언이 듣고 있다는 표시로 살짝 고개를 끄덕였다.

"거기 신기한 물건을 정말 많이 팔아요. 영주님께는 신기하지 않을 수도 있지만…… 그래도 같이 가 보면 재밌을 거예요. 그리고 내성에 옆집 아주머니께서 베이커리를 하시는데, 제가 정말 좋아하는 빵이 있거든요. 거기도 간 지 오래됐는데, 거기도 영주님이랑 같이 가 보고 싶어요."

킬리언은 침묵했다. 그는 다만 리에타의 손을 살짝 잡았다가 풀었다. 리에타의 말이 계속해서 이어졌다.

그녀가 하고 싶다는 것들, 보고 싶다는 것들, 악시아스를 더 잘 알고 싶다는 말들. 그 모든 것들을 함께 해 달라는 말들이 조곤조곤 흘러 들어온다.

킬리언은 멍하니 눈을 깜박였다. 차분하게 이어지는 그녀의 말을 들으며, 자신을 꼭 붙잡아 안고 있는 리에타의 팔을 바라보았다. 입에서 메마른 목소리가 흘러나왔다.

"……다 봤어?"

리에타가 멈칫했다. 그 반응으로 대답은 충분했다. 무엇을 다 봤냐는 말인지 언급하지 않았지만 둘 다 무얼 말하는지 알았다.

그렇구나. 의외로 아무 생각이 들지 않네. 그는 조용히 숨을 내쉬며 몸에 들어가 있던 힘을 뺐다. 몸에 힘이 들어가 있었다는 걸 그제야 안다.

"……있잖아." 킬리언이 중얼거렸다. "영혼이 있을까."

리에타가 가만히 어둡고 차가운 벽을 응시했다.

"……그게 정말 마물이었을까."

출혈 때문인가, 신성력 때문인가. 감각이 아득해서 꿈과 현실의 경계가 모호하다. 평소였다면 절대 하지 않았을 말. 대답이 필요해 묻는 말조차 아니었다. 그냥…….

"……영주님."

리에타가 가만히 그의 목을 끌어안으며 속삭였다.

"하고 싶으신 거…… 저랑 다 같이해요."

말의 끄트머리가 먹먹하게 떨리지만, 그 목소리의 심지는 흔들리지 않는다. 킬리언이 피식 웃었다.

"……내가 뭘 하고 싶은지 알고 다 하재."

그녀가 그를 더 깊이 끌어안았다.

"뭐든 좋아요, 뭐든."

리에타가 먹먹하게 중얼거렸다.

그가 언제까지고 기다려 준다는 말에, 나는 언제까지고 그가 거기 있을 줄 알았나. 사람은, 기회는, 언제까지고 기다려 주지 않는데.

그걸 잃을 뻔하고서야 안다. 이미 나는 당신이 아니면 안 되는데.

당신이 원한다면, 원해 준다면, 내가 당신에게 위로가 될 수 있으면…….

저와 함께 할래요? 내가 곁에 있을게요.

그것이 다시 내게 와서 핀다.

⊱────❈────⊰

리에타가 쏟아부은 치유 마법과 정화 마법이 다행히 기적적인 효과를 발휘했다. 고비를 넘긴 후, 킬리언의 부상은 빠르게 호전되어 갔다. 때때로 상처가 뒤틀리듯 욱신거렸지만, 몸 안에서 요동치던 뱀독은 확연히 기세를 잃었다. 무엇보다 결정적으로 상처가 닫히고 출혈이 멈추었다. 춥고 열악한 환경 속에서도 킬리언은 빠르게 회복해 가기 시작했다.

킬리언이 깊이 심호흡하여 통증을 가늠해 보았다. 아직 아문 부분이 약해서 격하게 움직일 순 없었지만 조심해서 움직이면 상처가 다시 터지지는 않을 정도는 되는 듯했다. 부상의 성질과 깊이를 고려하면 엄청난 회복

속도였다.

리에타가 치유의 진행을 지켜보며 주의 깊게 그의 안색을 살폈다. 태연한 표정을 뒤집어쓴 킬리언의 얼굴 밖으로는 고통 한 점 새어 나오지 않았다.

"……생명의 은인인데. 이 은혜를 어떻게 갚지?"

킬리언이 싱글거리며 농을 걸었다.

"은혜를 갚을 기회가 있을까?"

리에타가 피식 웃었다.

"누구 그대 찾아올 사절이나 원수 없나? 목숨을 빚졌으니 내가 이 은혜는 평생……. 다 안 되면 축복이라도……."

안색은 평소보다 창백할망정, 킬리언은 더 이상 몇 시간 전 죽을 뻔한 사람처럼 보이지 않았다. 그런 그를 보고 어쩔 줄 몰라 하던 리에타도 점차 안정을 찾아갔다. 눈이 마주칠 때마다 웃어 주며, 킬리언은 오랫동안 그녀를 바라보았다. 꽤나 한참 동안 눈물기가 가시지 않는 얼굴을, 그렇게 오랫동안.

"……영주님, 같이 계시던 분들은요?"

"모르겠어. 나도 정신을 차려 보니 여기에 있었거든."

"그럼 영주님도 여기가 어디인지 모르세요?"

킬리언이 가볍게 어깨를 으쓱해 긍정하자 리에타는 '저랑 같네요' 조그맣게 덧붙이며 차가운 벽에 등을 기대었다. 킬리언은 팔을 뻗어 그녀의 머리에 후드를 씌워 주며 말했다.

"너무 걱정하지 마. 친구들 결혼식은 늦지 않게 참석할 수 있게 해 줄게."

리에타가 작게 웃었다. 물론 참석할 수 있으면 좋겠지만, 조금 전까지 죽느냐 사느냐 생사의 기로에 서 있던 마당에 그런 게 문제일까.

그래도 그가 아무것도 걱정할 일은 없다는 듯 그리 말하는 게 싫지 않왔다. 리에타가 가슴 앞으로 다리를 끌어당겨 안으며 조그맣게 말했다.

"……그냥, 같이 무사히 돌아갈 수만 있으면 그걸로 족해요."

킬리언도 따라 웃었다.

"욕심이 너무 없는데."

태평하게 속삭이는 소리가 나긋했다. 리에타는 비로소 눈물기가 가신 얼굴로 말갛게 미소 지었다. 객관적으로 그들의 상황이 썩 좋지는 않았다. 하지만 숨소리가 들리는 것으로 족했다. 이 온기로 족했다.

그 이상은 아무것도 걱정되지 않았다. 아무것도.

"……이건 저희끼리 해결할 수 있는 일이 아닌 것 같습니다. 이 범위를 다 수색하는 건 지금 인원으론 불가능합니다. 악시아스로 돌아가서 기사단에 보고하고 도움을 요청하는 것이 좋지 않을까요?"

"기사단 사람들은 용의 계곡에서 도움이 안 됩니다. 도움을 요청한다면 차라리 용병 길드 쪽에 연락해서 사냥꾼들을 청하는 것이 나을 겁니다."

"하지만 사냥꾼들은 겨울이 가까워 대부분이 악시아스를 떠나지 않았습니까. 게다가 이번 일에 대해 호의적이면서도 실력이 있는 사람들은 이미 대부분 여기 모여 있어요."

사람들 사이에 난처한 웅성거림이 감돌았다. 솔레이가 지도 위에 놓인 수정 피라미드를 내려다보았다. 그것은 대대로 마수 사냥꾼인 그녀의 집안에 물려 내려오는 마법 도구였다. 용의 계곡에서 뿜는 생명력에 감응하여 지도가 희미한 금빛으로 반짝였다.

"……말씀하신 대로 우선 기사단을 청하죠."

사냥꾼들과 사제들의 시선이 그녀에게 집중되었다.

"대공 전하와 그분의 실질적인 반려가 실종됐습니다. 이건 기사단이 알아야 할 일이에요."

솔레이가 용병 대장 로난과 눈을 마주치며 말했다.

"기사들은 사냥꾼만큼은 못하다 해도 최소한 스스로를 지킬 수 있습니다. 그리고 무엇보다 그들이라면 눈에 불을 켜고 달려들어 수색에 협조해 줄 겁니다. 그러니까……."

잠깐 틈을 두고, 솔레이의 눈이 지도로 향했다.

"……일단 지원 요청을 하죠. 일각이 급하니, 성으로 지원 요청을 가는 인원은 최소한으로. 나머지 인원은 몇 개 조로 나누어 수색을 진행하도록 하지요."

마수인지, 짐승인지, 인간인지 알 수 없는 생명력이 가득한 용의 계곡이 그녀의 눈앞에 펼쳐져 있었다.

"……사람들이 저희를 찾고 있겠네요."

"그렇겠지."

그들이 있는 곳은 절벽에서 조금 비스듬하게 움푹 들어간 얕은 동굴이었다. 위협적인 마수로부터 완전히 몸을 숨길 만한 깊이는 되지 못했지만 날선 칼바람이나 비로부터 아슬아슬하게 몸을 피할 정도는 되었다. 맞바람이 칠 때는 바깥을 향해 열린 입구로 이따금씩 찬바람이 들어왔지만 그 정도는 견딜 만했다.

킬리언은 얼어붙은 피 속에 깊이 박혀있는 자신의 검을 힐끗 쳐다보았다. 말 그대로 순식간에 피가 얼어붙을 정도의 차가운 공기라 바닥에 흥건했던 피는 꽝꽝 얼어붙어 있었다.

발치에 떨어져 있던 그의 검도 피 웅덩이에 반쯤 잠긴 채 같이 얼어 있었다. ……꽤 힘을 줘야 뺄 수 있을 것 같은데. 지금 상태로는 무리인가. 그때까지 마수나 짐승이 튀어나오지 않았으면 좋겠는데.

"여기…… 수정 동굴이 아니네요."

리에타의 목소리에 킬리언이 고개를 들었다. 리에타가 신성력을 일으켜 주변을 밝히고 있었다. 그녀는 푸르스름한 기운이 도는 회백색 동굴 벽을 만져 보고 있었다.

"……그 근처조차 아닌 것 같아요. 애초에 수정 동굴 근방이라면 폭포 소리가 들렸을 테니까……."

그녀의 말대로였다. 킬리언도 이미 같은 결론을 내려 둔 참이었다. 물소리는커녕 나뭇가지 스치는 소리조차 들리지 않는다. 들리는 것이라곤 절벽에 휑하니 스치는 날카로운 바람 소리뿐이었다. 리에타가 가만히 중얼거렸다.

"꽤 높은 산인 것 같아요. 골짜기 사이로 바람 소리가 울리는 게……. 나무나 흙이 없는 산인 모양이에요. 저희가 있던 곳에선 많이 떨어진 것 같아요."

킬리언이 그녀가 보이는 뜻밖의 통찰력에 눈썹을 으쓱했다.

"감이 좋네. 그걸 알아들어?"

리에타가 시린 손을 움켜쥐고 호 입김을 불며 말했다.

"어릴 때 산에서 살았거든요."

"그래?"

리에타가 동굴 입구 쪽으로 상체를 내밀어 기웃거리며 말했다.

"제가 나가서 주변을 살펴보고 올까요?"

"뭐?"

킬리언이 퍼뜩 안색을 굳혔다. 리에타가 혼잣말처럼 중얼거렸다.

"먹을 걸 구할 수 있으면 좋을 텐데……."

"어딜!"

킬리언이 대번에 상체를 일으켰다. 윽, 순간적으로 환부를 죄는 통증을 목 아래로 씹어 삼키며 킬리언이 벽을 짚었다. 그가 다급하게 이어 말했다.

"가지 마. 이리 와, 내 옆에 있어."

리에타가 당황해 뒤를 보았다. 그의 모습은 동굴의 어둠 속에 잠겨 있어 잘 보이지 않았다.

"하지만 주변에 위험이 있다면 저희는 장소를 옮기는 게 좋을 텐데요. 저희는 이곳에 대해 아는 것이 너무 없어요."

킬리언이 딱 잘라 말했다.

"괜찮아. 상황이 그렇게 나쁘지만도 않고. 빨리 이리 와."

리에타는 머뭇거렸다.

"진짜 이 여자가."

킬리언이 급기야 벽을 짚고 몸을 일으켰다. 그제야 그가 무리하게 움직이고 있다는 걸 알아본 리에타가 눈이 커져서 달려왔다.

"벌써 그렇게 움직이시면 어떡해요!"

킬리언이 인상을 찡그리며 팔을 뻗어 손짓했다.

"빨리 이리 와."

그는 이미 벽을 짚고 동굴 입구 쪽으로 몇 걸음 걸어오고 있었다. 리에타가 달려와 그를 부축했다. 킬리언은 한숨을 내쉬며 그녀의 부축을 받는 척 그대로 리에타의 손목을 끌어 제 옆에 주저앉혔다.

자세를 낮춘 리에타가 다급하게 그의 옷을 헤치고 그의 상처를 살폈다. 미치겠네, 진짜. 킬리언이 푹 한숨을 내쉬고는 리에타의 어깨를 잡았다.

"산에 살았다면서 짐승 무서운 줄 몰라? 꼼짝도 하지 말고 내 옆에 있어야지. 내가 이 꼴이어도 그대 하나는 지킬 수 있……."

상처를 보고 울컥한 리에타의 눈에 순식간에 물기가 차올랐다.

"상처 터졌잖아요!"

그가 뭐라 말하든 들리지 않는 모양이었다.

"안, 터졌거든?"

"그럼 이건 뭐예요!"

"낫는 중인 거지 터진 거 아니야."

"영주님 정말……!"

"내가 다치면 그대가 치유해 줄 수라도 있지!"

리에타가 입을 다물었다. 이를 악무는 듯 킬리언의 턱이 굳어졌다.

"그대가 다치기라도 하면 난 아무것도 해 줄 수 없다고. 자기 자신을 치유하지도 못하잖아?"

킬리언이 입술을 축이며 벽에 기대었다. 그가 리에타의 어깨를 붙들고 힘주어 말했다.

"그러니까 말도 안 되는 짓 하지 마. 알았어?"

"……."

"내 뒤에만 있으라고."

리에타는 꾹 입술을 물고 고개를 숙였다.

"대답."

리에타가 고개를 숙인 채 끄덕였다. 비로소 한숨을 내쉰 킬리언이 리에타의 어깨를 쥔 손등 위에 자기 이마를 가져다 대었다. 잠시 그러고 있다가, 킬리언이 발치의 검 쪽으로 비스듬히 고개를 돌려 턱짓했다.

"……위험할 만한 게 있었으면 피 냄새가 났을 때 진작 덤볐을 거야. 마수든 짐승이든 피 냄새가 퍼지면 한도 끝도 없이 몰려드는 게 보통이니까."

킬리언이 얼어붙은 피 웅덩이 끄트머리를 툭, 발꿈치로 찼다. 완전히 얼어 턱, 하는 둔탁한 소리만 낮게 울렸다.

"이렇게 순식간에 얼어 버린 덕분에 짐승은커녕 벌레 한 마리 찾아오지 않고 있어. 간신히 후각에서 숨었는데 굳이 우릴 노출시킬 이유는 없잖아."

리에타가 작게 한숨을 쉬며 그의 팔꿈치를 쥐었다. 킬리언이 말을 이었다.

"……날이 밝으면 같이 나가 보자. 살펴보면 여기가 어딘지 알 수 있을 거야. 적어도 지금은 여기가 제일 안전해."

리에타가 납득한 듯 그의 시선을 따라가며 고개를 끄덕였다. 그런데도 킬리언은 리에타가 못 미더운지, 거듭 반복해 당부했다.

"아무 데도 가지 마. 지금 우리는 내가 좀 더 움직일 수 있게 될 때까지 숨죽이고 있는 게 최선이야. 그냥, 내가 그댈 지킬 수 있게 해줘. 알았어?"

"……."

리에타가 한숨을 쉬며 그의 어깨에 이마를 갖다 댔다.

"……말로만 하셔도 알아듣거든요? ……제가 뭐 말씀하시는데 싫어요, 하고 뛰쳐나가겠어요?"

"……젠장. 그동안 쌓은 역사가 있잖아."

"……."

리에타는 할 말이 없는지 시선을 피하며 '이젠 안 그래요' 조그맣게 중얼거렸다. 킬리언이 그녀의 머리를 헝클며 피식 웃었다.

신비로운 연청색 빛이 어두운 하늘 군데군데 곡선을 그리며 나타났다 사라졌다. 너른 하늘을 수틀 삼아 겹겹이 너울진 빛무리가 바람에 흔들리는 창가의 베일처럼 일렁였다. 보라색, 하늘색, 청록색……. 하늘에 불이 붙는다. 투명한 실크같이 너울진다. 우아하게 꼬리를 늘이며 하늘을 향해 아른아른 피어오르다 사라진다.

"……저게 오로라군요."

"응."

은회색과 초록색, 보라색이 맞닿으며 시리도록 푸르다가도 희미하게 노란색, 주황색이 섞일 땐 열정적이다. 수면 위에 미치는 어떤 아름다운 것의 그림자인 양, 높은 곳을 향해 번지듯 일렁이는 다채로운 빛의 잔상이 고요한 밤하늘 위를 수놓았다.

대륙의 7대 미색 중 하나로 꼽히는, 북방의 마력 오로라가 용의 계곡의 짙푸른 밤하늘을 내달리고 있었다. 그들은 나란히 앉은 채 동굴 입구 너머, 열린 하늘에 펼쳐지는 빛의 향연을 지켜보았다.

'아름답네요' 하는 소리는 차마 목에 걸려 나오지 않았다. 인간의 언어로 하는 찬탄이 무의미하게 느껴졌다. 태어나서 본 것 중 손에 꼽히게 신비롭고 아름다운 광경이었지만, 그저 리에타는 다리를 끌어당겨 안은 채 조용히 그것을 올려다보았다.

무수한 별 사이를 자유롭게 누비는 신비로운 빛. 인간을 겸손하게 하는 대자연의 불가사의한 광휘 아래, 리에타는 조용히 몸을 웅크리고 옆 사람의 온기를 느꼈다.

"……실제로 보는 건 처음이에요."

리에타가 가만히 중얼거렸다.

"어릴 때 책에서 이런 게 있다는 걸 보고 밤마다 창문을 열어 놓고 하늘을 봤던 기억이 나요. 추운 날엔 어쩌면 우리 동네에서도 볼 수 있지 않을까, 겨울엔 이렇게 추운데…… 하면서 맨날 창밖을 봤었는데."

킬리언은 물끄러미 리에타를 보다가, 그녀와 같은 것을 올려다보았다. 그녀의 말이 이어졌다.

"책에는 북방에서만 볼 수 있다고 쓰여 있었는데 그걸 어린 마음에 추우면 볼 수 있다고 착각했지 뭐예요. 사실 여기서만 볼 수 있는 건데."

킬리언이 낮게 웃었다.

"……할 법한 착각이네."

"그렇죠?"

리에타가 소리 없이 웃었다.

"그러다 한겨울에 밤새 창문을 열어 놓고 잠드는 바람에 굉장히 호되게 앓았어요. 엄청나게 혼이 났죠. 오로라를 보려고 그랬다는 소리에 다들 어이가 없어 하고…… 그걸 보려면 악시아스까지 가야 된다는 말을 듣고, 그땐 악시아스가 어딘 줄도 모르면서 언젠간 꼭 가 볼 거라고 생각했었는데."

뜻밖의 이야기에 킬리언이 고개를 돌려 그녀를 바라보았다.

"그랬어?"

"어렸을 때죠. 철들고 나선 아, 악시아스라는 데는 엄청 멀고 위험한 곳이구나, 하고 포기했었어요. ……그때는 악시아스가 사람 사는 곳이 아니었거든요. 악시아스 성이 수복되기 전 마수들의 땅이었을 때니까."

자기 무릎 위에 입술을 묻은 채, 약간 웅얼거리는 소리로 그녀의 말이 이어졌다.

"타니아 성녀님의 존재를 알게 되고 나선, 성녀님처럼 순례자가 되면 갈 수 있을지도 모른다고 다시 꿈꿨다가……. 사제가 되길 포기하고 나서는 다시 잊고 살았다가. ……그런데 결국 이렇게 보게 되네요."

킬리언도 조용히 하늘을 올려다보았다. 별이 한가득 쏟아진 하늘 위에 붓으로 일필휘지한 양 길게 늘어진 한 줄기 오로라가 일렁였다. 공작의 꼬리처럼 길고 화려한 날개를 물결치며 너울지던 하늘의 빛이 자유롭게 뛰놀듯 움직인다.

악시아스에서만이 아니라, 용의 계곡에서도 이 정도의 오로라를 볼 수 있는 날은 드물다. 운이 좋다는 생각이 들었다.

"오길 잘했네."

리에타가 무릎 위에 뺨을 기댄 채 고개를 기울여 물끄러미 그를 쳐다보았다. 그는 곧 제 실언을 깨닫고 어색하게 이마를 만졌다.

베테랑 사냥꾼이 목숨을 잃는 것은 가장 익숙한 곳에서, 가장 방심한 순간, 가장 위험하지 않다고 생각하는 순간. 킬리언 역시 그 법칙에서 자유롭지 못했다. 결과적으로 위기는 넘겼지만 리에타를 울렸다. 리에타는 말없이 그의 어깨에 툭 머리를 기댔다.

"……다치지 마세요."

킬리언은 침묵했다.

"불사신도 아니잖아요."

……불사신이 아닌 건 당연한데. 생전 처음 연약한 무언가로 취급받기라도 한 듯 생소한 느낌이었다.

"……얼마나 무서웠는데."

킬리언은 어딘지 머쓱한 기분이 되어 한쪽 눈썹을 올리며 말했다.

"그렇게 말하면 설레는데."

킬리언이 조금은 장난조로 리에타가 기댄 것을 슬쩍 피하며 툭 내뱉었다.

"너무 방심하는 거 아냐? 다음엔 안 봐준다고 했는데."

리에타가 물끄러미 그를 쳐다보다가 그의 눈가를 향해 손을 뻗었다. 킬리언은 가만히 눈을 내리뜬 채 그녀의 손이 다가오는 것을 바라보았다. 그녀의 손이 말없이 그의 눈썹을 매만진다. 어느 가을밤엔가, 잠깐 스쳤던 것보다 조금 더 길게. 그녀의 입술이 움직인다.

"……영주님이 놓아주지 않으셔서가 아니라, 저는."

그녀가 눈썹에서 조금 시선을 내려 그의 눈동자를 바라보았다.

"제 뜻으로 여기에 있어요."

시선이 교차한다. 어둠 속에서 맑은 하늘색 눈이 고요하게 그를 응시했다. 그는 살짝 아래로 눈을 내리깔았다가, 짙어진 시선으로 그녀를 바라보았다. 하늘색 눈 위에, 언제나와 똑같은 달빛 받은 속눈썹이, 지쳐서 이마에 달라붙은 머리카락이, 눈물기가 조금 남은 처연한 눈매가 새삼 숨이 멎도록 아름다웠다.

그녀가 온기를 전해 주듯, 그의 뺨을 양손으로 감쌌다. 그 손이 천천히 목으로, 어깨로. 스치듯 쇄골까지 내려간다.

"……."

……목이 탄다. 자신에게 닿은 채 조금 느리게 쓸어내리는 손길을 킬리언은 눈 한번 깜박이지 않고 지켜보았다. 그녀가 손을 따라 내려가던 시선을 가만히 올려 그를 바라보았다. 묘한 긴장감이 차가운 공기 위에 감돌았다.

그녀가 조그맣게 무어라 속삭였다. 킬리언이 그녀의 입술을 바라보다가 다시 눈을 쳐다보았다. 한마디 더, 그녀의 입술에서 흘러나온다.

"……."

그가 가만히 손을 올려 그녀의 목과 뺨을 감싸 쥐었다. 그리고 천천히 그녀를 향해 고개를 내렸다. 처음 닿는 순간은 차가웠다. 깃털처럼 내려앉은 차가운 입술이 조심스럽게, 그녀의 입술 윤곽을 덧그리듯 스치고. 이내 어둠 속을 더듬어, 그 안의 떨리는 열기가 희미하게 맞닿았다.

차가운 공기, 뜨거운 숨결.

가볍게 스치듯 가슴 시리도록 달콤한 찰나.

안타깝게 닿았던 것이 이내 이별한다.

파르르 그의 어깨를 짚고 내려간 긴 속눈썹이 떨린다. 작게 숨을 고르듯 내뱉는 호흡과 함께, 그녀가 안타까운 갈망이 담긴 눈을 들어 그를 바라보는 순간.

그녀가 원하는 것을 확신하지 못하던 남자의 마음이 그 눈 안의 열망을 본능적으로 읽어 낸다. 나직하게 긁히는 쇳소리와, 부드러워지려고 애쓰지만 어쩌지 못하고 조급해진 손길이 강하게 그녀의 몸을 끌어당겼다.

'축복해 주시겠어요.'

'키스여도 상관없고요.'

조심스레 닿았다가 떨어졌던 입술이 깊이 맞물렸다. 그 사이를 비집고 들어오는 찰나를 용납하지 못하듯 뜨거운 열기가 뒤얽혔다.

오로라 따위는 눈에 들어오지도 않았다. 세상의 그 어떤 아름다움도 그녀 앞에서 무의미했다.

오직 그녀만이 거기에 있었다.

쐐액! 캉!

"나야."

다짜고짜 휘둘러진 검을 아슬아슬하게 창으로 받아내며 로난이 말했다.

"아, 미안해요."

솔레이는 아무 표정 변화 없이 검을 뒤로 거두며 그를 외면하고 고개를 돌렸다.

"왜 기척도 없이 들어오고 그래요, 칼 맞으려고. 여기 용의 계곡 한복판이에요. 잊었어요?"

막사에 혼자 남은 솔레이는 지도 위에 놓여 있던 그녀의 물건을 갈무리하며 말을 이었다.

"라미아가 당신 흉내를 냈다면서요. 다른 데서도 그렇게 겁 없이 불쑥불쑥 머리 들이밀지 말아요. 가뜩이나 다들 예민한데 그러다 목 달아날라."

로난이 조용히 물었다. "할 거냐?"

솔레이가 대수롭지 않게 눈꺼풀만 내렸다가 올렸다.

"뭘?"

로난 쪽은 쳐다보지 않는다. 로난이 주의 깊게 그녀의 얼굴을 살폈다.

"……솔레이, 너."

그녀가 고개를 들어 그와 눈을 마주하며 로난의 말을 잘랐다.

"아는 척하지 마요. 몰래 영웅적인 일 좀 하려고 했더니 김새네."

"……나 아직 아무 말도 안 했는데."

"말하려고 했잖아."

로난이 어깨를 으쓱했다.

"이왕 핀잔부터 들은 김에 마저 말해도 되나?"

"해요."

로난이 원대로 하려던 말을 했다.

"위험한 방법은 맨 마지막에 시도해도 되잖아."

솔레이가 대답했다.

"어차피 무릅써야 하는 위험은 똑같은데 미적대느니 효과를 거둘 가능성이 가장 높을 때 해 보는 게 낫지 않겠어요?"

망설임 없는 대답에 로난이 짧은 한숨을 내쉬며 시선을 아래로 향했다.

"네가 이런 성격인 줄 몰랐는데."

"세한지송백歲寒知松柏. 사람의 진가는 위기가 닥쳤을 때 드러난다."

무표정한 얼굴로 멋들어지게 자화자찬을 날린 솔레이가 찍, 옆으로 침을 뱉으며 뚱한 눈매 위에 손으로 브이 자를 해 보였다. 로난이 입매를 늘어뜨리며 피식 웃었다.

"……사실 널 좋아했다면서 격하게 뜯어 말려야 할 것 같은 기분이 드는데."

솔레이가 가운뎃손가락을 들어 보이며 거침없이 비난했다.

"어딜 염치도 없이. 아저씨랑 내가 몇 살 차인데."

로난이 실소했다. 그는 고개를 절레절레 저으며 물었다.

"언제 할 거냐?"

"뻔한 걸 뭘 물어요. 내일, 보름."

"……뻔한지 아닌지 내가 어떻게 알아?"

"아, 그런가요? 난 또 다 알고 말하는 줄. 알려드려요?"

딱히 비밀도 아니라는 듯 쿨한 태도에 로난이 눈썹을 들었다 내리며 말했다.

"그래도 되고, 그러고 싶으면."

"어디까지 아는데?"

"너희 집안사람들이 그 물건으로 희한한 재주를 부릴 수 있다는 것만 알아. 아, 네 아버지가 그 짓을 시도하다 모종의 대가를 치르고 죽었다는 것도."

솔레이가 한쪽 눈을 치뜨며 찡그렸다.

"필요한 건 다 아네. 다른 용병들도 다 그만큼 알아요? 설마 다들 아는데 모르는 척하고 있었던 거야?"

"아니. 아마 그 정도 아는 건 나뿐일걸."

"흠."

그런가. 아버지와 로난은 가까웠으니까. 솔레이는 뺨을 긁적이다 어깨를 으쓱했다.

"아버지는 오버하다가 죽은 거고. 난 초개같이 목숨 버릴 생각은 없다는 거나 알아 두면 돼요. 내일 혹시 당신처럼 누가 들어오지 않는지 망이나 봐 줘요."

"왜, 네 진가를 만천하에 알리지 않고."

"오른손이 하는 일을 왼손이 모르게 하려고."

"오늘 제법 문자 쓰는데."

"영웅적인 일을 하려니 막 사람이 고상해지네. 죽을 때가 돼서 그런가."

로난은 빤히 솔레이를 쳐다보았다. 개인이 어떤 선택을 하든 참견하지 않고 존중하는 것은 용병들의 규칙이다. 그는 용병 대장이었다.

"네 여동생한테 남길 말은?"

"그동안 기사가 되는 거 반대해서 미안. 멋진 기사가 되길 바란다. 사랑해."

"……못 들어주겠네."

로난의 매정한 촌평에 솔레이가 코웃음 쳤다. 내 여동생을 들먹이는 속셈을 모를 줄 알고. 솔레이는 귀찮다는 듯 대꾸했다.

"디아나한테 유언 전할 일 없게 할 테니 신경 꺼요."

로난은 물끄러미 솔레이가 피라미드를 집어 든 손을 쳐다보다가 턱짓했다.

"……그거 간수 잘해라. 실수로 부숴 버릴지도 모르니까."

솔레이가 뜨악한 얼굴로 입을 벌렸다.

"미쳤나 봐. 나 좋아해요?"

"네 동생한테 그게 넘어가면 언젠가 네 동생도 시도할걸."

솔레이의 얼굴이 험악해졌다.

"죽여 버린다? 디아나 좋아해?"

대답할 가치도 없는 말이었지만 로난은 짐짓 웃어 보이며 받아쳤다.

"얘기가 왜 그렇게 튀나?"

그녀의 눈에 확 불이 붙었다. 제법 목덜미가 서늘해지는 살기에 로난이 어깨를 으쓱했다. 그 순간 우르르르르릉…… 땅 울리는 소리에, 로난과 디아나가 퍼뜩 고개를 돌렸다.

"발리스타 장전해!"

밖에서 사냥꾼의 외침이 들렸다. 다음 순간 두 사람은 동시에 밖으로 뛰쳐나갔다. 밖에서 사냥꾼들이 기민하게 움직이며 무기를 꺼내고 내달리는 소리가 들렸다. 또다시, 마수들의 습격이었다.

쾅쾅! 쾅쾅쾅! 한밤중에 요란하게 숙소의 문을 두드리는 소리에 깜짝 놀란 엘리제가 급하게 잠옷 위에 숄을 걸쳐 입었다. 동쪽 별채 여기사들의 임시 숙소인 독채로 가까이 다가오는 사람들의 기척을 느끼긴 했다.

하지만 저렇게 막무가내로 달려와 앞뒤 없이 숙소 문을 두드릴 거라곤 생각하지 못했다. 이 밤에 저렇게 급하게 '동쪽 별채' 여기사들을 찾을 이유가 뭐가 있지?

엘리제는 자신의 방에서 나와 빠르게 숙소의 현관으로 향했다. 허술한 잠옷 차림의 세이라도, 다른 여기사들도 하나둘 자신의 방에서 나와 복도로 나오고 있었다. 가장 먼저 문 앞에 도달한 엘리제가 벌컥 문을 열었다.

그녀는 문 앞에 서서 숨을 몰아쉬고 있는 검은 머리의 여자를 보고 눈을 휘둥그레 떴다. 그곳에서 살지 않는 그들의 동료가 평소보다 흐트러진 모습을 하고 문 앞에 서 있었다.

"라나?"

언제나 단정했던 차림의 차분한 마법사가 인사조차 건네지 않고 다급하게 안으로 뛰어 들어왔다. 그녀는 다급하게 주변을 두리번거렸다.

"지젤…… 지젤은?"

엘리제는 그녀의 난입에 당황하는 대신 안색을 바꾸었다. 라나는 저렇게 침착하지 못한 모습을 하는 사람도, 불쑥 돌발 행동을 하는 사람도 아니다. 그녀가 땀을 흘릴 정도로 뛰는 것도, 저런 초조한 표정을 하는 것도 처음 보았다. 뭔가 심상치 않았다.

"지젤은 이모님 뵈러 갔잖아. 왜? 갑자기 무슨 일인데?"

이모님을 보러 갔다는 건 영주님께 다른 비밀 임무를 받아 며칠 자리를 비웠다는 뜻이었다. 라나가 낭패한 표정으로 이마를 짚으며 창백한 얼굴을 했다. 세이라가 훌쩍 그들 곁으로 다가와 말했다.

"도와줄 일은?"

라나가 퍼뜩 그녀를 쳐다보았다.

"……리, 아니, 사람들."

"응?"

"용의 계곡에 간 사람들에게 나쁜 일이 있는 것 같아요."

세이라가 눈을 크게 떴다.

"그게 무슨 말이야?"

라나가 입술을 깨물며 서툰 억양의 제국어를 다급하게 쏟아냈다.

"가 봐야 해. 도움이 필요한 것 같아요. 무언가 나쁜 일이…… 가서 도와줘요. 나는, 용의 계곡에는 갈 수 없어."

자다가 봉창 두드리는 소리 같았지만, 여기사들은 마법사로서의 그녀를 신뢰하고 있었다. 세이라가 라나의 어깨를 쥐고 침착하게 물었다.

"기사들에게 말했어?"

"아, 아직."

세이라가 즉시 몸을 돌려 밖으로 달려 나갔다. 여자들이 빠르게 움직이기 시작했다. 라나는 우두커니 서 세이라가 짚었던 어깨를 무의식적으로 감싸 쥐고 있다가, 새삼스레 자신의 손을 들어 내려다보았다. 한때 화상을 입은 적이 있던, 지금은 깨끗한 손.

"……"

라나가 멍하니 그것을 움켜쥐었다.

몰려드는 마수들을 상대하는 사냥꾼들도, 발칵 뒤집힌 성의 기사들과 사제들도. 저마다의 방식으로 분투하며 실종된 이들을 찾기 위해 움직이기 시작했다. 모두가 두 사람이 마주했을 온갖 위험한 마수들을 상정하여 걱정했지만, 동굴 안에 틀어박힌 킬리언과 리에타가 마주한 가장 큰 위협은 살을 에는 맹추위였다.

동굴 바깥엔 마력 폭풍으로 인해 일어난 눈보라가 몰아치고 있었다. 그저 바람이나 불 때까진 이 동굴도 은신처로 그럭저럭 괜찮았지만, 폭풍이 휘몰아치기 시작하자 동굴 안은 거의 생지옥이 되었다. 그들은 생존을 위해 꼭 붙어 껴안은 채 극지방의 폭풍이 지나가길 기다렸다.

"잠들면 얼어 죽겠죠?"

슬프게도 킬리언은 부정하지 않았다.

"……계속 말 걸어 줘."

킬리언의 품속에서 생전 처음 만나보는 북방의 추위를 견디며, 리에타는 얼어 죽을 뻔했다는 킬리언의 말을 완벽하게 이해했다. 이런 곳에 혼자 있었다고? 겨울에? 추위에 대비된 옷조차 없이?

지금 그들은 둘이었고, 계절은 늦가을인데도 진심으로 죽을 것 같았다. 킬리언이 그 옛날에 얼어 죽지 않은 게 기적처럼 느껴졌다.

자꾸만 속눈썹에는 하얀 서리가 얼고, 숨을 조금이라도 빠르게 쉬려 하면 기도에 살얼음이 얼 듯 따갑고 시리고 고통스러웠다. 마수들의 마력이 훌륭하게 가공되어 담겨 있는 옷의 덕을 톡톡히 보고 있었지만, 그래도 굉장히 추웠다.

"저희 이걸 입고 오지 않았으면……."

"진작 예쁘게 언 얼음 화석이 되었겠지."

하하하, 웃을 일이 아닌데도 웃음이 나왔다. 시각이고 후각이고 우리가 잘 숨어 있어서 마수들이 없는 것이 아니지 않을까? 이 추위에 짐승이고 마수고, 발 달린 것들이 남아 있을 리가 없다고 리에타는 거의 확신했다.

"이렇게 추워 보기는, 난생, 처음이에요."

"금방 지나갈 거야. 새벽에 마력 폭풍이 지나고 나면 다음 날 아침은 그나마 푸근해."

"정, 말요?"

"뭐. 상대적으로 그렇다는 거긴 하지만. 믿어도 돼."

리에타가 작게 웃었다.

"그거 굉장히, 의욕이 나네요."

리에타의 몸에선 계속 빛이 났다. 피부를 아프게 하는 추위를 견디기 위해 거의 본능적으로 신성력이 나오고 있는 것 같았다. 킬리언은 리에타를 끌어안은 채 그녀의 팔과 등을 쓸어내리며 온기를 옮겨 주었다.

"……많이 힘들어?"

자세로는 리에타를 품에 넣고 감싸고 있다시피한 그가 훨씬 추울 텐데. 킬리언은 목소리 한번 떨리지 않는다.

"영주님은, 안 추우세요?"

묻는 말에 "나는 익숙해서 괜찮아" 대답한다.

리에타도 떨리는 몸을 참아 보려 했지만 킬리언은 참지 말라고 했다. 그편이 열이 나서 더 낫다고. 리에타는 아예 자기 자신을 내려놓고 떨었다.

"……악시아스의 겨울은, 이 정도가 보통인가요?"

이번에도 킬리언은 부정하지 않았다.

"영지랑 성은 겨울나기 준비가 잘 되어 있으니 이보단 낫긴 해."

킬리언이 리에타를 감싼 옷깃을 추어올리며 말했다.

"……많이 힘들면 역시 겨울은 다른 데서 지내고 오자. 영지민들 중에도 그렇게 하는 사람들이 많아."

리에타는 고개를 저었다.

"그래서 여쭤본 건, 아니에요."

킬리언이 그녀를 내려다보았다. 리에타가 띄엄띄엄 말을 이었다.

"겨울나기 방한 준비에, 예산 편성, 좀 더 조정해야, 할 것 같아서요."

킬리언은 나직이 웃음을 터뜨렸다. 곧 웃음소리가 잦아든다. 뒤엉키는 바람 소리, 어둠, 추위. 복잡한 표정 위로 하고 싶은 말들이 많이 스친다. 그중 하나가 입 밖으로 새어나온다.

"……미안."

떨고 있으면서도 리에타는 당차게 대답했다.

"뭐가요? 폭풍을, 못 멈춰서?"

"……."

킬리언이 그녀의 머리카락 위에 입술을 눌렀다.

"……그것도."

토닥…… 토닥. 심장 소리를 따라 천천히 그의 손이 그녀의 등에 닿았다가 떨어졌다. 신성력이 피어오르는 리에타의 몸이 킬리언의 품 안에서 희미하게 빛났다. 벽을 스치는 바람 소리와 어스레하게 사위를 밝히기 시작한 새벽빛 속에서 킬리언은 느릿느릿 리에타의 등을 도닥였다.

밤이 물러가고 새벽이 다가오고 있었다. 거친 폭풍도 잦아들었다. 동이 틀 무렵이면 으레 공기를 가르는 새소리가 없다. 모든 것이 얼어붙은 듯 고요한 새벽. 여명을 찬미하는 풍요로운 환영사가 없어도 아침은 오고, 오늘의 태양은 소리 없이 자신을 증명하고 있었다.

밤새도록 추위를 견디랴, 치유 마법을 쏟아부으랴 지쳐 늘어진 리에타는 편안해진 얼굴로 그에게 기대어 색색 여린 숨을 내쉬고 있었다. 킬리언이 혼잣말처럼 속삭였다.

"고마워."

잠들지 않았었는지, 가느다란 대답이 돌아온다.

"······뭐가요?"

"와 줘서."

리에타는 반쯤 앓는 결인 듯, 살짝 잠긴 목소리로 대답했다.

"······있어 주셔서····· 감사해요."

리에타는 퍼뜩 소스라치며 눈을 떴다. 깜박 잠이 들었다는 걸 깨닫고 순간 등골이 서늘해졌다. 이 맹추위에 중환자를 옆에 두고 잠들다니? 놀라서 순간 몸을 일으키며 "영주님" 하고 다급하게 그를 찾았다.

"······."

리에타는 몸을 일으키자마자 그를 발견했다. 킬리언은 리에타를 감싼 채 잠들어 있었다. 그의 잠든 얼굴 위에, 어느새 떠오른 아침의 햇살이 평화롭게 부서졌다.

눈 감은 얼굴에 순간적으로 철렁 마음이 내려앉았지만, 혈색이 돌아온 얼굴과 규칙적으로 안정된 숨소리, 따스한 몸의 온기가 느껴져 리에타는 한숨을 내쉬며 놀란 가슴을 쓸어내렸다.

휘이잉······ 간밤엔 날카롭게만 들리던 바람 소리가 햇살이 섞인 것만으로 부드럽게 들렸다. 살을 에는 추위를 증명하는 뿌옇게 김이 서리는 호흡마저 솜사탕처럼 보인다.

리에타는 제 생각이 우습다 생각하며 소리 없이 웃고는, 가만히 손을 뻗어 그의 속눈썹 위에 반짝이는 햇살을 가려 주었다. 그리고 그를 내려다보며 미소 지었다. 손바닥을 간지럽히는 따뜻한 숨결에, 그녀는 달콤한 이름을 속삭이듯 불러보았다.

"······킬리언."

그가 눈을 감은 채, 그녀의 허리를 감아 끌어당겼다. 눈을 크게 뜨며 리에타는 그의 품에 폭 파묻혔다. 리에타가 숨을 멈추었다. 슥 입꼬리를 올리며, 킬리언이 중얼거렸다.

"······빨리 여기서 나가자."

"······."

"친구들 결혼식 가야지."

리에타가 작게 웃음을 지으며 그를 마주 안고 대답했다.

"네."

킬리언은 품 안 가득 들어차는 달콤함을 끌어안으며 미소 지었다. 달다. 안락한 성 안의 침대보다, 숨이 턱 막히는 영하 사십 도의 꽝꽝 언 동굴 안이 더 포근하고 편안하게 느껴지다니 아무래도 미친 모양······.

리에타가 눌린 목소리로 그의 어깨를 두드렸다.

"······영주님, 숨 막혀요."

킬리언이 작게 웃으며 리에타를 더 세게 끌어안았다.

"앞으로 '영주님' 금지."

"무리하지 마세요."

"괜찮아."

"정말요?"

"정말 괜찮아."

빈말이 아니었다. 그는 정말로 괜찮았다. 킬리언은 가볍게 몸을 움직여 보았다. 희미하게 둔통이 남아 있지만 이 정도면 거의 일상적인 움직임에는 지장이 없을 것 같았다.

킬리언은 내심 리에타의 신성 마법에 놀랐다. 그도 자기 부상이 어느 정도인지 알고 있었다. 아무리 강골이어도 배가 뚫렸는데 하루 만에 움직일 수 있을 리가 없다. 사흘 정도는 일어나지 못할 걸 각오했는데.

하룻밤 사이에 이 정도로 호전되다니 내 여자는 재주도 좋지. 자기가 부린 재주를 아는지 모르는지, 리에타는 살짝 주먹 쥔 손으로 아랫입술을 만지작거리며 심각한 얼굴로 그의 상처를 들여다보고 있었다.

킬리언은 상의를 열어 둔 채 리에타가 안심할 수 있을 때까지 충분히 살펴보게 두었다. 들여다볼 것도 없었다. 상처는 이미 붉은 흔적만 남기고 완벽하게 아물어 있었으니까.

하지만 리에타는 좀처럼 마음을 놓지 못했다. 겉보기에야 다 아문 것처럼 보인다지만 그는 심각한 내상을 입었다. 그 안까지 정말 다 회복되었는지는 치유 마법을 쓴 사람으로서도 알 수 없는 일이었다.

"얼마나 움직일 수 있겠어요?"

"……곰 정도는 상대할 수 있을 것 같은데. 아직 검기를 운용하는 것까진 무리라 그보다 위험한 거라면 힘들겠지만……."

킬리언은 나직이 답하며 가볍게 몸을 풀었다. 리에타는 알 수 없는 표정으로 그를 올려다보았다. 곰 정도는 상대할 수 있다는 건 얼마만큼 괜찮다는 거지? 그럭저럭 괜찮다는 뜻인가 아직 안 좋다는 뜻인가 모르겠다. 애초에 기준이 너무 다르다. 리에타는 조심스럽게 그의 상처를 살펴보다 눈을 들어 물어보았다.

"제가 좀 만져 봐도 될까요?"

킬리언은 마음대로 하라는 듯 양손을 벌린 채 살짝 들었다가 내렸다. 리에타가 그의 앞으로 반걸음 다가갔다. 그의 얼굴을 한 번 올려다보았다가, 그의 복부를 향해 시선을 내린다. 자세를 낮추곤, 조심스럽게 손을 뻗어 그의 상처 위에 손끝을 가져다 대었다.

균형 잡힌 복근 위에 하얗고 가느다란 손가락이 살짝 스치듯 닿았다. 킬리언은 가만히 숨을 죽였다.

"……."

리에타가 살짝 힘을 주어 붉은 흔적이 남은 상처를 누르듯 짚어 보았다. 잠깐 손을 떼었다가, 힘을 빼고 손바닥 전체로 감싸듯 그의 상처를 조심스럽게 쓸어 본다. 킬리언은 아무 말 없이 그녀가 원하는 대로 하게 두었다.

차가운 손이 닿는 감각. 혼자만 아는 긴장감 위에 아슬아슬한 열기가 감돈다. 그녀의 손이 닿은 부분에서부터 간지럽고 저릿한 감각이 피어오른다. 제가 뭘 하고 있는지도 모르는 여자는 무방비하게 손을 내리며 그를 더듬었다.

"……."

가볍게 다문 입술, 투명한 눈빛. 리에타의 얼굴에 드러난 완벽하게 순수한 호의가 못내 아쉽다. 착각할 수가 없다. 그는 이제 그녀가 원할 때 어떤 얼굴을 하는지 알고 있었으니까.

염려와 걱정 외엔 아무 것도 드러나지 않는 말간 눈동자 위에, 서툰 열기를 어쩌지 못하고 갈망하던 지난밤의 푸른 눈동자가 겹쳐진다. 못 견디게 매혹적인, 다시 보고 싶은 얼굴.

손을 대고 살짝 쓸어내리는 감각에, 순간 방심하고 있던 킬리언이 미세하게 꿈틀하며 몸을 조금 뒤로 뺐다. 그가 움찔하는 것을 느낀 리에타가 상처에서 눈을 들어 그를 올려다보았다.

"불편하세요?"

"아니."

지체 없이 돌아온 킬리언의 대답은 단정했다. 평온한 표정에도, 단단하게 땅을 딛고 선 몸에도 그가 동요했던 흔적은 남아 있지 않았다. ……잘못 봤나? 아니, 아니다. 역시 아직 내상이……. 리에타는 손에 너무 힘을 주지 않도록 조심해야겠다고 생각하며 그의 상처로 시선을 내렸다.

"살살 할게요."

혹시 통증이 있으시면 말씀하세요, 덧붙이며. 우웅…… 소리와 함께 리

에타의 몸에 신성력이 감돌았다. 리에타의 손에 치유의 힘이 맺혔다. 그녀
는 멈추었던 손을 다시 들어올렸다.

……여기였나? 그녀가 주의 깊게 상처에 다시 손을 가져다 대려는 순간
킬리언이 탁, 리에타의 손목을 잡았다.

"……?"

눈이 동그래진 리에타가 얼떨떨하게 그를 올려다보았다.

"……거기까지 하지."

평소보다 낮게 가라앉은 목소리. 킬리언이 리에타를 내려다보며 싱긋
웃었다.

"정말 괜찮아."

"……그 얼음 속에서 칼을 꺼내신다고요?"

킬리언이 발끝으로 바닥의 얼음을 툭툭, 두드려 보며 말했다.

"어. 나가려면 무기가 있어야 하니까."

리에타도 그의 검이 잠겨 있는 장소를 바라보았다. 그의 검은 칼자루를
포함한 전체가 붉은 얼음 덩어리 속에 잠긴 채 얼어 있었다. 힐트 부분이
밖으로 나와 있었으면 좋았을걸. 저렇게 얼어 있으니 얼음 자체를 깨지 않
으면 칼은 꺼낼 수 없다.

어떻게 할까. 킬리언은 머릿속으로 생각을 굴렸다. 세게 밟아서 깨볼
까? 사실 그게 내 스타일이긴 한데.

"……설마 그거 밟아서 깨시려는 거 아니죠?"

"……."

리에타의 지적에 킬리언은 멈칫했다. 리에타가 쪼그려 앉은 채 물끄러

미 그를 쳐다보았다.

"아직 안 돼요."

"……알아. 나도."

……혼자 있었으면 해 봤을지도 모르겠지만. 뭐. 부상의 부위가 부위인지라 아직 몸이 그런 행동을 소화할 수 있을 정돈 아니었다. 그걸 시도하기엔 얼음이 너무 단단히 얼어 있었다.

적당한 얼음 덩어리가 있으면 깰 수 있을 것 같은데. 여차하면 고드름에 검기라도 불어넣어 얼음을 부수고 칼을 꺼낼 생각으로 킬리언은 적당한 얼음 기둥이 있는지 살펴보았다. 리에타가 폭 한숨을 내쉬고 얼음 속에 박혀 있는 킬리언의 검을 쳐다보았다.

"……?"

문득 그의 검 근처에 낯익은 물건이 시선을 잡아 끌어, 리에타가 눈을 깜박였다. 리에타는 어리둥절해져서 꾸물꾸물 앉은걸음으로 그쪽으로 다가갔다. 이건……? 리에타는 무의식적으로 손을 뻗었다.

쩡! 큰 소리가 나자 놀란 킬리언이 퍼뜩 뒤를 돌아보았다.

"……?"

혼비백산해 주저앉은 리에타가 놀란 토끼눈을 뜬 채 얼떨떨하게 그를 마주 보고 있었다.

"지금 뭘……."

킬리언이 말꼬리를 흐렸다. 킬리언의 검을 품고 있던 붉은 얼음 덩어리가 땅이라도 갈라진 듯 커다란 금이 간 채 부서져 있었다. 그 균열이 시작된 위치에 리에타가 어정쩡하게 팔을 뻗은 채 황망히 주저앉아 있었다.

그녀의 앞에서 얼음 속에 묻힌 물건이 우우우웅 강한 소리를 내며 신성력에 공명해 진동했다. 킬리언은 그제야 리에타의 양산을 발견했다.

"어……."

리에타는 제가 해 놓고 놀랐는지 당황한 얼굴이었다.

"그, 그냥 신성력을 집중시켜 봤는데……."

무자비하게 깨진 얼음을 내려다보던 리에타가 어색하게 손을 뻗어 자신의 양산을 움켜쥐었다. 하지만 의외로 쉽게 빠지지 않는지 이내 양손으로 붙들고 낑낑거리기 시작했다.

"……."

킬리언이 다가와 리에타를 뒤로 물리고 한 손으로 양산을 뽑아 주었다. 쩌억 소리와 함께 양산이 빠져나오며 헤집어진 얼음이 더 크게 부서졌다.

"……."

킬리언이 뽑아낸 양산을 리에타에게 건네주었다.

"아, 감사해요."

……감사 인사는 내가 해야겠는데. 얼음이 깨진 덕에 킬리언의 검은 힐트가 얼음 속에서 비죽 솟아나 있었다. 킬리언은 다시 허리를 굽혀 자신의 검을 움켜쥐었다. 쩌적! 얼음 파편이 조각나 어그러지며 검이 간단히 뽑혀나왔다.

"……."

마력 밀도가 높은 환경 속에 얼어 있던 얼음이라 신성력에 약한 건가? 리에타가 멍하니 양산을 내려다보았다. ……내가 이걸 들고 왔었나? 킬리언이 무기를 간단히 정비하는 동안 리에타도 고개를 갸웃하며 양산을 펼쳐보았다.

"……?"

……꽃이 원래 이만큼 퍼져 있었나? 양산의 테두리에만 흐드러져 있던 연보랏빛 꽃이 이상하게도, 중앙을 향해 조금 늘어난 것처럼 보였다.

"가자."

어느새 훌쩍 다가온 킬리언이 손을 내밀었다. 리에타가 얼떨떨하게 시선을 들어 올렸다. 벌써? 뭔가……. 좀 더 신중하게 의논이나 계획 같은 걸 하고, 하다못해 마음의 준비라도 좀 더 하고 떠나야 하는 게 아닌가? 조난 당한 사람이 아니라 어디 집 앞에 산책이라도 나왔다가 이제 들어가자는 것 같은 말투였다.

리에타가 그의 손을 마주 잡고 몸을 일으켰다. 그들은 곧바로 활짝 열려 있는 동굴 입구로 발걸음을 옮겼다. 아무런 지표 없이 온통 새하얀 설원이 그들의 눈앞에 펼쳐졌다. 그 누구도 밟지 않은 백지 같은 눈밭. 한낮의 햇살을 받아 반짝이는 완전무결한 설원은 눈이 멀 듯 희었다.

리에타는 잠시 눈이 부신 듯, 눈을 감았다. 잠깐 동안 그렇게 눈을 감고 있다가, 조용히 눈을 떴다. 그리고 망망대해같이 펼쳐진 순백의 눈밭을 다시 한번 눈에 담았다. 그저 막막한 하얀 지평선…….

……어디로 가야 하지? 순간 그런 생각이 들었지만, 눈이 마주치자 그가 미소 지었다. 그녀를 잡고 이끌어 주는 손길에 리에타는 햇빛이 나리는 동굴 밖의 설원으로 발을 내디뎠다.

"겨우 두 개 조로 나누는 것으론 수색의 효율이 너무 떨어지지 않습니까? 저희가 살펴야 할 곳이 그렇게 넓은데……. 게다가 간밤의 수색은 결국 아무런 성과가……."

사제들이 초조해하는 태도로 묻는 말에, 로난은 고개를 저으며 원칙을 내세웠다.

"이 인원으로 두 개 조 이상은 무립니다. 대형 마수가 나타날 경우, 최소한 그 정도 인원이 있어야 대응할 수 있으니까요."

"그렇지만 지금은 비상사태 아닙니까."

마음이 급해 보이는 사제들에게, 한 사냥꾼이 지나가듯이 말했다.

"두 개 조면 충분합니다. 한 팀은 축성술사님을, 한 팀은 대공 전하를 찾는 팀일 테니까요."

"……예?"

말했던 사냥꾼은 더 이상 설명하지 않고 어깨를 으쓱하곤 무책임하게 떠나 버렸다. 뒤에 남은 사제들은 이상하다는 표정으로 서로를 마주 보았다. ……뭐지? 혹시 사냥꾼들은 우리와 수색에 대한 정의가 다른가? 한 사람을 찾아내는 데에 하나의 무리로 충분하려면 그들이 어디에 있는지 이미 알고 있어야 할 텐데…….

그들의 표정이 묘하게 변해 가는 과정을 지켜보던 사냥꾼 하나가 마지못해 다가와 슬쩍 귀띔해 주었다.

"……너무 걱정 마십시오. 로난의 결정엔 이유가 있을 겁니다. 용의 계곡에서는 용병 대장과 사냥꾼들의 판단을 믿어 주셔도 됩니다."

사냥꾼이 뒷머리를 긁적이며 말했다.

"사냥꾼들은 말하자면, 가장 동물적인 감각에 가까이 있는 사람들입니다. 그들 중 몇몇에게는 각자 자신들만의 수단이 있다 해도 이상하지 않지요."

그 누구도 입 밖으로 내어 말하지 않았지만, 사냥꾼들은 조용히, 그들의 동료가 시작하기를 기다리고 있었다.

솔레이가 보름달을 향해 고개를 들었다. 그저 아무것도 하지 않고 바위 위에 걸터앉은 채 발을 까닥이다가, 어느 순간 그녀는 술 주머니를 열어 사막의 독주를 입 안에 단번에 털어 넣었다.

잠시 후, 그녀의 눈앞에 놓인 수정 피라미드가 서서히 금빛 오라를 피워 올리며 잘게 진동하기 시작했다. 바닥이 바람에 패이며 그녀의 앞에 금빛 마법진이 나타났다. 솔레이는 그런 것이 있는지도 모르겠다는 듯, 여전히 하늘만 쳐다보고 있었다.

마법진이 완성된 순간, 솔레이는 가만히 눈을 감았다. 그녀의 뺨과 목 언저리에 문신 같은 마법 문양이 나타났다. 그것이 이내 달군 쇠처럼 선명한 주황색으로 빛나기 시작했다.

"후우……."

솔레이가 심호흡하며 숨을 골랐다. 숨결에서 술 냄새가 진동했다. 몸 안의 이질적인 피를 활성화시키는 고통에 솔레이의 몸이 가늘게 떨렸다. 짐승의 것을 닮은 줄무늬가 그녀의 피부 위에 불길 번지듯 퍼져 나갔다. 이윽고 낮게 갈라진 목소리가 그녀의 입술에서 흘러나왔다.

"……무트의 딸이 당신의 힘을 빌리고자 하나니."

단번에 뱉어 낸 솔레이가 목소리를 가다듬으며 숨을 몰아쉬었다. 그리고 나직이 말을 이었다.

"용이여. 그대는, 마수 무트와의 약속을……."

그러나 그녀의 입에서 나오던 언령은 끝까지 맺어지지 못했다. 쩡! 갑작스런 파공음과 함께 그녀의 몸과 공명하고 있던 수정의 금빛 마력이 강제로 끊어졌다. 깜짝 놀란 솔레이가 숨을 멈추고 눈을 부릅떴다.

키이이잉! 날카롭게 공기를 찢는 소리와 함께 마수의 아공간이 펼쳐졌다. 당황한 솔레이가 벌떡 몸을 일으켜 주변을 두리번거렸다.

저벅……. 누군가 다가오는 소리에 그녀는 확 몸을 낮추며 돌아섰다.

"무트의 후손이었군."

털썩, 어깨에 둘러메고 있던 거대한 뱀을 휙 옆으로 집어 던지며 긴 은발의 사내가 가만히 고개를 들어 그녀를 바라보았다.

"그런데 '사냥꾼'이라."

그를 알아본 솔레이는 하얗게 얼어붙었다. 솔레이의 반응에 루딘이 고개를 갸웃했다.

"뭘 그리 놀라지? 내가 다시 올 거라는 걸 예상하지 않았나?"

……그래. 초소 안의 흔적. 기억하고 있다. 아르젠 루프스일지도 모른다고 생각했다. 어쩌면 이 마수가 라미아의 공격으로부터 리에타 님을 보호했을지도 모른다고. 그러길 희망하기도 했다.

하지만 막상 마주치니 본능적인 두려움이 엄습했다. 마수의 피가 섞인 녀석이 사냥꾼이라고 비난한 건가, 지금? 아니, 굳이 그렇지 않더라도 마수가 사냥꾼을 불쾌해하는 건 너무나도 당연했다. ……나 살아서 나갈 수 있을까?

은빛 사내는 눈앞의 인간을 무시한 채 제 어깨에 묻은 피를 탁, 탁 털고 있었다. 하지만 어깨에 젖어 엉겨 있는 검은 피는 사라지지 않았다. 그는 쯧, 혀를 차고 그녀를 바라보았다.

눈이 마주치자 순식간에 솜털이 쭈뼛 서며 숨이 턱 막혔다. 솔레이는 아무 말도 하지 못하고 얼어붙었다. 예민하게 일어난 감각이 눈앞의 짐승이 얼마나 위험한지 알려 주고 있었다.

용의 계곡에서, 보름달이 뜬 밤의 아르젠 루프스. 상상했던 것과는 차원이 달랐다. 두려움에 떠는 본능이 당장 무기를 뽑으라고 아우성치고 있었지만, 솔레이는 초인적인 이성으로 본능을 내리 눌렀다.

아무리 베테랑 사냥꾼이어도 어차피 단신으로 보름달 아래서의 성체 아르젠 루프스를 당해 내는 건 불가능하다. 어차피 당해 내지 못한다면, 적대하거나 자극하지 않아야 한다.

이 포식자는, 숨결 하나로 나를 죽일 수 있다. 눈앞에 있는 남자는 용의 계곡의 마수였다. 루딘은 뻣뻣하게 굳어 있는 그녀를 내려다보며 고개를 기울였다.

"인간으로 살 생각이라면 관두는 편이 좋아."

뜻밖의 이야기에 솔레이는 얼빠진 소리를 냈다.

"……네?"

루딘은 개의치 않고 뻐딱한 자세로 가슴 앞에 팔짱을 꼈다.

"팔 분의 일인가? 피의 농도가 짙지도 않은데 무리하는군."

자신이 무슨 말을 들은 것인지 이해하지 못한 솔레이가 얼떨떨한 얼굴로 그를 올려다보았다. 루딘이 무표정한 얼굴로 딱, 손을 튕겼다.

"윽."

화악! 시린 기운이 몸을 뒤흔들었다. 솔레이의 몸에 나타났던 이질적인 무늬들이 순식간에 사라졌다. 깜짝 놀란 솔레이가 자신의 손을 내려다보았다. 날카로워졌던 손톱도, 줄무늬가 나타났던 피부도 모두 깨끗하게 인간의 것으로 돌아와 있었다. 루딘이 말했다.

"마수의 피를 증폭시키는 물건을 쓴 데다, 용의 힘까지 빌리고 나면 몸에 남는 마수의 흔적은 돌이킬 수 없다. 넌 마수로도, 인간으로도 살 수 없게 될 거야."

"……?"

솔레이는 얼빠진 얼굴로, 상상하지도 못한 말을 꺼내는 마수를 쳐다보았다. 덤덤한 목소리로 루딘이 이어 말했다.

"호의는 한 번뿐이다."

솔레이가 혼란스러운 표정으로 아르젠 루프스를 쳐다보았다.

"왜……."

'이런 오지랖을……' 하고 나오려던 말을 간신히 눌러 삼켰다. 그러나 루딘은 듣고 말았는지 눈썹을 찡그렸다.

"누구야말로 남의 일에 제 인생 걸고 오지랖 떨고 있는데."

솔레이는 혼이 빠져 버렸다. 그녀는 이 마수의 앞에서 아무것도 숨길 수 없다는 걸 깨달았다. 지금은 보름이고, 여기는 용의 계곡이고, 그녀는 완벽하게 그의 영역인 아공간 안에 있었다.

정신계 마법을 막아 내는 장비도, 베테랑 사냥꾼으로서 정신을 보호하는 노하우도 힘을 되찾고 자유로워진 아르젠 루프스 앞에서 무용지물이었다.

"……죄송합니다. 호의는 고맙…… 고맙지만."

맙소사, 지금 내가 마수에게 호의는 고맙다고 말하고 있는 거야? 솔레이는 현실감이 무너진 얼굴로 더듬더듬 말했다.

"제가 하도록, 그냥 내버려 두십시오."

루딘이 물끄러미 그녀를 바라보았다.

'물론 살려 주기만 하면 각골난망이지만…….'

"우린, 저흰 찾아야 할 사람이 있어요."

'찾아야 하는 사람 중 하나가 악시아스의 첫 번째 사냥꾼이라는 말을 입에 올려도 되는지 어떤지 모르겠지만…….'

반쯤 패닉 상태에 빠진 채, 입으로 떠드는 말과 머릿속으로 하는 고해성사가 뒤섞였다. 어차피 숨겨 봤자 소용도 없다. ……아니 잠깐, 지금 이러고 있을 때가 아니잖아! 정작 그에게 물어봐야 하는 내용을 잊고 있었다! 솔레이는 퍼뜩 고개를 들고 다급하게 물었다.

"혹시, 리에타 님을 당신이 보호하셨습니까? 그랬다면 저희가 찾을 수 있도록 그분이 계신 곳을 좀…….."

심드렁한 얼굴의 마수는, 대답 대신 손을 뻗어 어떤 방향을 가리켰다.

"……?"

솔레이가 멍하니 그의 손이 가리키는 방향으로 시선을 옮기는 순간, 파스스스…… 바스라지는 소리와 함께 마수의 아공간이 흩어지듯 사라졌다. 솔레이가 넋이 나간 채 눈을 깜박였다. 아르젠 루프스는 어디에도 보이지 않았다.

대신 그녀의 시선이 멈춰 있는 곳에는, 용의 계곡 최북단, 만년설로 뒤덮여 있는 설산이 우뚝하니 서 있었다. 솔레이의 입이 떡 벌어졌다.

"……로, 로난!"

그녀가 뛰쳐나가며 소리 높여 용병 대장을 불렀다.

"……잠깐, 쉬."

귀 밝은 사냥꾼 하나가 어느 순간 입술 앞에 검지를 들어 올리며 사람들을 침묵시켰다. 사람들이 멈칫하며 그를 바라보았다.

"……"

사냥꾼이 눈을 찌푸리며 훌쩍 몸을 낮추어 땅바닥에 귀를 대었다. 그 행동이 의미하는 것을 모두가 알아채고 숨을 죽였다. 이미 몇 번이나 마수들의 습격을 받은 사람들이 저마다 무기를 쥐고 몸을 긴장시켰다. 그러나 귀 밝은 사냥꾼의 눈빛에는 적대적이지 않은 묘한 기색이 어렸다.

"……사람들이 오고 있는 것 같은데?"

사람들? 그 순간, 까아악……! 하늘을 울리는 새소리가 들렸다. 사람들이 퍼뜩 고개를 들어 하늘을 쳐다보았다.

까아악! 날개를 펼친 커다란 검은 새가 용의 계곡의 하늘 위로 활공했다. 잠시 후, 산과 산이 엇갈린 오솔길 사이로, 악시아스 쪽에서 일군의 사람들이 몰려오는 말발굽 소리가 들렸다. 사람들의 눈이 커졌다.

"어……?"

사제 하나가 얼굴에 화색을 띠고 달려 나갔다.

"대사제님!"

"……?"

사제들이 뒤이어 모조리 뛰어나가고, 뒤에 남은 사냥꾼들이 놀란 얼굴로 서로를 바라보았다. 기사단과 사제들? 어떻게 벌써? 성에 지원을 요청하러 간 사람들이 아직 당도하지 못했을 텐데…….

말에서 굴러떨어질 듯 뛰어내린 대사제가 헐레벌떡 달려오며 밑도 끝도 없이 소리쳤다.

"두 분은 함께 계십니다!"

"……?"

젊은 사제가 눈을 동그랗게 뜨고 대사제를 부축했다. 맥락에 없던 사람이 외친 소리라 맥락을 찾아가는 데 시간이 걸렸다.

"설마 대공 전하와 축성술사님 이야기입니까?"

숨이 턱까지 찬 대사제가 바쁘게 고개를 끄덕였다. 사냥꾼들이 눈을 크게 뜨며 그들을 향해 달려갔다.

"그게 무슨 말씀이십니까? 대사제님께서 그걸 어떻게…….""

대사제가 헉헉 숨을 몰아쉬며 자신의 가슴을 쳤다.

"제가 봤습니다!"

가장 먼저 알아챈 사제가 흥분해서 물었다.

"혹시 예지입니까?"

고위 사제에게 익숙하지 못한 사냥꾼들이 풍문으로만 들어 본 사제들의 신비한 이능에 눈을 휘둥그렇게 떴다. 대사제의 예지라고? 사제들과 사냥꾼들이 모두 반색하며 그를 둘러쌌다.

"정말입니까, 그게? 두 분이 계신 곳이 어디입니까?"

숨을 고른 대사제가 자신만만하게 양손을 펼쳐 사냥꾼들을 가리켰다.

"그건 이제 당신들이 알려 줄 겁니다!"

"……예?"

사냥꾼들이 멍한 얼굴로 쳐다보았다. 그 순간, 저편에서 솔레이와 로난이 달려오며 소리쳤다.

"수색대 집합! 북쪽으로 간다!"

소리친 것은 로난이었다. 로난의 어깨에 들쳐 업힌 솔레이는 발을 구르며 머리를 쥐어뜯고 있었다.

"젠장! 우리 집 가보! 그 자식이 가져갔어!"

이런 상황을 처음 겪어 본 사냥꾼들이 놀라서 입을 벌렸다. 사냥꾼들만의 방법, 사제들만의 방법, 마수의 오지랖이 제각기 맞물리며 조난자 수색대가 된 마수 방생단은 자신들이 가야 할 곳을 알게 되었다.

킬리언은 눈앞의 바다를 바라보았다. 동굴 안에 있을 때까지는 설마 했는데. 동굴 밖으로 나와 보니 확실해졌다. 그는 여기 와 본 적이 있었다.

킬리언과 리에타는 설산의 뚝 떨어진 가파른 절벽 위에 서서 하얀 바다를 내려다보고 있었다. 크고 작은 얼음 덩어리들이 떠다니는 새하얀 바다의 파도가 얼어붙은 절벽에 와르르 부서졌다. 리에타는 태어나서 처음 보는 빙해의 모습에 넋을 놓았다. 바다가 온통 하얗다.

어느 순간 리에타가 헉, 숨을 들이켜며 입을 가렸다. 그리고 킬리언의 소매를 마구 잡아당기며 누가 듣기라도 할세라 목소리를 낮추었다.

"……영주님, 곰이에요!"

"……."

영주님 금지라니까. 리에타는 어찌나 놀랐는지 그의 팔꿈치 쪽 옷자락을 콱 움켜쥐고 정신없이 흔들었다.

"고, 곰 맞죠? 곰이 하얘요……! 어머! 저, 저흴 보고 있어요!"

킬리언이 덩달아 목소리를 낮추며 속삭이듯 대답했다.

"괜찮아. 못 올라와, 여긴."

정말? 리에타가 동그래진 눈으로 그를 쳐다보았다가, 다시 저 아래의 곰을 바라보았다. 바다 위에 떠 있는 거대한 얼음 조각 위에 올라가 있던 곰은 소 닭 보듯 그들을 쳐다보며 뒷발로 태연자약하게 목을 긁다가, 이내 느릿느릿 다른 데로 가 버렸다.

새삼 살펴보니 못 올라오는 게 너무 당연했다. 그들이 있는 곳은 굉장히 높았고 절벽은 거꾸로 경사져 있었다. 리에타는 놀란 토끼눈을 뜬 채 하얀 곰의 모습이 하얀 빙하 너머로 사라질 때까지 쳐다보았다. 리에타는 킬리언의 팔을 붙든 채 안도의 한숨을 쉬었다.

"와……."

킬리언이 피식 웃었다.

"어쩜…… 곰도 하얗고, 바다도 얼음 때문에 온통 하얗고……."

말하던 리에타가 퍼뜩 입을 다물었다. 리에타의 표정이 굳어졌다. 이내, 믿을 수 없다는 듯 중얼거린다.

"……백해白海?"

리에타도 비로소 여기가 어딘지 알아챈 모양이었다. 그들이 보고 있는 것은 대륙 최북단의 빙해였다. 그리고 이곳은 설산에 인접한 하얀 바다가 내려다보이는 절벽.

"여기 설마……."

리에타가 믿을 수 없는 눈으로 그를 쳐다보았다.

"대륙의 끝인가요?"

대륙의 끝, 지리적으로 말하면 대륙 최북단의 설산. 때로는 빙해 한가운데 떠 있는 섬이 되는 곳. 그들이 여태까지 아무 짐승도 만나지 못한 이유가 비로소 명확해졌다. 이곳은 올라갈 수도, 내려갈 수도 없는 절벽으로 둘러싸인 얼음산이었다. 짐승이 없었던 이유는 그 때문이었다. 리에타가 황망히 그를 올려다보며 중얼거렸다.

"알고 계셨어요……?"

킬리언이 말없이 어깨를 으쓱해 긍정했다.

"그럼 왜 이쪽으로 오셨어요? 여긴 북쪽…… 악시아스랑 반대 방향이잖아요."

킬리언은 담담하게 대답했다.

"어차피 남쪽으로 가도 내려가는 다른 길은 없어."

"……."

리에타가 할 말을 잃고 그를 바라보았다. 휘이잉…… 조그만 눈가루들이 섞인 차가운 바람이 불었다. 킬리언이 희미하게 웃으며 고개를 숙였다.

"돌아갈 길도 없고, 사냥꾼들은 우리가 여기 있을 거라곤 상상도 못할 테고……."

킬리언이 싱긋 웃었다.

"여기서 나랑 같이 살까?"

리에타는 눈을 동그랗게 떴다. 여전히 그의 팔꿈치를 잡은 채였다. 그녀는 킬리언이 장난을 치고 있다는 걸 알아챘다.

"……내려갈 방법을 아시는군요?"

킬리언이 작게 웃었다. 알다마다. 킬리언은 이미 한 번 여길 탈출한 적이 있었다. 왠지 유쾌한 기분이 되었다. 그가 그녀에게 불쑥 물었다.

"여기가 왜 '용의 계곡'인지 알아?"

리에타가 의아한 얼굴로 눈을 깜박이다 대답했다.

"……용이 있던 시절부터 쭉 그렇게 불려 와서, 이름을 굳이 바꾸지 않았기 때문 아닌가요?"

"그래."

킬리언이 가뿐하게 몸을 풀었다.

"한때는 용이 '있었기' 때문이지."

킬리언이 리에타의 무릎 뒤에 손을 넣어 그녀를 홀쩍 안아 들었다. 리에타는 엉겁결에 놀라면서도 어딘지 익숙하게 그의 어깨에 팔을 둘렀다. 킬리언이 그녀를 올려다보며 웃었다.

"꽉 잡아. 뛰어내릴 거야."

"네? 꺄악!"

리에타는 질겁하며 그의 목에 매달렸다. 킬리언은 망설임 없이 절벽 아래의 골짜기로 뛰어내렸다. 대륙의 끝, 마지막 용이 잠든 곳으로.

몸을 스치던 아찔한 바람이 어느 순간 사라지더니 눈앞의 정경이 거짓말처럼 바뀌었다. 리에타는 몸을 덮치는 작은 충격과 함께 주변 광경이 송두리째 바뀌는 모습을 보고 눈을 크게 떴다.

절벽 중간의 허공에 펼쳐져 있던 보이지 않는 결계가 열리며 그들을 삼켰다.

⁓⁓⁂⁓⁓

마법 공간이라는 건 참 신기하다. 리에타는 허공에 떠도는 무지갯빛 잔상을 더듬었다. 오로라 속 같기도 하고…… 오팔 속 같기도 하고. 내딛는 발걸음에 수면 위를 걷는 듯 파문이 일었다.

여긴 정신계 아공간과는 또 다르네. 마치 물속에 있는 기분이었다. 숨은 쉴 수 있지만 밀도 높은 마력 때문에 몸을 움직이는 데 묘한 저항이 있었다. 사방에는 반투명한 얼음벽이 둘러 있지만, 동굴에 있을 때처럼 춥지 않았다. 묘한 기분이었다.

"……여기 결계가 있다는 걸 어떻게 아셨어요?"

"예전에 조난당했을 때 우연히 절벽 아래로 곰을 떨어뜨렸는데 떨어지는 소리가 안 들리더군. 그래서 이상하다고 생각하다가."

곰…….

"……열여덟 살 때요?"

"응."

그랬구나. 리에타는 멍하니 고개를 끄덕였다. 킬리언이 말을 이어갔다.

"어떻게 내려가야 하나 한참 헤매다 보니 낯익은 곰이 멀쩡하게 살아서 설산 아래 지나가는 거야. 날 보고 화를 내면서……."

"……."

"그래서 곰이 떨어졌던 근방을 살펴보다가 아래로 무사히 나갈 수 있는 마법 공간이 숨겨져 있는 걸 알았지."

리에타가 반쯤 해탈해서 그를 바라보았다.

"……정말 운이 좋으시네요."

킬리언이 웃음을 터뜨렸다.

"글쎄, 운이 좋은 사람이라면 두 번이나 대륙의 끝에서 조난당할 것 같 진 않은데."

오히려 다들 날 저주받았다고 하지 않나? 하지만 리에타를 얻은 걸 보 니 내가 운이 좋은 쪽이 맞는 것 같기도 해서 킬리언은 그냥 웃었다. 그녀 가 다시 물었다.

"전에는 어쩌다 거기서 조난을 당하셨어요? 길 잃어서 갈 수 있는 곳이 아니던데……."

킬리언은 무심결에 대답했다.

"히포그리프한테 붙들려서 날아갔었지. 뭔가 하늘을 날아 보는 경험도 희귀한 거 같아서 그냥 잡혀서 가 봤는데."

리에타의 입이 벌어졌다.

"……네?"

"바다가 보이기에 땅 자체를 벗어나는 건 위험하다 싶어서 뛰어내리고 보니."

그리곤 어깨를 으쓱한다. 리에타가 어이가 없어 아무 말도 못 하고 입을 벙긋거렸다. 곰까진 이해하기를 포기할 수 있었는데. 킬리언이 덧붙였다.

"아. 그때 설산에 곰이 있었던 건 히포그리프가 배가 많이 고팠는지 나 말고 곰도 한 마리 집어 들고 날아가던 중이라……."

기가 막혀서 뒷목이 당긴다. 이게 무슨.

"영주님, 세상에."

"킬리언."

"아니 지금 그게 문제인가요? 맙소사."

안전 불감증 아니야? 상상도 못한 무용담에 현기증이 일었다.

"날아 보는 경험도 희귀한 것 같아서……? 아니, 지금 웃음이 나오세요?"

리에타가 황당한 얼굴로 그의 팔을 잡고 짤짤 흔들었다.

"히포그리프요? 맹금류 마수잖아요! 그 발에 붙들려 대륙 끝까지 날아갔다고요? 아니 세상에 어떻게 그런 무모한 짓을 할 수가……!"

리에타는 기가 막힌 얼굴로 화를 내고 잔소리를 하는데 킬리언은 왠지 자꾸 웃음이 나와 헛기침을 했다. ……이러면 안 되는데. 왜 자꾸 입꼬리가 올라가지.

"젊은 날의 객기지. 열여덟이었잖아."

"세상에, 객기 부리다 객사하시려고……!"

킬리언이 멋쩍게 웃었다. 이왕이면 나 때문에 웃어 주는 게 가장 좋겠지만……. 리에타가 걱정해 주는 것도 좋다. 나 때문에 화를 내는 것도 좋고. 나쁜 버릇이 들 것 같다. 킬리언이 리에타의 손을 깍지 껴 잡았다.

"이제 안 그래. 그때도 아무 일도 없었고."

리에타를 끌어당겨 이마에 머리를 콩 마주 댄다.

"이렇게 무사하잖아. 화내지 마, 응?"

그가 손가락으로 리에타의 손을 만지작거리며 달랜다. 나직하고 상냥한, 듣기 좋은 목소리가 귀를 간지럽힌다. 이 상황에 가당키나 한지, 꽤나 근사한 미소를 지으며 기쁜 듯 웃는 걸 보고 리에타는 전의를 상실하고 말았다. 얼굴에 열이 오른다.

"……그래요. 지금 무사하시니 됐어요."

잡힌 손이 간질간질해서 상체를 뒤로 빼며 시선을 피했다.

"앞으로 다시는 그러지 마세요."

킬리언이 웃었다.

"그런데 지금 해야 할 말 있는데. 해도 되나?"

"……뭔데요."

킬리언이 살짝 리에타의 뺨을 감싸고 눈을 맞추었다.

"지금 우리 왼쪽에 뭐가 있는데, 해로운 건 아니거든. 보고 너무 놀라지 마."

"……네?"

무의식적으로 몸이 긴장하며 눈이 왼쪽으로 갔다. 킬리언이 놀라지 마, 괜찮아 하며 뺨을 쓸어 주고 리에타가 고개를 끄덕이고 나서야 천천히 리에타를 놓아주었다. 어깨를 잡고 천천히 몸을 돌려 준다.

뭐지? 리에타가 마음의 준비를 하고 천천히 눈을 들어 왼쪽을 보았다. 리에타는 그가 말한 게 뭔지 바로 발견했다. 푸른빛이 도는 투명한 얼음 속에 거대하고 둥근 호박색 수정이 박혀 있었다.

"……?"

와, 이게 뭐지? 시트린*인가? 꽤나 눈에 띄고 놀라운 모습이긴 한데……. 너무 놀라지 말라고 주의까지 줄 정도의 물건인가? 해로운 게 아니라는

◇◇◇◇
* 황수정

건 무슨 말이지?

그런데 일반적인 수정처럼 각진 결정 모양이 아니다. 달덩이처럼 크고 둥글고, 그리고 가운데가 세로로 길게 비어 있었다.

"수정인가요……? 특이하게 생겼네요. 꼭 묘안석처럼 생겼…….'

리에타는 멍하니 눈을 깜박이다가, 그 형태를 전체적으로 눈에 담아 본 후, 그것이 무엇인지 깨달았다. 리에타의 눈과 입이 서서히 벌어졌다.

푸르게 얼어붙어 있는 빙하 속에 갇힌 거대한 짐승의 머리 윤곽이, 뒤늦게 그녀의 시야에 희미하게 포착되었다. 갈기 속에서 돋아난 산호 같은 뿔, 비늘 덮인 피부. 리에타의 키 정도 되는 높이에, 거대한 빙하 속에 잠긴 거대한 파충류의 뜬 눈이 그녀를 내려다보듯 떠 있었다.

킬리언이 직전에 경고했음에도 곰을 봤을 때완 비교도 안 되는 충격에 온몸에 소름이 돋았다. 숨이 멎도록 놀란 리에타가 뒷걸음질 쳤다. 킬리언이 쓰러질 뻔한 리에타를 감싸 부축하며 침착하게 말했다.

"놀라지 마. 살아 있는 거 아니야."

너무 놀라 다리가 후들거렸다. 새된 목소리가 갈라졌다.

"네, 네?"

킬리언이 나직이 속삭였다.

"……용의 얼음 화석이야."

리에타의 눈이 더 커졌다. 킬리언을 쳐다보던 흔들리는 하늘색 눈이 다시 얼음 속에 박힌 시트린 빛 동공자로 향했다.

……맙소사. 몇백 년 전에 멸종한 생물을, 그것도 이토록 거대한 용을 볼 수 있을 거라고 그 어떤 인간이 상상이나 할 수 있을까. 그들을 지켜보듯 뜬 눈으로 멈추어 있는 고대 드래곤의 화석이 고요히 얼음 속에 잠든 채 그들을 내려다보고 있었다.

악시아스 성의 벽면에 양각된 거대한 드래곤의 모습과 흡사하면서도 빙하 속에 보존되어 지나치게 생생한 생물의 모습은 너무나 다르게 보였다.

여기가 '용의 계곡'인 이유. 한때는 용이 '있었기' 때문에…….

"……무슨 수로 여기까지 들어와 있는 거지?"

서늘한 목소리에 깜짝 놀란 리에타가 뒤를 돌아보았다. 낯익은 긴 은발의 남자가 못마땅한 얼굴로 눈을 찌푸리고 서 있었다.

"루딘 님!"

긴 은발의 사내가 골치가 아프다는 듯 깊은 한숨을 내쉬었다. 용이고 뭐고 놀란 가슴마저 잊어버린 리에타가 너무나 반갑게 그의 앞으로 달려가려고 했다. 하지만 다리에 힘이 풀려 비틀거리는 걸 킬리언이 급히 부축했다. 루딘이 결국 퉁명스런 표정을 누그러뜨리며 피식 웃었다.

"……용이 영면하는 레어*에까지 인간들이 들어오다니. 용의 계곡도 아주 갈 데까지 갔군."

가슴 속에 눌러 두었던 걱정이 터져 나왔다. 킬리언의 팔을 붙들고 바로 선 리에타가 조급하게 물었다.

"라미아는 어떻게…… 어디 다친 데는 없으세요?"

……루딘이 도와줬다고 했었지. 어쩐지 껄끄러워 뒤에 선 킬리언의 표정이 미묘하게 구겨졌다. 루딘이 힐끔 킬리언을 쳐다보고 리에타를 향해 답했다.

"없다. 라미아 따위에게 상처 입을 정도로 허약하지도 않고."

"……."

그 한마디에 킬리언의 내면에선 루딘에게 고마워해야 하나 고심하던 마음이 싹 사라졌다. 루딘의 몸은 완벽하게 깔끔했다. 머리카락도, 피부도,

◇◇◇◇
* 둥지

옷도 온통 희었다.

"다행이에요."

리에타가 안도의 한숨을 내쉬었다. 라미아는 결코 '따위'라고 말할 만큼 만만한 마수가 아니지만, 리에타는 정신이 없는 탓에 미처 알아채지 못했다. 그는 킬리언과 리에타의 생명의 은인이었다. 그가 아니었으면 둘 다 무사하지 못했을 것이었다. 미안하고 고마워 어쩔 줄 모르는 마음이 뒤섞여 리에타는 그의 앞에서 한동안 말을 잇지 못했다.

"……너무 큰 신세를 졌어요. 염치가 없어서 뭐라고 감사를 드려야 할지도 모르겠어요. 도와주셔서 정말 감사해요."

뒤에 선 킬리언의 표정이 점점 더 못마땅해졌다.

"……?"

루딘이 킬리언 쪽으로 뭔가를 던져 킬리언이 공중에서 탁, 잡아채었다. 손을 펼쳐보니 그의 손 안에서 투명한 수정 피라미드가 금빛으로 반짝이고 있었다. 루딘이 고개를 까닥여 턱짓했다.

"붉은 머리 사냥꾼에게 돌려줘라. 쓸데없는 짓 할 것 같아 잠깐 빼앗아 왔다."

"쓸데없는 짓?"

루딘은 대답하지 않았다. 다만 그는 못마땅한 얼굴로 혀를 차며 빙하 속의 드래곤을 바라보며 혼잣말했다.

"용 팔자도 참. 로도무스†를 건너고도 몇백 년을 계약이다 뭐다 놓여나질 못하니."

킬리언이 눈을 가늘게 뜨며 손안의 마법 도구를 바라보았다. 루딘이 귀

◇◇◇◇
† 요단강

찮다는 듯 손사래를 쳤다.

"빨리 꺼져. 인간들이 너희를 찾는다고 안달복달 난리도 아니다."

"……아. 그거 말인데."

킬리언이 고개를 들고 뻔뻔하게 말했다.

"온 김에 밖으로 안내 좀."

루딘이 얼굴을 구겼다. "뭐?"

킬리언이 답했다.

"출구가 막혔어."

리에타가 눈을 동그랗게 뜨고 킬리언을 바라보았다. 킬리언이 손에 들고 있던 검을 어깨에 툭 걸치며 말했다.

"검기로 강제로 뚫으려면 할 수 있을 것 같긴 한데. 아무래도 남이 영면하는 곳을 훼손하는 건 예의가 아닌 것 같아서."

루딘이 진절머리가 나는 표정으로 인상을 구겼다.

"출구가 왜 막혔지?"

"내게 답할 의무는 없는 것 같은데."

"늑대가 유보한다던 우정엔 그 정도 선의도 포함돼 있지 않았나?"

"우정은 리에타와 쌓았다. 네가 아니라."

리에타가 어색하게 눈을 굴렸다. 내가 물어봤으면 대답해 줬을 거란 뜻인 것 같지만 여기서 저도 궁금하다고 물어보면 양쪽 모두에게 예의가 아닐 것 같다.

그때 루딘과 눈이 마주쳤다. 루딘은 킬리언을 무시하고 묻지도 않은 리에타에게 누구 들으란 듯 상냥하게 답했다.

"마력으로 유지되는 공간이고, 그 근원인 용의 힘이 슬슬 끝나 가기 때문이다."

킬리언이 입매를 비틀어 올렸다.

"우정?"

"그래, 우정."

"늑대는 친구의 반려를 불쾌하게 하는 방식으로 우정을 나누나 보군."

"질투는 귀여운 수준까지만 해라. 추하다."

루딘이 비약한다고 여기기에는 킬리언이 명백히 불쾌해하고 견제하는 말투였다. 당황한 리에타가 "영주님" 하며 그의 소매를 잡아 말렸다. 생명의 은인에게 이 무슨 망발인가. 무엇보다 나와 루딘 님은 엮이기엔 종족이 다르잖아. 루딘이 웃는 낯으로 고개를 삐딱하게 기울였다.

"……엮이기엔 종족이 다르다고 생각하고 있는데? 리에타에게 진실을 알려 줄까?"

"정말로 죽고 싶나."

"나랑 어쩌자는 게 아니어도 가능하다는 걸 알고는 있어야 하는 거 아냐?"

"……늑대."

킬리언이 말을 끊으며 으르렁거렸다. 저를 향해 과민반응 하는 꼴이 우습다는 듯 루딘이 비죽, 비웃었다. 짧은 대화만으로 '가능하다'는 게 어떤 뜻인지 이해한 리에타의 눈이 휘둥그레졌다.

"가능하다고요?"

루딘이 곱게 눈매를 휘어 접으며 지나가듯 흥얼거렸다.

"오, 눈치 빠른 여자. 알아 버렸어."

킬리언이 칼같이 대답을 가로챘다.

"몰라도 돼."

루딘이 장단 맞춰 주길 관두고 혀를 찼다.

"한심한 수컷이로군. 우정이 무슨 뜻인지 모르냐."

"리에타의 깨끗한 머릿속을 더럽히고 싶지 않을 뿐이다."

"더러울 건 또 뭐야. 머릿속에 짐승이 들어앉아선……."

"개소리 작작 해라."

루딘이 송곳니를 드러내며 웃었다.

"나한테 실수하지 마라, 알파. 여긴 용의 계곡이야. 너의 성 뒷마당에 갇혀 있던 시절의 나와 같다고 생각하면 곤란해. 그리고 지금 나한테 신세지고 있지 않나? 목숨 빚도 있을 텐데?"

"졸렬하긴. 너는 나에게 신세 안 졌냐? 목숨 빚도 마찬가지일 텐데?"

"리에타 때문에 한 거지 나 때문에 한 것도 아닌데 내가 고마워해야 하나?"

"그 말 똑같이 돌려 주마. 리에타 때문에 돕고 있는 거지 나 때문에 하고 있는 일도 아닌데 내가 고마워해야 하나?"

"뻔뻔한 새끼. 두고 가 버릴까?"

가, 가능하구나. 그렇구나. 새로 알게 된 충격적인 진실에 당황하기도 전에 두 남자의 다툼이 격화되었다. 리에타가 황급히 끼어들어 말을 돌렸다.

"그, 그런데 용의 힘이 끝나 가고 있다는 게 무슨 말씀이세요?"

두 남자는 곧바로 말다툼을 멈추었다. 킬리언은 조용히 입을 다물고 루딘이 대답했다.

"말 그대로다. 용의 마지막 마력이 고갈되어 가고 있고, 여기는 오래지 않아 닫힐 거다. 어떤 힘으로도 출구를 열 수 없게 될 테니 이젠 함부로 들어오지 말거라."

"어떤 힘으로도……요?"

"그래. 네가 가진 신의 힘은 물론 저 치가 가진 인간의 힘으로도 조만간 불가능해질 거다. 악마의 힘은 원래 용의 계곡에선 통하지 않으니 말할 것도 없고."

"인간의 힘이라면……?"

"신이나 악마나 자연의 힘을 빌리지 않은 인간만의 마법. 너희 말로 검기."

리에타는 물론이고 킬리언도 뜻밖이라는 얼굴이 되었다.

"검기가 마법이라고?"

"그럼 과학이겠냐? 그런 것도 모르다니 너희 인간들은 정말 바보들이다 되었구나."

루딘이 길을 안내해 앞장서 걸어가며 말했다.

"그러고 보니 인간은 고대 마법의 지식을 대부분 상실했다던가. 묻고 싶은 게 있을 수도 있겠군. 궁금한 게 있다면 물어도 좋다. 헤어질 때까지 받는 질문 정도는 우정으로 답해 주마."

무엇이든 물어보란 말에, 골똘히 생각하던 리에타가 아까 보았던 용의 모습을 떠올리며 조심스럽게 물었다. 혹시 실례되는 질문은 아니겠지?

"저…… 그럼. 용은 정말 다 죽은 게 맞나요?"

"그래. 용은 모두 죽었다."

대답은 쉽고 간단히 흘러나왔다.

"왜? 아까 그것이 살아 있는 것 같아서?"

리에타가 머뭇거리며 인정했다.

"네……. 꼭 그 모습을 봐서만이 아니라, 죽은 몸에 그렇게 강한 마력이 남아 있다는 게 놀라워서요."

루딘이 픽 코웃음 쳤다.

"예전에 비하면 초라하지. 용이 살아 있었다면 용의 계곡은 인간에게 지금처럼 자리를 내주지 않았을 것이다. 애초에 대륙에서 마수가 사라지고 용의 계곡에서만 살고 있지도 않았을 테지만."

리에타가 어리둥절해서 물었다.

"마수들의 서식지는 인간들과 악마들과의 전쟁으로 사라진 게 아닌가요?"

루딘은 턱을 만지작거리며 담담하게 말했다.

"그게 결정적 계기로 보일 수도 있겠지만, 근본적인 원인은 용의 멸종 때문이다. 죽은 용의 육신에 남아 있던 마력은 이미 끝을 보이고 있고, 대륙에 퍼져 있던 자연의 힘은 고갈돼 마수들에게 어려운 환경이 됐거든. 너희들의 고대 마법이 힘의 근원을 잃은 것과 마찬가지지."

용의 죽음…….

"고대 마법이 정말로 용의 힘을 빌리는 마법이었나요?"

"……이런. 너희는 그런 것까지 잊어버렸나? 너희들이 마법 지식의 대부분을 상실했다는 말이 실감 나는구나."

루딘이 짧게 말문이 막혔다가 웃었다. 리에타가 민망해하며 중얼거렸다.

"고대 마법은 자연의 힘을 빌리는 마법인 줄 알았어요. 용의 힘을 빌린다는 말은 그냥 강력하고 신비로운 자연을 비유하거나 상징하는 말인 줄로만……."

용은 이미 오래전 사멸했으니까……. 이미 죽은 존재의 힘을 빌리고 있던 거라고 생각지 못했다. 루딘은 조곤조곤 대답해 주었다.

"고대 마법은 문자 그대로 용의 힘이다. 용의 육신에서 나오는 힘이고, '저것'이 남아 있어 그나마 명맥이 유지되고 있었지. 이젠 그나마도 거의 고갈돼 곧 완전히 사라질 테지만."

그들은 조용히 마력으로 가득 찬 얼음 궁전 같은 용의 레어 안을 걸어 갔다.

"……용의 마력이 전부 사라지면, 용의 계곡에 어떤 변화가 있을까요?"

"딱히. 이미 대부분 사라진 상태라 크게 달라지는 건 없을 거다. 달라지는 게 있어도 적응해야지."

루딘의 목소리는 평온했다. 이미 오래전 지나간 옛 역사의 이야기를 하는 것 같았다.

"마수들이 용의 힘에 많이 의존하고 있었나요?"

"많이 의존하고 있었다."

루딘이 담담하게 말을 이었다.

"용의 힘은 우리 모두의 힘이기도 했으니. 그것은 우리에게 호흡하는 공기 중에 있는 것과도 같은 자연스러운 풍요였다. 그가 같은 하늘 아래 존재하는 것만으로도 우리는 더 강하고 더 많은 마법을 누렸지. 하지만 용이 사라지며 우린 많은 마법 능력을 잃었다."

리에타는 공기 중에 떠도는 빛의 잔상을 보며, 용이 있을 때 그들이 누렸다는 풍요로움을 생각했다. 그때는 세상에 자연의 힘이 충만했고 인간에게도 고대 마법이 있었다. 잔잔한 목소리가 이어졌다.

"하지만 그것은 처음부터 당연하게 누릴 수 있는 우리의 것이 아니었던 거지. 처음에는 받아들이기 힘들어 했지만 마수들도 서서히 현실을 직시하고 익숙해지고 있다. 마수들은 이제 자기들의 힘만으로 살아가고 있어. 본래부터 그랬던 것처럼."

잠자코 듣고 있던 킬리언이 혼잣말처럼 중얼거렸다.

"고대 마법이고, 마수 종 전체의 운명이고 전부 용 하나에 매달려 있었다니. 용도 참 피곤했겠군."

루딘이 잠시 리에타를 보다가 시선을 돌렸다.

"그랬을지도."

천적이 없는 용이 어느 순간 사라진 원인에는 여러 추측들이 있지만, 삶에 지친 용이 스스로 멸망을 택했다는 말이 가장 설득력을 얻고 있다. 킬리언은 묵묵히 생각에 잠겼다.

"……"

왠지 멸망한 신성 왕국의 생각이 났다. 킬리언은 어린 시절, 시황제의 저주를 해결할 방법을 찾기 위해 개인적으로 라멘타에 대해 조사를 하다가 이것저것 알게 된 것들이 있었다.

강대한 신성 능력을 바탕으로 선정을 펼쳤다는 미담으로 요약되는 라멘타의 왕족 개개인이 살았던 삶은 사실 썩 평화롭고 아름답지만은 않았다.

전 세계의 악마 분포에 영향을 미칠 정도로 강력했던 신성 여왕의 어깨에는 너무 무거운 의무가 매달려 있었다. 그들은 수많은 고위 악마와의 대를 이은 계약의 대가로 악마들에게 막대한 고통과 비탄을 제공할 의무를 가지고 있었다.

그것이 에율라티오 혈족이 일반적인 경우보다 더 큰 대가를 치르고 맺은 '유리한 계약'이었다. 강한 빛이 훼손당할수록 더욱 강력한 어둠이 된다. 강대한 신성력을 지니고 대대로 이어져 온 고귀한 신성 혈족의 고통과 비탄은 악마들에게 양질의 자양분이 되었고, 충분히 많은 고위 악마들을 만족시켰다.

그래서 악마들은 때때로 자발적 복속이나 계약까지 청하며 에율라티오를 존중하고 복종하며 대신 다수의 평범한 인간들과 관대하고도 우호적인 관계를 맺어 주었다.

라멘타엔 역병이 없었다. 악마로 인한 화재도, 수재도, 몽마로 인한 인간들의 광증도 일어나지 않았다. 강대한 신성 능력을 바탕으로 펼쳤다는 선정의 실체는 그런 것이었다. 소수를 쥐어짜 낸 희생 위에 세워진 아름다운 미담의 공중누각.

그것이 신성 왕국 라멘타가 베푼 선정의 진실이었다. 타니아 성녀 정도의 신성 능력자도 단 하나의 고위 악마를 제한적으로 부리는 것이 전부지만, 에율라티오는 대대로 수십 수백의 고위 악마를 거느리고 악마들로부터 그 권위를 존중받았다.

그 이면에는 그런 어두운 비밀이 숨어 있었다. 라멘타를 멸망시킨 것은 황제였지만, 여러 가지 정황 증거를 살펴보면 그들의 인내와 희생은 이미 한계에 다다라 있었던 모양이었다.

에샤힐테 여왕 역시 형제 자매 하나 없는 혈혈단신이었고, 역시 그녀의 외동딸이자 유일한 후계자였던 베아트리체 왕녀는 오랫동안 왕궁을 떠나 떠돌았다. 표면적으론 세상 공부라 하였으나 일방적 연락두절 상태로 생사도 몰랐다. 대륙일통을 위해 진격하던 황제가 라멘타를 함락시키기 위해 닥쳐올 때까지.

그리고 행방이 묘연하던 베아트리체 왕녀가 모국을 위해 돌아온 후 벌어진 일은…… 뭐 다들 아는 이야기.

용이 스스로 대단한 희생을 하며 살았다고 여겼을 것 같진 않으니 꼭 비슷한 얘긴 아니겠지만. 두 사람과 한 마수는 조용히 대화하며 사라져가는 위대한 마력으로 가득 찬 마법 공간을 걸어갔다. 그리고 어느 순간, 루딘이 멈추어 섰다.

"다 왔다."

루딘이 허공에 딱, 손을 튕겼다. 푸른 빙하 사이로 투명하게 일렁이며 입을 벌린 푸르른 공간이 나타났다. 마력이 요동치며 길게 흐느적거리는 통로 끝에 나무와 풀, 얼지 않은 호수가 있는 평화로운 숲속의 공간이 보였다.

리에타가 가만히 눈을 깜박였다. 이미 두 번째고, 이번에는 전보다 훨씬 마음의 준비를 할 시간이 길었음에도 이별은 갑작스럽게 느껴졌다.

……돌아간다. 멈춰선 리에타는 실감이 나지 않는 얼굴로 통로 앞에 우두커니 섰다. 루딘이 미소 지었다.

"인간이 마수의 보호를 받으며 이곳을 빠져나가다니. 팔자 좋은 것들이군."

익숙한 말에 리에타가 놀란 눈으로 그를 쳐다보았다.

"……처음부터 마취되지 않으셨었군요?"

루딘은 리에타를 향해 싱긋 웃었다. 킬리언이 눈을 찌푸렸다.

"마수란 놈들이 이렇다니까. 이놈들이 약한 척하는 걸 믿으면 안 돼."

루딘이 픽 웃었다. "내 살 궁리는 내가 해야지."

그리고 루딘은 담담한 얼굴로 매정한 축객령을 내렸다.

"이제 가거라."

리에타가 루딘 앞에서 머뭇거렸다.

"……잘 지내세요. 아디프랑……."

킬리언이 물끄러미 그녀를 바라보다 말했다.

"……작별 인사 하고 와."

리에타가 얼떨떨하게 쳐다보았다.

"네?"

킬리언은 담담하게 말했다.

"잠깐 자리 비워 줄게. 너무 멀리는 안 되고."

턱짓으로 그리 멀지도 못한 애매한 곳을 가리킨다. 간신히 '따로 이야기 나눌 수 있도록 자리 비워 줬다'고 말할 수 있을까 말까 한 위치. 루딘이 뜻밖이라는 듯 피식 웃었다.

"조금 나은 수컷으로 성장했군."

"닥쳐."

킬리언은 리에타가 뭐라 대답하기도 전에, 발을 떼어 멀어지려고 했다.

"기다려라."

따악 루딘이 허공에 다시 손을 튕겼다. 퐁! 작은 소리와 함께 허공에 생긴 구멍에서 하얀 털 뭉치가 퐁, 하고 떨어져 루딘의 품에 안전하게 안겼다.

"와앙!"

짧고 귀엽게 짖는 소리에 리에타의 눈이 휘둥그레졌다.

"아디프!"

헥헥! 바쁘게 꼬리를 치며 제 아빠의 품을 박차고 내려간 흰 늑대가 정신없이 꼬리를 치며 리에타의 치마를 타고 올라가더니 마구 얼굴을 핥았다. 리에타가 간지러워 웃음을 터뜨렸다.

"잘 지내요. 보고 싶을 거예요."

아디프는 알아듣지도 못할 작별 인사겠지만, 리에타는 안타까우면서도 행복한 얼굴로 거듭 반복하며 마지막 인사를 건네었다.

"아빠 말 잘 듣고요. 멋진 늑대가 돼야 해요."

당신 덕분에 즐거웠어요. 행복했고요. 리에타가 충분히 작별 인사를 하기까지 기다렸다가, 루딘이 팔을 뻗어 아디프를 데려갔다.

"감사해요. 인사하게 해 주셔서……."

인간인 리에타에게 마지막 인사 시간을 이렇게 많이 준 것만으로도 정말 고마운 일이었다. 루딘은 부드럽게 웃더니, 놀랍게도 아디프를 데리고 걸어가 불쑥 킬리언의 품에 떠넘겼다. 킬리언이 얼떨떨하게 조그만 새끼 늑대를 받아 안았다. 루딘이 말했다.

"내가 리에타와 이야기할 동안 안고 있어도 좋다."

킬리언이 질색했다.

"뭐? 필요 없……."

"영광으로 알고 잘 모셔라."

"어딜 감히 강아지 보모 같은 취급을……."

리에타의 눈이 커졌다. 아디프를 안아도 좋다고 허락받은 것은 악시아스 성에서도 리에타뿐이었다. 수의사조차 아디프에게 손대는 것을 허락받지 못했는데. 루딘은 허리를 숙여 아디프에게 다정하게 속삭였다.

"물어도 된다, 아디프."

어정쩡하게 조그만 은늑대를 안아 든 채 킬리언이 험악한 얼굴을 했다.

"왕!"

퍽. 물지는 않았지만, 킬리언이 무서운 표정으로 저를 내려다보자 놀란 아디프가 킬리언의 코를 조그만 앞발로 옴팡지게 때렸다.

"……."

킬리언이 황당함에 굳어 버렸다. 당황한 리에타가 허공에 손을 들며 얼어붙었다. 태평한 것은 루딘뿐이었다. 아기 늑대가 순간적으로 찔끔해 움츠렸다가, 눈치를 보며 헥헥거리고 다시 꼬리를 친다.

킬리언은 기가 막힌 얼굴을 하고 눈을 부라렸지만 차마 어린 늑대를 팽개치거나 어쩌지는 못했다. 그는 기본적으로 약자에게 모질지 못한 사람이었다.

루딘이 재수 없다고 아무것도 모르는 하룻강아지에게 험하게 굴 수는 없었다. 킬리언은 푹 한숨을 내쉬더니 자기가 처음 말했던 자리로 점점 멀어져 가며, 아주 어색한 태도로 아디프를 들고 눈싸움을 하기 시작했다.

"……."

루딘은 잠깐 팔짱을 낀 채 물끄러미 있다가 리에타를 향해 고개를 돌리고 웃었다.

"그래. 묻고 싶은 게 있으면 물어보거라."

마지막 인사를 위해 주어진 짧은 시간. 리에타는 왠지 입을 열기가 어려웠다. 술술 말이 나오던 아디프 때와 다르게, 그에게는 무슨 인사를 해야 좋을지 알 수 없었다.

미안한 것도 고마운 것도 너무 많았다. 하지만 인간이 그의 반려를 앗아갔다는 말이 어느 순간 떠오르더니 자꾸만 무겁게 발목을 잡았다. 어깨에는 마수 망토가 걸쳐져 있다. 고맙다는 말마저 쉽게 나오질 않았다.

평소 리에타와 말할 때 은근히 말주변이 좋던 루딘도 아무 말도 하지 않았다. 사람과 마수 사이에는 어색한 침묵만이 감돌았다.

결국 운을 뗀 것은 루딘이었다. 어찌어찌 아디프를 상대하고 있는 킬리언 쪽을 힐끔 쳐다보고 픽 웃는다.

"네 알파가 아주 애를 태우는구나. 저렇게 속을 태울 거면 왜 널 내게 보냈는지."

"……."

"딱히 물어볼 것이 없거든 이만 가라."

"저……!"

리에타는 조금 엉뚱하게 들리는 말을 꺼냈다.

"……라미아는 어떻게 하셨나요?"

루딘은 모처럼 이 몸이 준 귀한 기회에 하는 질문이 겨우 그거냐는 듯 피식하며 대답했다.

"동료 곁에 묻어 주고 왔다."

루딘이 가만히 그녀를 바라보았다. 리에타가 끝내 목에 걸려 있던 질문을 뱉었다.

"왜 우리를, 도와주셨어요?"

루딘은 가만히 그녀를 쳐다보았다. 리에타는 염치없는 낯으로 고개를 숙였다.

"당신한테 인간은…… 원수잖아요."

인간은 그의 반려의 원수인데도 그는 우릴 돕기 위해 라미아와 맞서 주었다. 우리는 당신한테 충분한 신뢰나 호의를 보이지 못했는데……. 뒤늦은 죄책감이 발목을 잡아 왔다. 마음이 무거웠다.

비슷한 아픔을 겪은 사람, 아니 마수. 그들이 있어서 얼마나 치유받았는지. 그럼에도 해 준 것이 없어서 얼마나 미안했는지. 무심하게 말하지만 대화할 때마다 사실은 자주 그녀의 마음을 신경 써 주고 있었다는 걸 알고 있다. 아닌 척 조언이나 위로 비슷한 이야기를 들었던 적도 많았다.

그는 인간에게 반려를 잃었다. 하지만 나의 목숨을 구해 주었고, 나에게 우정이 생겼다고 말해 주었다. 리에타가 머뭇거리며 손등으로 이마를 꾹 눌렀다.

"저희가 밉지 않으세요?"

라미아는 마수다. 차라리 그쪽이 루딘과 가깝다. 목숨을 거둔 마수를 동료의 곁에 묻어 줄 정도의 의리와 동정심을 라미아에게 가지고 있었다면 더더욱. 그렇다면 왜 인간인 우리를 위해. 잠자코 듣고 있던 루딘이 입을 열었다.

"글쎄."

그가 가라앉은 목소리로 담담하게 말을 이었다.

"인간과 마수는 원수 사이가 맞다. 그것이 우리 사이에 예외가 생길 수 없다는 뜻은 아니야."

"……."

루딘은 갈등 없는 평온한 낯으로 말을 골랐다.

"너희가 원수의 범주에 들어가느냐 들어가지 않느냐의 문제가 그리 중한지는 잘 모르겠구나. 마수로서 인간에게 가지는 적개심보다 내가 너에게 느끼는 우정이 더 깊다. 그뿐."

마수의 단조로운 음성이 어두컴컴한 마법 공간 안의 오로라를 타고 흘렀다.

"네가 나를 도왔고, 내가 너를 도왔으며, 우리 사이에 우정이 생겼을 뿐이다. 내가 너에게 우정을 느낀다고 내가 마수가 아니게 되는 것 또한 아니니."

"……."

"너 또한 그렇지 않겠나."

루딘이 차분하게 말을 맺으며 싱긋 웃었다.

"너도 너무 복잡하게 살지 말거라."

리에타가 조용히 그를 올려다보았다. 루딘이 리에타의 어깨를 툭, 밀어주었다. 그만 네가 있어야 할 곳으로, 앞으로 나아가라는 듯이. 리에타가 몇 걸음, 문을 향해 걸어갔다. 리에타가 그의 말을 곱씹으며 망설이듯 잠시 치맛자락을 움켜쥐며 멈추었다. 뒤에서 루딘이 농담처럼 툭 던졌다.

"방생해 줄 때 가거라."

리에타가 살풋 웃었다. ……당신들이 보고 싶을 거예요. 입 밖으로 내지 않았지만, 루딘은 등 뒤에서 듣고 대답했다.

"다시 만나는 일은 벌어지지 않는 편이 좋을 것이다."

그건 그래요. 리에타가 웃었다. 그리고 이번에는 입 밖으로 내어 말했다.

"고맙습니다."

"나 또한."

"행복하세요."

"너 또한."

퍽이나 짧지만 다정한 대답이 돌아왔다. 그것으로 충분했다. 아디프와 놀아주던 킬리언이 고개를 들고 그녀를 바라보았다. 리에타는 발을 떼었다. 잠시 멈추었지만, 더 이상 뒤를 돌아보지 않았다.

루딘은 잠시 인간들이 떠나간 빈 공간을 바라보고 있다가 몸을 돌렸다. 그의 사랑하는 새끼 늑대는 발바닥을 핥으며 고양이 세수를 하고 있었다.

명색이 용의 계곡의 은늑대에게 고양이 물이 들다니. 뭐, 상관없나.

이제 그들은 용의 계곡으로 돌아왔다. 한동안 생각나기야 하겠지만 이제 고양이는 없고, 그의 새끼는 곧 자신의 늑대다운 본성을 찾아갈 것이다.

"아우…… 아우우!"

깜찍한 하울링. 뒤이어 귀여운 입을 벌리고 바르르 짧은 하품을 하며 주욱 등을 늘리고 기지개를 켠다. 헥헥 혀를 날름거리며 발밑에 다가와 두 발로 서서 그의 무릎을 짚는다. 루딘이 인자한 표정으로 미소 지으며, 허리를 굽혀 자신의 새끼를 손으로 쓰다듬었다.

그러다 인간의 형상을 하고 있는 흰 손에 멈칫하고는, 피식 웃으며 루딘은 자신의 원래 모습으로 돌아갔다. 눈부신 은청색 빛이 사방으로 퍼지며, 본연의 모습으로 돌아간 거대한 위용의 은빛 늑대가 아디프의 등 뒤로 머리를 밀어 넣어 작은 것을 제 목 위에 올렸다.

"……가자. 아디프."

인간의 언어가 아닌 말.

"아우…… 아우우우우……!"

아기 늑대가 꼬리를 치며 보름달을 향해 조금 더 길어진 하울링을 올렸다.

14

있어야 할 곳으로

❧

　대륙의 북쪽 끝, 설산의 아랫자락에서 악시아스 대공과 그의 축성술사가 발견된 것은 그들이 실종된 지 나흘 만의 일이었다. 두 사람은 몰려든 마수들과 짐승들 사이에 둘러싸인 채 대치하고 있었다. 상황에 어울리지 않게 대공과 축성술사는 세상에 둘뿐인 듯 다정한 장면을 연출하고 있었다.

　대공은 태평하게 검을 쥔 손을 내리고 한 팔에 안아 든 축성술사를 향해 웃으며 무어라 속삭였고, 그의 어깨에 팔을 두르고 안겨 있던 축성술사는 곤란한 얼굴로 마주 웃으며 그의 어깨를 떠밀었다.

　한참만에야 그들에게 시선을 던진 그가 한다는 말은 '왔냐'였다. 두 사람을 둘러싸고 있던 마수들이 킬리언의 시선을 따라 그들을 돌아보더니 흉악한 입을 벌리고 크아아아앙 포효했다.

　혼비백산한 사제들과 기사들이 바쁘게 마수들을 쫓아내는 동안 사냥꾼들은 깜짝 놀라 여기 보이는 마수들은 죄다 가짜라고 소리쳤다.

하지만 이미 산자락 님프가 작정하고 장난쳐 놓은 공간 안에서 소리는 똑바로 전달되지 않았다. 사람들이 무기를 휘두르고 공격할수록 환상으로 만들어진 마수의 숫자가 늘어났다.

한동안 난장판이 지속되었다. 다행히 님프들이 만들어 낸 마수 환상은 위험하지 않았다. 하지만 당하는 사람은 환상에서 깨기 전까지 쉽게 알아채지 못한다.

마수의 환상은 온갖 위협과 장난으로 사람을 기겁하게 만들어놓고 막상 베거나 피부에 닿으면 수십 마리의 나비 마수가 되어 날아가거나 무지갯빛 물방울이 되어 사방으로 흩어졌다.

그들을 구하러 온 사람들을 보니 정말로 사람들의 세상에 돌아온 것이 실감 나 마음이 놓였다. 안심이 되자 잊고 있던 피로가 몰려왔다. 리에타는 그의 어깨에 머리를 기대었다.

간신히 상황이 소강상태에 접어들고, 속을 바싹바싹 태우며 달려온 사냥꾼들과 사제들이 무사한 두 사람과 감격의 재회를 했을 때, 리에타는 깊이 잠들어 있었다.

사제들이 지쳐 잠든 리에타 대신 그들에게 치유 마법을 걸었고, 기사들이 그들을 보호했다. 사냥꾼들이 지나오며 마수들을 정리해 둔 안전한 방향으로 길을 열었다.

두 사람이 무사히 귀환해 분위기가 좋아지자, 그를 오래 알고 지낸 사냥꾼 하나가 리에타를 안고 마차에 오르던 킬리언에게 깐죽대며 농을 걸었다.

"대공 전하도 여자가 생기니 이제 좀 이야기 속 왕자님같이 보이십니다?"

킬리언이 힐끔 그들을 돌아보았다. 사제들과 기사들도 웃으며 한두 마디씩 보태었다.

"두 분이 같이 계셔서 다행입니다."

"멋지게 구해 내셨군요."

사람들이 던진 말에, 킬리언이 피식 웃으며 말했다.

"멋지게 구해 낸 건 내가 아니라 리에타인데."

"네?"

그때, 리에타가 그의 품 안에서 작게 뒤척였다. 킬리언은 입술 위에 검지를 올리고 쉿, 사람들을 조용히하게 만들었다. 그는 잠든 그녀에게 찬바람이 들지 않도록 후드를 고쳐 씌워 주고 몸을 돌려 마차에 올랐다.

사제들은 뒤늦게 킬리언의 복부에 난 흉한 관통상의 흔적을 발견하고 기겁했다. 어릴 때부터 그를 보아 온 황제의 사제들은 킬리언의 몸에 그런 심한 흉터가 없다는 걸 잘 알고 있었다.

사냥꾼들과 기사들도 깜짝 놀랐다. 그들 중 어느 누구도 킬리언이 이정도의 상처를 입은 걸 본 적이 없었다. 언제부턴가 킬리언은 사람들의 머릿속에서 다치려야 다치기 어려운 사람처럼 여겨지고 있었다.

킬리언은 어쩌다 이 지경이 되셨느냐며 혼비백산한 사람들을 보고 오히려 눈을 찌푸리며 못마땅하게 말했다.

"나는 뭐 골렘인 줄 알았나? 나도 실수하고, 찌르면 피나는 인간이야."

잠깐 틈을 두고 한마디 덧붙인다.

"불사신도 아니고."

"……?"

이상하게 그 말을 뱉어 놓고 킬리언은 뿌듯해 보였다. 얼이 빠져 멀뚱멀뚱 쳐다보는 사람들을 뒤에 두고, 킬리언은 휙 몸을 돌려 리에타가 잠들어 있는 막사로 들어가 버렸다.

긴장이 풀린 리에타는 악시아스 성으로 돌아오는 내내 기절한 듯 잠만 잤다. 신성력을 너무 많이 썼고 맹추위에 오랫동안 노출된 데다 인간의 몸으로 아공간을 뛰어넘고 마력 밀도가 높은 곳을 헤매는 등 여러 가지 무리한 일을 했기 때문인 듯했다.

킬리언은 한시도 떨어지지 않고 리에타를 돌보았고 사제들이 그녀를 편안하게 해 주었다. 킬리언은 앓지도 않고 잠도 자지 않은 채 묵묵히 그녀를 보살폈다. 리에타가 신성 몸살로 앓았을 때처럼 주변을 뒤집어엎지는 않았다. 다만 그는 차분하게 그녀의 곁을 지켰다.

황궁에서 내쳐진 폐황자도, 인간이 밟은 적 없던 땅을 밟고 하늘을 날아 본 거친 사냥꾼도, 북부를 평정한 냉혹한 북방의 패자도 아닌, 지쳐 잠든 한 여자의 곁을 지키는 평범한 남자만이 거기에 있었다.

모두에게 낯선 모습이었지만, 그가 만들어 내는 분위기는 언제나 쉽게 사람들에게 전염되곤 해서, 사람들도 금세 그의 주변에서 고요하고도 온화한 빛으로 물들었다.

며칠간의 조난이 그들에게 가져온 변화는 결코 작지 않았지만, 어찌 보면 크게 달라진 것이 없기도 했다. 그들 자신에게는 큰 전환점이었지만 외부에선 아무도 그들 사이에 일어난 변화를 알아채지 못했다.

그들은 무사히 악시아스로 돌아왔다.

리에타가 눈을 뜬 장소는 악시아스 성의 익숙한 침대 위였다. 제 침대가 아니었는데도 익숙한 이유는 그녀가 언제나 축성하는 침대였기 때문이었다.

침대 위에서 눈을 떴을 때 다른 사람의 숨소리가 함께인 것이 너무 오랜만이라 낯설었지만, 리에타는 놀라지 않았다. 잠들기 전에도 이 품 안에 있었다. 그 품 안에서 깨어나는 것이 당연하게 느껴졌다.

리에타는 어제도, 그제도 그 침대에서 눈 뜬 사람처럼 조용히 제가 베고 있는 팔의 주인을 바라보았다. 그가 있어서 침대 안은 꽤 따뜻했다. 낯설면서도 낯설지 않은 온기.

그렇게 한참 동안 조각 같은 얼굴을 바라보고 있다가 리에타는 조그맣게 속삭이듯 중얼거렸다.

"……자는 척하시는 거죠."

"……."

킬리언은 대답하지 않았다. 리에타가 속삭였다.

"……킬리언."

눈을 감은 채로, 잘생긴 입매가 쓱 올라갔다.

"들켰네."

리에타도 웃었다. 옆으로 누운 채 눈을 깜박이며 그를 바라보다가 망설이듯, 살짝 우물거리며 입을 연다.

"……편히 주무세요. 저는 제 방으로 갈게요."

킬리언이 뜨지도 않은 눈을 찌푸리며 그녀의 몸 위에 팔을 올리고 앓는 소릴 내었다.

"싫어……. 가지 마."

애걸하듯 우는소릴 하는 게 너무 뜻밖이라 리에타는 눈을 동그랗게 뜨며 작게 웃음을 터뜨렸다. 킬리언이 한쪽 눈만 살짝 뜨고 제 말이 안 좋은 곳을 스치지 않았는지 리에타의 표정을 살폈다. 리에타가 웃고 있는 걸 확인하고 안심한 킬리언은 그녀를 부드럽게 끌어당겨 꼭 안아 주었다.

"……좀 더 자. 아직 시간 있어."

리에타가 소리 없이 웃으며 빨개진 얼굴을 그의 목에 파묻고 속삭였다.

"옆에 사람 있으면 못 주무시잖아요."

"꼭 그런 건 아닌데."

"잠이 얕으시죠."

"조금."

조금이 아닐 텐데. 리에타가 웃었다. 고개를 뒤로 빼 살짝 그의 몸에서 떨어지곤 붉은 눈을 마주 보았다.

"그러고 보니 당신이 진짜 잠들어 있는 걸 본 적이 한 번도 없네요."

"궁금해?"

리에타가 이불자락을 만지작거리며 조금 전 그의 답을 그대로 반복했다.

"조금요."

리에타가 말간 얼굴로 손을 뻗어 그의 눈 아래를 살짝 만졌다.

"눈 감고 계시면 인상이 되게 다르시거든요."

"……그래?"

리에타가 손을 떼어 이불 속으로 넣으며 고개를 끄덕끄덕했다. 킬리언이 피식 웃으며 물끄러미 그녀를 바라보았다.

"……볼 수 있는 방법이 하나 있긴 한데."

킬리언이 리에타를 끌어당기며 그녀의 눈꺼풀 위에 살짝 입 맞추었다.

"나중에."

몸 위에 올린 팔에는 조금도 강제하는 힘이 없었다. 손가락 하나만으로 그녀를 눌러 꼼짝도 못 하게 할 수 있으면서, 리에타가 가 버리겠다고 일어나면 자기로선 여기서 불쌍한 표정 짓는 것밖에 막을 방법이 없다는 듯이 군다. 그것이 못내 고맙고 사랑스러워, 떠나고 싶지 않았다. 이제는 그가 두렵지 않았다.

리에타가 작게 웃으며 그를 마주 안아 주었다. 좋다. 심장 소리. 따뜻해.

영 눈치가 없는 건지, 알면서도 모르는 척하는 건지 무방비한 여자는 그의 품에 편안히 기대어 진짜로 잠들어 버렸다. 킬리언은 리에타의 등을 느리게 토닥이며 피식 웃었다. 괜찮다. 지금도 행복해서 쓰러질 것 같으니까.

빗으면 설탕 가루가 떨어질 듯 은은하게 반짝이는 머리카락, 목덜미를 스치는 간지러운 숨결, 참는 것이 쉽지 않아서 한편으론 밀어내고도 싶었지만, 떨어지고 싶지 않아서 그는 그냥 저릿하고 달콤한 것을 인내했다.

숨소리가 이렇게 달 수가 있나. ……정말로, 행복해서 죽을 수도 있을 것 같다. 킬리언은 조용히 리에타의 뺨을, 머리카락을, 옷자락 위를 쓸었다.

저절로 입꼬리가 올라갔다. 잠든 이마에 입술을 대고 살짝 눌렀다가, 조심스럽게 떼었다. 자제하려 해도 어쩔 수 없이 마음이 들뜨고 설레었다.

사랑하는 여자가 그에게 와 주었다. 닫고 있던 마음의 문을 열어 응해 주었다. 실망시키고 싶지 않다. 두렵게 하고 싶지 않다. 힘들게 마음을 열어 준 보람이 있게 해 주고 싶었다.

너무 방심하는 게 서운하지 않다면 거짓말이겠지만, 긴장감 조성하는 거야 어려울 것도 없다. 스치는 손끝에, 입술에, 눈길에 원한다는 뉘앙스를 담으면 된다. 다만, 하지 않을 뿐이다.

손가락을 조금만 달리 움직여도 분위기가 얼마나 달라지는지 안다. 차라리 그 편이 쉽다. 전혀 그렇게 느껴지지 않게 조심하는 게 훨씬 어렵지.

"……."

하지만 아직은 아니다, 아직은. 먼저 원해 주기 전까진. 그녀의 마음이 흔들리기만 한다면 동정심도 전혀 상관없다고, 불쌍하게 보이는 것조차 얼마든지 이용할 마음이 만만이었지만, 그녀가 스스로 원해 주는 달콤함을 알고 나니 한 찰나의 흔들림이나 동정심에 만족하고 싶지 않아졌다. 스스로 원해 줬으면 좋겠다.

나는 그대가 원하는 만큼만 다가갈 테니까. 그대가 멈추라고 하면 멈추고, 그대가 있으라고 하는 곳에 있을 테니까.

소중하게 여겨지고, 사랑받고 있다는 확신을 얻을 수 있도록. 그녀가 원하지 않는 일은 절대로 일어나지 않을 거라고 확신할 수 있도록. 완벽하게 안전하고 존중받는다고 느끼는 상태에서 진심으로 그를 받아들일 수 있도록.

충분히 기다릴 것이다. 나를 더, 더 원해 줄 때까지.

그리고……, 그 호칭. 그 호칭이 계속 될 때까지는 아직이다.

킬리언은 리에타의 등을 쓸어 주며 며칠 전 용의 계곡에서의 대화를 떠올렸다.

"왜 아직도 자꾸 '영주님'이야?"

"아."

그 말에 리에타는 고민하는 듯한 얼굴로 웃다가, "아직…… 어색해서요." 하며 목을 눌렀다. 그리곤 얼른 덧붙였다.

"그래도 그리 명하시면 앞으로는 조심할게요. 이름……으로…….'"

달콤한 기분을 와장창 깨는 멋대가리 없는 대답에 킬리언은 물끄러미 리에타를 쳐다보았다.

"명령이 아니니 안 내키면 관둬."

리에타는 머쓱해하며 그의 눈치를 조금 보다가, 슬그머니 그의 옷깃을 매만지며 물어보았다.

"그러면 제가 가끔…… 영주님의 이름을 부르고 싶을 때…….'"

만지작거리던 데 두었던 눈을 들어 마주해 온다.

"……그래도 되나요?"

……순간적으로 뒤통수를 맞은 기분이었다. 마지막 말을 맺으며 내리깔았던 눈을 올려 쳐다보는 게 순간 너무 예뻐서 킬리언은 참지 못하고 리

에타의 눈꺼풀 위에 입 맞추었다. 리에타는 살짝 어깨를 움츠리며 발갛게
된 얼굴로 웃었다.

그녀의 눈 위에 입술을 댄 채, 킬리언은 작게 탄식했다. 내 이름을 부르
고 싶을 때라니. 설레어 죽겠다. 이렇게 말하는데 어떻게 싫을 수가 있겠어.

순순히 그러겠노라 대답했더라도 이보다 달콤하지는 않았을 것이다.
어딘지 설레게 하는 구석이 있는, 그리고 리에타다운 대답이었다.

"뭘 물어보고 그래."

"……"

리에타가 속눈썹을 깜박이는 게 입술을 간지럽혀서, 킬리언은 웃었다.

"그대는 언제든지 하고 싶은 대로 해도 돼."

간신히 눈꺼풀 위에서 멈추었다. 다시 그날 밤처럼 입 맞추고 싶은 것
을 꾹 참고 놓아주기가 정말 힘이 들었다. 하지만 그는 너무 멋대로 행동
하지 말아야 한다고 마음을 다잡으며 물러섰다.

킬리언은 그녀가 사는 땅의 주인이고, 무소불위의 권력을 가진 사람이
었다. 그래서 그는 자신이 더 많이 조심해야 한다고 생각하고 있었다.

"……"

리에타에게 '영주님'은 카사리우스였다. 그녀에게 십 년 넘어 이십 년
남짓을 영주님이었던 놈은 그녀의 평생에 돌이킬 수 없는 상처를 남겼다.
리에타가 아직까지 악몽에 시달린다는 걸 알고 있다. 내색하지 않아도 자
신과 함께 했던 많은 시간들 속에서 카사리우스가 떠올랐던 일들이 없지
않았을 것이다.

단순히 더 가까운 호칭으로 불리고 싶다는 욕심을 넘어서, 킬리언은 그
녀에게만은 영주님이라고 불리고 싶지 않았다. 리에타에게 그런 기억을
떠오르게 하는 사람이고 싶지 않았다.

리에타는 악시아스 사람이 되었으니, 킬리언이 그녀에게 '영주님'이 아

니게 된다면 리에타에게 '영주님'이라고 불릴 수 있는 사람은 영원히 사라지게 된다. 그것이 마음에 들었다.

내 땅에, 내 사람, 내 축성술사. 손끝으로 그녀의 뺨 위를 살짝 만져 보았다. 아까 리에타가 했던 것처럼.

빨리 이름을 불러 줘. 더 자주. 더 많이. 그대가 나를 영주님이라고 부르고 있으면 나는 아무것도 할 수 없으니까.

킬리언이 조심스럽게 그녀에게 닿았던 손을 떼고, 이불 위로 따뜻하게 그녀의 몸을 끌어안았다.

<hr />

그들이 용의 계곡에서 조난을 당했고 며칠 만에 구조되었다는 것은 극소수의 사제들과 기사들, 킬리언이 신뢰하는 최측근들만 아는 비밀로 남았다. 영주의 신변에 위험이 닥쳤다는 건 그들 같은 상황의 영지에서는 영지 전체를 뒤흔들 수 있는 중대한 사안이었기 때문에 모두가 무겁게 입단속을 했다.

다행히 킬리언과 리에타가 무사히 돌아와 그것은 현명한 선택이 되었다. 애태우던 성에서는 간신히 한시름을 덜었다.

한편, 그들이 큰일을 겪었다는 것을 모르는 관리들과 실무자들은 일거리를 가지고 와서 킬리언을 찾기 시작했다. 하지만 집사 에른이 스케줄을 정리하고 사람들의 출입을 차단하며 관리들은 물론 하인들도 그들을 방해하지 못하도록 손을 썼다.

"오늘은 뵐 수 없습니다."

"하, 하지만……. 분명 이 일의 보고를 기다리고 계실 터인데……."

"오셨더라고 전해 드리겠습니다."

"영주님께서 항상 직접 정기 보고를 받으시던 일인데요. 불호령이 떨어지면……."

"제가 책임지겠습니다."

집사는 가장 먼저 둘 사이의 변화를 포착한 사람이었다. 위험한 일이 있었다기에 걱정했는데, 아무래도 덕분에 뭔가 진전이 있었던 모양이지. 계속 노집사의 애간장만 태우시더니. 하인들에게 지시를 내리는 노집사의 입가에 흐뭇한 미소가 걸렸다. 옆에 서 있던 시녀장 리엔이 복화술로 말했다.

"……집사님. 표정 관리 좀 하세요. 주책 맞아 보여요."

"허허허."

시녀장 리엔의 핀잔에도 에른은 태연하게 웃었다.

"영주님이 서른하나가 되도록 후계자는커녕 애인 하나 없이 나이만 먹어 가시는데, 측근들이 주책스러워지지 않고 품위만 유지하고 있으면 그거야말로 충심을 의심해야 할 일이네."

리엔도 그 말엔 부정하지 못하고 웃고 말았다. 사실 그들로서도 내심 걱정이 많았다. 리에타는 외부에 그의 하렘인 '동쪽 별채'를 해산시킨 대단한 애첩으로 알려져 있었다.

킬리언이 리에타를 업고 다닌다는 소문, 리에타가 배정받은 악시아스 성의 방에 대한 소문, 그녀와 관련된 사냥꾼과 마수에 대한 소문, 곧 황제에게 돌아가는 황실의 사제들이 리에타를 성의 안주인으로 대접하며 예우하고 있다는 소문까지 퍼지기 시작하자 정말로 이제는 어찌할 수 없는 지경이 되어 버렸다.

대외적으로 애첩으로서 리에타의 위치가 확고해지며 킬리언 주변엔 유혹을 시도하는 여자 자체가 사라져 버린 지 오래였다. 무엇보다도 킬리언이 다른 여자에겐 눈길도 주지 않았다.

그러나 리에타는 진짜 킬리언의 애첩이 아니었다. 그들 사이엔 밤이 없었다. 킬리언의 침실을 관리하는 것은 하녀들이 아니라 집사 에른의 일이 었기에 그동안은 티가 나지 않았지만, 하녀들이 리에타의 드레스룸 정리 를 도와주기 시작하고 오랜 시간이 지나다 보니 둘 사이에 그런 일이 없다 는 것은 더 이상 숨길 수 없는 일이 되었다.

킬리언의 침실을 사이에 두고 리에타는 자신의 드레스룸에서 업무를 보고, 킬리언은 자기 집무실에서 일한다. 둘이 같은 침실에서 나오는 일도 없고, 밤에는 매일 킬리언이 리에타를 아래층 침실까지 데려다준다.

언제나 식사를 함께하고, 날마다 꽃이다 뭐다 애정 어린 선물을 가져다 바치고, 데이트를 하더라 입을 맞추더라 은근히 애정 행각도 목격이 되는 데 낮뿐이다. 밤은 함께하지 않는다. 슬슬 그것을 눈치 채는 사람들이 늘 어나고 있었다.

"어차피 이제 주인님께 남은 선택지는 아가씨뿐일세."

"처음엔 이대로 괜찮은가 걱정하셨으면서……."

"내가 언제? 드레스룸 배정 계획도 내가 했잖은가."

"그건 별 효과도 없더만요. 오히려 역효과만 났지."

"효과가 없기는. 딱 두고 보게. 그 드레스룸이 의미가 있었는지 없었는 지 언젠가는 다 드러나게 될 날이 올 것이니."

시녀장이 입을 가리고 웃었다. 대놓고 말하진 않았어도 두 사람은 같은 목적을 가진 동료였다.

리에타를 곁에 둔 이후 킬리언의 성격이 너무나 안정적으로 변하자, 집 사와 시녀장은 내심 리에타가 킬리언의 진짜 연인이 되어 주길 바라며 오 매불망 좋은 소식이 들리기만을 기다리고 있었다.

드레스룸 계획을 획책한 것도, 혼자 두면 편한 드레스만 입고 마는 리 에타에게 은근히 이런 저런 핑계들로 시녀들을 붙이고 자꾸만 예쁘게 꾸 며 주는 것도 집사와 시녀장의 그런 희망의 일환이었다.

아가씨에게 아픈 과거가 있으셔서서 영 쉽지 않은 것 같았지만, 우리 영주님이 어떤 분이신가! 언젠간 다 잘될 거라고 생각했다. 집사와 시녀장이 표정 관리를 하며 각자의 일을 하기 위해 흩어졌다.

⁓⁓∙❦∙⁓⁓

에른의 조치 덕분에 킬리언과 리에타는 전례 없이 조용한 악시아스 성에서 아무런 방해 없이 실컷 늦잠을 자고 쉴 수 있었다. 리에타는 해가 중천에 떠서야 다시 눈을 떴다. 중간에 한 번, 집사가 몰래 먹을 것을 가져다 놓은 것을 제외하곤 아무도 그들을 방해하지 않았다. 리에타도 괜한 바지런을 떨지 않았다. 리에타가 베개에 머리를 부비며 중얼거렸다.

"……침대가 이렇게 좋은 거였는지 몰랐어요."

킬리언도 같은 기분을 느끼고 웃었다.

"몸은."

"좋아요. 영주님은요?"

"더 이상 좋을 수 없을 정도. 다른 불편한 데는 없고?"

"없어요."

"대답에 영혼이 없는데."

리에타가 쑥스럽게 웃었다.

"사실 좀…… 이상해요."

"뭐가?"

"이렇게 늦잠을 자며 여유를 부려 본 일이 없는 것 같은데……. 이래도 될까 싶은 기분이 들기 보단 좀 더 쉬어도 될 것 같다는 생각이 들어요."

킬리언이 입매를 올리며 피식 웃었다.

"좋네."

킬리언이 몸을 뻗어 침대 근처에 놓여 있던 사이드 테이블을 끌어왔다.

"그럼 게으름 할당량이나 좀 더 채워 볼까."

리에타가 웃었다.

"그래도 돼요?"

"그럼."

킬리언이 침대 위에 달걀과 치즈를 얹어 구운 카나페 접시를 올려놓았다. 간단히 집어먹기 좋은 핑거 푸드였지만 나름대로 몸보신을 해 주는 고열량식이었다. 리에타가 무의식적으로 나무랐다.

"가루 떨어져요."

"상관없어."

킬리언은 덤덤하게 대답하고 하던 행동을 이어 갔다. 사이드 테이블에서 냅킨을 꺼내 접시 옆에 놔주었다. 아. 리에타가 멍하니 눈을 깜박였다. ……침대에 뭐가 떨어지든 말든 신경 쓸 필요가 없구나. 영주님은…….

새삼 문화충격을 느끼는데 킬리언이 하나 집어 들어 리에타의 입 앞에 들이밀며 '아' 했다. 시대와 문화권을 초월한 유구한 역사를 지닌 행동에 리에타는 저도 모르게 아 하고 입을 벌렸다. 곧바로 리에타의 입에 쏙 넣어 준다. 딱 한입에 들어가는 크기였다.

얼결에 받아먹은 리에타가 우물거렸다. 곧 눈이 동그래졌다. 맛있어! 제 입을 가리고 동그래진 눈으로 오물거리는 리에타를 보고 피식 웃은 킬리언이 자기도 하나 집어다가 물고는 침대 헤드에 기대었다. 리에타 쪽 침대 헤드에 쿠션을 세워 주고 앉아서 먹으라고 툭툭 두드린다.

엎드려 있던 리에타가 꼬물꼬물 일어나서 등을 대고 그와 나란히 앉았다. 킬리언이 피식 웃고는 사이드 테이블에서 약재를 넣고 끓인 포도주를 따라 건네주었다. 리에타가 두 손으로 받아들었다.

킬리언이 물끄러미 리에타를 쳐다보았다. 한 손에 어색하게 조그만 포도주잔을 든 채 입을 오물거리며 앉아있는 게 몸살 나게 귀엽다. 그가 쿠션을 대어 준 침대 헤드에 등을 기대고 접시를 내려다보며 하나 또 집어 드는 게 뭐라고 저렇게 귀여운 건지.

먹으려고 보는 거고 먹으려고 손을 뻗어 집어드는 건데. 대체 저 뻔하고 일상적인 행동이 뭐라고 이리 눈을 떼기 힘든지 모르겠다.

따뜻한 데서 편히 앉아 있는 것만 봐도, 먹는 걸 보고만 있어도 배가 부르다. 이게 콩깍지라는 건가? 하지만 리에타는 객관적으로 봐도 예쁘다. 남들이 보기에도 이 정도로 예쁜가? 그럼 좀 위험한 것 아닐까?

그런 정신 나간 생각을 하는데, 리에타가 손에 든 카나페를 보고 좀 머뭇거리다가 그를 향해 슬그머니 손을 내밀었다. 킬리언의 입 앞에 카나페를 든 애매한 손이 다가왔다.

"……."

킬리언이 물끄러미 쳐다만 보고 반응하지 않자 리에타가 점점 안절부절못하다 벌게진 얼굴로 조그맣게 입을 벌려 소리를 냈다.

"……아."

맙소사. 리에타가 뭘 하고 있는지 깨달은 킬리언은 그만 한 손으로 얼굴을 감싸 쥐고 앓는 소릴 내며 웃음을 터뜨려 버렸다.

침대에 나란히 앉아서 끓인 포도주와 함께 카나페 한 접시를 뚝딱 해치우고 나서야 리에타가 눈을 깜박이다 물어보았다.

"제가 얼마나 잤나요?"

"나흘."

"와. 정말요?"

리에타가 맹하니 웃다가, 얼굴을 굳히더니 화들짝 몸을 일으켰다.

"오, 오늘이 며칠이죠?"

"이십오일."

"어, 어머나. 어쩜 좋아."

리에타가 당황한 얼굴로 벌떡 일어나며 소리쳤다.

"저, 저 먼저 좀 물러가도 될까요?"

리에타가 왜 그러는지 알고 있는 킬리언은 웃으며 보내주었다.

"그래."

"죄송해요! 감사해요! 맛있게 잘 먹었어요!"

리에타가 침대 밖으로 발을 내리고 벌떡 일어나 뛰쳐나갔다. 오늘은 리에타의 친구들인 넬라와 마틴이 결혼하는 날이었다. 식은 저녁이지만 지금은 점심때가 훌쩍 넘어 있었다. 결혼식까지 채 두어 시간이 남지 않았다.

킬리언은 웃으며 그녀의 뒷모습을 지켜보았다. 그런 큰일을 겪었으니 좀 더 빈둥거려도 좋으련만. 몸이 좋지 않아 참석하기 어렵다고 하면 충분히 이해해 줄 텐데.

뭐, 괜찮은가. 용의 계곡에 있을 때 줄곧 친구 결혼식 늦지 않게 참석시켜 준다는 걸 레퍼토리 삼아 말했으니 있어야 할 곳으로 돌아왔다는 기분을 내는 의미로 함께 가도 좋을 것 같다. 리에타가 악시아스에 정착하는 걸 도와주고 줄곧 교류해 온 이웃들이기도 하고.

리에타는 그에게 등을 보인 채 내달려서 자기의 드레스룸으로 이어진 문을 벌컥 열고 넘어가 버렸다. 킬리언의 침실, 그리고 리에타의 드레스룸 사이를 연결하는 직통 문.

"……."

저렇게 열고 가는 걸 본 적이 없어서 몰랐다. 리에타에게 열쇠를 건네준 뒤로 없는 셈 치고 신경 쓰지 않던 문. 잠겨 있지 않았다. 킬리언은 새삼스럽게 그 문을 물끄러미 쳐다보다가 피식 웃었다. 킬리언도 몸을 일으켰다.

바쁘게 자신의 드레스룸으로 달려가 급하게 하객용 외출복으로 갈아입고 나온 리에타가 소파에 앉아 기다리던 킬리언이 던진 말에 멈칫했다.

"같이 가신다고요?"

"어."

"……넬라와 마틴의 결혼식에요?"

"어."

리에타가 멍하니 그를 쳐다보았다. 킬리언은 어느새 단정한 외출복으로 갈아입고 그가 선물한 물건으로 가득 차 있는 그녀의 보석함을 열어보고 있었다.

"……초대를 받으셨나요?"

"아니?"

킬리언이 장신구들을 들어 살펴보며 되물었다.

"모르는 사람도 아닌데 가면 안 돼?"

아니 굳이 안 될 건 없지만.

"……영주님께서 가시면 너무 영광된 나머지 다들 영주님만 쳐다보지 않을까요?"

킬리언이 보석함에서 머리 장식 몇 개를 골라 들고 다가오며 말을 이었다.

"괜찮아. 조용히 보고만 오면 돼. 남들 결혼식에 '대공 전하 납시오' 같은 거 할 생각 없어."

리에타가 곤란한 얼굴로 머뭇거렸다. 그래도, 내성 사람들은 영주님을 알아볼 텐데…….

"하객에게 시선이 너무 집중되면 신랑 신부에게 폐가 되지 않을까요……?"

리에타의 머리에 머리 장식을 대 보던 킬리언이 잠깐 생각하다 대답했다. 별 걱정을 다. 나도 그 정도 눈치는 있다.

"덜 잘생겨 보이도록 노력할게."

"……."

리에타는 좀 더 직접적으로 알려 주었다.

"……넬라도 마틴도 갑자기 결혼식에 영주님이 오시면 당황할 거예요."

킬리언이 보석함에서 다른 머리 장식을 꺼내들며 말했다.

"내가 주례를 붙여 줬는데 갈 수도 있다고 생각하지 않을까?"

"……네?"

리에타가 어리둥절한 얼굴이 되었다.

"영주님이 주례를 붙여 주셨어요?"

킬리언이 덤덤히 끄덕였다.

"어. 길리우스 대사제한테 부탁했는데……."

"예?" 리에타의 눈이 동그래졌다.

"길리우스 대사제님께서 주관하신다고요? 넬라랑 마틴의 결혼식을?"

리에타가 너무 놀라는 기색이자 킬리언이 눈을 깜박이며 그녀를 쳐다보았다.

"따로 부탁할 사제가 있는 것 같지 않기에. ……고마워하는 것 같던데."

킬리언이 미심쩍은 얼굴로 중얼거렸다.

"……혹시 내가 실수했어?"

"아, 아뇨!"

리에타가 황급히 고개를 저었다.

"그, 그렇게 신경 써 주신 줄 몰랐어요."

대사제님이 주관하시는 결혼식이라니. 평민에게 그 정도 결혼식을 할 기회는 절대 오지 않는다. 사원이 없는 악시아스의 평민들에게 가장 성대한 결혼식은 권위 있는 신성 사제가 주관하여 축복해 주는 예식이었다. 게

다가 결혼을 주관하는 사람의 인생이 중요하게 여겨져 리에타 같은 과부
나 타니아 성녀 같은 떠돌이는 안 되었다.

길리우스 대사제는 두말할 것도 없이 권위 있는 성직자였고, 귀족이었
으며, 귀족 성직자가 흔히 그러하듯 그 역시 높은 신분의 귀족 아가씨와
결혼하여 이상적인 가정을 이룬 기혼자였다.

게다가 황제를 모시는 사람이었으므로 그가 주관하는 결혼식을 했다는
것은 귀족들도 그보다 좋은 예식을 하기 어려울 정도로 좋은 결혼식을 하
는 셈이었다. 리에타가 놀란 얼굴만 하고 좋아하는 것 같지 않자 킬리언은
약간 고민하는 얼굴이 되었다.

"혹시 내 앞이라 거절하지 못해서 그렇게 말한 건가? 달갑지 않은 제안
이었을까?"

눈이 동그래진 리에타가 두 손을 내저으며 급히 부정했다.

"아뇨! 평생 자랑거리로 삼을 만한 결혼식으로 만들어 주신걸요! 최고의
결혼 선물이었을 거예요!"

"그래?"

리에타의 머리 위에 심플한 디자인의 은제 진주 장식을 꽂아 주며 킬리
언이 웃었다.

"그럼 가도 되나?"

결혼식에 그런 호의를 베풀어 주신 분께 어떻게 가시면 폐가 된다고 말
할 수가 있을까. 결혼하는 당사자도 아닌 내가 안 된다고 하면 오히려 넬
라에게 엄청 혼이 날 거다. 리에타가 활짝 웃으며 고개를 끄덕였다.

"같이 가요."

너무 눈에 띄지 않게 가서 살짝 인사하고, 식이 진행될 땐 뒤에 앉아서
축하해 주고 오면 그렇게 폐가 되지도 않을 것 같다는 생각이 들었다. 리
에타의 머리를 만져 주던 킬리언이 리에타를 빤히 내려다보다 짧게 한숨

을 쉬었다.

"……뭘 할 수가 없네."

"네?"

킬리언이 제법 심각한 얼굴로 머리 장식을 빼 주며 혼잣말처럼 중얼거렸다.

"아무리 수수하게 해도 그대보다 예쁜 신부는 없을 것 같은데."

예기치 못한 기습에 말문이 막힌 리에타의 얼굴이 새빨갛게 달아올랐다.

킬리언과 리에타는 나름대로 하객으로서 예의에 벗어나지 않을 정도로 차려입고 거리 마차를 잡아 내성의 회관으로 향했다. 악시아스에서 평민들의 결혼식은 대체로 신혼집 마당에서 조촐하게 열리곤 했지만, 대사제가 결혼식을 주관하기로 한 이상 그의 명예에도 누가 되지 않도록 내성의 가장 큰 마을 회관을 빌렸다.

그들이 잘 모르는 격식이나 절차에 대한 것은 사제들이 도움을 주겠다고 나서 주어, 넬라와 마틴은 평민치고는 제법 귀족적 구색을 갖춘 성대한 결혼식을 하게 되었다.

사람이 가득한 홀을 보고 리에타는 약간 당황했다. ……잘못 찾아온 거 아니지? 결혼식이 열리는 마을 회관의 홀에는 축하객들이 매우 많았다.

"사람이 많네." 킬리언도 조금 놀란 투였다.

그렇게 축하객이 많은 결혼식을 리에타는 처음 보았다. 진짜 사람 많은 결혼식, 그러니까 귀족의 결혼식을 많이 경험했을 킬리언마저 꽤 놀란 듯했다.

넬라와 마틴은 친구가 많았다. 그들은 외향적이고 발이 넓은 데다 장사 수완도 좋아 성에 납품까지 하는 사람들이었다. 고위 사제가 주관하는 성대한 결혼식은 참석하여 축하해 주는 사람들에게도 행복한 가정을 이루는 행운을 나누어 준다고 여겨지기에, 넬라와 마틴은 자신들의 행운을 많은 사람들과 함께 나누고 싶어 했다.

신랑 신부는 사업상의 동료들이며 거래처 친구들, 행운을 나누고자 하는 친절한 이웃들을 아낌없이 초대했고, 기꺼이 참석해 준 수백 명의 사람들로 회관은 발 디딜 틈 없이 붐볐다. 그것이 이 전례 없는 인파의 원인이었다.

신분과 직업과 남녀노소를 막론하고 악시아스의 모든 사람들이 그들의 결혼식을 보러온 듯했다. 리에타가 축성을 다니며 만났던 사람들을 비롯해 성에서 일하는 하인들과 기사들, 황제의 사제들, 사냥꾼들, 성에서 업무를 보는 관리들, 역병 격리 구역에서 함께 봉사했던 사람들까지 적잖이 보였다. 킬리언이 불길한 예감을 느끼며 모자를 눌러쓰는 순간.

"어, 축성술사님?"

누군가 리에타를 알아보았다.

"어이구! 이게 얼마 만이야! 그런데…… 옆에 계신 분은…….."

리에타가 약간 당황하며 막 인사를 건네려는데, 지나가던 기사들이 연이어 그들을 발견했다.

"어, 대공 각하! 언제 오셨습니까?"

"오, 축성술사님도 계셨군요?"

그리고 지나가던 관리가 그들을 발견하고 소리쳤다.

"대공 전하! 에른 집사께서 오늘은 못 뵌다더니 여기 와 계셨습니까? 어, 어디 가십니까!"

시선이 집중되려 하자, 킬리언은 리에타의 손을 잡고 뛰기 시작했다.

한참을 뛰어다니며 몸을 숨기느라 리에타는 완전히 혼이 빠졌다. 리에타가 어깨를 들썩이며 가쁜 숨을 몰아쉬자 킬리언이 안쓰러운 듯 웃었다.

"숨넘어가겠군. 업어 줄까?"

"아예 숨을 멈춰 주시려고요……?"

킬리언이 짧게 웃음을 터뜨리고 리에타가 숨을 고르길 기다려 주었다. 간신히 따라붙던 사람들을 따돌린 킬리언과 리에타는 최대한 외지고 눈에 띄지 않는 장소로 숨어 다니며 발길을 재촉해 신부 대기실로 향했다.

"……식을 가까이서 보는 건 힘들겠는데. 나는 뒤에 빠져 있을 테니 보고 올래?"

리에타가 웃으며 고개를 저었다.

"처음부터 식은 멀리서 볼 생각이었는걸요."

"그래?"

앞을 보고 미소 지은 리에타가 한숨처럼 말했다.

"그나저나 엄청난 인파네요."

킬리언은 리에타가 보지 못하도록 미세하게 미간을 찌푸렸다. 그래. 그녀의 말대로 엄청난 인파였다. 괜찮은 건가? 리에타의 친구들은 평민이다. 그들의 재정 수준으로 이 정도 규모의 행사를 감당할 수 있을지 킬리언은 확신할 수 없었다.

성에서 제공하는 금전적인 지원은 거의 받지 않았다고 들었다. 그래서 소박한 결혼식을 하려나 보다, 생각했는데. 막상 와 보니 하객의 규모가 지나치게 컸다. 이 정도 규모로 사람들을 대접하고 감당하려면 피로연에 적지 않은 돈이 들었을 것이었다.

"앗, 저긴가 봐요."

신부 대기실을 발견한 리에타가 멈추어 섰다. 그들은 사람들이 없는 길을 통해 빙 돌아왔지만 신부 대기실 근처에는 사람이 많았다. 리에타가 작게 소리를 낮춰 소곤거렸다.

"저 다녀올 테니, 영주님은 잠깐 근처에서 기다려 주시겠어요?"

킬리언은 내색하지 않고 산뜻하게 미소했다.

"그래. 다녀와."

리에타가 고개를 끄덕이며 웃었다.

넬라는 신부 대기실에서 찾아오는 손님들을 맞이하며 인사하고 있었다.

"넬라……!"

예쁜 웨딩드레스를 차려입고 머리를 풀어 내려 꾸민 넬라가 눈을 동그랗게 뜨고 벌떡 일어났다.

"리에타! 와 줬구나!"

넬라가 드레스 자락을 움켜쥐고 벌떡 일어나 달려가려고 하자, 옆에서 그녀를 거들어 주던 아주머니들이 만류했다.

"아이구, 넬라! 드레스 밟지 않게 조심하라니까!"

넬라는 들리지도 않는다는 듯 리에타를 향해 활기차게 소리쳤다.

"오랫동안 성을 비웠다기에 못 올 줄 알았는데!"

전염되어 오는 활기에 리에타가 환하게 미소 지었다.

"결혼식 참석하려고 서둘러 왔어요! 와, 세상에. 이 모습을 못 봤으면 섭섭해서 어쩔 뻔했어!"

넬라는 씩씩하게 드레스를 치켜들고 다가와서 와락 리에타를 안아 주었다. 리에타도 웃으며 꼬옥 넬라를 마주 안아 주었다.

"와 줘서 고마워!"

"결혼 축하해요. 오늘 너무 예뻐요."

넬라가 얼굴을 발갛게 물들이며 쾌활하게 웃었다.

"하하하! 오늘만은 그 칭찬 사양하지 않을게!"

치장을 도와주는 아주머니들이 넬라의 드레스 주름을 정돈해 주며 타박했다.

"넬라……. 세상에 너처럼 호탕한 신부는 없을 거야."

행복한 활기가 전해져 와서 리에타는 넬라의 손을 마주 잡고 웃었다.

"아, 이거……."

리에타가 그녀에게 준비해 온 미르테 화환을 건네주었다. 화환을 건네받은 넬라의 눈이 동그래졌다.

"약소하지만 결혼 선물이에요."

"세상에."

넬라는 입을 다물지 못했다.

"제가 만들었어요. 도움은 좀 받았지만……. 축성도 했어요."

"리에타가? 직접?"

리에타는 갑자기 민망한 기분이 들었다. 그냥……. 축성 토템 같은 건데.

"네. 집에 걸어놔 주면 기쁠……. 어, 어, 넬라?"

넬라는 면사포 위에 장식해 두었던 꽃장식을 망설임 없이 떼어 내고 리에타가 준 화환을 머리에 썼다. 그러더니 옆에 세워진 전신 거울에 자신의 모습을 비춰보고 행복에 겨워 붉어진 뺨을 감쌌다.

"이렇게 예쁜 화환은 처음 봐. 장인이 만든 거라 해도 믿겠어!"

진심으로 감동한 눈이 반짝반짝 빛났다.

"너무 좋아……! 나 이거 쓰고 행진할래!"

"저, 정말 그래도 되겠어요?"

너무 기뻐하는 모습에 당황하면서도 리에타의 가슴에도 행복이 차올랐다. 리에타가 넬라와 신부 대기실에서 이야기를 나누는 사이, 킬리언은 뒤에서 하객들을 안내하던 마틴에게 다가가 그의 어깨를 툭 쳤다. 무심결에 고개를 돌린 신랑과 눈이 마주치자, 킬리언은 뒤쪽을 향해 까딱 고갯짓했다.

"자네는 잠깐 나 좀 보지."

신랑은 그 말을 한 사람이 악시아스 대공 전하라는 것을 깨닫고 웃는 얼굴 그대로 얼어붙었다.

'잠깐 나 좀 보지'라니. 이게 이렇게 무서운 말이었나? 신랑은 동공 지진을 일으키며 신부 대기실 옆에 마련된 빈방으로 킬리언을 따라 들어갔다.

뭐가 잘못된 거지? 그럴 리가 없는데도 '설마, 초야권?' 하는 생각이 났다. 마틴의 얼굴이 딱딱하게 굳어졌다. 설마 그럴 리가 없는데. 설마 우리 영주님이 그럴 분이 아니신데.

탁. 문이 닫히자마자 킬리언은 단도직입적으로 물었다.

"리에타의 입장을 생각해서 성에서 제공하는 지원을 거절한 것이냐."

과부하가 걸린 머릿속에서 생각이 꼬여 신랑의 대답은 한발 늦게 나왔다.

"……예?"

킬리언이 가슴 앞으로 팔짱을 끼며 눈을 찌푸렸다.

"이 결혼식이 그대들에게 부담되지 않느냐고 묻는 것이다."

잔뜩 긴장해 있던 마틴이 얼떨떨한 표정을 하고 킬리언을 올려다보았다. 킬리언은 서늘하다 싶을 정도로 무뚝뚝한 낯으로 말을 이었다.

"내가 대사제를 주선한 것 때문에 그대들에게 금전적으로 부담스러운 결혼식이 되었다면 내 실수다. 거짓된 말로 예의를 차릴 생각 말고 사실대로 고하라."

마틴이 멍하니 눈을 껌벅이며 킬리언을 올려다보았다. 목소리는 쌀쌀맞았고, 태도와 자세는 고압적이었다. 하지만 말의 내용은 그렇지 않았다. 마틴은 자신이 들은 말을 제대로 이해한 것이 맞는지 곱씹어 보며 그들의 영주님을 바라보았다. 마침내 마틴이 조심스럽게 입을 열었다.

"아뇨……. 정말로 괜찮습니다. 이 정도는 제가 감당할 수 있습니다."

썩 신뢰가 가지 않는다는 듯 킬리언의 눈이 가늘어졌다. 마틴이 입술을 축이며 신중한 태도로 덧붙였다.

"……제 나름대로 장사꾼다운 수완도 발휘했고요."

킬리언은 묵묵히 팔짱을 낀 채 마틴을 응시하며 눈을 찌푸렸다.

"……이런 기회를 거절하다니. 장사꾼으로서는 실속 없는 것 같은데."

마틴이 쑥스럽게 뒤통수를 긁적이며 말했다.

"남자로서는 괜찮다고 생각합니다. 넬라는 리에타의 친구로서가 아니라 제 연인으로서 저와 결혼하는 것이니까요."

눈이 마주치자, 마틴이 멋쩍게 미소 지었다.

"제가 할 수 있는 것은 제가 다 하고 싶습니다."

그리고는 킬리언을 향해 꾸벅 허리를 숙였다.

"하지만 대사제님을 주례로 주선해 주신 것, 마을 회관을 빌리는 데 도움 주신 것, 축제의 마법을 제공해 주신 것은 제가 할 수 없는 일이었습니다. 멋진 결혼 선물을 주신 데에 진심으로 감사드립니다."

킬리언이 빤히 마틴을 바라보았다. 진심인지 가늠하려는 듯, 탐색하는 시선으로 신랑을 주시한다. 어느새 긴장이 풀려 신랑의 객기를 회복한 마틴이 넉살 좋게 웃었다.

"제 신부는 소박한 결혼식을 꿈꾸던 사람은 아니었습니다. 사업적으로 유용하고, 축제 같고, 왁자지껄한 결혼식을 꿈꾸던 여자거든요."

가슴을 펴고 웃으며 씩씩하게 너스레까지 떨었다.

"그러니까, 대사제님 때문에 원치 않게 화려한 결혼식이 된 것이 아닙니다."

그리고는 듣는 사람도 없는데 목소리를 낮추며 비밀 얘기하듯 속삭였다.

"사실 그 꿈을 이뤄 주기 위해 넬라 몰래 꽤 오랫동안 노력해 왔거든요, 저."

"……."

결혼 준비를 위해 상당한 비자금을 마련했다는 걸 암시하는 말이었다. 오랜 노력으로 완벽하게 신부가 꿈꾸던 결혼식을 실현해 낸 신랑이 뿌듯해하며 웃었다.

"그러니 영주님께서는 조금도 개의치 마십시오."

신랑이 싱글벙글 웃었다. 킬리언은 그의 얼굴을 물끄러미 쳐다보다가 별안간 무표정한 얼굴로 툭 던졌다.

"탈세했겠군."

마틴이 웃던 얼굴 그대로 싸악 굳어 버렸다. ……이놈의 주둥이! 창백하게 질린 마틴은 질끈 눈을 감고 넙죽 고개를 숙였다.

"……쬐, 쬐끔 했습니다. 죄송합니다! 이자 쳐서 자진 납세하고 앞으로 착하게 살겠습니다!"

왠지 모르게 뚱한 얼굴로 쳐다보던 킬리언이 결국 피식 웃었다. ……어련히들 알아서 했을걸. 괜한 참견을 했군. 킬리언이 마틴의 어깨를 한번 툭 두드려 주고 지나갔다.

"결혼 축하하네."

벌떡 일어난 신랑이 왼쪽 가슴 위에 손을 올리고 예를 표했다.

"영광입니다, 영주님."

킬리언이 방문 앞에 도달했을 때, 뒤에서 그를 바라보던 마틴이 정중하게 덧붙였다.

"좋은 땅을 만들어 주시고, 넬라를 만나 사랑할 수 있게 해 주셔서 감사합니다."

잠시 문고리에 닿았던 손이 멈추었다. 그러나 덤덤한 낯으로 힐긋 돌아보았을 뿐, 킬리언은 이내 말없이 문을 열었다. 끼익. 눈에 띄지 않는 위치의 벽에 기대어 기다리고 있던 리에타가 몸을 일으켰다. 킬리언의 눈매가 부드럽게 풀어졌다.

"신부랑 좀 더 이야기하고 있지 않고."

리에타가 방 안으로 시선을 던졌다. 눈이 마주치자 방 안에서 마틴이 리에타를 발견하고 소리 없이 씩 웃었다. 마틴은 리에타를 향해 손을 흔들어 인사를 보내며 입모양만으로 '고마워' 하고 벙긋거렸다. 리에타도 마틴에게 부드럽게 눈인사를 건네고 킬리언을 올려다보았다.

"신랑이랑 무슨 이야기하셨어요?"

"그냥. 잘 살라고."

킬리언이 리에타의 어깨를 감싸 안고 몸을 돌렸다. 리에타가 옆으로 그를 올려다보았다.

"그냥, 잘 살라고요?"

"결혼식 얘기도 좀 하고."

두 사람이 나누는 말소리가 신랑의 귀에 들려왔다. 목소리가 점점 희미해져 갔다.

혹시 권력 남용하셨어요?

그랬으면 칭찬해 주나?

……아뇨?

그럼 안 했어.

칭찬해 드리면요?

그럼 했어.

영주님…….

오늘은 이름 불러 주면 안 되나? 부러워 죽을 것 같은데……. 나 좀 심술 나려고 해.

……혹시 신랑 괴롭히신 건 아니죠?

나를 뭘로 보고.

서로의 마음을 확인한 지 얼마 되지 않은 풋풋한 커플이, 오늘 결혼하는 신랑의 미소를 뒤에 두고 홀을 향해 걸어갔다.

～⚬⚭⚬～

"주신 시엘의 가호 아래, 신랑 마틴 군과 신부 넬라 양의 결혼식을 거행하도록 하겠습니다."

"이 결혼에 이의가 있으신 분은 지금 손을 들어 말씀하시고, 그러지 않으실 것이라면 영원히 침묵하십시오."

"슬플 때나 기쁠 때나, 아플 때나 건강할 때나, 젊어서만 아니라 나이 들어서도. 죽음이 갈라놓을 때까지, 신랑 마틴 군은 신부 넬라 양을 아내로 맞이하여 아끼고 사랑하며 헌신하겠습니까."

"슬플 때나 기쁠 때나, 아플 때나 건강할 때나, 젊어서만 아니라 나이 들어서도. 죽음이 갈라놓을 때까지, 신부 넬라 양은 신랑 마틴 군을 남편으로 맞이하여 아끼고 사랑하며 헌신하겠습니까."

"평탄하고 행복할 때만이 아니라 그대들의 앞날에 시련과 고난과 역경이 있을지라도, 두 사람은 서로를 위하고 의지하며 함께 헤쳐 나가겠습니까."

"신랑과 신부는 맹세의 증표로 예물을 교환하십시오."

"신랑은 신부에게 입 맞추어도 좋습니다."

"주신 시엘의 앞에서, 두 사람이 부부가 되었음을 선언합니다. 루시엘리."

"레시엘!"

회관이 쩌렁쩌렁 울리는 하객들의 후창과 함께, 대사제의 손끝에서 피어오른 신성한 축복의 빛이 결혼식의 홀 가득히 퍼져 나갔다.

악단이 음악을 연주하기 시작했다. 신랑 신부가 손을 잡고 홀의 계단을 내려오며 행진했다. 사방에 화동들이 뿌리는 꽃잎이 날리고 향긋한 샴페인이 터졌다.

활기차고, 에너지가 넘치며, 신랑 신부를 닮은 사랑스러운 결혼식이었다.

피로연이 끝난 후, 마을 회관에서 나온 신랑과 신부는 꽃으로 가득 채운 사륜마차를 탔다. 갓 부부가 된 넬라와 마틴이 사람들의 환호와 축하 속에 내성의 밤거리를 행진했다.

수완 좋은 상인들이라고는 믿기지 않는 일이었지만, 넬라와 마틴은 성에서 제공하는 금전적인 도움은 대부분 거절하며 선을 그었다. 다만 몇 가지 호의만은 신중하고도 감사하게 받아들였다. 대사제의 주례, 내성 회관의 임대, 그리고 축제의 마법이 그것이었다.

밤의 거리, 그들의 신혼집이 될 넬라와 마틴의 잡화점으로 향하는 길. 펑! 퍼펑! 큰 소리와 함께 아름다운 불꽃놀이가 밤하늘을 가득히 수놓았다. 펑! 퍼퍼펑! 불꽃놀이가 있을 거라는 걸 모르고 있던 넬라는 놀라서 입을 가렸다.

옆에서 쑥스럽게 웃고 있던 신랑이 신부를 향해 팔을 벌렸다. 눈에 그렁그렁 눈물이 차오른 신부가 환하게 웃으며 신랑을 끌어안았다. 아름다운 마법의 불꽃이 새로 시작하는 신혼부부의 앞날을 축복했다.

리에타는 축제의 불꽃이 눈부시게 흐드러진 밤하늘을 올려다보았다. 바라보는 사람을 한없이 겸손하게 만들던 용의 계곡의 시린 오로라와 달리 인간이 만들어 낸 축제의 불꽃은 따스한 빛이었다.

그 아래서 행복해하는 친구들을 바라보며, 리에타는 괜히 제가 먹먹하여 민망해졌다. 그동안 킬리언이 퍼부은 온갖 종류의 물질적인 호의는 불쌍한 한 사람의 영지 정착민이나, 악시아스 대공의 애첩으로 바깥에 보여

질 '아가씨'를 향한 것이라 여겨 와 닿지 않았었다.

그러나 정작 지금, 자신이 아닌 제 친구들을 향한 그의 세심한 배려에서 리에타는 이 서툰 남자의 호의가 아무런 조건도 수식어도 없는 저를 향한 애정에서 비롯함을 실감하였다. 나는 그의 진짜 애첩도 아니고, 아직 그에게 아무것도 해 주지 못했는데…….

펑! 퍼펑! 오색 찬연한 마법의 불꽃송이들이 어둑한 밤하늘 위에 한 무더기 엎지른 보석처럼 피어올랐다. 쌀쌀해진 늦가을의 공기 속. 옆에서 스치는 따스한 손등. 리에타는 머뭇머뭇 손을 뻗어 그것을 붙잡았다.

그가 살짝 고개를 움직여 자신을 내려다보는 것이 느껴졌다. 차마 눈을 마주하지 못한 채, 감사를 대신하는 말을 조그맣게 중얼거렸다.

"……멋진 결혼식이에요."

인간을 축복하는 한밤의 불빛이 대륙의 북쪽 끝, 사람들이 사는 도시의 하늘을 별처럼 수놓았다. 킬리언이 조용히 웃으며 손가락을 엇갈려 깍지를 꼈다.

"결혼식은 화려한 쪽이 좋아?"

묻는 소리에, 리에타가 웃었다.

"글쎄요."

킬리언이 리에타의 머리 위에 입 맞추었다.

"천천히 알려줘."

주례는 길리우스 대사제를, 밤의 피로연 뒤에는 불꽃놀이를, 그런 것들이 적당할까. 가까운 지인들만 불러 소박하게든, 아니면 남들 시선 따위 신경도 쓰이지 않을 정도로 화려하게든.

어느 쪽이든 그대 뜻대로.

나는 그대만 있으면 아무래도 좋으니.

리에타는 조용히 밤하늘의 불꽃놀이를 올려다보았다. 킬리언은 리에타를 바라보았다. 아름다운 결혼식이었다.

15

숨겨져 있던 것들

❖

"……혹시 자네, 결혼식을 주관하기 위해 출장 가기도 하나?"

킬리언이 넌지시 묻는 말에 놀란 얼굴이 된 길리우스 대사제가 멍하니 그를 올려다보았다. 그러더니 점차 눈에 감격이 차오르며 소녀 같은 얼굴로 가슴 앞에 기도하듯 손을 모아 그를 바라보았다.

"저 가지 말까요?"

불편한 표정으로 쳐다보던 킬리언이 건드리면 제기랄 소리가 나올 것 같은 얼굴로 질색했다.

"아니?"

왜 네가 내 여자한테나 듣고 싶은 소리를 지껄이고 있냐. 킬리언이 설레발의 뿌리를 자르려는 듯 단호하게 잘라 말했다.

"앞서가지 마. 아무 예정도 없으니까. 그냥 언젠가 가능하냐고 묻는 것뿐이야."

곧 떠날 사람이라 얼굴 본 김에 최대한 가볍게 운을 띄운다고 해 본 건데. 예상은 했지만 역시나 끔찍하게 호들갑 떠는 반응이었다.

"맙소사, 대공 전하. 그럼 지금……."

킬리언이 손을 들어 그의 말을 자르고 최대한 짧은 대답을 재촉했다.

"돼, 안 돼?"

대사제가 불끈 주먹을 쥐며 신난 얼굴로 말했다.

"당연히 가능합니다. 영광이죠, 저는! 다른 놈 시키지 마십시오. 제가 찜한 겁니다? 뷔테르 형제님께 맡기지 마십시오!"

킬리언이 떨떠름하게 제 결혼식 주례 자리에 침 바르는 대사제를 바라보았다. 뷔테르는 어차피 결혼식 주례를 서지 않는다. 거동이 불편하고 노쇠해 그런 일에 청하기 어렵기도 하고. 그 스스로도 다른 이들의 혼인을 주관할 만한 인생을 살아오지 못했다며 사양했다. 킬리언이 차마 못 봐주겠다는 듯한 눈빛으로 대사제의 희희낙락한 얼굴을 쳐다보았다.

"……그 징그러운 표정 좀 어떻게 할 수 없나?"

"너무하시네요. 제 표정이 뭐 어때서……."

대사제가 상처 받은 얼굴로 자기 얼굴을 만지작거렸다.

"그런데 진짜 결혼하시는 겁니까?"

킬리언은 정색하고 부정했다.

"아니라고."

대사제는 아니라는 말의 뜻을 반대로 이해한 얼굴로 싱글벙글하며 끄덕였다. '아직' 아니라 이거지?

"아무렴요. 언제든 날아오겠습니다. 두 달 전에만 연락 주십시오. 좀 더 빨리 연락주시면 길일도 점지해 드릴 수 있고요."

그리곤 조금 조심스러운 표정으로 목소리를 낮추었다.

"그런데 상대는 설마…… 그분입니까? 축성술사님?"

달리 누가 있다고 그렇게 물어? 짜증 가득하게 찡그렸지만, 상대가 리에타냐는 말에는 차마 부정하지 못한 킬리언이 꿍 이마를 짚었다.

"……함구해. 아직 아무것도 결정된 건 없으니까."

아이고 세상에. 대사제가 킬리언의 손을 덥석 마주 잡고 흔들어 댔다. 참다못한 킬리언이 질색하며 뿌리쳤다. 끔찍하다는 듯이 서류를 집어 던지며 대사제를 쫓아내는 킬리언의 귀가 살짝 붉어져 있었다.

"가. 나가. 어디 가서 입방정 떨면 가만 안 둬!"

길리우스 대사제는 싱글벙글 기분이 좋아져 자신의 거처로 향했다. 평생 저런 얼굴 하시는 건 못 볼 줄 알았는데, 세월이 사람을 치유해 주기는 하는가 보다. 그에게 가지고 있던 무거운 마음의 짐이 조금이나마 가벼워지는 기분이었다.

길리우스 대사제는 그가 아주 어릴 때부터 킬리언을 보아 왔다. 아홉 살에 어머니를 여읜 킬리언의 소년 시절에도 곁에 있었고, 그의 열여덟 살 생일에 그 사건이 일어날 때에도 곁에 있었다.

어린 소년이 추앙받는 황태자 후보로 자라나는 것을 소중하게 지켜봐 왔고, 청년이 된 그가 두 손을 피로 물들이며 세상을 향한 문을 굳게 닫고 스스로 추락하는 모습도 찢어지는 마음으로 지켜보았다. 그래서 길리우스 대사제에겐 더더욱 감회가 남달랐다.

이제야 대공 전하께서도 영지 말고도 제대로 맘 붙일 곳을 찾으셨구나 하는 생각에 입가에 흐뭇한 웃음이 걸렸다. 영지를 가꾸고 사람들을 살리는 일도 분명 보람된 일일 것이나, 사람에게는 마음을 나눌 수 있는 상대도 있어야 하는 법이다. 킬리언에겐 그런 사람이 필요했다.

황제 폐하께서 위독하지만 않으셨어도 이 근방으로 장기 파견을 청했을 텐데. 황궁과 악시아스 사이가 이렇게 멀다는 게 새삼 안타까웠다. 대사제가 씁쓸한 생각을 잠시 했다가, 얼른 표정을 풀었다.

좋은 일에는 그저 기뻐하자. 아. 그러고 보니 그분, 평민에 과부였지. 대사제는 심각한 얼굴로 이마를 만지작거렸다. 황궁에는 가지 않는다 하셨지만 그래도……. 귀족원에서 가만히 있지 않을 텐데. 영원히 북방에만 고립되어 살 수도 없고…….

귀족원에는 누군가의 일에 반대를 하는 것이 자신들의 위신을 높이는 일이라 믿고 무조건 헛기침하며 반대부터 하고 보는 인물들도 많은 데다, 그 정도 되는 인물의 혼사라면 자신들의 체면과도 연관된다 여기고 권리도 없는 간섭을 하려는 작자들도 많다.

호적에서 파였다 한들 황제의 맏아들이다. 그 몸에 누구보다도 고귀한 피가 흐르는 데다 작위만 해도 이미 귀족원에서 인정한 악시아스 대공. 중앙 정계에서 멀어져 있다 한들 황족에 준하는 인물이며 대륙에서 가장 높은 귀족이었다. 그가 평민에 과부였던 여자와 결혼하겠다고 한다면 분명…….

순간 대사제의 머릿속에, 그가 속한 집단의 가장 강력한 울타리가 번뜩였다. 그는 짐을 정리하는 고위 사제를 바라보고 있다가, 마침내 그를 불러 세웠다.

"형제님."

"예, 대사제님."

"십여 년 전 개정된 사제 서품 규율에 밝으시다고 알고 있는데요."

그가 고개를 들어 대사제를 바라보았다.

"예. 대사제님께서 익숙하실 이전의 규율에서 많이 바뀌지는 않았을 것입니다만. 물으실 것이 있으십니까?"

대사제는 잠시 신중하게 생각하다 입을 열었다.

"평민이 한 번 결혼을 했으면, 이미 환속한 몸이 되어 사제가 될 수 없지요?"

고위 사제는 누구를 염두에 둔 질문인지 곧바로 알아들었지만, 알은 체하지 않고 신중하게 답했다.

"예. 그렇지요."

"하지만 귀족은 결혼을 해도 사제가 될 수 있잖아요? 사제가 된 후에 결혼을 할 수도 있고."

"예."

"그럼 결혼해 환속했던 평민이, 귀족과 결혼하여 귀부인이 될 예정이면 사제가 될 수 있습니까?"

고위 사제는 고개를 저었다.

"아뇨. 귀부인이 될 예정이 아니라 이미 귀부인이 되었어도 교리 상으론 안 됩니다. 본래 귀족이었던 몸이 아니니까요."

평민이 귀족과 결혼을 하면 대개 후계자 있는 집의 후처이거나, 첩이거나, 잡음이 많은 결혼이 된다. 당연히 그런 평민이 귀족과의 결혼 덕을 보아 사제가 되는 것은 금지되어 있었다. 그러나 대사제의 말은 끝난 것이 아니었다.

"그냥 귀족이 아니라 준황족의 정비가 될 사람으로서, 타니아 성녀와 황실의 대사제를 비롯해 여러 명망 있는 사제들이 지지하고, 대사원의 성물의 유일한 계승자가 되어도 사제가 되는 것이 불가능합니까?"

고위 사제의 입이 작게 벌어졌다. "그……건" 고위 사제가 대답을 하지 못하고 있는 가운데, 대사제가 말을 이었다.

"다른 사원들에서 축성술사에게는 계승이 안 된다 폄훼하려 할 것임은 짐작합니다만……. 교단은 성녀와 대사제가 지지하는 성물의 계승자가 '축성술사'인 것보다, '사제'인 편이 좋다고 생각하지 않겠습니까?"

애초에 그 정도 성물이 사제가 아닌 축성술사에게 넘어간다는 것부터

가 교리 바깥의 일이다. 하지만 대사제가 말한 대로의 조건이라면 교단
은…… 설령 사제 서품 규율 바깥의 사람이라 할지라도 반드시 방법을 만
들어 내 사제로 포섭하려 할 것이었다. 고위 사제의 얼굴에서 대답을 얻은
대사제가 빙긋 웃었다.

"고맙습니다, 형제님. 제가 물은 것은 잊어 주십시오."

책상에 팔꿈치를 대고 턱을 괸 킬리언이 뚱하니 시선을 들어 올려 리에
타를 쳐다보았다.

"악시아스에 돌아가면 일은 다 남들한테 떠넘기고 실컷 놀자더니?"

리에타가 두 손으로 보고서 뭉치를 내밀며 시무룩하니 웃었다.

"하지만 사제님들께서는 곧 떠나시잖아요. 그분들이 계실 때 마지막으
로 자문을 구할 수 있는 건 최대한 다 여쭤 봐야 하는걸요……."

킬리언이 한숨과 함께 보고서를 노려보다 받아 들었다. 리에타가 내민
것은 사원 건립 계획에 대한 자문을 마무리하는 최종 보고서였다. 일천재
도 이런 일천재가 없다. 이럴 때는 그게 그렇게 알미울 수가 없다.

"일 중독자."

"영주님만 할까요."

겸손하게도 공을 돌리는 소리에 킬리언의 얼굴에도 쓴웃음이 떠올랐
다. 그렇게 말하는 킬리언의 책상 위에도 한가득 숨길 수 없는 서류들이
쌓여 있었다. 리에타가 들어오기 직전까지 그의 손에도 깃펜이 들린 채 끝
없이 움직이고 있었다.

젠장. 십삼 년 만에 이제 나도 좀 나 자신을 위한 시간을 쓰겠다는 생각
을 했는데. 가을 수확 직후, 겨울 직전. 너무 일이 몰린 시기였다. 남에게

떠넘기려 인수인계하는 것도 일이라니. 망할 세상.

킬리언이나 리에타나 인수인계고 나발이고 일을 팽개칠 수 있는 사람들은 못되었다. 지금은 대충 당장 손 뗄 수 없는 일만 빨리 넘기고 좀 여유로울 때 인수인계를 할 수밖에 없는데, 그래도 시간이 아까웠다. 이 시간은 다시 돌아오지 않는다.

이제 금방 겨울이 올 텐데.

킬리언은 큰맘 먹고 보고서를 덮어 밀어버렸다. 리에타가 눈을 깜박이며 그를 쳐다보았다. 킬리언이 리에타를 직시하며 입을 열었다.

"어차피 사원 건립은 시간이 오래 걸릴 일이야. 사제들은 필요할 때 다시 파견을 청하면 되니 적당히 해도 돼."

그러자 리에타가 반색했다.

"정말요?"

……왠지 좋아하는 게 불길한데.

"그럼 이것부터 봐 주시겠어요?"

리에타가 두 번째로 그의 앞에 밀어 놓은 것은 북방의 혹한기를 준비하는 겨우살이 대비와 지원 관련 보고서였다.

"……."

킬리언이 손가락 끝으로 구겨진 미간을 누르며 푹 한숨을 내쉬었다. 눈을 깜박이며 쳐다보는 리에타의 손목을 잡아 책상을 돌아 자신의 앞으로 오도록 끌어당겼다. 리에타가 그의 앞으로 순순히 다가와 그의 어깨를 짚었다. 킬리언이 원망하는 눈빛을 보내며 그녀의 허리를 감아 당겼다.

"……사제들이 떠나면 겨울이야. 그럼 놀기 좋은 때는 이미 끝이라고. 겨울엔 연극도, 노점 요리도 없어."

리에타가 미안한 듯 웃으며 살살 그의 머리카락을 쓰다듬었다.

"하지만 겨우살이 준비는 정말 급해요. 특히 외성 지역에 거주하는 평민들에겐 정말로 큰일인데…… 제가 잘 몰라서 안일하게 준비하고 말았는걸요. 부족한 게 많아 신경 쓰여요."

킬리언이 리에타의 허리를 감아 안은 채 뚱하니 올려다보았다. 머리카락 사이로 움직이는 손가락이 기분 좋다. 리에타가 부드럽게 웃으며 그를 달랬다.

"조금만 더 봐주세요. 악시아스에 대해 많이 알려 주기로 하셨잖아요."

킬리언이 물끄러미 그녀를 올려다보았다. 리에타가 웃으며 허리를 숙이더니 그의 이마에 쪽, 입 맞추었다.

"응? 킬리언."

"……"

아. 미치겠네. 결국 깊은 한숨을 내쉬고 고개를 푹 떨구며 리에타의 보고서를 집어 들고 말았다.

"이것만이야."

리에타가 그의 뺨을 감싸더니 살짝 끌어당겨 콧등 위에 입 맞추고 쑥스럽게 웃었다.

"네."

일 시키는 기술이 아주……. 귀에 슬그머니 열기가 몰렸다. 뚱한 얼굴을 하고 그녀를 쳐다보는 킬리언의 귀가 빨개져 있었다. 매 순간 반한다. 매 순간 휘둘린다. 해 달라는 걸 다 해 주며 웃는 얼굴을 보는 기분이 나쁘지 않다. 그동안 이 여자 없이 내가 어떻게 살았지.

리에타의 보고서는 언제나처럼 훌륭했다. 위협적인 맹추위에 물이 어는 것이나 농가가 피해를 입는 것, 사람들이나 기르는 동물들이 얼어 죽는 것, 주거와 의복, 먹는 것까지 영지민들이 불편을 겪을 일에 대응하고 돕는 방법에 대해 구체적으로 고려한 대목을 물끄러미 바라보았다.

나보다 낫다. 좋은 영주라는 평가를 받는 그로서도 미처 생각지 못한 부분들이, 평민인 그녀의 시각에선 다양하고 사려 깊게 드러나고 있었다. 영지 업무에 자신감이 붙고 소심하던 제안들이 제법 대담해지며 리에타는 자신의 날개를 활짝 펼쳤다.

"……."

보고서를 보는 동안 잠깐 쉬고 있으라는 말에 리에타는 책장 앞에 선 채 책을 하나 들고 팔랑, 팔랑 페이지를 넘기고 있었다. 기척을 숨기지 않고 다가가 그녀의 뒤에서 어깨를 짚었다. 그녀가 책을 넘기던 손을 멈추고 고개를 돌려 웃었다.

"벌써 다 보셨어요?"

킬리언이 리에타의 하늘색 눈을 마주 보았다.

"……꼭 여기서 겨울을 보내지 않아도 돼. 영지민이나 사냥꾼 들도 겨울엔 남쪽으로 가서 지내고 오는 사람들이 많아."

리에타가 책을 덮어 책장에 돌려 넣으며 웃었다.

"그래도. 이곳에서 처음 보내는 겨울이니까요."

겨울이 오면 눈보라와 함께 시작되어 연초에 절정에 달하는 악시아스의 맹추위. 자신은 이제 익숙해져서 미처 생각하지 못했지만, 리에타가 용의 계곡에서 겪은 북부의 맹추위에 꽤나 고통스러워했던 것이 못내 마음에 걸렸다. 조그만 여자의 머리 위에 살짝 턱을 눌렀다.

"그대는 너무 작아."

리에타가 작게 웃으며 꿈지럭거렸다.

"영주님이 너무 크신 거라니까요."

이 여자만은 따뜻한 곳에, 편안하게 두고 싶었다. 내가 이곳으로 데려왔다는 이유로 힘든 고생을 하게 하고 싶지 않았다. 반쯤 돌아선 리에타의 머리카락에 입술을 묻고 킬리언은 작게 한숨을 쉬었다.

"……정말 여기서 보낼 거야? 다른 곳에서 보내고 오지 않아도 괜찮겠어?"

리에타가 그의 팔 위에 자신의 손을 얹고 뒤로 고개를 들어 그를 올려 다보았다. 예쁘게 휘는 눈매에 귀여운 장난기가 어린다.

"당신이 있는데 뭐가 걱정이겠어요."

킬리언이 피식 웃었다. 언젠가 그가 했던 말이었다. 이런 식으로 받아치 다니.

"립 서비스가 제법 늘었는데."

"진심인데……."

리에타가 말하며 웃는다. 그녀의 목에서 아델의 목걸이가 반짝였다.

"……."

여전히 그녀는 일중독이다. 목에는 언제나 딸아이의 목걸이가 걸려 있고, 그녀의 침실에 있는 아이의 위패 앞에 매일 촛불을 켠다는 보고가 올라온다.

그래도 전보다는 마음에 여유가 생긴 것이 보인다. 쓸모가 없으면, 은혜를 갚지 못하면 살아 있을 가치조차 없다는 듯이 가혹한 자세로 일하지 않는다. 멍하니 시간을 보내기도 하고, 아무것도 하지 않고 있는 시간을 초조해하지 않는다. 뭔가에 쫓기지 않는다.

웃는다. 조금씩 새로운 것들에 손을 뻗고, 살아가려고 노력하는 것이 보인다. 똑같이 일을 하고 있지만, 훨씬 편안해 보였다.

언젠가 여름의 성문 앞에서, 그를 사랑에 빠지게 만들었던 생기 있는 미소가, 언뜻언뜻 더 자주 비치며 그를 설레게 하고 있었다.

"언제든 마음 변하면 말해. 어디든 데리고 가 줄 테니까."

리에타가 웃었다.

"아무 데도 안 가요. 전 악시아스가 좋은걸요."

그거 참, 듣기 좋은 말이네. 꼭 내가 좋다고 하는 것 같아.

다정하게 기대어 선 두 사람 뒤에서, 리에타가 책상 곁에 세워 둔 양산이 희미하게 빛났다.

반쯤은 일 이야기로, 반쯤은 실없는 잡담으로 밤이 깊어 갔다. 실없는 이야기들. 신혼부부 이야기. 축성 이야기. 가끔 일 이야기. 아직도 리에타에겐 어렵기만 한 승마 이야기. 언제 한번 리에타의 내성 집을 돌보러 들르자는 이야기.

춤을 배워 보지 않겠느냐는 이야기와 웃음 섞인 거절. 요사이 거리에서 들려오는 연극 이야기. 기사들, 사냥꾼들, 사제들 이야기.

킬리언은 언제나처럼 리에타를 바래다주며 한참을 이야기했다. 리에타는 즐거운 듯 웃으며 그의 이야기를 들어주었다. 잠깐 말이 끊긴 사이, 그녀의 침실 앞에 도착했다. 킬리언이 리에타의 이마에 가볍게 입 맞추며 머리카락을 다정하게 쓸어 넘겨 주었다.

"……밤이 길어."

"곧 겨울이니까요."

리에타가 참으로 이성적으로도 대답했다.

"헤어지면 다시 볼 때까지 너무 오래 기다려야 하는 것 같지 않아?"

"요즘 숙면을 취하지 못하시나요?"

좀 못 자게 해 줘. 이 둔해빠진 여자야. 킬리언이 작게 웃음을 터뜨렸다. 리에타를 안고 획 한 바퀴 돌려 문과 제 몸 사이에 내려놓고는 고개를 숙였다. 그가 속삭였다.

"잘 자라고 축복해 줘."

리에타가 웃으며 그의 어깨를 짚고 이마에 입 맞추었다. 킬리언은 그대로 그녀의 어깨에 팔을 더 깊이 걸치고 살짝 고개를 기울였다.

"키스도."

리에타가 어깨를 짚었던 손으로 그의 뺨을 감싸고 다시 한번 이마에 입 맞추었다. 킬리언이 다시 말했다.

"좀 더 아래."

리에타는 그대로 그의 뺨을 감싼 채 입술을 내려 미간에 한 번, 콧등에 한 번 입 맞추어 주었다. 그리고 가만히…… 입술에는 해 주지 않고 바라 보다, 입술에서 눈을 들어 시선을 마주했다. 눈을 맞추고 그녀가 웃었다.

"안녕히 주무세요."

이번엔 킬리언이 리에타의 뺨을 감싸고 확 끌어당겼다. 잡아먹을 듯이 다가와선, 숨결이 느껴질 만큼 가까운 곳에서 멈춰 입술만 촉, 가볍게 훔 치고 떨어졌다.

"그대도."

리에타가 쑥스러운 듯이 웃어 주었다.

⌒⌒∽✿∽⌒⌒

다음 날 아침, 킬리언이 자리를 비운 집무실에서 리에타는 그의 책상 위에 놓인 쪽지를 집어 들었다. 리에타를 향한 짤막한 메시지가 남겨져 있 었다.

'잘 잤어? 잠깐 일이 있어서 다녀올게. 편히 쉬고 있어. 너무 오래 기다리지 말 고 내가 늦으면 먼저 식사해.'

요즘 본성에서 그들이 쓰는 층에는 집사도 하녀도 상주하고 있지 않았기 때문에 킬리언은 리에타에게 직접 쪽지를 남겼다.

쪽지는 책상 주인에게 편하지 않은 방향으로 거꾸로 놓여 있었다. 글씨를 쓴 뒤, 리에타 방향으로 쪽지를 돌려놓고 급히 방을 나섰을 그의 모습이 눈앞에 선하게 그려졌다.

……다정한 사람. 리에타의 입가에 희미한 미소가 걸렸다.

킬리언이 자리를 비운 집무실에 앉아 흐트러진 서류를 정리해 주거나 소일거리를 하며 그를 기다리던 리에타는 축성을 하기 위해 창가로 걸어가다가 멈칫했다.

그녀는 직전에 스쳐 지나갔던 벽난로 앞으로 되돌아와 의아하게 잿더미 안을 들여다보았다. 벽난로 안의 잿더미 틈새에서 자신의 이름과 비슷한 글자가 보이는 것 같았다.

"……?"

리에타는 고개를 갸웃하며 벽난로로 다가가 허리를 숙이고 살펴보았다. 내 이름……? 이게 왜 벽난로 안에? 리에타는 의아하게 그걸 쳐다보았다.

신경 쓰지 않는 게 맞으려나. 처음엔 별거 아닌 잿더미라고 생각하려 했지만, 한번 눈에 들어오고 나니 자꾸만 시선이 끌려갔다. 아무리 생각해 봐도 자신과 관련이 있는 물건이라는 생각이 들었다. ……내 이름이 맞는지 정돈 확인해 봐도 되겠지?

잠깐 망설이다 불쏘시개로 그것을 뒤적여 보았다. 거의 불에 타고 남은 것이 없는 잿더미 속엔 별다른 단서가 남아 있지 않았다. 밀랍이 녹아 붙어 미처 불에 타지 않고 남아 있던 편지 봉투에 쓰인 이름뿐이었다.

리에타는 의아하게 남아 있는 조각을 들어보았다. 편지 봉투…… 맞지? 내 앞으로 온 것 같은 편지가 왜 영주님의 벽난로 안에 들어가 있을까?

"까악."

창가에서 들려온 소리에 리에타가 퍼뜩 고개를 들었다. 콕콕. 시커멓고 거대한 까마귀가 창문을 쪼고 있었다. 처음엔 깜짝 놀랐지만, 이내 그것을 알아본 리에타가 자리에서 일어났다. 그녀도 저 몸집 큰 까마귀를 알고 있었다.

"녹턴."

리에타가 다가가서 창문을 열어 주었다. 퍼드드득. 독수리만한 까마귀가 날개를 치며 훌쩍 방 안으로 들어와 집무실을 휘익 가로질렀다. 킬리언이 없다는 걸 깨달은 까마귀는 벽난로 옆의 높은 장식장 위로 날아가 커다란 날개를 접고 앉은 채 새카만 눈망울을 깜박이며 리에타를 마주 보았다. 리에타도 어색하게 까마귀를 마주 보았다.

멀뚱멀뚱. 발에 편지를 묶어 놓고 있었지만, 리에타에게 주지는 않을 성싶었다. 그렇게 한동안 까마귀와의 눈싸움. 머쓱해진 리에타가 가만히 시선을 떼고 물러나려는데.

툭. 와르륵! 녹턴이 날아오르며 발로 장식장 위에 놓여 있던 자그마한 바구니를 건드려 엎질렀다. 그딴 거 내 알 바냐는 듯, 녹턴은 그대로 창문 밖으로 날아가 버렸다. 바구니 안에 들어 있던 서신 한 무더기가 바닥에 쏟아졌다.

리에타가 퍼뜩 엎어진 서신들에게로 시선을 향했다가 멈칫했다. 얼핏 봐도 열 통이 넘는 서신들의 받는 사람 이름은 모두 '리에타 트리스티'였다. 그들이 용의 계곡으로 떠나 자리를 비운 사이, 리에타에게 온 편지들이었다.

리에타의 머릿속에 몇 달 전의 대화가 스쳐 지나갔다.

'밖에서 안으로 들어오는 서신은, 내가 사정이 있어 먼저 확인하고 있어. 미리 말하지 못한 점은 미안하다.'

"……."

킬리언이 편지를 확인하고 있다는 건 알고 있었다. 하지만 어쩌다 한 번 있는 편지일 거고, 확인한 후 제게 주신다고 생각했지, 이렇게 많은 편지가 쌓여 있을 거라고는 생각지 못했다. 어째서……?

벽난로 안에, 타고 남은 봉투에 적힌 내 이름. 아직 타지 않고 남아 있는 온전한 서신 무더기. 그녀는 잠깐 망설이다가, 전해지지 않은 편지들을 향해 손을 뻗었다.

처음 몇 개는 그냥 '인사' 편지였다. 당신이 궁금하다, 교류하고 싶다는 내용. 이름만 알지 그녀와 관계없는 사원에서나 사제들에게서 온 것이었다. 리에타는 처음에는 반갑고 기뻐하면서도 의아해서 고개를 갸웃했다.

악시아스에 사원이 생긴다면, 교류할 수 있는 사원이나 사제와의 친분은 분명 좋은 인연이 될 텐데. 내가 대답이 없어 안타깝게 기다리고 있다니, 이건 무슨 말이지?

그리고 리에타는 몇 개의 편지를 더 살펴보며, 앞의 것이 그냥 '인사' 하는 편지가 아니었다는 걸 깨달았다.

'타니아 성녀께서 축성술사님을 아주 귀엽게 보신 모양입니다. 당신께서는 잘 모르시겠지만 하비투스 대사원의 성물은…….'

'악마의 손을 탄 성물의 위험성이라는 건…….'

'라멘타의 왕관에 손을 대고 죽어간 사람이 몇 명인지 아마 당신은 상상도 못할…….'

리에타는 편지 몇 개를 더 살펴보며 타니아 성녀가 자신을 하비투스 대사원의 성물의 계승자로 지목했다는 정황을 뒤늦게 알게 되었다. 그리고 동시에, 그 정보를 알게 된 사원들이 '사제'직을 미끼로 축성술사인 자신을 성물과 함께 포섭하고 싶어 한다는 정황 역시.

적지 않은 편지들이 세련된 사탕발림과 호의로 위장되어 있었지만 여러 장의 편지를 한꺼번에 읽어 보니 알 수 있었다. 겉으로 자신들의 의도를 드러내 놓지 않은 친절한 편지에도 행간에 숨겨 둔 탐욕과 위험이 있었다. 다른 편지들도 마찬가지였다.

감히 신을 모시는 자가, 권력자의 힘을 등에 업고 분수에 넘치는 것들을 누리고, 사원과 사제를 무시하면서 괜찮을 것 같으냐 비아냥대며 분노하는 어떤 직설적인 사제의 편지에서 리에타는 이 모든 편지들의 의미를 깨달았다.

평민의 신분으로 권력자의 곁을 꿰찬 당치 않은 과부에 대한 편견과 질시, 사제로서 자신들보다 열등하다 여기는 축성술사에게 갖는 우월감은 우아한 편지에서도, 직설적인 편지에서도 모두 숨겨지지 않았다.

리에타는 하나하나 편지를 펴고 읽어 보았다. 거리에 따라 소식이나 서신이 전해지는 속도에 차이가 있어, 편지들 가운데는 악시아스에 사원이 생긴다는 것을 모르는 곳에서 날아온 편지들과 알고 있는 편지들이 뒤섞여 있었다.

악시아스에 사원이 생긴다는 정보를 발 빠르게 접한 몇몇 사원들은 다른 편지들보다 노골적인 태도로 리에타의 침묵에 불쾌감이나 섭섭함, 우려 따위를 드러내고 있었다.

리에타를 불쌍하게 여기거나 시혜적인 태도로 뭔가 거래를 시도하는 사람들도 있었다. 그들의 태도는 리에타가 자신들에게 이익이 될 가능성이 있느냐, 없느냐에 따라 달라지고 있었다.

리에타는 같은 사람에게서 온 두 통의 편지가 악시아스 사원 소식을 전후로 해서 선명하게 달라지는 것을 보았다. 그녀가 평민인 것도, 과부인 것도, 외부에 킬리언의 애첩으로 알려진 것도, 타니아 성녀가 그녀를 성물의 계승자로 지목한 것도…… 다른 상황들은 다 똑같다.

하지만 악시아스에 사원이 생긴다는 것을 알고 있느냐 그렇지 않느냐에 따라 그들의 편지에서 드러나는 태도는 매우 달랐다.

전 대륙에서 날아온 편지 속에 담긴 낯선 적의와 위선. 신을 모시는 자로서의 의무와 책임을 언급하고, 도덕성을 논하고, 평민의 주제와 분수를 논하고, 혹자는 리에타를 비난하는 것을 넘어 리에타의 전남편을 모욕하기까지 했다.

리에타는 킬리언이 왜 먼저 편지를 확인하고 있었는지, 자신에게 어떤 종류의 편지들이 오고 있었는지, 그리고 왜 그것들이 채 그녀에게 도달하지 않고 불타 사라졌는지 깨달았다.

그렇게 그동안 킬리언이 차단한 편지가 꽤 많았으리라는 것도. 리에타는 막막한 기분에 꾹 입술을 깨물었다.

"……"

내가 너무 편하게 있었구나. 잊고 있었다. 세상은 만만하지 않아. 충격적인 일도 아니다. 나는 마차를 타고 불과 십여 일을 가면 나오는 땅을 안다.

이곳은 그녀에게 낙원 같은 곳이었다. 리에타는 킬리언이 만들어 놓은 땅에서 킬리언의 보호 하에 좋은 사람들의 호의 속에 둘러싸여 있었다.

모르고 있었구나. 그 사람이 있어서, 내가 숨 쉬듯이 풍요를 누릴 수 있다는 것을……. 리에타는 조용히 무릎 위에 얼굴을 묻었다.

……제이드의 기일이 며칠 앞으로 다가와 있었다. 그리고 나는 의기소침해하고 있었다. 이곳이 악시아스가 아니었더라면. 나는…….

제이드의 기일을 생각하기는커녕 남몰래 슬픔을 삭일 여유조차 갖지 못하고 있었을 텐데. 아니……. 애초에 킬리언을 만나지 못했다면 이미 살아 있지 않았겠지.

세상 다른 어디서도, 남편 잃은 힘없는 평민이 이렇게 일하고, 인정받으면서 편히 지낼 수는 없을 것이다. 그것도, 그런 좋은 사람에게 사랑받으면서.

리에타는 쌓여 있는 편지를 하나도 남김없이 살펴보고는, 곧 말없이 그것들을 갈무리해 내려놓았다. 리에타는 아무것도 보지 않은 척, 편지를 원래 상태로 바구니에 돌려놓고 몸을 일으켜 장식장 위에 그것을 올려놓았다.

후우……. 가늘고 긴 한숨을 내쉬었다. 편지 속에 담긴 적의는 놀랍도록 아무렇지도 않았다. 그딴 것은 아무렇지도 않았다.

그냥, 그냥…….

고맙고, 미안하고, 그가 보고 싶었다.

"슈펠만 재단에 협조 요청했나?"

"네. 지젤이 직접 가 있습니다. 자세한 소식이 곧 올 겁니다."

킬리언은 잠깐 생각에 잠겼다가 끄덕였다.

"그래. 잘했다. 나하나스와 오트낭 쪽은 어쩌고 있지?"

"나하나스에서 밀어닥친 역병 피난민 때문에 오트낭이 골머리를 썩는 모양입니다."

킬리언이 눈을 가늘게 떴다.

"그뿐?"

레너드의 보고가 이어졌다.

"아직은 악마에 대한 별다른 소식은 없습니다. 나하나스에 들이닥쳤다는 악마들에 대한 건 과장된 소문이었던 모양입니다. 긴장하지 않아도 되지 싶습니다. 대공 각하는 몸조리에나 신경 쓰십시오. 천천히 다녀오시지 급히 다녀오셔서 그 험한 일을 겪으시고 사람들을 애태우십니까."

킬리언이 피식 웃으며 잔소리를 차단했다.

"그만. 다 잘됐으니."

레너드가 에휴 한숨을 내쉬면서도 웃었다. 그리고 몇 마디 주거니 받거

니 하던 도중,

"아. 그러고 보니 축성술사님 전남편의 기일도 이쯤이었을 텐데요."

레너드가 무심결에 뱉은 말에, 킬리언이 멈칫했다.

"……기일?"

레너드가 아차 싶은 얼굴로 고개를 숙였다.

"죄송합니다. 실언했습니다."

킬리언이 시선을 내리고 깃펜을 움직이던 손을 멈추었다. 킬리언의 눈빛에 약간의 놀라움이 담겼다. 그리고 이내 그것은 심각한 빛으로 바뀌었다.

"……아니, 실언 아니다. 잘 말했다."

킬리언이 굳은 얼굴로 이마에 손을 얹었다가, 잠시 후 손마디로 입가를 괴었다. 기일. 리에타의 전남편…… 제이드의, 그 기일이 이쯤이라고?

킬리언은 리에타에 대한 것이라면 무엇이든 대부분 자세하게 기억하고 있었지만, 처음 만났을 무렵의 리에타에 대한 기억은 그렇지 못했다.

첫 번째 기일. 중요한 건데, 미처 생각지 못했다. 미리 눈치채서 다행이다. ……아니, 어쩌면 이미 지났을지도 모르겠는데. 킬리언이 퍼뜩 고개를 들어 물었다.

"리에타의 전남편이 세상을 떠난 것이 겨울 초라고 했나?"

레너드가 다소 난처한 얼굴로 기억을 더듬었다.

"그랬던 것 같은데……. 가을 말일지도 모릅니다. 거기까진 조사하지 않아서 정확한 날짜는 모르겠습니다. 저희가 그분을 처음 만났을 때 그분의 전남편이 세상을 떠난 지 네 달 정도라 했었던 것으로 기억합니다."

"그때가 사월이었나?"

"네. 사월 초였을 겁니다."

맞다, 어렴풋이 기억이 났다. 그럼 십이월 초. 정말 이맘때인데. 킬리언이 심각하게 지난 며칠 리에타의 모습을 반추했다. 그런 기색이 있었나?

요사이 리에타는 거의 항상 웃고 있었다. 많이 밝아졌다 싶을 정도로…….

아니, 아니다. 나한테 내색하지 않는 거다. 내 앞에선 웃고 침실에 들어가면 매일 딸의 위패 앞에 불을 켜는 여자다. 처음 맞는 전남편의 기일을 잊었을 리 없다.

오히려 평소에 비해 유난히 밝아 보인다 싶었던 게 그 때문이었나? 내게 티 내지 않으려고? 순간적인 깨달음에 킬리언이 입술을 깨물었다.

……젠장. 내 앞에서는 기쁜 듯 웃고, 혼자서 뒤에서 숨기고 삭이고. 리에타가 그러도록 두고 싶지 않다. 그 기일이 어제가 아니었으면 좋겠는데.

킬리언이 가만히 깃펜을 쥔 채 침묵했다.

잠깐 고민했지만, 결국 망설임은 길지 않았다.

"레너드."

"네."

"페르디안 세비타스 불러와."

"찾으셨습니까. 대공 전하."

불려온 페르디안은, 두 번이나 킬리언의 질문을 알아듣지 못하고 반문했다.

"……네?"

킬리언은 나는 원래 세 번 묻지 않지만 한 번만 더 기회를 주겠다는 경고와 함께, 마지막으로 싸늘하게 물었다. 당황한 페르디안은 깊이 고개를 숙이며 제이드의 기일을 알려 주었다.

……아직 지나지 않았다. 날카롭던 눈매가 미묘하게 풀어졌다. 그런 킬리언을 바라보며 잠시 침묵하던 페르디안이 묘한 눈빛으로 중얼거렸다.

"……그런 것까지 신경 써 주실 줄 몰랐습니다."

주제넘은 말에, 킬리언이 싸늘하게 쏘아붙였다. "겁이 없구나."

차가운 대꾸에도 페르디안은 엷게 미소 지었다.

"……언짢게 해드렸다면 송구합니다."

건방진……. 킬리언이 싸늘하게 그를 내려다보았다.

"이만 가 봐도 좋다. 오늘의 방문에 대해 관리가 보상금을 지급할 것이다."

킬리언은 그대로 자리에서 일어나 알현실 밖으로 향했다. 그 순간, 페르디안이 그의 뒤에서 입을 열었다.

"보상금 대신, 한 가지 청이 있습니다."

대담한 발언에 킬리언이 코웃음 쳤다. 보상으로 원하는 것이 있으면 청하라 말하는 것은 그의 권한이다. 그는 중요한 훈공을 세운 이들이나 매우 아끼고 신뢰하는 이들에게만 그리 했다. 리에타만 아니었으면 이미 목을 땄어도 몇 번을 땄을 텐데. 그대로 무시하고 나가려는 찰나.

"제게 세비타스에서 가져온 제이드의 유품이 있습니다."

뜻밖의 말에 알현실 문을 열고 나가려던 킬리언이 멈추었다. 페르디안의 말이 이어졌다.

"리에타에게 전해져야 할 물건이라 생각하고 가져왔습니다만…… 용납하지 않으시리라 생각하여 포기하고 있었습니다. ……하지만 혹여 불쾌하게 여기지 않으신다면."

페르디안이 공손한 태도로 허리를 숙였다.

"……전하께서 전해 주시겠습니까."

"콜브린 사제님."

"네, 리에타 님."

"사제님도 알고 계셨어요?"

"무엇을요?"

리에타가 물끄러미 쳐다보다 불쑥 말했다.

"하비투스 대사원의 성물이요."

젊은 청년 사제가 잠깐 침묵하다 눈을 엉뚱한 방향으로 굴렸다.

"무, 무, 무슨 말씀이신지……."

순진한 열여덟 살 사제님은 거짓말에 소질이 없었다. 리에타가 딴청을 하며 살풋 웃었다.

"마의 성물이 되었다던데요."

"그, 그렇습니까? 참 놀라운 일이네요."

"그만한 성물이 없잖아요. 대륙에서 손에 꼽히는 신성 무기니까……."

"그, 그렇죠……. 참 무서운 일……."

콜브린은 리에타를 쳐다보지도 못했다. 리에타는 물끄러미 그를 바라보았다.

"……저만 몰랐군요."

콜브린이 화들짝 놀랐다.

"아, 아닙니다! 아직 공문이 도착하지도 않았는데 사람들이 어떻게 알겠습니까! 아는 사람들은 극소수……."

콜브린이 말꼬리를 흐렸다. 리에타가 그를 보고 빙그레 웃었기 때문이었다. 콜브린은 얼굴이 붉어지며 민망한 듯 고개를 숙였다.

"……죄, 죄송합니다."

"아니에요. 영주님께서 제게는 말하지 말라 하시던가요?"

"……어떻게 아셨습니까?"

"그냥…… 어쩌다 보니 알게 되었어요."

리에타가 손끝을 만지작거렸다.

"……그게 있으면 악시아스 사원에 크게 도움이 되겠죠?"

콜브린이 손을 내저으며 황급히 부정했다.

"아닙니다! 사원에 성물이 꼭 필요한 건 아닙니다. 악시아스 사원은 입지와 수요만으로도 충분히 크게 번성하고 자리 잡을 수 있을 거고……."

리에타가 가만히 침묵했다. 그녀의 표정을 보고 낯빛을 바꾸며, 콜브린이 저도 모르게 덥석 리에타의 손을 잡았다.

"안 됩니다, 리에타 님."

리에타가 눈을 깜박이며 그를 쳐다보았다. 콜브린이 다급하게 말을 쏟아 냈다.

"마의 성물입니다. 위험한 일이라는 걸 아시잖아요. 리에타 님은 악시아스에 꼭 필요한 분이십니다. 그런 성물 따위보다 리에타 님이 훨씬 중요합니다."

리에타가 얼떨떨하게 콜브린을 올려다보았다.

"그리고 영주님을 생각하세요. 리에타 님은 그런 위험한 일을 하시면 안 됩니다. 영주님께서도 그런 거 절대 필요하지 않다고 하실……."

리에타가 멀뚱멀뚱 그를 쳐다보다 잡힌 손을 내려다보았다. 콜브린은 제가 한 행동에 제가 더 놀라 얼굴이 시뻘게지며 화들짝 손을 떼었다.

"죄, 죄송합니다!"

"아……, 괜찮……."

"죄송합니다, 죄송합니다!"

콜브린은 매우 당황해하며 거듭 허리 숙여 사과했다. 눈이 동그래져 쳐다보던 리에타가 아하하, 웃음을 터뜨릴 때까지. 얼굴이 빨개져 어쩔 줄 모르는 젊은 사제에게 리에타가 가볍게 손사래를 쳤다.

"알아요, 저도. 멋대로 위험한 일은 하지 않아요."

리에타가 웃는 얼굴로 말했다.

"걱정해 주셔서 고마워요. 정말로."

손사래 치는 손목에서 동쪽 별채 여기사들이 선물해 준 앙크 팔찌가 흔들렸다. 그렇지 않아도 바로 방금 전에 여기사들을 만나서 또 한바탕 걱정과 잔소리로 달달 볶인 후였다.

따뜻한 마음을 나눠 주는 좋은 사람들. 내가 소중하다는 걸 알려 주는…… 꼭 킬리언 때문이 아니어도 여긴 정말, 정말 좋은 곳이다. 그 사람이 좋은 것만큼이나, 나는 정말로 여기가 좋아.

킬리언이 물끄러미 리에타를 쳐다보았다. 그녀는 평화롭게 옆에 간식 접시를 놓고 집어먹으며 집무실의 소파에서 책을 보고 있었다. 리에타는 평소와 다르지 않아 보였다. 내일이 제이드의 기일인데도.

오늘 낮, 나는 일이 있으니 마음대로 여기사들과 함께 외출하라고 일부러 곁을 비워 주었더니 외성 지역에 나가 약식 제례용 초와 위패를 사더라고 들었다. 아마도, 제이드의 기일을 위해 준비한 것일 텐데.

내게 말할 것 같지 않다고 생각은 했지만……. 정말로 아무런 내색도 하지 않는다. 하루 정도 쉬겠다고 휴가를 청할 법도 한데.

킬리언이 운을 띄웠다.

"……혹시."

"네."

책을 보던 리에타는 덤덤히 고개를 들었다. 킬리언이 리에타가 앉은 소파 팔걸이에 툭 걸터앉으며 조금 틈을 두고 물었다.

"나한테 하고 싶은 말 없어?"

"……네?"

리에타가 눈을 깜박이며 킬리언을 올려다보았다. 킬리언이 시선을 내려 리에타의 눈을 바라보다가, 아예 털썩 소파 아래 바닥에 앉아 눈높이를 바꾸어 그녀를 올려다보았다. 그리고 조심스럽게 그녀의 손을 끌어다 잡았다. 약간 의아한 얼굴로 무릎 위에 책을 내리고 손을 내준 리에타가 그를 내려다보았다.

요 며칠, 킬리언은 리에타에게 손을 잡거나 어깨를 감싸 주는 것 이상의 스킨십은 하지 않았다. 킬리언이 손만 잡은 채, 가만히 눈을 맞추고 그녀를 마주 보았다. 그의 입술에서 단정한 음성이 흘러나왔다.

"……그대가 나한테 못할 말은 없었으면 좋겠는데."

그리고 잠깐 뜸을 들이며 말을 골랐다.

"부탁하고 싶은 거나, 하고 싶은 말이 있으면 무엇이든 해도 돼."

……영 이런 쪽으론 요령 없는 인간이 내놓는 말이란 이런 식이었다. 전남편 기일이라고 이야기해도 돼. 그대가 나에게 말해 줬으면 좋겠어. 그렇게 말할 순 없어서.

리에타는 영문을 모르는 얼굴로 그를 올려다보았다. 킬리언이 리에타의 손을 내려다보았다. 여전히 정중하게 손을 잡은 채 엄지로 담백하게 그녀의 손등을 쓸면서, 무언가 말하라는 걸 강요로 느끼지 않을지 가늠해 보듯, 조심스럽게 그녀의 눈을 응시했다.

"뭐든, 무리가 되는 건 아무것도 하지 않아도 돼."

"……."

"그대가 싫다고 하면, 아무것도 하지 않아."

뭔가 하고 싶다거나, 필요하다거나, 혼자 있고 싶으면 혼자 있고 싶다고 말해도 돼. 혹시 내가 하는 행동이 편하지 않을 때가 있으면 다 받아 주지 않아도 돼. 이걸 어떻게 말해야 할지 몰라서.

영문을 모르는 얼굴을 하고 있던 리에타가 가만히 그를 보다가 살짝 웃었다.

"······킬리언."

킬리언이 입을 다물고 올려다보다가, 한발 늦게 답했다.

"응."

한 번 더, 가만히 부른다.

"킬리언."

······내 이름이 원래 저런 느낌이었나. 기분이 묘해서 킬리언이 슬쩍 눈 썹을 으쓱하며 시선을 내리깔았다.

"왜 자꾸 그렇게 불러. 마음 설레게."

리에타가 웃었다.

"그냥 부르고 싶어서요."

묘한 얼굴로 시선이 교차했다. 리에타가 책을 덮어 옆에 놓고 시선을 내려서 그의 손을 양손으로 마주 잡았다. 그리고 그의 눈을 올곧게 마주했다.

"저는 무리되는 일은 아무것도 하고 있지 않아요."

리에타가 그의 손을 잡고 예쁘게 눈을 휘며 웃었다.

"그러니까 당신도······, 제게 못할 말은 없었으면 좋겠어요."

둘이 생각하고 있는 것은 서로 달랐다. 리에타는 그가 제이드의 기일 이야기를 하는 줄은 꿈에도 몰랐고, 킬리언 역시 리에타가 대사원의 성물 이야기를 한다는 걸 생각지 못했다. 서로 다른 이야기를 하는 선문답. 그런데도 온전히 말이 통하고 있었다.

그들은 그냥 한동안 손만 잡고 눈을 마주하고 있었다. 그러다 한 사람이 웃고. 다른 사람이 또 웃었다. 서로 무슨 이야기를 하는지 몰라도, 마음만은 전해져서. 그들은 굳이 서로 더 캐묻지 않았다.

꼭 다 알 필요는 없었다. 마음만 전해지면.

리에타가 킬리언의 검은 머리카락을 쓰다듬었다. 킬리언은 리에타의 다리 옆에 기대었다. 더 이상 말을 섞지 않았지만, 둘 다 해야 할 말은 모두 했다.

'언제든 말하고 싶을 때, 하고 싶은 말, 해도 괜찮아.'

그리고 다음 날 저녁. 킬리언은 리에타의 침실로 찾아갔다. 리에타는 어리둥절하게 그를 올려다보았다.

"들어가도 되나?"

"네? 아, 네."

조금 놀란 리에타가 황급히 문을 열어 주고 협탁 앞에 의자를 놓아 주었다. 그리고 뒤늦게 아델의 위패 옆에, 제이드의 위패를 놓고 약식 제례 준비를 하던 것을 황급히 치우려고 했다.

"아, 죄송해요. 잠깐만요."

킬리언이 들어오지 않은 채 말로 저지했다.

"치우지 마."

"……."

당황한 리에타가 손을 멈추었다. 킬리언이 밖에 선 채 말했다.

"그 사람을 위한 날인 거 알아."

리에타의 표정이 어색하게 굳었다. 뒤늦게 그가 조금 가라앉은 얼굴로, 손에 하얀 꽃다발을 들고 있다는 것이 눈에 들어왔다. 킬리언이 잠깐 문간을 짚은 채 서 있다가, 입술을 한번 깨물고 말을 골랐다.

"이렇게 불쑥 찾아와서 미안. 어젯밤이랑 오늘 아침이랑 아까 헤어질 때까지만 해도 오늘은 끼어들지 않으려고 했는데……."

"……."

킬리언이 어색하게 시선을 내렸다.

"······혼자 두고 싶지 않았나 봐. 정신을 차려 보니."

킬리언은 초조해 보였다. 리에타를 신경 쓰는 듯, 불편한 빛으로 바라보는 게 느껴진다.

"혼자 있고 싶다면 물러갈게. 그냥, 혹시 내가 잠깐 있어도 괜찮다면, 하고 싶은 말이 있는데."

"······."

살짝 고개 숙인 킬리언이 눈을 내리깔고 조용히 말했다.

"내가 감히 그대 마음을 짐작할 순 없겠지만······. 나도, 중요한 사람을 떠나보냈었잖아."

킬리언의 말이 잔잔하게 이어졌다.

"죽음을 받아들인다는 건······. 그렇잖아. 서서히 조금씩, 순차적으로 극복해 가고 잊어 가는 과정이 아니라······. 아팠다가 괜찮아졌다가, 슬프고 그립고 한번씩 미쳤다가. 후회하고 체념하고······ 한참을 반복하는 혼란스러운 노력의 과정이잖아."

킬리언은 리에타의 모습을 바라보며 한마디, 한마디 신중하게 말했다.

"내가 지금 그대 곁에 있는 사람이라고 해서······ 나한테 담담한 극복의 과정만 보여 줄 필요 없어."

"······."

리에타가 우두커니 서서 말없이 그를 바라보았다. 킬리언이 잠깐 그녀를 바라보다, 다시 시선을 내리깔았다.

"슬픔도 아픔도 혼란도 그리움도······ 다 보여 줘도 괜찮아."

리에타가 조용히 목을 삼키며 입술을 물었다. 그의 목소리가 이어졌다.

"······소중했던 사람인 걸 알아."

"······."

"내가 있기를 원치 않으면, 끼어들지 않을게. 하지만."

"……."

"그대는 어떨지 모르겠는데."

킬리언이 입술을 축이며 고개를 들어 리에타를 마주 보았다.

"난 그대가 있으니까……. 혼자 있던 때보다 좀 나았거든."

리에타가 작게, 소리 없이 웃었다. 킬리언이 그녀의 눈에 가득 차오른
반짝이는 것을 보며, 조심스럽게 말했다.

"그러니까, 그대도…… 나한테 소중했던 사람에 대한 그리움이나 슬픔
을 보여 줘선 안 된다고 생각하지 않았으면 좋겠어."

리에타는 입을 꾹 다물고 웃었다. 킬리언은 문밖에 선 채 그녀를 바라
보았다. 어떻게 해야 하는지, 어쩔 줄 몰라 하는 얼굴로.

"……내가, 들어가서. 눈물……."

"……."

"닦아 줘도 되나?"

리에타가 피식 바람 빠지듯 웃는 소리를 내며 고개를 숙였다. 투명하게
반짝이던 것이 뺨을 타고 흐르지도 않고 그대로 바닥으로 떨어져 부서졌
다. 킬리언이 꾹 입술을 물며 주먹을 꽉 쥐었다.

리에타가 바닥에 떨어진 눈물을 밟고 두어 걸음 그를 향해 다가갔다.
그리고 그의 손을 잡고 방 안으로 끌어당겼다. 킬리언이 그녀의 손에 이끌
려 한 발을 내디뎌 방 안으로 들어갔다.

문이 닫히자, 리에타가 그의 가슴에 고개를 묻었다. 가슴에 뜨거운 눈물
이 번졌다. 킬리언이 조심조심 리에타의 어깨를 안고 토닥여 주었다.

비로소 방 안에 들어와서야, 침실 구석에 마련된 조그만 약식 제단이
눈에 온전히 들어왔다. 밖에서는 잘 보이지 않는 위치에 놓인 약식 제단은
방구석에서도 아주 작은 공간만을 겨우 차지하고 있었다. 아델, 안나, 제이
드 세 사람의 위패와 유품을 모두 올리기엔 그것은 너무나도 작아 보였다.

리에타가 숨죽여 울었다.

"……죄……송해요."

킬리언이 리에타의 등을 껴안고 가만 가만히 심장 소리를 따라 부드럽게 도닥였다.

"죄송하다고 하지 마."

리에타의 젖은 숨소리가 팔 안에서 들썩였다. 킬리언이 가만히 속삭였다.

"그대한테 좋은 사람이었으면, 나한테도 좋은 사람이야."

그대가 사랑했던 사람이잖아. 그 사람이 있어서 그대는 행복했을 텐데.

"만약 내가 잘못돼서 그대를 지켜 줄 수 없게 됐는데…… 그대가 다른 사람 앞에서 눈치를 보며 나에 대한 그리움이나 아픔을 숨겨야 하면 슬플 거 같아."

"……."

"……오래 곁을 지켜 주지 못한 것도 미안한데. 나 때문에 그대가 그런 마음까지 느껴야 하면."

"……잘못된다는 말씀 하지 마세요."

리에타가 꽉 막힌 숨을 내뱉으며 그의 옷을 움켜쥐었다. 그리고 킬리언을 끌어안은 팔에 힘을 주었다.

"그냥 제 옆에…… 오래 있어 주세요. 저보다 오래 살아 주세요."

"……."

작은 몸이 힘겹게 들썩이며, 목소리에 먹먹한 울음기가 어렸다.

"……이기적인 말해서 죄송해요."

이제 아무도 절 떠나지 않았으면 좋겠어요. 킬리언이 눈썹을 찡그리고 피식 웃으며 리에타의 등을 쓸어 주었다.

"……내가 말을 잘못했네. 그 말은 내가 싫다."

그가 조용히 그녀의 머리카락에 입술을 묻었다.

"오래 같이 살자. 끝은 생각하지 말고."

점점 커져 가는 울음을, 킬리언은 말없이 도닥여 주었다.

그대를 지켜 줬던 사람이 있어서 다행이라고 생각해. 내가 이렇게 말하는 게 무례한 게 아니라면, 그 사람이 나한테 그대를 맡기고 저세상에서 편안히 쉴 수 있었으면 좋겠어.

킬리언은 오래오래, 리에타의 곁에서 긴 긴 말들을 속삭이며 울음을 멈추지 못하는 그녀를 안아 주었다.

울어도 괜찮아. 슬퍼해도 괜찮아. 참지 않아도 괜찮아. 그대를 아껴 주고 지켜줬던 사람이라면, 나한테도 고마운 사람이니까.

리에타는 처음으로 그의 앞에서 아이처럼 목 놓아 울었다.

조그만 침실 안, 그의 위패 앞에 촛불을 켜고 리에타는 약식 제의를 올렸다. 신성력으로 피워 올린 작은 성화는 뽀얀 빛으로 꼬리 같은 잔상을 남기며 곱게 타올랐다.

리에타가 먼저 추모의 기도를 올린 후, 킬리언이 그 앞에 하얀 카라꽃을 내려놓았다. 그 앞에서 기도를 하고, 축복을 하고, 떠난 사람을 생각하며 묵념했다.

위패를 바라보며 편안히 앉은 리에타는 치마폭 안에 내린 손을 모으고 붉어진 눈을 깜박였다.

제이드. 그 이름 석 자 공허한 가슴에 놓아 두고, 붉어진 눈에 다시 속절없이 눈물이 차올랐다. 마음속 깊이 묻어 두었던 고요한 속삭임이 괜찮다는 말 한마디에 강물에 떠밀리듯 흘러내렸다.

제이드. 당신을 사랑했었어. 당신은 여전히 나에게 소중한 사람이지만,

이제 나 그만 일어나서 걸어가려고 해.

당신을 사랑했던 시간을, 당신과 함께했던 시간을 잊지 않을게.

눈을 감자 펼쳐진 안온한 어둠 속에서, 어제 만난 사람처럼 제이드가 웃었다. '언제까지 주저앉아 있나 했다. 빨리 가.' 곁에서 들리는 듯한 따뜻한 목소리를 향해, 리에타가 시리게 웃으며 울었다.

'미안해.' 그 말에 제이드가 웃었다. '미안하기는.'

감은 눈에서 뜨거운 눈물이 떨어져 흘러내렸다.

내 곁에 있어 줘서 고마웠어. 당신이 있어서 행복했었어. 당신을 정말로 사랑했었어.

제이드의 위패 앞에 꽃다발을 내려놓고 킬리언은 정중하게 묵념했다. 내가 당신에 대해 아는 것은 리에타가 당신을 사랑했다는 것뿐이지만…….
허락한다면, 당신의 평안을 빈다.

이 여자를 지켜 줘서 고마웠다. 이제 내가 지킬 테니. 킬리언은 마지막 한마디만 입 밖으로 내었다.

"……편히 쉬길."

조촐하지만 마음을 다한 제례가 끝난 후, 리에타는 킬리언을 티테이블에 앉히고 정성껏 흰 꽃잎을 띄운 추모주追慕酒를 대접했다. 킬리언은 두 개의 위패와 작은 손수건이 놓인 제단 쪽을 물끄러미 바라보았다. 리에타의 목에는 딸의 유품, 제단 위의 손수건은 안나의 유품, 다른 물건은 보이지 않았다.

킬리언이 제단 위에 시선을 둔 채 물었다.

"남편의 유품은 가져온 것이 없나?"

리에타가 그의 시선을 따라 제단 쪽으로 눈을 돌렸다. 그녀는 잠자코 같은 곳을 쳐다보다가 조금 늦게 "네" 하고 답했다.

킬리언은 자신이 그녀를 세비타스에서 데려올 때, 리에타가 여러모로 경황이 없는 상태였던 것을 떠올렸다.

"세비타스에 사람을 보내 물건들을 가져다 줄까?"

리에타가 미소하며 고개를 저었다.

"아뇨. 그렇게 수고를 끼칠 일도 아니고…… 집에도 남은 것은 없을 거예요."

킬리언이 그녀를 바라보았다. 어째서냐고 묻는 눈빛에 리에타가 머쓱하게 웃으며 말을 이었다.

"역병이었잖아요. 그 사람 물건은 다 빼앗겨서 태워졌죠……."

"……."

가만히 그녀를 바라보던 킬리언이, 술잔으로 시선을 내렸다. 술잔에 담긴 투명한 추모주 위에 희미한 촛불 빛이 일렁였다. 똑같이 술잔을 내려다보던 리에타가 잠시 틈을 두고 솔직하게 고백했다.

"……사실 몇 개 몰래 숨겨 뒀던 게 있긴 했는데……."

리에타가 손가락 끝을 만지작거리며 눈을 깜박였다.

"전부 태워 없애 버렸어요. 애가 아프던 날……."

아이 이야기에, 잠시 침묵하던 킬리언이 물었다.

"아이가 아팠어? 병으로?"

"아뇨."

잠깐 머뭇거리다가, 그녀가 씁쓸하게 대답했다.

"상한 걸 잘못 먹어서……."

그리고 스스로의 말에 말문이 막힌 듯 입을 다물었다가 힘없이 웃었다.

"……미쳤죠. 집에 애가 있는데……. 저 때문이었어요. 제가…… 집안일을 제대로 못 돌봐서……."

리에타가 꾹 목덜미를 눌렀다.

"정신이 확 들더라고요. 아 내가 이렇게 있으면 안 되는구나……. 아이를 돌볼 사람이 나밖에 없는데……."

리에타가 작은 한숨과 함께 어깨를 늘어뜨리고 희미하게 웃었다.

"집안 꼴이 그 지경이 되도록 넋을 빼고 있었다는 게 무서웠어요. 그 길로 남은 물건들을 다 없애 버렸어요, 제 손으로……."

"……."

그러지 말걸. 그냥 어디…… 보이지 않게 치워만 놓아도 되었을걸.

"……그땐 아까운 줄도 모르고 그랬네요."

리에타가 멍하니 입을 다물고 촛불을 응시했다. 조용히 깜박이는 눈가가 발갛게 달아올라 있다. 킬리언은 가만히 리에타를 바라보았다.

"……이웃들은. 아무도 도와주지 않았어?"

묻는 말에, "역병이었으니까요" 그녀는 그저 그렇게 말하고 웃었다. 아무도 그녀에게, 그녀의 집에 가까이 와 주지 않았다는 말을, 리에타는 그 대답으로 대신했다.

"괜찮아요."

리에타가 웃었다. 킬리언은 침묵했다.

'리에타에게 전해져야 할 물건이라 생각하고 가져왔습니다만…… 용납하지 않으시리라 생각하여 포기하고 있었습니다.'

'……하지만 혹여 불쾌하게 여기지 않으신다면. ……전하께서 전해 주시겠습니까.'

……이미 물건은 확인했다. 악기였다. 그림과 음악에 재능이 있었다던 제이드의 유품으로 있을 법한 물건이었다.

킬리언은 이미 그 물건에 이상이나 위험이 없는지, 사제들과 마법사, 약사, 도적 길드, 용병 길드, 악시아스 장인 공방에까지 의뢰하여 매우 엄격한 마법적, 화학적, 물리적 조사를 마친 후였다.

결과는 완벽하게 안전하고 평범한 물건이었다.

물건에 이상이 없는 한 리에타에게 전해 주어야 한다는 마음은 처음부터 확고했다. 다만 킬리언이 고민한 것은 그것을 자신의 손으로 전해 주는 것이 옳을지, 페르디안에게 직접 전해 주게 하는 것이 옳을지 하는 점이었다. 킬리언은 페르디안을 좋아하지 않는 것은 물론이고 신뢰하고 있지도 않았다.

하지만 오늘 같은 날, 리에타의 뜻을 묻지도 않고 그녀에게서 페르디안을 차단하는 것이 옳은 일인지 킬리언은 확신할 수 없었다. 일방적인 보호자가 아니라 그녀의 연인이기에 더욱 그랬다.

페르디안은 그들의 친구였다고 했다. 밉든 곱든 그는 리에타에게 제이드와의 기억을 공유할 수 있는 유일한 사람일 것이다. 그렇다면 나의 역할은 리에타의 뜻을 존중하는 것일 텐데.

"……."

리에타가 하는 말을 들으며, 킬리언의 마음속에서 그 질문에 대한 대답은 어느 한쪽으로 기울어 가고 있었다. 마침내 그는 입을 열었다.

"혹시 그대가 싫지 않다면."

킬리언이 눈을 들어 리에타를 바라보았다.

"페르디안 세비타스를 만나 보겠나?"

리에타가 붉어진 눈을 깜박이며 그를 마주 보았다.

"……네?"

페르디안은 긴 사각 테이블이 놓인 알현실에서 악시아스 대공을 기다리고 있었다. 대공에게는 이미 며칠 전 '그 물건'을 전해 주었지만, 그는 그것을 리에타에게 전해 주겠다는 확답은 하지 않았다.

어쩔 수 없다. 이미 내 손은 떠났으니 그의 뜻에 맡길 수밖에. 반쯤 마음을 비운 채 그리 생각하고 물러났다.

그러나 오늘, 그가 부른다는 말에 알현실에 와 보니 그곳에 그 물건이 놓여 있었다. ……전해 달라는 부탁은 거절당한 것인가. 페르디안은 담담하게 납득했다.

대공 전하께서 제게 이 물건을 가지고 돌아가라 하시더냐고 묻자, 알현실 문을 지키던 기사는 고개를 저었다. 다만 이 자리에서 기다리라는 말뿐. 페르디안은 기다렸다.

'……돌려주지 않고 말없이 없애 버릴 수도 있었을 텐데.'

그러지 않고 굳이 불러 돌려준다는 것만으로도 악시아스 대공이 생각보다 좋은 사람이라는 걸 알 수 있었다. ……적어도 나보다는, 리에타에게. 페르디안의 눈빛이 조용히 가라앉았다.

끼익. 예고도 없이 문이 열렸다. 문의 바깥을 지켜선 기사들이 경례하며 문을 열어 주자 두 사람이 알현실 안으로 들어왔다.

리에타를 만날 수 있으리라 생각지 못한 페르디안은 킬리언의 뒤로 그녀가 따라 들어오자 자리에서 일어나다 놀란 얼굴로 멈칫했다. 킬리언은 의자를 빼 긴 테이블의 끝 상석에 리에타를 앉혀 주고, "편하게 이야기 나눠" 말하며 리에타의 뺨을 살짝 쓸어 주었다. 리에타가 무의식적으로 살짝 눈을 감으며 그의 손길에 기대었다가 눈을 떴다.

킬리언이 테이블 반대편 말석에 서 있는 페르디안을 스쳐 지나가 복도 쪽으로 나가며, 그의 어깨에 손을 올리고 낮게 중얼거렸다.

"그대는 불편하게 이야기해라. 리에타에게 실수하면 내게 겁 없이 굴 때처럼 봐주지 않는다."

"……."

킬리언은 그의 어깨를 꽤나 묵직하게 한 번 두드려 준 뒤, 손을 떼고 나가 버렸다. 리에타는 나가는 킬리언의 뒷모습을 물끄러미 바라보다가, 말없이 시선을 돌려 페르디안을 마주 보았다.

리에타의 하늘색 눈동자가 침착하게 가라앉았다. 세비타스에서 마지막으로 그를 보았던 날의 기억이 아릿하게 그녀를 스쳐 지나갔다.

'페르디안 님! 페르디안 님, 잠깐만요……! 우리 애…… 우리 애는 어떻게……!'

탁! 싸늘한 손길이 그의 옷자락을 붙들고 늘어지는 손을 매정하게 쳐 냈다. 그리고, 낯설고 냉정한 얼굴이 그녀를 내려다보았다.

'염치없는 것. 방금 전까지 남의 아버지를 저주했으면서 네 딸은 귀한가 보구나.'

그가 카사리우스의 아들이었다는 깨달음이 뒤늦게 머리를 내리쳤다. 이어진 말에 온몸이 얼어붙었다.

'네가 아니라 딸인 걸 다행으로 생각해야 할 텐데?'

어떻게, 그런 말을.

……아이는 끝내 주검이 되어 돌아왔다.

"……."

리에타는 조용히 떨리는 눈을 깜박였다. 온갖 뜨겁고, 차갑고, 날카로우면서도 공허한 감정들이 가슴 아래서 요동쳤다.

'난 아무 보답 없이 무한정 너희 부탁을 들어주기만 하는 사람이 아니다.'

그래. 그렇긴 하지. 친구라고 생각했던 내가 염치 없었고, 어리석었다.

……카사리우스의 아들. 한 번은 그를 대면해야 한다고 생각하고 있으면서도……. 킬리언이 그를 만나 보겠냐고 물었을 때, 만나 보겠노라고

대답하는 것이 그리 쉽지만은 않았다.

하지만……. 킬리언에게 차마 말하지 못한 그날의 일이 있었어도, 가장 절박했던 순간 차디찬 외면을 당했던 것이 마음에 응어리로 남았어도.

그전까지 페르디안은 겉으로 내색하지 않은 수많은 희생으로 그들을 지켜 주었던 고마운 사람이었다. 역병으로 죽은 제이드의 시신을 붙들고 두려움 없이 울어 주었던 유일한 친구였다.

단 몇 초 만에 공기 중으로 흩어져 버린 말 몇 마디가 가슴에 못을 박았다고 원망하기엔, 십오 년이 넘는 세월 동안 염치가 없을 정도로 많은 도움을 받았다.

그리고 무엇보다, 그의 영지에 제이드의 무덤이 있었다. 그걸 위해서라도 한 번은 페르디안과 대화해야 했다. 리에타는 깊이 심호흡했다.

……두렵다. 원망스럽다. 고통스럽다. 보고 싶지 않아.

하지만 눈에 보이지 않아도 킬리언이 가까운 곳에서 기다리고 있다는 걸 알 수 있었다. 이곳은 악시아스고, 자신의 곁에는 킬리언이 있었다. 지난번에 내성의 집에서 예기치 못한 순간 그를 마주했을 때와 다르게 리에타는 침착한 표정으로 페르디안을 마주할 수 있었다. 리에타는 조용히 눈을 내리깔고 새로운 작위를 받았다는 옛 친구를 향해 인사했다.

"칼리고 백작님을 뵙습니다."

비록 아무렇지 않은 척 웃으며 페르디안을 볼 수는 없어도, 십년간의 우정과 그가 제이드의 장례식을 치러 주었던 은혜는 잊지 않고 있었다. 그리고 오늘은…… 제이드의 기일이니까. 아마도 나는 오늘이 아니면…… 그를 만나 보겠다는 용기가 들지 않을 것 같으니. 감정이 보이지 않는 무감한 인사에, 페르디안이 왼쪽 가슴에 손을 올리며 고개를 숙이고 인사했다.

"축성술사님을 뵙습니다. 말씀…… 낮추십시오."

리에타는 가타부타 말없이 그저 무감각한 얼굴로 그를 바라보았다. 흔한 인사치레 한마디 없는 창백한 침묵. 오랜 우정의 흔적을 느낄 수 없는 아득한 거리감이 그들 사이의 공기를 채웠다.

"……."

언데드가 발생한 세비타스에 있던 제이드의 무덤을 안전한 곳으로 옮겨 준 것에 대한 감사 인사도 해야 한다는 걸 잊지 않았다. 아마 킬리언은 제이드의 묘지에 대해 내가 그와 나눠야 할 이야기가 있다는 걸 염두에 두고 그와 대화하는 자리를 허락해 준 것일 텐데. 선뜻 말이 나오지 않았다.

리에타는 그가 유품을 전해 주고자 한다는 이야기를 채 듣지 못하고 나왔다. 그리고 이내 페르디안도 그것을 눈치챘다. 페르디안은 가만히 그녀를 바라보다 고개를 숙이고, 옆에 놓여 있던 케이스를 열어 안에 들어 있는 물건을 꺼내었다. 케이스 속에서 낯익은 바이올린 하나가 페르디안의 손에 들려 나왔다.

리에타의 눈이 커졌다. 한때 수도원에서 제이드가 연주하곤 했지만 잊고 있던, 그녀의 전남편의 물건이었다. 페르디안은 리에타가 그것을 알아본 것을 확인한 후 잠시 머뭇거리다가, 테이블 위에 케이스째로 바이올린을 내려놓고 리에타 쪽으로 밀어 주었다.

"……이걸."

페르디안이 뭐라 더 말하려다, 그냥 입을 다물고 다시 고개를 숙였다. 리에타는 오랫동안 바이올린을 바라보며 멍하니 앉아 있었다. 그동안 킬리언은 바깥에서 기다렸다.

얼마 후, 페르디안이 먼저 리에타를 두고 방에서 나왔다. 그리고 킬리언에게 다가와 가슴 위에 손을 올리며 고개를 숙였다.

"……감사합니다."

페르디안은 그렇게 말하고도 한동안 계속 고개를 숙이고 있었다. 일상적으로 올리는 인사의 시간보다 훨씬 오랫동안.

킬리언이 들어오자, 리에타는 바이올린을 끌어안고 젖은 눈으로 웃었다. 킬리언이 서늘한 손으로 그녀의 붉어진 눈을 가만히 덮어 주었다. 그의 손에 눈이 가려진 리에타가 빨개진 얼굴로 젖은 숨을 들이마시며 웃었다.

"……시원하네요."

리에타가 혼잣말처럼 중얼거렸다. 킬리언은 다정하게 그녀의 뺨을 감싸고 머리를 쓰다듬어 주었다.

"울면서 웃지 마. 얼굴이 이게 뭐야."

리에타가 웃으며 그의 가슴에 자신의 얼굴을 푹 묻어 숨겼다.

"많이 웃겨요?"

"코가 빨개졌어."

"하하……. 흉하겠네요."

"그대는 거울도 안 보나? 빨갛든 파랗든 그대가 흉하게 보일 수 있을 것 같아?"

리에타가 작게 웃음을 터뜨리며 중얼거렸다.

"당신이 정말 미쳐 가나 봐요."

"뭐라는 거야. 난 이런 면에선 객관적이거든?"

킬리언이 이해할 수 없다는 듯 살짝 눈을 찡그리며 대꾸했다.

긴 한숨과 함께 벽에 등을 기댄 페르디안이 가만히 눈을 감았다가 떴다. ……내가 큰 착각을 하고 있었구나. 그렇게 폭력적이고 충동적인 사람은……. 제이드와 조금도 닮은 데가 없는 그런 폭군은 절대 리에타에게 의지가 되어 줄 수 있는 사람이 아니라고 생각했는데.

자신을 향하던 차가운 시선과, 바이올린을 보고 그를 올려다보던 리에타의 떨리던 눈과, 그를 향한 냉기마저 눌러 버리던 뜨겁고 서러운 눈물……. 킬리언을 신뢰하는 듯 기대며 눈을 감던 리에타의 얼굴이 교차했다.

과거에는 제이드가, 현재와 미래에는 악시아스 대공이.

그가 끼어들 틈은 어디에도 없었다.

……여기까지다. 악시아스 대공은 좋은 사람이고, 리에타에게는 나 따위의 도움이 필요하지 않아. 거울 속의 자기 자신의 얼굴이 싸늘하게 비웃었다.

'멍청하긴. 그러게 진작 내 말을 들었으면 좋았을걸.'

챙그랑! 페르디안이 주먹을 내질렀다. 벽에 걸려 있던 거울이 깨지며 산산조각 났다. 그러나 머릿속에서 울리는 소리는 멈추지 않았다.

'지금이라도 내 말을 듣는 게 어때? 아직 늦지 않았어.'

쾅! 쾅! 쾅! 페르디안이 깨진 거울을 거듭 내리쳤다. 그의 주먹에서 사방으로 피가 튀었다. 흰 피부에, 머리카락에, 셔츠에 붉은 피가 튀었다. 왼쪽 눈에 들어간 피가 눈물처럼 그의 뺨 위에 붉은 길을 남겼다. 페르디안이 싸늘하게 떨리는 눈으로 거울 속의 자신을 향해 씹어뱉었다.

"널 내 안에서 파낼 거야."

피투성이가 된 페르디안의 손이 검은 연기를 일으키며 아물었다. 조각난 거울 파편 속에 담긴 악마가 소름 끼치게 웃었다.

'그래. 나를 파내면, 네가 평범한 인간으로 돌아갈 수 있을 것 같아?'

서슬 퍼런 웃음소리 위로 틀어쥔 주먹이, 깨어진 유리 조각 위를 짓이겼다.

맥주 한 잔 반이면 고주망태가 되는 사람이라는 걸 잊지 않고 있었지만 떠난 이의 명복을 빌며 추모주를 마신다는 것까지 막을 수는 없었다. 리에타도 이제는 악시아스 술이 다른 지역의 것보다 독하다는 것을 알아 스스로 절제했지만, 추모주 한 모금에 얼굴이 발갛게 물든 것이 조만간 술주정을 시작할 태세였다. 이래저래 킬리언에게는 상식 밖의 주량이었다.

그래도 이곳은 악시아스 성이었고, 그녀의 침실이었다. 바로 뒤에 그녀의 침대가 있으니 여차하면 재우면 된다. 그들은 술잔을 기울이며 밤이 깊도록 이야기를 나누었다. 리에타는 별것도 아닌 남편 이야기를 주섬주섬하다가, 좋은 사람이었다고 하다가, 뺨을 감싸고 있던 손으로 쓸어 내리듯 입을 가렸다. 그리고 눈을 깜박이며 멍하니 킬리언을 쳐다보았다.

"……취했나 봐요. 저 자꾸 실수하네요. 당신한테 이런 얘길 하려던 게 아닌데."

킬리언은 가만히 리에타를 바라보았다. 떠난 사람 이야기를 하는 게 왜 실수란 말인가. 다른 날도 아니고 오늘은 오롯이 그를 위한 날인데. 다른 데서 이야기하면 결코 실례가 아닌데 내 앞에서 말하면 그건 실례가 된단 말인가.

"실수? 내가 물어 봤잖아."

"……그랬나요?"

"그 얘기 좀 더 해 봐. 연주는 할 줄 아는데 악보는 볼 줄 모른다고? 그럴 수가 있나?"

술기운에 입단속이 풀어진 리에타는 제대로 방비하지 못한 채, 킬리언이 이야기를 끌어내는 대로 휘말렸다. 조금씩 남편 이야기를 풀어놓으며 말을 하다가, 웃다가, 민망해하다가 슬퍼하다가 했다.

악보를 볼 줄 몰라도 누구보다도 아름다운 음악을 연주할 수 있었다는 반짝이는 재능을 이야기하고, 순례하던 귀족 사제의 눈에 들어 후원해 줄 테니 수도로 가자는 이야기까지 들었지만 별 관심도 보이지 않고 거절했던 것을 이야기하고, 세비타스에서 나가지 않고 평생 일개 농부에 그친 것이 아깝다는 킬리언의 평가에 맞장구를 치고.

그렇게 웃다가 또, 리에타는 제 다리를 끌어안은 채 무릎에 입술을 묻고 킬리언을 빤히 쳐다보았다.

"……고마워요."

"뭐가."

리에타가 작게 웃었다.

"……당신 생일은 언제예요?"

"……그건 갑자기 왜?"

"슬픈 날을 챙겼으니까. 다음엔 좋은 날을 챙기고 싶어서요."

킬리언은 잠깐 틈을 두고 시선을 내리며 대답했다.

"아마 그대 생일이 먼저 돌아올걸. 내 생일은 얼마 전에 지났어."

리에타의 눈이 동그래졌다.

"정말요?"

리에타가 눈을 동그랗게 뜨며 다리를 내리고 상체를 일으켰다.

"왜 말 안 해 주셨어요."

킬리언이 덤덤하게 술잔을 들었다.

"괜찮아. 원래 내 생일은 안 챙겨. 좀 안 좋은 일이 있었던 날이랑 겹쳐서. 일부러 생각 안 하려고 하고 조용히 지나가는 편이야."

"……."

순간 머릿속을 스치는 직감에, 리에타의 표정이 미묘하게 변했다. 킬리언은 그녀의 표정을 보고 피식 웃으며 중얼거렸다. 하여간 눈치는 빨라서.

"그래. 용의 계곡에서 그대가 본 그 일이 있던 날이 내 생일이었어. 열여덟 번째 생일이었지."

리에타가 말을 잃은 것을 보고 킬리언은 그냥 그녀의 머리를 살짝 헝클어뜨리며 웃었다.

"그러니까 내 생일은 관두고 그대 생일을 챙기자."

리에타가 꾹 입을 다물며 그렁그렁한 눈만 들어 그를 노려보았다.

"……오늘 그대 눈이 쉴 틈이 없군."

킬리언이 씁쓸하게 웃으며 리에타의 눈에 고인 눈물을 닦아 주었다.

"……제 생일은 몰라요. 전 달력도 없는 산속에서 날짜도 모르고 태어났거든요."

"그래?"

"네. 계절이 봄이라는 것만 알아요."

산속이라. 어릴 때 산에서 살았다고 했지.

"이전에는 어떻게 챙겼어?"

리에타는 물끄러미 킬리언을 쳐다보다 대답 대신 반문했다.

"……그 사람 이야기를 듣는 게 불편하지 않으세요?"

킬리언이 담담하게 리에타를 바라보았다.

"듣기 좋은데. 그대 이야기를 들으면 좋은 사람이었다는 걸 알 수 있어서."

킬리언이 빈 술잔에 술을 채우며 말을 이었다.

"난 제이드가 좋은 사람이었던 것도, 많이 생각나는 사람인 것도, 오래오래 간직하고 싶은 사람인 것도 싫지 않아."

"……."

"좋은 사람이 아니었으면 그대에게 상처가 더 많았겠지. 떠올리면 행복할 수 있는 사람이어서 다행이라고 생각해."

리에타가 작은 한숨과 함께 고개를 숙이고 방구석을 응시했다.

"……당신은 이상한 사람이에요."

킬리언이 눈을 한 번 감았다 뜨며 술잔을 만지작거렸다.

"……내가 눈치가 없었나? 말하기 싫으면 안 해도 돼."

"싫은 건 아닌데."

리에타가 작게 웃었다.

"……저만 이야기하는 것 같네요. 당신은 당신 이야길 많이 하지 않는데."

"그야 내가 그대한테 궁금한 게 많으니까. 그대는 나한테 별로 관심이 없잖아."

뜻밖의 말에 리에타가 눈을 동그랗게 떴다.

"네에?"

킬리언이 덤덤하게 툭 뱉었다.

"나만 좋아 죽지."

"뭘 좋아 죽기까지……."

리에타가 황망하게 바라보며 중얼거렸다. 킬리언이 눈썹을 찡그렸다.

"그대는 정말 내 마음을 하나도 모르는군?"

리에타가 빨개진 얼굴을 무릎에 묻어 숨기며 조그맣게 중얼거렸다.

"당신도 모르면서……."

"응?"

소리가 작아 듣지 못한 킬리언이 반문하자, 리에타가 짐짓 얼버무렸다.

"그럼 공평하게 당신 이야기도 해 주세요. 저도 당신 이야기를 듣고 싶어요."

킬리언이 잠깐 틈을 두고 웃었다.

"……내가 별로 말주변이 없어서. 궁금한 거 있으면 물어봐. 대답해 줄게."

"궁금한 거요?"

킬리언이 가볍게 어깨를 으쓱했다.

"그래, 뭐든."

리에타가 가만히 눈을 굴렸다.

"……저, 그럼 뭐 하나만."

"응."

"혹시 불편한 질문이면 대답하지 않으셔도 돼요."

"……그래."

조금 불안해졌다. 뭘 물어보려고 그러지. 뭐든 괜찮다곤 하지 말걸 그랬나. 설마 공평해지자고 옛날에 만났던 여자에 대해 물어보는 건 아니겠지.

"당신……."

리에타가 긴장해 침을 삼켰다. 킬리언은 덩달아 긴장해 그녀의 입술에 집중했다.

"왜 그날 일에 대해…… 아무에게도 말하지 않았어요?"

킬리언은 리에타가 무슨 이야길 하는지 한발 늦게 알아들었다. 그의 열여덟 살 생일날 있었던 일에 대한 이야기였다. 그가 물끄러미 리에타를 쳐다보았다. 리에타가 조심스럽게 덧붙였다.

"……그 사람들이 무슨 짓을 저질렀는지 말하고, 당신이 가진 걸 지키려고 좀 더 노력할 수도 있었잖아요."

킬리언이 작게 웃었다. 그리고 손에 들고 있던 술잔을 비우며 중얼거렸다.

"……용의 계곡에서부터 여태 궁금해하고 있었군?"

하긴. 모두가 궁금해하는 이야기니까. 그냥 말하기 싫었을 뿐, 별 특별한 이유가 있는 것도 아닌데. 킬리언이 손에 든 빈 잔을 만지작거렸다.

'그들이 무슨 짓을 했는지'라고 해 봤자, 그들은 마물인 언데드를 학살했을 뿐이다. 남겨진 시신이 증명해 주는 건 거기에 언데드화가 일어났다는 흔적뿐. '그것'이 킬리언의 이름을 부르며 그를 지키려고 울었다는 건 시신에 적혀 있지 않다. 리에타가 시선을 내리며 중얼거렸다.

"……당신만 나쁜 사람이 되어 있는 게 싫어요. 당신은 이렇게 좋은 사람인데."

이미 삼십 초 전에 목 안으로 넘어간 술에 사레가 들릴 뻔했다. 내가? 좋은 사람? 리에타가 조심스럽게 그를 쳐다보았다.

"당신은 당신이 가진 걸 잃지 않을 수도 있었잖아요……."

킬리언이 작게 웃음을 터뜨리며 미소 지었다.

"그럼 그대를 못 만났을 테니 잘된 일이지."

"……그땐 미래를 알고 선택한 게 아니잖아요."

킬리언이 피식 웃었다. 왜 아무것도 말하지 않느냐. 지난 십삼 년, 아니 십사 년간 들은 질문이었지만 그 의문이 물리지 않게 느껴지는 건 처음이었다.

리에타가 말없이 그를 바라보았다. 킬리언은 처음으로 자기 자신의 내면을 들여다보듯, 조금 느리게 긴 이야기를 시작했다.

"말한다고, 뭐가 달라졌겠어. 뭐 하나 돌이킬 수 없는데."

킬리언은 빈 술잔을 내려다보며 말을 이었다.

"그냥. 싸우고 싶지 않았어. 별로 살아야겠다는 독기도 없는 상태였고. 황실을 떠나고 싶기도 했고."

그 일이 결정적인 계기가 되기는 했지만, 그전에도 그냥 다…… 지긋지긋했던 것 같아. 황실도, 황제도, 형제들도. 사라지지 않는 어머니 모습까지도. 내가 죽인 사람이나, 내가 죽인 사람의 가족이나, 내가 사람을 죽였다는 것에 기겁한 사람들로 가득한 황실이 피곤했고.

윌리엄과 살레리온을 심판대에 올리지 않은 건……. 내 손으로 사형 집행한 녀석들인데 남들에게 인정받자고 단죄해서 뭐 해. 난 그냥 그들을 내 손으로 끝내길 원했을 뿐이야.

다른 건 아무래도 좋았어. 누구의 인정이나, 동조도 필요 없었어. 내가 그럴 만했는지, 그들이 죽어 마땅한 짓을 했는지 무의미한 사람들한테 옹호받아 봤자 의미도 없고.

"남은 건 진흙탕 싸움뿐이라는 게 빤히 보이는데. 그냥 죽음으로 깔끔하게 맺고, 어머니를 곱게 보내 드리고 싶었어. 더 이상 아무도 손댈 수 없게."

뒤늦게 언데드에 대해 알아보면서, 그 마지막 모습은 더더욱 미궁 속으로 빠져들었지만. 어차피 말해 봤자 거짓말로 보였을 가능성이 높다는 생각도 들어 차라리 그러길 잘했다 싶어졌다.

"몇 번, 그때로 돌아가면 나는 다른 선택을 할까 생각해 본 적이 있는데."

킬리언이 시선을 들어 올려 리에타를 보고 쓰게 웃었다.

"역시 나는 똑같은 놈일 것 같아."

그리고는 리에타를 보며 농을 걸었다.

"혹시 황자인 쪽이 좋은가? 뭐 아무래도 대공보다야 황제가 좋고, 악시아스보다야 수도가 살기 좋긴 하지. 복권 시켜 달라고 할까?"

리에타가 풋 웃었다.

"아뇨, 필요 없어요. 대공 전하도 이미 충분히 부담스럽고, 저는 악시아스가 좋아요."

킬리언도 웃었다. "사실 나도 그래."

킬리언이 창밖의 밤하늘을 바라보았다. 이미 한창 밤이 깊어 서늘한 바람에 스치는 달이 추워 보였다.

시간이 늦었네. 평소보다 더 늦게까지 같이 있어서 그런가. 오늘은 왠지 혼자 두고 떠나는 발걸음이 떨어질 것 같지 않다. 올라와서 자라고 할까.

"드레스룸에서 자도 돼."

리에타가 눈을 깜박이며 쳐다보았다. 킬리언이 덧붙였다.

"어떤 짐이든 가져다 놔도 괜찮아. 앞으로 드레스룸에 사람을 부를 일은 없으니 다른 사람 시선을 신경 쓰지 않아도 돼."

아. 리에타는 그가 침실에 놓인 위패와 제단 이야기를 하는 것을 눈치 챘다. 그녀는 머쓱하게 목덜미를 눌렀다. ……신경 써 주시는구나.

"괜찮아요. 꼭 그것 때문에 아래층 침실을 쓰는 건 아니에요."

"이 방은 좀 춥지 않아? 작은 벽난로 하나뿐이잖아."

"오히려 방이 작으니 불을 조금만 때어도 금방 따뜻해지는걸요."

"대신 불이 꺼지면 금방 식잖아. 금방 뜨거워지고 금방 식으니 있기는 안 좋을 텐데."

"하지만 밤도 긴데 드레스룸은 너무 넓어서 오래 쓰기엔 효율이 좋지 않은걸요."

"……그게 무슨 말이지?"

"저 혼자 있는 방을 데우는 데 장작이 밤새 얼마나 많이 들어가겠어요."

킬리언은 이상한 표정이 되었다. 장작 소비 효율 따위가 문제였던 거야?

"……그런 문제면 그냥 같이 올라가자. 장작고를 거덜 내도 상관없으니까."

킬리언이 자리에서 일어나며 말했다.

"위패만 챙겨. 다른 짐 딱히 없으면 제단은 내가 들게."

리에타가 빤히 킬리언을 쳐다보았다.

"킬리언."

"응."

"킬리언."

"왜."

리에타가 그를 바라보며 웃었다.

우리는 서로 못할 말 같은 거……. 없었으면 좋겠다고 했잖아요. 하고 싶은 말, 언제든 해도 괜찮다고 했잖아요.

"있잖아요."

"응."

나 사실 줄곧 하고 싶은 말이 있었어요. 당신…….

"제가요. 만약에요."

"응. 만약에."

제가, 만약에, 당신의 가족의 원수가 된다면.

"……."

당신. 나에 대해 전부 알아도, 지금 같은 마음으로 나를 옆에 두어 줄 건가요?

리에타는 작게 웃으며 그를 끌어안았다. 살짝 밀려나 침대 옆면에 발뒤꿈치를 부딪친 킬리언이 리에타의 등허리를 받쳐 안으면서 경고했다.

"……조심해, 뒤에 침대 있어."

리에타가 눈을 감으며 중얼거렸다.

"당신이 정말 좋아요."

"……뭐?"

킬리언이 얼빠진 소릴 냈다. 리에타가 작게 웃으며 다시 말했다.

"좋아해요."

"……잠깐."

예상하지 못한 고백에 당황한 킬리언이 리에타의 어깨를 잡고 그녀의 몸을 제게서 떼어 내려고 했다.

"……잠깐만. 지금 그런 말 하려던 거 아니지 않아?"

리에타는 웃음을 터뜨리며 와락 팔을 올려 그의 목을 안아 버렸다. 그런 게 뭐가 중요해. 리에타는 다시 한번 말했다.

"나는 당신이 너무 좋아요."

그녀에게 이렇게 직접적이고 정열적인 고백을 받은 건 처음이었다. 상상도 해 보지 못한 당혹스럽고 강렬한 충격이었다.

"잠깐만, 리에타."

킬리언이 리에타를 밀어내려고 했다. 그리고 폭탄이 터졌다.

"안아주세요."

킬리언은 얼어 버렸다.

"……뭐?"

리에타가 그를 껴안고 웃으며 까치발을 하고 매달렸다.

"빨리."

거듭된 충격에 킬리언은 정신을 차리지 못했다. 확 얼굴이 달아올랐다. 말 그대로 '안아만' 달라는 뜻인데 거기 다른 상상을 덧붙이는 사람이 나쁜 거지. 그렇지? 킬리언이 당혹감에 젖은 얼굴을 마른 손바닥으로 쓸어내렸다. 미치겠네.

"……그대, 지금 단어 선택이 좀."

위험한 거 알아? 그렇게 말하면서도, 킬리언은 제가 무슨 사고라도 칠까 무서운 사람처럼 주춤주춤 리에타의 등에 손을 얹었다. 리에타가 해맑게 웃었다. 그리고 다시 숨 돌릴 틈 없는 고백.

"좋아해요."

턱 숨이 막힌 킬리언의 얼굴이 더 어쩌지 못할 정도로 붉어져 버렸다. 결국 킬리언이 제 머리를 헤집으면서 버럭 했다.

"아 진짜, 미치겠네. 지금처럼 취한 상태로 그런, 그런 말 하는 거……."

리에타는 반론을 용납하지 않은 채 그의 품에 꽉 파묻혔다.

"당신이 너무 좋아요."

그녀의 등을 받치고 있던 킬리언의 손끝이 움찔했다. 술 냄새와 함께 공기 중에 담긴 리에타의 향기가 아찔하게 혹 끼쳤다. 그녀를 안고 있던 정신 나간 손이 홀린 듯 제게로 그 향기를 끌어당기려다가 가까스로 멈추었다.

"……!"

제기랄, 추모주고 나발이고 리에타한테 술을 먹게 해선 안 됐어!

"당신, 당신 취했어. 잠깐, 좀."

킬리언이 당황하며 리에타를 떼어 놓으려고 했다. 그러나 끝내 이러지도 저러지도 못하고 안절부절. 리에타가 그의 가슴에 얼굴을 묻고 웃었다.

다정한 사람. ……당신은 그런 사람이다. 다 알게 되더라도, 날 버리진 않을 거다. 하지만 더 이상 나를 보며 그렇게 순수하게 행복할 순 없겠지.

다 솔직하게 털어놓고 편해지고 싶다는 마음도 들었지만, '말한다고 뭐가 달라졌겠어. 뭐 하나 돌이킬 수 없는데' 그 말이 리에타에게 답을 주었다.

우리의 상황이 그들의 상황과 같지는 않다는 걸 안다. 우리들의 힘으로 어찌할 수 없었던 얽힌 악연이 우리 앞에 있었다 해도, 나와 그는 그걸 알기 전에 만나 그들과는 다른 이야기를 쌓았다.

이제 우리 사이엔 신뢰가 있고, 서로를 위하는 마음이 있고, 그보다 더 깊어진 마음이 있다. 하지만 그 모든 일이 아직 끝나지 않았다. 모든 걸 알고 나면 틀림없이, 전처럼 행복할 순 없다.

그렇다면 이건…… 나 혼자만 아는 게 낫지 않을까. 어차피 나만 입 다물면 아무도 알지 못할 텐데.

리에타가 온몸으로 그를 끌어안았다. 다시 한번 인내심의 한계를 시험당했지만, 아슬아슬하게 평정을 되찾은 킬리언이 리에타의 어깨를 두드리며 끔찍하게 긴 한숨을 내쉬었다.

"왜 이래……. 늦은 생일 선물이야?"

리에타가 까치발을 들고 쪽, 그의 입술에 입 맞추며 웃었다. 말문이 막힌 킬리언이 어쩌지 못하고 고개를 돌리며 손으로 제 얼굴을 가렸다. 그러나 그 직후 깜박하기라도 했다는 듯이 얼른 고개를 내려 쪽, 그녀의 입술에 가볍게 입 맞춰 주었다.

리에타가 맑게 웃었다.

내가 당신의 행복인 걸 안다. 당신에게서 날 빼앗고 싶지 않다. 당신을 마음 아프게 하고 싶지 않아.

그리고 나도…… 나도 행복하고 싶어. 이 행복을 망치고 싶지 않아. 이것이 기만일지도 모르지만. 이게 기만일지라도…….

리에타는 눈을 감았다.

……나도 행복하고 싶어.

며칠 전, 친구들의 결혼식에서 들었던 대사제의 주례사가 그녀의 내면에 심판의 말처럼 속삭였다.

'이의가 있으신 분은 지금 말씀하시고, 그러지 않으실 것이라면 영원히 침묵하십시오.'

리에타는 눈을 감고 침묵했다.

◦◦◦◦◦

킬리언은 제게서 떨어지지 않는 리에타의 품에 제단과 위패를 안겨 놓고, 그녀의 무릎 뒤에 손을 넣어 그녀를 홀쩍 들어 안았다. 리에타는 팔에 그것들을 안은 채 얌전히 킬리언의 품에 안겨 위층 드레스룸으로 옮겨졌다.

킬리언은 고이 그녀를 드레스룸의 침대 위에 내려놓고 이불을 덮어 주었다. 그녀가 안고 온 물건들을 드레스룸 한쪽에 자리 잡아 정리해 주고, 벽난로에 장작을 가득 집어넣어 불을 때고, 허리에 손을 얹고 벽을 마주보고 선 채 푹 깊은 한숨을 내쉬었다.

뒤에서 리에타가 술기운이 남은 말투로 물었다.

"가실 거예요?"

킬리언이 피식 웃으며 돌아보았다.

"가지 말까?"

리에타가 웅얼거렸다.

"……가지 마세요."

진짜 저 무방비한 여자를 어쩌면 좋지. 다행히 이번엔 감당 못할 유혹으로 느껴지지 않았다. 리에타는 취했다. 아까는 긴가민가했지만 이번엔 확실히 알 수 있었다.

내일이면 기억도 못하겠지. 위험하고 사랑스러운 여자 같으니…….

다행인지 불행인지, 가지 말라는 말에 설레기엔 마음 아픈 날이었다.

'오래 제 옆에 있어 주세요.'

아까 그녀가 울면서 했던 말 위에, 언젠가 꼭 저렇게 취했던 날, 예전에 그녀가 했던 술주정이 겹쳤다.

'……오래 사세요.'

겨우 서른 넘은 사람에게 만수무강을 빈다며 귀여운 술주정이라 웃어 넘겼던 그날의 말이 새삼 달리 느껴졌다.

'가지 말아요. 나를 혼자 두고 가지 말아요.'

킬리언이 침대 맡에 앉아 그녀의 목 위까지 이불을 끌어올려 덮어 주고 리에타의 이마와, 머리카락을 찬찬히 쓰다듬었다. 잠든 것 같았던 리에타는 졸음이 가득한 눈을 느리게 깜박이며 그를 올려다보았다.

"……킬리언."

킬리언이 피식 웃었다. 좋아하는 사람이 이름을 불러 주면, 원래 이런 느낌인가 싶어서.

"리에타."

그도 한번 그녀의 이름을 불러 보았다. 리에타가 술기운이 올라 발그레해진 얼굴로 몽롱한 눈을 깜박였다. 그리고 멍하니 손을 뻗어 그의 옷자락을 붙잡았다.

"……안 갈 거죠?"

킬리언이 답했다.

"그래. 그대가 잠들 때까지 옆에 있을게."

리에타는 멍하니 있다가 몽롱한 눈빛으로 중얼거렸다.

"……자고 가요. 침대 넓잖아요."

킬리언이 작게 웃음을 터뜨렸다.

"그래……. 다음에."

그녀를 안 지 채 일 년이 되지 않았다. 그런데 어떻게 그 많은 일들이 있었을까. 그 여름까지만 해도 내가 가을에 이러고 있을 거라고는 상상도 못했는데. 고맙고, 미안하고. 안타깝고 사랑스러운 기분을 느끼며, 그가 고개를 숙여 그녀를 축복했다.

그녀가 잠들 때까지, 한참을 리에타를 도닥여 주던 킬리언은 그녀의 숨소리가 규칙적으로 잦아들고 나서야 조심스럽게 침대 앞에서 일어났다. 리에타가 깨지 않도록 발소리를 죽여 벽난로에 걸어가 좀 더 뒤적여 불을 보고, 너무 더운가 싶어 창을 살짝 열고 뒤를 살펴 리에타에게 차가운 바람이 닿는지 확인했다.

자기 침실로 가지도 못하고 리에타가 누운 침대로 향하지도 못하고 티테이블에 앉았다가 소파에 앉았다가. 킬리언은 한참만에 결국 자기 침실에 딸린 욕실로 들어가 아닌 밤중에 냉수 샤워를 했다.

최악……. 늦가을 밤에 불 한 점 때지 않은 찬물 세례가 짜릿하기 짝이 없었다. 이런 쪽에서만은 절대 스스로가 자제력이 부족한 편이 아니라고 생각했는데. 한계까지 시험당하는 기분이었다. 킬리언은 짧은 한숨과 함께 쿵 소리가 나도록 욕실 벽에 머리를 처박았다.

다시는 저 여자가 술을 먹게 두지 않으리라. ……하지만 귀여웠어.

'좋아해요.'

리에타가 웃던 얼굴을 멍하니 생각하다가, 촤악. 킬리언은 다시 말없이 손을 뻗어 찬물을 뒤집어썼다.

'어이, 애기.'

키 작은 아이가 돌아섰다.

'나는 애기가 아니야. 다섯 살이란 말이야.'

뿔 달린 붉은 거한이 킬킬거렸다.

'그래 다섯 살. 너는 어머니의 왕국에 가 보고 싶지 않아? 공주님처럼 살 수 있을 텐데.'

조그만 소녀가 작게 한숨을 내쉬며 상냥하게 붉은 거한을 타일렀다.

'왕궁에 가면 지금보다 훨씬 일찍 일어나야 하고, 훨씬 늦게 자야한다고. 공부도 지금보다 훠어얼씬 많이 해야 하고, 마음대로 놀지도 못하고, 나한테 이거 저거 해 달라는 사람이 잔뜩일 거야. 왕녀의 의무는 무거운 거라고.'

나무 그루터기에 앉아 있던 검은 피부의 금발 남자가 피식 웃으며 아이에게 물었다.

'의무가 무겁다는 게 어떤 건지는 알아?'

'깔려 죽을 만큼! 이따만큼 무거운 거야. 저기 폭포 앞에 흔들바위만큼 무거운 거!'

아이가 눈을 동그랗게 뜨고 팔을 한껏 펼쳐 크게 벌리며 대답했다. 뒤에서 다가온 검은 머리의 아름다운 여자가 작은 소녀를 달랑 안아 들었다.

'애한테 쓸데없는 소리 하지 마. 모르비두스.'

모르비두스라 불린 금발 남자가 어깨를 으쓱했다.

'나 아니야.'

'불공정하잖아. 자기가 뭘 선택할 수 있는지 알려는 줘야지.'

그 옆의 붉은 거한이 못마땅한 듯 가슴 앞으로 팔짱을 꼈다.

여자가 아이를 안고 걸어가며 시선도 주지 않고 말했다.

'공주가 뭔지는 알지만 의무가 뭔지는 모르는 애한테 그런 선택지를 들이미는 건 공정한 게 아냐. 멍청아.'

눈이 동그래진 아이가 고사리손으로 엄마의 입을 막았다.

'엄마 나쁜 말한다.'

여자가 아이의 손을 살짝 입술로 물었다 놓으며 사랑스럽다는 듯이 웃었다.

'착한 우리 딸. 악마는 나쁜 거니까 나쁜 말해도 된단다.'

'자알 가르친다……'

'베아트리체.'

검은 피부의 금발 남자가 그녀를 불렀다. 여자가 무심히 돌아보자, 그가 옷소매로 그녀의 머리카락에 묻은 붉은 것을 닦아 주었다.

오랫동안 잊고 있던 기억과 지식은 때론 자신의 것이 아닌 것 같았다. 꿈에서 본 기억 같기도 하고, 실제 기억 같기도 하다. 그건 이상한 기분이었다.

왕이여. 우리를 구원하러 온 왕이여.

그 누구도 이토록 절대적인 힘을 가진 적 없습니다.

이토록 놀라운 유산을 보십시오.

더, 더, 조금 더.

숭고한 전통과 위대한 혈족의 이름으로.

'혈족'의 피에 새겨진 기억은 항상 이상한 군중의 웅성거림에 둘러싸여

있었다. 혈족의 기억을 공유하는 어머니들은 그것을 '라멘타의 망령'이라
불렀다.

　그 기억들의 대부분은 나의 것이 아닌 것 같았다. 그리고 나는 그런 속
삭임들에 대해 어떤 감정도 느낄 수 없었다. 그 거리감은 아마 어머니가
내게 건 '힘의 봉인'의 영향 때문일 거라고, 타니아 성녀님이 알려 주었다.

　'내가 방금 풀어 준 「기억의 봉인」은 몽마의 힘을 빌린 마법이에요. 대
축성 의식에서 집중된 신성력을 견디지 못하고 무너지고 있었죠.'

　'하지만 당신에게 이어지고 있는 혈족의 힘을 묶어놓은 「힘의 봉인」은
신성 마법이에요. 그건 여전히 강력하고, 당신 자신 외에는 누구도 풀 수
없을 것 같군요.'

　'그 봉인은 악마나 라멘타의 망령 들이 당신을 찾아내지 못하도록 억누
르고 있어요. 그게 남아 있는 한 아무도 당신이 그들의 후손이라는 걸 알
지 못할 거예요.'

　'당신이 스스로 그걸 부수기라도 하는 게 아니라면, 그냥 평범한 신성
능력자로 보일 뿐일 테니, 원한다면 숨어 살 수 있어요.'

　당신이 가진 힘은 혼자만의 것이 아닙니다. 에율라티오의 위대한 어머니들이,
위대한 딸들이 축적해 온 아름다운 유산입니다.

　그들의 딸인 당신이, 그 모든 희생을 저버리실 수는 없습니다.

　당신의 가진 힘의 의무를 다하십시오.

　'그 어떤 강요로도 받아들이지 말아요. 모든 것을 묻어 두고 숨어 살고
싶다면 그렇게 해도 좋아요.'

　'내가 당신에게 걸려 있던 기억의 금제를 풀어 준 것은, 당신 인생이니
까. 선택권이 당신에게 있어야 한다고 생각했을 뿐이야.'

　'나는 당신의 선택을 존중할 거예요.'

　당신만이 할 수 있는 일입니다. 당신이 아니면 누구도 할 수 없습니다.

왕이여. 우리를 구원하러 온 왕이여. 당신의 신민들을 지켜 주겠다는 약속을, 에율라티오의 약속을 저버리지 마십시오.

'당신은 어머니의 유산을 물려받을 건가요? 아니면, 그 유산을 당신에게는 물려주지 않겠다는 어머니의 유지를 따를 건가요?'

나는…….

리에타는 흠칫 눈을 떴다. 익숙한 어둠이었다. 타닥타닥, 조그맣게 소리를 내며 타는 벽난로의 불빛이 방 안을 흐릿하게 조명했다. 드레스룸의 침대에서 깨어난 적이 많지는 않았기에 약간은 낯선 풍경이었다.

꿈. 또 꿈……. 뭔가 기억이…… 날 듯 말 듯한데. 그러나 잠시 후 리에타의 머릿속에 꿈 대신 떠오른 건 어젯밤의 기억들이었다. 리에타는 멍하니 누워 있다가 꾸물거리며 베개에 머리를 처박았다.

미쳤어.

문틈으로 슬금슬금 킬리언이 없는지 기웃거리던 리에타는, "누구 찾아?" 하는 소리에 꺅 비명을 지르며 뒤로 돌다가 미끄러졌다. 킬리언이 턱, 허리를 받쳐 잡아 주며 놀라게 한 걸 사과했다.

"……미안?"

그를 보자마자 리에타의 얼굴이 새빨갛게 달아올랐다. 물끄러미 그녀가 빨개지는 걸 내려다보던 킬리언은 예고도 없이 얼굴을 내려 쪽, 리에타의 입술을 훔치고 뒤늦은 아침 인사를 건넸다.

"잘 잤어?"

무슨 일이 있었냐는 듯, 산뜻한 미소를 지으며.

"아. 칼리고 백작."

페르디안이 사람 좋은 미소를 지으며 허리를 숙였다.

"대사제님을 뵙습니다."

그의 인사에, 순간적으로 섬뜩한 느낌이 들었다. 그러나 대사제는 당황하지 않았다. 그에게 드는 거부감은 그가 감내해야 했던 고통과 희생의 상징이자 결과물이었다. 그를 불쾌하게 느껴선 안 된다는 생각으로 대사제는 일부러 손을 내밀어 그의 손을 마주 잡아 인사했다.

"몸은 괜찮습니까?"

페르디안이 싱긋 웃었다.

"……죄송합니다. 아직 미숙해서. 불편하게 해 드렸습니다."

페르디안의 몸에서 새어 나오던 불쾌한 기운이 흔적도 없이 사라졌다. 대사제는 속으로 감탄했다.

"미숙하다니요. 그 누구도 칼리고 백작만큼 극복해 내지 못하였다는 것을 아시잖습니까."

"사제 분들께는 불쾌하게 느껴진다는 것을 알고 있습니다."

"그 또한 저희들의 미숙함입니다. 더 이상 저희를 부끄럽게 하지 마십시오. 그것이 당신이 감내한 희생의 결과물인 것을 알고 있습니다."

대사제의 말에 페르디안은 온화하게 미소 지었다.

"대사제님께서 그리 말씀해 주시니 신께서 용납해 주신 듯 제 마음이 편하군요."

겸손하면서도 선한 태도에 대사제가 미소 지었다.

"어제 전하께서 부르셨다고 들었습니다. 혹, 전하께서 백작에게 관심을 가져 주셨습니까?"

페르디안이 고개를 저었다.

"아뇨. 그 부르심은 다른 용무였습니다. 아직 저를 신뢰해 주지 않으시네요. 제 생각보다 훨씬 더 좋은 분이셔서, 진심으로 그분께 투신하고 싶은 마음이 들었는데 말입니다."

대사제가 눈을 크게 뜨고 놀란 듯 껌벅였다. 페르디안이 애석한 듯 눈썹을 꺾으며 미소 지었다.

"제가 노력해야 할 문제이지요. 찾아뵙고, 제대로 말씀드릴까 합니다."

"허……. 대공 전하께서 칼리고 백작을 얻으시다니. 정말이지 그 말씀을 들으니 천군만마를 얻은 듯합니다. 과연 대공 전하께서 인복은 있으십니다."

페르디안이 살짝 고개를 숙였다.

"부족함 많은 자라 누가 되지 않을까 두려울 뿐입니다."

<hr />

리에타는 사절단의 사제들 중, 아나이스가 소속된 헤르메덴 사원의 사제를 소개받아 믿을 만한 인편에 편지 전달을 부탁했다. 사제는 '어떤 아나이스'냐고 물었고, 리에타는 '외팔 앙크 아나이스'라고 대답했다. 사제가 미소 지으며 알았다 대답하고 편지를 받아 갔다.

……외팔 뭐? 곁에서 듣고 있던 킬리언이 조금 의아한 얼굴로 물었다.

"그 친구, 외팔이야?"

리에타가 웃으며 고개를 저었다.

"아뇨, 그냥 별명이에요. 팔은 양쪽 다 괜찮은데……. 헤르메덴 사원에는 아나이스라는 이름의 다른 동명 사제가 한 분 더 계셔서요. 항상 별명을 같이 적어요."

리에타가 손목을 들어 보이며 자신이 동쪽 별채 아가씨들에게 선물 받은 앙크 팔찌를 보여주었다.

"아나이스도 이런 은도금 팔찌가 있는데, 한쪽 팔이 부러져 있거든요. 그런데 앙크가 제법 크기까지 해서 꽤 눈에 띄어요. 그래서 별명이 '외팔 앙크'가 됐어요."

"그래? 망가진 걸 바꾸거나 고치지 않고?"

불러오면 팔찌부터 고쳐 줘야겠네. 최상급 악시아스 공예품 맛을……

"남쪽 사원에선 그렇게 흠집이 생기거나 부러졌는데도 팔찌나 목걸이 에서 떨어지지 않은 앙크는 생명력이 강하고 길한 징조라고 여겨서 좋게 여긴다더라고요. 수도원 친구들이 같이 돈 모아서 해 준 선물이라 바꾸지 않은 것도 있다고 하고요."

"아. 그래?"

그럼 일단 물어보고 해야겠네. 리에타가 미소 지었다.

"킬리언."

"응?"

"헤르메덴 사원에 파견 청해서 아나이스 데려오려고 하신다면서요."

킬리언이 입을 다물었다. 어떤 입 싼 녀석이……. 리에타가 웃으며 그의 팔짱을 꼈다.

"깜짝 선물인가요?"

정곡을 찔린 킬리언이 대답하지 못하고 이마를 매만졌다. 리에타의 말 이 이어졌다.

"대사원 성물 이야기도 안 해 주시고."

그건 또 어떻게 알았어? 이번엔 킬리언의 표정이 미세하게 구겨졌다.

"누구야?"

불만스럽게 캐는 목소리에 리에타가 웃었다.

"저 당신이 숨기고 있던 사원의 편지들을 봤어요."

킬리언이 두 번째로 입을 다물었다. 그 편지들을 봤다고? 리에타가 담담하게 미소하며 말을 이었다.

"……왜 숨기셨는지 알겠더라구요. 나쁜 말들 듣지 못하게 지켜 주신 것 감사해요."

눈썹을 찌푸리며, 킬리언의 표정이 불편해졌다. 리에타는 잠시 생각하듯 말을 골랐다.

"그런데 저 그 정도는 감당할 수 있어요. 별로 중요하지도 않은 사람들의 별 의미도 없는 악의인걸요."

리에타가 킬리언과 눈을 맞추며 웃었다.

"만약 제게 보여 주셨으면, 무시하는 것보다 더 좋은 방법으로 대처할 수 있었을 거예요."

킬리언이 묵묵히 리에타의 말을 들었다.

"저 여기서 오래 살고 싶거든요. 당신 옆에서, 사원에 힘 보태면서. 그러니까 괜히 여기저기 적을 만드는 것보단……."

리에타가 괜찮다는 듯 웃으며, 팔짱 낀 손을 내려 그의 손에 깍지를 끼고 흔들었다.

"혼자 다 막아 주지 마시고, 같이 의논해요."

킬리언이 물끄러미 리에타를 내려다보다, 잡히지 않은 다른 손으로 눈가를 가리며 작게 한숨을 내쉬었다.

……못 당하겠군.

리에타가 불쑥 말했다. "……이상하죠."

킬리언이 그녀를 쳐다보았다.

"자기 등 뒤에만 숨어 있으라고 말해 주는 사람이 있으니까, 오히려 그 등 뒤에서 나올 수 있는 용기가 나는 거 같아요."

리에타가 그를 마주 보며 웃었다. 두어 걸음 앞서 걷는 리에타가 그보다 높은 곳에 있었다. 눈높이가 맞았다. 언젠가 같이 걸었던, 상사화가 아치 모양으로 우거져 있던 돌계단. 이제는 울긋불긋 단풍이 든 담쟁이덩굴에 자그마한 열매들이 달렸다.

"키스해도 되나요?"

리에타가 물었다. 살짝 고개를 기울이며 웃는다.

"안 되면 축복."

킬리언이 웃었다.

"안 될 리가."

가만히 리에타의 팔꿈치를 잡아당기며 답했다.

"어느 쪽이든. 묻지 않아도 돼."

리에타가 웃으며 그를 향해 고개를 숙였다.

⟡

킬리언은 자신의 침실에서 팔짱을 낀 채 물끄러미 제 침대를 내려다보았다. ……너무 삭막한가? 조금 좁은 것 같기도 하고. 리에타의 드레스룸에 놓인 침대에 비해 제 침대는 어딘가 우아함이 부족해 보였다.

그도 그럴 것이 리에타의 드레스룸에 놓인 가구들은 섬세하고 아름다우면서도 과하지 않은, 악시아스 공예 기술의 정수가 아낌없이 녹아들어간 최고급 사치품이었다.

게다가 예술가의 경지에 도달한 공예 장인들에게 자신이 만드는 작품이 누구의 물건으로 사용되느냐 하는 것은 가장 중요한 영감의 원천이었다.

냉혹한 북방의 지배자를 위해 만든 물건과, 그의 마음을 사로잡은 아름다운 아가씨를 위해 만든 물건 사이에는 당연히 하늘과 땅 같은 차이가 있을 수밖에 없었다.

킬리언은 악시아스 최고의 장인들을 고용해 자신의 침실 침대를 새로 제작 주문했다. 그가 장인을 직접 만나 시간을 쓰면서까지 자신의 물건에 디테일하게 신경을 쓰는 것은 처음 있는 일이었다.

"……."

요새 자주 보이지도 않는 집사가 유난히 말이 없는 게 괜히 껄끄러웠다.

"……그냥 좀 좁고 오래된 것 같아서."

킬리언의 침대는 바꾼 지 삼 년이 안 됐다.

"저 아무 말도 안 했습니다."

묻지도 않은 변명을 하는 주인님을 향해 충실한 집사가 덤덤하게 답했다.

"킬리언, 날씨가 승마하기 너무 좋아요."

성의 축성 일을 마치고 막 그의 집무실로 들어오던 리에타가 따스한 얼굴로 웃었다. 킬리언만 눈에 담고 다가온 리에타는 조금 늦게 집사가 그와 함께 있다는 것을 알아챘다. 집사가 먼저 그녀를 향해 웃으며 인사했다.

"아가씨, 평안하십니까."

리에타가 상냥하게 답했다.

"덕분에요, 집사님. 오랜만에 뵙는 것 같아요."

괜히 어색하고 신경이 쓰여 킬리언은 에른이 입혀 주는 외투만 묵묵히 받아 입었다.

"그거 요즘 자주 들고 다니네?"

리에타가 바라보자, 킬리언이 양산을 눈짓으로 가리켰다.

"네. 요새 신성력을 다루기가 쉽지 않은데 이게 있으면 도움이 되는 것 같아서요."

킬리언이 날카롭게 반응했다.

"신성력에 문제가 있어?"

그는 리에타가 신성 몸살로 심하게 앓았던 것, 그리고 아직도 자기 자신은 치유할 수 없는 것에 꽤나 신경 쓰고 있었다. 걱정을 끼쳤다는 생각에 리에타는 얼른 고개를 저으며 민망한 듯 미소를 지었다.

"아뇨, 그냥 제가 미숙해서 그렇죠 뭐."

킬리언이 걱정이 채 떨쳐지지 않은 얼굴로 눈썹을 찌푸리며 리에타의 머리를 쓸었다.

"뭐든 문제가 있으면 숨기지 마."

"그럼요. 걱정하지 마세요."

리에타가 웃었다. 신성력이 급격하게 늘어 익숙하지 않을 뿐이었다. 문제라 할 만한 일도 아니다. 손 닿는 곳에 이것만 있으면 정말로 불편하지 않았다. 리에타가 습관처럼 양산을 만지작거렸다. 라나가 신성 무기로도 쓸 수 있다고 말하긴 했지만……. 이상할 정도로 내 신성력과의 감응이 좋다.

악시아스의 공예 기술이 그렇게 대단하다는 말은 꾸준히 들어왔기에 이게 악시아스 공예품의 진가인가 했지만, 공예 거리에서 가장 좋다는 무기들을 쥐어 봤을 때도 이만큼 좋게 느껴지지 않았다.

아무리 봐도 성물도 아니고…… 그저 좀 고급스러워 보일 뿐인 평범한 양산인데. 라나에게 혹시 마법 무기를 만들어 볼 생각이 없는지 물어볼까?

"아예 신성 무기를 주문해 줄까?"

리에타가 웃으며 사양했다.

"아니에요. 손에 익어서 그런지, 이만한 게 없더라구요."

킬리언은 그러냐 하고 고개를 돌렸다.

"아. 그런데 장인 공방에서 가구 주문하셨나요? 딱히 바꿀 것은 없어 보이던데 뭘 사셨기에 그렇게 큰돈을 쓰셨어요?"

"……."

내 성엔 왜 비밀이 없는 거야? 때마침, 티그리스가 마사 관리인들의 손에 이끌려 나왔다. 오랜만에 리에타를 본 티그리스가 앞발을 구르며 푸르 릉 하고 그녀를 반겼다. 마침 말을 돌리고 싶었던 킬리언이 살짝 그쪽으로 고갯짓하며 눈을 찌푸렸다.

"저 녀석 살찐 것 같은데."

"그래요?"

리에타는 아무래도 좋다는 듯이 웃으며 다가가 친근하게 티그리스의 머리를 쓸어 주었다.

"오랜만이야, 티그리스. 잘 있었어?"

리에타의 눈빛에 전에 없던 자신감이 샘솟았다. 내가 용의 계곡의 아르 젠 루프스도 탔는데 말을 못 탈까……! 리에타가 의욕적인 기세로 전의를 불태웠다. 승마용 발판을 딛고 오르며, 그녀를 잡아주려는 킬리언의 손도 사양했다. 멋지게 혼자 말에 오르는 리에타를 보고 승마 교관들이 놀라며 칭찬했다. 익숙하게 등자에 발을 넣고, 고삐를 잡고 허리를 폈다.

"가자……! 티그리스!"

리에타가 속도를 높여 속보를 시작하자 킬리언이 레아를 데려와 훌쩍 올라타며 웃었다.

"제법 나아졌는데?"

스스로 생각에도 그랬다. 나 잘해! 자신감을 얻은 리에타가 고삐를 당 겨 방향을 틀었다. 킬리언이 레아를 몰아 간격을 두고 따라붙었다. 레아가 근처에서 달리기 시작하자, 티그리스가 발을 구르며 속도를 높이기 시작 했다. 킬리언이 훌쩍 다가오며 슬쩍 제안했다.

"외출할래?"

리에타가 웃었다. 리에타도 킬리언도 그것이 겨울이 닥치기 전 마지막 데이트라는 걸 알고 있었다.

"좋아요."

뒤에 다른 일정이 있었나, 없었나는 생각하지 않았다. 악시아스 성의 일벌레 한 쌍이 처음으로 자발적 땡땡이를 치는 순간이었다.

그들은 그대로 내성을 지나쳐 외성까지 나갔다. 외성 사람들이 말에 탄 그들을 알아봤는지 어떤지는 기억나지 않는다. 둘 다 서로만 보고 웃고, 떠들고, 달렸다.

킬리언과 리에타의 이야기를 각색한 거라고 추측 가능한 연극판이 두 곳이나 있었지만 리에타는 막상 그걸 보고는 식은땀을 뻘뻘 흘리며 회피했다.

"연극 보자며."

"제가 실언한 것 같아요."

"왜. 잠깐만 보고 가자. 클라이맥스 같⋯⋯."

"⋯⋯제발. 킬리언."

실컷 말을 달리다 리에타는 한 번 낙마할 뻔했고, 킬리언은 불같이 화를 내며 저놈을 마사에 가둬 버릴 거라고 이를 갈았다. 리에타는 웃음을 터뜨렸다.

"죄송해요. 너무 화내지 마세요. 방금 전에는 제가 떨어질 것 같으니까 티그리스가 속도를 늦춰 준걸요."

"그대 잘못이 아니야. 명령하지도 않았는데 멋대로 속도를 빨리 했다 늦췄다 제멋대로인 말이 나쁜 거지. 아무래도 티그리스는 안 되겠어. 다른 말로 바꿔 줄게."

"하하하. 전 티그리스가 좋은데요."

"아무 데나 좋다고 하지 마. 아무래도 말을 잘못 골랐어. 난 뭔가 하얀 놈들이랑은 상성이 안 맞는 거 같아."

"하지만 말은 저하고만 맞으면 되는 거 아닌가요?"

"와……. 이러기야?"

"하하하."

시간이 어떻게 갔는지 모르겠다. 겨울이 가까워서 해가 금방 떨어졌다. 온종일 실컷 악시아스를 누비며 데이트를 하고서, 아쉬움을 뒤로 하고 그들은 내성에 있는 리에타의 집에 들렀다.

함께 청소를 하고, 가구들 위에 먼지가 쌓이지 않도록 천을 덮어 두고, 겨울 한파에 창문이 깨지지 않도록 덧문을 방비했다.

즐겁다. 연인다운 뭔가를 함께하는 것도 아닌데 그저 둘이서만 같이 뭔가를 하고, 이야기하고, 웃을 수 있다는 게 너무 좋았다.

"이렇게 좋은 집을 겨우 몇 달 쓰고 계속 비워 두네요……. 혹시 집이 필요한 다른 정착민이 있으면 양보할까 봐요."

킬리언이 리에타와 함께 물감을 발라 놓은 창틀을 손으로 쓸어 보며 웃었다.

"여긴 이미 그대 집이라는 느낌인데. 아늑해서 좋기도 하고. 관리인 두고 우리 별장으로 쓰는 건 어때? 좀 더 따뜻하고 멋지게 꾸며서."

리에타가 머뭇거렸다.

"어…… 음……. 너무 사치스럽다는 말을 듣지 않을까요?"

킬리언이 헛웃음을 지었다.

"내참. 진짜 사치스러운 게 어떤 건지 좀 보여 줘야 겨우 이런 거에 그런 말이 안 나오겠군."

"그치만, 저는 검소하던 영주님이 저 때문에 방탕한 길로 빠졌다는 말을 듣고 싶지 않아요."

나 별로 검소하지 않은데. 킬리언이 눈을 찡그렸다.

"누가 감히 그런 소릴 해? 그리고 검소하다고 다가 아니야. 나 정도로 가진 사람은 좀 써 줘서 지역 상권에 이바지해야 할 의무가 있다고. 좋은 물건이 제 가치를 인정받고 꾸준히 소비가 돼야 계속 좋은 물건이 생산되고 발전이 있는 법이야."

……그런가? 리에타의 눈이 동그래졌다. 정말 영주님이랑은 대화할수록 배우는 게 생기는 거 같아.

집을 다 정리하고, 마지막으로 그들은 마구간을 보러 갔다.

"머리…… 조심하세요."

킬리언이 짧게 웃었다. 일전에 자신이 머리를 부딪혔던 곳을 손으로 가볍게 짚고 고개를 숙여 들어갔다. 리에타도 작게 웃으며 그 뒤를 따라 들어갔다.

리에타를 떨어뜨릴 뻔했다가 킬리언에게 잔뜩 구박을 받고 토라진 티그리스는 구석에 머리를 박아 놓고 알은 체를 하지 않았다. 넓은 마구간은 짚단과 장작을 쌓아 놓는 창고 겸용으로도 쓰이고 있었다.

킬리언은 땔감으로 쓰이는 장작과 짚단을 단단하게 정리해 놓고 없는 일들까지 찾아서 했다. 성에는 할 일이 가득하고, 지금 여기서 우린 할 일도 없는데. 성으로 돌아가야겠다는 생각이 들지 않았다. 조금만 더 여기 있고 싶었다.

"오늘까지만 게으름 부릴까."

"그럴까요?"

둘이 눈을 맞추고 웃었다. 성으로 돌아가면 미루어 둔 일들이 기다리고 있겠지만, 킬리언도 리에타도 그저 이 할 일 없는 지금의 시간을 함께 보내는 데 집중했다. 리에타가 마구간 가장자리의 울타리를 짚고 성 쪽을 바라보았다.

"와……. 여기서 보면 성 야경이 꽤 멋지게 보이네요. 저기 좀 보세요.

성 끝에 달이 걸려 있어요. 저쪽으론 마을이 보이고…….”

“……그렇네. 여기에선 이렇게 보이는구나.”

킬리언이 울타리 위에 팔을 올리며 자신의 성을 올려다보았다. 리에타가 옆으로 그를 올려다보며 물었다.

“당신의 성이잖아요. 늘 보지 않으세요?”

“이렇게 여유롭게 틀어박혀 성 풍경을 감상할 일은 많지 않았지.”

너무 오래전에 지어졌고, 거친 역사를 거쳐와 지금의 눈으로 보기엔 삭막하고 딱딱하다는 평가를 받는 성이지만, 이렇게 첨탑에 달이 걸려 있는 모습을 보니 꽤나 우아하고 서정적으로 보였다.

저 고고한 성벽 위에 수만 번, 수십만 번이나 달빛이 내렸을 것이다. 그 어떤 성보다도 오랫동안 달빛을 받았을 성이니, 어떤 성보다도 아름답지 못할 이유가 없다는 생각이 들었다. 그들은 나란히 선 채 마구간에서 보이는 성을 가만히 올려다보았다.

“……돌아갈까?”

리에타가 옆으로 킬리언을 올려다보며 웃음 지었다.

“내일부턴 다시 일이 기다리고 있겠죠?”

킬리언이 느긋하게 턱을 괴고 웃었다.

“가지 말까?”

리에타가 웃었다.

“가야죠. 영주님이 계셔야 할 곳인걸요.”

킬리언이 피식 웃더니 잠깐 틈을 두고 고전적인 억양으로 읊었다.

“내가 있어야 할 곳은 저 위의 성좌가 아니요, 다만 그대 옆입니다.”

리에타도 아는 문구였다. 리에타가 자연스럽게 떠오른 뒤의 문장을 이어 말했다.

“그렇다면 그대, 당신의 성좌 옆에 나를 위한 자리를 마련해 두어요. 내가 당신 곁에 머물 수 있도록."

그녀가 그 문장을 말해 줬다는 것이 마음에 들어서, 킬리언이 부드럽게 미소 띤 얼굴로 그녀를 바라보았다.

"그걸 아는군."

리에타가 작게 뿌듯한 미소를 지었다.

"그럼요. 고전 명작이잖아요."

"수도원에 있을 만한 책은 아니라고 생각했는데."

"하하하. 당연히 수도원에서 읽진 않았어요. 어릴 때 집에서, 이해도 못하고 봤죠. '성좌'가 무슨 말인지도 모르던 때."

리에타가 잠깐 입을 다물었다가 웃으며 팔을 괴었던 것을 풀고 몸을 일으켰다.

"왕이 흡혈귀에게 빠져 나라 말아먹는 이야기를 예로 드시니, 가지 말자고 하면 안 되겠네요."

"문장 하나 인용한 것뿐인데. 난 왕이 아니야. 그대도 흡혈귀가 아니고."

"비슷한 면이 있는 것도 같은데요."

리에타가 고개를 갸웃하며 몸을 돌리고 그를 쳐다보았다.

"당신은 왕보다는 용 같아요."

"……용?"

리에타는 킬리언을 보며 웃었다.

"당신이 있어서 우리는 숨 쉬듯 풍요를 누리니까요."

어지간한 칭찬은 당연한 일이지 하며 눈 하나 깜짝하지 않는 킬리언인데도 그건 과하다는 듯 슬쩍 눈을 찡그리며 웃었다.

"그건 너무 과잉 수사인데."

리에타가 그를 향해 웃고, 바깥의 밤거리를 쳐다보았다.

"여긴 정말 좋은 땅이에요."

킬리언이 고개를 숙이며 웃었다. 리에타가 마구간 입구 쪽으로 돌아섰다.

"이제 정말 가요!"

그때, 내성의 거리 저편에 옆으로 높이 올려 묶은 갈색 머리카락이 휙 지나갔다. 어? 리에타의 눈이 깜박였다. 지젤?

지젤을 발견하고 한 손으로 손나팔을 하고 반갑게 인사하려던 리에타 가 숨을 들이켰다. 지젤의 옆에 레너드가 있었다. 그들은 뭐라 티격태격하 는 것 같더니…… 갑자기 그들은 키스하려는 것 같았다!

깜짝 놀라 뒤로 확 돌아선 리에타는 뒤따라 나오던 킬리언과 딱 눈이 마주쳤다.

"……!"

영주님께는 비밀이랬는데, 둘이 사귀는 거! 리에타가 다급하게 킬리언 의 앞을 가로막았다.

"……?"

당황해서 얼어 버린 리에타의 표정을 알아챈 킬리언이 의아하게 그녀 를 쳐다보았다.

"왜 그래?"

킬리언이 의아하게 리에타가 보고 있던 방향으로 눈을 향하며 왼쪽으 로 움직였다. 놀란 리에타가 따라서 왼쪽으로 움직였다.

"……?"

그가 오른쪽으로 움직였다. 리에타도 따라서 오른쪽으로 움직였다. 리 에타의 눈동자가 어찌할 바를 모르고 동공 지진을 일으키고 있었다.

"……뭐 해?"

변명할 말이 떠오르지 않았다. 일단 지금은 킬리언이 저쪽으로 가지 못 하게 해야 한다는 생각만이 리에타의 머릿속에 가득했다. 잠깐만, 어떻게 잠깐만 시간을 벌면 되지 않을까?

킬리언의 몸이 다시 왼쪽으로 기울었다. 리에타가 당황해 왼쪽으로 따라 움직이는데, 킬리언은 왼쪽으로 움직이는 척하다 휙 오른쪽으로 움직여 리에타를 따돌렸다. 그는 너무도 간단하게 리에타의 옆을 지나쳤다. 깜짝 놀란 리에타가 몸을 돌려 킬리언을 붙잡으려는 순간,

"꺄악!"

당황한 리에타가 발을 헛디디며 휘청했다. 넘어지는 각도가 급격했다. 리에타가 바닥에 쓰러지길 바라진 않았던 킬리언이 놀라며 얼른 팔을 뻗어 그녀의 몸을 받치고 끌어당겼다.

우당탕. 리에타가 넘어지며 붙잡은 짚단이 무너져 엉망으로 흩어졌다. 무너지는 짚단이 쿠션이 되어 주기라도 했으면 좋으련만. 폭신한 짚더미는 그들이 바닥에 곤두박질치고 한발 늦게 따라 무너지며 그들의 위에 쏟아졌다. 그들 주변으로 밀빛 지푸라기들이 흩날렸다.

짚더미에 파묻혀 있던 리에타가 푸하, 고개를 들며 숨을 내쉬었다. 킬리언이 짧게 웃음을 터뜨리며 그녀의 머리 위에 쏟아진 지푸라기들을 쓸어 밀어내 주었다.

"괜찮아?"

"죄, 죄송해요. 안 다치셨어요?"

"어."

킬리언이 큭큭 웃으며 리에타의 팔을 붙들고 그녀를 일으켜 주었다.

"뭔데?"

킬리언이 웃음기 어린 목소리로 물으며 팔꿈치로 땅을 짚고 상체를 일으켜 리에타가 바라보던 방향으로 다시 눈을 돌리려고 했다. 리에타는 급기야 두 손으로 그의 얼굴을 붙잡아 제게 돌렸다.

"……!"

둘의 눈이 딱 마주쳤다. 바닥에 깔린 채 멀뚱하니 리에타를 마주 보던

킬리언이 그제야 자기들의 묘한 자세를 알아채고 푸핫, 웃음을 터뜨렸다.

"뭐야. 무슨 뜻이야 이거."

리에타는 킬리언의 허리를 깔고 앉아 있었다.

"나 오해한다?"

리에타는 아무 말도 하지 못했다. 킬리언이 장난스럽게 웃으며 훌쩍 상체를 일으키고 리에타의 허리 뒤에서 손깍지를 꼈다. 순식간에 위험하고 로맨틱한 자세가 되어 버렸다. 리에타가 버벅거리며 당황했다.

"……그, 그런 게 아니라."

하지만 킬리언을 놓지도 못했다.

"자, 잠깐만 이러고 있으면 안 될까요."

안 될 리가. 킬리언이 웃었다. 대체 거기 뭐가 있기에? 뭔가 자신이 보지 않기를 바라서 막고 있는 것 같은데. 얼굴이 빨개져서 당황하는 걸 보니 어디 대담한 연인이 야외에서 애정행각이라도 벌이고 있나 싶었다.

저렇게 안달복달 보지 말라고 조바심을 내니 궁금하긴 해도 하자는 대로 들어 주고 싶었다. 리에타의 반응을 보니 틀림없이 별것도 아니다. 다만 리에타가 이렇게 당황하는 것이 웃기고, 이렇게 스스럼없이 행동하는 게 못내 설레었다.

그는 참을성 있는 사람이었지만, 이런 흔치 않은 기회를 그냥 넘겨 버려서 연인에게 아쉬움을 남길 만큼 숙맥은 아니었다.

"키스한다?"

"예?"

가벼운 입맞춤 정도는 이제 묻지 않고 오가던 사이에 새삼스레 물으니 리에타가 얼떨떨하게 반문했다.

"진하게 할 거야."

"……."

리에타의 얼굴이 확 달아올랐다. 킬리언이 성긋 웃으며 그녀의 허리를 끌어당겼다.

"싫으면 셋 셀 때까지 말해. 이왕이면 마음의 준비를 할 시간으로 써 주면 좋겠지만."

리에타가 눈을 빠르게 깜박였다.

"셋."

"……."

"둘."

킬리언이 살짝 고개를 기울였다.

"……하나."

"……!"

차마 마음의 준비를 마치지 못한 리에타가 움츠리며 질끈 눈을 감았다. 그녀를 바라보며 고개를 내리던 킬리언이 피식 한 번 웃고는, 그녀의 찡그려진 미간 위에 장난스럽게 쪽, 입 맞추었다.

그는 그대로 입술을 떼지 않고 웃으며 촉, 촉, 콧등으로, 코끝으로 내려갔다. 예고와는 다른 귀여운 버드키스에 긴장해 있던 부분에서 힘이 빠지며 리에타의 표정이 살짝 풀어졌다.

더 이상 입술이 내려오지 않았다. 리에타가 감은 눈을 살짝 떠서 그를 마주 보자, 킬리언은 가만히 시선을 맞춘 채 웃어 주었다.

잠시 후 리에타가 살며시 이마를 맞대고 그의 입술을 보고 웃었다. 그리고 눈 맞춤. 킬리언은 응답하듯 살짝 콧잔등을 찡그리며 웃고는 기쁘게 허락의 신호를 받아들였다.

그가 고개를 내리고, 아래서 위로 비스듬히 밀어 올리듯 입 맞추었다. 동시에 눈이 감기며, 포개진 입술이 열렸다. 숨이 가빠오고, 서늘한 가을밤의 공기가 뜨겁게 달아올랐다. 밀어내듯, 기대듯 미끄러져 그의 팔에, 가슴에 짚은 손이 몇 번 헤매다가 그의 목에 따스하게 감겼다. 그의 팔이 안정적으로 리에타의 등을, 머리카락 사이로 뒷머리를 감싸며 제게로 끌어당겼다.

길고 깊은 입맞춤. 온 세상이 완벽하게 녹아드는 시간. 저릿한 전율과 어지러운 열기가 내달렸다. 달콤하고 부드러운 시간이 영원같이 지나갔다.

얼마나 그러고 있었을까……. 둘 사이에 숨을 고르듯 안타까운 틈이 생기고, 입술 대신 이마가 맞닿았다. 물기 어린 입술 위에, 아슬아슬하게 고조되어 떨리는 숨결이 오갔다. 닿은 것이 떨어지지 않은 채, 킬리언이 그녀의 입술 위에 맥동하는 열망을 담아 속삭였다.

"봄이 오면……."

차마 말이 나오지 않는 사람처럼, 그가 머뭇거리다 탄식 같은 한숨을 뱉었다. 그러더니 리에타의 어깨에 툭…… 이마를 기대며, 그 목덜미에 낮게 속삭였다.

"나랑 결혼하자."

목덜미에 한 속삭임이 피부와 혈관을 저릿하게 울리며 그녀의 심장에 닿았다.

'…….'

언제나처럼 그녀는 달빛이 내리는 조용한 복도 한가운데 서 있었다. 구원해 달라, 약속을 지키라는 아스라한 아우성이 그녀를 에워싸고 사방에서 덧없이 흘러간다. 소란스러우면서도 고요하다.

리에타는 가만히 눈을 깜박이다 커다란 초상화들이 줄줄이 이어진 회랑의 벽을 올려다보았다. 어둠 속에 잠겨 얼굴이 보이지 않는 초상화들…….

초상화 속의 얼굴이 보고 싶어서, 무의식적으로 가장 가까이 있던 액자를 향해 손을 뻗었다. 그 순간, 누군가 가만히 팔을 뻗어 그녀의 앞을 가로막았다.

'……?'

바닥에 끌릴 정도로 긴 백금발을 늘어뜨린 여자가 얼굴 위에 역광을 드리운 채 흰 드레스를 입고 서 있었다. 희미한 달빛을 등지고 그림자가 진 얼굴은 보이지 않는다. 하지만, 리에타의 영안에 그녀의 어깨와 머리에 무겁게 달라붙은 악마들만은 선명히 보였다. 리에타는 주저하며 걱정스러운 눈빛으로 그녀를 바라보았다.

'저……. 괜찮으세요?'

리에타의 앞을 가로막은 여자는 말이 없었다. 리에타가 손가락을 들어 그녀의 어깨와 머리 위를 무례하지 않도록 조심스럽게 가리켰다.

'제 말이 어떻게 들릴지 모르겠지만……. 당신의 어깨 위에 좋지 않은 것들이 있는데…….'

리에타가 머뭇거리며 말했다.

'제가 치워 드려도 될까요?'

순간, 그녀가 비스듬히 옆으로 고개를 내렸다. 그녀의 몸에서 신성력이 반짝이며 백금발이었던 머리카락이 사르륵 검게 물들었다. 그리고 그녀의 몸에 붙어 있던 악마들의 얼굴에 종속의 증거인 독특한 마법 문양이 나타났다.

리에타의 눈이 커졌다. 아. 리에타는 그녀가 누군지 깨달았다. 그림자가 드리워져 있어 얼굴이 보이지 않음에도, 그 형상은 그녀가 아는 모습이 되어 있었다. 흰 제례복을 입은 길고 검은 머리의 미인.

리에타는 탄식처럼 중얼거렸다.

'……엄마.'

그녀는 말없이 팔을 들어, 손가락 끝으로 리에타의 뒤를 가리켰다. 네가 있어야 할 곳은 여기가 아니라는 듯이. 리에타는 그녀가 가리킨 방향을 향해 몸을 돌리고, 명령을 받은 인형처럼 발걸음을 내디뎠다.

그렇게 몇 걸음 걷다가, 갑자기 하늘이 무너지는 듯 새하얀 슬픔과 두려움과 절망이 몸을 짓눌러 리에타는 바닥에 주저앉았다. 후두둑, 눈에서 눈물이 떨어졌다.

'아무한테도 말하지 말아 주세요.'

'제발……. 이렇게 빌게요. 저 여기 있고 싶어요.'

'제발. 라나.'

"헉……!"

퍼뜩 눈이 떠졌다. 다음으로 탁, 하고 눈물이 터졌다. 황망히 캐노피 너머 천장을 쳐다보다가 주르륵, 눈꼬리를 타고 흐르는 눈물에 정신이 들었다. 가쁘게 몰아쉬는 숨에 가슴이 들썩였다. 온몸이 긴장으로 아팠다.

뭐지? 방금 그거……. 꿈에서 느꼈던 격한 감정의 여진으로 손끝이 떨렸다. 리에타는 부들부들 떨리는 손등으로 이마를 짚었다. 식은땀이 흥건했다. 리에타는 손바닥으로 꾹 눈을 내리눌렀다.

사방이 새하얗게 느껴지는 짧고 강렬한 꿈. 마치 압도되는 듯, 이상하고 생생한 꿈이었다. 정말로 모든 걸 다 들켜 버린 것 같은 기분이었다.

……지금부터 널 교수대로 끌고 가겠다는 말을 들은 것만 같아. 카사리 우스의 장례식에 끌려 나갈 때조차 이런 기분이 들지 않았는데.

괜찮다고 생각했는데……. 그런 꿈을 다 꾸고……. 사실은 부담스러웠던 걸까. 마른침을 삼키고 소리 없는 한숨을 내쉬었다.

그런데 왜 하필 상대가 라나였을까. ……엄마랑 비슷한 점이 있기 때문인가? 느낌이 전혀 다른 데다 외국인이라는 생각에 그동안 인식하지 못했지만……. 똑같이 흑발의 긴 머리라 그런가, 얼핏 멀리서 보면 닮아 보인다. 그래서 그런 꿈을 꾼 걸까?

리에타는 파르르 떨리는 눈을 한번 꾹 감았다 뜨고 몸을 일으켰다. 습관처럼 제단 앞에 가서 성냥으로 촛불을 켜고 우두커니 앉았다.

킬리언, 당신은 내게 제이드마저 추모해도 된다고 말해 주었지만. 당신 앞에서 어머니만은 평생 추모할 수 없겠죠. 단 한 가지 비밀만은 무덤까지 가져가기로 한 이상, 이건 평생 져야 할 짐이었다.

베아트리체 왕녀……. 리에타는 멍하니 눈을 깜박이며 촛불을 응시했다. 엄마 이름 뒤에 붙은 '왕녀'라는 말, 이상해. 꼭 다른 사람처럼 느껴지는 거 알아요? 역사서 속에서나 읽었던 화형당했다는 신성 왕녀가 엄마라는 게 난 아직도 실감이 안 나.

얼굴 한번 본 적 없는 할머니가 물려줬다는 복수의 저주를 내가 이행하고 있다는 것도 ……실감이 안 나. 리에타가 웅크리듯 자신의 다리를 끌어안고 그 무릎 위에 얼굴을 파묻었다.

엄마. 난 아직도 엄마 기일을 몰라요. 기억의 봉인이 풀려 엄마가 누구인지 알았으니, 이제 역사서를 뒤져 보면 알 수 있게 됐는데, 차마 엄두가 나지 않아 찾아보질 못했어.

처음에는 활자로나마 엄마의 죽음을 확인하게 될 게 무서워서. 다음에는…… 내가 그걸 찾아보는 걸 누가 볼까 봐.

그냥 내 손안의 행복을 지키기에만 급급하고, 겁쟁이처럼 숨어서 다른 무언가 때문에 이 행복이 깨질까 두려워하기만 하고 있는……. 나의 바닥을 순간순간 확인한다.

감정조차 묶여 버리지 않았으면 차라리 마음껏 슬퍼하거나 미워할 수 있어서 편했을까.

엄마가 내게 묶어 놓은 봉인 때문에 그 모든 일에 슬픔도 의무감도, 아무 감정도 느낄 수 없다는 게 다행인지 불행인지 모르겠다.

따뜻한 두 개의 벽난로가 동시에 타고 있는 드레스룸은 아늑했다. 그가 매일같이 선물해 주는 꽃들이 방 안 곳곳을 장식하고 있었고, 하인들의 손도 빌리지 않고 직접 피워 주는 벽난로의 군불은 꺼지는 법이 없었다.

리에타는 폭신한 소파 위에서 웅크리듯 자신의 몸을 끌어안았다.

타니아 성녀님. 아무도 알지 못할 거라고 하셨죠. 당신은 비밀을 지켜 준다고 하셨으니까요……. 그렇죠?

'나랑 결혼하자.'

할 말을 잃은 리에타를 끌어안고 있던 킬리언은, 황급히 그녀의 어깨에서 머리를 떼고 번복했다.

'아니, 아니야.'

'미안. 지금 한 건 못 들은 걸로 해.'

'나중에 다시 제대로 할 테니까.'

킬리언은 당황해서 제 머리를 헤집었다.

'이런 식으로, 마구간 같은 데서 이렇게 엉망으로 말하려던 게 아닌데.'

'고백도 청혼도 첫 번째는 항상 개판이네, 빌어먹을.'

'미안해. 방금 한 말도, 청혼도 잊어 줘.'

'내가 말도 안 되는 실수를…….'

혼자서 당황해서 어쩔 줄 몰라 하는 킬리언을 보고 리에타는 그만 웃음을 터뜨리고 말았다. 킬리언은 상기된 얼굴로 꽉 그녀를 끌어안고 제 얼굴을 보여 주지 않았다. 리에타가 그의 귓가에 속삭였다.

'……다시 묻지 않으셔도 돼요.'

킬리언의 얼굴이 굳어졌다.

'뭐?'

리에타가 그를 밀어내며 웃음기 남은 얼굴로 그를 마주 보았다.

'제 대답은……'

'안 돼, 잠깐만!'

킬리언은 리에타를 확 끌어당겨 그녀가 아무 말도 하지 못하게 입술을 막아 버렸다.

지난밤의 달콤한 기억에 리에타는 저도 모르게 피식 웃어 버렸다. 리에타는 벽난로 위에 소담스럽게 피어 있는 작고 싱그러운 꽃들을 하염없이 바라보았다. 예지를 처음 경험하는 신성 능력자들이 대개 그렇듯, 리에타 역시 자신이 기억하는 꿈의 마지막 순간이 예지라는 것을 알아채지 못했다.

청혼했다. 거절당했다. 당연했다.

세상 어떤 여자가 마구간 같은 곳에서 반지도 꽃도 없이 그따위 되는 대로 정신 나가서 내뱉는 청혼을 받아 줘? 머저리. 그때 왜 입이 제멋대로 움직였던 거지?

제발 잊어 달라고 통사정을 하고 대답하려는 걸 입맞춤으로 막아도 봤지만, 결국 말을 타고 돌아오는 길에 확실하게 거절당했다. 키스할 수도 없고 손을 뻗어 막을 수도 없이, 각자 탄 말 위에서.

젠장. 티그리스를 버리고 같이 레아에 타고 왔어야 했는데.

'결혼은 안 할래요.'

제 실수를 알기에, 킬리언은 마른 손바닥으로 참담하게 얼굴을 쓸어내렸다.

'미안해. 아까 그 말은……. 못 들은 걸로 해 줄 수 없을까? 그대를 쉽게

생각해서가 아니야. 정말 실수였어. 내 입이 그냥…… 멋대로.'

리에타가 웃으며 손사래를 쳤다.

'아뇨, 그런 것 때문이 아니에요. 오히려 말씀해 주셔서 감사한걸요. 결혼은 욕심 안 내요. 전 그냥 이렇게만 지내도 좋아요.'

'난 하고 싶어.'

얼간이같이 넋이 빠져서 그렇게 말해 버렸다. 그러자 리에타는 조금 난처한 얼굴로 웃었다. 그러더니 성에 도착해서, 드레스룸 앞에서 헤어지기 직전, 문 앞에서 안아 주며 다정하게 확인 사살을 해 주었다.

'미안해요. 저는…… 하지 않았으면 해요.'

품에 가득히 차지 않는 자그마한 몸이 그를 끌어안았다.

……부족해.

'당신을 좋아해요. 결혼하지 않아도, 당신 마음을 알아요. 그걸로 안 될까요?'

자신의 실수에 토라진 게 아니라, 가슴 깊이 우러나온 진심이라는 게 느껴져서 더 끔찍한 거절이었다.

제기랄. 그런 실수를 하는 게 아닌데.

"대공…… 각하…… 살려 주십……."

킬리언은 무념무상으로 연무장에서 대무 중이던 열두 번째 기사를 가차 없이 때려눕혔다. 아무 생각 없는 얼굴로 검을 놀리는 킬리언의 머릿속엔 그 무엇도 똑바로 들어오고 있지 않았다.

이걸 어떻게 해야 돌이킬 수 있지…….

역시 내가 너무 성급했지. 바로 얼마 전에 얼마든지 기다려도 좋다고 말했고, 전남편의 기일에 리에타가 그렇게 우는 걸 봤는데. 나한테야 먼 미래로 느껴져도 이제 겨울인데. 봄이면 리에타에게는 겨우 몇 달 후로 느껴질 것이다. 당장 결혼하자는 소리나 다름없었다. 내가 경솔했어.

"거절 받아들일게. 미안해."

리에타가 웃었다. 청혼을 거절하고, 그걸 받아들인 연인 같지 않게 리에타는 다정하게 그의 팔에 손을 대고 다가오려 했다. 그러나 킬리언의 말은 끝나지 않았다.

"기다릴게. 그대 마음이 바뀔 때까지. 그게 몇 년이든 상관없어. 하지만 간밤에 그대 이야기는 결혼은 하지 않고 언제까지고 연인으로만 지내자고 못 박는 것 같아서, 내가 그건 받아들일 수 없다는 걸 미리 말해 둬야 할 것 같군."

이어진 킬리언의 말에 리에타는 어색하게 웃으며 조금 떨어졌다.

"……킬리언."

킬리언이 딱 잘라 말했다.

"난 그대를 그런 식으로 취급할 생각 없어."

리에타가 눈썹을 꺾으며 달래듯이 웃었다.

"그런 취급이라뇨. 당신은 절 충분히 소중히 대해 주고 계세요. 제가 어떻게 그걸 모르겠어요."

킬리언은 물러서지 않았다.

"당장은 아니어도 상관없어. 하지만 그건 그대가 아직 내게 그만큼을 허락하지 않았기 때문일 뿐이야. 그대가 날 연인으로 생각해 주고 좋아해 주는 한, 난 그대가 거기까지 허락해 주길 끝없이 바랄 거야."

"……킬리언."

"난 그대를 법과 관습과 신분의 울타리로 모두에게 내 사람으로 공인하고 보호하길 원해. 언제까지고 그대를 '그냥 옆에 있는 여자'로 둘 생각 없어."

리에타가 잠깐 아래쪽으로 시선을 내렸다가, 눈을 들어 그를 바라보았다.

"킬리언. 당신은 이미 절 완벽하게 보호해 주고 계세요. 당신은 저랑 결혼까지 해야 할 이유는 조금도 없어요."

"말해 두는데, 내 평생에 그대 말고 다른 반려자는 없을 거야. 이제 다시 말해 봐."

"……."

그녀가 한 손을 들어 올려 자신의 얼굴을 살짝 감쌌다가 떼었다. 리에타의 얼굴에, 희미하게 괴로워하는 표정이 번졌다가 사라지는 것을 킬리언은 놓치지 않았다. 그는 그 짧게 스쳐간 표정에서, 최소한 리에타의 거절이 자신의 성급함이나 제이드 때문은 아니라는 걸 순식간에 알아챘다.

"말해……. 우리 못할 말은 없기로 했잖아."

리에타가 조금 느리게 입을 열었다.

"귀족에게 결혼이 어떤 수단인지 저도 알아요. 저는 결혼으로 당신한테 해 드릴 수 있는 게 아무것도 없어요."

"나한테 그런 게 필요해 보여?"

"……연인이랑은 달라요. 결혼하면 해야 할 일이 많잖아요."

"아무것도 해 주지 않아도 돼."

킬리언은 칼같이 대답했다. 리에타가 가만가만히 말을 이었다.

"많은 반대에 부딪힐 거고…… 수도에 황제 폐하도 뵈러 가야겠죠. 거긴 황비도 있고……, 반대하는 사람들도 많을 거고."

"전부 나 때문이지. 내가 책임져. 그대는 아무것도 신경 쓰지 않아도 돼."

리에타가 그를 직시했다.

"저는 당신의 오점이 될 거예요."

그렇구나. 그거군. 킬리언은 깨달았다. 평민. 과부. 그거? 리에타가 잊어버렸기에 나도 신경 쓰지 않고 있었지만 이미 예전에 한 번 비슷하게 오갔던 대화가 있었다.

"그대가 오점이 될 정도로 내가 깨끗하지 않아. 애초에 그대가 오점도 아니지만."

나로선 동의할 수 없지만 리에타의 마음이 이해는 되었다. 간밤의 충동적인 청혼이 더 후회됐다. 안 그래도 리에타는 제게 자격이 없다고 생각하며 부담스러워하는데.

그러니 더더욱 제대로 했어야 하는데 부담 없이 거절할 수 있는 형편없는 청혼을 해 버렸다. 차마 정성이 갸륵해 거절을 생각할 수 없을 정도로 완벽하게 준비한 다음, 온 마음 다 바쳐서 청혼했어도 고민해 줄까 말까인데 그런 식으로 해 버렸으니.

"그대 나를 과대평가 하는데, 나야말로 오점 덩어리야. 그대가 씻어 줘야 할 지경이지."

리에타는 그를 달래듯 손을 잡으며 애써 미소 지었다.

"……전 그냥 이렇게 당신이랑 둘이서만 있을 수 있으면 충분해요."

리에타가 슬픈 얼굴로 진심으로 간청했다.

"절 좀 도와주세요. 다른 사람들 인정이 뭐가 필요해요……."

킬리언이 입술을 깨물었다. 지금 리에타가 하는 말이, 도와달라는 그 말이 너무나 진심이라는 게 확 와닿아서, 그래서 더 슬프고 가슴이 아팠다.

둘만 있으면 된다고? 나도 그래. 하지만 리에타가 그렇게 말하는 원인을 생각하면 참을 수 없었다. 킬리언이 나직이 말했다.

"나는 다른 사람 인정이 필요하지 않아. 하지만 그대는 모두의 앞에 당당하게 인정받았으면 좋겠어. 평민이고 과부고 그런 거에 움츠릴 필요 없이, 당당하게 내 여자라고."

리에타의 표정이 흐려졌다. 리에타가 날 사랑한다는 걸 안다. 모를 수가 없었다. 평민인 게 뭐, 과부인 게 뭐. 다른 사람들 반대, 황비, 황제, 그딴 게 다 뭐 어때서. 그딴 게 뭐라고 사랑하는 사람의 청혼을 거절하면서 이 여자가 이런 표정을 지어야 하는 건데. 킬리언이 한 치도 물러서지 않자 리에타는 초조해하는 얼굴로 그의 마음을 돌리려고 애썼다.

"저 지금 너무 행복해요. 결혼하지 않아도 당신이 저를 그만큼 생각해 주신다는 거 알아요. 믿어요. 저도 당신을 좋아해요."

"……."

"우리 그냥 이렇게 지내요……. 난 당신 마음으로 충분해. 당신은 그걸론 충분하지 않나요?"

결국 심리적으로 궁지에 몰린 리에타가 실언을 하고 말았다.

"결혼하지 않더라도 제 침실에 오셔도 돼요. 어차피 전 이미 당신의 애첩이잖아요."

"……."

그 말에 킬리언의 눈에서 불이 튀었다. 결국 킬리언이 꾹 이를 악물고 리에타를 밀어내며 으르렁거리듯 씹어뱉고 말았다.

"……절대, 안 가."

크게 소리치지는 않았지만, 위협적인 기운이 튀어나오고 말았다.

"그대는 내 애첩이 아니라 사랑하는 사람이고, 그대랑 자자고 결혼하자는 것도 아니야."

리에타는 곧 자신이 큰 실수를 했다는 것을 알았다. 리에타가 꾹 입술을 당겨 물었다.

"……죄송해요. 제가 실언했어요."

리에타가 미안해서 어쩔 줄 모르며 그의 팔에 손을 올리고 고개를 숙였다. 난폭한 행동도, 말도 없었지만 킬리언이 정말로 화를 내고 있다는 게 느껴졌다.

"……생각해…… 볼게요. 생각할 시간을 조금만 주세요."

킬리언이 탁한 한숨과 함께 옆으로 고개를 돌려 리에타를 외면하며 사과했다.

"화내서 미안해. ······형편없는 청혼 한 것도."

"아뇨."

리에타가 화해를 청하듯, 웃으며 그를 향해 양팔을 벌렸다. 안아 달라는
듯이. 킬리언이 조금 표정을 누그러뜨리며, 그녀를 끌어당겨 따뜻하게 품
에 안아 주었다.

침실에 와도 된다고? 웃기지 마. 자기 자신을 뭘로 생각하는 거야? 밤을
보내기 위해서는 결혼해야만 한다고 생각진 않았다. 연인이 서로 원한
다면 충분히 있을 수 있는 일이라고 생각하고 있었고, 내심 꽤나 번뇌에
시달리기까지 하며 리에타가 진심으로 허락해 주길 기다리고 있었다. 곧
서로의 마음이 닿을 거라고도 생각했다.

하지만, 그 말을 듣자 완전히 마음이 바뀌었다. 킬리언은 리에타를 새파
랗게 눈 부릅뜬 부모님이 버티고 있는 그 어떤 유서 깊은 가문의 귀족 아
가씨보다도, 존재하지도 않는 이웃 나라의 공주님보다도 귀하게 대해 주리
라고 마음을 굳혔다.

결혼 전엔 절대 없다. 귀족 아가씨들이 결혼할 땐 절대 있을 수 없는 일
이니까. 허례허식이고 나발이고 다 해 주겠다. 모든 격식과 절차를 다 밟아
주마. 절대 리에타와의 사이를 그것보다 가볍게 다루지 않을 거다.

청혼 자체는 충동적인 말이었지만, 어차피 언젠간 리에타와 결혼했을
거였다. 좀 더 기다리지 뭐. 그는 참을성이 뛰어난 사람이었다.

"······."

그는 검을 챙겨 연무장으로 향했다.

혼자가 된 리에타는 깊은 한숨을 내쉬었다. 실수였다. 완전히 제 잘못
이었다. 킬리언을 모욕한 것이나 다름없었다. 그가 날 좋아한다고 하는 건

그런 의미가 아닌데. 미안하고…… 부끄러웠다.

영주님은 날 좋아해 주시고 아껴 주시지만 그건 '그런' 관심과는 항상 거리가 멀었다. 이미 몇 번이나 그런 기회가 있어도 번번이 곱게 돌려보내 주셨는걸. ……나 내심 돈 많은 귀족에 대한 편견에 사로잡혀 있었나 봐.

리에타는 꾹 입술을 당겨 물며 고개를 숙였다. 그는 언제나 육체적인 애정 관계에는 거의 관심이 없었다. 여자가 반쯤 벗고 침대에 있어도 우아하게 '옷을 입어라. 집사를 부를 것이다' 하며 거절하시는 분이시니까.

동쪽 별채의 사정을 생각해 봐도, 그간 그와 쌓은 역사를 생각해 봐도 그랬다. 외모와 어울리지 않게 킬리언은 말초적인 쾌락에 연연하지 않는 사람이었다.

알고 있었는데……. 그 입맞춤과 그 눈빛과, 그 목소리에 그만 까맣게 잊고 말았다. 정말로 죽을 것처럼 원한다는 표정 같았단 말이야…….

'절대, 안 가.'

민망해서 얼굴이 달아올랐다. 그분에게 그런 마음은 조금도 없으신데. 얼마나 큰 실례를 저지른 건가. 창피했다. 그런 분께 그런 말을 하다니……. 절대 그런 데 연연하시는 분이 아닌 걸 알고 있었는데. 리에타는 한숨을 내쉬며 뜨거워진 얼굴을 손바닥으로 감싸 달랬다.

……창피해.

"흑마법사를 잡으셨다고 들었습니다."

킬리언이 싱긋 웃으며 자신의 앞에 예를 표하는 은발의 학자를 내려다보았다.

"그래. 이번엔 얼마나 유용한 밀고를 가져왔을까."

제 주인을 배신하고 제게 투신하겠다는 밀고자에게 킬리언은 차가운 불신을 담아 미소하며 말했다.

"아, 보상을 줘야지."

킬리언이 손을 들자 어깨가 떡 벌어진 장정들이 거대한 궤짝을 들고 다가와 페르디안 앞에 내려놓았다.

쿵! 큰 소리가 나며 페르디안의 앞에 사람 하나둘 정도는 들어갈 수 있을 만한 크기의 묵직한 궤짝이 놓였다. 킬리언이 지켜보는 가운데 그의 명을 받은 기사가 다가가 궤짝의 잠금장치를 풀고 뚜껑을 열었다.

궤짝 안에 가득 찬 눈부신 금괴들이 모습을 드러냈다. 어지간한 상단주나 귀족에게도 그 정도 양의 금괴가 쌓여 있는 광경을 구경할 일이 있을까 싶을 정도로 엄청난 양이었다.

"이천만 골드다."

킬리언이 말했다.

"원한다면 같은 중량의 아다만타이트로 바꿔 주마."

페르디안은 묵묵히 그것을 바라보았다. 이천만 골드. 세비타스에서 리에타의 몸값으로 탕감받았던, 그리고 페르디안이 그에게 갚겠노라 했던 리에타의 몸값과 같은 금액이었다. 킬리언은 그것을 돌려받기는커녕 페르디안에게 한 번 더 안겨 주고 있는 것이었다. 심지어 아다만타이트로 바꾸어 준다면 리에타의 몸값으로 킬리언이 지불했던 금액의 여덟 배에서 아홉 배에 육박하는 금액이었다.

"……."

군사 기밀을 팔아먹어도 이 정도의 보상은 못 받을 텐데. 단 한 마디의 내부 고발에 대한 보상으로는 과하게 파격적이었다. 청한 적도 없는 보상이었지만, 왜 굳이 이천만 골드인지. 그 안에 담긴 의미를 모를 수가 없었다. 페르디안이 킬리언의 앞에 조용히 무릎을 꿇었다.

"……어리석은 자가 눈이 어두워 본질을 보지 못하고, 그간 축성술사님과 대공 전하께 주제넘은 무례를 저질렀습니다. 용서하십시오."

킬리언이 차가운 눈빛으로 아무런 대꾸 없이 페르디안을 응시했다. 겨우 그것으로 믿어 주리라 생각지도 않았다는 듯, 페르디안은 더욱 깊이 고개 숙여 예를 표했다.

"앞으로 대공 전하와 그분을 불편하게 해 드릴 일은 결코 없을 것입니다. 제가 그 무엇을 걸어도 전하께 의미가 없을 것이나, 용납하신다면 제 이드와…… 리에타와 함께 했던 십칠 년의 시간을 걸고 맹세하겠습니다."

냉랭한 침묵이 내려앉았다. 페르디안은 정중했다. 애초에 흑마법사에 대한 정보는 악시아스 대공과 다시 독대할 기회를 얻기 위한 상납, 그 이상도 이하도 아니었다는 듯이. 킬리언이 페르디안을 내려다보다 조용히 입을 열었다.

"내게 바라는 게 무엇이냐. 페르디안 칼리고."

짧은 정적. 페르디안이 입을 열었다.

"……황비의 폭거를 그저 인내하시겠다는 그 생각은, 아직 변함없으십니까."

킬리언의 표정이 삽시간에 싸늘해졌다.

"감히."

페르디안은 가슴 앞에 쥔 오른손을 복종하듯 땅에 내려 짚었다.

"당신의 싸움에 저를 써 주십시오. 완벽한 명분으로, 황비를 끌어내리게 해 드리겠습니다."

킬리언이 살기를 절제하지도, 과시하지도 않은 채 웃었다.

"맹랑하구나. 일개 학자가 날 위해 뭘 할 수 있단 말이지?"

페르디안이 대답했다.

"일개 학자 치고는, 이상하다고 생각하셨을 텐데요."

킬리언이 아무 움직임 없이 그를 노려보았다.

"리에타가 사제 시험에서 떨어진 거, 네놈의 공작이로구나."

페르디안은 변명조차 없이 인정했다.

"네."

하. 분노한 킬리언이 잇새로 말을 뱉었다. "설명해라."

페르디안이 고요히 바닥을 응시하며 답했다.

"……리에타를 위해서였습니다."

참신한 개소리에 킬리언이 한쪽 입꼬리를 올리고 웃어 버렸다.

"아아, 그래?"

교단이 모든 면에서 깨끗하기만 한 곳은 아닐망정, 리에타가 사제가 되었으면 교단의 울타리가 그녀를 보호했을 것이다. 그랬다면 카사리우스 따위에게 그런 험한 꼴을 겪지 않아도 되었을 것이다. 그런 모든 무의미한 가정 이전에, 사제가 되는 건 리에타의 꿈이었다. 그런데 리에타를 위해서?

페르디안이 금괴가 담긴 궤짝 뒤로 한 발 물러나며 뒤로 고개를 돌려 기사를 청했다. 페르디안이 가지고 와 맡겨 두었던 물건을 기사가 가져다주었다. 붉은 공단에 싸인 나무함이었다. 그것을 받아 든 페르디안이 킬리언의 앞에 한쪽 무릎을 꿇었다.

"대공 전하. 부디 청컨대, 저에 대해 조사해 주십시오."

킬리언이 싸늘하게 내려다보았다. 페르디안의 목소리가 이어졌다.

"제가 무어라 말씀드려도 저를 믿지 못하실 것을 압니다. 그러니 전하의 수단과 방법으로 저에 대해 조사해 주십시오. 그리고 전하의 성에 차실 때까지 저를 시험해 주십시오. 그 후에 언제든 제가 쓸모가 있으리라 여겨지신다면 불러 주십시오."

죽일 듯이 내려다보는 매서운 시선을 묵묵히 견뎌 내며, 페르디안이 말을 이었다.

"제가, 틀림없이 전하의 싸움에 도움이 될 것입니다."

페르디안이 붉은 함을 열어 킬리언의 앞으로 밀어 놓았다. 킬리언의 눈빛이 차갑게 가라앉았다. 함 안에서, 금이 가 부스러진 단검이 모습을 드러냈다.

"……불러 주시길 기다리겠습니다."

페르디안이 고개를 들어 킬리언을 응시했다.

리에타는 집사로부터 아래층에 오늘부터 받으시는 춤 교습이 준비되어 있다는 이야기를 듣고 눈을 동그랗게 떴다.

"춤이요?"

"아무 말씀 전달받지 못하셨습니까?"

"네, 네. 처음 듣는데요. 저 혼자요?"

"물론 가르쳐 주시는 분께서 함께하실 겁니다."

갑작스러웠다. 리에타가 아무것도 듣지 못해 당황하고 있다는 걸 알고 집사가 진행해도 괜찮으시겠냐고 물었지만, 내가 취소하면 춤 선생님은 갑자기 바람을 맞고 실업자가 된다고 생각하니 끝내 거절할 수 없었다. 당장 수업 시간을 코앞에 두고 급하게 약속을 취소하는 무례를 저지르고 싶지도 않았다. 리에타가 황망히 답했다.

"……어디로 가면 되나요?"

그러나 강제로 배정된 시간에, 걱정 가득하게 기다리고 있던 리에타의 춤 선생님이랍시고 들어온 사람은 킬리언이었다. 그는 뻔뻔하게 연미복까지 차려입고 있었다.

"……."

리에타가 멍하니 쳐다보자 킬리언이 그녀의 이마에 살짝 입 맞추며 인사를 건네었다.

"안녕, 아가씨."

바스락, 귓가에서 소리가 울리더니 머리에 예쁜 꽃이 꽂혔다. 꽃잎 끄트머리에 희미하게 분홍색 물빛이 번지는 하얀 카틀레야였다. 리에타가 한숨을 내쉬며 웃었다.

"뭐예요, 킬리언."

"강제 데이트 시간. 나름 괜찮지 않아?"

"선생님이 오신다고 들었는데요."

"그래? 나인가 본데, 그거."

리에타가 피식 맥 빠진 웃음을 짓자 킬리언이 짐짓 한쪽 눈썹을 찌푸리며 말했다.

"뭐야. 나라서 실망이야? 다른 선생님을 기대했나?"

킬리언의 뒤로, 장정들이 여섯이나 붙어 크고 아름다운 원판 오르골을 들고 옮기고 있었다. 어색하게 귓가의 꽃을 만지던 리에타의 눈이 휘둥그레졌다.

"그건 뭐예요?"

"오붓한 데이트를 방해하지 않는 특제 악단."

"악단이라구요? 오르골처럼 생겼는데요."

"정확하게 봤어."

킬리언이 어깨를 으쓱했다.

"특별히 주문 제작했지. 완성해서 받는 데 두 달이 걸렸어."

오르골은 그랜드피아노보다도 크기가 컸다. 리에타가 멍하니 세상에서 제일 큰 오르골을 쳐다보았다.

"이렇게 큰 오르골이 있다는 건 듣도 보도 못했는데요."

"그렇겠지. 악시아스에서 제작에 두 달이 걸린 공예품이라는 건 세상 어디서도 구할 수 없는 물건이라는 뜻이니까."

하인들이 그것을 적당한 자리에 내려놓고 나간 후, 킬리언이 오르골의 옆에 달려 있는 태엽을 감았다. 리에타는 옆에서 신기한 듯이 그것을 바라보았다. 커다란 오르골의 원판이 천천히 돌아가기 시작했다. 킬리언이 물러서자 이내 오르골에서 서정적이고 아름다운 춤곡의 전주가 울려 퍼지기 시작했다.

리에타는 감탄하는 눈빛으로 판 위에 돋아난 요철이 햇살에 반짝이는 은빛 금속 막대를 톡 톡 울리며 아름다운 소리를 만들어 내는 모습을 바라보았다. 킬리언이 제법 우아하게 손을 내밀었다.

"악단 구경은 다음에. 일단 파트너를 봐 주시죠, 아가씨."

리에타가 웃으며 손을 그 위에 포개어 올렸다.

"춤은 포기하기로 하신 거 아니었어요?"

단단한 손이 리에타의 손을 감싸고 부드럽게 끌어당겼다.

"포기한 적 없는데. 좋은 선생과 노력으로 구제가 불가능한 수준은 아니었어."

오르골에서 리에타도 아는 멜로디가 흘러나왔다. 아르카디아 무곡. 그리고 킬리언이 시작한 춤의 동작은 그의 서고에서 함께했던…… 살짝 당기며 안쪽으로 빙글 돌게 하는 리드였다. 리에타가 쑥스럽게 웃으며 세 걸음에 한 바퀴 돌며 다가갔다.

두 몸이 가까워지며 리에타가 그의 어깨에 손을 올리자, 킬리언이 곡조를 무시하고 그녀의 뒷머리를 감싸서 당겼다. 입술이 닿았다. 리에타가 그의 어깨에 짚은 손끝을 움찔했다. 짧은 버드 키스에도 순간 숨이 막히며 온몸에 달콤한 전율이 퍼졌다.

이내 입술이 떠나가고, 그 입맞춤이 춤의 일부라도 되었던 양, 킬리언은 시치미를 떼고 "하나, 둘" 하며 박자에 맞춰 다음 동작을 이어 갔다. 리에타가 상기된 얼굴을 비스듬히 아래로 내리며 중얼거렸다.

"……제가 춤을 배워서 어디 쓴다고……."

"그냥 즐겨."

리에타는 그렇게 했다. 자신의 실수에 대한, 킬리언 나름의 화해와 용서의 방식인가 보다 생각하니 즐겁고 고맙고 마음이 편했다. 리에타가 웃으며 그의 리드에 따라 자유롭게 움직였다.

꿈결 같은 음악. 마주 잡은 든든한 손. 그의 손을 잡고 턴하면…… 바람을 머금으며 새의 날개처럼 크게 펼쳐졌다가, 나팔꽃이 잠들 때처럼 예쁘게 감기며 가라앉는 드레스 자락. 태엽과 톱니바퀴에 맞물린 아름다운 오르골의 원판이 천천히, 천천히 노래하며 돌아갔다.

아르카디아. 자연의 대지 위에 뛰노는 목동들의 땅. 삶과 죽음, 사랑과 상실, 기쁨과 슬픔을 함께 포용하며 시와 노래의 선율 위에 따스한 풍요와 축복을 내리는 낙원의 무곡.

커다란 오르골에서 흘러나오는 아름다운 음악은 영원히 계속될 것만 같았다. 그러나 필연적으로 태엽은 멈추고, 언젠가 음악은 멎는다. 숨겨져 있던 모든 것들이 피할 수 없는 운명처럼 서서히 닥쳐오기 시작했다.

행복한 시간은 너무 짧았다.

⁕⁕⁕

"……글쎄, 밤중에 '동쪽 별채' 숙소에 다짜고짜 찾아와서 당신들을 구하러 가야 한다고 그러지 뭐야. 당신들에게 무슨 일이 있다는 걸 어떻게 알았는지……."

처음 듣는 말에 리에타가 눈을 동그랗게 떴다.

"정말요?"

"그래서 기사들이 출동해 제때 도울 수 있었다니까."

그랬구나. 라나가……. 용의 계곡에 있을 때 라나가 많이 걱정했고 도움을 주었다는 이야기를 듣고 리에타는 그녀에게 선물받은 양산을 내려다보았다.

그러고 보니 같은 성안에 있는 '동쪽 별채' 사람들은 종종 만날 기회가 있었지만 라나는 수도원에 있어서 거의 보지 못했다. 도움을 줬던 줄도 모르고…….

"한번 인사하러 가요. 무사한 모습 보여 줘야죠."

"그럴게요. 알려 줘서 고마워요."

리에타가 웃었다. 얼마 전의 이상한 꿈이 떠올라 조금 주저하게 되었지만. 그냥 나 혼자 지레 겁먹은 꿈인데. 라나가 무슨 잘못이 있다고……. 그런 걸로 친구를 어려워하다니, 나도 참.

막상 라나를 보고 기분 좋게 대화하고 나면 이상한 기분이 깨끗이 나아질 것 같다는 생각이 들었다. 리에타는 움츠러드는 어깨를 폈다.

양산 이야기도 물어봐야지. 라나는 어쩌면 신성 무기를 만드는 데 엄청난 재능이 있을지도 모른다고. 요즘 이것 덕분에 큰 도움을 받고 있다고 말해 줘야겠다. 선물도 가져가야지. 마법사에겐 축성 선물이 좋지 못하니 뭘 하면 좋을까?

"그런데 지젤이 안 보이네요? 어디 갔나요?"

"응? 지젤은 전에 이모님 뵈러 가서 아직 안 왔는데?"

"네?"

리에타가 어리둥절해서 다시 물었다.

"지젤이 아직 돌아오지 않았다고요?"

"응. 지젤은 악시아스에 없어요."

엘리제의 말에 리에타가 얼떨떨한 얼굴로 물었다.

"……레너드 님은요?"

"레너드는 악시아스에 있죠. 오늘은 잠깐 자리 비우긴 했는데. 왜요?"

리에타의 눈이 커졌다. 설마……? 레너드 님? 지젤을 두고 바람을? 그 것도 지젤을 닮은 사람과? 리에타가 다급하게 물었다.

"혹시 어젯밤에 레너드 님이 내성에 순찰 나가셨나요?"

"아뇨, 어젠 초저녁부터 밤까지 성 연무장에서 훈련했는데. 우리랑 줄곧 있었어요."

어? 리에타는 멍하니 눈을 깜박였다. 이상하다. 잘못 본 건가? 분명 지 젤과 레너드 님이라고 생각했는데……. 리에타를 수행하며 보조하던 콜브 린이 리에타의 표정이 범상치 않은 것을 보고 물었다.

"……무슨 일이십니까?"

"네?"

"뭔가 골똘히 생각하는 표정이신데요. 별채 아가씨들의 말씀을 들으시 고부터요."

리에타가 자기 뺨을 만지며 고개를 저었다.

"아뇨. 별거 아니에요. 어제 내성에서 지젤을 본 것 같았는데, ……그냥 닮은 사람이었나 봐요. 정말 많이 닮아서 신기하다고 생각하고 있었어요."

콜브린이 리에타의 얼굴을 바라보았다. 콜브린은 줄곧 치유 능력이 온 전하지 않은 리에타를 보조하며 그녀의 능력과 건강 상태를 살피고 있었 다. 킬리언이 준 임무였다. 리에타가 하는 말과 행동, 표정, 기운을 살피며 혹시라도 있을 수 있는 이상을 세심하게 점검하는 것.

킬리언은 최근 다시 콜브린을 불러 리에타의 능력에 혹시 이상이 있지 않은지 물은 데다 리에타의 건강을 더욱 주의 깊게 살피도록 지시한 상태 였다. 어딘지 묘한 리에타의 말과 태도에 대해 콜브린이 고민할 시간은 길지 않았다. 집무실 앞까지의 짧은 동행이 끝나고 집사가 리에타에게 다가오고 있었다.

"아가씨."

"네, 집사님."

리에타가 신성력으로 콜브린을 축복해 주며 인사했다.

"콜브린 사제님, 그럼 다음 주에 뵈어요. 오늘도 감사했어요."

콜브린이 역시 그녀를 축복하고 미소 지으며 허리를 숙였다.

"저야말로요, 축성술사님. 오늘도 수고하셨습니다."

미소로 응답해 준 리에타가 희미한 향기 같은 신성력을 남기고 멀어져 갔다. 뒤에 남은 콜브린은 가만히 리에타가 남기고 간 신성력의 잔향을 느껴 보았다. ……정말 대단한 신성력이다. 신성 마법을 발현하고 있을 때도 아니고, 잠재된 신성력은 느끼기 쉬운 기운이 아닌데.

킬리언의 명령으로 오랫동안 리에타를 살피는 과정에서 콜브린은 리에타의 신성력이 매우 강렬할 뿐만 아니라 엄청난 속도로 성장하고 있다는 걸 자연스럽게 알게 되었다. 과시하듯 휘두르기는커녕 언제나 조심스럽게 눌러 감추는데도 그녀 안에 갈무리된 거대한 신성력이 잠깐씩 새어 나오는 것만으로도 강렬하게 느껴졌다.

마치 살아 있는 성물처럼. 대체 끝이 어디일까. 황제의 사제들조차도 이만큼 강렬하게 느껴지지 않는다. 저런 신성력이라면 구마 능력을 갖게 되는 것도 시간문제라는 생각이 들었다.

그녀의 건강과 능력에 대한 관심이 삿된 마음이 되지 않도록 노력하며 콜브린은 오늘도 리에타와 나눈 대화를 생각했다. 무언가 자신이 놓치는 것이 없도록.

닮은 사람을 보셨다고……. 그냥 스쳐 지나가다 잘못 봤나 보다 하는 얼굴이라기엔 리에타의 표정도, 태도도 묘했다. 뭘 봤기에 그러시지. 그러다 섬세한 치유 사제의 마음에 무언가가 걸렸다. 콜브린이 퍼뜩 눈을 깜박였다.

……어? 혹시 그거, 예지 아닌가? 이미 리에타의 신성력은 예지를 해도 이상하지 않을 정도의 수준에 도달해 있었다. 예지는 꿈으로 꾸는 경우가 가장 흔하지만, 미래의 한순간을 헛것처럼 보게 되는 경우도 있었다.

콜브린은 뛰어가서 그녀를 잡을까 잠깐 고민하다가, 확실하지도 않은 일로 너무 호들갑 떠는 것 같으려나 싶어서 주저했다. 얼마 전 최선을 다하려다 그만 저도 모르게 리에타의 손을 잡았던 일이 신경 쓰였다.

'……예지는 신성 몸살을 불러오진 않으니까.'

콜브린은 고민하다 다음에 축성술사님이나 영주님께 이야기해 봐야겠다고 생각하며 물러났다.

~~~※~~~

리에타가 지젤의 행방을 묻자, 킬리언은 잠깐 입을 다물고 생각하더니 아이린 사건의 흑마법사를 잡아서 후속 처리를 하러 갔다고 말해 주었다. 리에타는 눈을 휘둥그레 뜨며 깜짝 놀랐다.

"잡았나요? 어떻게?"

킬리언이 답했다.

"내부자의 밀고가 있어서 잡을 수 있었어. 그놈을 아이린과 대면시켜 확인하기 위해 지젤은 슈펠만 재단에 가 있어. 지금쯤은 아이린을 만났겠군."

지젤은 어지간한 일로는 킬리언의 곁을 떠나 악시아스 밖으로 움직이지 않는다. 동쪽 별채의 비밀요원이자 기사단장을 파견할 정도로 중요한 일……. 흑마법사를 잡았구나.

'내부자의 밀고'라는 말에 리에타는 제가 꼬치꼬치 묻기에는 주제넘은 기밀이라 판단했는지 더 이상 묻지 않았다. 킬리언이 생각에 빠진 리에타를 조용히 바라보았다. 리에타가 물으면 킬리언은 거의 다 대답해 준다. 그리고 언제나처럼 그녀는 킬리언이 먼저 말해 주는 일 외에는 질문하지 않았다.

"……뭐?"

킬리언이 자신의 귀를 의심하며 레너드를 쳐다봤다.

"몸에…… 뭘 심어?"

레너드가 답했다.

"고위 악마의 힘을 추출해 인간의 몸에 심었다고 합니다. 아직 실험 단계인 모양입니다만, 상당히 도전적인 악마학과 신학 이론의 결합으로 라지오넬 추기경 측 사제들과 학자들이 극비리에 진행했던 연구의 귀한 성과라고 합니다."

킬리언이 믿기 힘든 눈으로 손에 쥔 서류를 내려다보았다. '라자루스 프로젝트'

"수많은 실험대상자가 악마에게 몸의 주도권을 빼앗긴 채 고통 속에 죽어 갔지만, 놀랍게도…… 페르디안 세비타스는 몸 안에 악마의 힘을 품은 채 주도권을 잡는데 성공했다고 합니다."

서류를 틀어쥔 킬리언의 손에 힘이 들어갔다.

"미쳤나? 흑마법이랑 뭐가 달라!"

레너드의 보고는 잔혹하도록 담담했다.

"목적이 악마 피해자의 '치료'이고, 자원자를 받아 실험대상자를 선정했고 그들에게 합당한 보상이 주어졌으며, 라지오넬 추기경과 황실의 보호를 받는 '합법적인 실험'이었다는 게 다릅니다."

레너드의 말이 이어졌다.

"실험에 자원한 사람들은 모두 숭고한 희생을 하는 것으로 여겨졌고, 사망한 사람들은 모두 '순교' 처리되었으며, 가족에게 미리 약속된 유공자 보상이 돌아갔다고 합니다."

상상하지도 못한 비상식적 이야기를 들은 킬리언의 얼굴이 당혹감으로 물들었다. 레너드의 보고가 계속되었다.

"대개는 악마로 인한 시한부 인생을 살고 있거나, 불치병을 가지고 있거나, 노쇠하였거나, 가족의 생계, 가문의 명예 따위가 달려 있는 몰락 귀족의 자식, 먹고 사는 것이 쉽지 않은 역병 피난민, 떠돌이, 가난한 평민들이 자원하였습니다."

헛웃음이 나왔다. 대단하군. 황비와 어울리려면 이 정도는 미쳐 줘야 하는 건가?

"페르디안 세비타스는 젊은 나이에 꽤나 전도유망한 학자였다는데, 그 위험한 일에 스스로 자원해 뛰어들었고 놀랍게도 살아남았다고 합니다. 그후에도 수많은 시도가 있었지만 모두 실패했고 페르디안 세비타스만이 성공한 케이스로 남았다고 하더군요."

차마 국가 기밀 프로젝트에 대해 말하지 못하고, 그에게 넌지시 말하던 대사제의 말이 뇌리를 스쳐 지나갔다.

'그를 죽이시면 안 됩니다. 대공 전하. 칼리고 백작은 대체할 수 없는 인물입니다.'

"……신학과 악마학의 연구자들은 이번 결과에 꽤나 고무되어 있는 모양이더군요. 덕분에 페르디안은 그 실험의 경위와 결과를 아는 극소수의 고위 사제들로부터 경외에 가까운 존경과 보호를 받고 있다고 합니다."

레너드가 킬리언에게 건넨 보고서를 바라다보며 보고를 이어 갔다.

"그 결과로 페르디안 세비타스가 갖게 된 능력도 능력이지만, 사제들은 자기 자신의 몸을 실험대에 올린 그의 희생정신과 학문적 열정, 실제로 그가 내놓은 연구의 성과를 높이 사고 있다고 합니다.

실험에 부정적인 태도를 고수하고 있는 일부 극단적 원리주의자들에게는 같은 하늘 아래 용납할 수 없는 악마적 이단으로 취급당하고 있기도 합니다만, 그들의 존재는 오히려 많은 고위 사제들이 극렬하게 그를 비호하게 하는 요인이 되고 있다고 합니다.

그들이 강력하게 주장한 것이 받아들여져 그가 칼리고 백작이라는 작위를 갖게 된 것으로 짐작이 됩니다. 사실 더 높은 작위도 가능했겠지만, 아직까지 그가 포함된 연구 프로젝트는 일단 제국의 국가 기밀 사항이니까요.

그의 본래 가문인 세비타스 역시 백작 가문이었으니 그 정도 작위가 다른 사람들 눈에 보이기에 적합하다고 여겨진 것 같습니다."

킬리언의 눈이 보고서를 훑어 내렸다.

"저희야 악마학의 원리를 자세히 알 수 없지만, 이론으로만 가능했던 그 실험의 성공으로 어쩌면 악마에게 뿌리박힌 인간을 구제할 수 있을지도 모른다는 주장이 힘을 얻고 있다고 합니다."

악마에게 뿌리박힌 인간? 킬리언이 얼어붙었다.

맙소사, 설마. 아버지?

"킬리언. 얼굴이 좋지 않아요."

킬리언이 조용히 눈을 깜박였다. 고개를 들어 바라보니 리에타가 걱정스러운 얼굴로 그를 내려다보고 있었다.

"무슨 일이 있으세요? 피곤해 보여요."

리에타가 손을 뻗어 그의 뺨을 감싸고 살짝 쓸었다. 킬리언이 물끄러미 리에타를 바라보았다.

"······예쁘다."

맥락 없는 '예쁘다'에 리에타가 입을 다물고 머쓱한 얼굴을 했다. 킬리언이 가만히 책상에 턱을 괴었다.

"어떤 분들이 이런 딸을 낳으셨을까."

"······말 돌리지 않으셔도 돼요."

"난 항상 진심인데."

킬리언은 불쑥 그녀의 품에 한 아름 꽃을 안겨 주었다. 리에타가 얼떨결에 받아 안았다. ······어떻게 이렇게 잘 숨겨 놨다가 불쑥불쑥 잘도 안겨 주시는지.

킬리언이 꽃에 파묻힌 리에타를 보고 웃었다. 리에타가 쑥스럽게 마주 웃으며 그를 바라보았다. 그리고 그의 어깨에 손을 올리고 그의 이마에 축복하듯 가볍게 입 맞추었다.

킬리언은 의자에 앉은 채 조금 느리게 리에타의 허리를 끌어안았다. 그녀가 그의 머리카락을 가만가만 만져 주었다. 그렇게 잠깐 기대어 있던 킬리언이 입을 열어 말했다.

"리에타."

"네. 킬리언."

"그대의 어머니 아버지는 어떤 분들이셨어?"

그의 어깨에 팔을 감고, 머리를 쓸어 주며 내려다보던 리에타가 가만히 그를 보다가 웃었다.

"갑자기 왜요?"

킬리언이 피식 웃고는, 고개를 기울였다.

"그냥. 고마워서."

머리를 만져 주던 손이 약간 느려졌다.

"리에타."

"네."

킬리언이 그녀의 팔에 기댄 채 속삭였다.

"나한테 어떤 일도 그대보다 중요하진 않아."

"……네. 알아요. 저도 그래요."

그가 리에타의 몸 뒤에서 가만히 손가락을 얽어 깍지를 꼈다.

"하고 싶은 이야기 있으면 언제든 말하고 싶을 때 말해 줘."

리에타는 모르겠다는 듯이 웃었다. '무슨 이야기요?' 묻는 말에, '그냥 그대에 대해서든 뭐든' 답한다. 리에타는 잠시 침묵하다가, 품 안 가득한 꽃에 코를 묻으며 웃었다.

"네."

그리고 아무 말도 하지 않았다. 킬리언은 조용히 눈을 감았다.

'그렇다면 그대, 당신의 성좌 옆에 나를 위한 자리를 마련해두어요. 내가 당신 곁에 머물 수 있도록.'

'하하하. 당연히 수도원에서 읽진 않았어요. 어릴 때 집에서, 이해도 못하고 봤죠. '성좌'가 무슨 말인지도 모르던 때.'

세비타스 수도원의 기록에 따르면 리에타가 수도원에 들어간 것이 거의 이십 년 전. 지금 리에타가 스물여섯이라 했으니 아마 일곱 살 무렵.

……수도원에서 글을 배웠다고 생각했다. 아니었다. 리에타는 수도원에 가기 전부터, 아주 어렸을 때부터 글을 알고 있었다.

달력도 없는 산속에서 날짜조차 모르고 살았다면서 어떻게 집에 고전 명작 문학 같은 게 있었을까. 그리고 그 어린 나이부터 글을 읽을 수 있을 정도의 교육을, 누구에게서 받았을까.

내게는 어릴 때부터 글을 읽을 수 있는 것이 자연스럽고 당연했지만,

평민에게는 그렇지 않다. 더욱이 이십 년 전의 그 혼란한 시절에 겨우 일곱 살에 고전 문학을 읽을 수 있을 정도로 글을 배우는 평민은 없었다. 그걸 깨닫는 데는 오랜 시간이 걸리지 않았다.

리에타가 처음부터 평민이었을까? 아니었다면, 왜 내게 말하지 않을까. 자신이 평민이라, 내 곁에 서기엔 오점이 있다고 이야기하면서.

리에타가 수도원에 들어가기 전, 산에서 살았다던 시절. 온 대륙이 전란의 불길에 들끓던 시기. 통일 제국이 만들어지며 수많은 왕국이 황제와 적대하고, 전쟁을 하고, 멸망했다.

어쩌면.

'대공과는 악연입니다.'

"……"

옛 왕국의 귀족이나 왕족들은 저마다 연줄을 찾아 자기들의 살길을 도모했다. 황제와 유난히 강한 대립각을 세웠던 왕국의 계승권자들이나 귀족들이 아니라면 황제 폐하도 그걸 끝까지 추적해 멸족시키진 않았다. 하지만 묵인해 주었을 뿐, 대부분 파악하고는 있었다.

어쩌면…… 리에타의 부모님은. 제국 합병의 과정에서 전사했거나. ……처형되었거나.

찾아보려면…… 찾을 수 있을 것이다. 그러나 이건 수도원에서 리에타를 괴롭혔던 놈들을 찾아내는 정도의 일과는 다르다. 어쩌면 모르는 것이 더 나을지도 모르는, 돌이킬 수 없는 일.

킬리언을 조용히 리에타를 감싸며 눈을 떴다. 산에서 살다가 고아가 되어 수도원에 들어가게 될 때까지, 그녀에게 무슨 일이 있었던 걸까.

리에타가 말하지 않는다면 굳이 캐지 않을 생각이긴 하지만. 리에타는 수도원에서 평민으로 살며 만만치 않은 고초를 겪었다. 그럼에도 그 누구도 찾아가지 못하고 '평민'으로 사는 쪽이 낫다고 생각했다면.

숨기고 싶어 한다면. 아직까지 내게도 말하지 못하고 '평민'으로 남는 쪽이 나은 사람이라면.

……리에타는 누굴까.

16

피할 수 없는

✿

톡, 톡. 손에 들린 꽃송이에서 하나씩 꽃잎이 떨어졌다. 말한다. 하지 않
는다. 말한다. 하지 않는다. 말한다. ……하지 않는다.

리에타는 마지막 하나의 꽃잎만 남겨 두고 있는 꽃의 줄기를 멍하니 내
려다보았다.

'말한다.'

입술 새로 흐르는 공기가 고요히 숨을 죽였다.

'……말한다. 그에게. 나와 당신의 선대에 어떤 악연이 있었는지…….'

혈족의 피에 매인 신성 여왕의 저주를 깨닫게 된 날을 기억한다. 어머
니의 뜻대로 평범하게 살기 위해 잊어야만 했던 기억을 전부 되찾은 날을.
비 오던 밤, 여름이었다.

'그대로 두었다가 예기치 못한 순간에 알게 되는 것보다, 늦기 전에 전부 아는 게 나을 것 같으니……. 내가 풀어 줄게요. 자아. 눈 감아요. 따끔합니다.'

오랫동안 잊고 있던 엄마의 이름과 잃어버렸던 어린 시절을 전부 기억해 내던 날. 뿔 달린 사람들과 함께 보냈던, 아무것도 모르고 즐거웠던 어린 시절을 떠올린 그날.

그 모든 기억들과 함께 저주의 전문全文을 알게 된 순간, 황제가 신성 여왕과 왕녀를 상대로 수십 년에 걸쳐 대대적인 '사과'를 벌인 이유를 깨달을 수 있었다. 이런 저주였구나. 그래서.

그래, 겨우 피눈물을 흘리게 된다는 저주 때문에 그 모든 일을 벌이고 고개 숙여 사과했다기엔, 오만한 황제의 성격에 어울리지 않는 일이었다. 약소국의 왕녀 하나가 일이 좀 꼬여 마녀로 몰리고 화형 좀 당했기로서니 그게 저 대단하신 제국의 황제께서 고개를 숙일 일인가.

황제는 수십 개의 왕국을 무릎 꿇리며 그보다 잔혹한 일도 수도 없이 벌였다. 그런데 왜, 라멘타에 대해서만은 그토록 정성을 들인 사과를 하고, 제례를 올리고, 그들의 이름을 신성 왕국이다 신성 왕녀다 거창하게 추존해 가며 성대한 추모 의식들을 벌였을까.

이제야 모든 게 맞아떨어졌다. 피눈물을 흘리게 되리라는 저주가 전부가 아니었다. 세상에 알려진 것은 진짜 저주의 삼분의 일에 불과했다. 세간에 '라멘타의 저주'로 알려진 서사는 저주의 전제일 뿐, 진짜 저주는 결사에 있었다.

'에스텐펠트는 자식으로 인해 피눈물을 흘리게 되리라. 에율라티오의 딸에게 속죄하고 진심으로 용서받지 못하는 한, 그는 그 눈물에 잠겨 죽게 되리라.'

서사, 본사, 결사 세 부분으로 이루어진 고전적인 방식의 정통 저주. 본

사에 실제적으로 저주를 풀 수 있는 해주*의 방법이 단서로 붙고, 이 단서를 충족시키지 못하면 결사의 저주가 강력한 마력을 담은 권능 언령으로 현실이 된다.

그리고 진짜 저주는 결사. 진짜 저주는 알려진 것보다 훨씬 직접적이고 공격적이었다. 그건 실질적으로 황제의 목숨을 위협하는 저주였다.

……그래서 그랬구나. 에율라티오의 딸에게 용서받지 못하면, 죽게 될 거라는 저주라서. 그건 반드시 풀어야 하는 저주니까.

강력한 마력과 신력이 필요하고 지금의 마법 기술로는 거의 실현이 불가능해 실전되다시피 한 저주의 마법이지만 강대한 성력과 무녀 여왕으로서의 지식, 바실리스크의 피로 그렸다던 마법진과 제물로 올린 여왕 자신의 목숨이 그것을 완성하기에 부족함이 없었을 것이다.

그런 저주를 당하고 해결하지 못하면 몇 년 안에 죽게 된다. 이십 년이 지났다. 황제는 이미 죽었어야 한다. 황제에게 틀림없이 무슨 일이 있었을 것이었다.

리에타는 가늘게 떨며, 이미 수년 전부터 황제가 황궁에 틀어박혀 나오지 않는다는 소문을 떠올렸다.

'혹시 황제께서…… 이미 돌아가셨나요?'

리에타의 물음에, 타니아 성녀는 고개를 저었다.

'놀랍게도 아직 버티고 있어요. 하지만 곧 끝날 거예요.'

……아. 그 짧은 순간, 나는 제발 이미 황제가 죽었길……. 내가 아무것도 모르는 사이 모든 게 끝났기를 바랐다. 내가 어떻게…… 그를 '진심으로' 용서한단 말인가.

◇◇◇◇

* 解呪. 저주를 해소함

'……말한다. 그에게……'

한참을 멍하던 리에타의 얼굴이 묘한 표정으로 변했다가, 결국 슬픔과 혼란으로 얼룩졌다. 하나의 꽃잎만 남은 꽃송이를 흐려진 눈으로 바라보며, 리에타는 꾹 입술을 앙다물었다.

어떡해. 무서워……. 못 하겠어.

꽃줄기를 잡고 있던 손이 자기도 모르게 가늘게 떨렸다.

'당신. 거짓말을 하고 있군요.'

거짓말보다 더 나쁜 침묵……. 그를 기만하고 있다는 생각을 지울 수가 없다.

'나한테 어떤 일도 그대보다 중요하진 않아.'

'하고 싶은 이야기 있으면 언제든 말하고 싶을 때 말해 줘.'

'……그대에 대해서든 뭐든.'

가슴 속 깊은 곳이 일렁였다. 본사의 단서가 실현 가능하게 남겨져 있는 한, 저주는 대축성 의식이나 정화 의식 같은 외부의 해주 시도로부터도 절대적인 면역력을 갖게 된다.

에율라티오 혈족이 남아 있지 않아 본사의 단서는 명백히 실현이 불가능해졌으니 황제는 아마, 제례를 올리는 방식으로 해주 시도를 하면 저주가 풀릴 가능성이 높다 생각했을 것이다.

하지만 내가 살아 있었다. 그래서 여왕의 저주는 그 많은 해주 의식에도 사라지지 않았다. 그리고 아마도, 십사 년 전 킬리언의 일이 벌어진 것도…… 그 저주 때문이겠지.

리에타는 자꾸만 눈물이 고이는 눈을 오랫동안 감고 있었다. 그리고 견뎌 내듯 천천히 숨을 들이쉬었다가 내쉬며 심호흡했다. 끝내 긴 한숨을 내쉰 후, 리에타는 눈을 떴다.

'봄이 오면……. 나랑 결혼하자.'

……말하자. 말해야 해. 리에타는 깃펜을 들고, 새하얀 종이 위에 편지를 쓰기 시작했다.

친애하는 킬리언. 당신에게 하고 싶은 말이 있어요. 지금 제가 하려는 말은 당신과 결혼할 수 없는 이유에 대한 설명이기도 하고, 더 이상 당신을 기만하지 않기 위한 고백이기도 해요.

리에타는 종이 위에 펜촉을 내렸다가, 들었다가 몇 번을 반복하다가 끝내 종이를 구겨 휴지통에 넣어 버렸다. 리에타는 다시 새 종이를 펼쳤다.

……여태까지 말하지 않고 속여서 미안해요. 하지만 부디 제가 이 말을 하기 전에 오랫동안 고민했다는 걸 헤아려 주기를……

리에타는 꾹 입술을 앙다물었다가 다시 손을 움켜쥐어 그것을 구겨 버렸다. 식은땀에 젖어 눅눅해진 종이는 구겨지는 소리조차 나지 않았다.

……이 이야기를 모두 알고도 당신의 마음이 변하지 않기를 바라지만, 그렇지 않다 해도 나는 기꺼이 받아들일게요. ……

리에타는 멍하니 자신이 쓴 문장을 내려다보다가, 확 얼굴을 붉히며 염치도 판단력도 잃어버린 구차한 내용의 편지를 다시 구겨 버렸다. 그렇게 몇 번이고 종이를 내버린 후, 리에타는 젖은 눈을 들어 올려 방 안에 가득한 꽃들과, 따스한 벽난로를 바라보았다.
……킬리언.
그의 이름을 소리 없이 입으로만 굴려 보았다.

영주님.

다른 이름도 불러보았다. 내게서 카사리우스라는 악몽을 지워 준, 그의 또 다른 이름.

당신의 연인으로 있지 못하게 돼도 좋다. 그냥…… 내가 사는 땅의 영주님으로…… 당신이 예전처럼 있어 주기만 해도 좋아.

리에타는 다시 한번 한 장의 꽃잎만 남은 꽃송이와, 떨어진 꽃잎들을 바라보았다. 그리고 한동안 있다가, 떨어진 꽃잎들을 조심스럽게 한데 모아 책상 위에 올려놓고, 다시 깃펜에 잉크를 먹였다. 마지막 용기를 쥐어짜 내, 리에타는 처음부터 다시 편지를 쓰기 시작했다.

사랑하는 킬리언. 나의 영주님. 당신에게 꼭 해야 하는 말이 있어요. 이 모든 말을 하기 전에 당신을 정말로 존경하고, 사랑하고, 제가 당신께 진심으로 감사하고 있다는 걸 말해 두고 싶어요.

똑똑.

"리에타?"

노크 소리와 함께 밖에서 그녀를 찾는 소리가 들렸다. 리에타는 흠칫하며 쓰고 있던 편지를 움켜쥐었다.

"네."

제발 내 목소리가 평범하게 들리길. 아직은 마음의 준비가 되지 않았어. 아직은……. 이 행복을 조금만 더.

킬리언. 킬리언…….

차라리 황제가 이미 죽었으면 나는 몰랐던 일이라고, 나를 내치지 말아 달라고, 모두 지난 일이라고 매달리며 호소할 수라도 있었을걸.

'내가 당신에게 걸려 있던 기억의 금제를 풀어 준 것은, 당신 인생이니까.

선택권이 당신에게 있어야 한다고 생각했을 뿐이야. 나는 당신의 선택을 존중할 거예요.'

……선택이요? 제가 언제까지고 아무것도 선택하지 않으면요?

'황제가 죽을 때까지 아무것도 선택하지 않는다는 것 역시 하나의 선택이니까요.'

차라리 저주가 무엇인지 몰랐으면 좋았을걸…….

리에타가 꾹 입을 다물고 눈에 힘을 주었다. ……그 모든 일이, 아직 끝나지 않았다. 내가 살아 있기 때문에 그 어떤 해주 의식으로도 사라지지 않은 여왕의 저주가, 곧 그의 아버지를 죽일 것이다.

아무것도, 달라질 수 있는 건 없었다.

네, 대사제님.

…….

……저를 사제로 추천해 주신다고요? 저는 교리상 사제가 될 수 없을 텐데요.

……교단의 지지와 보호요…….

아뇨……. 괜찮아요.

전하께서 과분하게 아껴 주시는 것도, 대사제님 말씀도 너무나 감사한 일이지만, 전 그분과 결혼하지 않아요. 제가 감히 바랄 수 없는 자리인걸요. 저는 지금으로도 충분하고, 과분해요.

교단에서도, 황실에서도 반기지 않을 걸 알아요. 굳이 모두를 불편하게 할 생각은 없어요. 저희는 아마 계속, 이대로 지낼 거예요.

킬리언도…… 대공 전하께서도 이해해 주실 거예요. 그분은 언제나 제 뜻을 존중해 주시니까요.

저는 사제가 되지 않아도 축성술사로서 악시아스를 위해 일할 수 있어요. 그리고 결혼하지 않아도 저는 계속 그분의 곁에 있을 거예요. 교단의 울타리는 대륙 어디에서나 강력하겠지만, 저는 악시아스에 있고, 제게는 대공 전하가 함께하시니까요.

제게는 그것으로 충분해요.

……충분해요.

"안녕하세요, 마지스 수도사님."

"오, 축성술사님! 평안하십니까?"

리에타가 미소 지었다.

"네, 염려해 주신 덕분에요."

"에이, 제가 뭘 했다고요. 저희야말로 아가씨께서 평안하신 덕에 영주님 께서 안 그래도 좋으신 성격이 더 좋아지셔서 아주 편합니다. 부디 저희를 위해서라도 언제까지고 평안해 주십시오."

농담인지 진담인지 모를 소리에 리에타가 웃었다.

"한데 아가씨께서 수도원에는 무슨 일로. 공적인 업무로 오셨습니까?"

리에타가 웃는 얼굴 그대로 고개를 저었다.

"아뇨, 그냥 개인적인 용무로 왔어요. 그전에 수도원장님께서 바쁘지 않 으시면 먼저 인사 올리고 싶은데, 뵐 수 있을까요?"

마지스가 활짝 웃으며 답했다.

"아, 지금 길리우스 대사제님께서 방문하셔서 함께 계십니다. 여쭙고 오 겠습……."

리에타가 그 말을 듣고 황급히 그를 뜯어말렸다.

"아! 아뇨! 그럼 괜찮아요. 굳이 방해하지는……. 수도원장님껜 따로 인사를 드리러 올게요."

"아, 그러시겠습니까."

그가 사람 좋은 미소를 지었다.

"그런데 개인적인 용무라면……?"

"라나를 보러 왔어요. 만나 볼 수 있을까요?"

"아, 그럼요, 그럼요."

마지스가 리에타를 라나의 방으로 안내해 주었다. 동쪽 별채 여자들과 함께 온 적 있는 곳이었다. 그러나 그 방은 비어 있었다. 마지스가 어리둥절한 얼굴로 두리번거렸다.

"어라……. 아가씨가 어딜 가셨지. 분명 아침에는 계셨는데……."

라나의 방에는 그녀가 없었다. 마지스 수도사는 괜히 리에타에게 미안해했다.

"죄송합니다. 가끔 이렇게 신출귀몰하실 때가 있으셔서……."

"아뇨. 제가 연락도 없이 온걸요. 연락하고 다시 올게요."

리에타가 손에 든 선물 바구니와 양산을 만지작거리며 웃었다.

미리 이야기를 하고 올걸. 이래저래 폐를 끼친 기분이 들었다.

"이왕 먼길 오셨는데 잠시 들어왔다 가십시오. 혹시 금방 오실지 모르니……."

리에타가 눈을 깜박였다.

"그래도 되나요?"

"모르는 분도 아니고, 괜찮습니다. 동쪽 별채 아가씨들도 그렇게 종종 와서 있다 가곤 하십니다."

"편히 계십시오. 혹시 라나 아가씨께서 오시거든 와 계신다고 바로 전해 드리겠습니다."

"네. 저는 신경 쓰지 마세요."

리에타는 웃으며 마지스가 떠나는 것을 배웅했다. 혼자 남은 리에타는 빈 탁자 위에 선물로 가져온 과일 바구니를 내려놓고 앉았다.

이상한 꿈을 꿨다는 이유로 걱정해 준 친구를 꺼리고 있었다는 게 미안해서 일부러 시간을 내었다. 차라리 빨리 라나의 얼굴을 보고 이 이상하고 불안한 기분을 떨쳐 내고 싶어졌다.

라나는 다정한 친구니까. 좋은 친구를 만나고 웃으며 대화하고 나면, 언제나 마음이 가벼워졌으니까. 언젠가 동쪽 별채 여자들과 함께 찾아왔던 그녀의 거처에는 여전히 정체 모를 마법 재료들이 가득 차 있었다. 다만, 때때로 교체된다던 화폭에 걸린 그림이 바뀌어 있었다.

누군가 그 원본 못지않다고 극찬했던, '라멘타 최후의 빛' 모작이었다. 성터가 펼쳐진 푸른 언덕에 청아한 연보라색 꽃이 만발해 있었다.

리에타는 눈을 깜박이다 무의식적으로 자신의 양산을 들어 보았다. 그녀는 자신이 그 꽃의 이름을 안다는 것을 깨달았다. ……라멘타 아마. 라멘타 리넨의 재료로, 오래도록 라멘타 지역에 자생하며 에율라티오 혈족의 힘에 감응하게 된 식물이었다.

리에타는 멍하니 고개를 들었다. 그녀의 시선이 이끌리듯 벽에 걸린 족자 안의 그림으로 향했다. 눈앞에 그려진 족자에, 붉은 빛의 기둥이 그녀를 응시하는 것 같았다.

……라멘타 성터는 드물지 않은 그림 소재다. 명화의 모작도 흔하다. 하지만 이건 명화의 모작이라기보단…… 가까이서 직접 보고 그린 그림 같

다. 꼭 내가 이 풀밭 위에 서서 저 최후의 빛을 바라보는 것처럼 생생해.

순간 리에타의 눈이 커졌다. 갑자기 귓가에 시끄러운 이명이 울리며 머리가 깨질 듯이 아파왔다.

위대한 유산을. 숭고한 전통을

당신의 신민들을 지켜 주겠다는 약속을 저버리지 마십시오.

망령들의 웅성거림. 초상화가 주욱 늘어선 회랑 가운데 흰 드레스를 입은 백금발의 여자. 그 머리카락이 검은색으로 바뀌며 복종하던 악마들. 그녀를 가로막고 서서 뒤를 가리키던 손가락.

밤마다 그녀를 찾아오던 잊혀진 꿈의 기억들이 홍수처럼 밀어닥쳤다. 리에타는 저도 모르게 숨을 멈추고 벌떡 일어섰다. 혈족의 피에 새겨진 막대한 지식이 리에타의 머릿속으로 쏟아져 들어왔다. 낯설고 두려운 기억의 조각들이 숨 막히게 밀어닥쳤다.

'너는 어머니의 왕국에 가 보고 싶지 않아? 공주님처럼 살 수 있을 텐데.'

'애한테 쓸데없는 소리 하지 마. 모르비두스.'

'자기가 뭘 선택할 수 있는지 알려는 줘야지.'

'나는 당신의 선택을 존중할 거예요.'

'예기치 못한 순간에 알게 되는 것보다, 늦기 전에 전부 아는 게.'

'피눈물을 흘리게 되리라.'

'눈물에 잠겨 죽게 되리라.'

'에율라티오의 딸에게 속죄하고 진심으로 용서받지 못하는 한.'

'황제께서 이미 돌아가셨나요?'

'놀랍게도 아직 버티고 있어요. 하지만 곧 끝날 거예요.'

당신이 가진 힘은 혼자만의 것이 아닙니다.

'더 이상 에율라티오의 딸이 없을 것이다!'

왕이여. 우리를 구원하러 온 왕이여.

쨍그랑……!

'나는 왕이 아니야.'

'신민의 수호자라는 이름으로 왕관에 족쇄 채워져 저들에게 고혈을 빨리는 불쌍한 무녀일 뿐이지.'

"헉……."

리에타가 책상을 짚고 비틀거렸다. 끼익. 뒤에서 문이 열렸다. 파랗게 질린 리에타가 다급하게 뒤돌아보았다. 긴 검은 머리. 놀란 듯 그녀를 보는 얼굴. 라나가 조금 커진 눈을 깜박이며 그녀를 바라보았다.

'……북쪽으로 가서 기다려 줘. 그러면 내 딸이 널 찾아갈 거야.'

검은 머리의 여자가 입술을 앙다물고 그녀를 마주 보았다.

'나는 악마가 아니에요. 당신의 명령을 들어야 할 이유는 없어요.'

그녀와 똑같은 옷을 입은 또 다른 검은 머리의 여자가, 눈물이 고인 눈으로 웃었다.

'……명령이 아니야. 부탁이란다. 사람끼리는 부탁이란 걸 하기도 하거든.'

"……!"

먼 과거의 모습과 겹쳐지는 그녀의 얼굴을 보는 순간 벼락같은 깨달음이 리에타의 머리를 관통했다. 우정이 가득했던 친구가, 갑자기 무섭고 낯선 사람처럼 느껴졌다.

라나. 내가 누군지 알고 있다. 나를 기다리고 있었어. 내가 찾아오기를.

숨기고 싶었던 모든 것이 벌거벗겨진 듯한 무서운 기분에 온몸이 덜덜 떨렸다. 목이 죄인 듯 숨이 막혔다. 리에타는 한 걸음, 두 걸음 뒷걸음치다가, 양산을 떨어뜨렸다.

"당신…… 당신은 누구죠?"

리에타가 쥐어짜 내듯, 더듬더듬 물었다.

"라멘타와, 상관있는 사람인가요?"

잠시 어색하게 그녀를 응시하던 라나가 약하게 미소 지었다.

"……사람이냐고 물어봐 주어서 고마워요."

라나는 어색한 억양이 남아 있던 제국어가 아닌, 익숙하게 들리는 다른 언어로 답했다. 라멘타의 말이었다. 리에타는 자신이 그 말을 알아들을 수 있다는 데 충격을 받았다. 그리고 봉인을 비틀고 나온 불완전한 기억 한 조각이 그녀를 스쳐 지나갔다.

'이 아이를 대신 보내십시오. 검은 머리에 악마의 기운까지 가지고 있으니, 멀리서 보면 아무도 왕녀님이 아니라는 걸 알아보지 못할 것입니다. 우리는 이렇게 당신을 잃을 수는 없습니다.'

검은 머리의 여자가 왕녀의 드레스를 입은 채 진짜 왕녀 앞에서 치맛자락을 들고 무릎을 굽혀 인사했다. 여자는 모든 것을 받아들인 듯 담담한 표정으로 고개를 들어 올렸다. 라나였다.

"……!"

겁에 질린 리에타는 저도 모르게 강한 신성력을 일으켜 그 기억을 밀어냈다. 쩽그랑! 환상이 산산이 깨어져 부서졌다. 리에타의 얼굴이 새하얘졌다. 한 찰나의 기억만으로 무슨 일이 벌어졌는지 전부 알 수 있었다.

어떻게. 어떻게……! 당신……, 내 어머니를 대신해 죽으라고, 화형당하라고 떠밀렸어? 리에타가 책상을 뒤에 두고 비틀거리다 바구니를 떨어뜨렸다. 바구니 안에 들어 있던 과일들이 바닥에 떨어져 흩어졌다. 사방으로 흩어진 과일들 중 하나가 라나의 발치로 굴러갔다.

어떡해. 이 죄를 어떡해. 숨이 쉬어지지가 않아.

라나가 자신의 발치로 굴러온 사과를 가만히 내려다보다가 몸을 굽혀 집어 들었다. 리에타가 파랗게 질려 라나를 향해 중얼거렸다.

"미안해요."

자신이 무슨 말을 하는지도 모르는 순간 튀어나온 말에, 라나가 멈칫하며 그녀를 마주 보았다. 그리고 약하게 웃었다.

"……당신한테 그런 말을 들을 줄은 몰랐는데."

라나는 눈을 내리깔고 리에타의 시선을 살짝 피했다.

"……미안해하지 않아도 돼요. 보다시피……. 왕녀께서는 받아들이지 않으셨어요. 처음부터 내가 원한 일이었기도 했고."

원했다고? 리에타가 망연히 라나를 바라보았다.

"당시엔 인간으로 죽을 수 있다는 게 나쁘지 않게 느껴졌거든. 그것도 라멘타의 신성한 무녀 여왕의 딸로서 죽다니. 괜찮은 끝이잖아……."

라나는 잠시 말을 멈춘 채 손에 든 사과를 살짝 만지작거렸다.

"……그땐 철이 없어 그렇게 생각했네요. 꽤 험한 사춘기를 겪었거든요."

다음 순간, 리에타는 방금 전의 그것이 이십 년 전의 기억이라는 걸 깨달았다. 그리고 라나는 지금과 똑같은 모습이었다. 리에타의 입이 멍하니 벌어졌다. 입술 사이로 넋 나간 목소리가 흘러나왔다.

"당신…… 몇 살이죠?"

라나가 잠깐 머뭇거리다가, 어색하게 미소했다.

"……나는 악마 혼혈이에요. 내 어머니가, 라멘타에 복속된 고위 악마였죠."

라멘타라는 말에 리에타의 심장이 바닥으로 떨어졌다.

당신, 왜 나를…… 어떻게 나를 찾아왔어.

두려운 질문은 차마 입 밖으로 소리가 되어 나오지 않았다. 하지만 라나는 들은 것처럼, 리에타를 바라보다 깊이 무릎을 굽혀 인사했다.

"……나는 베아트리체 왕녀의 마지막 유언을 들은 사람이에요."

라나가 가만히 시선을 들어 리에타를 올려다보았다.

"그분의 부탁을 받아, 당신이 와 주길 기다리고 있었어요."

리에타는 충격 받은 얼굴로 아무 말도 하지 못하고 라나를 바라보았다. 라나는 바닥에 떨어진 양산을 집어 들었다. 달군 쇠를 집어 들기라도 한 듯 치익 소름 끼치는 소리와 함께, 라나의 손에서 고통스러워 보이는 연기가 피어올랐다. 타 들어가는 손이 고통스러운 듯 눈이 움찔했지만, 라나는 감내하듯 그것을 쥐고 리에타를 바라보았다.

"……이걸 당신에게 전해 달라는 부탁을 받았어요. 원래 모습은 이런 게 아니지만……."

라나가 리에타를 향해 양산을 내밀었다. 여전히 눈은 양산에 둔 채였다.

"여기에…… 그분의 유언이 담겨 있어요. 내가 전해 줄 수도 있지만 당신이 직접 듣는 게 좋을 것 같군요. 이제 당신이 모든 걸 알았으니, 원한다면 원래 모습으로 되돌릴 수 있을 거예요."

라나는 잠시 말을 잇지 못하고 머뭇거렸다. 라나의 시선이 양산에서 들어 올려져 리에타에게로 향했다.

"……당신 어머니는 좋은 사람이었어요."

리에타의 몸이 가늘게 떨렸다. 라나가 리에타를 바라보며 말을 이었다.

"당신이 허락한다면, 유언에는 담겨 있지 않은 나의 기억을 보여 주고 싶어요."

라나가 한 발 다가왔다.

"그때의 일을…… 당신에게 전해 줘도 될까요?"

라나가 리에타를 향해 한 손을 들었다.

"그만."

리에타가 숨 막힌 사람처럼 다급하게 뱉었다. 라나가 멈추어 섰다.

"가…… 가까이 오지 마요."

리에타가 새파랗게 질린 얼굴로 뒷걸음질 쳤다.

"난, 난 듣지 않을래요."

두려움으로 온몸이 떨려 왔다.

"리에타."

"엄마는 내가 평범하게 살기를 바랐어요. 그리고 나는, 라멘타와 상관없는 사람이에요."

"……."

"난 라멘타 땅을 밟은 적도, 여왕님의 얼굴을 본 적도 없어요."

리에타가 사시나무처럼 떨며 고개를 저었다.

"당신이 라멘타의 존속을 바란다면, 내가 위대한 유산을 상속받고 숭고한 의무를 다하길 바란다면, 미안해요. 나는 그걸 하지 않기로 했어요."

"……리에타."

리에타는 속사포처럼 쏟아 냈다.

"그렇잖아요? 나한테 일방적으로 고통을 감내하고 세상을 구원해야 할 의무라도 있나요? 내게는 그 어떤 의무도 없어요. 누구도 나한테 그런 걸 강요할 순 없어. 라멘타가 나한테, 우리한테 뭘 해 줬다고."

"……."

"악마와의 계약으로 고통받는 여왕들의 짐을 덜어 주지도 않았으면서. 어머니가 어떤 대가를 치르고 어떤 고통 속에서 살았는지 알지도 못하면서!"

그리고는 퍼뜩 입을 다물더니 핏기가 가신 얼굴로 경직되었다.

후드득. 자기도 모르는 사이 눈물이 떨어졌다. 짧은 침묵이 흐르고 리에타가 조그맣게 중얼거렸다.

"아무한테도 말하지 말아 주세요."

자기가 뭐라 말했는지도 모르는 듯 넋이 나간 얼굴에서, 가느다란 애원이 계속해서 흘러나왔다.

"제발……. 이렇게 빌게요."

리에타는 차마 라나를 마주 보지도 못한 채 숨넘어갈 듯 바들바들 떨었다.

"저 여기 있고 싶어요."

마지막 애원은 가느다란 바람처럼 새어 나왔다.

"제발. 라나."

라나는 더 이상 다가오지 않았다. 다만 멈춰 선 채, 손에 쥔 양산을 조금 아래로 늘어뜨리며 조용히 말했다.

"당신……. 대공 전하를 사랑하는군요."

숨이 턱 막혔다. 아직까지 리에타가 받아 주지 않아 계속 라나의 손을 태우고 있는 양산으로 저절로 시선이 향했다. 입으로는 거부하고 몸은 뒷걸음질 치면서도, 그것을 보는 심장은 타 들어가는 것 같았다. 그러나 대답은 쓰린 눈물과 함께, 저도 모르게 입에서 흘러나왔다.

"네."

고통스러운 고백이었다. 어머니의 유언을 듣기를 거부하고 이 땅에, 사랑하는 사람 곁에, 원수의 아들의 옆에 있게 해 달라는 한 마디 고백. …… 다른 건 아무래도 좋아. 바라는 건 처음부터 그뿐이었다.

"……그런 사정으로 세비타스 수도원 쪽은 조사가 난항을 겪고 있어요. 시간이 많이 지났는데 지지부진해 죄송합니다."

레이첼의 보고에 잠시 생각에 잠겼던 킬리언이 의자 등받이에 기대었다. 세비타스가 궤멸 코스를 밟고 있다는 이야기에 어느 정도는 예상했던 일이었지만, 이렇게까지 순식간에 마을 하나가 흔적도 없이 사라질 줄은 몰랐다.

프레데릭은 그 와중에 아내의 친정 영지로 진작 대피했단다. 영지가 역병으로 엉망이 되면 대개의 영주들이 택하는 선택지긴 하지만. 카사리우스가 숨넘어가는 걸 보고 겁을 먹었는지 참 빨리도 내뺐다.

어느 정도는 예상했던 일인데도 모든 것이 거슬렸다. 이렇게 무엇 하나 마음대로 되지 않는 일은 흔치 않은데.

"......"

수도원은 해산. 수도원장은 죽었고, 마을은 쑥대밭이 되어 세비타스로 향하는 길목은 완전히 폐쇄됐다. 기대할 만한 성과도 마땅찮은데 어렵기만 한 일이 됐다.

"세비타스 난민을 받아 주는 마을이 있나?"

레이첼이 고개를 저었다.

"아뇨. 인근 영지나 마을은 모두 단단히 문을 걸어 잠갔습니다. 다들 세비타스 출신이라면 역병을 옮길 거라 생각하고 배척하니 난민들 스스로도 세비타스에서 왔다고 밝히지 않고요. 대부분 출신을 숨기고 인근 마을에 숨어들거나 유랑민이 된 것으로 추정하고 있습니다."

숨어 살고 있거나, 역병이나 도적에게 희생당했거나, 도적이 되었거나 하겠군.

쯧. 킬리언이 혀를 찼다. 뭐, 되었다. 어차피 남의 일.

혹 세비타스에 리에타에게 의지가 될 만한 사람이 남아 있을까 하는 데에 잠깐 생각이 스쳤지만 곧 관두었다. 입으로만 가엾다 기구하다 나불대었지 리에타가 그렇게 되도록 나서는 사람이 없었던 동네다.

영지민으로서 영주의 눈치가 보였다 해도, 지나가는 사제 누구를 통해서든 적당히 사원에 탄원했다면 세비타스가 감히 교단의 눈치를 보지 않을 순 없었을 것을.

"세비타스의 난민들을 살필까요?"

"됐어. 아이를 찾는 데 집중해."

"네. 죄송합니다."

킬리언은 손을 들어 부하의 사죄를 물리쳤다. 의지가 될 사람이라면 '아나이스'가 있고, 동쪽 별채 여자들이 있고, 내가 있다. 그리고 무엇보다 지난 일보다는 앞으로의 일이 더 중요했다. 그쪽에 인력을 집중해야 할 때였다.

애초에 세비타스 수도원장이 이미 죽었다고 했을 때 접을까도 생각했었지만 어딘가 뒷맛이 좋지 않아 조금 더 조사하고 있었을 뿐. 이 정도로 일이 번거로워지면 더 이상 인력을 낭비하지 않는 쪽이 옳았다.

"수도원 쪽은 더 이상 신경 쓰지 마."

킬리언은 이야기를 마무리 지었다.

"그런데 대공 각하. 한 가지 마음에 걸리는 일이 있는데요."

"뭔데?"

레이첼이 인명록으로 보이는 서류철을 내밀었다. 킬리언의 시선이 그쪽으로 내려갔다.

"리에타와 접점이 있을 만한 시기의 수도원 동기들의 목록입니다. 전에 명령하신 후로 줄곧 도둑 길드에서 접촉을 시도하고 있어서 정기적으로 보고를 받고 있었는데요."

또 수도원인가. 킬리언이 손을 뻗어 인명록을 받아 들었다. 수도자들의 간단한 인적 사항과 신성 능력의 수준, 수도원에서의 시험 성적, 특기 따위가 기록되어 있는 기록부였다.

수도원을 졸업하고 사제가 된 신성 능력자들의 이름 옆에는 그들이 발령 난 사원의 이름이 적혀 있었다. 그 옆으로 붉은 표시들이 눈에 띄었다. 이 표시는 뭐지? 아직 어떤 정보가 완성되지 않은 목록인 듯 붉은 잉크로 일정하게 체크한 것이 이름 위에 있다가, 없다가 했다. 킬리언은 대충 서류를 넘기며 살폈다.

……아나이스가 흔한 이름이긴 하군. '아나이스, 르나하.' '아나이스, 알페테르.' 그러다 '아나이스, 헤르메덴'의 이름이 나타나 그가 무의식중에 손을 멈추었을 때, 레이첼의 목소리가 귓속으로 파고들었다.

"뭔가 이상합니다. 살아서 연락이 닿는 사람이 한 명도 없어요."

킬리언의 손이 조금 전과 다른 느낌으로 멈추었다. 레이첼이 다가와 인명록에 붉게 표시한 부분을 짚으며 설명했다.

"실종된 사람들이 가장 많지만, 병사, 실족사, 강도, 의문사……. 이쯤 되면 전부 죽었다고 보는 게 맞는 것 같아요. 세비타스가 아무리 그렇게 되었어도, 한 명 정도는 연락이 되는 사람이 있을 법한데요."

킬리언의 얼굴이 굳어졌다.

"어떤 사제들의 기록은 아예 도중에 사라졌습니다. 사원으로 합격해 전출된 것으로 기록되어 있는데 해당 사원에서 찾아보면 그런 사제는 애초에 받은 적이 없다는 식이에요. 사제가 되지 않고 리에타처럼 마을에 정착한 사람들도 알아봤는데, 방금 보고 드린 대로 세비타스는 역병으로 궤멸 상태가 돼서……"

레이첼의 말이 이어질수록 피가 식어 가는 듯했다.

"결론적으로 리에타와 함께 지냈던 수도원 시절 동기들 가운데, 살아서 연락이 되는 건 리에타와 아나이스뿐이라고 봐야 할 것 같습니다."

어떤 치명적인 직감처럼 킬리언의 눈이 보고서 뒤에 놓여 있던 아나이스의 편지로 향했다. 아나이스로부터 리에타에게로, 오늘 도착한 새로운 편지였다.

"……각하?"

킬리언이 시선을 멈춘 채 봉투에 쓰인 아나이스의 이름을 내려다보았다. 헤르메덴의 아나이스. 동명이인.

'헤르메덴 사원에는 아나이스라는 이름의 다른 동명 사제가 한 분 더 계셔서요.'

'아나이스'가 두 명이라고? 헤르메덴은 큰 사원이다. 원래는 세 명이었다고 해도 이상하지 않아. 이름이 같아 오류를 일으켰다면, 그리고 그것이 최근에야 발각되었다면.

'거짓말쟁이들. 글렌이나 페터슨이나 헤어질 땐 다들 죽고 못 살 것처럼 굴더니 다들 내 편지에 답장을 한번 하지 않아. 남자애들이 그렇지 뭐. 내 겐 리에타 너뿐이야.'

킬리언의 손에 순식간에 페이퍼 나이프가 들렸다. 사악…… 봉투가 짧고 음산한 마찰음과 함께 잘려 나갔다. 킬리언은 망설임 없이 아나이스의 편지를 뜯었다. 봉투 안에 들어 있는 편지는 단 한 장이었다. 편지를 빠르게 눈으로 훑어 내리는 그의 표정이 무섭게 얼어붙었다.

"레이첼."

"네."

레이첼은 저도 모르게 긴장하며 대답했다. 봉투를 틀어쥔 킬리언의 표정이 무섭게 일그러지고 있었다.

"동쪽 별채 전원 움직인다. 수단과 방법을 가리지 말고 '아나이스' 신변 확보해. 할 수 있는 가장 빠른 방법 모두 동원해서."

킬리언이 자리를 박차고 일어섰다. 다급하게 휘갈겨 쓴 듯 거칠게 갈라진 손글씨의 편지가 바람에 날려 바닥에 떨어졌다.

사랑하는 리에타.

이 편지가 네게 전해질 수 있기를 간절히 바라. 나는 쫓기고 있어. 네가 이 편지를 받았을 때, 어쩌면 나는 이미 이 세상 사람이 아닐지도 몰라.

혹시 네가 아직 세비타스에 남아 있다면 당장 그곳을 빠져나와. 어디로든 달아나 이름을 바꾸고 몸을 숨겨. 절대 세비타스 수도원 출신이라는 걸 밝히지 말아. 세비타스에 남아 있는 친구들이 있다면 같은 말을 전해 줘.

자세한 이야기는 시간이 없어 할 수 없지만 혹시 악시아스 대공이 총애한다는 세비타스의 과부가 정말로 너라면, 악시아스 대공에게 도움을 청해.

너를 살아 만날 수 있게 되길 바라지만 그렇지 않더라도 너를 축복할게. 사랑해.

너의 영원한 친구, 아나이스.

'대공 전하. 부디 청컨대, 저에 대해 조사해 주십시오. 제가 무어라 말씀 드려도 저를 믿지 못하실 것을 압니다. 그러니 전하의 수단과 방법으로 저에 대해 조사해 주십시오. 그리고 제가 쓸모가 있으리라 여겨지신다면 불러 주십시오. 완벽한 명분으로, 황비를 끌어내리게 해 드리겠습니다. 제가, 틀림없이 전하의 싸움에 도움이 될 것입니다. ……불러 주시길 기다리겠습니다.'

새로운 마법. 악마가 담긴 단검. 막대한 돈이 들었을 마법 실험. 수도원에서 사라진 아이들. 역병. 악마. 제물. 언데드.

'누가, 어디에서, 무엇을 위해서 이런 사악한 것을 만들었을까요.'

……카사리우스가 내게 빌렸던 돈을 어디에 썼을까?

킬리언이 이를 갈 듯 씹어뱉었다.

"페르디안 세비타스 불러와."

"세드릭……?"

피 냄새가 나는 서늘한 방 안에, 어떤 낯선 부름이 침묵을 깨었다.

"네가 왜 여기에……?"

겁에 질린 사내의 가쁜 숨소리가 터져 나왔다.

"도련님. 도련님이시군요. 제발…… 제발 절 용서해 주십시오. 저는 도련님이 시키는 대로 했을 뿐이었습니다……!"

피투성이가 된 세드릭 카발람이 무릎걸음으로 기어가 덜덜 떨리는 손으로 새하얀 옷자락을 움켜쥐고 흐느꼈다.

"저는…… 저는 알 수가 없었습니다. 진짜 도련님인지 아닌지 알 수가 없었다고요. 저를 놓아주십시오. '다른 분'께서 오시기 전에, 저를 놓아주십시오. 기어이, 기어이 '그분'은 저를 죽이실 겁니다……!"

페르디안이 뺨을 타고 흐르는 핏방울을 닦아 내며 미소 지었다.

"……가엾게도. 충실한 세드릭."

긴 시간 학대당한 몸은 본능적으로 위험을 알아채었다. 너덜너덜해진 세드릭 카발람이 새파랗게 질려 뒤로 나동그라졌다.

"도련님, 도련님……! 잘못했습니다……!"

페르디안이 미소 지으며 피 묻은 옷자락을 내려다보았다.

"오락가락하는 주인 섬기느라 고생이 많구나."

세드릭이 발꿈치로 땅바닥을 긁으며 허둥거렸다.

"잘못, 잘못했습니다. 잘못했습니다!"

페르디안이 손목의 커프스를 풀어내며 다정하게 고개를 기울였다.

"뭘 잘못했다는 거지? 넌 내가 시키는 대로 했을 뿐인데."

페르디안의 손에 악마가 담긴 단검이 쥐어졌다.

"제발, 제발 도련님, 그러지 마십시오. 제발."

"두려워하지 마라."

온화한 미소가 잘 어울리는 하얀 얼굴에 언제나처럼 단정한 웃음이 떠올랐다.

"충실한 네게, 상으로 나와 같은 힘을 주려는 것뿐이다."

"아아아악!"

소름 끼치는 비명이 방 안을 채웠다.

몇 시간 후. 끝내 심복의 마지막 비명마저 사라진 방. 피투성이가 된 페르디안은 악마의 심장이 맥동하는 단검 무더기 사이에 넋 나간 사람처럼 앉아 있었다. 입가로 힘없는 웃음이 흘렀다.

악시아스 대공이라면…… 찾아낼 것이다. 그가 세비타스에서 있었던 일을, 리에타에게 있을 뻔했던 일을 알아내 줄 것이다.

빨리……. 빨리. 악시아스 대공 전하. 당신이 리에타를 지킬 거라면, 당신의 싸움에 나를 써 줘. 추기경을 공박하고, 황비를 끌어내리고. ……그럼 이 미친 짓에서 벗어날 수 있을 것이다. 어쩌면, 내게 있어서도 마지막 구원의 기회.

'언제쯤 포기할까.'

"……."

'그냥 마음이 시키는 대로 해……. 리에타를 갖고 싶다며.'

페르디안이 홀로 중얼거렸다.

"그런 걸 바란 적 없어."

'바랐잖아.'

"걔들이 예쁘다고 생각했을 뿐이야."

'그 자리에 네가 대신 들어가고 싶다고 생각했잖아.'

"그런 생각한 적 없어."

'알잖아. 나는 네가 조금도 원하지 않는 일은 할 수 없어.'

"내가……!"

목소리가 흉하게 갈라져 나왔다. 페르디안의 목울대가 낮게 일렁였다.

"내가 그런 걸 원했을 리 없어."

'알잖아. 나는 힘일 뿐이야. 의지가 없지.'

페르디안이 이를 악물었다.

"날 현혹시키려 하지 마. 전부 거짓말이야. 너는 악마다."

'아무도 네게서 악마를 보지 못해.'

"나는 느낄 수 있어. 너는 악마야."

'너도 스스로의 욕망에 좀 더 솔직해져 보지 그래.'

"내가 바라는 건……!"

'패배주의에 물든 사생아 같으니. 태어나길 울타리 밖의 인간이었다고 언제까지 겉돌기만 할 셈이야?'

"……."

'너도 네 자릴 갖고 싶잖아?'

"……."

'이번에도 '걔들'이 예뻐?'

"그만 나를……!"

'너를?'

"……죄 없는 사람들의 행복을 망치지 마."

'한심하긴. 패배자는 힘을 가져도 패배자인가?'

"……패배자는 네가 될 거다."

'희극이 따로 없군.'

페르디안이 쾅! 소리를 내며 바닥을 내리쳤다.

"다시는 내 앞에서 희극 소릴 하지 말라고 했을 텐데!"

악마가 조소하며 속삭였다.

'힘을 갖고 싶다고 했잖아.'

"이런 식은 아니었어……!"

'원래 강한 힘에는 그림자가 따르는 법이야.'

"웃기지 마……!"

'힘을 맛본 네가 날 포기할 수 있을까?'

"널 파낼 거야! 그리고 모든 걸 속죄할 거다!"

'될 것 같아?' 악마가 속삭였다. '난 이미 너야.'

"칼리고 백작님."

"네. 딤쉘 자작." 밖에서 들려오는 부름에 절망에 빠진 나약한 인간도, 잔혹한 악마의 광기도 순식간에 사라졌다. 페르디안은 거짓말처럼 온화하고 침착한 숨은 권력자의 모습으로 돌아왔다.

⚜

"……리에타. 나는 라멘타의 가신으로서가 아니라, 베아트리체 왕녀의 전령으로서 여기에 와 있어요."

긴 침묵을 깨고, 라나가 입을 열었다.

"나는 당신에게 의무를 이행하라고 강요하러 온 사람이 아니에요. 그럴 권리도 없고……. 왕녀님의 뜻을 나도 알고 있어요. 꼭 그분의 뜻이 아니더라도 당신의 친구로서 당신이 행복하기를 바라고 있고요."

라나가 주저앉은 리에타 앞에 와서 조용히 앉았다.

"알고 싶지 않다면, 그래요. 그건 그냥 내 개인적인 욕심이니까. 하지만 이것만은 받아 주지 않을래요?"

라나가 양산을 내밀었다. 리에타의 영안에 그것의 본래 모습이 겹쳐 보였다.

"……그분의 뜻을 생각해서라도 내가 가지고 있을 순 없는 물건이에요. 인간으로서 내가 받은 첫 번째 부탁이자, 내가 스스로에게 정해 둔 마지막 임무이기도 하고요."

당신에게도 도움이 될 거예요, 덧붙이며 라나가 그것을 조금 더 앞으로 내밀었다. 리에타는 받아들지 못한 채 망연히 기억 속의 물건을 바라보았다. 라나는 묵묵히 그녀가 받아 주길 기다렸다. 리에타는 아주 오랫동안 그것을 보고 있었다.

"……라멘타의 물건인가요?"

리에타의 물음에, 라나는 작게 고개를 저었다.

"아뇨. 그건 라멘타와 상관없는 베아트리체 왕녀 개인의 물건이에요."

라나가 리에타를 마주 보며 말을 이었다.

"당신이 오롯이 당신의 선택을 하는 걸 도와줄 테니, 가져가세요."

리에타가 고통스러운 눈으로 그것을 응시했다. 선택…….

"라나, 나는…….."

"내가 이곳을 떠나고, 당신의 곁에 없어도…… 당신의 마음이 바뀌면 그 물건을 통해 어머니의 유언을 들을 수 있을 거예요."

리에타의 눈이 조금 늦게 커졌다.

"떠난……다고요? 당신은, 대공 전하께 충성을 바친 기사가 아닌가요?"

라나가 고개를 저었다.

"내가 인간으로서 충성을 바친 주군은 베아트리체 왕녀 한 사람뿐이에요. 대공 전하와는 계약 관계일 뿐, 나는 오직 당신을 기다리기 위해 이곳에 있었어요. 그동안은 온전히 기억하지 못하는 당신에게 이걸 전해 주는 게 옳은 일인지 확신할 수 없어서 기다리고 있었지만."

멍하니 그녀를 보던 리에타가 물었다.

"내가 여기에 올 줄은…… 어떻게 알았어요?"

"올 거라더군요. 그분께서."

라나가 손에 쥔 것을 내려다보며 눈을 깜박였다.

"베아트리체 왕녀는 세기의 신성 능력자였어요. 미래의 어느 날을 예지했다 해도 이상한 일은 아니죠."

라나가 고개를 들어 벽에 걸린 화폭 속의 그림을 묵묵히 응시했다. 기억 속 엄마를 닮은 긴 검은 머리카락이 그녀의 몸 위로 흘러내렸다.

"……라멘타는 끝났어요. 이미 이십 년 전에 끝났죠. 당신은 당신이 원하는 대로 살아요. 그게 그분이 당신에게 주려던 삶이기도 하니까."

짧은 침묵 후, 라나는 부드러운 눈빛으로 리에타를 돌아보았다.

"……나는 베아트리체 왕녀를 존경하는 사람이자 당신의 친구로서 당신의 선택을 지켜볼게요."

잠시 틈을 두고, 그녀가 웃었다.

"그러니까…… 있는 힘껏 행복해지세요."

라나의 마지막 말은 제국어로 흘러나왔다. 리에타는 고맙다고 말하며 고개를 숙이려고 했다. 하지만 라나에게서 건네진 양산을 떨리는 손으로 받아 드는 순간, 그토록 숨기고 싶었던 일이 가지런한 배열을 깨고 어긋난 톱니바퀴처럼 툭 불거져 나와 있다는 걸 깨달았다.

숨길 수 없다. 피할 수 없다. 더 이상 모든 게 이전 같지 않았다. 피한 줄 알았던 운명이 그림자 속에 숨어 나를 따라오고 있었다. 영영 끊어진 줄 알았던 족쇄가 여전히 내 발목에 채워져 있었다.

달아나고 싶은데…… 숨기고 싶은데. 떼어 내려 해도 떨어지지 않고 자꾸만 쫓아오는 운명이, 네가 라멘타의 후예라는 걸 잊지 말라고, 너는 있어선 안 될 곳에 있다고 속삭이고 있는 것 같았다.

리에타는 후드를 눌러쓰고 악시아스 성으로 돌아왔다. 집사가 찬비를 맞으며 돌아와 덜덜 떠는 그녀를 보고 기겁했다.

"아가씨! 세상에, 비를 다 맞으시고!"

"아…… 갑자기 비가 와서. 후드가 있어서 괜찮았어요."

"아니, 손에 양산을 들고 계시면서……! 그거라도 쓰고 오시지요!"

"……아."

리에타는 멍하니 손에 든 양산을 내려다보았다.

"……잊었네요."

시녀들이 기겁해 달려오며 소동이 벌어졌다. 리에타는 미안한 듯 미소를 짓고, 혼자가 편하다며 그들을 물리쳤다. 시녀들은 물러가지 못하고 집사와 리에타를 번갈아 보며 머뭇거렸다.

"걱정 마세요. 그냥 하루 푹 쉬면 괜찮을 거예요. 조금 일찍 잘게요. 영주님께서 걱정하시지 않도록 그렇게 전해 주시겠어요?"

기이할 정도로 침착해졌다. 실수를 했는지 어떤지는 기억나지 않는다. 아마 그러지 않은 것 같다. 실랑이를 벌이던 집사가 끝내 그녀를 이기지 못하고 놔주었으니까.

"아이고……. 알겠습니다, 아가씨. 꼭 따뜻한 물에 몸을 풀고 주무십시오. 물은 항상 덥혀 두고 있으니까요. 불편하시거든 꼭 시녀들을 불러 주시고요."

리에타가 침착하게 미소했다.

"네, 그럴게요. ……아, 그리고."

문득 생각났다는 듯 한마디를 덧붙였다.

"알루치노를 좀 준비해 주실 수 있을까요? 푹 잠드는 게 좋을 것 같아서요."

드레스룸으로 돌아온 리에타는 문을 걸어 잠그고 천천히 문에 기대어 소리 없이 무너져 내렸다. 가을비에 젖은 옷에서 옮은 물 자국이 문에 흐릿하게 남았다. 리에타는 공허한 눈을 들어 멍하니 창밖을 바라보았다. 어느새 비가 멎고 창으로 들어온 햇살이 발 끄트머리에 걸릴락 말락 했다. 리에타는 발끝에 닿으려는 햇빛을 피해 슬그머니 발을 끌어당겨 몸을 웅크렸다.

······어둠이 필요했다. 빨리 어둠이 찾아와 모든 걸 숨겨 주었으면. 눈이라도 펑펑 와서 모든 걸 다 덮어 주었으면. 한번 펼쳐 보지도 않은 채, 하릴없이 비에 젖은 양산을 내려다보았다.

"······."

성녀님이 기억의 봉인을 풀어 주었을 땐 이렇게 두렵지 않았다. 그저 모든 게 낯설고 실감 나지 않았을 뿐이었다. 하지만 이곳에, 킬리언 옆에 있고 싶어지면서 그 모든 게 견딜 수 없이 무서워졌다. 그 사람을 잃고 싶지 않아.

몸이 떨렸다. 라나를 찾아가지 말걸. 그게 예지인 줄 알았더라면 라나를 찾아가지 않았을 텐데. 그럴 수만 있다면 영원히 이 드레스룸에 숨어서 다시는 나가지 못하게 되더라도 좋았을 텐데.

리에타는 아른거리는 시야 끝에 걸린 양산을 쳐다보았다.

엄마······. 왜 나한테 이런 걸 남겼어요. 아무도 모르게 자유롭게 살라고 했으면서. 기억을 묶었으면, 힘을 묶었으면 나조차도 영원히 아무것도 모르는 채로 살게 해 주지.

리에타는 떨리는 몸을 끌어안고 웅크렸다. 눈에서 뜨거운 것이 코를 타고 떨어져 무릎을 적셨다.

"난 듣지 않을 거야."

입에서 못된 혼잣말이 튀어나왔다.

"······나는 영원히 듣지 않을 거야."

왜 나한테 유언 같은 걸 남겼어요. 왜 유품 같은 걸 남겼어. 어머니의 일에 슬픔과 의무감을 느낄 수 없도록 묶여 텅 빈 가슴에 두려움과 원망, 자신의 행복을 지키고 싶은 절박함, 그리고 그런 이기적인 감정밖에 느끼지 못하는 자기 자신에 대한 자괴감이 차올랐다.

다음에는 또 무엇이 나를 찾아올까. 그때도 덮을 수 있을까. 숨길 수 있을 거라고 생각한 내가 어리석었어. 어떻게 아무도 모를 거라고 생각했을까. 이미 하늘이 알고 땅이 알고, 타니아 성녀님이 알고 내가 아는데.

눈물이 멈추지 않았다. 무서워. 차라리 인간답게 어머니의 일이 슬프고 사무쳐서 울 수 있었으면.

아름다운 유산. 숭고한 전통. 라멘타의 위대한 어머니들이 쌓아 올리고 지켜 왔다는 역사. 나를 붙잡으려는 저 망령들의 세뇌 같은 속삭임으로부터 나를 숨기고, 고립시키고, 이 모든 일에 대한 슬픔과 의무감으로부터 끊어 내는 봉인의 마법.

그것이 나를 지키는 엄마의 방식이었다. 그것이 고맙고, 원망스러우면서도 슬펐다.

꽃잎이 떨어지고, 꼭 그만큼만 꽃줄기가 손가락 사이에서 돌아가고, 또다시 한 장, 꽃잎이 떨어졌다. 그것은 마치 가파른 비탈길을 굴러 내려가며 부서져 가는 수레바퀴 같았다.

리에타가 고개를 들어 양산을 바라보았다. 그리고 드레스룸 한곳에 가만히 놓인 제단을 바라보았다. 떠난 이들을 추모하는 제단에는 어머니의 이름이 없었다. 당신 어머니는 좋은 사람이었다며 말을 잇지 못하는 라나의 눈빛을 보는 순간 깨달았다. 나는…… 어머니의 생각은 하지 않고 킬리언의 반응만 두려워하고 있었다.

그가 받게 될 상처만 생각했다. 그가 나를 보는 눈빛, 불러 주는 목소리. 그런 게 떠나갈 것만 걱정했다. 그 전에, 내가 그를 거부하는 게 맞는데.

내 어머니였다. 사람 된 도리로 그래선 안 되는 거였다.

감정이 묶였지 이성이 묶인 게 아니었다.

푹 젖은 후드를 벗어 옆에 아무렇게나 내려놓고 일어선 리에타는 비척 비척 일어나 서랍에서 편지를 꺼냈다. 차게 식은 손에 들린 편지를 내려다 보다, 고개를 들어 킬리언의 침실로 통하는 문을 바라보았다.

성녀님. 다 알고 있어도 별로 소용은 없었어요. 그냥…… 다 모르는 게 나았을걸 그랬어요.

그날 떨어뜨렸던 꽃잎들은, 리에타의 손에 닿았던 것만으로도 신성한 축성의 힘을 받아 아직까지 생생하고 향기로웠다. 그것이 킬리언에게 조금이나마 향기를 전해 주길 바라며, 꽃잎들을 조심스럽게 모아 봉투에 넣어 편지와 함께 봉하고, 리에타는 비어 있는 그의 집무실로 건너갔다. 편지 봉투를 킬리언의 책상 위에 올려 두고 가만히 바라보았다.

킬리언에게.

계속 보고 있으면 편지를 벽난로 속에 던져 버리고 싶어질 것 같아서, 리에타는 입을 가리고 눈물을 꾹 참다가 황급히 그의 방을 떠났다.

단정하고 건강한 모습으로 내일 그를 마주하기 위해 뜨거운 물에 들어가 푹 몸을 녹였다. 아무리 뜨거운 물속에 있어도 계속 허하고 서늘한 것 같아, 리에타는 오래오래 그 안에 있었다.

따뜻한 실내복으로 갈아입고, 벽난로에 장작을 넣어 불을 때고, 모든 걸 잊고 깊이 잠들기 위해 알루치노를 마셨다. 침대에 누인 몸이, 의식이…… 점점 나른하고 몽롱하니 무거워졌다.

당신이 나의 행복이었듯, 내가 당신의 행복인 걸 안다. 당신 곁에 머물고 싶은 만큼, 나도 당신에게서 날 빼앗고 싶지 않았다. 당신을 마음 아프게 하고 싶지 않지만, 더 이상 모든 걸 기만하고 외면할 수도 없다.

내가 살아 있는 한 그 저주는 사라지지 않는다. 그리고 나는 황제를 용서할 수 없다. 모든 걸 내려놓고 그저 상징적인 용서의 의식을 치르라는 거라면 차라리 할 수 있을지도……. 하지만 진심으로 용서할 수 있느냐 하면, 아니. 그건 불가능하다.

킬리언은 내게 그런 걸 요구하지 않을 거다. 어쩌면 그는 날 이해하려고 노력할 것이다. 나를 잡아 줄지도 모른다는 생각도 든다.

하지만, ……황제를 용서하지 못하는 날 보면서 킬리언이 이전처럼 행복할 수 있을 리가 없다는 걸 알고 있었다.

리에타는 조용히 눈을 감았다. 어머니에게 등 돌리고, 스스로를 속이고, 그를 기만하며 행복하였다. 이제까지 주어진 시간도, 과분하였다.

'결혼하자.'

……더 늦기 전에, 따스했던 시간에 대한 심판을 받아야 할 때였다.

그 시간. 악시아스 성의 문 앞에 온몸에 화상을 입은 사내가 비틀거리며 다가와 쓰러졌다. 한눈에 보기에도 상태가 심상치 않아 보였지만 외부인을 들이지 않는다는 원칙대로 경비병들이 창으로 막아섰다. 사내가 거친 숨을 몰아쉬며 악시아스를 향해 손을 뻗었다.

"도와주시오. 도와주시오……. 황제의 전투 사제들이 아직 이곳에 있소?"

대답해 준 사람들은 없었지만 성안에 막 제국 수도로의 귀환을 준비하고 있던 황제의 전투 사제단 깃발이 바람에 휘날리는 것이 보였다. 그것이 그에게 대답이 되었다.

"신이여. 도와주시오. 고위 악마가 있소. 화마 엑시티우스와 역마 모르비두스가……."

경비병들은 그를 창으로 막아선 채, 당황하고 어리둥절한 눈으로 서로 마주 보았다. 사내는 무슨 사고를 당했는지 너무 놀라 제정신이 아닌 것 같았다. 엑시티우스는 십오 년 전 지옥으로 돌아간 악마이고, 모르비두스는 역사서 속에나 등장하는 전설 속 대악마의 이름이었다. 상급 경비병이 고갯짓했다.

"가서 사제님과 의사를 모셔와."

경비병 하나가 성안으로 달려 들어갔다. 진물이 흐르는 사내의 입술은 계속 움직였다.

"수천의 악마 군대가……."

옆의 하급 경비병이 상대를 해 주었다.

"어쩌다 이리 된 거요? 아니, 대답하지 마시오. 당신, 말을 하지 않는 게 좋겠소. 들여보내 줄 순 없지만 도와줄 사람이 곧 올 거요."

그러나 사내는 멈추지 않았다.

"엑시티우스와 모르비두스가 오트낭을 치는 군대를 지휘하고 있소. 오래 버티지 못할 거요."

"……무슨 악몽을 꾼 거요? 오트낭이라면 우리도 주시하고 있고 정기적으로 전령이 오가고 있으니 염려 마시오. 거기엔 별일 없소."

"전령은 안 올 거요. 화마가 결계를 쳐 살아 있는 것은 누구도 빠져나가지 못하고 있으니까. 내 말을 믿어야 하오. 차라리 이 모든 게 악몽이었으면……. 사제들이 죽음을 무릅쓰고 결계의 한 부분을 간신히 비틀어 열어 주어 내가 왔소. ……부디, 제발."

순간 화상을 입은 부상병의 환부가 상급 경비병의 눈에 들어왔다. 상처가 화상일 리 없는 녹색 빛으로 썩어 들어가고 있었다. 벼락같은 깨달음에 그는 황급히 옆의 동료를 밀치며 소리쳤다.

"물러나! 이 자식 역병이다!"

하급 경비병들이 황급히 창을 뒤로 당기며 물러섰다. 몇 달 전 지나간 역병을 관리하며 그들 모두가 역마에 대해 익숙해진 상태였다.

놀란 경비병들이 뒤늦게 그의 옷차림을 알아보았다. 무기도 갑옷도 말도 없고 거의 입은 것이 남지 않은 상태였지만, 속에 받쳐 입은 것이 오트낭 기사들의 옷과 흡사한 것 같았다. 그동안에도 부상병의 입은 계속 움직이고 있었다.

"날 들여보내 주지 않아도 좋소…… 다만 악시아스 대공 전하께 내 말을……"

상급 경비병이 소리쳤다.

"다들 물러나 성안으로 들어가! 당장 가서 사제님께 말씀드려! 저 사람에게 악마가 붙어 있을지도 몰라!"

파들파들 떨리는 부상병의 손이 자신의 품을 더듬었다.

"이 서신을 전해 주시오. 도와주시오. 악시아스를 전쟁터로 만들고 싶지 않으면…… 오트낭을……"

역병에 걸린 전령은 악시아스에 발 한번 들이지 못한 채 성문 밖에서 절명했다. 다급한 호소가 담긴 서신만이 악시아스를 가로질러 성안에 닿았다.

나하나스는 악마들에게 궤멸.

악마 군대 사천. 오트낭을 습격.

적군에 고위 악마 엑시티우스, 모르비두스.

교전 중. 위급. 원군을 바람.

어떤 보상이든 요구대로.

알루치노에 취한 리에타는 평소보다 늦은 시간에 눈을 떴다. 리에타는 멍하니 웅크리고 있다가 비척비척 침대 밖으로 나갔다. 단정하게 머리를 빗어 틀어 올리고, 어쩌면 마지막일지 모른다는 생각으로 지나치게 수수하지도, 화려하지도 않은 드레스를 입고 평소와 같이 단장했다.

그렇게 물끄러미 거울을 보고 있다가, 틀어 올렸던 머리를 도로 풀어 내렸다. ……평소와 다르게 보이고 싶지 않다. 그런 걸로 의미를 부여하고 그의 마음을 흔들고 싶지 않아.

문밖으로 한 걸음 내디딘 순간, 마음의 준비를 할 틈도 없이 복도 끝에서 막 다가오고 있는 킬리언과 눈이 마주쳤다.

쿵. 심장이 떨어지는 듯했다. 무서워. 그의 눈에서 시선을 뗄 수가 없다. 리에타가 다가오는 그를 멍하니 쳐다보았다. 킬리언은 몇 걸음만에 가까워져 그녀의 앞에 섰다.

"……."

편지를 읽었나요? 킬리언. 뭐든 말을 해 줘요. 아니, 아무 말도 하지 말아 줘. 제발 이대로 시간이 멈추길.

짧게 시선이 교차하는 천년 같은 찰나.

킬리언이 손을 뻗어 그녀를 끌어당기더니 이마에 입을 맞추었다. 리에타의 눈이 커졌다. 자신이 어떤 표정을 짓고 있는지 인식하지 못한 사이, 킬리언이 떨리는 리에타의 몸을 끌어안고 한 번 툭, 도닥이며 말했다.

"걱정하지 마."

리에타가 망연히 숨을 죽였다. 킬리언의 말이 이어졌다.

"황제의 전투 사제들이 있으니까. 그중엔 고위 악마를 상대한 경험이 있는 사람들도 많아."

리에타가 그의 품에 안긴 채 멍하니 벽을 쳐다보았다. 그의 말을 이해할 수 없었다.

"사제들이 떠나기 전에 일이 터진 게 다행이군. 괜찮아. 황제의 전투 사제가 백이면, 고위 악마가 둘이 아니라 다섯이라도 상대할 수 있으니까."

"……."

리에타가 악마들의 공습 이야기를 듣고 그렇게 창백하게 넋이 나가 떨고 있다고 생각한 킬리언은, 꼭 힘주어 그녀를 안고 안심시킬 만한 말을 했다.

"레이첼이 계속 그대 곁에 있을 거야. 아무것도 걱정하지 마."

"……."

"악시아스엔 아무 일도 없을 거야. 내가 이곳을 지켜."

무장한 전투 사제들과 기사들이 다가오려다, 킬리언이 연인과 이별하고 있는 장면을 발견하고 잠시 멈추어 섰다. 그는 등 뒤의 기척을 느끼고 짧게 혀를 찼다. 시간이 없었다. 킬리언이 몸을 떼고 그녀에게 웃는 얼굴을 보여 주었다.

"축성해 줄래?"

리에타는 멍하니 그의 어깨를 짚고 그의 이마에 입 맞추었다.

"금방 올게."

킬리언이 짧은 입맞춤을 남기고 몸을 돌렸다. 뒤에 남겨진 리에타는 아무 말도 하지 못한 채, 킬리언이 망토를 휘날리며 떠나가는 뒷모습을 바라보았다.

지금…… 무슨 일이 벌어지고 있는 거야?

주인 없는 집무실에 들어선 리에타는 그의 책상 위, 편지를 놓아두었던 자리를 멍하니 쳐다보았다. 편지가 없었다. 책상 위는 텅 빈 채 서늘했다.

그러나 리에타는 곧 편지가 있는 곳을 찾아낼 수 있었다. 편지 봉투 안에 편지와 함께 넣어 둔 꽃잎에서 당시에는 인식하지 못했던 강렬한 감정과 염원이 담긴 축성의 기운이 느껴졌다.

리에타의 시선이 벽난로 옆 장식장 위의 편지 바구니로 향했다. 멍하니 의자를 끌어다 놓고 올라가, 장식장 위의 바구니에서 편지를 끌어 내렸다……봉투에 장난기 많은 큰까마귀의 부리 자국이 살짝 나 있을 뿐, 편지의 봉인은 열려 있지 않았다.

리에타가 멍하니 눈을 들어 창밖을 쳐다보았다.

녹턴. 지난 밤 다녀갔을 운명의 장난 같은 어둠은 흔적도 없었다.

모든 일은 예기치 못한 순간 몰아닥치기 시작했다.

높은 절벽 위에서 그들을 내려다보던 중급 악마가 전투 사제가 쏜 빛의 화살에 맞아 절벽 아래로 떨어졌다. 콰직! 하늘에서 뚝 떨어진 악마 위로 병사들의 축성 받은 창검과 전투 사제들의 공격이 쏟아졌다. 거대한 늑대만 한 악마는 집중 공격을 받고 가루가 되어 공기 중으로 흩어졌다.

악시아스의 지원군이 오트낭에 근접할수록 무리 지은 악마들이 모습을 드러내기 시작했다. 전투 사제들이 광역 정화를 펼치며 그들이 머무는 진지 전체에서 악마의 기운을 밀어냈다. 공기가 깨끗한 기운으로 가득 찼다.

오트낭에 가까워질수록 악마들의 습격은 빈도가 잦아지고 규모도 커졌지만 광역 정화와 축성으로 빈틈없이 방비된 인간의 군대에는 거의 피해를 입히지 못했다.

수십, 수백 마리의 악마들이 떼 지어 급습을 펼치는 일도 있었지만 그들은 고작 전진 속도를 조금 늦추는 정도의 영향을 끼칠 뿐이었다.

대부분의 악마들은 밀도 높은 신성력을 이기고 침범하지 못했고, 어쩌다 침범하는 녀석들도 악마를 볼 수 있는 사제가 군 전체에 포진해 있으니 질병이나 화재를 일으키기 전에 구마되었다.

"할 만한데? 악마도 별거 없군?"

"그러게. 긴장했는데. 마수나 야만족에 비하면 장난인데."

"야, 야. 말조심 안 하냐. 그런 소리 하면 재수 없는 거 몰라?"

전투 사제들이 보여주는 압도적인 힘과 연이은 승리로 병사들의 사기가 높아졌다.

"사제님, 눈에 보이는 악마가 이렇게 많다는 건 보이지 않는 약한 하급 악마들도 사방에 깔려 있다는 뜻 아닙니까? 역마나 화마가 있으면 어쩌죠?"

"형제님들이 정해진 위치에 포진해 광역 정화의 진을 펼치고 신성한 환경을 유지하고 있습니다. 물질화가 안 될 정도로 약한 놈들은 이 정도 신성력을 견디지 못합니다. 그렇게 금방 질병이나 불길을 일으키지도 못하고요."

"오. 그렇습니까?"

"강한 놈들이 몸을 숨겨 은신하는 경우도 있습니다만, 은신이 어렵도록 정화를 펼치고 있고 저희들이 알아챌 수 있으니, 보이는 놈들만 잘 부탁드립니다."

"맡겨 두십쇼!"

숨이 끊어지지 않은 악마들 몇몇은 병사들의 사기 진작을 위해 진지에 신성 포박으로 잠시 묶여 있기도 했다. 그러나 그런 악마들은 신성력으로 가득한 공기를 견디지 못하고 곧 숨이 끊어져 가루가 되어 사라졌다.

"고위 악마가 있다더니 그놈들은 아직인가?"

"우리 사제님들의 정화에 꼼짝을 못하고 있는 모양이지?"

"방심들 하지 말라고. 오트낭이 코앞이야. 진짜는 거기 있겠지."

"예!"

물질화된 중급 악마들의 공격은 위협적이었지만 마수와 야만족에 익숙한 악시아스의 병사들과 숙련된 전투 사제들의 구마에는 당해 내지 못했다.

교전 중 악마의 손톱이나 이빨, 마법에 당해 질병에 걸리거나 화상을 입는 경우도 사제들이 빠르게 조치를 취해 치유와 정화가 이루어졌다. 악마의 군대를 상대해야 한다는 생각에 긴장하고 있던 악시아스의 병사들은 악마들과의 교전을 몇 번 거친 후 점차 자신감을 얻었다.

악시아스 지원군은 길을 가로막는 모든 것을 쳐부수며 파죽지세로 전진했다. 그들은 만 엿새 만에 오트낭을 지척에 두게 되었다.

참모 막사에서 기사들과 사제들, 악마학자들이 저마다 의견을 내놓았다.

"군의 사기가 높은 건 좋은 일입니다만, 엑시티우스와 모르비두스가 전혀 개입하고 있지 않은 것은 주의해야 할 것 같습니다. 고위 악마는 자신과 같은 종류의 하위 악마를 복종시켜 명령을 내릴 수 있는데, 그런 기민하고 조직적인 움직임이 전혀 보이지 않습니다."

"숫자만 많을 뿐, 격이 높은 악마의 통제를 받고 있다기엔 무질서하고 약합니다. 그냥 야생 짐승 떼를 상대하는 정도입니다."

"마법적으로도 그들이 전투에 개입하고 있는 흔적이 보이지 않습니다. 고위 악마가 오랫동안 보이지 않으면 큰 마법을 준비하고 있을 가능성이 높습니다."

정찰대가 돌아온 후 고위 사제들과 상급 기사들이 줄지어 막사에 들어왔다.

"나하나스는?"

"산 사람의 기운이 느껴지지 않습니다. 아무것도 남지 않은 상태라고 봐야 할 듯합니다."

"고위 악마의 존재는 확인됐나?"

"사제들이 탐색하는 중입니다만 결계가 있는 탓에 직접적인 낌새는 아무것도 잡히지 않고 있습니다. 다만 십오 년 전 악마 토벌에 참전해 엑시티우스와 전투한 경험이 있는 사제들의 말로는 땅에 남은 마력의 흔적이 엑시티우스의 것과 흡사하다고 합니다."

"모르비두스는 직접 겪어 본 사제가 없어 확신할 수 없지만 격이 높은 강한 역마의 기운이 느껴진다는 점은 확실해서 일단 모르비두스일 가능성을 높게 보고 주시하고 있습니다."

보고와 전술 회의가 이어졌다.

"시간을 지체하지 않는 것이 좋습니다. 나하나스의 공포와 절망을 먹고 악마들은 점점 강해질 겁니다."

"당장은 불을 일으킬 수 있는 화마 쪽이 훨씬 위험하지만 시간이 지날수록 역마의 위협도 커질 겁니다. 근래 질병으로 사망한 사람이 많은 데다 역병에 대한 두려움이 높아 역마들이 대단히 강한 힘을 얻은 상태입니다."

"시간이 지날수록 어떤 질병이든 감염될 위험이 커지기도 하고요. 군에 질병이 침투하기 전에 악마들을 섬멸하는 것이 최선입니다. 병에 걸리는 사람이 나오기 시작하면 병사와 사제 쌍방의 전력 손실로 이어질 겁니다."

늦은 저녁. 어스름이 내려앉기 시작할 무렵, 그들의 시야에 오트낭 영지의 성탑이 포착되었다. 킬리언의 옆에서 말에 탄 길리우스 대사제가 가볍게 한숨을 내쉬었다.

"오트낭이 보이는군요. 밤은 악마들이 강해지는 시간이라 좋은 타이밍은 아닌데."

시간을 지체할 수 있는 전황은 아니었다. 하늘에서 화마가 일으킨 불벼락이 떨어지고 있고, 시커먼 악마들이 성벽을 둘러싸고 바글거리고 있었다. 성벽 위 곳곳에 화재가 일어나 있었고 사제들이 힘겹게 정화를 펼치고 있었다.

사다리를 놓는 대신, 악마들은 직접 손톱을 박아 넣고 게걸스럽게 벽을 타고 오르고 있었다. 오트낭은 낯선 적을 상대로 고전을 면치 못하고 있었다. 이미 반 이상 허물어진 성벽 위 수성 병력에는 온통 허점이 가득했다.

"화마의 결계가 있다고 하는데 접근이 가능한가?"

"됩니다."

길리우스 대사제가 대답했다.

"안에서 밖으로 빠져나가지 못하게 하는 데 중점을 둔 결계입니다. 힘을 집중시키면 밖에서 부수고 들어가는 건 어렵지 않을 겁니다."

"좋아." 킬리언은 눈을 가늘게 뜨고 오트낭을 내려다보았다.

"바로 들어간다."

말을 앞으로 몰아가며 킬리언이 칼을 뽑아 옆으로 뿌렸다. 검에 서린 푸른 검광이 짙은 아지랑이처럼 피어올랐다.

"어디 한번 사제들의 전투 솜씨를 볼까."

사제들이 신성력을 집중시켜 화마의 결계가 부서졌다. 말을 달리는 전투 사제들이 무시무시한 기세로 피워 올리는 신성력이 대지를 뒤덮었다.

그 위로 거세게 땅을 박차며 군마가 달렸다. 기사들이 지휘하는 기병대가 길을 뚫으며 오트낭 성을 향해 짓쳐들어갔다. 넓게 펼쳐진 보병대와 궁병대가 그 뒤를 따라 달렸다.

지평선에서 물 밀 듯 밀려오는 군대를 발견한 오트낭 성에서 지원군의 도착을 알아채고 소리쳤다.

"지…… 지원군! 북쪽에 지원군이다!"

"우아아아아아!"

땅을 박차는 군마가 일으키는 흙먼지, 땅의 진동, 눈부시게 물결치는 거대한 신성력, 숲이 움직이듯 압도적인 기병들의 파도가 석양을 옆에 두고 아찔하게 밀려오고 있는 모습을, 수성전을 벌이고 있던 오트낭 성벽 위의 모든 사람들이 알아볼 수 있었다.

악마들의 기운이 자욱한 땅 위로 축성 받은 군마들이 거침없이 내달렸다. 사제들은 기사를 향해 쇄도해 오는 악마들 쪽으로 손을 뻗어 여러 갈래의 빛의 화살들을 날렸다.

"키에에에에에!"

신성 화살에 명중당해 쓰러진 악마들 위로 군마가 내달려 몸부림치는 적을 유린했다. 기병들의 진로에 흩어져 있던 악마들 위로 은제 칼날과 창날이 번뜩이며 악마들의 몸을 베고 꿰며 지나갔다.

킬리언과 기사들의 검에서 뿜어져 나온 새파란 검광이 콰라라락 소리를 내며 날아가 뒤엉켜 있는 악마들을 짓이겼다.

하늘에서 악마의 지옥불이 유성우가 되어 떨어져 내렸다. 사제들이 그들의 머리 위로 밀도 높은 신성 방어막을 펼쳤다. 은빛 방어막에 가로막힌 유성우는 콰르르 소리를 내며 열기를 잃고 불타 부서졌다. 떨어지던 유성 가운데 몇몇 거대한 조각들이 방어막에 처박혀 콰과과곽 소리를 내며 파고들었다.

찢어지는 소리와 함께 방어막에 금이 가며 사제의 신성한 힘과 악마의 힘이 격돌했다. 가까이서 말을 달리던 구마 사제가 빛의 창을 든 팔을 뒤로 확 당기더니 있는 힘껏 던졌다.

하얗게 빛나는 창이 쐐액 소리를 내며 날아가 화염 덩어리를 명중시켰다. 사제의 보호막과 힘겨루기를 하던 유성이 폭발음을 내며 산산이 조각나 흩어졌다.

사제들이 하늘을 향해 신성력을 확장하자 청량한 정화의 기운이 퍼져 나가며 열기가 가시고 떨어지는 유성우의 크기와 빈도가 눈에 띄게 줄어들었다. 신성력에 막혀 소용돌이치는 아지랑이를 발견한 사제들이 빛의 활을 당겨 소용돌이의 중앙을 겨냥했다.

쐐애애애액! 바람을 가르는 소리가 들리고, 빛의 화살이 허공에 박히며 키이이잉! 날카로운 소리가 공기를 찢었다. 화마가 숨겨 둔 마법진이 흔들리며 깨진 유리처럼 금이 갔다. 깨진 하늘 틈새로 붉은 화기가 넘실거렸다.

뒤이어 같은 것을 노리고 있던 구마 사제들의 화살과 창이 창공을 갈랐다. 키이이이잉…… 쩽그랑! 몇 번의 직격탄을 맞은 후 유성우를 떨어뜨리는 마법진이 요란한 소리와 함께 깨어졌다.

보병들이 쏟아지는 유성 파편과 달려드는 악마들로부터 방패를 들어 궁병대와 후방의 사제들을 보호하고 전선을 구축했다. 뛰어오르는 악마들의 몸에 궁병들이 쏜 축성 받은 화살과 사제들의 신성 마법이 내리꽂혔다.

지능이 낮은 악마들은 자신들에게 무슨 일이 벌어진 것인지 인지하기도 전에 찢겨 흩어졌다. 맹렬히 말을 달리며 현란하게 창을 휘돌리는 기사들은 때론 악마를 꿰고, 때론 찢어발기며 종횡무진했다.

보병들이 든든히 버티고 선 뒤에서 사제들은 신성 마법으로 만들어 낸 창과 화살을 쏘아 맹렬히 성벽을 타고 오르던 악마들을 격추시켰다.

강력한 정화가 마기를 몰아내고 신성력이 공기를 채우기 시작하자 일반적인 물리 공격으로도 악마들에게 치명적인 상처를 입힐 수 있게 되었다. 이전까지는 화살이나 돌에 큰 상처를 입지 않던 악마들이 신성력에 약화되어 상처를 입고 고통스러워하기 시작했다.

강력한 지원군의 활약에 희망을 얻은 오트낭 성벽의 저항이 거세어졌다. 성벽 아래로 성수를 들이부으며 돌을 던지는 공격이 눈에 띄게 빠릿빠

릿해졌다.

격렬한 저항에 성벽을 타고 오르던 악마들의 기세가 주춤해졌다.

성벽과 성문 밑 새카맣게 모여 있던 악마들이 신성 포박에 사로잡혔다. 그물에 걸린 고기처럼 구속당해 뒤엉켜 있던 악마들 위에 강력한 구마 마법의 철퇴가 내려지고, 성벽을 향해 내리달리는 최선봉의 기사들이 악마들을 밟고 지나가며 난도질했다.

악마들이 악을 쓰며 그들을 향해 손을 휘둘렀으나 숙련된 기마병들과 전투 사제들의 압도적인 힘 앞에서 속수무책으로 각개격파 당했다.

킬리언의 지휘 아래 악마들을 포위한 지원군의 전선이 치밀하게 조여들었다. 오트낭의 성벽과 악시아스 군대 사이에 끼인 형국이 된 악마들은 말발굽에 치이고 창에 찢기며 먼지처럼 사라져 갔다.

지원군 본대가 성에 도달했다. 보병들의 보호를 받으며 근접한 사제들이 물이 깊지 않던 해자에 손을 담그고 신성력을 집중시켜 성수로 바꾸었다.

급박히 벌어진 전투로 인해 수심이 얕아 제대로 방호 역할을 하지 못하던 해자는 성수가 담기자 악마들에게 치명적인 함정이 되었다. 성벽을 타고 오르다가 아래로 떨어진 악마들은 성수에 빠지자 몸이 타 들어갔다. 그 위에 더욱 짙은 신성을 머금은 공격이 쏟아졌다.

단박에 사기가 오른 오트낭의 함성이 하늘을 뒤덮었다. 인간의 공포와 절망에서 힘을 얻는 악마들은 사람들이 두려움을 잊고 용기를 되찾기 시작하자 빠르게 기세를 잃었다.

순식간에 전세가 역전되었다. 격렬하게 저항하던 오트낭 성벽에서 함성이 터져 나왔다.

"조금만 더 버텨라! 해가 뜰 때까지만 버티면 승기는 우리 쪽으로 넘어온다!"

"우아아아아아아!"

악시아스의 지원군과 오트낭의 성벽 사이에 앞뒤로 포위당한 악마들의 비명은 함성에 묻혀 흩어졌다.

어슴푸레 동녘 하늘이 밝아오기 시작했다. 마침내 동쪽 산의 능선 너머로 태양이 떠오르고 있었다. 정신없이 전투를 벌이던 하급 병사의 가슴에도 희망의 빛이 들었다.

해가 뜨고 있다. 어둠이 가시면 악마들은 쇠약해진다고 했다. 조금만 더 버티면 끝날 것 같다.

전투는 항상 긴장되고 두렵다. 목숨이 오가는 조마조마한 현장에서 이길 것 같다는 생각은 승기가 확연히 기운 후에도 쉽사리 들지 않는다.

나 같은 하급 병사한테 전쟁이란 그런 거지. 될 대로 되라는 식으로 시작하고, 영원히 계속될 것 같지만 '죽을 뻔했다!'를 넘기며 어찌어찌 살아남기를 반복하다 보면 언젠가 끝이 난다.

내 목숨 챙기기도 바쁜데 주변 살필 틈이 어디 있어. 어떻게든 버티다 보면 어느새 끝나 있는 거지.

그래도 전투의 막바지, 이길 것 같다는 예감 속에서 적과 마주해 생을 쟁취하는 순간은 영웅이 된 것처럼 짜릿하다. 어쩌면 전쟁 체질일지도 모른다는 미친 생각이 잠깐씩 들 정도로.

"으랴아압!"

격전을 벌이던 눈앞의 악마에게 동료의 칼이 짓쳐들어오며 그 목을 쳤다. 아, 내가 다 잡아 놓은 놈이었는데. 내가 할 수도 있었다는 생각에 아주 조금 아쉽지만 상관없다.

다음 놈, 다음 놈. 고개를 들어 사방을 둘러보며 다음 적을 찾았다.

없다. 없다. 저기 하나. 아, 전투 사제의 공격에 방금 절명했다. 저기 또 하나. 이미 아군 병사 수십에 둘러싸여 있다. 저기⋯⋯! 아, 이미 죽은 놈이군.

없다. 없다. 없다! 이 '없다'의 순간을 안다. 온몸에 전율이 흘렀다. 피 튀기는 전장에서 살아남은 승리의 감각이었다! 또 살아남아 버렸어! 이겨 버렸어! 무려 악마 군대와의 전쟁이었는데!

오늘도 그들의 전투를 승리로 이끌어 준 무패의 전투 사령관이 거대한 흑마를 달려 그의 옆을 지나갔다. 아군 병사 수십이 둘러싸고 고전하던 가장 거대한 놈을 무지막지한 힘으로 너무나 쉽게 검에 꿰어 버리는 모습이 선연히 눈에 들어왔다.

가슴이 벅차올랐다. 우리 영주님! 저도 모르게 가슴 끓는 외침이 튀어나왔다.

"악시아스!"

흥분한 병사들의 함성 소리가 오트낭을 울렸다.

"악시아스! 악시아스!"

수성하는 병사들도 승리의 기쁨에 연호했다.

"악시아스! 악시아스!"

"오트낭! 오트낭!"

승리의 흥분에 도취된 병사들이 얼싸안으며 기뻐했다.

대승을 거둔 사령관은 승리의 기쁨에 홀리지 않은 채 차가운 머리로 생각했다. 모르비두스와 엑시티우스는 어디에 있지?

오트낭에서 우레와 같은 함성이 터지고 있었고, 감격한 오트낭의 영주와 기사단장이 성문을 열고 맨발로 뛰어 나오고 있었다. 검에 꿰어 아직 숨이 끊어지지 않은 마지막 악마를 해자 아래로 던져 버린 킬리언이 싸늘한 눈으로 빈 전장을 바라보았다.

　대승을 거둔 아군은 기뻐하며 환호하고 있었다. 대부분의 악마가 가루가 되어 흩어진 전장은 인간들과의 전쟁이 끝났을 때의 풍경과 사뭇 다르게 아군만 남기고 텅 빈 느낌을 주었다.

　너무 쉽다. 이렇게 쉬워선 안 된다. 엑시티우스와 모르비두스가 여기에 있다면, 그 악마들이 이 싸움에 의지가 있다면 이럴 리 없다. 어렴풋이 같은 문제를 눈치챈 몇몇 사제들과 기사들도 굳게 입을 다문 채 킬리언 주변으로 모여들고 있었다.

　까아아악! 새카만 큰까마귀가 퍼덕거리며 킬리언에게 날아들었다. 녹턴의 발에 묶여 있던 편지를 펼쳐 본 킬리언이 눈을 꾹 감았다 떴다. 전장을 누비는 피 튀기던 순간보다도 이글거리는 눈빛으로 킬리언이 씹어뱉었다.

　"오트낭에 삼분의 일 남기고 전부 악시아스로 돌아간다."

　악시아스가 공격받고 있음.

　교전 중. 속히 귀환 바람.

　고위 악마 셋. 엑시티우스, 모르비두스, 신생 역마.

　급히 부상자 치료소가 꾸려진 수도원은 환자와 의사, 간호인으로 가득 차 있었다. 마수 사냥꾼들을 위해 제공되곤 하던 앞마당엔 마수 감옥 대신 구호 막사가 들어서고 부상자들을 치료하는 데에 쓸 물을 끓이기 위해 지펴진 모닥불이 사방에서 타올랐다.

　화마에게 당한 사람들이 불을 보고 적잖이 겁에 질려 경기를 일으켰지만 물을 끓이지 않을 수는 없었다. 신음하는 환자들이 들것에 실려 끝없이 밀려들었다. 의사와 간호사들, 신성 능력자들이 피투성이가 되어 뛰어다니고 덜 심한 환자들이 더 심한 환자들을 간호했다.

첫날의 예기치 못한 공습에 일어난 큰 화재가 엄청난 피해를 남겨 화상 환자가 많았다. 역병 환자의 수도 많았다. 둘 다인 사람들도 있었다. 그 둘을 분리할 여유조차 없었다.

가뜩이나 화상은 신성 치유가 잘 듣지도 않는 부상이라 예후도 좋지 못했다. 질병과 상처의 종류에 따라 효과적으로 작용하는 신성력이 달랐지만 사제들은 닥치는 대로 신성력을 쏟아부어 역병과 화상을 동시에 찍어 눌러 대응하고 있었다.

의사들은 역병이든 화상이든 둘 다인든 일단 환자들에게 성수를 들이붓고 상처를 보았다. 인력은 부족했고 다른 방법이 없었다. 성수가 역병의 전염은 막아 주었으나 환자들은 계속되는 추위에 떨어야 했다.

불은 계속 타올랐다. 화마가 장난을 칠 수 없도록 모닥불 주변에는 더욱 강한 축성과 정화가 행해졌다.

악마들의 첫 번째 공격 이후 일주일밖에 지나지 않았지만 피해는 막대했다. 악시아스를 공격한 악마들은 겨우 삼백 남짓이었지만 그들은 고위 악마의 지휘를 받고 있었고, 강했다.

킬리언이 지원군에 영지의 모든 병력을 데리고 나간 건 아니었다. 악시아스를 지키기 위해 항상 유지해 두는 상비군이 상당수 남아 있었고, 성을 비운 킬리언과 지젤 대신 레너드가 악시아스를 지키고 있었다.

그러나 악마를 상대할 때 가장 중요한 병력인 사제들의 팔 할이 오트닝 수성전에 지원을 나가 있었다. 악시아스에 남아 있던 전투 사제들은 스물 남짓이었다. 악마가 나타나는 일이 드문 악시아스의 평상시를 생각하면 충분하고도 남는 숫자였다.

하지만 그 누구도 고위 악마 둘이 모두 오트낭을 버려두고 지원군의 눈을 피해 악시아스를 칠 것이라 예상하지 못했다. 악시아스는 고위 악마의 공격에 충분히 준비되어 있지 않았고, 아무리 이름 높은 전투 사제라 해도 스물은 드넓은 악시아스 전체를 빈틈없이 지켜 내기에는 턱없이 부족한 숫자였다.

최초의 총공격에서 막대한 피해가 발생했다. 겨울을 대비하기 위해 준비해 두었던 마른 장작과 섶에 불이 붙으며 거대한 화재가 일어났다.

불길을 피하며 악마들을 상대하느라 더욱 피해가 커졌다. 화재로 인한 공포와 고통에서 힘을 얻은 화마들은 더욱 강해져 날뛰었다. 많은 병사와 영지민 들이 악마들의 손에 쓰러지고 화재에 희생당했다.

전투 사제들과 기사단이 달려와 사람들을 보호하며 간신히 엑시티우스에게 상처를 입히고 악마들을 패퇴시키는 데 성공했지만 그곳에는 걷잡을 수 없는 거대한 화재가 일어나 있었다.

화마들의 영향에서 벗어나 자연적인 불이 되어 버린 화재는 사제들의 신성력으로도 어찌 되지 않아 진압하는 데 오랜 시간이 걸렸다.

인명 피해가 컸기에 사제들은 달아나는 악마들을 추격하길 포기하고 사람들을 구명하는 데 힘을 집중했다. 그리고 얼마 후, 그들은 환자들 사이에 역병이 발생했다는 걸 깨달았다.

사람들을 공격한 화마들 틈에 역마들이 섞여 있기는 했지만, 아무리 그렇다 해도 그렇게 빨리 역병이 퍼질 리 없었다. 고위 역마, 모르비두스가 개입하고 있다는 증거였다.

모르비두스의 힘을 받은 역병은 진행 속도도 빨랐고 전염력도 강했다. 간신히 피해 지역을 격리하고 사제들이 바쁘게 움직이며 치유를 시작했지만 초기의 피해가 커 진정시키는 것이 쉽지 않았다.

많은 사람들이 자기들이 가진 것들을 내놓고 서로 자기가 돕겠다며 발

벗고 뛰어들었지만, 사람들의 호의에도 불구하고 그 모든 구호 업무를 총괄하고 정리해 줄 영주가 없으니 모든 것이 제대로 돌아가지 않고 있었다.

구호물자의 보급에 관한 위급한 서류들이 밀려 들어와 쌓이고 있었지만 허락해 줄 수 있는 사람도 책임질 수 있는 사람도 없었다. 체계와 명령, 영주의 허락, 권한과 자격이 있는 사람의 통제가 필요했다.

리에타는 반쯤 제정신이 아닌 상태로 킬리언의 집무실에 뛰어들어가 영주의 인장을 꺼내 들었다. 그리고 목을 내놓을 각오로 필요한 모든 서류에 직접 영주의 직인을 찍었다.

스스로가 저지른 일에 충격을 받을 새도 없었다. 그것을 시작으로 리에타는 모든 구호 막사의 관리와 지원을 총괄 지휘하기 시작했다. 그러나 아무도 그녀가 무단으로 영주 대리를 하는 데에 이의를 제기하지 않았다. 레너드도, 에른도, 관리들도, 황제의 전투 사제들이나 심지어 리에타 자신조차도.

그녀에게는 지난여름 실제로 구호 막사를 뛰어다니며 역병 구호를 했던 경험과 킬리언의 영주 업무를 보좌한 경험이 있었고, 모두가 인정하는 킬리언의 절대적인 신뢰와 총애가 있었다. 리에타는 킬리언이 없는 악시아스에서 그를 대신할 수 있는 유일한 사람이었다.

구호 현장에 달려 나간 리에타는 신성력을 쏟아붓고 서류를 처리하고, 다시 신성력을 쏟아부으며 일했다. 신성 능력자로서의 일부터 틈틈이 밀려드는 영주 대리로서의 업무까지, 정신없이 움직이며 온몸으로 뛰었다.

악시아스는 넓었고 신성 능력자의 수는 부족했다. 악시아스에 남아 있던 전투 사제 전원과 악시아스의 신성 능력자들이 총동원되었지만 다친 사람들을 치료하고 악마들이 더 이상 접근하기 어렵게 정화와 축성을 펼치는 것도 힘에 부쳤다.

우울감에 빠져 있을 여유 따위는 없었다. 아무것도 생각할 수 없었다.

킬리언이 자리를 비운 지금, 악시아스를 지켜야 했다.

"여기요! 여기요! 우리 아버지 좀 도와주세요!"

울음 섞인 외침들이 사방에서 터져 나왔다. 경기를 일으키는 환자에게 페닐 아주머니가 달려갔다. 아주머니는 빠른 손놀림으로 환자의 붕대를 갈고 응급 처치를 하고 있었다.

삼 일 전 구호 막사에서 페닐 아주머니를 만난 후에야 리에타는 아주머니가 악시아스에 정착하기 전에 직급 높은 종군 간호사였다는 걸 알았다.

"리에타, 성수가 떨어졌어! 물 항아리에 축성을 해 줘!"

그날의 네 번째 구호 막사에 들어서자마자 인사할 틈도 없이 페닐 아주머니의 명령이 떨어졌다. 막 도착한 리에타는 상황을 살피지도 못하고 급히 외투를 벗어 던지고 보급소 쪽으로 달려갔다.

그러나 가던 도중 당장 치유가 필요해 보이는 위급한 환자가 있어 멈춰야 했다. 그 환자가 가까스로 위기를 넘기자 또 다른 환자. 그리고 또 다른 응급 환자.

"축성술사님! 성수!"

당장 성수가 필요하다는 다급한 외침이 의사들에게서 다시 터져 나왔다. 축성을 시작하기 전까지 몇 명의 환자를 봤는지조차 기억이 나지 않는다.

"괜찮다며…… 괜찮다며!"

그녀와 함께 어제까지 구호 막사에서 몸 부서져라 봉사하던 축성술사가 숨이 끊어진 자신의 동료를 안고 울부짖었다.

"이렇게 가면 나는 어떡하라고!"

위급하던 다른 환자를 간신히 살려 놓고 달려가던 리에타는 이미 늦은 걸 알고 멍하니 멈춰 섰다. 눈물을 참으며 주먹을 틀어쥐었다가 힘없이 푼 사제가 망자의 머리와 가슴 위에 성호를 그었다.

"……시엘의 품에서 평온하시기를."

축성술사가 오열했다. 사제가 그의 옆에서 기도를 올려 주고, 들썩이는 축성술사의 어깨를 두드려 주었다. 그걸 바라보는 리에타의 마음도 아득한 절망에 떨어졌다. 눈앞이 캄캄했다.

하지만 슬픔에 쓸 수 있는 시간은 길지 않았다. 숨 쉴 틈 없는 막사에서 그 몇 초의 애도도 최대한의 사치였다. 그들이 필요한 곳이 너무 많았다.

사제는 또 다른 환자를 살리기 위해 일어나 달려갔다. 리에타도 울면서 다른 환자를 향해 달려갔다. 몇 시간 후 그 축성술사 역시 해쓱해진 얼굴로 다른 환자를 살리기 위해 이를 악물고 신성력을 끌어내고 있었다. 눈물 자국은 얼굴에 튄 피와 땀, 성수에 묻혀 이미 찾을 수 없게 되었다.

"……그날 추격해서 섬멸했어야 했어요. 악마들이 모여 있을 때……."

에밀라이 대사제가 참담하게 중얼거렸다. 그날 이후 며칠간 악마들은 방비가 약한 지역을 골라 화재와 역병을 일으키며 양민들을 학살했다.

보호해야 하는 범위가 넓고, 사제들의 수는 부족하다는 걸 깨달은 악마들이 소수의 병력으로 유격전을 벌이고 달아나기를 반복하며 힘을 모으기 시작한 것이었다.

사람들의 죽음과 슬픔을 먹은 하급 악마들은 빠르게 중급 악마로 성장하고 있었다. 첫날의 전투 이후 겨우 백 남짓 남아 있던 가시화된 악마들의 숫자는 비약적으로 불어났다. 세력을 잃었으니 사람들에게 공포와 비탄을 조장해 자신들의 숫자를 늘린 뒤 총공격을 펼치려는 악마들의 계산이었다.

사제들이 미처 방비하지 못한 곳엔 어김없이 화마가 일으킨 불벼락이 떨어져 화재가 나고, 역병이 일어났다. 악마들은 사제들이 없는 틈을 노려 집중적으로 피해를 일으키고 전투 사제들이 달려가면 재빨리 달아났다.

전투 사제들이 긴급히 모여 악시아스 전체에 거대한 마법진을 그리고 보호 결계를 생성한 후에야 악시아스는 잠시나마 평화를 되찾고 부상당한 사람들을 실어 날라 치료할 수 있게 되었다.

"……화재로 인한 피해가 큽니다. 불에 대한 사람들의 공포가 화마를 더욱 강하게 만들고 있고요."

"열심히 정화를 하고 있고 역마가 붙어 있지 않은데도 역병이 잘 낫지 않고 있습니다. 그건 이 일대에 역마들의 힘이 집중되고 있다는 뜻입니다."

"오트낭 지원군과 사제들이 돌아오기 전에 총공격을 당한다면 정말로 위험해요."

오트낭 지원군으로 나갔던 사람들이 빨리 돌아와 주어야 했다. 결계가 쳐진 후 공격은 잦아들었지만, 악마에 대해 사람들이 품는 어쩔 수 없는 두려움이 또 다른 역병이 되어 번져 가고 있었다.

리에타와 젊은 사제들을 포함해 악시아스에 본래 있던 신성 능력자들도 총동원되었지만 본래도 수가 많지 않고, 그나마 치유나 구마가 가능한 수준은 네 명뿐이었다.

그들이 이십여 명의 전투 사제들과 함께 끊임없이 광역 정화를 펼치고 결계 안을 신성한 환경으로 유지하며 치유를 하고 있었지만 역부족이었다.

사람들이 고전하는 사이에 고위 악마들은 하급 악마를 중급 악마로 키워내는 데 힘을 집중시키며 빠르게 세력을 불리고 있었다. 정찰병들이 그들의 동향을 지속적으로 파악하고 보고했다.

그리고 악마들의 움직임을 관측하던 그들의 시야에 기이한 모습이 포착되었다. 해골이 덕지덕지 뭉쳐 붙은, 불길한 검은 기운을 내뿜으며 흐늘거리는 거대한 탑 같은 것이.

보고를 들은 리에타와 사제들의 얼굴이 창백해졌다. 새로운 고위 악마가 태어나고 있었다.

   일주일째였다. 우르르르릉……. 땅이 울리는 소리와 함께 탁자 위에 놓인 컵이 다다다닥 잘게 진동했다.

"아."

   컵에 담긴 물이 찰랑이며 살짝 넘쳤다. 진동은 이내 멈췄다. 결계 외곽을 지키던 막사의 병사들이 불안한 눈빛으로 서로 눈빛을 교환했다.

   모두가 사제들 쪽의 기색에 촉각을 곤두세웠다. 그러나 사제들 쪽에선 별다른 이야기를 전해 오는 기색이 없었다. 모닥불이 어지럽게 흔들렸다. 한참 동안이나 광역 정화를 펼치고 있다가 간신히 한숨을 돌린 사제에게 병사가 다가가 물었다.

   "……어제부터 자꾸 땅이 흔들리네요. 혹시 악마의 짓일까요?"

   사제는 고개를 저었다.

   "아뇨. 악마의 기운은 없습니다. 자연 발생한 지진 같습니다."

   "그런가요? 여긴 지진이 흔하지 않은데 드문 일이군요."

   악마가 아니라는 말에 병사는 안심하면서도 불안한 표정이었다. 그들 쪽에 이목을 집중시키고 있던 병사들도 마찬가지였다. 그들이 있는 지역은 사제들이 생성해 낸 결계로 보호되고 있었다. 그것을 뚫고 악마가 들어온 것은 아니라니 다행한 일이었지만, 원인을 알 수 없는 진동은 그 정체를 모른다는 것만으로도 불안했다.

   사제들로서도 원인을 알 수가 없었다. 이따금씩 느껴지는 이상한 진동에 사제들도 평소보다 신경을 곤두세워 정화를 펼치고 악마의 기운이 있는지 탐색하고 있었지만 그런 낌새는 느껴지지 않고 있었다.

"악마들이 어딘가에서 결계를 파괴하려고 시도하고 있어서 진동이 전해지는 것일지도 모르겠습니다. 곧 수도원에서 회의가 열리니 사제님들과 상의해 보겠습니다."

이런 상황에서 일반인은 전적으로 신성 능력자에게 의존할 수밖에 없었다. 사제들이 악시아스를 지키기 위해 꽤나 무리하고 있다는 걸 알고 있었지만 병사는 묻지 않을 수 없었다.

"혹시 결계가 부서질 수도 있을까요?"

사제는 자신 있는 태도로 말했다.

"충분히 버틸 수 있습니다. 그리고 대공 전하께서 곧 돌아와 주실 테고요."

녹턴에게서 반가운 편지가 도착한 참이었다. 녹턴이 무사히 편지를 전달해 킬리언이 악시아스에 닥친 위기를 파악했고, 최대한 빠르게 돌아오고 있다는 소식이었다.

그들이 곧 돌아올 것이다. 악마들의 수는 아직 천에 미치지 못했다. 이 정도면 그들이 돌아올 때까지 충분히 버틸 수 있을 것 같다.

우르르르르르릉……. 불안하게 흔들리는 땅 위에서 개미들이 움직이고 있었다.

다시 땅이 흔들리기 시작했다. 근 이틀 동안 그랬던 것처럼 곧 잠잠해질 거라 생각했지만, 진동은 점점 커져만 갔다. 드드드드드드. 선반이 쓰러지고 구호 물품들이 죄다 쏟아졌다. 광역 정화나 치유를 펼치던 사제들이 당황하며 두리번거렸다. 병사들이 불안해했다.

"정말 자연적인 지진입니까?"

"네. 악마의 기운은 느껴지지 않습니다."

공기는 완벽하게 깨끗하고 신성했다. 그러나 진동은 점점 심해져만 갔다.

벽에 균열이 생기고 건물이 흔들렸다. 덜컹이던 창문이 창틀과의 유격에 금이 가고 깨어졌다. 악시아스에서 일찍이 겪어본 적 없는 큰 지진이었다.

"어, 어떻게 된 겁니까. 정말 악마가 아닙니까?"

"네, 아닙니다!"

악마가 아니라면서도 이상을 느낀 사제들은 당황한 표정이 되어 본능적으로 신성력을 개방하고 있었다. 이상하다. 확연히 공기가 뜨거워지고 있었다. 엑시티우스? 사제들이 신성력을 넓게 펼쳐 주변을 살폈다.

"없어…… 없어! 악마는 없다고!"

닿는 것은 서로의 신성력뿐이었다. 차라리 악마의 기운이라도 명확히 느껴지면 이렇게 당황스럽진 않을 것이다. 중앙 막사에서 회의를 하던 리에타와 사제들이 탁자를 붙잡고 자세를 낮추어 흔들림을 견뎠다. 별안간 리에타가 하얘진 얼굴로 입을 가렸다.

"따, 땅속……."

"네?"

"결계가 땅속 어디까지 뻗어 있죠?"

바덴 대사제가 황급히 고개를 저었다.

"땅 밑은 저도 경계하고 있지만 신성한 기운뿐입니다. 악마의 기운은 없……."

리에타가 버럭 말을 끊으며 소리쳤다.

"어디까지요!"

설마? 아마도 리에타가 생각하는 것과 같은 것을 떠올린 듯한 전투 사제 하나의 얼굴이 새하얗게 질렸다. 벼락같은 깨달음이 머리를 강타했다.

결계는 반구형이었다. 사람도 없는 땅속 깊은 곳까지 넓게 신성력을 펼쳐 둘 정도로 여유 있는 상황도 아니었고 보통 그렇게 하지도 않았다.

그래서 발밑 몇 미터 내에 악마가 접근하는 기운이 없고 이곳은 이미 신성력에 둘러싸여 있다는 데만 생각이 미쳐 있었다. 며칠째 엑시티우스가 보이지 않고 있었다. 그저, 정찰병들이 발견하지 못한 어딘가에 있을 거라고 생각하고 있었는데.

발견할 수 있을 리가 없었다. 결계가 닿지 않을 정도로 지하 깊은 곳에 있었다면. 에밀라이 대사제가 벌떡 일어나서 소리쳤다.

"따, 땅속이다! 엑시티우스가 땅속의 용암을 끓어오르게 하고 있었어!"

에밀라이 대사제와 바덴 대사제의 몸에서 폭발적으로 구마의 신성력이 터져 나왔다. 대사제를 비롯해 몇 명의 민첩한 사제들이 땅속 깊은 곳을 향해 날카로운 신성력을 확장시켰다.

그러나 까마득하게 깊은 지하에는 화마의 흔적만 남아 있을 뿐, 이미 악마의 본체는 그곳에서 몸을 빼낸 후였다.

"땅속으로 정화를!"

사제들이 신성력을 개방하고 땅속의 뜨거운 것을 닥치는 대로 정화하기 시작했다. 그러나 여태까지 계속 느끼고 있었던 것처럼 그곳에는 거의 악마의 힘이 남아 있지 않았다.

사악한 화마는 이미 그 자리에 없었다. 하지만 화마의 열기가 사라진 후에도 그저 자연의 섭리에 의해 위로 밀어 올려진 뜨거운 용암은 땅의 등을 터뜨리고 주변에 있는 모든 것들을 집어삼키며 무시무시한 속도로 대지 위를 내달리기 시작했다.

시작은 악마의 힘이었으나 이제는 자연의 재앙이 된 용암이 결계에 보호받고 있던 악시아스 내부를 덮쳤다. 꿍음과 함께 메마른 땅의 등이 터지며 시뻘건 용암이 솟구쳐 올랐다.

당황한 사제들이 신성력을 일으켜 용암에 대응하려 했지만, 악마의 힘으로 지하 깊은 곳에서 뜨거워진 대지의 격류는 이미 자연의 일부가 되어 있었다. 더 이상 악마의 힘이 개입하고 있지 않은 자연의 재앙은 신성력으로 막아 낼 수 없었다.

지진이 일어나기 시작했다. 흔들리며 갈라진 땅으로 용암이 노도처럼 밀려들었다. 사람들이 정신없이 대피하는 동안, 그걸 어떻게든 신성력으로 막아 보려 하던 사제들과 축성 능력자들이 가장 먼저 위험에 처했다. 회의실에 모여 있던 사제들이 튀어나와 용암 앞을 무모하게 막아선 사제들의 뒤에서 목이 터져라 소리쳤다.

"막으려고 하지 말고 달아나!"

땅속에서 꿈틀거리며 분출구를 찾던 용암은 땅이 갈라진 곳을 출구 삼아 마구 쏟아져 나왔다. 용암이 터져 나오며 동반된 지진이 악시아스 전체를 강타했다.

사방이 흔들리고 건물이 무너졌다. 기사들과 자경대원들이 등으로 무너지는 벽을 받친 채 환자들을 대피시켰다. 머리에서 피를 흘리는 환자가 정신 잃은 환자를 업고 달렸다.

와장창! 창문이 깨지고, 쓰러진 선반과 바구니에서 보급품들이 쏟아져 계단으로 굴러떨어졌다. 기사들이 달려와서 쓰러진 역병 환자들을 업고 뛰었다.

"쳇. 좀 더 중앙에서 터졌으면 좋았을걸. 맘대로 안 되네."

하늘을 향해 난 두 개의 검은 뿔을 가진 화마, 엑시티우스가 몸에 붙은 흙을 불길로 확 말려 털어 내고 악시아스를 내려다보며 혀를 찼다.

아무튼 그럭저럭 결계 안에서 터진 건 성공적이다. 사제들도 몇 죽었는지 결계도 약해졌고…….

엑시티우스가 손가락을 들어 악시아스를 감싼 반구형 빛의 장막의 변두리를 가리켰다.

"저쪽을 부수면 아예 열릴 것 같지 않수?"

"……."

뒤에선 대답이 없었다. 엑시티우스가 한쪽 눈썹을 찡그리며 뒤를 돌아
보았다. 해먹에 몸을 파묻은 남자는 팔짱을 낀 채 얼굴 위에 책을 덮어 두
고 있었다. 엑시티우스가 손을 퉁기자 사내가 얼굴 위에 덮어 둔 책이 화
르륵 불길을 일으키며 사라졌다.

"거 사람이, 아니 악마가 말을 하면 좀 보쇼."

귀를 감싸듯이 앞으로 굽은 뿔을 가진 금발의 남자는 조금 느리게 눈을
뜨더니 눈동자만 돌려 해먹의 그물 사이로 무심히 엑시티우스를 바라보
았다.

"……저길 포식해 충분히 힘을 얻으면, 약속대로 지옥으로 돌아가는 문
을 여는 데 협조해라."

딱히 조심해 주지 않았지만 머리카락은 물론 눈썹 하나 상하지 않았다.
상성상 역마는 화마에게 약한데도, 새파랗게 어린 화마의 불길 따위 신경
도 쓰지 않는다는 태도였다. 엑시티우스가 눈을 찌푸리며 답했다.

"알았다고. 지옥에 뭐 꿀단지 숨겨 두셨어? 요새 같으면 인간계가 더 꿀
인데 왜 내려가질 못해 안달이래?"

해먹 위의 남자는 관심 없다는 투로 다시 하늘을 쳐다보며 툭 다리를
꼬았다.

"단 거 찾는 건 너 같은 어린애들이나 하는 거지."

엑시티우스가 불퉁하니 뱉었다.

"페스티스는 당신 같지 않던데."

"그래서 나보다 일찍 뒈졌잖아."

"무슨 웃기지도 않은 궤변이람."

모르비두스가 팔짱을 풀고 아공간에서 꺼낸 다른 책을 펼쳐 다시 얼굴

위를 덮었다.

"집이 최고야. 난 지옥으로 돌아가서 가늘고 길게 살련다."

"호랑이 채식하는 소리 작작 하쇼."

모르비두스가 입매를 끌어 올리며 책 아래서 피식 웃었다. 엑시티우스가 투덜거렸다. 차려진 밥상 마다하기는.

"뭐, 알았수다. 노인네 소식하고 장수하시겠다는데 젊은이가 존중해 드려야지."

모르비두스가 머리 뒤에서 손깍지를 꼈다.

"너도 적당히 하고 내려와. 네놈, 인간에게 영향을 너무 많이 받고 있는 거 같으니까."

"내가? 저언혀요."

"입에 달고 다 좋은 거 아니다."

"난 먹고 싶은 거 실컷 먹고 일찍 뒈질랍니다."

엑시티우스가 허공에서 칼을 뽑아내었다. 불길에 감싸인 커다란 시미터*가 그의 손에 들렸다. 화마의 노란 눈이 악시아스를 향해 내려갔다.

"슬슬 갑시다."

모르비두스가 뒤쪽에서 검은 연기를 내뿜고 있는 해골들의 탑으로 힐끗 시선을 던지며 말했다.

"저 녀석 곧 각성할 것 같으니 난 좀 있다가 함께 가겠다."

"오. 그래요? 빠르네."

엑시티우스가 모르비두스의 시선을 따라 갓난쟁이 고위 악마를 돌아보고 히죽 웃었다.

"꼬마 덕에 잔칫상 한번 거하게 받겠군."

해골 탑, 그러니까 각성을 앞두고 잠들어 있는 고위 역마의 몸에서 검은 기운이 일렁였다. 새로 태어난 고위 악마는 처음엔 저런 모자라 보이는 모습이지만, 충분한 힘을 얻어 이름과 자아를 갖게 되는 '각성'을 거치면 비로소 완전한 고위 악마가 된다.

각성이 일어날 때 고위 악마가 발산하는 절제되지 않은 파괴력과 에너지는 엄청나다. 비주얼도 제법 끔찍하니 훌륭하고.

새로 태어난 고위 악마의 각성. 그것도 역마라. 인간들에게 아주 좋은 공포가 될 것이다. 엑시티우스가 가볍게 고개를 좌우로 꺾고 무기를 쥔 팔을 들었다.

"그럼 나는 먼저 가 있겠수다. 용암이 생각보다 빠르게 식고 있어서. 전투도 타이밍이 있으니 너무 늦지는 마쇼."

모르비두스 대신, 엑시티우스를 따르는 화마들이 눈과 입에서 불을 뿜으며 포효했다.

～∾⦿∾～

거리는 주홍빛 강이 흐르는 끔찍한 용광로가 되어 있었다. 기사들과 자경단원들이 용암이 밀려오는 거리 앞에서 악을 쓰며 대피하라고 소리쳤다. 노약자나 아이들이 있는 집은 이웃들과 기사들이 문을 떼어 내고 쳐들어가 직접 사람들을 업고 나와 달렸다.

최초의 용암 폭발이 일어난 곳에선 막대한 사상자가 발생했지만, 불행 중 다행으로 용암은 빠르게 식으며 처음의 속도를 잃어 가기 시작했다.

악시아스의 공기는 차가웠고 바람이 많이 불고 있었다. 땅은 성수를 조달하기 위해 곳곳에 쌓아 둔 물 항아리로 젖어 있었다. 지옥불처럼 끓어

오르던 용암은 차가운 땅과 공기를 만나자 표면이 굳어지며 식어 가고 있었다. 용암이 밀려오는 속도는 느려졌다. 제대로 달릴 수만 있으면 목숨은 건질 수 있을 정도로.

그러나 땅에서 뜨거운 용암이 계속해서 밀려 나오고 있었고, 그것은 찬 공기에 표면이 굳은 용암을 밀어내며 계속해서 몸집을 불리고 있었다. 속도는 빠르지 않았지만 그것은 느리게 축적되며 몸을 부풀려 거대한 재앙이 되어 갔다. 압도적인 용암이 모든 것을 불태우고 녹이고 집어삼키며 퍼져 가고 있었다.

용암만큼이나 큰 문제는 약해진 결계 일부가 부서지며 밀어닥치기 시작한 악마들이었다. 전투 사제들이 이를 악물고 말을 달려 결계의 부서진 곳으로 달려와 구마를 시작했다.

사람들은 결사적으로 저항했지만 지진으로 무너지는 건물에서 대피하고, 용암이 밀려오지 않는 곳으로 달아나는 것만으로도 힘겨웠다.

정신없이 사람들을 구하고 구마를 하다가 사방에서 밀려드는 용암에 둘러싸인 고위 사제 덧시아는 자신이 어디로도 피할 수 없게 되었다는 걸 깨달았다. 전방에서 거대한 용암의 파도가 느릿느릿 밀려오고 있었다.

'신이여.'

출구를 찾던 그녀는 사방을 에워싼 열기와, 서서히 포위망을 좁혀 오며 자신이 선 땅으로 밀려들고 있는 용암을 바라보며 당황과 두려움으로 어쩔 줄 몰라 했다.

어딘가 나갈 곳이 있을 거야. 악마의 농간도 아니고 나 죽으란 듯이 이렇게 용암이 이곳만 에워쌌을 리가 없잖아. 하지만 아무리 뛰어다녀도 나갈 곳은 보이지 않았다.

"자매님!"

퍼뜩 고개를 돌리자, 용암의 강 저편에서 그녀를 부르는 바덴 대사제의 절규가 들렸다.

"자매님! 이쪽으로! 이쪽으로 나와요! 물 항아리를 가져와!"

마지막 말은 주변에 있는 사람들에게 청하는 도움이었다. 딧시아와 바덴은 용암의 강이 가장 좁아지는 곳을 향해 달렸다. 사람들이 성수인지 물인지 모를 항아리를 들고 사방에서 뛰어왔다.

사람들이 들고 온 항아리를 용암의 강 중앙에 내던지자 용암 표면이 새하얀 수증기를 내뿜으며 마른 진흙 껍데기처럼 가라앉았다.

그러나 항아리와 물을 삼키며 검은 암석처럼 변한 용암은 잠시 사그라들었을 뿐, 계속해서 밀려와 흐르는 용암의 강을 끊어 내거나 길을 만들지는 못했다.

아……. 틀렸다. 딧시아 사제가 식는 듯하다가 도로 붉어진 용암 속에 가라앉는 항아리와 달려가는 사람들의 뒷모습을 멍하니 바라보았다.

"더 가져와! 한꺼번에 부어야 해!"

바덴 대사제가 목이 터져라 소리치면서 자기도 물 항아리를 찾으러 뛰어갔다. 딧시아는 고개를 돌려 다가오는 용암을 바라보았다. 밀려오는 용암은 빠르지 않았지만 압도적이었고, 절대적이었다.

용암에 닿은 모든 것이 사라지고 있었다. 밀려드는 용암에 스치며 흔들리던 나무는 불이 붙었다가, 계속해서 밀려오는 용암 덩어리에 삼켜지고 이내 흔적 없이 사라졌다.

땅에 고인 물은 잠시 수증기가 되며 용암을 검게 바꾸는 듯하다가 위에서 밀려 내려오는 새로운 붉은 강에 덮여 사라졌다.

장관이었다. 밀려드는 저것으로부터 달아날 곳이 없지만 않다면 그런 생각이 들 것도 같았다. 말 그대로 거대한 용광로였다.

나 죽는 건가? 나도 저렇게 사라지는 건가?

챙그랑! 항아리 깨지는 소리가 들렸다.

"덧시아 사제님!"

그녀는 고개를 돌렸다.

"리에타 님."

덧시아의 얼굴을 보고, 그녀가 뭔가 포기했다는 걸 깨달은 리에타의 얼굴이 새파래졌다.

이럴 순 없어. 여긴 내게 소중한 곳이다. 하지만 저 사람에겐 그렇지 않아. 당신들은 그저 우릴 잠깐 도와주다가 수도로 돌아가기로 되어 있던 사람들이다. 당신들은 그냥 황제의 심부름으로 잠시 봉사를 온 사람들일 뿐인데.

리에타는 급기야 다가오려 했다. 덧시아가 차분하게 고함쳐 그녀를 저지했다.

"오지 마세요! 다치십니다!"

리에타가 흠칫 멈추어 섰다.

"가세요. 제가 죽으면 결계가 깨질 겁니다. 빨리 가서 그에 대한 대비를 해 주세요."

리에타는 숨이 턱 막힌 얼굴이 되어 입을 벌렸다. '사제님.' 덧시아 사제가 말을 이었다.

"대신 이곳을 성역으로 만들고 가겠습니다."

리에타의 눈이 커졌다. 덧시아 사제가 희미하게 웃는 얼굴로 말을 이었다.

"……이렇게 말했는데 설마 신께서 실패하게 하진 않으시겠죠?"

덧시아가 하늘을 쳐다보며 소리쳤다.

"들으셨죠? 주신이여! 저 성역 선포한다고 유언했습니다!"

덧시아가 홀가분한 얼굴로 눈을 감았다 떴다. 입술 새로 마지막 부탁이 흘러나왔다.

"뒤를 부탁드립니다."

파랗게 질린 리에타는 차마 움직이지 못하고 있었다. 어째서? 황제의 명령이라서? 당신이 사제라서? 리에타의 몸에서 통제되지 않은 신성력이 깊은 슬픔과 두려움에 뒤섞여 혼란스럽게 새어나오고 있었다.

덧시아가 단호한 얼굴로 검지를 든 손을 뻗어 리에타의 뒤를 가리켰다. 그리고 목소리에 신성력을 담아 소리쳤다.

"가세요!"

리에타는 벼락 맞은 사람처럼 움찔했다. 혼란에 빠진 리에타는 신성 권능이 담긴 강력한 명령을 거부하지 못했다. 리에타는 후들거리는 다리로 돌아서서 달려갔다. 덧시아는 그 뒷모습을 잠시 멈춰 서 바라보았다.

저분께서도, 바덴 대사제께서도 너무 슬퍼하시지 않기를.

덧시아가 뒤로 돌아서서 다가오는 용암을 마주했다. 바닥에 무릎을 꿇고 앉아 자신에게 남은 신성력을 가늠해 보았다. 된다. 이건, 된다. 한 번도 해 본 적 없지만, 실패하지 않으리라는 확신이 들었다.

"힘을 주세요."

안 돼도 되게 한다. 되게 하실 것이다.

"……용기를 주세요."

……숨이 막혀. 다른 사람 앞에선 강한 척했지만 혼자가 되니 비로소 마주한 두려움에 몸이 떨렸다. ……죽고 싶은 건 아니야. 하지만 피할 수 없다면, 무의미한 죽음은 되고 싶지 않아.

허락된 시간. 남은 힘. 내게 허락된 마지막 임무.

덧시아는 눈을 감았다. 왜가 어떻어. 개죽음 당하느니 그냥 하고 싶은 대로 하는 거지. 적어도 한 사람 이상을 구할 수 있는 의미 있는 일이 되기를. 반드시 성공시켜야 할 일이 있다는 생각이 들자 마음속에 두려움이 파고들 여유가 아주 조금은 뒤로 밀려나는 것 같다.

덧시아가 고개를 숙이고 손을 모아 기도를 시작했다. 그녀의 몸을 중심으로 거대한 신성력이 휘몰아치기 시작했다.

깨진 결계를 틀어막으며 악시아스 남동쪽에 사제의 성역이 선포되었다. 결계의 깨진 틈새로 밀려들던 중급 악마들이 몸을 태우는 강렬한 신성력에 기겁하며 물러났다.

신성력의 소용돌이에 비로소 정신을 차린 리에타가 퍼뜩 고개를 돌렸다. 신성 명령에서 벗어나 다리에 힘이 풀린 리에타는 주르륵 무너지듯 주저앉았다.

악시아스 남서쪽에 두 번째 성역이 선포되었다. 수도원이었다.
뷔테르의 성역이었다.

리에타가 아연한 눈으로 아비규환이 펼쳐진 악시아스를 바라보았다. 안 돼. 악시아스는 안 돼. 이번에도 구하지 못하는 건 싫어. 비틀비틀 일어나려는 순간, 쿵 하고 귓가에 울리는 목소리가 발목을 잡았다.
'왕녀님은 당신이 라멘타로부터 자유롭고 평범한 삶을 살길 바랐거든요.'
리에타는 멍하니 멈추어 섰다.
'가세요!'
딧시아 사제의 모습 위에 자신을 막아서던 어머니의 환영이 겹쳐졌다.
'우리 딸. 넌 자유롭게 살아. 내가 너만은 그렇게 살게 만들어 줄 테니까.'
……나는 자유로운 삶을 살았나?

두 개의 성역으로 결계의 깨진 부분이 완벽하게 틀어막혔다. 물밀 듯 밀려들던 악마들은 견디기 어려운 신성력에 온몸이 타며 달아나거나 구마되었다. 회심의 공격을 아슬아슬하게 틀어막힌 엑시티우스는 이를 악물고 뒤로 물러섰다.

정말 가지가지 하는군. 사제 놈들, 성가셔! 분노한 엑시티우스가 약해진 결계 위에 불벼락을 떨어뜨리기 시작했다. 불안정해진 결계는 하얗게 금이 가며 흔들리기 시작했다.

"오래 버티지 못합니다!"

사제들이 절박하게 소리쳤다.

그 순간, 악시아스 성 망루 위에 선 파수병의 시야에 무언가가 포착되었다. 먼 지평선 끝에 흙먼지를 일으키며 무시무시한 속도로 한 무리의 사람들이 말을 타고 달려오고 있었다. 그 사이에 악시아스의 깃발과 전투 사제단의 깃발이 보였다.

"영주님…… 영주님!"

무리의 선두에 선 흑마를 발견한 파수병의 입에서 저도 모르게 격한 중얼거림이 튀어나왔다. 제발 내가 헛것을 보고 있는 게 아니길! 황급히 파수병이 주변을 둘러보았다.

정신없이 악마들의 동향을 살피던 파수대 위의 파수꾼들은 어느새 모조리 한 곳에 시선을 집중하고 있었다. 모두의 표정이 똑같았다. 그 순간 한 파수병이 목이 터져라 소리쳤다.

"영주님이 돌아오셨다!"

망루 위에서 터져 나온 외침이 악시아스 성벽 아래로 메아리가 되어 퍼져나갔다.

"전투 사제들이 돌아왔다!"

기사들과 기병대, 전투 사제들, 그들을 이끌고 킬리언이 말을 몰아 달려오고 있었다.

"영주님이 돌아오셨다!"

희망에 찬 메아리가 악시아스를 울렸다.

눈을 감고 계속해서 기도하며 죽음을 기다리던 딧시아 사제가 얼굴 위에 떨어진 차가운 감각에 퍼뜩 눈을 떴다. 딧시아 사제의 눈이 커졌다. 거짓말처럼 비가 내리기 시작했다.

그녀가 위로 멍하니 고개를 들었다. 밀려들던 용암이, 비를 맞아 시커멓게 응고되기 시작하며 그녀의 무릎 앞에서 멈추어 서 있었다. 용암에 닿은 사제복 끝이 까맣게 그슬려 타들어 가다 막 불이 붙는 참이었다.

"앗뜨뜨뜨뜨!"

딧시아 사제가 화들짝 놀라 무릎을 당기며 엉덩방아를 찧었다. 정신없이 치맛자락을 두드려 불을 끈 사제는 멍청한 얼굴로 하늘을 올려다보았다.

거리의 모닥불이 죄다 꺼졌다. 거리를 채운 들끓는 용암이 빠른 속도로 식어 가기 시작했다.

"신이여!"

"비가 온다! 비가!"

외치는 사람들의 목소리엔 울음기마저 어려 있었다.

"비다……. 비다! 이제 살았어!"

비를 맞은 용암이 진흙처럼 굳으며 흘러가는 속도가 확연히 줄어들었다. 사람들이 팔을 벌리고 기뻐하며 비를 맞았다.

비는 용암 표면을 잿빛으로 식히며 하얀 수증기가 되어 하늘 위로 다시 올라갔다. 상승기류가 되어 엄청난 속도로 올라간 수증기는 북방의 찬 공기와 만나며 악시아스 상공에 괴물 같은 적운을 만들어 내었다.

우르르릉! 구름 사이에서 빛이 번쩍이며 천둥이 쳤다. 그리고 점점 더 큰 비가 되어 쏟아져 내리기 시작했다. 사람들이 모두 '신이여'를 외치고 있었지만, 사제들은 무어라 형용하기 어려운 듯 당황한 낯빛이 되어 할 말을 잃었다.

이건 틀림없이 악마의 힘이었다. 모여들고 있는 비에서, 격이 높은 수마 水魔의 기운이 느껴지고 있었다. 에밀라이 대사제가 주먹을 틀어쥐고 눈을 크게 떴다. ……칼리고 백작!

어찌할 바를 모르는 사제들을 향해, 그녀가 강한 신성력을 담아 소리쳤다.

"정화하지 마! 비가 용암을 식히도록 내버려 둬라!"

그녀는 실험에 대해 아주 긍정적인 태도를 가진 사람은 아니었다. 그러나……. 그녀는 아연한 빛으로 하늘을 올려다보았다. 이게 사람의 힘? 대공 전하의 명으로 오트낭 지원군에 종군했다더니. 함께 돌아왔구나.

"뭐야, 이거……!"

엑시티우스가 격노하며 몸을 떨었다. 악시아스의 불이 모조리 꺼지고, 화마들이 힘을 잃어 가고 있었다. 화마는 수마의 힘에 절대적으로 약했다. 게다가 악시아스에 기껏 만들어 놓은 용암이 모두 굳어가고 있었다.

분노한 엑시티우스가 주변을 둘러보며 수마의 힘의 근원을 찾았다. 분명 악마의 힘인데, 악마의 위치를 찾을 수가 없었다. 어디 숨어 있는 거지? 어째서 방해하는 거야!

화가 난 엑시티우스가 홱 물러서며 몸을 돌려 모르비두스가 있던 저쪽 절벽을 바라보았다. 물에 절대적으로 강한 악마가 그곳에 있었다.

빌어먹을 인간들! 내가 힘을 쓰지 못한다고 끝이라고 생각하는 건 아니겠지? 절벽에 걸터앉아 아래를 내려다보던 모르비두스가 무표정한 얼굴로 손을 들었다.

각성을 앞둔 고위 역마가, 대악마 모르비두스의 명령에 따라 악시아스를 향해 발을 내디뎠다.

기괴한 형상의 거대한 검은 악마가 악시아스를 향해 걸어갔다. 터억…… 터억……. 내딛는 발걸음마다 땅이 새카맣게 변하며 풀들이 곪아 죽었다. 역마의 형형한 기운이 모든 것을 오염시키며 사방에서 몰려 오는 고통과 공포를 빨아들이고 있었다. 그 뒤를 따라 수백의 역마들이 밀려들었다.

은신한 채 절벽 끝에 걸터앉은 모르비두스는 무표정한 얼굴로 턱을 괴고 그 광경을 내려다보았다. 그대로 문을 향해 발을 옮기다가, 쿵 하고 결계에 부딪힌 어린 역마는 찌릿하고 불쾌한 느낌에 비틀거리며 물러났다. 역마가 고개를 갸웃하며 자신의 몸을 가로막은 투명한 벽을 올려다보았다.

어깨를 늘어뜨리고 구부정하게 선 검은 악마의 몸에 거대한 기운이 모이기 시작했다. 역마가 손처럼 보이는 신체 부위를 쳐들었다.

콰앙! 엄청난 에너지가 결계를 두드렸다. 결계가 파직거리며 신성력이 흔들렸다.

콰앙! 순간적으로 가느다랗게 금이 간 결계가 아슬아슬하게 회복했다.

콰앙! 역마가 다시 한번 내리쳤다.

리에타가 고개를 들었다. 멍한 하늘색 눈에 악시아스를 물들인 붉은 하늘이 비쳤다.

'아무도 당신이 그들의 후손이라는 걸 알지 못할 거예요. 당신이 스스로 그걸 부수기라도 하는 게 아니라면, 그냥 평범한 신성 능력자로 보일 뿐일 테니, 원한다면 숨어 살 수 있어요.'

숨어서…… 아무도 모르게…… 평생.

'당신 인생이니까. 선택권이 당신에게 있어야 한다고 생각했을 뿐이야. 나는 당신의 선택을 존중할 거예요.'

리에타의 눈에 눈물이 고였다. 킬리언. 나는 차라리 당신이 결정해 주길 바랐다. 이 모든 일…… 어쩔 수 없으니까……. 조금은, 당신에게 선택을 미루고 싶었다. 만약 당신이 옆에 있어도 된다고 말해 준다면…….

'당신은 어머니의 유산을 물려받을 건가요? 아니면, 그 유산을 당신에게는 물려주지 않겠다는 어머니의 유지를 따를 건가요?'

리에타가 발밑을 내려다보았다. 하얀 양산에 가득 찬 연보라색 꽃잎이 양산 밖으로 넘쳐흘러 떨어지고 있었다.

'당신은 당신이 원하는 대로 살아요. 그게 그분이 당신에게 주려던 삶이기도 하니까.'

리에타가 손을 뻗는 순간 그 꽃잎들은 화악 소리와 함께 신성력의 잔상으로 흩어지며 수정 구슬이 박힌 나무 지팡이의 모습으로 바뀌었다. 하늘색 눈동자에 불길 같은 빛이 일기 시작했다.

리에타가 자신의 손가락 끝을 깨물어 피를 내었다. 피가 나는 손가락을 백마의 머리에 축성하듯 가져다 대고 중얼거렸다.

"부탁해. 티그리스."

흙탕물을 박차며 말발굽 소리가 내달렸다.

"아……아윽!"

"이, 이상해. 비가, 뭔가 이상해……!"

비를 맞으며 환호하던 사람들이 비명을 지르며 쓰러져 구르거나 달아나기 시작했다. 일대에 있던 사람들의 피부가 엄청난 속도로 괴사하기 시작했다.

새로 태어난 역마의 첫 번째 권능. 모든 신성력을 무시하고, 주변 사람들에게 역병을 일으키는 권능이, 위대한 고위 악마의 힘을 빌어 사방으로 뻗어 나갔다.

말을 타고 달려온 리에타가 사제들에게 소리쳤다.

"비를 정화해요!"

에밀라이 대사제가 퍼뜩 놀라며 그녀를 돌아보았다. 리에타는 칼리고 백작의 힘에 대해 모른다!

"수마의 기운이라면 괜찮습니다! 저흴 돕고 있는 것이니 내버려 두십시오! 비가 용암을 잠재우고 있으니 이대로⋯⋯!"

리에타가 세차게 고개를 저으며 소리쳤다.

"안 돼요! 상공에 퍼져 있던 역병의 씨앗이 비에 씻겨 내려오고 있어요! 정화해야 해요! 악시아스 사람들이 전부 역병에 걸릴 거예요!"

상상하지도 못한 위험에 경악한 사제들이 하늘을 쳐다보았다. 사태를 파악한 콜브린이 기뻐하며 비를 맞던 사람들을 향해 소리를 지르며 달려갔다.

"빗물 안에 역병의 씨앗이 들어 있어! 전부 건물 안으로 들어가!"

리에타가 고개를 돌렸다. 그녀가 티그리스의 고삐를 쥐고 사제들에게 소리쳤다.

"에밀라이 대사제님, 밀런 사제님, 월셔 사제님! 남쪽을 제외한 악시아스 전체에 흩어져 성역을 선포해 주세요!"

"네?"

다른 사제가 당황해 소리쳤다.

"리, 리에타 님! 성역 선포는 자격이 부족한 사제가 시도하면 목숨을 걸어야 하는……!"

세 사제가 이의를 제기하려는 사제의 말을 끊고 동시에 대답했다.

"가능합니다!"

"할 수 있습니다!"

"하겠습니다!"

리에타는 감격하지 않았다. 그들의 대답은 알고 있었다. 영안이 한계까지 개방된 리에타의 눈엔 그들이 가진 신성력이 잠재력까지 훤히 보이고 있었다. 저 세 사람이라면 할 수 있다. 남은 악시아스 전역에 성역을 펼치고. 남쪽에는…….

콰앙! 쩌쩌쩍! 결계 남쪽에 크게 금이 갔다. 모든 사제들의 경악한 듯한 시선이 남쪽으로 향했다. 병사들이 절규했다.

"남쪽 문에서 새로 태어난 고위 역마가 들어오고 있어요!"

에밀라이 대사제가 다급하게 나섰다.

"제기랄! 제가 남쪽으로 가겠습니다!"

그러나 리에타가 나서려는 그녀를 저지하며 말했다.

"아뇨. 그쪽으로는 제가 가요."

남쪽을 맡을 수 있는 건 나뿐이었다.

"추, 축성술사님!"

콜브린이 기겁해 그녀를 붙잡으려 했다. 리에타가 말을 달리기 시작했다. 그는 그녀를 붙잡지 못했다. 콜브린이 뒤에서 절규했다.

"안 됩니다!!!"

그녀의 몸에서 터져 나오는 기운이 어딘지 낯익다는 걸 깨달은 에밀라이 대사제가 그녀의 뒷모습을 멍하니 응시했다. 이 기운은……?

백마를 타고 달려 나간 악시아스 성의 축성술사가 탑처럼 거대한 역마를 단신으로 막아섰다.

"멈춰."

조그만 인간을 발견한 새로 태어난 역마의 붉은 눈이 반짝, 빛났다.

"더는 허락하지 않는다."

온몸에 죽음을 덕지덕지 묻힌 갓 태어난 악마는 천진하게 고개를 기울였다. 악마의 목에서 기이한 소리가 났다.

"가아아아아?"

리에타가 흥분한 티그리스의 머리를 쓸어 주며 가쁜 숨을 골랐다.

"……모르비두스. 나와."

뻔뻔하기 짝이 없는 명령에 높은 곳에서 내려다보던 엑시티우스가 실소했다.

"무식하면 용감하다더니."

모르비두스는 절벽에 걸터앉은 채, 턱을 괴고 지루한 눈으로 아래를 응시했다. 리에타가 눈앞의 괴물을 가리키며 희미하게 떨리는 목소리로 말했다.

"사람들을 괴롭히고 있는 역병의 권능을 거두고 당장 저 악마를 물러나게 해. 당신보다 격이 낮은 역마니 당신이 조종할 수 있잖아."

시종일관 무표정하던 모르비두스가 피식 웃었다. 절벽 위에 은신하고 있던 악마가 세상에 모습을 드러내며 물었다.

"내가 왜?"

모습을 드러낸 악마가 조용히 한마디를 뱉는 순간 세상이 뒤집어졌다. 악시아스 전역에 퍼지는 무서운 사기에 사제들이 숨을 멈추거나 뒷걸음질 쳤다.

압도적인 힘. 이것이 모르비두스?

엄청나게 멀리 떨어져 있는데도, 자신을 감추지 않은 역마의 기운은 거대한 대악마가 코앞에 있는 것처럼 느껴지게 만들었다. 리에타는 한 발도 물러서지 않은 채 가쁜 숨을 고르며 그를 직시했다.

"역신 모르비두스."

리에타의 입에서 마법어가 흘러나왔다.

그대, 나를 모르는가.

순간, 모르비두스의 얼굴이 굳어졌다.

내 이름은 리에타. ……리에타 에율라티오.

리에타의 몸을 중심으로 연보라색 신성력이 휘돌았다. 엑시티우스의 얼굴에서도 웃음이 걷혔다.

라멘타 최후의 왕녀. 베아트리체의 딸이다.

마법어로 나직이 읊조린 소리를 알아들은 사제들이 자신의 귀를 의심했다. 리에타의 몸에서 폭발한 신성한 기운이 무서운 기세로 사기를 밀어내기 시작했다. 전설 속 대악마를 향해 선 리에타가 어머니의 사역마를 향해 계약의 의무를 고했다.

역신 모르비두스는 에율라티오와의 약속을 지켜라.

시간이 확장되며 느려졌다. 거대한 신성력이 몰아치며 예리하게 벼려진 감각은, 보이지 않는 것도 보이게 해 주었고, 느낄 수 없는 것들을 느낄 수 있게 해 주었다.

저 멀리서 달려온 킬리언이 그녀를 붙잡았다.

하지 마. 지금 하려는 일, 하지 마.

리에타가 희미하게 웃으며 느리게 눈을 감았다가 떴다. 속눈썹에 맺혀 있던 눈물이 아주 느리게 떨어진다.

……어떡하지. 이 봉인 풀고 나면, 나는 어쩌면 당신을……. 미안해요. 당신한테는 좀 더 빨리 말했어야 했는데.

젖어 있는 눈동자는 더 이상 킬리언이 아는 하늘색이 아니었다. 리에타가 그에게서 돌아섰다. 리에타의 몸에서 터져 나온 깨끗한 신성력이 지평선 끝까지 내달릴 듯 뻗어 나갔다.

저벅…….

"웃기지 마……."

침묵을 깨며 몸을 드러낸 엑시티우스가 화마의 기운을 폭발시키며 악마어로 으르렁거렸다.

"라멘타는 멸망했다."

리에타가 손을 들어 올렸다. 탁……. 리에타의 손에 수정구슬이 박힌 지팡이가 들렸다.

"라멘타는 멸망했지만."

리에타의 몸에 선명한 은빛 신성력이 휘돌았다.

"에율라티오가 남아 있어."

두 악마와 한 인간의 기운이 황야에서 소용돌이쳤다. 모르비두스가 차갑게 얼어붙은 눈으로 꼼짝도 하지 않은 채 그녀를 내려다보았다. 리에타는 아무 말 없이 모르비두스를 마주 응시했다. 공중에서 천천히 바닥으로 내려선 엑시티우스가 형형한 눈빛으로 리에타를 노려보았다.

"라멘타는 대가 끊겼다. 네가 에율라티오의 딸이라면 모르비두스가 그걸 몰랐을 리 없어."

저벅. 그 순간, 소리 없이 내려선 모르비두스가 엑시티우스를 스쳐 지나갔다.

"……!"

엑시티우스의 눈이 커졌다. 분노한 화마가 믿을 수 없는 얼굴로 모르비두스의 뒷모습을 바라보았다.

저벅……. 모르비두스가 리에타의 몇 걸음 앞에서 멈추었다.

시선이 교차했다. 그가 리에타를 향해 서늘하게 말했다.

"네가 베아트리체의 딸이라면 내 이름을 알 것이다."

"……."

리에타가 조용히 금발의 악마를 올려다보았다. 그가 나직이 속삭였다.

"내 이름을 말해."

리에타가 입술을 움직였다.

"아칸."

모르비두스의 기억 속에 흉터처럼 남은 조그만 소녀의 모습이 잊고 있던 각인처럼 떠올랐다. 모든 것을 어둠 속에 묻었던 봉인의 마법과 이십 년의 세월을 건너, 모두에게 잊혀졌던 신성 왕녀의 딸이 그녀의 사역마를 마주했다.

모르비두스가 손을 들어 얼굴을 가리고 허탈한 웃음을 터뜨렸다. 하…… 하하……. 하하하하하……. 스산한 침묵 속에, 역마의 웃음소리만이 공기를 갈랐다.

하……. 모르비두스가 지그시 눈을 감으며 하늘을 향해 고개를 젖혔다.

베아트리체, 네가 정녕.

화마의 얼굴이 흉악하게 일그러졌다. 모든 것이 틀어졌음을 깨달은 화마가 새빨갛게 눈을 빛내며 분노로 몸을 떨었다.

"……이봐, 어르신. 저쪽과의 약속이 어찌 되었든, 당신은 나와 한 약속이 있을 텐데."

모르비두스가 일축했다. "저쪽이 선약이라."

엑시티우스가 으르렁거리며 잇새로 불길을 뿜었다.

"지옥으로 돌아가지 못해도 상관없어?"

"안 간다."

달군 쇠처럼 달아오른 악마의 몸에서 맹렬한 열기가 피어올랐다.

"그 쪼그만 사기꾼의 말을 잘도 믿는군."

화르륵! 화마의 손에서 거대한 칼이 뽑혀 나왔다. 불길에 휩싸인 화마가 이글거리는 눈빛으로 리에타를 노려보았다.

"죽이면 그만이야."

무기를 틀어쥔 악마의 손에서 화염이 치솟았다. 악마가 불을 뿜어내며 발을 내디뎠다.

"……몰라보게 컸구나."

리에타는 제 뺨에 와 닿는 악마의 서늘한 손가락을 느끼며 눈을 감았다.

"베아트리체를 닮았어."

분노한 화마가 시미터를 치켜들고 달려드는 순간, 모르비두스가 몸을 돌리며 도약했다.

⊰ ❦ ⊱

그녀의 선택을 깨달은 타니아 성녀가 감고 있던 눈을 뜨며 말했다.

"라멘타의 왕관을 돌려받으실 분이 돌아왔습니다."

⊰ ❦ ⊱

'베아트리체 왕녀는 세기의 신성 능력자였어요. 미래의 어느 날을 예지했다 해도 이상한 일은 아니죠.'

그 말을 들었을 때, 그런 생각이 들었다. 엄마는 어떤 미래를 봤을까. 내가 저 사람 곁에 있는 미래를 봤을까? 혹시 지금 이 순간을 봤을까? 그 사람 옆에 있고 싶다고 애원하며, 모든 걸 묻어 달라고 거부하는 모습을 봤을까.

봤다면 무슨 생각을 했을까. 소중했던 딸이 자신을 외면하고 엄마를 죽인 사람의 아들을 사랑한다고 매달리고 있는 걸 봤다면.

엄마는 줄곧 나를 자유롭게 살게 해 주겠다고 말해 왔다. 내가 태어나자마자 내 존재를 숨기고, 내게 이어질 모든 힘을 봉인하고, 나를 온전히 라멘타와 상관없는 사람으로 키워 주었다.

하지만 죽음을 앞두고 갑자기 라나에게 유품을 맡기고 새로운 유언을 남긴 이유가 어쩌면, 이런 미래를 봤기 때문은 아니었을까.

엄마는 이 모든 걸 알고 있었을까? 내 배신에, 엄마는 절망했을까?

이 봉인을 풀면 전부 감당해야 한다. 이 모든 일에 대해 슬퍼하지 말라, 분노하지 말라, 죄책감 갖지 말라. 그 어떤 의무감도 갖지 말라며 엄마가 내게 남겨 주었던 봉인을 풀고, 혈족의 힘을 되찾는다면.

……그럼 악시아스를 지킬 수 있어.

엑시티우스가 무서운 힘과 속도로 불길에 휩싸인 시미터를 거듭 내리쳤다. 아래서 위로 쳐올리는 모르비두스의 거대한 낫이 캉! 캉! 캉! 날카로운 소리를 내며 엑시티우스의 시미터를 받아 냈다. 두 무기 사이에서 불이 튀며 칼날이 격돌하는 지점이 점점 위로 올라왔다.

카가가가가각! 시커먼 기운이 휘도는 낫의 안쪽 날과 시미터의 바깥쪽 날이 첨예하게 맞물리며 밀렸다. 두 고위 악마의 기운이 맹렬히 맞부딪쳤다.

수백 마리의 역마들이 악시아스를 향해 내달렸다. 리에타는 급류처럼 흘러가는 악마들의 물결 한가운데 우두커니 서 있었다. 악마들은 바위에 부딪힌 물살처럼 그녀를 피해 좌우로 갈라지며 미끄러지듯 리에타의 옆을 스쳐 지나갔다. 리에타를 지나쳐 질주한 역마들은 악시아스를 공격하던 화마들에게 달려들었다.

살기 사이로 맞물린 칼날 너머, 모르비두스의 금빛 눈이 엑시티우스를 응시했다. 위협적으로 밀어붙이는 압도적인 힘에 엑시티우스가 이를 악물었다.

쩌엉! 두 칼날 사이에서 마력이 폭발하며 밀려난 두 악마가 반대편으로 물러섰다. 엑시티우스가 화르륵 불길을 일으켜 비를 맞아 식어 가는 제 몸을 감싸며 씹어뱉었다.

"모르비두스, 너 이 새끼……."

모르비두스가 별다른 표정 없이 조금 고개를 기울였다.

"내가 네 새끼는 아닌데."

"이런 힘을 가지고 있으면서. 그동안 단 한 순간도 나를 제대로 도와주지 않았구나."

모르비두스가 뒤로 느른히 뺀 낫에 금빛 마력을 휘감으며 답했다.

"처음부터 전력을 다해서 도와준다곤 안 했다."

엑시티우스가 이를 갈았다.

"이…… 사기꾼 놈이……!"

모르비두스가 낮게 웃었다.

"친구야."

짙은 악마의 기운이 모르비두스의 낫에 달린 해골의 눈구멍 안에서 섬뜩하게 휘돌았다.

"어른 공경하자."

소름 끼치는 역마의 기운이 쩡! 소리와 함께 공기를 뒤흔들었다.

~~~◦◦❦◦◦~~~

드넓은 악시아스 전역을 감싼 다섯 개의 성역을 파괴하기 위해 거대하게 몸을 부풀린 화마들이 달려들었다. 땅 위를 내달리는 용암과 격렬하게 맞부딪히는 폭우 속에서 사제들이 이를 악물고 피를 토하며 신성력을 폭발시켰다.

피아를 식별하기 어려운 난전이 벌어졌다. 격분한 화마들은 성역을 뚫고 침범하기 위해 미쳐 날뛰었고, 조금 전까지 화마와 함께 사람들을 공격하는가 싶었던 역마들은 갑자기 태세를 바꾸어 화마들을 공격하기 시작했다. 화마와 역마가 뒤엉킨 곳에 사제들의 신성 공격이 떨어졌다.

분노한 엑시티우스의 영향을 받은 화마들은 강했고, 광기에 휩싸여 있었지만, 하늘에 구멍 뚫린 듯 쏟아져 내리는 비가 화마들의 불길을 무력화했다. 그 틈새로 쏟아지는 구마 사제들의 공격이 무차별적으로 달려드는 악마들을 쳐부수었다.

모르비두스의 명령에 지배된 역마들은 자신들에게도 날아드는 사제들의 신성 공격에 아랑곳하지 않고 화마들을 향해 달려들었다. 쏟아지는 비와 신성 화살, 제 몸을 돌보지 않고 달려드는 역마들의 맹공격을 감당해 내지 못하고, 화마들의 기세는 크게 흔들리기 시작했다.

공격의 갈피를 잡지 못하고 혼란스러워하는 사제들을 향해 에밀라이 대사제의 명령이 떨어졌다.

'화마를 우선 사살하라.'

비슷한 명령이, 성 밖에서 말을 달리던 전투 사제들 사이에서도 터져 나왔다.

'화마를 집중적으로 제거하라.'

'역마는 경계하되 살려 두어라.'

물과, 불과, 역병과, 신성력이 뒤섞였다. 성역이 펼쳐진 악시아스에서 신성 화살이 쏟아져 나와 달려드는 화마들을 격추하고, 노도처럼 말을 달려온 전투 사제들과 기사들이 저마다의 은빛 무기를 흩뿌리며 황야에서 격돌했다.

저희들끼리 싸우며 발악하는 화마와 역마들 위로 기사들의 칼날과 전투 사제들의 신성 심판이 쏟아지고, 역병의 씨앗이 섞인 차가운 비가 사제들과 화마들의 몸 위로 무차별적으로 떨어져 내렸다.

긴 전투가 시작되었다.

~~~~~~~~~

킬리언이 리에타를 끌어안고 자신의 품에 그녀의 머리를 묻었다.

리에타. 제발. 제발 이 모든 게 거짓말이라고 말해.

라멘타는 대가 끊겼어. 남은 혈족은 없다. 라멘타에 대해서라면 지긋지긋하도록 조사했으니까. 세상에 풀려난 고위 악마들과, 아버지의 목숨을 갉아먹고 있다는 그 대단한 저주 때문에!

리에타가 제국 통일의 과정에서 멸망한 나라의 귀족이었을 가능성을 포착한 후, 그녀가 가진 평범하지 않은 신성력에 설마 하니 라멘타도, 당연히 생각했었다.

교황과 타니아 성녀 외에는 필적하는 사람이 없으리라던 리에타의 신성력. 나와는 악연이니 곁에 두지 말라던 타니아 성녀의 말.

그럴 리가 없다고 생각하면서도, 한 번 더 자세히 조사했다. 라멘타여서는 안 되니까. 다른 곳은 몰라도 라멘타만은 안 되니까.

하지만 너무 명백한 증거 앞에 가능성은 간단히 부정되었다.

'에율라티오 혈족의 일원이 남아 있었다면 악마들이 세상에 풀려났을 리 없습니다. 누군가 남아 있었다면 악마들이 풀려나는 게 아니라 다음 에율라티오 혈족에게 귀속되었을 테니까요.'

그러니까 대가 끊긴 게 확실한데 그대가 어째서. 킬리언이 절박하게 품에 안은 그녀의 어깨를 움켜쥐었다.

베아트리체 왕녀의 딸이라니. 리에타. 그대가?

그럴 리 없다. 베아트리체 왕녀에게 에샤힐테 여왕 외의 혈육은 없었다. 있다 해도 그게 리에타여서는 안 된다.

황제의 정복 위업 최대의 실수. 그의 백부인 신성 사제 루텐펠트가 베아트리체 왕녀에게 저지른 일. 빌어먹을 '경솔한 실수'라는 이름으로 황제가 어둠 속에 묻은 진실. 용서받을 수 있을 리 없어.

"거짓말이지?"

리에타가 그걸 안다면 절대 릴페이엄을 용서할 리 없다. 리에타가 황제의 아들인 날 사랑할 수 있을 리 없다.

"거짓말이라고 말해."

킬리언이 다급하게 속삭였다.

에율라티오가 아니어도 타니아 성녀처럼 악마를 복속시킬 수 있잖아. 그대는 똑똑하니까. 신성력도 아주 강하니까. 그대의 능력으로 어떻게든 한 거야, 그렇지?

"리에타."

리에타는 대답하지 않았다. 킬리언이 그녀의 목덜미에 머리를 묻고 속삭였다.

"……위험한 짓 하지 않기로 했잖아."

말이 없는 그녀를, 킬리언은 절박하게 재촉하듯 움켜 안았다.

"……날 기다렸어야지! 내가 오고 있었잖아."

제발, 리에타, 뭐든 말을 해. 리에타가 천천히 손을 들어 그를 끌어안았다. 하. 그녀가 안아 주자 비로소 숨이 터졌다. 자신이 제대로 숨도 쉬지 못하고 있었다는 걸, 킬리언은 인식하지도 못했다.

리에타가 떨리는 손으로 제 목에 걸린 아델의 반지를 풀어내 킬리언의 목에 걸어 주었다. 리에타가 비로소 입을 열었다.

"당신이 오고 있어서, 더…… 지체할 수가 없었어."

"……."

킬리언의 눈이 흔들렸다. 그녀의 목소리에 울음기가 어렸다.

"모르비두스는…… 인간이 상대할 수 있는 악마가 아니란 말이야."

리에타가 어깨를 들썩이며 울기 시작했다. 킬리언이 천천히, 그녀에게서 떨어져 그 얼굴을 내려다보았다.

……아니지? 리에타. 제발.

그러나 리에타의 얼굴이 모든 대답을 대신하고 있었다. 킬리언의 입에서 고통스러운 숨이 터졌다.

"왜…… 좀 더 빨리 말하지 않았어. 왜……."

리에타가 바들바들 떨며 입술을 깨물고 눈을 내리감았다. 눈에 그렁그렁하던 눈물이 후두둑 떨어졌다.

뭐라고 말을 해요. 당신 아버지가 내 어머니를 태워 죽였다고?

이십 년 전이 아니라, 방금, 지금, 눈앞에서 막지 못한 일처럼 밀어닥치는 끔찍한 원한에 리에타는 입술을 짓씹고 손톱에 피가 나도록 땅을 움켜쥐며 울었다.

그녀를 그 모든 일에서 유리시켰던 봉인의 마법이 풀리며 모든 것이 리에타를 집어삼켰다.

아득한 절망. 숨이 막히는 분노. 하늘이 무너지는 처참한 상실감이 온몸을 조각냈다. 누굴 향한 것인지도 모를 배신감이, 머릿속이 새하얘지는 증오와 복수심이 해일같이 밀려와 그녀를 집어삼켰다.

신은 어디 있는 거야. 세상의 정의는 어디에 있는 거야. 왜 황제는 아직도 죽지 않은 거야.

나는 어떻게 이십 년 동안 엄마를 잊어버린 채 웃으며 살 수 있었던 거야. 그 모든 걸 외면한 채, 웃고, 먹고, 자고…….

저 사람을 사랑한다며, 나도 행복하고 싶다며 버텨 왔던 시간이, 달콤했던 나날들이, 견딜 수 없는 고통이 되어 리에타를 난도질했다. 어떻게 저 사람을 사랑한다고 할 수가 있어……. 어떻게. 모르고 있었던 것도 아니면서.

어머니를 그렇게 집어삼키고도 멀쩡히 돌아가는 세상의 부조리를 믿을 수가 없어, 리에타는 울며 몸부림쳤다.

"어떻게 그럴 수가 있어. 어떻게……! 우리 엄마가 뭘 잘못했는데……!"

자신을 품으로 끌어당기는 그를 마구 때리고 할퀴며 밀어내던 리에타가 울음으로 막힌 숨을 터뜨리며 킬리언을 끌어안았다.

입을 열면 저주가 터져 나올 것 같아. 하지만 황제를 향한 저주와 원한의 말은 목에 걸린 채 차마 입 밖으로 나오질 않았다. 그럼 페르디안 님처럼 당신이 차가운 눈빛으로 내게서 돌아설까 봐…….

소중한 건 모두 잃어버렸다고, 더 이상 잃어버릴 것도 없다고 생각했는데. 소중한 것은 다시 한번 생기고 만다. 어리석은 마음에 또다시 자리 잡고 만다. 텅 빈 가슴은 미련하여, 기어코 거기에 무언가를 들이고 만다.

하필이면 운명은 이 사람을 내 앞에 데려다 놓아선, 차마 잃고 싶지 않은 단 하나로 만들고 말아선…….

나의 안식. 나의 구원. 나를 치유해 주고 싶다던 한 사람.

세상의 밑바닥까지 떨어졌던 내게 손 내밀어 주었던 유일한 사람.

뜨거운 눈물이 그의 어깨를 적셨다. 슬픔과 죄의식을 되찾고 나면 어쩌면, 당신을 미워하게 될지도 모른다고 생각했어. 하지만 증오하게 된 건 나 자신이고, 나는 여전히 당신을 사랑하고 있었다.

리에타가 그의 품속에서 고통스러운 울음을 토해 냈다. 원한을 되찾아도, 슬픔을 되찾아도, 제가 저지른 사랑이 끔찍해도 마음은 멈춰지지 않았다.

엄마, 나 같은 몹쓸 애를 위해 왜 그랬어요.

가을이라고 코스모스가 무더기로 피어 있었다. 곧 시린 바람이 불 줄도 모르고, 바보같이.

긴 비가 그치며, 겨울이 왔다.

17

북방의 겨울

✿

하늘이 깨지고 땅이 터지는 사흘간의 싸움 후, 화마 엑시티우스는 역마 모르비두스에게 패퇴하였다. 역마에게 패배한 화마들은 상당수의 동료들을 잃고 나하나스로 달아나 몸을 숨겼다. 갑자기 태도를 바꾸어 화마에게 대적한 악마 모르비두스는 새로 태어난 어린 역마와 함께 홀연히 종적을 감추었다.

비가 그치고, 악시아스에 희미하게 남아 있던 가을의 빛깔은 완전히 사라졌다. 거리엔 온통 젖은 낙엽이 흩어져 바스락거리고 있었고, 꽃도 열매도 이파리도 떨어져 앙상한 가지 사이로 스산한 바람이 불었다. 차가운 공기가 악시아스에 내려앉았다.

전례 없던 강력한 악마들의 격돌과 초자연적인 힘이 빚어낸 사상 초유의 재앙으로 악시아스는 큰 상처를 입었다. 용암과 화재, 지진으로 인한 피해도 적지 않았고, 역병의 씨앗을 품은 비로 인해 물도 오염되어 있었다. 악시아스의 사람들은 역병의 씨앗이 퍼뜨린 온갖 질병으로 몸살을 앓았다. 악시아스를 질식시키던 역마의 권능은 거짓말처럼 사라졌지만, 사람들은 악마의 힘이 거두어진 후에도 여전히 남은 질병을 이겨 내기 위해 분투해야 했다.

역병의 씨앗이 일으킨 피해는 방대하고 광범위했다. 화마의 힘이 거두어진 후에도 용암의 재앙이 악시아스를 강타했던 것과 마찬가지로, 역마의 힘이 사라졌다고 사람들의 몸에 남은 질병이 즉시 거두어지지는 않았다.

불행 중 다행으로, 역마들이 관여하지 않은 질병은 전염성이 높지 않았다. 사제들의 치유 마법도 효과적으로 잘 들었고 예후도 좋은 편이었다.

얼마 후 오트낭에 남아 있던 악시아스 지원군이, 뒤이어 오트낭에서 지원과 전령을 겸하여 악시아스를 도우러 온 신성 사제들이 도착했다. 오트낭에서 파견되어 온 사제들은 악시아스의 사제들과 함께 힘을 모아 악시아스의 역병 회복과 피해 구제에 뛰어들었다.

"치유 능력을 가지고 계신 사제님들께선 광역 정화와 성수 축성을 그만두고 전부 치유에 집중해 주세요."

"예?"

갑작스럽게 내려진 예상치 못한 지시에 오트낭의 치유 사제가 당황해 축성술사를 쳐다보았다.

"정화와 축성으론 죽어 가는 사람을 살리지 못합니다. 위급한 환자를 중심으로 치유 마법을 사용해 주세요."

도착한 지 얼마 되지 않아 리에타를 모르는 오트낭의 사제들은 영문을 모르고 서로를 쳐다보았다.

축성술사가 사제에게 지시를 하다니? 사제들이 유쾌하지 않은 기색으로 답했다.

"저기요, 축성술사님. 치유만이 능사가 아닙니다."

"구호 막사 상황을 제대로 보긴 하신 겁니까? 대부분의 환자들이 피부병으로 고통받고 있습니다. 성수도 엄청나게 많이 필요하고요. 광역 정화와 성수 축성을 그만두면……."

에밀라이 대사제가 팔을 들어 오트낭 사제들의 이의제기를 막았다.

"그만, 형제님."

황제의 대사제가 나서자 사제들은 당황하며 손을 모으고 물러섰다. 에밀라이 대사제가 리에타를 바라보며 말했다.

"계속 말씀하십시오, 축성술사님."

리에타의 목소리가 이어졌다.

"대부분의 환자가 피부병으로 고통받는 이유는 그게 가장 치사율이 낮은 병이기 때문이에요. 다른 질병에 걸린 사람들이 빠른 시간 안에 목숨을 잃고 있으니까요."

놀란 사제들의 눈이 크게 벌어졌다.

"환자들이 추워하고 있어요. 피부병보다 체온이 유지되지 않는 게 더 치명적으로 작용하고 있고요. 성수를 적시는 게 피부병이나 전염의 예방에는 도움이 되지만, 상태가 위중한 환자에게는 오히려 좋지 못해요. 그러니 축성과 정화는 축성술사분들께서 해 주신 것으로 충당하고 치유 능력을 가진 분들께서는……."

환자를 위한 일이라 생각하고 성수를 열심히 사용했던 오트낭의 치유 사제가 당황해하며 앞으로 나섰다.

"성수 처방이 비교적 좋지 않은 환자들도 있다는 건 알겠습니다. 하지만 그런 이유라면 성수를 데워서……!"

"끼어들지 마시오!"

바덴 대사제가 큰소리로 호통을 쳤다. 오트낭의 사제들이 입을 다물고 움찔했다. 바덴 대사제가 리에타에게 고개를 숙였다.

"소리 높여 죄송합니다. 부디 계속해 주십시오."

리에타는 머뭇거리지 않고 이어서 말했다.

"축성이나 정화가 필요한 환자에게는 직접 축성과 정화를 해 주세요. 성수를 통한 간접 축성과 정화보다 그쪽이 훨씬 좋아요. 그 외에는 모두 성역의 힘에 맡기세요. 구마도 필요 없습니다. 구마 사제님들께서는 축성과 정화에 힘을 보태 주세요. 치유 사제님들은 치유에 집중해 주시고요."

다른 사람에게서 이의 제기가 나오기 전에 에밀라이 대사제가 말을 이어받았다.

"전부 축성술사님의 지시를 따르라."

모든 사제들이 고개를 숙였다. 권위 있는 황제의 사제들이 일개 축성술사의 지시에 따르는 것을 보고, 도착한 지 얼마 되지 않아 미처 상황 파악이 되지 않은 오트낭의 사제들은 당황했다.

"저, 저기. 오, 오염된 물은 어떻게……. 범위가 너무 넓어서…… 축성술사님들만의 힘으론 어려울 텐데요……. 아, 구마 사제들을 그쪽으로 보낼까요?"

리에타가 답했다.

"더 이상 오염된 물은 없습니다. 정화는 제가 마쳤어요."

오트낭의 사제는 얼이 빠졌다. 에밀라이 대사제가 리에타에게 고개를 숙였다.

"감사합니다. 리에타 님."

성역이 된 악시아스엔 한 마리의 악마도 나타나지 않았다. 수많은 사제들이 몸을 아끼지 않고 피해 구제와 환자들의 치유, 오염의 정화에 투신해 전력을 다했다. 어떤 악마도 악시아스에 발을 들여놓지 못했고, 혹독한 환경에 익숙한 악시아스 사람들은 끈질기게 이겨 냈다.

사람들의 봉사와 사제들의 노력, 돌아온 영주의 지휘하에 악시아스는 조금씩 안정을 찾아 갔다. 역병은 지난여름보다 훨씬 빠르게 진정되어 갔다.

그래도 피해자 가운데는 노약자와 어린아이들이 적지 않았고, 많은 사람들이 돌아올 수 없는 길을 떠났다.

대부분의 악시아스 주민들은 사제들과 축성술사 리에타가 성역을 펼쳐 악시아스를 지키고, 영주님과 전투 사제들이 제때 도착해 악마들을 물리쳤다고만 알고 있었다. 악마들의 습격 이후 대다수의 일반인들은 사제들이 쳐놓은 결계 안에서 바깥출입을 하지 않고 농성을 벌이고 있었기 때문이다. 함구령이 떨어져 파수꾼들은 자신들이 본 것에 대하여 입을 닫았다. 일반 주민들은 성 밖에서 일어난 일에 대해 자세히 알지 못했다.

하지만 땅에서 터져 나오는 용암과 지진으로 무너지는 건물에서 달아나던 적지 않은 사람들이 화마들과 대항해 싸운 역마들을 목격했다. 사람들 사이에 목격담이 퍼져 나가기 시작했다.

"이렇게! 까만 뿔이 하늘을 향해 올라간 놈들이 화마, 이렇게 볼때기 앞으로 뾰족하게 굽어져 나온 굵은 뿔이 달린 놈들이 역마잖어!"

"그렇지, 그렇지."

"글쎄 화마들이 겁나 사람들을 해치려고 달려드는데 역마들이 막, 화마들이 공격하지 못하게 달려들어서 물고 늘어지고 그러더라니까! 가죽 공방 도제가 그 덕분에 목숨을 건졌잖어!"

"역마들이 사람을 도와줬다는 거야?"

"에이, 역마가 왜 우리를 도와줘? 사제님들이 역마도 잡고 화마도 잡고 다 때려눕히시는 걸 내 눈으로 똑똑히 봤는데."

"맞다니까 그러네. 역마들이 화마들이랑 싸우는 거 못 봤지? 난 늦게까지 남아 있어서 내 두 눈으로 똑똑히 봤다고."

"저희들끼리 뭐 빈정 상하는 일이라도 있었나 보지. 악마들이 뭐 지들끼리 화목하겠어?"

"한두 놈이 아니었다니까? 확실히 역마들이 화마들에게 대항해서 싸웠다고. 정말로 역마가 사람들은 공격하지 않고 화마들하고만⋯⋯."

"말도 안 되는 소리 마. 역마들이 왜 사람을 도와줘?"

테이블에 모여 있던 사내들 중 하나가 분통을 터뜨리며 자리를 박차고 일어났다.

"너야말로 아무것도 못 본 거지? 비에 역마들이 장난을 쳐서 사람들 다 쓰러져 넘어가는 거!"

"아, 아니 왜 화를 내고 그래? 내 말은 그런 뜻이 아니라⋯⋯."

"넌 대체 사람 편이냐 악마 편이냐?"

"아니⋯⋯. 무슨 비약을 그런 식으로 하고 그래? 지금 내가 하는 말이 그런 얘기가 아니잖아?"

생면부지의 술에 취한 남자가 왈칵 화를 내며 달려들었다.

"헛소리 집어치워!"

모르는 사람에게 난데없이 얻어맞은 사람이 화를 내었다.

"아익, 씨! 사람 쳤어? 당신 뭔데?"

"역병으로 죽은 사람이 몇인데! 역마가 우리 편이라는 말이 나와? 그런 말이 나오냐고!"

지나가던 사람이 뜯어말렸다.

"아이고! 아이고! 왜 그래, 아저씨!"

"역마가 우리 편이면 우리 애들 엄마는 안 죽었을 거라고!"

혼란스러운 소문들이 상충하며 때때로 소란이 일었다. 역마들과 모르비두스에 관하여 떠도는 이야기들에 대해, 눈앞에서 모르비두스를 보았던 사제들은 침묵했고, 보지 못한 사람들은 역마가 사람들을 도왔다는 것을 믿지 않았다.

악마가 어떻게 우리 편이 돼? 역마가 우리 편이면 이 질병들부터 해결해 줬겠지. 애초에 그랬으면 이런 일은 벌어지지 않았을 거 아니야? 대부분의 사람들이 그렇게 생각했다.

모르비두스는 그에 대한 기록이 거의 남아 있지 않은 대악마로, 수백 년간 세상에 모습을 드러내지 않은 역마였다. 라멘타 왕족의 악마 복속에 대해 알고 있는 일부 높은 고위 사제들은 리에타가 악마를 부릴 수 있었던 이유를 어렴풋이 짐작하고 굳게 입을 닫았다. 그 악마가 오랜 세월 두문불출한 이유가 라멘타의 왕족에게 복속되어 있었기 때문이리라고 짐작하는 것은 어렵지 않았다.

그러나 사정을 잘 모르던 몇몇 사제들은 그녀가 라멘타의 후예라는 사실보다 그녀가 악마를 부리는 모습에 더 놀라고 혼란스러워했고, 받아들이기 어려워했다.

사람들을 구하기 위해 자신이 가진 수마의 힘을 드러낸 칼리고 백작에 대해서도 마찬가지였다.

그러나 어찌 되었든 사제들은 저마다 나름대로의 판단과 사제들 사이의 합의, 지금은 때가 아니라는 분위기, 그리고 리에타를 향한 악시아스 대공의 서슬 퍼런 비호하에 침묵했다.

길리우스 대사제와 에밀라이 대사제가 킬리언에게 조언했다.

"악마에 대한 것은 숨기셔야 합니다. 사제들조차 받아들이기 힘들어하는데, 일반인들은 더더욱 받아들이지 못할 겁니다. 특히나 지금 같은 상황에서는 역효과입니다."

그들처럼 직위가 높은 고위 사제들은 라멘타의 악마 복속 계약에 대해서도, 페르디안이 관여한 실험에 대해서도 알고 있었다.

"라멘타의 후예든, 사람을 살리기 위한 실험에 몸을 바쳤든 악마와 연관되었다는 것이 밝혀지는 순간 엉망이 될 겁니다. 숨기십시오."

킬리언은 아무런 말 없이 막사 구석을 쳐다보고 있었다.

"……전하?"

킬리언이 눈을 깜박였다. 감정을 감춘 듯 메마른 붉은 눈동자가 사제들에게로 향했다.

"……그래. 알고 있다."

킬리언은 창백한 낯을 마른 손바닥으로 쓸어내렸다. 리에타와…… 페르디안.

"페르디안은 어쩌고 있지?"

"아직 깨어나지 못하고 있습니다. 후유증이 생각보다 큰 것 같더군요. 그 정도의 힘을 사용했던 것은 그분에게도 처음 있는 일이라, 무리가 된 모양입니다."

"뷔테르는?"

"형제님 역시도……. 하지만 조금씩 차도를 보이고 있습니다. 곧 일어날 겁니다."

킬리언이 짧게 끄덕이고 고개를 돌렸다. 길리우스 대사제가 가만히 그를 바라보았다.

"그분이 신성 왕녀의 딸이라는 것은……."

킬리언이 서늘한 눈으로 길리우스 대사제를 바라보았다.

"그 문제는 다시 언급하지 말라 명령했을 텐데."

길리우스 대사제가 착잡하게 눈을 내리깔았다.

"……악마에 대한 것이라면 모를까, 그건 언제까지고 숨길 수만은 없을 겁니다."

"왜." 킬리언이 싸늘하게 물었다. "황제 폐하 때문에?"

즉시 날선 반응이 돌아왔다.

"죽고 싶으면 리에타한테 다시 그 이야길 지껄여 봐라."

두 대사제는 리에타에게 있었던 며칠 전의 일을 떠올렸다.

'악시아스 대공 전하께서 당신의 목숨을 구하지 않으셨습니까. 축성술 사님. 당신은 그분께 은혜를 입은 몸이시잖아요.'

'대공 전하께서 당신을 아주 아껴 주시지 않습니까? 당신께서도 그러니까 대공 전하의 곁에 계시는 것 아닙니까?'

'에샤힐테 여왕께서 내리신 황제 폐하의 저주에 대해 알고 계십니까? 혹시 모르십니까? 대공 전하께서 말씀하시지 않으시던가요?'

'전하께선…… 당신에 대해 모르고 계셨던 거지요……?'

'실은 황제 폐하께서 위독하십니다. 그분의 목숨이 촌각을 다투고 있습니다. 재촉해서 죄송합니다. 하지만 한번 생각해 보십시오. 대공 전하께서는 아버지십니다.'

'황제 폐하께서는 오래도록 고통받으셨습니다. 당신께서 대공 전하를 사랑하신다면, 최소한 조금이라도 감사하신다면…….'

'사실…… 그…… 어머님의 일은 황제 폐하의 잘못이…….'

쾅! 킬리언이 문을 부수고 성큼성큼 들어왔다. 손엔 이미 칼이 뽑혀 있었다. 격노한 킬리언은 그 자리에 있던 사제들을 죽일 뻔했다. 리에타가 머리를 떨군 채 그의 팔을 붙들고 고개를 저어 말렸다.

신의 종인 사제를 죽인다는 일이 영적으로 엄청난 죄가 된다는 것을 차치하고라도, 그들은 황제가 보낸 사절단의 일원이었다. 그들을 죽이는 것은 용서받을 수 없는 반역 행위였다.

"죄를 지었으면 벌을 받아야지. 나 역시 달게 받을 것이다. 내 아버지라 해도 예외가 아니다. 충분히 벌 받았는지 어쨌는지 판단하는 건 우리 몫이 아니다."

킬리언이 서슬 퍼런 눈으로 씹어뱉듯 말했다. 그러나 대사제는 고개를 저었다.

"그런 문제가 아닙니다."

대사제가 씁쓸하게 말을 이었다.

"아무도 믿지 않는 사실은 숨기기 쉽습니다. 하지만 많은 사람들이 믿고 싶어 하는 사실은 숨기는 것이 불가능합니다."

⁂

어디서부터 퍼져 나간 소문인지, 리에타가 라멘타의 후예이고 베아트리체 왕녀의 숨겨 둔 딸이라는 이야기가 퍼져 나가기 시작했다. 신성 왕녀의 딸인 그녀가 단신으로 악마들을 막아 냈다는 것이었다.

악시아스의 피해가 수습되어 가며, 점차 퍼져 가는 소문에 사람들은 흥분하고 열광했다. 신성 왕국 라멘타는 제국 통일 이후 재앙이 지속된 이십 년간 그들의 민간 신앙의 대상이었고, 세간에는 베아트리체 왕녀의 초상화를 붙이는 것만으로도 역병을 이겨 낼 수 있다는 믿음까지 퍼져 있었다.

그런데 이런 시국에 그들의 영주님과 그런 역사를 쌓은 악시아스의 축성술사가 라멘타의 후예라니. 사람들은 아직 이십 년 전의 악몽을 잊지 않았고, 다시 제국에 돌기 시작하는 역병을 걱정하고 있었다. 고위 악마가 일으킬 수 있는 무서운 재앙을 직접 눈으로 목도한 후이니 더욱 그랬다.

제국 통일 이후 악마로 인한 재앙이 거듭되다가 잠시 평화가 유지되었던 시간은 십 년 남짓. 어쩌면 그분으로 인해 대륙에 임한 악마의 재앙이 다 끝나는 거 아닐까? 황제가 받은 저주가 이제야 풀리는 거 아냐? 사람들은 촉각을 곤두세웠다.

악시아스 성은 줄곧 그녀에 대해 침묵했다. 그러나 구호 활동은 계속되고 있었고, 지속적으로 영지민들을 마주하는 모든 사제들이 능숙하게 거짓말을 하지는 못했다.

침묵이나 굳은 얼굴, 미묘한 망설임과 회피는 사람들에게 긍정이나 다름없는 대답이 되었다. 스산한 침묵 밑에서 소문만 무성하게 퍼져 나갔다.

상충하는 또 다른 소문이 돌았다. 리에타가 악마를 부리는 흑마법사라는 이야기였다. 그러나 그것은 리에타가 라멘타의 후예라는 사람들의 믿음과 정면충돌하는 이야기였다.

'흑마술사가 어떻게 신성력을 써?'

악시아스 사람들은 그녀가 악마를 부렸다는 것을 믿지 않았다. 사람들이 걱정한 것은 다른 이야기였다. 매일같이 구호 막사에서 볼 수 있던 사람이, 그동안 그토록 일선에서 몸 부서져라 뛰던 사람이, 언제부턴가 보이지 않았다. 사람들은 뭔가 문제가 있다는 것을 직감했다.

그래. 단번에 모든 문제가 풀리진 않겠지. 납득하지 못할 것은 없었다. 그들의 집안 사이에 얽힌 일이 가볍지 않다. 그래도 언젠간 모든 게 다 잘 풀리지 않을까? 다 지난 일이잖아.

영주님이 그분의 목숨을 구했고, 그 두 분은 꽤나 예쁘게 잘 지내고 있었는걸. 사람들은 쉽게 떠들어 대었다.

소문이 퍼져 가며 리에타는 얼굴을 드러내고 사람들 앞에 나설 수 없게 되었다.

정말 라멘타의 신성 왕녀님의 따님이시냐. 왜 진작 밝히지 않으셨냐. 영주님과 결혼하실 것이냐. 용서하실 것이냐. 황제 폐하를 뵈러 가실 것이냐. 제국의 귀족으로 복권되시는 것이냐. 저주는 어떻게 되는 것이냐. 악시아스를 계속 수호해 주실 것이냐.

그 모든 질문들이 점점 리에타의 숨통을 조여 왔다. 그리고 죽음과 두려움 앞에서 모든 사람들이 이성적이진 못했다. 사람들은 모두 라멘타의 왕손에게 치유를 받고, 축복을 받고 싶어 했다.

치유 마법이 모든 것을 치료할 수 있는 것은 아니라는 걸 알면서도, 신성 왕국 라멘타의 왕손이라는데. 그녀라면 뭔가 해 주지 않을까, 그녀라면 무언가 바꿀 수 있지 않을까.

리에타에게 축복해 달라, 도와달라, 정말 늦었는지 한 번만 우리 가족을 봐 달라, 이미 죽은 사람을 살려 달라며 매달리는 사람들이 나오기 시작했다.

리에타가 나타날 때마다 구호 막사가 엉망이 되자 그녀는 베일로 얼굴을 가렸다. 다른 사제들이나 사람들 중에도 추위와 애도, 추모를 이유로 얼굴을 가린 사람들이 많아, 리에타는 그들 사이에 숨을 수 있었다.

그러나 모습을 감춘 채 거리에 나서자, 리에타는 그녀가 있는 줄 모르고 사람들이 나누는 거르지 않은 이야기들을 듣게 되었다.

라멘타나 그들 사이에 얽힌 저주, 혹은 그녀가 해야 하는 처신에 대해, 사람들은 너무나도 쉽게 말했다.

리에타는 한 번에 무너지지 않았다.

그녀는 천천히 마모되어 가기 시작했다.

벽난로 앞 소파에 웅크리고 앉아있는 리에타 곁에, 킬리언이 와서 앉았다. 리에타는 말없이 벽난로에서 타는 불을 바라보았다. 그녀가 가만히 입을 열었다.

"사람들 이야기를 들어 보면…… 제가 할 수 있는 일이 참 많은 것 같아요."

"……."

"내가 뭐든 다 할 수 있는 사람 같아."

킬리언이 손을 뻗어 그녀의 차가운 손가락을 감싸 쥐었다.

"……밖에 나가지 마."

킬리언이 눈을 내리깔며 리에타의 손가락에 제 입술을 대었다.

"여기 있어."

리에타는 자신의 다리를 끌어안고 웅크린 채 움직이지 않았다. 킬리언이 천천히 말했다.

"아니면…… 잠깐 여길 떠나서 다른 곳에서 쉬고 올래? 나하고 같이……."

휘잉. 외풍이 불어 들어와 커튼이 흔들렸다. 벽에 걸린 촛불이 바람에 위태롭게 흔들렸다. 킬리언이 그녀의 손을 놓아주고 일어나 창문을 꽉 닫았다.

"그대가 나서지 않아도 돼. 사제가 백 명이야. 그리고 사람들에게는……."

"……."

"악마들을 구마하러 구마 사제들이랑 같이 성 밖으로 떠났다고 했어."

킬리언이 불쏘시개를 집어 들어 벽난로를 뒤적였다. 붉게 달아오른 장작에서 불티들이 어지러이 날아올랐다. 리에타의 창백한 얼굴 위에 주홍빛 불빛이 아른거렸다.

"다른 사람을 돕는 걸 생각하기 전에 그대 자신을 생각해. 자기 자신을 돌보지 못하는 사람이 누굴 도울 수 있겠어."

타닥. 타닥. 조용한 방 안에 불티가 장작을 사르는 소리만 들렸다. 리에타가 가만히 그의 뒷모습을 향해 중얼거렸다.

"……당신은 사랑받는 영주님이에요."

난로에 새 장작을 집어넣은 킬리언이 등을 보인 채 가만히 불을 내려다보며 벽난로 위를 짚고 섰다. 그녀의 목소리에 힘없는 웃음기가 담겨 있었다.

"세금 받는 사람이 사랑받는다는 게 얼마나 대단한 일인지 알고 있어요? 그것도 평민들끼리 모인 자리에서……."

"너만." 킬리언이 돌아선 채 말했다. "그대만 사랑해 주면 돼, 나는."

리에타는 대답하지 않은 채, 무릎 위에 놓은 손끝을 내려다보았다. 킬리언은 묵묵히 벽난로의 불빛이 일렁이는 바닥을 응시했다.

그들의 영주를 사랑하는 영지민들이, 그의 행복의 생살여탈권을 가지고 있는 이 여자의 귀에 어떻게 들리는 말들을 했을까. 킬리언은 힘이 들어갔던 턱에서 소리 없이 힘을 뺐다.

그는 리에타가 가지고 있던 봉인과 그녀가 지금 겪고 있는 감정적 격동에 대하여 이해하고 있었다. 과거의 일에 대해서도, 미래의 일에 대해서도. 그는 아무것도 물을 수 없었다.

그의 눈에 잠깐 드러났던 감정은 평정을 되찾은 표정 아래로 자취를 감추었다. 그는 벽난로를 향해 있던 시선을 아래로 내렸다가 다시 올리며 돌아섰다.

"오늘도 제대로 안 먹었다며. 뭘 좀 먹어야지."

킬리언이 몸을 돌려 트레이 카트를 향해 발을 옮겼다. 달그락, 달그락. 이내 식기가 부딪히며 움직이는 소리가 들렸다. 리에타는 물끄러미 벽난로만 응시했다. 그녀가 작게 중얼거렸다.

"……사람들이 우릴 보고 원수 사이래요."

킬리언이 담담히 답했다.

"들을 가치도 없는 말이네."

"그런가요."

"사실이 아니잖아."

리에타가 약하게 웃었다.

"그럼 우린 무슨 사이죠?"

킬리언은 잠시 틈을 두고 답했다.

"사랑하는 사이. ……그대 마음이 변하지 않았다면."

리에타가 가만히 벽난로 속 불길을 바라보다 다시 물었다.

"제 어머니와 당신 아버지를 포함하면요?"

리에타가 처음으로 그 일에 대해 입을 열고 있었다. 킬리언은 트레이 카트에 올린 자신의 손등을 내려다보며, 조금 에둘러 답했다.

"일방적으로 제국이 라멘타에게 잘못한 사이."

킬리언이 카트의 쟁반 위에서 몇 가지를 달각 달각 건드리며 움직이다, 카트의 손잡이를 움켜쥐었다. 그는 그냥 그대로 카트를 당겨왔다.

리에타가 시야 안에 들어온 것을 물끄러미 쳐다보다가, 다시 물었다.

"제 어머니의 어머니까지 포함하면요?"

킬리언이 답했다. "포함해도 마찬가지지."

리에타가 힘없이 웃으며 눈을 들어 그를 바라보았다. 비로소 시선을 마주쳐 오며, 그녀가 물었다.

"당신에게 벌어진 일이 다…… 그 저주 때문인지도 모르는데?"

킬리언이 그녀의 시선을 피하지 않고 답했다.

"전부 저주 때문에 벌어진 일이고 우린 꼭두각시처럼 놀아났을 뿐이라고 말할 생각인가."

달그락. 킬리언이 리에타 앞에 끌어다 놓은 협탁에 접시를 놓아 주며 별일도 아니라는 듯 말했다.

"그럴 리가."

리에타가 가만히 그를 바라보았다. 킬리언이 시선을 내려 접시를 마저 세팅하며 말을 이었다.

"전부 내가 선택한 일이야. 그 녀석들이 선택한 일이고."

식기를 세팅한 후 그녀 옆의 의자에 앉은 킬리언이 무릎 사이에 깍지 낀 손을 내리며 덧붙였다.

"그리고 설령 저주 때문이래도 상관없어."

킬리언은 담담한 태도로 말했다.

"저지른 일에 대한 벌이라면, 받아야지."

리에타가 가만히 그를 올려다보았다.

"……황제께서 위독하시다면서요."

"그렇다더군."

킬리언은 남의 일처럼 말했다.

"저한테 저주를 풀어 달라고 안 하시나요?"

"내가 무슨 권리로."

리에타가 약하게 조소했다.

"못할 건 뭔가요. 모든 사람이 권리가 있는 것에 대해서만 말하지는 않던데요."

그는 잠시 틈을 두고, 시선을 내리깔며 변함없이 말했다.

"……나는 십사 년 전부터 릴페이엄과 끊어졌다고 생각하지만."

"……."

킬리언이 눈을 들어 그녀를 바라보았다.

"릴페이엄을 대표해 그대에게 벌을 받는 것이 그대가 내게 바라는 것이라면, 난 달게 받을 것이다."

킬리언이 다가와 리에타의 손에 무언가 차가운 것을 쥐여주었다. 단검이었다.

"오롯이 릴페이엄과의 연을 끊고 그대의 사람이 되라 하면, 나는 그리할 것이다."

리에타가 가만히 자신의 손에 들어온 단검을 내려다보았다. 킬리언이 그녀의 손등 위로 단검을 함께 감싸 쥐며 말을 이었다.

"그대의 검이 되어 릴페이엄을 단죄해 달라 하면, 나는 그리 할 것이다."

검을 쥐여주는 것이 어떤 의미인지 알기 어렵지 않았다. 킬리언이 리에타를 향해 새기듯 말했다.

"그대가 내게 바라는 것이 무엇이든 그대 뜻대로 될 것이다."

시선이 교차했다. 그 몸 안에 흐르는 피를 그대로 보여 주는 듯 투명한 붉은 눈동자 안에, 제 가슴을 열어 보여 주지 못해 피 흘리는 맹세가 있었다. 그러나 불길을 담은 눈은 단호하고 담담하게 정제되어 있었다. 그가 그녀를 향해 고했다.

"신도 저주도 영혼도, 나는 믿지 않지만. 내게 영혼이 있다면 그건 그대 것이다."

그는 조금 틈을 두고, 약간의 침묵 끝에 두려움과 고통을 감춘 마지막 말을 뱉었다.

"……날 떠나지만 마."

리에타의 눈동자가 고요히 일렁였다. 그의 얼굴은 굳어 있었다. 리에타가 달아날까, 아파할까, 감히 그녀를 붙잡고 싶은 절절한 마음을 드러내지 못하고. 리에타의 하늘색 눈이 천천히 젖어 들었다.

한참 후, 킬리언이 그녀의 방을 떠나기 위해 일어섰을 때, 그녀가 비로소 자신의 다리를 감쌌던 팔을 풀고 가만히 한 손을 뻗었다.

"……킬리언. 이리 올래요?"

킬리언이 그녀에게 다가갔다. 리에타가 자신의 앞에 선 그의 팔에 가만히 손을 올렸다. 리에타의 목소리는 조금 가라앉아 있었다.

"……미안해요."

킬리언이 조용히 그녀를 내려다보았다. 툭……. 리에타가 고개를 조금 숙여 그의 팔에 얹은 손 위에 이마를 기대었다.

"……아직은 힘들어요."

"……그래. 알아."

그녀가 조용히 내쉬는 아픈 숨이 그의 옷깃을 스쳤다.

"시험하듯이 말해서 미안해요."

흐릿하게 속삭이는 목소리에.

"백 번이고 천 번이고 시험해도 괜찮아."

킬리언이 답했다. 킬리언이 천천히 그녀의 등을 보듬어 안았다. 그의 품에서 리에타가 속삭였다.

"……이겨 내고 싶어요."

리에타의 어깨를 감싼 킬리언이 허리를 숙이고 그녀의 머리에 입 맞추었다.

"그럴 수만 있다면, 그래 주기만 한다면 내가 할 수 있는 건 뭐든지 할게."

리에타가 가만히 눈을 내리감았다.

"……오래 걸려서 미안해요."

"십 년이 걸려도, 이십 년이 걸려도 괜찮아."

리에타는 한동안 그러고 있었다.

……기다려 줄래요? 언젠가 이 마음이 다 가라앉으면, 당신한테 갈게요.

입 밖으로 내지 않았지만, 킬리언은 들은 것 같았다. 리에타의 머리와 등을 쓸어내리던 손으로, 킬리언이 그녀의 머리카락을 쥐고 경건하게 그

끝에 입 맞추었다.

"……기다릴게."

피해가 어느 정도 회복되어 한숨을 돌릴 여유가 날 즈음, 희생자들의 장례식이 열렸다. 겨울의 장례는 여름의 장례식보다 조금 더 천천히 치러지는 관례에 따라 조금 늦은 합동 장례식이 열리게 되었다.

사흘의 시간이 추모 기간으로 정해져, 악시아스 전체가 떠난 이들을 보내고 합동 장례를 올리기로 하였다. 악시아스 성에서는 원하는 사람들이라면 누구나 합동 장례에 함께할 수 있도록 지원해 주어, 많은 영지민들이 희생된 아홉 명의 사제들과 함께 떠나게 되었다.

많은 사람들이 대사제가 주관하는 장례 미사에 함께했다. 악시아스 영지민 모두가 추모객인 큰 장례 행사가 열렸다. 많은 사람들이 함께했기에 유가족들과 애도하는 사람들을 모두 수용할 수 있는 공간이 없어, 장례식은 대광장과 거리에서 공개 미사 형식으로 열렸다.

리에타와 킬리언도 장례식에 참석했다. 킬리언은 리에타가 밖에 나가지 않기를 바랐지만, 리에타는 참석하고 싶다고 말했다. 설득해 보았지만, 그녀가 끝내 고집을 꺾지 않아 킬리언은 리에타의 뜻을 받아들였다. 대신 그들은 장례식이 끝난 후 둘만의 여행을 다녀오기로 했다.

악시아스 곳곳에서 동시에 열린 장례 미사는 길리우스 대사제와 에밀라이 대사제를 비롯하여 성역을 선포한 여러 권위 있는 사제들의 집전하에 엄숙하게 거행되었다. 자신이 모습을 드러내면 장례식이 시끄러워질 것을 알고, 그녀는 폐가 되지 않기 위해 사람들에게 얼굴을 드러내지 않고 조용히 지켜보기로 했다.

영주인 킬리언은 공개적으로 참석해야 했기에, 질서 유지 명목으로 투입된 기사들이 군중 사이에 섞여 드러나지 않게 리에타의 마차를 보호하도록 했다.

리에타는 조금 멀찍이 떨어진 곳에서 마차를 세우고 대광장에서 열리는 장례 미사를 지켜보았다. 예민한 사제들은 리에타가 장례 미사에 참석했다는 것을 알았다. 대부분의 사제들이 모르는 척했지만, 몇몇 사제들은 그녀의 등장에 평정심이 흔들렸다.

사제들과 기사들의 낌새에서 리에타가 왔다는 걸 눈치챈 사람들이 술렁였다. 인파 속에서 '라멘타…… 신성 왕녀의 딸……' 하며 소리 낮추어 웅성이는 소리가 들렸다.

승객의 신분이 노출되지 않는 평범한 마차에 몸을 숨긴 리에타를 찾지는 못했지만, 그런 숨죽인 소란이 악시아스에서 희생된 사람들을 떠나보내는 자리에 폐를 끼치는 것 같아서, 마차의 창에 드리워진 베일 뒤에 몸을 감추고 있던 그녀는 조용히 자리를 지키다가 떠났다.

'신이여, 이들에게 영원한 안식을 주소서. 지금 당신의 품으로 돌아가고 있나니…… 비탄과 고통에서 구하시고, 평화 속에 잠들게 하소서. 당신의 아이들에게 끝없는 빛을 비추소서.'

창으로 들어오는 것은 찬바람뿐이었다. 떠난 이를 위한 진혼곡마저 멀어져 희미해져 갔다. 리에타는 마차의 창문을 닫았다.

"바로 성으로 모실까요?"

마부가 묻는 소리에 "네. 꼭 빠른 길로 가지는 않아도 괜찮아요" 하고 리에타가 대답했다.

마부는 의미를 알아듣고 인파가 많은 큰길을 벗어나 사람들이 많지 않은 한갓진 길로 마차를 이끌어 갔다. 리에타는 흔들리는 마차에 등을 기대어 가만히 옷깃을 여미었다.

리에타는 잠시 후 그들이 낯익은 곳을 지나고 있다는 걸 깨달았다. 넬라와 마틴의 결혼식 날. 킬리언과 함께 불꽃놀이를 보았던 그 거리였다.

그때도 멀리서 숨어서 봤었지. 결혼식은 그녀 자신이 젊은 과부이기에 일부러 가까이서 참석하지 않았었다. 기쁜 날 새로 시작하는 부부에게 하객들로 하여금 불길한 상상을 불러일으키게 하는 실례를 저지르고 싶지 않아서.

장례식은 그 반대의 이유로 멀리서 보게 되었다. 아이러니한 일이었다.

사제들의 추도사가 끝난 후, 유가족들은 떠나는 이에게 헌화하고 이별하였다. 기도와 노래 속에서 사람들은 저마다의 방식으로 망자를 떠나보냈다. 수천 명이 저마다의 추모와 작별의 인사를 하는 동안 사제들은 그저 기다려 주었다. 킬리언은 조용히 자리를 지켰다.

곁에 그의 어린 시절을 함께한 길리우스 대사제가 있어서 그런가, 성역이 된 악시아스의 공기는 킬리언이 청소년기를 보낸 로드미뉴의 황궁과도 비슷한 느낌을 주었다.

추운 날씨와 사제들의 축성, 성역이 된 악시아스의 영향으로 망자의 육신은 시간의 마모를 비껴가고 있었다. 어떤 시신들은 죽은 지 오래된 사람 같지도 않았다. 장례가 늦게 열려 걱정하였는데 마지막 가는 모습이 깨끗해 다행이라고 군중 속의 누군가가 눈물을 훔치며 중얼거렸다.

사제를 향한 감사의 말도, 서로에게 기댄 채 슬픔의 말이나 위로의 말을 작게 소곤거리는 소리도 들렸다. 킬리언은 영주로서 예를 다해 희생된 사제들과 영지민들의 장례식을 지켜보았다.

장례의 마지막 행렬이 시작되었다. 사람들을 지키다 희생된 사제들의 관이 먼저 나가고, 뒤이어 일반인들의 관이 차례로 나갔다. 거리에 가득한 조문객들이 조용히 모자를 벗고 가슴에 댄 채 고개를 숙여 묵념하였다.

'신이여, 이들에게 영원한 안식을 주소서. 비탄과 고통에서 구하시고, 평화 속에 잠들게 하소서.'

킬리언은 오래전 자신의 곁을 떠난, 그리고 한편으론 오랫동안 떠나지 않았던 어머니를 생각했다. 어머니를 오랫동안 보내 주지 못했던 또 다른 한 사람도 어쩔 수 없이 떠올랐다.

'저희야 악마학의 원리를 자세히 알 수 없지만, 이론으로만 가능했던 그 실험의 성공으로 어쩌면 악마에게 뿌리박힌 인간을 구제할 수 있을지도 모른다는 주장이 힘을 얻고 있다고 합니다.'

완벽한 사람은 아니었으나 한 시대를 풍미한 영웅이라는 점은 부정할 수 없었다. 한때는 존경하였다. 그러나 그 이유로, 아버지가 그런 일을 벌였을 리 없다고 생각하지는 않았다. 자신이 아는 것이 아버지의 모든 것이라 믿을 정도로 순진한 나이는 옛날에 지났다.

킬리언이 깍지 낀 손 위에 이마를 얹었다. 짧은 한숨 사이로 쓴웃음이 새어 나왔다. 이미 패륜아가 되어 놓은 게 차라리 다행이다 싶을 지경인 제 처지가 우습다.

킬리언은 꾹 입술을 물었다. 과거의 일. 현재의 일. 미래의 일. 무엇하나 나와 리에타를 얽어매고 위협하지 않는 게 없구나. 모든 게 다 사방에서 칼을 겨눈 채 옴짝달싹 못하도록 저를 방해하고 있는 것 같다.

그러나 그는 이미 자신에게 가장 중요한 것을 분명히 했다. 옳고 그름이 분명했고, 그에게 중요한 사람이 분명했다. 다만 힘들어하는 그녀에게 가까이 가는 것조차 저어하게 만드는, 리에타가 받고 있는 고통이 걱정스러울 뿐이었다.

마음껏 리에타의 옆을 지킬 수라도 있었으면 좋았으련만. 그 고통의 원인에 내가 있지만 않았다면 그렇게 할 수 있었을 텐데. 그게 그녀를 목 조르는 일이 될까 봐.

곁에 다가가는 것조차 두렵다. 위로조차 조심스럽다. 킬리언이 굳게 입을 다문 채 손등으로 눈을 가렸다.

⌘

리에타가 탄 마차가 성문 근처에서 멈추어 서서 신분 확인을 받는 동안 그녀는 마차 안에서 기다렸다. 근처에 사제들을 포함한 몇몇 사람들 사이에서 작은 소란이 벌어지고 있어 리에타는 베일을 치고 창을 가렸다. 마차 안으로 바깥의 소리가 전해져 왔다.

"조금만 기다리세요, 사람을 보냈으니까. 몇 시간만 있으면 잠시 대화할 시간이……."

"몇 시간이라고요? 지금 그분의 상태는 촌각을 다투고 있단 말입니다! 당장 치유 사제가 필요해요!"

"치유 사제라면 이미 세 사람이나 보내 드렸잖아요."

"소용이 없었습니다. 역시 길리우스 대사제님을 모셔 와야……!"

사제가 한숨을 내쉬었다.

"보내 드린 분들도 최고의 수준의 치유 사제들입니다. 치유 능력이야 결국은 다 똑같은데 다른 사제님들이 소용없었다면 대사제님이라고 뾰족한 수가 있겠습니까? 게다가 길리우스 대사제께선 지금 한창 장례 미사를 집전하는 중이시란 말입니다."

리에타는 베일 너머로 실랑이를 벌이고 있는 사람들을 바라보았다.

"지금 장례식이 문제가 아닌데……! 잠깐 양해를 구하고 말씀을 드릴 수 없겠습니까?"

사제가 울컥하며 낯빛을 바꾸었다.

"말조심하십시오. 당신 가족의 장례식이어도 그렇게 말했을 겁니까? 한두 명에게 양해를 구할 수 있는 것도 아니고 백여 명의 합동 장례식이라고요!"

"지금 생사람이 죽어 나가게 생겼는데……! 그럼 다른 누구라도 직위가 높으신 대사제님을……!"

"에밀라이 대사제님도, 바덴 대사제님도, 권위 있는 사제 분들은 전부 동시에 열리는 장례 미사를 집전하시는 중이세요. 아시잖아요."

장례 미사를 방해할 수도 있는 일. 치유 사제가 필요한 일. 신원 확인이 끝난 마차가 움직이려는 순간, 리에타는 결국 마차를 세우게 했다.

"……무슨 일이죠?"

사람들의 시선이 그녀에게로 향했다. 방어적인 태도로 흠칫하는 사제들을 본 리에타가 마차 문을 열고 내렸다. 두문불출하던 그녀를 발견한 사제들은 모두 놀란 얼굴이 되었다.

"리에타 님!"

사제들과 얽혀 있던 사람들이 당황한 낯으로 저희들끼리 쳐다보았다. 놀란 얼굴에 뒤이어 난처한 얼굴, 해답을 찾은 얼굴, 머뭇거리는 얼굴들이 급격하게 교차했다.

리에타라는 이름에 그녀를 처음 본 딤쉘 자작은 깜짝 놀랐다. 저 사람이 리에타? 라멘타 왕족의 후예라던? 절박한 마음속에 희망이 번뜩였다.

권위 있는 치유 사제. 아니, 사제는 아니지만 그것이 문제되지 않을 정도로 강력한 신성 능력자. 전 영지 규모의 합동 장례가 열리고 있는 지금, 장례 미사를 집전 중이지 않은 신성 능력자 중에 그녀보다 확실한 사람은 없었다.

사제들 모두가 자작과 같은 생각을 떠올린 모양이었다. 그러나 난감해하는 얼굴들이 뒤이은 이유는 '악시아스의 축성술사'로 불리기 전 리에타를 가리켰던 가장 유명한 이름을 모두가 알고 있었기 때문이었다.

'세비타스의 과부' 그리고 페르디안 칼리고의 이전 이름은 '페르디안 세비타스' 그녀가 아니었다면 아무도 백작의 예전 이름 따위에 관심 두지 않았겠지만, 리에타 때문에 악시아스에서 세비타스라는 이름은 사람들의 뇌리에 각인되어 있었다.

리에타가 세비타스에서 겪었던 험난한 사연을 모르는 사람이 없었다. 처음 그녀가 악시아스에 정착할 때부터 소문이 자자하던 이야기는 동쪽 별채가 해산되고 그녀가 악시아스 대공의 연인으로 자리를 굳히며 더더욱 유명해진 데다, 리에타의 이야기는 가을 내 악시아스에서 가장 유행했던 거리 연극이었다.

그녀가 세비타스에 대해 좋은 감정을 가지고 있을 리 없다. 악시아스 대공의 노여움도 두려웠다. 사제들이 리에타의 안색을 살피며 우물쭈물 결정을 내리지 못하고 있는 사이, 시간을 지체할 수 없다고 판단한 딤쉘 자작이 질끈 눈을 감고 냅다 무릎을 꿇었다.

"도와주십시오! 칼리고 백작께서 위독하십니다!"

리에타는 속내를 알 수 없는 무표정한 얼굴이었다. 모두가 조마조마하게 그들을 바라보았다. 리에타가 오래 걸리지 않아 입을 열었다.

"어디 계시죠?"

"……! 감사합니다! 이쪽으로……!"

탁. 막 화색이 돌며 벌떡 일어서던 딤쉘 자작이 어깨를 밀치는 강한 힘에 뒷걸음질 쳤다.

"가지 말아요. 리에타."

어디서 나타났는지 모를 검은 커트 머리의 젊은 여자가 리에타와 그의 사이를 가로막고 서 있었다. 그녀에게 등을 보이고 선 채, 레이첼이 리에타를 향해 다시 말했다.

"……가지 말아요."

레이첼은 리에타를 바라보지 않았다. 약간만 옆으로 몸을 틀고 있어 그녀의 코끝이 조금 보였을 뿐이었다.

"당신은 누구……!"

곧 딤쉘 자작은 그녀가 리에타를 경호하고 있는 사람이라는 걸 눈치챘다. 누군지 묻는 것은 무의미했다. 짧은 머리. 귀족이 아니다. 귀족 영애는 절대 저런 머릴 하지 않는다. 딤쉘 자작이 입술을 깨물며 항변했다.

"……이렇게 돌아가시게 두어선 안 되는 분입니다."

레이첼이 차갑게 말했다.

"돌아가시게 두어도 괜찮은 분은 없죠. 그렇다고 세상 모든 환자를 전부 리에타가 가서 들여다봐야 하나요? 심지어 '세비타스'를?"

여전히 리에타를 등진 채였다. 리에타가 감시받고 있다는 생각을 하게 하고 싶지 않았다. 그래서…… 이런 식으로 나타나고 싶지 않았지만. 레이첼이 획 몸을 돌려 리에타에게 다가와 그녀의 어깨를 짚고 속삭였다.

"내 임무는 리에타, 당신을 지키는 거고, 당신을 지키려면 영주님의 허락 없이 그 사람을 만나러 가게 두어선 안 된다고 생각해요. 그러니까 가지 마요."

뒤에 있는 사람들은 그녀가 속삭인 소리를 듣지는 못했다. 하지만 어떤 말을 했을지는 유추할 수 있었다. 리에타의 앞에선 차마 나서지 못하던 딤쉘 자작이 울컥해 신분의 질서를 들이밀며 그녀의 무도함에 반발했다.

"일개 평민 경호원이, 귀족과 사제들의 앞에서 무례하게……!"

그러나 레이첼은 피식 코웃음 쳤다.

"귀족? 사제? 그게 뭐? 나는 악시아스 대공 전하의 사람이고, 그분의 명령만 받습니다."

레이첼은 속눈썹 하나 까딱하지 않고 리에타를 응시했다.

"알고 있죠? 그 누구도 당신한테 명령할 수 없어요. 부탁도 마찬가지예요. 귀족도, 사제도, 그 누구도 당신을 강제할 수 없어요."

그러나 리에타는 뒤를 가리키는 레이첼의 손을 부드럽게 잡아 내렸다.

"맞아요. 레이첼. 그러니까 다녀올게요."

레이첼이 아차한 얼굴로 입술을 깨물었다. 그 누구도 당신에게 명령할 수 없다. 부탁할 수도 없다. 레이첼 자신도 예외가 아니었다. 리에타를 강제할 생각은 아니었지만 이건……!

"리에타."

"저 사람들 부탁 때문에 가는 건 아니고…… 제가 그분에게 볼일이 있어요."

"……"

"영주님께서도 막지 않으실 거예요. 제가 책임질게요."

리에타가 미소 지었다.

"금방 다녀올게요. 당신을 걱정시킬 일은 없을 거예요. 물론 영주님도요."

레이첼은 거부하지 못했다. 킬리언도 리에타의 뜻을 꺾지 못하는데 레이첼이 그럴 순 없었다. 그 누구도 악시아스에서 리에타의 결정을 막을 수 없다. 끝내 레이첼은 주먹을 꾹 쥐고 물러섰다. 대신 레이첼은 리에타의 가장 가까운 곳에서 그녀의 뒤를 따랐다.

"그분의 몸은 어째서 그렇게 된 건가요?"

그가 있는 곳을 향해 가던 도중 리에타가 사제들에게 물었다.

페르디안의 상태를 보기도 전이었다. 급히 모셔오긴 했지만, 리에타는 황실 기밀 프로젝트를 알고 있는 사람이 아니었다. 프로젝트에 대해 알아도 되는 사람도 아니었다. 그런데 리에타는 마치 어느 정도는 문제의 원인을 아는 것처럼 말하고 있었다.

사제들과 딤쉘 자작이 우물쭈물했다. 어디까지 말해도 되는지 확신할
수 없었다. 리에타는 담담하게 시선을 앞으로 한 채 걸어가며 덧붙였다.

"말씀해 주시기 곤란하다면 괜찮아요."

지푸라기라도 잡고 싶은 심정과 망설임이 뒤섞였다.

"저…… 그것이……. 그분 상태는, 보시면 아시겠지만 많이 좋지 않습니
다. 부디 놀라지 않으시도록 마음의 준비를……."

"네."

리에타는 딱히 듣지 않아도 상관없다는 태도였다. 머뭇거리던 딤쉘 자
작이 마른침을 삼키고 리에타의 옆모습을 바라보았다.

"혹시 자세히 말씀을 드린다면……."

리에타가 선을 그었다.

"책임이 따르는 말이라면 하지 마세요. 상태를 이해하는 데에 도움이
될 수도 있어서 여쭤본 거긴 하지만 딱히 원인을 안다고 해결에 도움이 될
것 같지는 않아요. 어떻게 된 건지 듣는다고 근본적으로 호전시킬 뾰족한
방법이 있는 것도 아니고."

명확한 답에 다들 안심하면서도 혼란스러워했다. 프로젝트에 참여한
사제들이나 학자들도 페르디안의 상태에 대해 이렇게 명확하게 말하지
못하는데 어떻게.

"근본적으로 호전시킬 방법이 없다는 건, 어떤, 다르게, 조금이라도 호
전시킬 수는 있다는 말입니까?"

딤쉘 자작이 더듬거리며 물었다. 리에타는 부정했다.

"너무 기대하진 마세요. 어느 쪽이든 처음 보는 상태일 것 같아서. 하지
만 아마, 목숨을 잃진 않을 거예요."

사제들이 긴장해 저희들끼리 눈빛을 교환했다.

"……치료가 가능할까요?"

"치료는 모르겠어요. 하지만 대화를 시도해 볼 수는 있을 것 같아요."

악마의 기운이 새어 나오는 방 앞에 모두가 멈추어 섰다. 아무도 말하지 않았지만, 모두가 그 방이라는 것을 확신했다. 방 안에서 기이하고 폭력적인 소리가 흘러나오고 있었다. 무언가를 긁고 부수는 날카로운 소리도 들렸다.

격동하는 악마의 기운을 느낀 리에타의 몸에서 신성력이 피어오르기 시작했다. 사제들이 긴장한 채 따라서 신성력을 일으켰다. 레이첼은 아까부터 굳히고 있던 콧잔등을 이제는 대놓고 비아냥거리듯 찡그리고 있었다.

"치유 사제가 아니라 구마 사제가 필요했던 것 아닌가요?"

확연히 흉악한 악마의 기세에 당황한 사제가 딤쉘 자작을 향해 물었다.

"위독……하시다면서요? 아까도 이런 상태였습니까?"

딤쉘 자작이 아무 말도 하지 못한 채 초조하게 손을 만지작거리며 문을 바라보았다. 레이첼이 절제된 살기를 피워 올리기 시작했다. 어느새 그녀의 손에 은빛 단검이 들려 있었다. 레이첼이 문을 노려보며 나직이 말했다.

"리에타가 괜찮다고 한 것과 상관없이, 이건 대공 전하께 보고될 겁니다. 위험한 일이 생긴다면 당신들 모두가 책임져야 할 거예요."

사제들과 딤쉘 자작의 안색이 굳어졌다. 리에타의 표정만이 담담하고 조용했다.

"괜찮아요."

리에타가 일으킨 신성력이 그 자리에 있는 사람들을 축성하듯 감쌌다.

"열어요."

철컥. 문이 열렸다. 수십 개의 악마의 손이 새카만 방 안에서 튀어나왔다.

사제들이 숨을 들이켜며 신성력을 일으키고, 눈을 부릅뜬 딤쉘 자작이 비명을 삼키며 주저앉았다. 레이첼이 벼락같이 칼을 휘둘러 악마의 손을 베었다. 그러나 시퍼런 냉기는 연기처럼 흩어지며 칼날을 통과했다. 리에타가 나직이 속삭였다.

"구하소서."

쩡! 내려앉은 신성력이 공간을 압도했다. 사람들을 위협하며 겁주던 냉기의 허상이 사라지며 고통스러워하는 목소리가 방 안에서 터져 나왔다.

"보지 마!"

악마의 힘이 몸부림치며 허공을 비틀었다. 그러나 아공간은 열리지 않았다. 페르디안이 덜덜 떨리는 손으로 바닥에 널브러져 있던 시트를 당겨 자신의 몸을 가리려고 했다. 피투성이가 된 몸에 부서진 얼음 조각이 가득했다. 어깨와 팔에선 냉기가 피어오르고 있었고, 고통에 들썩이는 몸에서 시퍼런 핏줄이 목을 타고 올라 뺨으로 퍼져 가고 있었다.

"가까이…… 오지 마!"

와드득, 격한 움직임에 그의 다리를 얽어매고 있던 얼음이 깨져 사방으로 흩어졌다. 페르디안의 몸에 붙어 서걱거리는 얼음 조각들이 흘러나온 피에 번들거렸다. 하얀 피부 위에 도드라진 푸른 혈관과 유리 조각처럼 붉은 얼음 파편에 뒤섞인 붉은 피가 섬뜩한 느낌을 주었다.

"헉……, 헉."

가쁘게 몰아쉬는 숨에서 냉기가 뿜어져 나왔다. 페르디안이 이를 악물어 비명을 삼켰다. 까드득, 그의 피부에서 뾰족한 가시가 달린 얼음 조각들이 돋아나고 있었다. 기이하고 위협적인 모습에 사람들이 주춤주춤 뒷걸음질 쳤다. 리에타가 뒤로 돌아섰다.

"모두 나가 주세요."

뒤에서 바라보던 레이첼이 단칼에 거절했다.

"싫어요."

리에타는 받아들였다.

"레이첼은 있어도 좋아요. 레이첼 빼고 모두 나가 주세요."

당황한 사제들과 딤쉘 자작이 페르디안과 리에타, 레이첼을 번갈아 쳐 다보았다.

"거, 경호원 보다는, 사, 사제가 있는 편이……."

"나가라는 말 안 들려요?"

레이첼은 즉시 무력으로 사제들과 자작을 쫓아냈다. 어두운 방 안에 레 이첼과 리에타, 페르디안만이 남자, 리에타가 침묵을 깨고 신성력을 담아 그의 이름을 불렀다.

"수마 아비디타스."

페르디안이 흠칫하며 멈추었다. 그러나 신성력에 짓눌린 채 그의 몸에 서 요동치는 냉기는 멈추지 않았다. 덜덜 떨리는 몸을 추스르려 애쓰며, 고통에 물든 암갈색 눈동자가 리에타를 바라보았다. 가만히 그를 바라보 던 리에타가 중얼거렸다.

"……아니군요."

잠시 그를 보고 있던 그녀가 페르디안을 향해 걸어갔다.

"……리에타!"

뒤에서 레이첼이 불렀지만, 리에타는 멈추지 않았다. 페르디안이 오히 려 겁에 질린 듯 스스로의 몸을 뒤로 밀며 물러날 데 없는 벽에 바짝 붙였 다. 리에타가 조용히 그의 앞에 무릎을 굽혀 쪼그려 앉았다. 눈높이가 낮 아지며 가까워졌다. 리에타는 제 무릎을 감싸 안은 채, 두려움 없는 눈으 로 그를 바라보았다.

"페르디안 님. ……어떻게 된 거죠?"

페르디안의 눈이 흔들렸다. 리에타의 손가락이 그의 왼쪽 가슴을 가리 켰다.

"당신 몸 안에 '그거'."

리에타가 하늘색 눈을 들어 올려 그의 눈을 직시했다.

"언제부터 데리고 있었나요?"

페르디안은 혼란스러운 얼굴로 가쁜 숨만 몰아쉬었다. 다시 리에타가 입을 열었다.

"수마 아비디타스."

다시 불린 악마의 이름에, 페르디안의 얼굴이 굳어졌다. 그러나 그를 부른 것이 아니었다.

"……에율라티오에 복속되어 있던 악마인데."

리에타가 조용히 말을 이었다.

"어떻게 당신이 데리고 있죠?"

페르디안이 눈을 크게 떴다.

봉인을 풀던 그날, 리에타는 악시아스 전역에서 벌어지고 있는 모든 일을 제 손바닥 들여다보듯 예민하게 느낄 수 있었다. 한계까지 개방된 리에타의 감각에 악마의 힘으로 물을 움직이던 페르디안의 모습 역시 포착되었다.

어떻게 그럴 수 있었던 것인지는 알 수 없지만 페르디안은 악마의 힘을 부리고 있었다. 그리고 그가 부리고 있던 것은 에율라티오에 복속되어 있던 수마의 힘이었다.

페르디안은 능숙하지 않았고 그의 몸 상태는 불안정했다. 그리고 그의 몸에선 평범한 사람에게서 일어날 수 없는 기이한 마법적 격동이 벌어지고 있었다. 그 힘과 관련해 그에게 어떤 문제가 벌어질 수도 있겠다는 생각을 했었다.

사제들이 나누는 이야기를 듣고, 리에타는 어렴풋이 페르디안의 일이

라는 걸 직감했다. 혹시나 했지만 그녀를 보고 당황스러워하는 사람들의
모습을 본 순간 짐작은 확신이 되었다.

리에타는 말없이 그의 모습을 바라보았다. 그의 몸이 어떤 원인과 과정
을 거쳐 그렇게 되었는지는 알 수 없었지만 리에타는 누구보다도 그의 상
태를 정확하게 이해하고 있었다. 넋을 잃고 있던 페르디안은 망연자실하
게 리에타를 올려다보며 자신의 가슴을 움켜쥐고 중얼거렸다.

"악마가…… 보여?"

리에타가 작게 고개를 저었다.

"보이진 않아요. 하지만 느껴지네요. 온전한 상태는 아닌 것 같지만……."

페르디안은 큰 충격이라도 받은 사람처럼 리에타를 쳐다보았다. 시선
을 떨어뜨려 바닥을 내려다보며, 페르디안은 혼이 빠진 사람처럼 중얼거
렸다.

"악마가…… 있다고…….."

그가 가늘게 떨며 반복했다. "악마가……."

리에타가 그를 바라보던 시선을 거두어 바닥에 낭자한 얼음 조각들을
바라보았다.

"그날 비를 내린 게 페르디안 님, 당신이었죠?"

리에타가 손가락에 가느다란 실처럼 섬세하게 뽑아낸 신성력을 감아올
리며 말했다.

"……그날은 감사했어요."

페르디안이 어깨를 떨며 고개를 숙였다.

"……역병의 씨앗이."

비로 인해 퍼진 역병 때문에 사람들이 그를 탓하거나 의심한 건가.

"그건 어쩔 수 없는 일이었어요. 당신이 악의를 가지고 그러신 게 아니

라는 건 알고 있어요. 화재를 진압하고 용암을 식히는 게 더 급했고……."

리에타가 입술을 물었다가 놓았다.

"무리하지 않고 몸을 사린 채 숨어 있을 수도 있었을 텐데. ……고마워요. 어쨌든 당신이 위험을 무릅쓰고 내려 준 비가 많은 사람을 구했어요."

……다른 사람에게 말하기는 이토록 쉬운걸. 리에타는 스스로의 말에서 조금이나마 위안을 느꼈다. 새삼스럽게 그에게 생각하지 못한 동질감이 느껴져서 리에타는 눈을 내리깔았다.

리에타가 신성력을 일으킨 손가락을 페르디안의 이마 가까이 가져다 대었다. 페르디안이 흠칫하며 자신의 몸을 움켜쥐었다.

"혹시 신성력이 많이 불편하시면 말씀하세요."

페르디안이 잠시 그녀를 바라보았다. 거부하는 빛이 서서히 거두어지자, 리에타가 신성력으로 그의 몸 상태를 살폈다.

"……처음엔 악마에게 뿌리박힌 상태와 비슷한가 했는데……. 많이 다르네요. 힘의 주도권은 당신이 가지고 계신 거, 맞죠?"

"항상…… 내가 주도할 수 있는 건 아니야."

사르륵, 가늘고 섬세한 신성력이 페르디안의 몸으로 감겨 들어가며, 그의 몸에 어지럽게 얽혀 있던 차가운 마력이 한 올 한 올 풀려 가기 시작했다. 고통은 여전했지만 떨리던 몸이 진정되며, 멋대로 몸에 얼음이 돋아나던 것이 멈추기 시작했다.

"가끔…… 내 몸이 내 마음대로 안 돼."

"그럴 수도 있겠네요."

리에타가 감정을 알 수 없는 목소리로 답했다. 페르디안이 고개를 떨어뜨리며 중얼거렸다.

"……내 진심과 다른 말을 하기도 해."

리에타는 대답하지 않았다. 페르디안이 고개를 떨구었다. 그의 목울대가 일렁이며, 얼음이 녹은 물인지, 땀인지, 눈물인지 알 수 없는 것이 턱을 타고 뚝 흘러내렸다.

"……미안하다."

리에타가 잠시 침묵하고 있다가 대답했다.

"……사과는 나중에 받을게요. 숨 깊이 들이쉬세요."

온몸이 찢어지는 듯한 고통이 밀려왔다. 페르디안이 이를 악물고 주먹을 틀어쥐었다.

줄곧 사과하고 싶었다. 변명하고 싶었다. 진심이 아니었어. 내가 한 게 아니었어. 난 그때 악마에게 휘둘리고 있었다.

"……페르디안을 도와주고 싶다고?"

리에타가 잠시 생각에 잠긴 듯 고개를 숙였다.

"도와주고 싶다기 보단. ……도울 수 있는데 외면하는 쪽이 더 신경 쓰이고 불편할 것 같아요."

"……."

킬리언은 탁자 위에 깍지 낀 손을 놓고 그녀를 바라보았다. 킬리언은 잠시 그러고 있다가 비스듬히 고개를 내리며 한숨을 내쉬었다.

"그대, 리에타."

……정말로 날 시험에 들게 하는군. 얼마든지 시험해도 좋다고 하긴 했지만.

"페르디안이 악시아스를 위해 쉽지 않은 위험을 무릅썼다는 건 알고 있어. 큰 부작용에 시달리고 있다지. 나도 박대할 생각은 없어. 하지만."

킬리언이 어둡게 가라앉은 눈을 들어 리에타를 마주 보았다.

"그대가 아니어도 사제들이 있잖아. 그대가 어떻게, 다른 사제들이 해 줄 수 있는 것보다 나은 방법을 알고 있기라도 해?"

리에타가 고개를 숙이고 자신의 손끝을 내려다보았다.

"……그 악마. 제가 아는 악마예요."

킬리언이 굳은 표정으로 그녀를 바라보았다.

"……뭐?"

리에타는 더 이상 킬리언에겐 숨길 것도 없다는 듯, 천천히 말했다.

"에율라티오에 복속되어 있던 수마예요. 힘의 성질도 까다롭고, 꽤 성격 이 나쁜 악마인데……."

리에타는 길게 덧붙이지 않았다.

"……제가 아니면 도울 수 없을 거예요."

킬리언은 한동안 말을 잇지 못했다.

……맙소사. 킬리언이 눈을 꾹 눌렀다.

리에타는 가만히 그를 쳐다보았다가 다시 시선을 내렸다. 평생 한 번도 입어 본 적 없는 따뜻한 고급 모피가 안감으로 대어진 두꺼운 방한 드레스 가 촘촘히 몸을 죈다. 굳게 다문 입. 킬리언의 턱 아래로 힘줄이 도드라졌 다가 사라졌다.

"……그대가 돕지 않으면 많이 위험한 상태야?"

"……."

침묵이 대답을 대신했다. 리에타가 자신의 소맷자락을 내려다보며 작 게 말했다.

"……오래 걸리진 않을 거예요. 그분이 그 힘을 다루는 데 익숙해지실 때까지만……."

킬리언이 한숨을 쉬고, 마른 손바닥으로 자신의 눈을 가렸다가, 그대로 얼굴을 쓸어내렸다. 한참 만에 킬리언이 입을 열었다.

"어지간한 일이라면 그대가…… 하고 싶은 대로 하라고 하고 싶은데."

킬리언이 꾹 입술을 물었다.

"다른 방법은 없겠어?"

"……."

"그대가 걱정돼. 그대 마음에 상처가 될 만한 사람을 곁에 두게 하고 싶지 않아. ……나 하나로도 충분히 버겁잖아."

리에타의 드레스 밑단에 희미하게 남은 핏자국에 눈길이 갔다.

"원수의 아들들에게 자비를 베푸는 걸로 자학하는 게 그대 취미라도 돼? 아니면."

킬리언이 미간에 댄 주먹을 꽉 쥐고 입술을 짓씹으며 고개를 숙였다.

"……미안해."

리에타가 말없이 그를 바라보았다. 손으로 이마를 괴고 눈을 가린 모습에 감추기 힘든 감정이 가라앉아 있었다. 드러내지 못한 죄책감과 괴로움이 고요하게 일렁였다. 리에타가 시선을 내려 치맛자락에 진 주름을 만지작거렸다.

"……저는 카사리우스 영주님의 일로 페르디안 님을 원망하지 않아요."

"……."

"물론 편하지는 않아요. 하지만 제가 그분을 원망했던 건, 그분과 함께 쌓았던 우정과 시간을 외면당했다고 생각하고 배신감을 느꼈던 거였지……. 그분이 오직 카사리우스 영주님의 아들이기 때문만은 아니었어요."

킬리언이 조용히 그녀를 바라보았다.

"당신도……."

리에타는 많은 말을 하지 않았다. 다만 거기까지만 말하고 고개를 숙였다. 한참이 지나 리에타가 고개를 들었을 땐 미소 짓고 있었다.

"중요한 건 현재잖아요."

"……."

"전 괜찮아지고 있어요."

킬리언은 그녀를 바라보다가, 입술을 꾹 문 채 고개를 숙였다. 억지로 웃게 하고 싶지 않은데. 리에타가 가장 힘들 텐데.

리에타가 자리에서 일어났다. 그녀는 그대로 와인 카트로 가더니 그곳에 있는 병들을 바라보며 손가락 끝으로 살짝 훑었다.

"……오늘은 같이 이야기나 할래요? 술이나 한잔 하면서……."

리에타가 병들을 만지작거리다 고개를 돌려 그를 쳐다보았다.

"유명한 아이스 와인이 들어왔다던데요. 당신, 와인 좋아한다면서요."

리에타는 웃음기 남은 얼굴로 그의 눈빛을 살피며 원하는 걸 맞춰 보겠다는 듯이 손을 움직여 병을 골랐다. 이거? ……아니면 이거?

"……술도 못 마시면서."

달그락. 그녀가 킬리언의 눈길이 스치듯 머문 병 하나를 눈치 좋게 캐치해 꺼내며 미소 지었다.

"당신이 가르쳐 주면 되죠."

킬리언이 결국 피식 웃었다.

"……술이 가르쳐 준다고 느는 것도 아니고."

리에타가 웃었다. 그녀가 손에 든 와인 병을 가지고 그에게 걸어왔다. 오다 말고 '아,' 하고 돌아서더니, 다시 카트로 가 코르크 오프너를 집어 들곤, 그대로 들고 와 그에게 병과 함께 내민다. 그리고 그가 열어 줄 거라 믿어 의심치 않는, 순진하기 짝이 없는 말간 눈으로 올려다본다.

언제나 그렇듯, 킬리언은 끝내 거절하지 못했다.

……엄청 달아요.

아이스 와인은 그런 편이지.

……이건 뭔가요? 재떨이?

응.

그러고 보니 당신도 담배를 피웠던 것 같은데. 언제부턴가 안 하시네요. 담배를 즐기는 사람들은 술 마시면서 꼭 피우던데요.

그대는 안 하잖아.

……저 때문에 안 피우시는 거예요?

별로 좋은 냄새가 나진 않으니까. 원래도 그리 즐기진 않아. 뭐든 아쉬워질 정도로 중독되는 건 좋아하지 않아서 너무 빠지지 않게 적당히 끊어가는 편이고.

그런가요.

그렇지.

그렇게 끊기 쉽지 않다던데.

끊기 어려운 것들 중에 담배는 그래도 어렵지 않은 편이야.

장소는 테이블 앞에서 벽난로 앞으로, 창가의 소파에서 침대 위로 옮겨졌다. 그들은 밤새도록 긴 긴 대화를 나누었다. 실없는 이야기들만이 아니라, 더 깊은 대화도 많이 나누었다.

더 이상 그에게 숨길 것이 없다 여기면서도 어떤 이야기들은 차마 아직입에 올릴 수 없었지만, 그동안 하지 못했던 어떤 이야기들은 술기운을 빌려 할 수 있었다.

서로에게 상처가 되지 않기 위해 아직은 할 수 없는 이야기들이 많았지만, 리에타는 킬리언에게 많은 이야기를 하려고 노력했다. 그녀가 하는 이야기들 하나하나, 킬리언은 놓치지 않고 귀 기울여 들어주었다.

킬리언. 사실 당신이 오트낭에 출전하기 전에 편지를 썼었는데. 전해지지 않았어요. 좀 더 빨리 말했으면……. 당신이랑 의논할 시간이 있었을까?

술과 잠기운에 취한 리에타가 눈을 감은 채 웅얼거렸다.

어땠을까요……. 그랬으면 뭔가 달라졌을까? 그럼 지금보다 덜 힘들었을까?

만일을 논하는 건 무의미했다. 킬리언이 대답 대신 조용히 리에타의 이마에 입 맞추었다. 리에타가 그의 팔을 베고 있던 머리를 숙이며 그의 어깨에 기대었다.

저주는 상관없다고 말해 줘서 고마워요. 그게 제일 무서웠어…….

저주로 얽힌 연인이 달빛 아래서 조용히 서로를 축복하고 서로의 어깨에 기대었다.

그것이 마지막 밤이었다.

⋯⋯◦◦⋯⋯

여행을 떠날 준비를 하고 성으로 돌아온 리에타는 성 앞에서 심부름꾼을 만나 자신에게 온 서신을 전달받았다. 사원들로부터 온 서신들이었다. 편지를 그녀가 직접 받은 것은 이번이 처음이었다.

본래 서신은 집사나 킬리언에게 전하도록 되어 있었지만, 새로 배정된 심부름꾼은 이미 악시아스에서 킬리언과 대등한 명령권자로 인식되는 리에타가 자신에게 온 편지를 향해 내민 손을 거절한다는 선택지를 생각하지 못했다.

편지 봉투에 쓰인 수신인의 이름은 '리에타 트리스티'였고, 그것들은 모두 사원에서 보내온 편지들이었다.

심부름꾼은 자신의 행동에 아무런 의심 없이 그녀가 해 주는 축성에 황송하고 감격하며 공손히 서신들을 건네주었다. 리에타가 서신을 받아들었다.

"고마워요."

리에타는 편지를 가지고 자신의 드레스룸으로 돌아왔다. 사원들에 소문이 퍼졌을까. 그랬다면 질시는 더 심해졌겠지. 교단이 그간 민간 신앙으로서의 라멘타를 용납하고 묵인했던 것은 그들이 이미 멸망했고, 실질적 신앙의 대상이 될 수 없기 때문이었다. 사원들에서 알게 되었다면 본격적인 견제가 시작될 것이다……. 편지. 이번 내용들은 만만치 않을지도…….

내버려 둘까 싶기도 했지만, 기분전환을 하러 다녀오기 전에 찝찝한 것은 다 떨쳐 두고 가고 싶었다. 방으로 돌아온 리에타는 봉인을 뜯고 편지들을 열어보았다.

악의적인 편지가 있을 수도 있다는 걸 알지만 상관없었다. 사원에서 저를 견제하리라는 걸 모르고 봤을 때도 상처가 되지 않았었다. 중요한 내용이 있을 수도 있고, 사소한 질시 따위는 흘려버릴 수 있다고 생각했다.

별로 중요하지도 않은 사람들의 별 의미도 없는 악의. 킬리언에 비하면, 악시아스 사람들에 비하면, 그녀와 함께 악마들의 공격을 헤쳐 나가며 동고동락한 사제들에 비하면, 어차피 그녀에게 아무런 의미도 없는 사람들이었다. 결국 킬리언 옆에 남기로 한 이상 감당해야 할 일들은 회피하지 않겠다고도 생각했다.

그러나 그녀에게 의미 있는 사람만이 그녀에게 상처 입힐 수 있는 것은 아니었다. 발신인의 이름조차 적혀 있지 않은, 정체도 모르는 사람의 의미도 없는 악의가…….

그 정도로 쓸 만하던가요. 하기사 훌륭하기도 하겠죠. 하렘을 가지고 있던 황자이니.

사원에도 저열한 인간들이 있었다. 편지를 읽어 내려가는 리에타의 손이 덜덜 떨리기 시작했다.

어머니는 황제에게. 딸은 황제의 아들에게. 이런 것도 운명이라 해야 할지. 뭐, 잘 어울립니다. 어머니께서 저승에서 참 좋아하시겠습니다.

아니야. 사실이 아니야!
킬리언이 어떤 사람인지, 어떤 상처를 가진 사람인지 알지도 못하면서. 날 얼마나 존중해 주는지, 그 사람이 어떻게 견디고 있는지, 그 사람이 내 상처를 안아 주려고 어떤 마음으로 기다리고 있는지 알지도 못하면서!
챙그랑! 비틀거리며 테이블 위에 놓여 있던 유리잔이 쓰러졌다. 유리 파편에 피투성이가 된 손이 덜덜 떨리며 들고 있던 편지가 얼룩졌다. 아픔을 느낀 몸에선 본능적으로 신성력이 새어 나왔다. 그러나 아무리 대단한 신성력을 가지고 있어도 스스로의 상처만은 낫지 않았다.
중요하지도 않은 사람들의 의미도 없는 악의. 하지만 그것이 언제나 무의미한 것은 아니었다.

개의치 마십시오. 좋은 게 좋은 거지요. 죽은 사람이야 죽은 사람이고, 산 사람은 살아야 하지 않겠습니까.

알지도 못하는 사람들의 잔인하고 무자비한 악의가 그녀의 마음 속 깊은 곳에서 애써 덮어 삭이고 있던 근원적인 죄책감을 건드리는 순간, 리에타는 무너졌다.
"그만…… 우리 그만해요."
리에타가 힘겹게 붙들고 있던 그의 손을 놓고 주저앉았다.
'나를 좋아해라. 내가 치유해 줄게.'

모든 것이 산산조각 났다.

아픈 줄 알면서도 상처를 뜯어내는 사람처럼 리에타는 모든 편지를 뜯어 전부 읽어보았다. 자신을 무너뜨리는 말들을 미친 듯이 곱씹었다.

무엇을 약속받았습니까? 사원을 세워 준다던가요? 당신을 대공비로 맞이하겠다던가요? 그 정도는 받아야지요. 안 그렇습니까? 참으로 대단한 모성애입니다. 당신이 이럴 줄을 알고 신성 왕녀께서 제국으로 가셨을까요?

킬리언이 만신창이가 되어 계속해서 벽난로로 손을 뻗는 리에타를 끌어안았다.
"보지 마. 듣지 마. 둘만 있을 수 있는 데로 가자."
그가 리에타를 온몸으로 안고 애원했다.
"떠나자. 나랑 남쪽으로 가서 지내다 오자. 아니, 아예 다 버리고 영영 떠나자. 가서 돌아오지 말자."
그냥 리에타를 숨겨 둘걸. 처음부터 이 방 안에만 숨겨 놓고 밖에 나가지 못하게 할걸. 그녀를 괴롭히는 말들은 하나도 듣지 못하게 해야 했는데.
"내가…… 내가 다 보상할게."
무엇으로도 보상할 수 없다는 걸 알면서도 그는 그렇게 말할 수밖에 없었다.
"내가 뭐든 다 해 줄게."
킬리언은 사랑하는 여자가 자신의 품 안에서 무너져 가는 걸 속절없이 지켜보았다. 고장 난 인형처럼 차마 아프다는 말조차 뱉지 못하는 리에타는 이미 영혼이 빠져나간 채 껍데기만 남은 사람 같았다.

"하하……. 하하하하……."

리에타가 울면서 웃었다. 그녀의 눈에서 떨어지는 눈물이 온몸을 저몄다. 목숨이 오가는 전장에서도 이렇게 두려운 적이 없었다. 정말 이대로 리에타를 잃을 것 같다는 생각이 들자 견딜 수 없는 두려움에 숨이 멎을 것 같았다.

리에타, 제발.

리에타가 미친 듯 웃으며 자신의 얼굴을 감쌌다.

난 지옥에 떨어져야 해.

이겨 내겠다고 했잖아. 애써 준다고 했잖아. 이렇게 그대를 잃을 순 없어.

절박하게 애원하는 목소리가 멀게 들린다.

'……아버지 때문에 그대가 너무 힘든 삶을 살아온 것 같아. 그대 어머니에게 죄를 지었고…… 그대의 왕국을 망가뜨렸잖아.'

'……'제 왕국'이요?'

리에타가 잠깐 틈을 두고 창밖으로 시선을 향한 채 생각에 잠겼다.

'……잘 모르겠어요. 사실 전 라멘타가 제 나라, 제 조국이라고 느끼지 못해요. 오히려 제국이 제 나라 같고, 이 악시아스가 제 나라 같다고 느껴져요.'

리에타가 중얼거렸다.

'……라멘타 최후의 왕녀는 어머니예요. 전 왕녀가 아니고, 라멘타 땅을 밟은 적도 없고……. 할머니라고 해야 하나…… 에샤힐테 여왕님은 얼굴도 모르는걸요. 라멘타는 저와 상관없는 나라 같아요. 엄마가 왕족이라지만, 전 엄마를 통하지 않고는 라멘타 왕국이랑 어떤 접점도 없는 데다……. 봉인 때문에 다 잊어버린 채로, 이십 년을 제국인으로 살았으니까요.'

라멘타는 상관없다고 했잖아. 그대랑 상관없는 나라라고, 그대는 악시아스 사람이라고 했잖아.

리에타가 허망한 웃음을 터뜨렸다.

그래요. 라멘타는 처음부터 상관없었어요. 나랑 상관도 없는 나라 따위에 얽매인 적은 처음부터 없었으니까. 하지만 그분이 제 어머니였어요. 제가 그분의 딸이었어요.

사람 된 도리로, 내가 당신을 사랑하고, 당신한테 사랑받으면서 행복할 순 없잖아요.

킬리언이 절박하게 리에타를 움켜잡았다.

중요한 건 현재라고 했잖아. 페르디안 세비타스도, 그 아버지가 저지른 일 때문에 미워하지 않는다고 했잖아.

킬리언은 리에타를 놓아주려 하지 않았다. 그러나 그들 사이엔 풀리지 않은 원한의 문제만 있는 것이 아니었다.

'황제는 어떻게.'

'저주는 어떻게.'

'아, 그런데 대공 전하는 아십니까?'

'저도 참 궁금하군요. 그 저주가 어디까지 얽혀 있을까요?'

'모든 게 다, 어쩌면?'

'순진하신 축성술사님, 그런데 대공 전하가 정말 순수하게 당신에게 접근했을까요? 그분의 정보력이 보통이 아니라는 걸 알고 있습니까?'

'아, 어쩌면 당신에게 먼저 물어야 하나요, 이건? 라멘타 왕족은 예지에 능해 모르는 게 없다면서요?'

리에타가 독한 눈물을 쏟아냈다.

"저주의 전문을 모르세요? 아실 것 같은데요. 그게 어떤 저주인지."

그동안 하지 않았던 말들이 쏟아져 나왔다.

"제가 살아 있지 않았으면 대축성 의식으로 진작 없어졌을 수도 있었던 저주였어요. 제가 봉인된 채 숨어 있어서, 황제가 절 찾지 못한 채 용서받지 못한 시간이 자꾸 길어져서, 저주가 그렇게 강해진 거라는 거. 아시잖아요."

킬리언이 리에타를 움켜잡았다.

"그대 때문이 아니라고 했잖아."

"모르는 척하시는 거겠죠. 제가 진작 죽었으면, 그게 처음부터 무의미한 단서였다면 저주가 그렇게 무거워지지 않았을 거라는 걸 당신도 알잖아요."

"상관없다고 했잖아. 나는 상관없다고 했잖아!"

'그냥 용서의 의식을 치르라면 난 했을 것 같아요. 용서할 수 있어서가 아니라. 내가 편해지고 싶고. 당신을 좋아하니까……. 제 그릇이 거기까진가 봐요. 전 그냥 여왕님께서 남겼다는 저주가 무서울 뿐이었어요. 내게 용서받지 못하면 죽게 된다니. 왜 나한테…….'

'난 그냥 다 묻고 살고 싶은데……. 왜 내가 그 칼자루를 쥐어야 하는지. 짐 같기만 해요. 그냥 다 외면하고 싶고, 잊고 싶고. 그냥 나라는 사람이 거기까진가 봐. ……내가 저주를 어떻게 할 순 없겠지만, 혹시 아버지를 구할 방법이 있다면, 당신은 노력해도 돼요. 당신한텐 가족이잖아요. 나한테 엄마가 소중했듯이, 당신한텐.'

'나한테 가족은 없어. 난 릴페이엄이 아니라 악시아스고, 내게 가족은 앞으로 그대와 만들 가족뿐이야.'

'시험한 거 아니에요.'

'나도 진심이야.'

리에타가 약하게 웃었다.

'……그런가요.'

킬리언, 하고 다시 부르며 리에타가 그를 잡고 속삭였다.

'사람은 누구나 죽잖아요.'

'……'

'슬프지 않은 척하지 않아도 된다고……. 당신이 말해 줬잖아요.'

리에타가 그의 손 위에 깍지를 끼며 말했다.

'정말로 저주는 상관없다고 생각해 준다면, 저주 때문이 아니라고 믿어

준다면.'

리에타가 그의 어깨에 이마를 기대었다.

'당신이 저한테 그렇게 해 줬던 것처럼…… 언젠가 당신이 슬프고 괴로

울 때…… 저도 당신을 위로해 줄 수 있었으면 좋겠어요.'

킬리언, 내가 언젠가…… 당신을 위로할 수 있을까요? 그게 기만이 아

니라면……. 당신이 그걸…… 기만이라 여기지 않는다면.

"당신, 날 옆에 두고 행복할 수 있어요?"

일 년에 두 번씩 돌아오는 어머니의 기일마다 괜찮을 수 있어요? 내가

기어코 황제를 용서 못해서, 기어코 저주가 당신 아버지를 죽이고 말아도

날 보면서 괜찮을 수 있어요? 그런 당신을 보며 내가 행복할 것 같아요?

"지금 우리가 행복한가요?"

"난 그대만 있으면 된다고 했잖아. 상관없다고!"

리에타의 눈에서 억눌렸던 눈물이 쏟아졌다.

"저는 상관없지 않아요."

리에타가 그를 바라보았다.

"당신 아버지가 제 어머니를 태워 죽인 게 상관없지 않아요."

이 모든 게 상관없지 않아요.

'시간이 지나면…… 다 잊혀지겠죠?'

간절했다. 이겨 내고 싶다는 마음이 얄팍하지도 않았다. 그래도 의지와 노력만으로는 견뎌낼 수 없는 것도 있었다.

미래가 없는 사랑이었다. 나는 당신을 위로할 수 없다. 당신도 나를…….

그가 누구의 아들인지 잊어버리기 전에. 다시 한번 패륜아가 되어도 좋다고, 다 잊어버리고 저 사람과 행복하고 싶다고 생각하게 되기 전에 그를 떠나야 했다.

'……평민도 나쁘진 않았어요. 킬리언, 당신은 평민이어 본 적은 없으니 모르겠지만, 평민이라고 꼭 귀족이나 왕족보다 행복하지 못한 것도 아니거든요. 당신은 준황족이고 이 나라 그 어떤 귀족보다도 높은 사람이지만, 많은 위협을 받고 있잖아요. 에율라티오 왕가 역시……. 지위가 높다고 반드시 더 안전한 것도, 행복한 것도 아니고, 죽음은 누구에게나 공평하고. 그런 게 행복과 꼭 직결진 않잖아요. 더 많이 얽매이기도 하고, 더 많이 위험할 때도 있고, 책임, 의무, 자유……. 그런 것도……. 모르는 게 더 나을 때도 있고…….'

킬리언이 가만히 그녀를 바라보며 웃었다.

'같이 도망가서 살까?'

리에타가 고개를 들어 그를 쳐다보았다.

'……용의 계곡 같은 데로요?'

'거기보다 살 만한 데가 얼마나 많은데 하필 용의 계곡이야.'

리에타가 그의 팔을 베고 웃으며 가만히 그의 눈을 쳐다보았다. 창에서 달빛이 내려와, 미소 짓는 그녀를 비추었다.

'그러게요.'

킬리언이 고개를 숙여 그녀의 이마에 입 맞추었다.

'……그대와 함께라면 평민으로 사는 것도 행복했을 것 같은데.'

리에타가 작게 웃으며 그에게 기대 눈을 감았다.

'……오늘은 그런 꿈을 꿀 수 있으면 좋겠어요.'

"날 떠나면 행복할 수 있어?"

리에타는 대답하지 않았다.

"…….."

"대답해, 날 사랑하잖아!"

재촉하듯 그녀를 흔드는 말에, 그녀는 처연하게 웃었다.

"킬리언. 날 봐요. 난 평생 내 남편 말고 다른 사람은 사랑하지 못할 줄 알았어요."

'저 지금 너무 행복해요. 결혼하지 않아도 당신이 저를 그만큼 생각해 주신다는 거 알아요. 믿어요. 저도 당신을 좋아해요. 우리 그냥 이렇게 지내요……. 난 당신 마음으로 충분해. 당신은 그걸론 충분하지 않나요?'

충분해. 나도 그대만 있어 주면 돼. 그러니까 제발.

'많은 반대에 부딪힐 거고…… 수도에 황제 폐하도 뵈러 가야겠죠. …… 전 그냥 이렇게 당신이랑 둘만 있을 수 있으면 충분해요. 절 좀 도와주세요. 다른 사람들 인정이 뭐가 필요해요…….'

결혼할 수 없는 이유를 그때 말해 줬더라면. 그럼 그댈 데리고 어디든 달아났을 텐데. 조금만 더 빨리 말해 주지.

'당신을 좋아해요. 결혼하지 않아도, 당신 마음을 알아요. 그걸로 안 될까요?'

왜 더 빨리 말해 주지 않았어. 내가 이렇게 아무것도 할 수 없게. 아무것도 하지 못하고 그대를 잃게. 왜.

'…… 당신이 너무 좋아요.'

이렇게 그댈 잃을 순 없어. 그대 없인 숨 쉴 수가 없어.

삶은 치열하였다. 한편 공허하였다. 평범한 사람들은 가질 수 없는 많은 것을 가지고 태어났으나 다 잃었고, 평범한 사람들 대부분이 가진 것들은 아무래도 가질 수가 없었다.

상관없었다. 애초 가진 적 없던 것을 갈망하는 법은 알지 못했으니. 그저 그러려니 하고 살았다.

처음에는 지켜 주고 싶을 뿐이었다. 나한텐 별것도 아닌 일이고……. 불쌍하고 안쓰러우니까…….

하지만, 리에타를 만나고야 가지지 못했던 걸 알았다. 가지지 못한 것도 알지 못한 채 숨 가쁘게 달려왔다는 것을.

'……제게 춤에 재능이 없고, 가르치실 가치가 없다는 걸 확인하실 시간 일분 드릴게요'

'예상하시겠지만……. 어머님이랑은 많이 다를 거예요.'

리에타를 만난 후 언제부턴가 방향성 없던 치열함은 가라앉고 뚜렷한 의지가 빈자리를 채웠다. 저 여자가 웃으면 기분이 좋아. 웃는 얼굴이 예뻐. 지켜 주고 싶어. 다시 웃게 해 주고 싶어. 조금 더 편하게 쉬게 해 주고 싶어.

'킬리언, 당신 농담 재미없어요.'

그대가 웃는 건 너무 예뻐.

'……같이 무사히 돌아갈 수만 있으면 그걸로 족해요.'

그대는 내게 무사하다는 게 어떤 의미가 있는 건지 알려주었다.

'킬리언, 이제 그만 여기서 나와요. 오십이 한참 지났어요.'

세상 사람들은 내가 그대를 건져 주었다 하지만, 나조차도 내가 그댈 건진 줄 알았지만, 사실 그대야말로 십삼 년을 빠져 있던 수렁에서 날 건져 준 사람이었다.

'저, 영주님. 악시아스에 돌아가면요. 일은 다 아랫사람들한테 미루고 저랑 놀아 주세요. 저 악시아스에 가 보고 싶은 데가 많아요. 시장에도 다시 가 봐요. 노점 요리도 다시 먹어 보고 싶어요. 공예 거리에도 다시 가 보고 싶어요. 공방도 구경해 보고 싶고요. 거기 말고도 제가 아직 모르는 곳도, 많이요.'

'너무 성이랑 집에만 있었던 것 같아요. 저 악시아스를 더 잘 알고 싶어요.'

'영주님.'

'영주님.'

그대를 위해 꽃을 꺾고, 그걸 안겨 주고, 손을 잡고, 함께 춤을 추고, 서로를 축복하고, 함께 식사를 하고, 실없는 이야기를 나누고, 그대가 먹는 걸 보고, 자는 걸 보고.

그 모든 게 다 행복했다.

서툰 일을 열심히 하며 조금씩 늘어 가는 걸 지켜보고, 그대가 울음을 참고, 이겨 내려고 애쓰는 걸 지켜보고, 그대가 가르쳐 준 것들을 곱씹어 보고, 영영 상처를 이겨 내지 못할 것 같던 사람이 다시 살기 시작하는 걸 지켜보고.

그 모든 순간이 다 내게 위로가 되었다.

아무리 품에 안아도 부족했고, 작은 온기는 너무 충만했다. 즐거운 일을 함께 하고, 힘들면 안아 주고, 그 누구에게도 열어 보인 적 없던 상처를 나누고, 위로를 받고.

모든 것이 달았고, 새로웠다.

그걸로 충분했다. 우리한테 시간이 많은 줄 알았으니까.

'하고 싶으신 거…… 저랑 다 같이해요.'

같이해 준다고 했잖아. 나는 이제 그대 없인 살아갈 수가 없단 말이야.

그들은 한참 동안 숨죽인 울음을 울며 끌어안고 있었다.

'그렇다고 딸의 유품을 줘?'

'대체 뭐야! 이런 걸 받고 고마워할 수 있을 것 같아?!'

'다 나쁜 자식들이었다고 화를 내. 그대에게 몹쓸 짓을 했잖아. 애초에 저주를 들어도 할 말 없는 짓을 한 건 카사리우스였어.'

'있을 수 없는 일이었잖아. 산목숨이잖아. 귀족 아니라 황족이어도, 해선 안 될 짓이었잖아.'

킬리언. 내가 당신 없이 살 수 있을까.

'날 좋아해? 나는 좋아해.'

'나한테 기회를 줘.'

'난 그대 생각보다 더 많이 그대를 좋아해.'

'……내가, 들어가서 눈물…… 닦아 줘도 되나?'

차라리 당신을 만나지 못한 채 그곳에서 죽었으면 좋았을걸.

'……킬리언. 나는 사랑을 해 봤잖아요. 아무리 지금은 절실하고 다시없을 마음일 것 같아도 열병같이 앓았다가 지나고 나면 그만이에요……. 언젠가는 다 끝이 나고, 다른 사람을 사랑할 수도 있게 돼요.'

'그러니까, 당신도 그럴 수 있을 거예요. 다음에는 당신을 행복하게만 만들어 줄 수 있는, 이렇게 힘들지 않아도 되는 그런 사랑이 당신에게 오길 기도할게요.'

……다음? 리에타가 하는 말을 이해할 수 없다. 나한테 다음은 없어.

킬리언은 리에타를 놓아 줄 생각이 없었다.

'당신이 너무 많이 아프지 않았으면 좋겠어요. 당신이 제게 준 과분한 마음, 고마웠어요. 좋은 사람 만나세요. 당신 옆에 좋은 사람이 생기고 언젠가 당신이 괜찮아지면, 그때, 당신에게 진 빚을 갚으러 올게요.'

리에타가 눈물로 호소한 말들 가운데 그 어떤 말도 킬리언에게 이별을 설득하지 못했다.

"가긴 어딜 간다고 그래! 여기 말고 그대가 갈 곳이 어디 있다고! 바깥이 그 지경인데!"

다른 사랑 같은 건 필요하지도 않았다. 사랑하는 사람을 가지고 싶어 그녀를 바란 것이 아니었다. 그에게 사랑이란 리에타 자체였다.

"가지 마. 나한테 빚을 졌다고 생각하면, 내 옆에서 갚아. 내 옆에 있어 주는 걸로 갚아!"

그러나 리에타는 꺼질 듯한 목소리로 "……킬리언" 그의 이름을 한 번 부르고는 피눈물을 흘리며 고개를 숙였다.

"내가 죽는 걸 보고 싶지 않으면, 저를 놔주세요."

리에타의 어깨를 틀어쥔 손이 떨렸다. 생전 처음 느껴보는 무력감과 두려움이 그의 정신을 아득하게 흩어 놓았다.

"……내가 할 수 있는 건, 아무것도 없어?"

리에타가 고개를 떨어뜨리며 중얼거렸다.

"……고마웠어요."

끝내 그 한마디에, 킬리언은 영원히 놓아주지 못할 듯 리에타를 잡았던 손에서 힘을 풀고 말았다. 리에타가 마지막으로 그의 이마에 입 맞추었다.

"행복하세요."

비로소 그에게 놓여난 리에타가 그를 두고 몸을 일으켜 방에서 나간 후, 넋을 잃고 있던 킬리언은 벼락같이 일어나 그녀를 쫓기 위해 뛰쳐나갔다.

"리에타!"

아니야. 나한테 해당되는 얘기가 아니야. 그대에겐 해당될지 몰라도 나는 아니야. 잡아야 해. 해야 할 말이 있었다. 하지 못한 말이 있었다.

"리에타!"

하지만 어디에도 리에타는 없었다.

리에타는 신기루처럼 성안에서 사라졌다. 드레스룸. 침실. 집무실. 서고……. 어디에도 그녀는 없었다.

"레이첼! 에른! 콜브린!"

성이 발칵 뒤집히고 모두가 그녀를 찾아 헤맸다. 모두가 믿을 수 없는 얼굴이었다. 레이첼과 킬리언, 집사를 포함해 그 누구도 리에타가 성 밖으로 나가는 걸 보지 못했다.

킬리언과 리에타가 머무는 본성을 지키는 하인과 기사 들도, 도개교를 지키는 악시아스 성의 문지기들도, 모두가 마찬가지였다. 그런데도 악시아스 성 어디에서도 리에타를 찾을 수 없었다.

쾅! 킬리언이 리에타의 드레스룸을 부술 듯 열고 들어갔다. 시녀장과 집사가 파리해진 얼굴로 황급히 그 뒤를 따랐다.

역시 그곳에도 리에타는 없었다. 대신 그녀의 드레스룸에는 킬리언이 사 주었던 옷들이 하나도 빠짐없이 남아 있었다. 오늘, 그녀가 입고 있던 드레스까지.

리에타가 입었던 옷은 전부 기억하고 있었던 킬리언은 다음 순간 믿을 수 없는 얼굴이 되었다. 덜컥 두려움이 엄습했다. 뭘 입고 간 거야?

그리고 그는 다음 순간 깨달았다. 단 한 벌, 여름에 리에타가 이 성으로 오면서 입고 왔던 평상복. 그녀의 옷장에 그 옷만이 없었다.

리에타는 그가 준 모든 것을 드레스룸에 두고 홀연히 사라졌다. 그녀의 드레스룸에 옮겨 두었던 위패도, 킬리언의 목에 걸어 주었던 아델의 반지도 가져가지 않았다.

리에타가 가져간 건 라나에게 받았던, 이제는 본모습을 되찾은 어머니의 지팡이와 페르디안에게 돌려받은 제이드의 바이올린뿐이었다.

수색 범위를 확대해 악시아스 내성에 리에타를 찾는 기사들이 깔리고, 이제 사람들은 외성까지 달려 나가 리에타를 찾기 시작했다.

그녀를 찾기 위해 기사들과 사제들, 사냥꾼들까지 동원이 되었다. 기사들은 그녀가 실종되었다는 것을 숨길 생각도 하지 않은 채 리에타를 찾기 위해 최선을 다했다. 다른 것은 아무래도 좋으니 그 무엇보다 그녀를 찾는 것을 최우선 과제로 두라는 명령의 결과였다.

그러나 악시아스 어디에서도 리에타의 모습을 찾을 수 없었다. 마치 그동안 그녀가 성 밖으로 나갈 때마다 따라붙었던 레이첼의 경호와 미행은 알면서도 일부러 받아 주었다는 것처럼, 그동안 그녀를 지키거나 괴롭혔던 모든 눈들로부터 리에타는 너무도 쉽게 사라졌다.

어디 있는 거야. 이 겨울에, 그런 부실한 천 조각 하나만 걸치고 대체 어디로 간 거야! 킬리언은 미친 듯이 리에타를 찾아 헤매었다.

단 한 번도 경호나 미행 대상을 놓친 적 없는 레이첼이 그녀를 놓쳤다는 데서 바로 눈치챘어야 했다. 킬리언은 그리 오랜 시간이 지나지 않아 그것이 마법의 힘이 개입한 결과라는 걸 알게 되었다.

"……모르비두스가 그분을 숨긴 것 같습니다."

"뭐?" 킬리언이 그를 바라보았다.

"……역마들은 기본적으로 은신에 능합니다. 특히나 고위 악마는요."

악마학자의 말에, 사제들이 침묵으로 긍정했다.

"역마가 은신 능력을 가지고 있다 해도 어지간하면 영안으로 볼 수 있는데, 그날 모르비두스가 보여 준 은신 능력은 그것을 초월한 것이었습니다."

"……그렇게 강한 존재감을 가지고 있는데도, 그 누구도 모르비두스가 스스로 몸을 드러내기 전까지 그자의 존재를 눈치채지 못했습니다. 그 어떤 사제도 그를 영안으로 발견할 수 없었던 것도 마찬가지고요."

"그분께서 그 악마의 은신 능력으로 몸을 숨기신 거라면, 그 누구도 그분을 찾아낼 수 없을 것입니다."

살을 에는 냉기가 온몸을 파고들었다. 무시무시한 맹추위가 시작된 겨울의 악시아스는 홑옷을 입고 걸어도 좋을 만한 곳이 아니었다. 꽁꽁 얼어 감각이 사라진 몸으로 정신없이 걷던 리에타는 우뚝 멈추어 섰다.

아까부터 그녀의 곁을 따르던 낯익은 기운이 그녀를 따라 뒤에서 멈추었다. 리에타는 놀라지 않았다. 성을 벗어나려고 마음먹고 킬리언에게서 돌아선 그 순간부터 그가 자신의 곁을 지켜선 채 마법으로 제 모습을 숨겨 주고 있었다는 걸 알고 있었다.

그가 그렇게 해 주지 않았으면 진작 붙잡히고 말았을 거라는 것도 안다. 그것이 원망스러우면서도 고마웠다. 리에타가 돌아섰다. 그녀가 예상하고 있던 상대와 눈이 마주쳤다.

"……"

머리카락을 흐트러뜨리는 어지러운 바람. 허공으로 새하얀 입김이 부서졌다가 사라진다. 리에타는 말없이 자신 앞에 선 악마를 바라보았다.

짧은 사이에 여러 가지 감정이 스쳐 지나갔다. 익숙함, 그리움, 슬픔, 그리고 아주 오랜 옛날의 친구를 생각지 못한 곳에서 다시 만난 듯한 조금의 전율. 악마가 입을 열었다.

"엑시티우스는 놓쳤다. 헬라 산맥으로 갔어."

리에타는 잠시 후 대답했다.

"수고했어요. ……고마워요."

모르비두스가 빙긋 웃으며 고개를 갸웃했다.

"웬 존댓말. 좀 더 건방지게 굴지 그래? 처음 봤을 때처럼."

리에타가 힘없이 웃었다.

"……그땐 경황이 없어서 어릴 때처럼 불렀네요."

모르비두스가 픽 웃었다.

"그래서 앞으로는 그렇게 공손하게 존대하려고?"

"……."

"같이 살 땐 안 그랬는데. 당돌한 맛이 없어졌네."

"……그땐 뭘 몰랐으니까요. 어렸고……."

모르비두스가 지루하다는 듯 피식 웃으며 고개를 숙였다 들어 그녀를 쳐다보았다.

"지금도 어린데."

물론 태초의 악마에 가까운 모르비두스의 눈에야 어리지 않은 인간이 없겠지만. 리에타는 우두커니 그를 바라보았다.

악마들에겐 모두 반말. 그건 그렇게 하는 어머니를 따라 자연스럽게 말을 배우며 형성되었던 아주 어릴 때의 습관이었다. 당시의 기억을 모두 잃은 채 이십 년을 살아온 지금의 리에타에게는 낯설어진 습관이었다. 기억을 되찾았다 해도 마찬가지였다.

"……다친 곳은 없어요? 당신…… 불에는 약하잖아."

애매한 반쪽짜리 존대에 모르비두스는 더 이상 강권하지 않고 어깨만 으쓱했다.

"격의 차이가 있는데. 그런 애송이쯤이야."

모르비두스가 팔짱을 끼고 청록색 빛을 뿌리는 검은 나비가 팔랑팔랑 그 주변으로 날아들었다.

익숙한 얼굴, 익숙한 몸짓에 먼 옛날의 기억 속 모습이 겹쳐졌다. 모르비두스가 항상 해먹을 걸어 두곤 했던 나무에 저렇게 팔짱을 끼고 기대어 있으면 저렇게, 푸른빛이 도는 그늘 나비들이 그의 주변으로 날아들곤 했다.

저런 존재가 익숙하게 느껴진다는 것이 어색하다. 나는 일곱 살에서 스물여섯 살이 됐는데, 그는 하나도 늙지 않았다. 리에타는 파리한 입술을 축이며 꽁꽁 얼어 곱아드는 손으로 어머니의 지팡이를 조금 고쳐 쥐었다.

"……아깐 숨겨 줘서 고마웠어요."

모르비두스는 조금 틈을 두고 대답했다.

"별말씀을."

그가 여상한 어조로 던졌다.

"한데, 이 날씨에 꼭 그런 옷차림으로 나왔어야 했나? 열병에 걸려도 할 말이 없겠는데."

딱. 모르비두스가 허공에 손을 튕기자, 아공간에서 튀어나온 나비 장식 털 망토가 리에타의 어깨 위에 조용히 내려앉았다.

"알고 있겠지만 나는 만병통치 악마 같은 게 아니야. 화마는 더더욱 아니고."

화마도 아닌 자신이 차가운 공기를 어떻게 해 줄 수는 없다는 의미였다. 리에타는 대답하지 않고 다만 약하게 웃었다.

"엑시티우스와 했다는 계약은……."

"너희와 한 것이 선약이니 신경 쓰지 않아도 돼."

리에타는 더 이상 자세히 묻지 않고 반쯤 끄덕이듯 고개를 숙였다. 그녀가 잠깐 생각에 잠겨 있다가 다른 질문을 던졌다.

"사제들이 있었을 텐데, 어떻게 들키지 않고 거기까지 들어와 있었어요?"

그는 간단히 답했다.

"너 외에 내 은신을 눈치챌 수 있을 만한 사제는 여기 없어."

저도 모르게 입술이 움직였다.

"지금 악시아스는 전체가 성역인데도 성에 들어올 수 있나 보네요. 성은 축성도 꽤 신경 써서 하고 있었는데……."

모르비두스가 고개를 기울였다.

"내가 아니었으면 못 들어갔을 거야. 그렇게까지 지독하게 축성해 놓은 성은 오랜만에 봐. 아, 알고 있겠지만 역병은 퍼뜨리지 않았어."

리에타가 힘없이 피식 웃었다.

"알아요. 하지만 결국 악마의 침입을 허용했으니 더 신경 써야겠네요."

다음 순간, 리에타는 입을 다물었다. 자신이 무슨 말을 하고 있는 줄 그제야 깨달았다는 듯. 정적이 흘렀다.

리에타는 손에 쥔 엄마의 지팡이를 멍하니 쳐다보았다. ……눈앞에 모르비두스가 있었다. 그는 리에타가 일곱 살 때, 어머니와 함께 떠났던 악마들 가운데 하나였다.

'……엄마는.'

리에타는 차마 묻지 못하고 고개를 숙이며 입술을 물고 쓰라린 손끝을 만지작거렸다. 대답은 예상하고 있지만, 차마 확인할 마음의 준비가 되지 않았다. 그날의 일을 언젠가는 물어야 한다는 생각이 들었지만……. 아직.

"미안해."

리에타가 눈을 깜박였다. 목소리가 들려오는 곳이 가까웠다. 어느새 다가온 그가 어깨 위에 엉성하게 걸쳐진 나비 망토를 여미어 주고 있었다.

"……베아트리체를 지키지 못해서."

리에타가 조용히 숨을 죽였다.

……킬리언. 이런 순간에조차 나는 어떻게 당신이 떠오르는 걸까. 파르르 떨리는 눈을 질끈 감아 봐도, 다시 한번 눈에 어찌 되지 않는 눈물이 고인다.

한순간이라도 그를 안고 울게 되면 그를 결코 떠날 수 없을 걸 알고 있었다. 그에게 했던 모든 말들은 사실 나 자신에게 했던 말들이었다. 리에타는 입술을 짓씹으며 힘겹게 숨을 골랐다. 아무도 내 마음을 듣지 못해서 다행이야.

"엄마는…… 그곳에서?"

"응."

후우……. 눈물이 고인 눈동자를 위로 향해 든 리에타가 슬픔을 갈무리하며 가늘게 떨리는 숨을 내쉬었다. 엉망진창으로 얼룩진 상념 위에 복받치는 서러움이 새로 내린 눈처럼 소복이 덮인다.

'……정말이구나.'

라나의 말을 들었을 때, 혹시나 했었다. 다른 사람을 대신 세워 화형대에 보낸다는 계책까지 내세웠던 사람들이 있었다면 혹시나, 더 좋든 더 나쁘든 다른 계획을 세워 주지 않았을까. 라나가 떠난 이후 뭔가 내가 모르는 일이 벌어졌을 수도 있지 않을까. 어쩌면 세상에 알려진 것과는 다른 진실이 있지는 않았을까……. 세상의 소문이라는 건 쉽게 왜곡되니까. 진실이 다른 경우도, 덮인 경우도 많으니까.

그 이후로 악마들이 계약에서 풀려나고 벌어진 일들을 다 알고 있으니 그럴 가능성은 거의 없다는 걸 알면서도 한순간 희망을 품었다. 그러나 모르비두스의 말에서 리에타는 확인하고 싶지 않았던 부고를 들은 기분이었다.

괜찮아. 괜찮아. 이미…… 알고 있던 일이야. 울어 봤자 바뀌는 일은 없는, 이십 년 전의 일이야…….

"어떻게…… 된 건지……."

리에타는 손을 들어 눈물을 훔쳤다.

"아니……, 꼭…… 당장 들어야 하는 얘기 없으면…… 나중에……."

"그래." 모르비두스가 대답했다.

아직 마음의 준비가 되지 않았어. 아직. 아니 어쩌면 영영 준비는 되지 않을지도. 리에타가 고개를 저었다.

"아니, 그냥…… 대충 세상에 알려진 거랑…… 비슷하면. 내가 꼭 들어야 하는 이야기가 없다면 안 들을래요."

"……그래."

그렇구나. 알려진 것과 크게 다른 건 없는 거구나. 후우……. 리에타가 벌써 몇 번이나 긴 한숨을 내쉬며 감정을 추슬렀다. 난 뭘 확인하고 싶었던 걸까. 어차피 엄마는 돌아오지 않는데.

모르비두스는 조용히 눈을 내리깔았다.

"미안."

리에타는 애써 의연하게 미소 지었다.

"……뭘 두 번이나 사과하고 그래요."

"널 바로 알아보지 못해서."

피식 새어 나온 웃음과 함께 고였던 눈물이 별 의미 없이 바닥에 떨어졌다.

"……인간은 빨리 자라잖아요."

그가 피식 웃었다.

"오랜만이야, 리에타."

이제야 인사하는 거예요? 손바닥으로 뺨에 남은 흔적을 훔쳐 낸 리에타는 약하게 웃으며 고개를 들어 그를 쳐다보았다.

"……오랜만이야. 모르비두스."

그들 사이로 북부의 차가운 칼바람이 불었다. 한 손에는 어머니의 유품을, 몸에는 남편의 유품을 지고, 리에타는 킬리언의 곁을 떠나 모르비두스의 옆에 섰다. 그리고 자신의 한 몸 가눌 곳을 찾기 위해, 메마른 땅 위로 발을 내디뎠다.

마른 가지에 바람처럼 3

1판 1쇄 발행 2019년 12월 13일
신판 3쇄 발행 2022년 12월 1일

지은이 달새울
펴낸이 김영곤 **펴낸곳** (주)북이십일 아르테
아르테본부 웹콘텐츠팀 배성원 강혜인
마케팅1팀 배상현 이보라 한경화 김신우 **디자인** 박숙희
출판마케팅영업본부장 민안기
출판영업팀 최명열 **제작팀** 이영민 권경민

출판등록 2000년 5월 6일 제406-2003-061호
주소 (우 10881) 경기도 파주시 회동길 201(문발동)
대표전화 031-955-2100 **팩스** 031-955-2151

ISBN 978-89-509-9429-7 04810

아르테는 (주)북이십일의 문학 브랜드입니다.

(주)북이십일 경계를 허무는 콘텐츠 리더

아르테 채널에서 도서 정보와 다양한 영상자료, 이벤트를 만나세요!
페이스북 facebook.com/21arte **블로그** arte.kro.kr
인스타그램 instagram.com/21_arte **홈페이지** arte.book21.com